ZWEI Herzen

© Claudia Thoma Fotografie

SABRINA J. KIRSCHNER studierte in London Englische Literatur und Kreatives Schreiben und arbeitete als internationale Turnierreiterin und Kinderbuchlektorin. Heute widmet sie sich ganz dem Schreiben. Sie lebt mit ihrer Familie in der Nähe von München.

Sabrina J. Kirschner

Zwei Herzen

Pias Geschichte
Maries Geschichte

CARLSEN

MIX
Papier aus verantwortungsvollen Quellen
FSC
www.fsc.org
FSC® C083411

Unser Versprechen für mehr Nachhaltigkeit
- Klimaneutrales Produkt
- Papiere aus nachhaltiger Waldwirtschaft
- Hergestellt in Europa

Veröffentlicht im Carlsen Verlag
Juli 2021

Umschlaggestaltung: formlabor
Umschlagmotiv: @ Shutterstock.com/Callipso; @ Mauritius/S. Schwerdtfeger
Satz: Pinkuin Satz und Datentechnik, Berlin
Zitat S. 6: aus William Shakespeare, König Heinrich V.,
übersetzt von Sabrina J. Kirschner
Zitat S. 374: aus William Shakespeare, König Heinrich VIII.,
Aus dem Englischen von Wolf Graf Baudissin, Hamburg 1818
Corporate Design Taschenbuch: bell étage
ISBN: 978-3-551-31920-3

Zwei Herzen

PIAS GESCHICHTE

Für Di Sandro

Einer kann nach den Sternen greifen,

zwei können sie erreichen.

Wenn ich ihn reite, so schwebe ich, ich bin ein Falke. Er trabt durch die Lüfte, die Erde singt, wenn er sie berührt.

William Shakespeare

Der Hengst stand reglos in seiner Box. Sein Hals hing tief, die dunklen Augen waren fast glanzlos. Eine fette Schmeißfliege krabbelte über sein goldenes Fell, er zuckte nicht. Auch das geschäftige Treiben auf der Stallgasse nahm er kaum wahr. Wozu auch? Er hatte die Hoffnung längst aufgegeben. Hin und wieder knabberte er am Stroh.

Als er noch jung war, ja, da war alles anders gewesen! Da hatte er übermütig in seinem Stall getobt, hatte gegen die Wände geschlagen, auf der Stelle gebockt und manchmal einen Pfleger in den Arm gezwickt. Doch mit der Zeit war er ruhiger geworden, hatte gelernt, dass es keinen Zweck hatte, sich aufzubäumen. Nichts würde sich jemals ändern. Es war so, wie es war.

Draußen wieherte eine Stute. Der Wind trug ihren hellen, schrillen Ruf durch das offene Stallfenster. Es war ein schöner Stall – sauber und geräumig –, aber es war eben nur ein Stall.

Langsam drehte der Hengst ein Ohr in Richtung Fenster. Wie es wohl wäre, mit den anderen über die große saftige Wiese zu galoppieren? Die feuchte Erde unter den Hufen zu spüren? Der Geschmack von jungem Gras ... Die salzige Meeresluft in den Nüstern ...

Die fette Fliege landete direkt neben seinem Auge. Der Hengst blinzelte und schüttelte sich endlich. Dann kaute er weiter Stroh.

1

PIA HATTE DIE AUGEN GESCHLOSSEN. Hinter ihren Lidern tanzten bunte Lichter mit schwarzen Sprenkeln. Sie drehte den Kopf zur Sonne, um die Schwärze zu vertreiben. Die Lichter wurden größer, weiteten sich aus, leuchteten golden. Pia entspannte sich. In dem winzigen Raum hinter ihren Lidern fühlte sie sich nahezu unsichtbar, genau wie früher, wenn sie als kleines Mädchen Verstecken gespielt hatte. Sie seufzte. Fast konnte sie den Duft von frisch geschnittenem Gras riechen im Frühsommerwind, der ein sanftes Schnauben an ihr Ohr trug …

Pia saß am Rand der Koppel unter der Eiche, ihrem Lieblingsplatz, und sah den Pferden beim Grasen zu. Der Baum spendete Schatten, an seinen breiten Stamm konnte sie sich anlehnen, seine tief reichenden Äste verbargen sie. Selbst von dem schmalen Fußweg aus, der von der Straße zur Koppel führte, war Pia unsichtbar.

In Gedanken versunken beobachtete sie die vier Warmblüter auf der Weide, als wie aus dem Nichts ein fünftes Pferd herbeigesprungen kam. Es bäumte sich auf und dann galoppierte es stolz und erhaben direkt auf Pia zu. Ihr Herz begann zu trommeln. Das Pferd schien von innen heraus zu leuchten! Wie flüssiges Gold verschwamm seine Silhouette mit dem Sonnenlicht. Pia stockte der Atem. Ohne das imposante Tier zu kennen, spürte sie instinktiv, dass sie zusammengehörten. Er und sie. Ihr Seelenpferd. Ihr Partner. Wie es wohl wäre, einfach aufzuspringen und loszugaloppieren? Das weiche Fell unter den Händen zu spüren? Die raue Mähne zwischen den Fingern hindurchgleiten zu lassen, zu spüren, wie sich das Trommeln seiner Hufe mit ihrem Herzschlag vereinte ...

„He, kannst du nicht mal die Füße einziehen?!", zischte ein Mädchen und trat grob gegen Pias Wade. Das Buch auf ihrem Schoß klatschte auf den Boden.

Erschrocken schlug Pia die Augen auf und das goldene Licht hinter ihren Lidern zerstob. Plötzlich saß sie nicht länger an einer sonnenbeschienenen Koppel, sondern wieder in einem dunklen Reisebus. Der Geruch nach alten Synthetiksitzen und Wurstbrot stieg ihr in die Nase.

„Tut mir leid", sagte Pia mit dünner Stimme, aber da war

das Mädchen, ihre Mitschülerin Helene, bereits weitergegangen und setzte sich weiter vorn neben ihre beste Freundin Zoe.

Pia zog ihre langen Beine ein und klemmte die Füße unter den Sitz ihres Vordermanns Marven. Sie war froh, dass sie einen Platz hinter ihm ergattert hatte. Marven ließ sie wenigstens in Ruhe. Der Sitz neben ihr war frei geblieben, was im Grunde nicht weiter verwunderlich war. Der Bus hatte über 50 Plätze – für 24 Schüler, und Pia war längst nicht die Einzige, die allein saß. Trotzdem schmerzte es.

Pia beugte sich herunter, um ihr Buch aufzuheben.

„Suchst du das hier?" Marven hatte sich zu ihr umgedreht und streckte ihr den abgewetzten Roman entgegen.

Sofort spürte Pia, wie ihr die Röte in die Wangen schoss.

„Ähm, ja … danke." Verlegen griff sie nach dem Buch.

„Kein Ding", erwiderte Marven knapp und drehte sich zurück nach vorn. Eine Quasselstrippe war Marven nicht gerade. Aber vielleicht mochte Pia ihn genau deshalb.

Sorgfältig strich sie den Einband ihres Buches glatt, legte es auf den freien Platz neben sich und sah aus dem Fenster.

Sie hatten die Autobahn bereits vor einiger Zeit verlassen.

Jetzt fuhren sie über eine Landstraße Richtung Küste, vorbei an ausgedehnten Wiesen und den stählernen Riesen der Hochspannungsleitungen und Windkrafträder, zwischen denen wollige weiße Schäfchen grasten. Als Pia die Augen zusammenkniff, sah sie in der Ferne einen dünnen silbernen Streifen aufblitzen.

Das Meer.

Pia war noch nie am Meer gewesen. Überhaupt hatte sie noch nicht viel von der Welt gesehen. Auch darum hatte sie sich so auf diese Klassenfahrt gefreut. Sie würden acht Tage auf einer Nordseeinsel verbringen, aber das Beste daran war, dass es dort auch einen Reiterhof gab!

Pia seufzte. Seit sie ein kleines Mädchen gewesen war, träumte sie davon, einmal auf einem Pferd sitzen zu dürfen, und nun – endlich! – würde ihr Traum in Erfüllung gehen!

Der Bus wurde langsamer und rollte schließlich in Schrittgeschwindigkeit zum Anleger der Fähre, die sie auf die Insel bringen würde.

Die meisten Schüler waren jetzt aufgestanden. Nach der langen Fahrt hatte keiner mehr Lust zu sitzen. Neugierig sahen alle aus dem Fenster.

Marven zog seine Kopfhörer aus den Ohren und tippte Melina, seiner Sitznachbarin, auf die Schulter. „Sind wir da?"

Das etwas kräftigere Mädchen mit langen aschblonden

Haaren nickte und packte sein Salamibrot ein. „Jetzt müssen wir nur noch zur Insel übersetzen. Hach, bin ich aufgeregt! Das wird ultraspitze!" Melinas Tasche war voll mit Wurstbroten. Darum hatte außer Marven auch niemand neben ihr sitzen wollen.
Pia hätte ihr sofort den Platz neben sich angeboten, aber sie hatte sich nicht getraut, aus Angst, auch von Salamibrot-Melina einen Korb zu bekommen.
Ein Lautsprecher knackte. Pia sah nach vorn. Ihre Klassenlehrerin Frau Winkler hatte das Mikro ergriffen.
„Alle mal herhören!", rief sie durch den Bus. Das Mikro quietschte ohrenbetäubend. Erschrocken zuckte Frau Winkler zusammen und sah hilflos zum Busfahrer. „Was mache ich falsch? Hallo? Das geht irgendwie nicht!" Frau Winkler war die jüngste Lehrerin an Pias Schule und immer etwas übermotiviert und konfus.
Pia sah die Hand des Busfahrers auftauchen und das Mikro ein Stück von Frau Winklers Gesicht wegziehen.
„Ah ... danke! Wunderbar! Großartig!", rief sie. Dann wandte sie sich wieder an die Klasse: „Wir müssen während der Überfahrt den Bus verlassen. Ich möchte, dass wir uns alle draußen vor der Tür sammeln und dann gemeinsam an Deck gehen. Was meint ihr, kriegen wir das hin?"

Pia hatte da so ihre Zweifel. Schon jetzt herrschte wildes Gedrängel, denn jeder wollte als Erstes raus. Sie schaute noch einmal aus dem Fenster und sah grauen Asphalt, schwarz glänzende Pkw und einen mit bunten Graffiti beschmierten Kiosk hinter der Scheibe vorüberziehen, bevor der Bus auf die Rampe fuhr und im Bauch der Fähre verschwand.

Pias Augen mussten sich erst an die Dunkelheit gewöhnen, und nun, da sie ihrer Aussicht beraubt worden war, spürte Pia umso stärker das Schwanken des Schiffes. Sie band ihre wirren blonden Locken zu einem Zopf zusammen und wartete, bis alle anderen ihre Sachen gepackt hatten und ausgestiegen waren.

Als Pia aus dem Bus kam, schlängelten sich ihre Mitschüler schon zwischen den parkenden Autos hindurch. Die Fähre war voll. Ein Luxusschlitten reihte sich an den nächsten. Im Vorbeigehen runzelte Pia die Stirn. Was war das hier? Autotreff für teure Sportwagen? Fasziniert starrte sie auf das Cabriolet eines Porsche-Oldtimers – und stolperte prompt. Ihr Blick wanderte nach unten. Vor ihren Füßen lag eine Zeitschrift. Pia hob sie auf. „Pferd und Sport“ stand auf dem Cover. „Mit der korrekten Hilfengebung zum Turniererfolg“ lautete eine fett leuchtende Überschrift. Die Zeitschrift musste eindeutig Helene verloren haben. Sie hatte ein eigenes Pferd – worum Pia sie glühend beneidete – und prahlte ständig mit ihren Reiterfolgen. Einen Moment überlegte Pia, die Zeitschrift einfach liegen zu lassen. Helene würde es ihr sicher nicht danken, wenn sie ihr die Zeitschrift mitbrachte. Andererseits könnte Pia so vorher selbst noch einen Blick hineinwerfen und sich in die Welt der Reiter träumen, bevor sie Helene das Magazin zurückgab. „Ach, was soll's!", murmelte sie vor sich hin und steckte die Zeitschrift in die Tasche ihrer Sommerjacke.

Suchend blickte sie sich um und sah ihre Klasse am anderen Ende des riesigen Schiffsbauches durch eine Tür verschwinden. Sie sprintete zwischen den Fahrzeugen hindurch und schob sich in letzter Sekunde durch die zufallende Tür. Dahinter kam eine schmale, steile Treppe, die nach oben führte.

Plötzlich gab es einen heftigen Ruck.

„Woah!", keuchte Pia und griff nach dem Geländer. Das Schwanken des Schiffes wurde stärker. Das laute Dröhnen der Motoren ließ den Boden erzittern. Unsicher tastete sie sich an der stählernen Wand entlang die Treppe hinauf und öffnete die Tür am oberen Ende. Frische Meeresluft blies ihr entgegen.

Erleichtert trat Pia ins Freie und sog den salzigen Geruch des Wassers ein. Da war es also, das Meer!

Vorsichtig spähte sie über die Reling. Schäumendes Wasser schwappte ihr ins Gesicht und sie taumelte erschrocken rückwärts. Plötzlich drehte sich alles. Ihre Füße waren mit einem Mal bleischwer und ihr Kopf federleicht. Pias Magen krampfte sich zusammen. Kalte Schauer jagten ihr über den Rücken, während das Schiff sich schaukelnd vom Ufer entfernte.

Panisch sah sich Pia um. Hinter ihr befanden sich ein Freideck mit Sitzbänken und ein Bordcafé. Dann sah sie das Schild mit der Aufschrift „Toiletten". Ihre Rettung! Pia rannte los.

Im Vorraum zu den Toiletten dröhnte ein Handföhn, der sogar den wummernden Schiffsmotor übertönte. Es roch nach Kloreiniger. Pia würgte.

„Ich hoffe, es gibt da auch Zweierzimmer!", vernahm sie Zoes Stimme. Zoe stand weiter vorn mit Helene und noch ein paar anderen Mädchen in der Schlange an. Als die Tür zur vordersten Klokabine sich öffnete, drängte sich Pia hastig an ihren Mitschülerinnen vorbei und stürzte in die Kabine. Knallend schloss sie die Tür und schob den Riegel vor. Ihr war so schlecht!

„He! Was soll das?“, hörte sie Helene blaffen, und die Kappen zweier blütenweißer Ballerinas kamen unter der Tür zum Vorschein. Helene stand direkt vor der Kabine und hämmerte dagegen. „Stell dich gefälligst hinten an!“

„Jetzt lasst sie doch! Dem armen Ding ist sicher schlecht. Das muss die Seekrankheit sein!“, hörte Pia eine Frau noch sagen, dann erbrach sie sich auch schon in die Kloschüssel. Vage bemerkte sie, wie ihr dabei Helenes Pferdezeitschrift aus der Tasche glitt und direkt neben der Tür auf den versifften Toilettenboden klatschte.

„Ist das nicht deine?“, hörte Pia Zoe fragen.

„Na klar ist das meine!“, kreischte Helene. „Diese Assibraut kann sich doch nie im Leben so eine teure Zeitschrift leisten. Die hat sie mir geklaut!“

Pia war nicht in der Verfassung, sich zu verteidigen. Sie musste immer wieder würgen. Dabei hatte sie doch eigentlich nur ein paar der pappigen Umsonstkekse gegessen, die es im Bus gegeben hatte. Sie hörte, wie sich jemand an der Klotür zu schaffen machte, war aber zu erschöpft, sich zu rühren. Jemand kicherte gehässig, eine Tür wurde zugeschlagen. Dann war es still.

„Großartig, Pia!“, flüsterte sie, immer noch auf die Kloschüssel gestützt. So was konnte auch nur ihr passieren!

Sie seufzte tief, wischte sich mit einem Fetzen Klopapier ein paarmal über den Mund und richtete sich langsam auf. Ihr war noch immer flau im Magen und schwindlig war ihr auch, aber zumindest hatte der Würgereiz nachgelassen.
Dann fiel ihr Blick auf die Pferdezeitschrift. Das Cover war total fleckig und durchgeweicht. Und wenn schon! Kurz entschlossen klaubte sie das Heft vom Boden, riss das Cover ab und stopfte die Zeitschrift zurück in ihre Tasche. Helene würde sie wohl nicht mehr wollen, aber Pia konnte sie noch lesen!
Pia entriegelte die Tür, doch als sie die Klinke herunterdrücken wollte, ließ sie sich nicht bewegen, egal wie kräftig sie daran rüttelte. Das durfte doch nicht wahr sein! Pia warf sich gegen die Tür, aber sie blieb zu. Dann sah sie nach oben. Weder über noch unter der Kabine war genug Platz, um rauszukommen. Na super! Pia knallte den Klodeckel zu und sackte darauf nieder.
Das Schaukeln des Schiffes hatte nachgelassen und auch der Lärm der Motoren war verstummt. Sie mussten angelegt haben. Ihr blieb also nichts weiter übrig als zu warten, bis man sie fand. Irgendwann würde man sie ja wohl vermissen. Bestimmt.

2

NACH EIN PAAR MINUTEN, die sich für Pia wie Stunden anfühlten, hörte sie ein lautes Klappern. Ein Wischmopp klatschte auf den Boden.

„Hallo?", rief Pia und rappelte sich auf. „Können Sie mir bitte helfen? Ich sitze hier fest!" Sie bemühte sich, nicht allzu verzweifelt zu klingen, aber wenn sie nicht bald hier rauskam, würde der Bus womöglich doch ohne sie fahren.

„Nanu?", fragte eine Frauenstimme verwundert zurück.

„Die Tür klemmt! Können Sie bitte aufmachen?", rief Pia.

„Ja, so etwas! Wer hat denn da die Tür verkeilt?" Die Frau kam schlurfend näher, und dann hörte Pia, wie sie sich an der Klinke zu schaffen machte. Sekunden später wurde die Tür geöffnet und eine kleine Frau in Putzkittel lugte in die Kabine herein.

Pia strahlte sie dankbar an. „Vielen, vielen Dank! Sie sind meine Retterin!", rief sie, schob sich an der Frau vorbei aus der Kabine und sprintete los. „Ich muss weg, mein Bus fährt!"

Zurück an Deck sah sich Pia hektisch um. Die Treppe ... Wo war denn nur die blöde Treppe? Ah! Da drüben!

Pia wetzte los. Dabei nahm sie aus dem Augenwinkel wahr, wie ein Reisebus über die Rampe fuhr. Verdammt! Die fuhren tatsächlich ohne sie! Panisch hetzte Pia die Stufen runter, durch den nun leeren Bauch des Schiffes, über die Rampe und hinaus ins Freie.

Der Bus war nirgends zu sehen.

Es vergingen ein paar fürchterliche Schrecksekunden, bis Pia aufatmen konnte: Im Schatten eines Gebäudes am Rand des Parkplatzes stand der Reisebus mit laufendem Motor. Davor wartete eine sichtlich nervöse Frau Winkler.

Pia schnappte erleichtert nach Luft. Sie waren noch da! Sie hatten sie nicht vergessen!

Während sie auf den parkenden Bus zulief, riskierte Pia noch einen schnellen Blick zurück zum Ufer. Wo Sand und Meer aufeinandertrafen, brachen sich schäumend die Wellen, und ihr Rauschen vereinte sich mit dem Pfeifen des Windes. Der Anblick raubte Pia kurz den Atem und ein unbeschreibliches Gefühl machte sich in ihr breit. Ihre Fingerspitzen kitzelten, ihre Haut prickelte, all ihre Sinne schienen mit einem Mal geschärft. Sie fühlte sich lebendig, sie fühlte sich wie am Ziel einer langen Reise, sie fühlte sich …

„Pia, wo warst du denn?", fragte Frau Winkler aufgeregt, als Pia beim Bus ankam.

Was sollte sie jetzt sagen? Dass Helene und ihre fiesen Kühe ihr mal wieder einen ihrer dämlichen Streiche gespielt hatten? Auf keinen Fall. Dann würden sie ihr diese Klassenfahrt garantiert zur Hölle machen. Außerdem war Pia keine Petze.

Also zuckte sie bloß verlegen die Schultern. „Mir war schlecht. Ich war die ganze Zeit auf dem Klo …", nuschelte sie kaum hörbar.

Frau Winklers Züge wurden weicher. „Oh weh, das tut mir leid. Ich hätte euch vorwarnen sollen. So eine Überfahrt kann eine ziemlich schauklige Angelegenheit sein. Geht es dir jetzt besser?"

Pia nickte nur.

Als sie den Bus betrat, hörte sie Helene und Zoe schon kichern. Auch die anderen Schüler reckten neugierig den Hals.

Mit gesenktem Kopf ging Pia zwischen den Reihen durch. Sie wollte keine mitleidigen Blicke ernten. Sie hasste Mitleid. Es machte alles nur noch schlimmer.

Zum Glück ergriff Frau Winkler in diesem Moment das Wort: „Okay, Leute, da jetzt alle da sind, möchte ich die Gelegenheit nutzen, um euch noch ein paar wichtige Regeln für die kommenden Tage mit auf den Weg zu geben ..."

Pia blendete die Stimme ihrer Lehrerin aus und versuchte so schnell wie möglich nach hinten zu ihrer Sitzreihe zu gelangen. Als sie an Helenes Reihe vorbeihuschte, schoss blitzschnell ein Fuß in den Gang und verstellte ihr den Weg. Pia sah es zu spät und stolperte, konnte sich aber im allerletzten Moment an der Lehne von Marven festklammern.

„Hey, Pia, alles klar?", fragte er besorgt.

Einerseits fand Pia es nett, dass er fragte – immerhin schien er der Einzige zu sein, der sich ernsthaft für sie interessierte –, andererseits scheute sie jede Form von Aufmerksamkeit. Ihr Gesicht fühlte sich heiß an und sie wusste, dass sie schon wieder über und über mit diesen hässlichen roten Flecken übersät war, die sie immer bekam, wenn sie sich schämte. Also ziemlich oft.

„Alles gut", nuschelte sie. Zu mehr fehlte ihr einfach die Kraft. Sie ließ sich auf ihren Sitz plumpsen, rutschte ans Fenster und schaute hinaus auf die vorbeiziehenden Häuser hinter der Scheibe. Es kam ihr vor, als zöge eine andere Welt an ihr vorbei – eine wunderschöne, absolut perfekte

Welt. Die reetgedeckten Häuser leuchteten in der Abendsonne und strahlten eine heimelige Wärme aus. In den Vorgärten blühten blaue Hortensien und am Wegesrand rosarote Rhododendronbüsche, und dazwischen leuchteten die weiß lackierten Gartenzäune.

„... niemand wandert allein im Watt umher ...", holte Frau Winklers Stimme Pia in ihre eigene Welt zurück. „Niemand verlässt den Gasthof nach 22 Uhr, dann ist nämlich Sperrstunde, und ihr haltet euch bitte zu jeder Zeit an die Anweisungen von Familie Heinemann, die Besitzer des Gasthofes und der Reitanlage. Habt ihr das so weit verstanden?"

Pia sah blinzelnd nach vorn. Diese Regeln würden ihr wohl kaum Schwierigkeiten machen. Es waren mehr oder weniger dieselben wie in ihrem Wohnheim zu Hause in Frankfurt. Eine Sperrstunde gab es da auch und sich nicht daran zu halten, war selten eine gute Idee. So was wurde gern mit Putzdienst geahndet. Und was die Sache mit dem Watt betraf: Pia hatte sowieso nicht vorgehabt, allein durchs Watt zu wandern. So schön ihr das Meer gerade erschienen war – aus Erzählungen wusste sie durchaus um seine Tücken.

„Kommen wir zu meinem nächsten Punkt: der Zimmerverteilung!", rief Frau Winkler.

Sofort erhob sich ein lautes Stimmengewirr.

„Yo! Ich und Johannes, was sonst!", grölte Luis von hinten.
„Ich will mit Zoe in ein Zimmer!", zeterte Helene dazwischen.
Pia rutschte unbehaglich auf ihrem Sitz herum. Die Zimmerverteilung hatte ihr schon die ganze Zeit Bauchschmerzen bereitet. Wer würde schon freiwillig mit ihr in ein Zimmer gehen? Sie war erst vor zwei Monaten in die Klasse gekommen und für die anderen immer noch „die Neue" – oder im Fall von Helene: „das Heimkind". Davon abgesehen gehörte sie nun mal nicht zu der Sorte Mädchen, dem alle Herzen zuflogen. Dafür war sie viel zu still und schüchtern.
Sie versuchte den Lärm um sich herum auszublenden und schaute wieder aus dem Fenster. Der Bus fuhr offenbar gerade durch das Zentrum der verträumten Inselgemeinde. Kleine Läden, Cafés und Restaurants säumten die Straße, gut gekleidete Feriengäste standen vor den Schaufenstern oder saßen in der Sonne bei einem Kaffee. Fast hätte Pia Frau Winkler überhört, so fasziniert war sie von der scheinbar ungetrübten Idylle auf der anderen Seite der Scheibe.
„Ich werde entscheiden, wer mit wem das Zimmer teilt!", rief die Lehrerin – jetzt wieder durchs Mikro, anscheinend um sich endlich Gehör zu verschaffen.

Doch keinem entgingen die nächsten Worte von Helene: „Ich teile mit allen das Zimmer, nur nicht mit Pia!", zischte sie gehässig nach hinten.
Pia wäre am liebsten im Boden versunken.
„Solche Bemerkungen verbitte ich mir, Helene. Das ist kindisch und unkollegial."
Das Mikro heulte.
Pia wollte einfach nur noch weg. Raus aus diesem Bus. Raus aus dieser Situation. Denn sicherlich würde Helene Frau Winklers Worte nicht auf sich sitzen lassen.
„Sie hat mein Reitmagazin gestohlen!", tönte es da auch schon durch den Gang. Alle Köpfe drehten sich zu Pia.
„Stimmt das, Pia?", fragte Frau Winkler skeptisch.
Alle warteten auf Pias Antwort.
Pia brach der kalte Schweiß aus. Doch aus Erfahrung wusste sie, dass es ganz egal war, was sie nun sagte oder tat. Es würde nur schlimmer werden. Es wurde immer nur noch schlimmer. Zumindest in diesem Punkt war auf Helene Verlass.
Schließlich sagte die Lehrerin noch immer für alle hörbar durchs Mikrofon: „Das klären wir später. Aber es bleibt dabei: Ich werde über die Zimmervergabe entscheiden, sobald wir vor Ort sind."

Der Lautsprecher knackte, dann wurde es still im Bus. Totenstill.
Pia schloss die Augen. Warum hatte sie bloß nichts gesagt? Jetzt würden sie alle für eine Diebin halten. In ihren Augen brannten Tränen, aber sie blinzelte sie weg.
Der Bus fuhr nun auf einem holprigen Schotterweg – kaum breit genug für ein normales Auto. Auf der einen Seite erstreckten sich die spärlich bewachsenen Dünen, auf der anderen Seite wurde der Weg durch einen maroden Holzzaun begrenzt. Dahinter lagen grüne Weideflächen und in einiger Entfernung erspähte Pia die ersten Pferde.
Sofort fiel ihr das Atmen leichter. Wie jedes Mal wenn sie die anmutigen Tiere erblickte, breitete sich eine große Ruhe in ihr aus. Sie legte die Hand auf die kühle Scheibe und rief sich ins Gedächtnis, warum sie eigentlich hier war. Ihre Unterkunft auf dieser malerischen Nordseeinsel, der Gasthof der Familie Heinemann, lag einsam auf einer Landzunge, abseits von allem Touristentrubel. Früher einmal waren die Heinemanns stolze Züchter zahlreicher prämierter Oldenburger Sportpferde gewesen. Mittlerweile vermieteten sie ihr Haus an größere Reisegruppen und nutzten die Reitanlage für die bei Touristen so beliebten Strandausritte und Ferienreitkurse.

Seit Frau Winkler ihnen vor einigen Wochen zum ersten Mal von ihren Plänen für die Klassenfahrt erzählt hatte, hatte Pia es kaum erwarten können, endlich hier zu sein. Und nun würde sie sich diesen Augenblick ganz bestimmt nicht von Helenes intrigantem Gehabe verderben lassen.
Pia suchte die Insellandschaft nach einem Gebäude ab. Und da endlich kam es in Sicht! Pia presste die Nase gegen die Scheibe. Umringt von ein paar windschiefen Bäumen, thronte auf einer Hügelkuppe ein einzelnes Haus. Auch wenn es ein wenig heruntergekommen aussah, erkannte Pia, dass es früher mal ein stattliches Herrenhaus gewesen sein musste.
Der Bus holperte über einen gepflasterten Weg bis auf den großen Hof. Sie waren am Ziel.
Von Nahem sah das Gebäude noch viel schäbiger aus. Die Fensterläden hingen zum Teil schief in den Angeln und die hellblaue Farbe blätterte davon ab.
„In dieser Bruchbude sollen wir wohnen? Das ist doch kein Gutshof!“, kreischte Helene.
Zoe kicherte freudlos. „Meinst du, die haben schon fließend Wasser da drinnen?“
Darüber konnte ihre Freundin nicht lachen. „Wenn es zu schlimm ist, rufe ich meinen Papi an und wir ziehen in eines

dieser schicken Hotels im Ort“, prahlte Helene, während sie ihre klobige Designerhandtasche ins Freie schleppte.

Pia sah ihr nach. Manchmal fragte sie sich, ob Helenes Abneigung ihr gegenüber nicht doch auf Gegenseitigkeit beruhte. Vor allem immer dann, wenn Helene ihren Vater ins Spiel brachte. Papi hier, Papi da. Pia konnte es nicht mehr hören. Wahrscheinlich lag es daran, dass sie selbst keinen Vater hatte. Unzählige Tage und Nächte hatte Pia als kleines Mädchen darauf gewartet, dass er kam, um sie zu retten. Doch ihr Vater war nie gekommen und würde es auch jetzt nicht tun.

Ein kühler Abendwind fuhr ihr in die Locken, als sie aus dem Bus stieg, fegte ein wenig Sand über den Hof, pfiff ums Haus und zerrte ächzend an einem abgerissenen Regenrohr.

Pia fröstelte. Nicht nur der Wind schien ihr kalt und abweisend. Die fleckigen Fenster des Gasthofes starrten ihr dunkel und leer entgegen. Nichts regte sich dahinter, kein Vorhang, kein Leben, nicht einmal ein Licht brannte.

Sie schlang die Arme um den Oberkörper. Irgendwas an diesem Haus machte sie unruhig. Es sah aus, als stünde es da und lauerte. Still und stumm, mit all seinen Geheimnissen hinter den dicken Steinmauern. Bei der Vorstellung,

die nächsten acht Tage mit ihrer Klasse darin wohnen zu müssen, wurde Pia schon wieder flau im Magen.
Selbst Frau Winkler schien verunsichert, denn sie sagte kleinlaut: „Ja, das Haus hat schon bessere Tage gesehen ... aber aus historischer Sicht ist es ohne Zweifel eine Perle in dieser Gegend."
Johannes und Luis hatten ganz andere Vorstellungen. „Krass! Die Hütte sieht ja aus wie aus dem Game, das wir neulich gezockt haben! *Horror Invasion 2!*", rief Luis begeistert.
„Ja! Stimmt! Wo die Monster die Soldaten fressen und ihnen die Eingeweide ..."
„Iiiiiiiih! Hört auf!", kreischte Helene. „Das ist widerlich!"
Pia war ihrer Lehrerin gefolgt und blieb nun unter der knorrigen Eiche in der Mitte des Hofes stehen.
„Holt euer Gepäck aus dem Bus und versammelt euch erst mal alle hier!", rief Frau Winkler über den Hof. Ihre zarte Stimme bebte verdächtig. „Ich gehe mal nachsehen, ob uns jemand in Empfang nehmen kann." Dann atmete sie tief durch, als müsste sie all ihren Mut zusammennehmen, und lief zur Eingangstür.

3

TROTZ DER GOLDENEN ABENDSONNE, die noch über dem blauen Streifen Meer hinter dem Gasthof leuchtete, war es im Inneren des Hauses düster. Durch die trüben Scheiben fiel kaum Licht und das Radfenster über der Eingangstür warf gruselige Schatten auf den Steinboden in der Empfangshalle. Von hier führte eine wuchtige, breite Holztreppe in die beiden oberen Etagen.

Pias Blick wanderte zu der Flügeltür, die gegenüber dem Eingang lag. Durch diese trat nun eine Frau mittleren Alters. Sie wischte sich die schwieligen Hände an einer geblümten Schürze ab und kam auf die immer noch etwas eingeschüchtert wirkende Frau Winkler zu.

Pia duckte sich hinter einen der schweren Samtvorhänge neben der Tür.

„Willkommen im Gasthof Heinemann", sagte die Frau mit einer kehligen Großmutterstimme und reichte Frau Winkler die Hand. „Ich bin Frau Olberding. Ich kümmere mich stellvertretend für Herrn Heinemann um das Haus und seine Gäste. Er ist derzeit verhindert und wird Sie wahrscheinlich erst morgen begrüßen können."

„Das ist doch kein Problem!", sagte Frau Winkler. „Ich erinnere mich an Sie. Wir hatten vorletzte Woche telefoniert."

Frau Olberding lächelte. „Ich nehme an, die jungen Herrschaften wollen erst einmal ihre Zimmer beziehen?" Sie warf einen prüfenden Blick auf den Haufen Teenager, der sich in ihren heiligen Hallen versammelt hatte.

Frau Winkler nickte und strich ihr geblümtes Sommerkleid glatt. „Das wäre großartig. Wir haben ja eine lange Fahrt hinter uns."

„Schön, dann kommen Sie mal mit!" Die Haushälterin marschierte mit energischen Schritten zu der großen Treppe. „Frühstück gibt es um acht, Abendessen in einer halben Stunde, ansonsten nach Absprache", erklärte sie, während sie die Stufen hinaufstieg. „Zum Mittag gibt es ein Lunchpaket für jeden. Die Lunchpakete werden direkt nach dem Frühstück verteilt. Wir haben auch eine Grillstelle hinter dem Haus, wo man bei schönem Wetter sitzen und speisen kann ..."

Pia knurrte jetzt schon der Magen. Kein Wunder. Nach ih-

rer Höllentour auf der Fähre hatte sie ja so gut wie nichts mehr im Bauch.
„Es gibt Zweier-, Dreier- und Viererzimmer!“, hallte Frau Olberdings Stimme durchs Haus.
Pia überlegte, mit wem sie am liebsten das Zimmer teilen würde. Wahrscheinlich gab es Mädchen- und Jungenzimmer, genau wie bei ihr im Wohnheim. Dort musste sie sich das Zimmer auch mit einem anderen Mädchen teilen. Das war aber zum Glück nur noch sehr selten da, weil es eine Ausbildung angefangen hatte.
Vielleicht wäre Melina nicht schlecht? Sie verspottete Pia immerhin nicht, und dass sie gut befreundet mit Marven war, sprach auch für sie. Marven war echt ein netter Kerl. Überhaupt waren die Jungs aus Pias Klasse um einiges netter zu ihr als die Mädchen. Dabei gab es außer Helene, Zoe und Greta – Helenes zweitbeste Freundin oder ihre beste, wenn sie sich gerade mit Zoe gezofft hatte – eigentlich niemanden, der wirklich ein Problem mit Pia hatte. Pia vermutete, dass viel von dem Spott und Hohn, den sie erntete, mehr mit Gruppenzwang als mit ihrer Person zu tun hatte. Das zumindest versuchte sie sich als Trost immer wieder zu sagen.
„Pia?“

Pia zuckte erschrocken zusammen und stolperte über die nächste Stufe. Wie aus dem Nichts war Frau Winkler neben ihr aufgetaucht.

„Ich möchte kurz mit dir über Helene sprechen, wegen der Sache im Bus."

Alarmiert riss Pia die Augen auf.

„Hast du ihr die Zeitschrift gestohlen?", fragte Frau Winkler mit gedämpfter Stimme, während Pias Mitschüler sich an ihnen vorbeischoben, um die Zimmer in den oberen Stockwerken zu besichtigen.

„Nein, hab ich nicht!", erwiderte Pia empört. „Die Zeitschrift ist Helene auf der Fähre aus der Tasche gefallen und ich wollte sie ihr zurückbringen."

„Hatte Helene etwas damit zu tun, dass du so lange auf der Toilette verschwunden warst?", fragte Frau Winkler nun und machte dabei ein so mitleidiges Gesicht, dass Pia am liebsten weggerannt wäre.

Pia biss sich auf die Lippe. „Nein." Niemals würde sie zugeben, dass Helene sie eingesperrt hatte. Zum einen war sie keine Petze und zum anderen pfiff sie auf Frau Winklers Mitleid! Wenn sie es nicht mehr aushielt, dann lag es bei ihr, nur bei ihr selbst, etwas an der Situation zu ändern! Wenn das Heimleben sie eines gelehrt hatte, dann das: niemals auf andere zu hoffen. Weder Mitleid noch Selbstmitleid brachten einen weiter. Am Ende war man immer auf sich allein gestellt.

Frau Winkler seufzte. „Du weißt, du kannst jederzeit mit mir sprechen und zu mir kommen, wenn dich etwas belastet."

Pia sagte nichts.

„Ich denke, du und Helene solltet euch besser kennenlernen. Dann würde es solche ... Missverständnisse vielleicht gar nicht mehr geben."

In diesem Moment kamen Luis und Johannes aus einem der Zimmer im ersten Stock geschossen. „Frau Winkler! Frau Winkler! Können wir das Zimmer da drüben haben? Das ist winzig und echt nicht schön, aber wir würden es nehmen, wenn wir zusammen reindürfen!", startete Luis einen ziemlich durchschaubaren Versuch, doch noch zu seinem Wunschmitbewohner zu kommen.

Frau Winkler seufzte und wandte sich nun an alle Schüler. „Okay, hört mal her: Ich habe mir überlegt, dass wir diesen Ausflug dazu nutzen sollten, uns alle ein wenig besser kennen und verstehen zu lernen."

Ein Stöhnen hallte durch den Flur.

„Darum werden sich diejenigen von euch, die normalerweise nicht viel miteinander zu tun haben, ein Zimmer teilen. Die Mädchen beziehen ihre Zimmer im zweiten Stock, die Jungen hier im ersten."

Während von überall her Proteste laut wurden, schob sich Pia in eine kleine Fensternische neben der Treppe.

„Entweder regelt ihr das selbst oder ich werde es für euch tun!", erklärte Frau Winkler mit Nachdruck.

Plötzlich herrschte Stille.

Pia klammerte sich an ihren Rucksack und wartete gespannt, was als Nächstes geschehen würde. Sie hatte mit keinem ihrer Mitschüler sonderlich viel zu tun und war somit für alle eine mögliche Zimmerpartnerin. Aber würde sich jemand freiwillig melden?

Pia wagte es kaum zu atmen.

„Ich geh mit Marven in ein Zimmer", sagte Luis schließlich, klatschte sich mit seinem Kumpel Johannes ab und schnappte sich seine Reisetasche.

Marven nickte und deutete auf den Flur. „Dürfen wir das Zimmer aussuchen?", fragte er Frau Winkler.

Die Lehrerin zuckte die Achseln. „Wer zuerst kommt, mahlt zuerst."

„Ich gehe mit Greta zusammen!", rief Helene eilig.

Frau Winkler schüttelte den Kopf. „Das ist gegen die Ab-

sprache, Helene. Greta ist deine Freundin und ihr sitzt nebeneinander."
„Aber nur in Mathe und Deutsch!", protestierte Helene.
„Du wirst dir das Zimmer mit Pia teilen", sagte Frau Winkler bestimmt.
Helene heulte auf. Ein paar Mitschüler lachten.
Pia stolperte rückwärts und stieß mit dem Hinterkopf heftig gegen den Fensterrahmen. Sofort schossen ihr die Tränen in die Augen. Sie wollte etwas sagen, sich wehren, doch sie brachte keinen Ton hervor.
Helene war dafür umso lauter. „Das können Sie nicht machen!", schrie sie aufgebracht. „Dann fahre ich zurück nach Hause oder ziehe ins Hotel!"
Frau Winkler stemmte die Hände in die Hüften. „Das wirst du ganz sicher nicht tun, Helene. Solange wir hier sind, habe ich die Verantwortung für euch – und das Sagen."
Pia wischte sich hastig die Tränen aus den Augen und war auf einmal froh, den Mund gehalten zu haben. Sie hatte Frau Winkler noch niemals so streng erlebt!
Helene war ebenfalls verstummt, doch ihre Unterlippe zitterte. Ihre Freundinnen Zoe und Greta schwiegen betreten.
„So eine Schwachsinnsidee!", stieß Helene wütend hervor und stampfte die Treppe nach oben in den zweiten Stock.

Pia erwachte aus ihrer Starre. Ihre Gedanken rasten. Sollte sie Frau Winkler doch noch mal bitten, ihr eine andere Zimmergenossin zuzuteilen? Aber ein Blick ins Gesicht der Klassenlehrerin verriet ihr, dass jeder Widerspruch zwecklos war. Also drückte sie sich an den anderen Mädchen vorbei und stieg die Treppe nach oben.

Dabei spürte sie die Blicke ihrer Mitschüler im Nacken, spürte sie wie glühende Nadelstiche auf der Haut. Pia lief schneller, sah nicht mehr nach rechts oder links, nahm nichts mehr wahr außer ihrem trommelnden Herzschlag, bis sie am Ende des Flures im zweiten Stock angelangt war. Dort blieb sie vor der offenen Zimmertür stehen.

„Ich schlafe oben, dass das klar ist!“, zischte Helene. Dann schleppte sie ihren schweren Koffer in eine Ecke, zog den Reißverschluss auf und zerrte einen Beutel hervor.

Pia beobachtete sie von der Tür aus.

„Wehe, du klaust mir noch mal was oder gehst auch nur in die Nähe von meinen Sachen!“ Helene kam auf sie zugestampft. „Dann werde ich dafür sorgen, dass mein Vater dich anzeigt. Vom Kinderheim in den Jugendknast – so ein Werdegang würde zu dir passen!“ Sie rauschte aus dem Zimmer und rempelte Pia dabei mit der Schulter an.

Pia verharrte noch einige Sekunden wie betäubt in der Tür,

während ihre Mitschüler über die Flure trampelten und lärmend die Zimmer bezogen. Niemand schenkte ihr mehr Beachtung. Schließlich ging sie ins Zimmer und schloss behutsam die Tür hinter sich. Dann ließ sie ihren Rucksack langsam von der Schulter gleiten und sackte auf dem Bett zusammen, das Helene ihr zugeteilt hatte.

Nachdem sie eine Weile reglos dagesessen hatte, sah sie sich um. Das Zimmer war sauber, aber die spärlichen Möbelstücke, die es gab, waren genauso heruntergekommen wie der Rest des Gasthofes. Außer dem quietschenden Stockbett gab es nur eine Kommode, die zwischen Dachschräge und Bett gequetscht war, und einen wackeligen Stuhl.

Der Ausblick aus dem kleinen Fensterchen jedoch war atemberaubend: Jenseits der Wiesen hinter dem Gasthof glitzerte das Meer in der Bucht. Dahinter ragten die schroffen Klippen der Steilküste empor. Vor dem rotgoldenen Himmel zeichnete sich die Silhouette eines Leuchtturmes ab.

Auf der satten grünen Wiese erspähte Pia die Umrisse einiger Pferde. Friedlich grasten sie in der Abendsonne, ihre Mähnen und Schweife bauschten sich im Meereswind. Pia atmete durch. Morgen, sagte sie sich. Morgen würde ihr großer Traum in Erfüllung gehen. Alles, was sie tun musste, war durchhalten.

Pias Magen rumorte. Eigentlich hatte sie furchtbaren Hunger, doch Helene beim Abendessen noch einmal gegenübertreten zu müssen, wäre einfach zu viel gewesen. Sie griff nach ihrem Rucksack. Irgendwo musste noch ein Apfel sein. Den hatte sie am Morgen aus der Obstschale in der Heimküche mitgenommen.

Erst nachdem sie den kompletten Rucksack ausgeräumt hatte und ihn umdrehte, fand sie den Apfel. Sie verspeiste ihn mit wenigen Bissen und packte ihre Sachen zurück in den Rucksack. Ein paar Klamotten, eine Tüte mit Waschsachen, ihr Buch und eine kleine neongrüne Stoffschildkröte. Die hatte Pia als kleines Mädchen auf dem Stadtfest gewonnen, an ihrem sechsten Geburtstag. Keinesfalls würde sie die Sachen in den Schrank räumen! Auch das hatte sie sich im Lauf der Jahre angewöhnt: die wenigen Habseligkeiten, die sie besaß, bei sich zu behalten. Wenn man von einer Pflegefamilie zur anderen gereicht wurde, war es sinnvoll, stets auf gepackten Koffern zu sitzen. Pia seufzte. Immerhin hatte ihr Nomadenleben ein Ende gehabt, seit sie in dem betreuten Wohnen für Jugendliche gelandet war.

Pia sah neidvoll auf Helenes prall gefüllten Koffer in der Ecke. Er war randvoll mit Kleidern – Kleidern, wie Pia sie niemals besitzen würde.

Sie schüttelte sich. Es hatte keinen Sinn, darüber traurig zu sein. Helene lebte einfach in einer anderen Welt. Und daran würde auch Frau Winklers verquere Erziehungsmaßnahme nichts ändern. Niemals.

Pia warf einen letzten Blick nach draußen, dann ließ sie sich auf das knarrende Bett sinken. Erschöpft zog sie die Decke über sich und schloss die Augen. Sie dachte wieder an das goldene Pferd auf der Koppel. Ihr Seelenpferd. Vielleicht würde sie heute Nacht von ihm träumen.

4

DIE REITKAPPE IN IHRER HAND war abgewetzt und roch nach altem Schweiß, aber das war Pia total egal. Tausendmal hatte sie diesen Moment in ihrem Kopf durchgespielt und endlich war es so weit! Heute würde sie zum ersten Mal auf einem Pferd sitzen!

Gemeinsam mit ihren Mitschülern, die sich ebenfalls für den Ausritt angemeldet hatten, stand sie auf dem Parkplatz der kleinen Reitanlage, die nur wenige Gehminuten vom Gasthof entfernt lag.

Verstohlen sah sich Pia nach Helene um. Seit sie am Abend zuvor eingeschlafen war, hatte sie kein Wort mehr mit ihrer Zimmergenossin gewechselt. Als Pia am Morgen aufgewacht war, war Helene bereits weg gewesen – um sich mit den anderen Mädchen im Waschraum um den einzigen Spiegel zu zanken, den es auf ihrer Etage gab. Pia hatte so lange herumgetrödelt, bis das Gekreische draußen auf dem

Flur verstummt war, dann war sie in den leeren Waschraum gegangen, hatte sich die Zähne geputzt, das Gesicht gewaschen und ihre widerspenstigen Locken gebändigt. Als sie anschließend als Letzte in den Frühstücksraum gekommen war, hatte sie sich zu Melina und Marven an den Tisch gesetzt – möglichst weit weg von der biestigen Helene.

Jetzt stand Helene tuschelnd bei Zoe und Greta und deutete mit abschätziger Miene auf das Stallgebäude hinter sich. Es grenzte an einen staubigen Außenplatz, auf dem gerade ein paar Ponys träge im Kreis trotteten.

Pias Blick schoss zwischen Helene und den Pferden hin und her, während sie sich die feuchten Handflächen immer wieder an ihrer ausgewaschenen Jeans abwischen musste.

Da kam Frau Winkler mit einem hochgewachsenen älteren Mann aus dem Büro der Reitschule.

Das Erste, was Pia an ihm auffiel, waren seine Schuhe. Die polierten Kappen glänzten in der Sonne und passten so gar nicht in das Bild der sonst eher heruntergekommenen Anlage. Das Zweite, was ihr auffiel, war seine riesige, ein wenig schiefe Nase. Sie verlieh dem Mann – obwohl er lächelte – einen verschlagenen Ausdruck.

Frau Winkler hantierte nervös mit einem Stoß Papier herum. „Darf ich euch vorstellen ... das ist Rainer Heinemann." Sie deutete hektisch auf ihren Begleiter und hätte dabei fast die Papiere fallen lassen. „Er ist der Besitzer dieses ... äh ... Anwesens."

Pia versteckte sich in der hintersten Reihe und musterte den Mann mit wachsendem Unbehagen. Zum einen sah der Kerl nicht aus, als würde er seinen eigenen Stall jemals betreten, geschweige denn sich die Hände schmutzig machen, zum anderen war er Pia spontan so dermaßen zuwider, dass sie sich nicht vorstellen konnte, dass so ein Mensch Pferdeliebhaber war.

„Sie haben eine traumhafte Anlage, Herr Heinemann!", quiekte Helene in diesem Moment, drängelte sich ziemlich forsch an Frau Winkler vorbei in die erste Reihe und gab dem Mann die Hand. „Ich bin Helene Krämer. Ich reite seit Jahren und habe ein eigenes Pferd. Ich weiß also sofort, wenn ein Stall gut ist."

Fast hätte Pia laut losgelacht. Das war typisch Helene! Diese Reitanlage war sicher weit unter ihrem Niveau. Trotzdem musste sie sich unbedingt in den Vordergrund spielen.

Herr Heinemann musterte Helene von Kopf bis Fuß – ihre Designerjacke, die teure Vollederbesatzreithose, die trendi-

gen Gummistiefel – und lächelte noch verschlagener. „Vielen Dank, junge Dame, das ist sehr reizend von dir."
Am liebsten hätte sich Pia geschüttelt. Der Typ wurde ihr von Minute zu Minute unsympathischer. Sie konnte nicht genau sagen warum, aber alles an dem Kerl wirkte unecht und schmierig.
„Falls du mal ein richtiges Inselross reiten möchtest – ich verkaufe auch Pferde!", fuhr Herr Heinemann fort und zwinkerte Helene gönnerhaft zu.
Frau Winkler lachte ein wenig zu laut. „So, ihr Lieben, ich würde vorschlagen, ihr geht schon mal zum Stall hinüber und wartet dort auf Robbie, Herrn Heinemanns Sohn. Er wird euch die Pferde zuteilen. Ich kläre derweil die übrigen Formalitäten, bevor ich dann mit dem Rest eurer Klasse, der nicht am Ausritt teilnimmt, zum Inselmuseum fahre."
Pia biss sich auf die Lippe. Hoffentlich war dieser Robbie netter als sein Vater!
Zoe, Helene und Greta rannten sofort los, um die Ersten beim Stall zu sein.
Herr Heinemann lächelte noch immer, wenn auch etwas eingefroren. Dann wandte er sich ab und ging mit Frau Winkler zurück zum Büro, wobei er um jedes noch so winzige Dreckloch einen großen Bogen machte.

Zusammen mit den anderen folgte Pia Helene und ihren Anhängerinnen zum Stall. Sie spähte zu Marven. Er wirkte vollkommen gelassen und unterhielt sich gerade mit Melina über einen Ausritt während der letzten Sommerferien an der Ostsee. Zu gern hätte Pia ihn gefragt, wie er zum Reiten gekommen war und was er daran besonders liebte. Aber dazu fehlte ihr mal wieder der Mut. Die Reitkappe fest umklammert, betrat sie die enge Stallgasse.

Sanftes Schnauben und helles Lachen empfingen sie. Letzteres gehörte Zoe, die gerade dabei war, ein besonders hübsches hellbraunes Pferdchen aus einer der Boxen zu führen.

„Bist du schon mal geritten?", ertönte plötzlich eine mürrische Stimme hinter Pia.

Sie wirbelte herum. In der freien Box gegenüber, die anscheinend als Sattelkammer diente, stand ein dunkelhaariger Typ. Er wandte ihr den breiten, muskulösen Rücken zu und rumorte durch die Kammer.

Pias Herz begann wie wild zu pochen. Sollte sie zugeben, dass sie noch nie auf einem Pferd gesessen hatte? Oder war es klüger zu behaupten, sie könne ein wenig reiten?

Pia atmete immer hektischer und brachte keinen Ton heraus.

„Das deute ich jetzt mal als ein Nein", sagte der Typ und drehte sich um. „Heilige Schei... Was machst *du* denn hier?" Er starrte Pia mit großen Augen an.

Pia begann vor lauter Schreck zu stammeln: „Ich ... ich bin mit meiner Klasse aus Frankfurt hier, um zu reiten ... Wir ... ähm ... wir wohnen im Gasthof nebenan." Sie zwirbelte nervös eine Locke um ihren Finger.

Der Junge starrte immer noch. Seine Augen wanderten von ihrem Gesicht zu den Haaren und wieder zurück. Er sah um einiges älter aus als Pia, aber vielleicht lag das auch nur an dem dunklen Dreitagebart um sein Kinn. Pia schluckte. Auf eine raue, verwegene Art und Weise sah der Typ verdammt gut aus!

Langsam atmete sie aus. Sie musste sich unter Kontrolle bekommen. Schließlich wollte sie einen guten Eindruck hinterlassen. Ansonsten ließ er sie vielleicht nicht reiten.

Also streckte sie zögerlich die Hand aus. „Ich heiße Pia", sagte sie.

Der Junge stand immer noch da wie vom Donner gerührt. Dann wanderte sein Blick an ihr herunter.

Pia hätte im Boden versinken können, denn sie wusste genau, was er sah: ein verwaschenes altes Shirt, schlabbrige alte Jeans, ausgetretene Schuhe.

Er hob den Kopf. Tiefbraune Augen mit langen schwarzen Wimpern durchbohrten sie. „Pia, sagtest du?“, fragte er schließlich. „Aus Frankfurt?“

„Ja“, sagte Pia unsicher. „Wieso? Stimmt was nicht?“

„Nein, nein ... schon gut. Du ... du erinnerst mich nur an jemanden.“ Er schüttelte den Kopf.

Vor lauter Erleichterung, dass er sie endlich nicht mehr so kritisch musterte, sprudelte Pia drauflos: „Ich bin noch nie geritten und hab mich total auf diesen Tag gefreut! Ich ... ich kann dir aber auch gern hier im Stall helfen, wenn du möchtest. Ich liebe Pferde und ich würde alles ...“

Er hob eine Hand. „Wow! Jetzt mal der Reihe nach ...“

Pia sagte nichts mehr und nickte bloß mit eingezogenem Kopf.

Langsam streckte er ihr die Hand entgegen. „Hi, ich bin Robbie. Nett, dich kennenzulernen ... ähm ... Pia“, sagte er steif und starrte immer noch, aber jetzt zumindest deutlich freundlicher.

Zögerlich ergriff sie seine Hand. „Hi.“ Sie probierte ein Lächeln. Ihre Mundwinkel zitterten.

Plötzlich verschränkte er die Arme und grinste. „Noch nie geritten, soso ...“

Pia schluckte. Flunkern würde nichts nützen. Er hatte sie

ja ohnehin schon durchschaut. „Nein, ich kann überhaupt nicht reiten“, sagte sie und schob vorsichtig hinterher: „Vielleicht hast du ja ein besonders braves Pferd für mich?“
Robbie schüttelte wieder den Kopf und lachte vor sich hin. „Sachen gibt's!“
Pias Gedanken rasten. Traute er ihr einen Ausritt etwa nicht zu? Sie nahm all ihren Mut zusammen. „Ich kriege das schon hin, ehrlich!“, rief sie. „Ich habe schon häufig bei Reitstunden zugeschaut und ich ...“
Robbie machte eine abwehrende Handbewegung. „Schon gut, schon gut. Das meinte ich gar nicht.“ Er musterte sie ein letztes Mal von Kopf bis Fuß – Pia versuchte so selbstsicher wie möglich auszusehen – und sagte: „Na schön, dann bekommst du Gerold. Er ist das beste Anfängerpferd weit und breit, macht alles von allein und geht brav mit.“ Dabei griff er nach einer der Trensen neben sich an der Boxenwand. „Hier ist ...“ Doch weiter kam er nicht, denn plötzlich gab es einen heftigen Schlag am Ende der Stallgasse. Ein Pferd wieherte schrill. Zoe, die gerade das Ende der Boxenreihe erreicht hatte, schrie auf, und im nächsten Augenblick galoppierte ihr hübsches braunes Pferdchen aufgebracht durch die Stallgasse, direkt auf Pia zu.
Instinktiv trat sie zur Seite und öffnete die Tür der Box, aus

der sie Zoe und das Pferd vor wenigen Minuten kommen gesehen hatte.
Sofort wurde der Braune langsamer und marschierte dann schnurstracks zurück in seine nun offene Box. Dort angekommen, machte er sich über den Haufen Heu am Boden her und würdigte Pia, die langsam die Tür wieder schloss, keines Blickes.
„Dafür, dass du noch nie geritten bist, scheinst du aber eine Menge von Pferden zu verstehen", sagte Robbie misstrauisch.
Pia wirbelte herum und lächelte verlegen. „Ähm, ich weiß nicht, ich habe nur …"
Robbies Augen funkelten. „Ach, weißt du, was? Ich denke, du würdest dich auch mit Feuerstern ganz gut verstehen. Ja, die passt besser zu dir als unser verschlafener Gerold …"
In dem Moment kam eine keuchende Zoe bei ihnen an. „Das Pferd in der letzten Box hat nach meinem geschnappt!", sagte sie. „Ich musste loslassen, sonst hätte es mich sicher gefressen."
„Ja, das macht unser lieber Dark Shadow gern mal, und nicht nur das …", stieß Robbie zwischen zusammengebissenen Zähnen hervor. Während die zeternde Zoe ihr Pferd zum zweiten Mal aus der Box holte, reichte er Pia ein Paar

Stiefel. „Da! Zieh die Gummistiefel an. Mit diesen ... Latschen ..." – er blickte auf Pias Schuhe – „... lass ich dich nämlich nicht aufs Pferd!"

Zögernd griff Pia nach den glänzenden schwarzen Stiefeln. „Bist du sicher? Kann ich wirklich ..."

Doch Robbie hörte gar nicht zu, denn er war schon wieder in einer Ecke der Sattelkammer verschwunden.

Ungeschickt umherhüpfend wechselte Pia also die Schuhe. Kaum fertig, drückte Robbie ihr auch noch die Trense und einen Sattel in die Hände. Ein herausfordernder Ausdruck lag auf seinem Gesicht. „Hier, das ist Feuersterns Zaumzeug. Die Stute steht gleich in der nächsten Box zu deiner Rechten. Geputzt wurde sie bereits." Damit ließ er Pia einfach stehen und ging zum nächsten ihrer Klassenkameraden. Erst da bemerkte Pia, dass Robbie beim Gehen ein wenig humpelte.

5

PIAS VOLL BELADENE ARME fühlten sich auf einmal taub an. Was war da gerade passiert? Warum durfte sie nicht das Anfängerpferd Gerold reiten? Feuerstern klang irgendwie – temperamentvoll. Verunsichert sah sie sich um. Aber Robbie war schon wieder in der Behelfssattelkammer verschwunden.

Johannes, Luis und Greta warteten noch auf ihre Pferde.

Na gut. Dieser Robbie würde schon wissen, was er tat, dachte Pia. Entschlossen straffte sie die Schultern und lief zu Feuersterns Box. Sie lugte zwischen den Gitterstäben hindurch und erkannte eine zierliche hellbraune Stute. Pia vermutete, dass sie noch sehr jung war, denn ihr Körper war drahtig und ihre Augen aufgeweckt. Mit leisem Schnauben empfing Feuerstern das fremde Mädchen vor ihrer Box.

„Hallo, meine Schöne. Ich werde dich heute zum Strand

ausführen“, flüsterte Pia leise, sodass sie keiner außer der Stute hören konnte. „Bitte, bitte, sei nett zu mir, ich habe nämlich noch keine Erfahrung mit …“ Weiter kam sie nicht, denn in diesem Moment kam Marven an der Box vorbei und blieb stehen. „Äh … Pia, brauchst du vielleicht Hilfe?“

Sie lächelte verlegen.

Da nahm Marven ihr das Zaumzeug ab und öffnete die Box. Staunend sah Pia zu, wie mühelos und routiniert er Feuerstern mit ein paar wenigen Handgriffen den Sattel anlegte und ihr die Trense über den Kopf zog. Die Stute ließ alles willig über sich ergehen und sah dabei aufmerksam zu Pia. Pia schöpfte Hoffnung. Anscheinend war die Stute sehr anständig und kooperativ.

„Fertig“, sagte Marven da auch schon und drückte Pia das Ende der Zügel in die Hand. „Robbie meinte, wir reiten erst eine Runde um den Platz und dann geht's zum Strand.“ Damit verschwand er und machte zu Pias Erleichterung Halt vor der nächsten Box, wo Emma, eine ihrer Mitschülerinnen, gerade versuchte einem schneeweißen Wallach den Sattel aufzulegen. Immerhin war sie nicht die Einzige, die Hilfe bekam.

Pia strich ihrer Stute über den schmalen Hals und redete

beruhigend auf sie ein, genau wie sie es immer daheim von ihrem Lieblingsplatz aus bei anderen Reitern beobachtet hatte. Dann trat sie vor Feuerstern aus der Box und führte sie die lange Stallgasse hinunter. Die Stute folgte ihr brav und rieb dabei ihren Kopf an Pias schwarzem T-Shirt. Pia versuchte zu beiden Seiten einen sicheren Abstand zu den Boxen einzuhalten, damit ihr nicht dasselbe passierte wie Zoe. Aus dem Augenwinkel sah sie ein pechschwarzes Pferd in der letzten Box toben. Dark Shadow. Seine Augen funkelten weiß im Schatten des Stalles. Er bockte, stieg und schlug aufgebracht gegen die Gitter, während Pia Feuerstern an ihm vorbei nach draußen auf den Reitplatz führte.

Der Rest ihrer Mitschüler hatte sich mittlerweile hier eingefunden und saß schon auf dem Pferd. Nur Johannes und Luis stritten noch darum, wer das große Schlachtross reiten durfte, das Robbie soeben auf den Platz brachte.

Pia wollte Feuerstern gerade in die Mitte des Platzes führen, als ihr Helene auf einem dunkelbraunen Pony den Weg abschnitt. „Ich fass es nicht! Wieso bekommst du so ein schickes Pferd und ich muss auf diesem Klepper reiten? Du weißt doch gar nicht, wo bei einem Pferd vorn und hinten ist!"

Zoe und Greta lachten und selbst Emma konnte sich ein

Grinsen nicht verkneifen. Pia sagte nichts und führte Feuerstern mit gesenktem Blick in die Bahn.

„Ich hoffe, du fällst runter und blamierst dich so richtig!", zischte Helene ihr hinterher und bohrte ihrem Pferd die Absätze in die Seiten. Das Pony hüpfte nach vorn, wobei es Feuersterns Hinterteil bedrohlich nahe kam. Die Stute machte einen Satz zur Seite und riss sie beinahe um, aber Pia schaffte es, ihrem Pferd genug Raum zu lassen, sodass es sich sofort wieder beruhigte. Schweigend klopfte sie Feuerstern den Hals.

„Schaut nur, fast wäre sie im Dreck gelandet!", bemerkte Helene hämisch und trabte an. Zoe und Greta ritten hinterher, ohne Pia noch eines Blickes zu würdigen.

Pia seufzte und ging weiter. Auch das gehässige Dreiergespann würde ihr den heutigen Tag nicht vermiesen. Pia war glücklich, denn in wenigen Minuten würde sie auf dem Rücken dieses wunderbaren Tieres sitzen, sich die Meeresluft ins Gesicht wehen lassen und den Geruch von Salzwasser und Pferdeschweiß einatmen. Was konnte schöner sein?

Verstohlen beobachtete sie, wie Marven, der ebenfalls gerade hereingekommen war, seine Steigbügel anpasste. Mit einem Bügel in der Armbeuge schien er zu testen, ob sie die richtige Länge hatten. Pia machte es ihm nach. Das Leder des Riemens war hart und sie hatte ihre Mühe damit. Doch schließlich schaffte sie es doch, die Metallschnalle in die gewünschte Position zu bringen, und setzte ihre Reitkappe auf. Dann spähte sie zu Luis hinüber, der gerade ungelenk an seinem Pferd hing und versuchte hinaufzugelangen. Pia musste grinsen. So würde sie wohl auch aussehen, aber immerhin war sie dann nicht die Einzige.

Nachdem sie Feuerstern noch mal den Hals geklopft hatte, griff sie beherzt nach dem linken Steigbügel und schob ihren linken Fuß hinein. Die Stute blieb ruhig und hatte den Kopf entspannt nach unten geneigt. Pia atmete tief durch, holte mit dem rechten Bein federnd Schwung, stieß sich vom Boden ab und zog sich nach oben. Dann legte sie ihren Oberkörper über den Sattel, so wie sie es bei den Reitern auf der Koppel daheim unzählige Male beobachtet hatte. Feuerstern blieb noch immer ruhig, und schließlich schwang Pia ihr rechtes Bein über den Rücken der Stute.

Sie saß – auf einem Pferd.

Ein unbändiges Glücksgefühl durchfuhr ihren Körper und sie hätte am liebsten geschrien vor lauter Begeisterung und Aufregung.

Schon nach ein paar Sekunden im Sattel spürte sie alle Anspannung von sich abfallen. In ihrem Kopf wurde es ruhig,

sie genoss die Stille und spürte die Bewegung. Feuerstern verlagerte leicht ihr Gewicht und spitzte die Ohren.
Pia lächelte. Sie war angekommen. Endlich. Und wie anders die Welt von hier oben aussah! Pia richtete ihren Blick in die Ferne und sah auf einmal so viel mehr. Die weiten Wiesen ringsumher, die breite Schotterstraße zum Strand, die Dünen dahinter, und sie glaubte sogar, das Meer zu hören – das Donnern der Brandung und das Rauschen der Wellen.
Vorsichtig brachte Pia ihren Sitz ins Gleichgewicht und machte sich groß im Sattel, um besser sehen zu können. In diesem Moment konnte sie überhaupt nicht glauben, dass sie zum ersten Mal auf einem Pferd saß. Es fühlte sich so vertraut an. So richtig. Fast wie eine längst vergessene Erinnerung ...
„Das sieht doch schon sehr gut aus! Und du hast wirklich noch nie auf einem Pferd gesessen?", fragte Robbie plötzlich neben ihr.
Pia brauchte eine Weile, um ihre Konzentration von der Stute loszureißen und Robbie zu widmen. Er saß kerzengerade und trotzdem irgendwie total locker auf seinem Pferd.
„Ja, sicher noch nie ... d-d-danke", stotterte sie und sah ihn mit leuchtenden Augen an.
„Okay, du reitest hinter mir", sagte Robbie und an den Rest

der Gruppe gewandt: „Ihr anderen folgt bitte Feuerstern. Und Willy reitet ganz am Schluss!“ Dabei sah er zu Helene hinüber, die auf dem Pony saß, das offensichtlich auf den Namen Willy hörte. „Willy kann schon mal nach hinten ausschlagen“, fügte Robbie erklärend hinzu, als er Helenes wütendes Gesicht sah.

Unwillig zerrte sie ihr Pony ans Ende der Gruppe, nachdem es Pia und ihren Mitschülern nach einigem Chaos schließlich gelungen war, hinter Robbie eine Reihe zu bilden.

„Wir traben kurz eine Runde hier auf dem Platz in der Abteilung und dann geht's los zum Strand“, verkündete Robbie. „Bleibt hintereinander und überholt euren Vorreiter nicht. Vor allem nicht beim Traben und Galoppieren. Verstanden?“

Robbie ritt an und sein großer Schecke fiel willig in den Trab. Pia war so überrascht, dass sie zunächst gar nicht reagierte. Doch Feuerstern kannte diese Übung offensichtlich gut und trabte hinter dem Schecken her. Pia hätte beinahe einen Steigbügel verloren, schaffte es aber, sich mit einer Hand am Sattel abzustützen und den Bügel am Fuß zu behalten. Ihre Zähne schlugen heftig aufeinander, als sie vom schwungvollen Trab der Stute aus dem Sattel geworfen wurde und gleich darauf wieder wie ein Mehlsack hineinplumpste. Aber Pia lernte schnell und hob ihr Gesäß leicht aus dem Sattel, hielt sich mit der linken Hand an der Mähne fest und fasste mit der rechten die Zügel etwas kürzer. Mit den Knien federte sie Feuersterns Bewegungen nun gut ab.

Es erforderte Pias ganze Konzentration, sich auf dem Rücken der Stute zu halten. Deshalb konnte sie sich auch nicht umdrehen, um zu sehen, wie sich der Rest der Klasse schlug. Wahrscheinlich deutlich besser als sie, denn die meisten hatten, soweit Pia wusste, schon mal auf einem Pferd gesessen. Doch das war ihr egal. Sie fühlte sich großartig, jede Sekunde war ein Genuss, und selbst wenn sie fallen würde, würde sie eben einfach wieder aufsteigen und weiterreiten.

Am liebsten wäre Pia für immer auf Feuersterns Rücken geblieben. Allmählich fand sie auch den richtigen Rhythmus und entspannte sich etwas. Instinktiv drückte sie die Absätze tief nach unten, um besser mitfedern zu können. Sie blickte nach vorn, verlagerte ihr Gewicht zur Innenseite der Bahn und lenkte die Stute mit dem Zügel sanft in eine Kurve.

Vor ihr hob Robbie die Hand und rief: „Durchparieren zum Schritt!“ Der Schecke wurde langsamer, genau wie Feuerstern, und Pia fiel ihr ungeschickt in den Rücken. Die Stute zuckte zusammen, ging aber brav weiter hinter Robbies Pferd her.

„Das war ja schon ganz gut“, sagte Robbie, „aber ich würde dich da auf Gerold bitten, hinter mich zu kommen, und danach du da auf Cordula.“ Robbie zeigte auf Pias Mitschülerin Emma und dann auf ihren Klassenkameraden Tobi. „Pia, du kannst weiter nach hinten.“

Pia sah alarmiert zum Ende der Gruppe. Warum sollte sie denn weiter nach hinten? War es vorn bei Robbie nicht viel sicherer? Sie schluckte, doch da kamen Emma und Tobi auch schon angeritten, also drückte sie Feuerstern sanft die Fersen in die Seite und versuchte sie ans Ende der Abteilung zu bringen. Das war gar nicht so einfach, aber zum Glück lief Feuerstern willig vorwärts. Die Pferde von Tobi und Emma hingegen sträubten sich sichtlich, und ihre Mitschüler klopften heftig mit den Fersen in die Flanken.

„He, nicht so wild!“, blaffte Robbie und machte den beiden etwas mehr Platz hinter sich. „Lasst die Zügel etwas lockerer und verlagert euer Gewicht in die Richtung, in die ihr reiten wollt. Dann klappt es auch.“

Pia ritt mit Feuerstern bis ans Ende und versuchte sich vor Willy wieder einzuordnen.

„Auf gar keinen Fall reitet die Loserin vor mir!“, rief Helene empört und schloss dicht zu ihrem Vordermann auf, damit Pia nicht dazwischenkam. Pia sah Hilfe suchend zu Robbie, aber der hatte gerade alle Hände voll mit Tobi und Emma zu tun. Seufzend ritt Pia also ganz ans Ende und versuchte genug Abstand zu Willy zu lassen, sodass das Pony auf keinen Fall nach Feuerstern austreten konnte.

6

DIE GRUPPE VERLIESS DEN REITERHOF über den Parkplatz und scherte auf einen Trampelpfad neben der Straße ein. Pia entspannte sich wieder, als sie merkte, dass Feuerstern ganz zufrieden war. Auch Willy machte keine Anstalten, ihre Stute zu treten. Pia ließ Feuersterns Zügel etwas länger und versuchte sich auf ihrem Rücken so unauffällig wie möglich zu verhalten. Das sanfte Schwingen unter ihr wirkte beruhigend und Pia strich glücklich über den Hals des Pferds.

Nachdem sie eine Weile an der Straße entlanggeritten und ihnen ein paar Radfahrer und morgendliche Spaziergänger begegnet waren, bogen sie auf einen sandigen Weg in Richtung Strand ab. Hier ließ Robbie die Abteilung zum ersten Mal anhalten und nachgurten.

Pia brachte Feuerstern in sicherem Abstand zu Willy zum Stehen und beobachtete, wie Helene gekonnt das linke

Bein über den Sattel nach vorn legte und dann mit der Hand an den Riemen unter dem Sattelblatt zog. Gerade als Pia den ersten Gurt aus der Schnalle gelöst hatte, kam auf einmal Bewegung in die Gruppe. Einige Pferde tänzelten nervös zur Seite und Luis' Fuchswallach prallte sogar mit dem Hintern in Johannes' Schlachtross.

„Halt Sami gerade!", rief Robbie Luis zu, als in der Ferne plötzlich ein Pferd auftauchte und in rasantem Tempo genau auf sie zugaloppierte. Pia hing noch immer schief im Sattel und musste den Hals verdrehen, um überhaupt etwas sehen zu können. Beim Anblick des herannahenden Pferds stockte ihr der Atem. Und dann begann ihr Herz zu trommeln.

Da war er, so plötzlich wie in ihrem Traum.

Pia blinzelte. Alles um sie herum verschwamm. Lichter explodierten vor ihren Augen und sie musste sich keuchend auf den Sattel stützen.

Das goldene Pferd raste direkt auf sie zu!

Noch nie hatte sie so ein wunderschönes Tier gesehen – weder in echt noch in einem ihrer unzähligen Tagträume am Rand der Koppel in Frankfurt –, und vor allem noch nie eines in solch einer Farbe! Nichts kam an das Pferd heran, das nun auf sie zuraste. Sein Fell glänzte wie flüssiges Gold in der Morgensonne und seine Mähne wehte weiß leuchtend durch den blauen Sommerhimmel. Das goldene Pferd war groß und kräftig und galoppierte trotz des unebenen, weichen Bodens mit weitgreifenden, energischen Sprüngen.

Pias Herz schlug immer schneller – im Rhythmus seiner trommelnden Hufe. Wie gebannt sah sie dem Pferd entgegen. Ihrem Pferd, dachte sie plötzlich. Ihrem Seelenpferd!

Da erst bemerkte Pia, dass es nicht allein war. Ein fremdes Mädchen ritt auf seinem Rücken.

Pia schluckte. Auch diesmal hatte sie plötzlich das Gefühl, als löste sich ihr Traum auf. Und das Licht zerbarst, zerbarst in tausend goldene Funken.

Das Pferd und seine Reiterin kamen rasch näher.

Wie betäubt ließ Pia die Sattelgurtschnalle, die sie noch immer festhielt, zurück ins Loch gleiten. Dann trafen Pferd und Reiterin im Renngalopp auf die Schülergruppe – glücklicherweise etwas entfernt von Pia, sodass sie das Spektakel aus sicherem Abstand beobachten konnte. Trotzdem fühlte sie mit einem Mal die blanke Panik in sich hochkochen.

Robbie fluchte und Emma schrie angstvoll auf. Der gutmütige Gerold scheute. Erst jetzt sah Pia, wie panisch auch

das goldene Pferd wirkte. Mit in die Höhe gerissenem Kopf schoss es an ihnen vorbei.
Einen Moment sahen sich Pia und das Tier an. Ihre unerklärliche Angst spiegelte sich in seinen hellen braunen Augen.
Dann war er vorbei, der Moment. Und das goldene Pferd ließ Pia hinter sich im Staub zurück.
„Verdammt! Dieses verfluchte Miststück!", schrie Robbie aufgebracht und stieß die geballte Faust in die Luft.
Pia sackte in sich zusammen. So schnell wie die Welle der Angst sie überrollt hatte, so rasch verebbte sie auch wieder. Verwirrt blickte sie dem Goldpferd nach. Von seiner Reiterin war unter der Reitkappe nicht viel mehr zu erkennen gewesen als ihr langes blondes Haar, denn sie hatte sich tief über den Pferdehals gebeugt.
Robbie jedoch schien die Reiterin zu kennen, denn er schrie ihr weiterhin böse Verwünschungen hinterher. „Wenn ich dich in die Finger bekomme! Mein Bike geht auch auf dein Konto!" Aufgebracht zerrte er an den Zügeln, sein Schecke scheute und machte die anderen Pferde erst recht verrückt. Da erst schien Robbie wieder einzufallen, wo er sich befand und was seine Aufgabe war, denn er tätschelte seinem Partner entschuldigend den Hals und schaute erschrocken

nach seinen Schützlingen. „Geht es allen gut? Lasst die Pferde nicht vom Weg laufen!"

Robbie war ziemlich durch den Wind. Und es dauerte eine ganze Weile, bis er wieder Ordnung in die Reitschüler und ihre Pferde gebracht hatte. Emma saß weinend auf Gerold. Mechanisch streichelte Pia Feuerstern den Hals, denn in Gedanken war sie noch immer bei dem goldenen Pferd.

Die Stute hatte derweil die Ohren gespitzt und sah sich nervös um. Aber immerhin blieb sie stehen.

Nicht so Willy. Er war nun wirklich aufgebracht und versuchte ständig die anderen Pferde zu schlagen.

„Das ist deine Schuld!", schrie Helene Pia an und reihte sich mit Willy mühsam wieder ans Ende ein.

Pia sagte nichts, sondern ließ sie einfach gewähren. Ihr Traumpferd. Es war hier auf dieser Insel! Und es war schön, schnell und stark. Sie hob den Kopf und reckte die Nase in den Wind. Wie es wohl sein würde, auf ihm durch die Dünen zu galoppieren? Waren wohl alle Pferde so trittsicher wie dieses? Pia sah noch immer zu den Dünen, hinter denen das goldene Pferd und seine Reiterin verschwunden waren.

„Okay, wir reiten weiter!", rief Robbie schließlich. Nach und nach setzten sich die Reitschulpferde wieder in Be-

wegung. Feuerstern war noch immer etwas verunsichert, gehorchte Pias leichtem Schenkeldruck jedoch brav.
Robbie ließ die Klasse an sich vorbeireiten. „Hey, Pia, alles klar?", fragte er und ritt neben sie. Wieder durchbohrte er sie mit Blicken. Mit einem Mal sahen seine Augen tiefschwarz aus.
Pias versonnenes Lächeln gefror ihr auf den Lippen.
Ohne auf ihre Antwort zu warten, fuhr Robbie fort: „Die Stute ist sehr sensibel, also nichts für ruppige Hände. Wenn wir am Strand traben und galoppieren, versuch sie nicht zu sehr zu bremsen. Das Geziehe macht sie nervös. In Ordnung?"
Pia nickte und versuchte sich wieder auf Feuerstern und ihren gemeinsamen Ausritt zu konzentrieren. Dafür war sie schließlich hier! Darauf hatte sie sich wochenlang gefreut! Sie schob jeden Gedanken an Robbies düsteren Blick beiseite – und auch die Bilder von dem goldenen Pferd.
„Und du da, bleib schön am Ende!", sagte Robbie zu Helene. „Willy ist ein guter Läufer, aber er kennt seinen Platz." Nach einem kurzen Blick auf Feuerstern fügte er hinzu: „Die Stute wird nicht gern überholt, also halt dich dran." Helene nickte eifrig und machte sich groß im Sattel. Offensichtlich wollte sie Robbie zeigen, was für eine super Reiterin sie war.

Robbie steuerte seinen Schecken zum Anfang der Gruppe zurück und dann ritten sie endlich in die Dünen.
Der Weg bis zum Strand war ganz schön beschwerlich für die Pferde. Ein paar stolperten im tiefen Sand, und an einer besonders steilen Stelle setzte es den großen Friesen von Johannes kurzzeitig auf die Hinterhand, weil ihm die Beine wegrutschten. Pia lehnte sich zurück und ließ Feuersterns Zügel extralang. Mit sicherem Tritt brachte die Stute sie über die Düne und hinunter zum Strand.
Pia lachte laut auf. Der Moment war einfach zu schön! Fast so schön wie ihr Traum. Zu ihrer Überraschung drehte sich Marven zu ihr um und lächelte sie an. Pia spürte, wie ihr die Röte in die Wangen schoss, und schaute schnell zum Meer.
Die strahlende Sonne ließ das aufgewühlte Wasser in allen erdenklichen Blautönen leuchten. Das Meer war gerade auf dem Rückzug. Ein breiter Streifen dunkler Sand schlängelte sich gen Horizont. Sie hatten den Strand fast für sich allein.
Robbie ließ die Abteilung in einen langsamen Trab fallen und ritt hinunter zur Wasserlinie. Hier im Sand fühlten sich Feuersterns Trabtritte noch wackeliger an, und Pia musste sich voll auf ihren Sitz konzentrieren, um nicht aus dem

Sattel zu fallen. Diesmal musste sie sogar die Zähne zusammenbeißen, damit sie nicht aufeinanderschlugen. Pia kam sich ganz schön ruppig vor und hoffte, dass es ihr die Stute nicht übel nehmen würde. Doch Feuerstern freute sich offenbar genauso wie ihre Reiterin über den wunderschönen Tag und blickte erwartungsfroh in Richtung Meer. Ab und zu zuckte sie zusammen und legte die Ohren nach hinten, aber sobald Pia ihr Gleichgewicht wiedergefunden hatte, trabte sie zufrieden weiter.

Gerade als sich ein dumpfes Stechen in Pias Seite ankündigte, parierten sie zum Schritt durch. Nun gelang ihr das Bremsen schon etwas eleganter. Gutmütig schnaubend bewegte sich Feuerstern mit raumgreifendem Schritt durch die Brandung. Wind und Wellen waren mittlerweile so laut, dass Pia die Kommandos, die Robbie ihnen zurief, kaum noch verstehen konnte. Also tat sie ihr Bestes, ihre Vorreiter einfach nachzuahmen. Dann warf sie einen kurzen Blick über die Schulter. Auch Helene schien sich mit Willy abgefunden zu haben, denn sie reckte versonnen das Gesicht in den Wind und ließ das Pony am langen Zügel hinter Feuerstern hermarschieren.

An einer besonders seichten Stelle führte Robbie die Gruppe ins Wasser. Alle juchzten und schrien vor Begeisterung. Luis trieb seinen Wallach ins Tiefe und spritzte Emma eine Ladung Wasser ins Gesicht. Helenes Pony scharrte übermütig mit den Hufen in der Brandung und auch Feuerstern tänzelte begeistert durch die Wellen. Pia sah zu, wie die herbeibrausende Gischt um Feuersterns Hufe strudelte und an ihren Beinen hochschwappte. Sofort wurde ihr schwindlig. Das Wasser wirbelte um sie herum, bewegte sich fast gleichzeitig vor und zurück, drehte sich im Kreis und schwappte auf und ab.

Die ersten Pferde sprangen von selbst in den Galopp. Sie kannten die Strecke wahrscheinlich im Schlaf und wussten, was jetzt kam. Pia spannte die Muskeln an und ignorierte ihre schmerzenden Beine und Arme. Genau wie Johannes, der vor ihr ritt, beugte sie sich weit über Feuersterns Hals. Robbie legte ein ordentliches Tempo vor, aber Pia musste Feuerstern weder bremsen noch antreiben. Die Pferde waren ein eingespieltes Team.

Als die ersten Urlauber mit ihren Kindern, mit Taschen voller Proviant und Sonnenschirmen an den Strand kamen, gab Robbie das Kommando zur Umkehr. Die Reiter hielten sicheren Abstand zu den Badegästen und trabten nur noch gelegentlich.

Pia war vollkommen im Glück. Ihr erster Ausritt! Und wie

es aussah, hatte sie ihre Sache ganz gut gemeistert. Ob sie Robbie gleich nach ihrer Rückkehr fragen sollte, ob es noch etwas im Stall zu tun gab? Dann könnte sie ihm zeigen, dass sie sich nützlich machen konnte. Vielleicht würde er sie dann die ganze Woche bei sich arbeiten lassen. Pia wollte so gern jede freie Minute bei den Pferden sein! Abgesehen davon würde es ihr Helene sicherlich danken, wenn sie ihr gemeinsames Zimmer öfter mal räumte.
Pia war so in Gedanken versunken, dass sie die Gefahr viel zu spät erkannte. Gerade als die Gruppe die schmale, steile Schneise in den Dünen erreicht hatte, durch die sie auch gekommen waren, hörte sie von hinten ein lautes Schnauben. Ängstlich drehte sie sich um, doch da schoss Willy auch schon wie ein geölter Blitz an Feuerstern vorbei, dicht gefolgt von dem goldenen Pferd, das in einem wilden Galopp auf sie zujagte und dann haarscharf an ihnen vorbei die Dünen hinaufpreschte. Die Schulpferde waren so überrascht, dass sie ebenfalls angaloppierten.
Zunächst ging alles gut, doch dann geriet Luis' Wallach ins Rutschen und stieß wiehernd gegen Johannes' Pferd. Beide strauchelten und verloren im tiefen Sand den Halt.
In diesem Moment geschah es: Feuerstern machte einen Satz nach vorn und zerrte aufgebracht am Zügel. Doch Pia

konnte sie beim besten Willen nicht laufen lassen. Sie wäre sofort mit Johannes und Luis zusammengeprallt. Panisch klammerte sich Pia an ihre Zügel. Ihre Arme zitterten. Das würde Feuerstern nicht gefallen. Die junge Stute würde zweifelsohne zu den anderen Pferden aufschließen wollen. Prompt riss Feuerstern am Zügel und Pia wurde nach vorn geschleudert. In letzter Sekunde konnte sie sich am Sattel festklammern, doch dazu musste sie den Zügel loslassen. Feuerstern nutzte die Gelegenheit und preschte los. Luis' Wallach hatte es mittlerweile die Düne hinaufgeschafft und tänzelte dort aufgebracht auf der Stelle, während Johannes versuchte Emma zu helfen. Die hing mitten am Hang und versperrte nun mit Gerold der panischen Feuerstern den Weg. Vollkommen außer sich raste die Stute auf das Steilstück zu. Die Pferde hätten unmöglich aneinander vorbeigepasst, denn Gerold stand quer. Emmas Bein hatte sich offensichtlich im Steigbügel verfangen. Sie schrie aus Leibeskräften um Hilfe. Pia musste ihre Stute unbedingt davon abhalten, die beiden umzurennen, denn das hätte für Emma wahrscheinlich böse geendet. Verzweifelt angelte sie nach den Zügeln, bekam sie in letzter Sekunde zu fassen und riss sie mit aller Kraft nach hinten. Einen kurzen Moment glaubte Pia, es tatsächlich geschafft zu haben. Die

Stute wurde abrupt langsamer. Doch dann stieg sie unvermittelt mit den Vorderbeinen in die Höhe. Pia, die schon seit dem ersten Sprung nicht mehr fest im Sattel saß, wurde nach hinten geschleudert und stürzte über Feuersterns Kruppe. Die Stute verlor das Gleichgewicht und strauchelte. Ihre verzweifelten Schreie waren das Letzte, was Pia hörte, bevor sie mit dem Kopf auf den Boden aufschlug und die Welt um sie herum schwarz wurde.

7

PIA BLINZELTE. Helles Licht umgab sie und minutenlang hörte sie nichts als Rauschen. Als würde sie ihr Ohr an eine Muschel halten. Sie hob die Hand, um sich an die Stirn zu fassen, doch ein stechender Schmerz durchfuhr sie.

„Ich gebe es ungern zu, aber ich habe gerade wirklich Mitleid mit dir. Ich meine, du hattest eine kleine Abreibung echt verdient, aber musstest du gleich im Krankenhaus landen? Du siehst total fertig aus." Die fremde Jungenstimme brachte Pias Muschelkopf zum Dröhnen.

Sie versuchte ihre Gedanken zu ordnen.

Sie hatte auf einem Pferd gesessen. Zum ersten Mal. Was für eine schöne Erinnerung ... Doch dann war sie gestürzt. Oder hatte sie das bloß geträumt? Aber wieso tat ihr dann alles so weh?

Mit einem Mal wurde Pia panisch. Ihr Herz begann zu rasen. Was war passiert? Warum war sie hier?

Neben ihr begann es laut zu piepsen. Das Geräusch ließ ihren Kopf fast explodieren.

Eine Tür wurde aufgerissen und jemand kam in den Raum geeilt.

„Ich hab nichts gemacht!“, rief der Junge.

„Beruhigen Sie sich“, sagte eine Frauenstimme. „Nach dem Aufwachen sind die meisten Patienten etwas verwirrt und orientierungslos.“ Als Nächstes spürte Pia, wie sich eine kühle Hand auf ihre Stirn legte. „Hallo, ich bin Schwester Renate. Mach dir keine Sorgen, Liebes. Alles ist gut. Du hast nur eine leichte Gehirnerschütterung.“

Pia sah blinzelnd in das freundliche Gesicht der Krankenschwester. „Was …“, krächzte sie.

„Du solltest nicht so viel sprechen. Das strengt dich noch zu sehr an. Ich bringe dir etwas zu trinken“, sagte die Schwester, tätschelte Pias Hand und verschwand aus ihrem Sichtfeld. Pia schluckte. Ja, etwas zu trinken würde helfen. Ihre Kehle war rau wie Sandpapier.

Kurz darauf kam die Schwester mit einem Becher Wasser zurück und stellte ihn auf das Tischchen neben dem Bett. „Schön langsam trinken“, sagte sie. „Ich hole derweil den Arzt, damit er einen kurzen Check machen kann.“ Damit verschwand sie wieder und schloss die Tür hinter sich.

Pia versuchte sich aufrecht hinzusetzen. Ihre Schulter brannte, aber der Schmerz war auszuhalten. Dann sah sie sich im Zimmer um. Für ein Krankenzimmer war es erstaunlich groß und es stand kein weiteres Bett darin. Die bodentiefen Fenster ließen warmes Sonnenlicht herein und eine leichte Brise bewegte die halb offenen Vorhänge. Neben ihr auf dem Tisch stand ein riesiger Strauß Sonnenblumen. So einen schönen Strauß hatte sie noch nie gesehen!

Der Junge räusperte sich und Pia fuhr herum. „Autsch …", zischte sie, als der Schmerz erneut ihre Gedanken vernebelte.

„Hier ist dein Wasser." Er reichte ihr den Becher. „Kannst du es allein halten?", fragte der Junge, der nur wenig älter als Pia sein konnte. Wer war der Kerl und was machte er in ihrem Zimmer? Ihr Blick wanderte zu dem Wasserbecher in seiner Hand und dann wieder zurück zu ihm. Sie spürte, wie ihr Kiefer nach unten klappte – auch das tat weh –, aber sie konnte einfach nicht aufhören, diesen Jungen anzustarren. Seine goldblonden Haare, sein makelloses, sonnengebräuntes Gesicht, seine blitzenden hellgrünen Augen …

Der Junge beugte sich vor und hielt ihr den Becher nun direkt unter die Nase. Pia spürte, wie ihr die Hitze in die

Wangen stieg. Prompt fing das Gerät neben ihr wieder an zu piepsen. Der Junge zog eine Augenbraue hoch.
In dem Moment wurde die Tür abermals geöffnet und die Schwester kam herein, diesmal in Begleitung eines älteren Herrn in Weiß. Er warf einen Blick auf das wild piepsende Gerät am Bett, runzelte kurz die Stirn und sah Pia dann aufmerksam an.
„Guten Morgen, Fräulein von Elstenbühl. Darf ich Marie zu dir sagen? Ich bin Dr. Hegenbauer, ein alter Freund deiner Eltern. Ich leite die Privatstation dieser Klinik. Wie fühlst du dich?"
Pia schluckte. Eltern? Marie? Wieso Marie? Und warum wurde sie vom Chefarzt persönlich begrüßt?
„Schwester Renate, könnten Sie Marie bitte von den Geräten abnehmen? Sie ist ja jetzt wach."
Die Krankenschwester befreite Pia von den Kabeln an ihrem Handgelenk, und endlich hörte die Höllenmaschine neben ihrem Bett auf zu piepsen.
„Du hattest Glück, Marie. So ein Sturz vom Pferd kann weit schlimmer ausgehen", sagte der Arzt.
An dieser Stelle räusperte sich der blonde Junge und ergriff das Wort. „Unsere Eltern lassen ihren verbindlichsten Dank ausrichten, Herr Doktor. Sie hätten ihre Kreuzfahrt in der

Südsee am liebsten sofort abgebrochen und den nächsten Flieger nach Deutschland genommen, aber da war nichts zu machen. Umso mehr beruhigt es sie zu wissen, dass Marie auf Ihre Station verlegt wurde. Danke, dass Sie das so schnell möglich gemacht haben."

Noch niemals hatte Pia jemanden so charmant lächeln sehen wie diesen Jungen. Vor lauter Verzückung wäre ihr fast entgangen, was er eigentlich gesagt hatte.

Der Arzt winkte ab. „Aber das war doch selbstverständlich!", sagte er und wandte sich dann wieder Pia zu, der es nur mit großer Mühe gelang, den Blick von dem Jungen zu lösen.

„Du hast eine leichte Gehirnerschütterung und eine geprellte Schulter, ansonsten bist du aber mit ein paar blauen Flecken davongekommen." Der Arzt sah sie noch immer kritisch an und holte eine kleine Lampe aus seiner Tasche. „Darf ich mir kurz deine Augen ansehen?"

Pia schaffte es zu nicken.

Vorsichtig hob er ihr rechtes Lid an und leuchtete mit der Lampe hinein. Dasselbe tat er mit dem linken. Dann trat er einen Schritt zurück und hielt ihr drei Finger vors Gesicht. „Kannst du mir sagen, wie viele Finger das sind?", fragte er.

„Drei …“, krächzte Pia. Warum hatte sie das Wasser nicht getrunken?
„Sehr gut. Welchen Monat haben wir?“
„Juni“, antwortete Pia leise.
Der Arzt nickte zufrieden. „Und verrätst du mir auch noch dein Geburtsdatum?“ Er warf einen kurzen Blick auf sein Clipboard.
„Neunundzwanzigster April Zweitausend… ähm … Zweitausendund…“ Ihre Worte waren nur noch ein dünnes Flüstern.
Der Arzt blickte sichtlich alarmiert. Dann sah er den Jungen neben Pia besorgt an. „Nun, unter Umständen dauert es noch ein, zwei Tage, bis die Symptome der Gehirnerschütterung vollständig abgeklungen sind. In jedem Fall sollte Marie noch bis morgen Vormittag zur Kontrolle hierbleiben. Wenn dann aus ärztlicher Sicht nichts mehr dagegenspricht, können Sie Ihre Schwester mitnehmen, Herr von Elstenbühl. Würden Sie mich bitte noch einmal kurz nach draußen begleiten?“ Und an Pia gewandt sagte er: „Wir sehen uns morgen früh wieder. Erhol dich gut.“
Pia nickte benommen. Der Arzt verabschiedete sich und lief zur Tür. Der Junge folgte ihm.
Während Schwester Renate ihr einen neuen Kopfverband

anlegte, versuchte Pia fieberhaft zusammenzupuzzeln, was geschehen war. Sie erinnerte sich an den herrlichen Ausritt am Strand. Und an ihren schrecklichen Sturz. *Feuerstern!*, schoss es ihr durch den Kopf. „Wie geht es meinem Pferd?“, flüsterte sie.

„Das kann ich dir nicht beantworten, Liebes“, antwortete die Schwester. „Das musst du Helge fragen.“

„Helge?“

„Ja. Dein Bruder ist gleich wieder da“, erklärte die Krankenschwester und tastete vorsichtig Pias Schulter ab.

Pia nickte, auch wenn sie nun noch verwirrter war als vorher. Das Rauschen in ihrem Kopf wurde wieder lauter und sie kniff benommen die Augen zusammen.

„Hier, das ist gegen die Schmerzen.“ Die Schwester hielt ihr ein Döschen mit zwei weißen länglichen Tabletten hin. Pia nahm sie mit zittrigen Fingern, dann reichte ihr die Schwester den Wasserbecher, den Helge auf dem Tisch abgestellt hatte. „Runter damit, dann geht es dir gleich besser“, sagte sie und lächelte gutmütig.

Pia gehorchte und schluckte eine Tablette nach der anderen hinunter. Sie konnte die Wirkung fast augenblicklich spüren. Seufzend ließ sie sich zurück ins Kissen sinken.

Marie … Pia … Pia … Marie, waberte es durch ihren Kopf.

Ach, eigentlich war es doch auch egal, wie man sie nannte. Sie fühlte sich wohl hier, das Bett war herrlich weich und die Leute waren nett zu ihr …

Pias Lider wurden schwer, die Gedanken träge, doch bevor sie in den Schlaf hinüberdämmerte, tauchte ein neues Bild vor ihrem inneren Auge auf. Von einer Reiterin auf einem goldenen Pferd … Pia erinnerte sich wieder daran, wie das goldene Pferd auf sie zugeprescht kam. Was war mit dem Mädchen und dem Pferd geschehen? Und dann kam Pia ein unfassbar verrückter Gedanke. Konnte es sein, dass dieses Mädchen … Doch weiter kam sie nicht, denn im nächsten Moment war sie auch schon eingeschlafen.

8

ALS PIA WIEDER AUFWACHTE, war es fast dunkel im Zimmer. Nur in der hinteren Ecke am Fenster leuchtete ein Computerbildschirm.

Pia setzte sich auf.

Sie hatte einen seltsamen Traum gehabt. Sie war auf dem goldenen Pferd durch den Morgennebel galoppiert und hatte nichts gesehen außer seiner weißen Mähne. Doch plötzlich hatte sich der Nebel gelichtet und vor ihnen war ein Junge erschienen – mit Haaren so golden wie das Fell des Pferds. Das Pferd hatte gescheut, sich überschlagen und sie waren gefallen, immer tiefer und tiefer …

„Goldglanz geht es übrigens den Umständen entsprechend gut, falls dich das überhaupt interessiert", kam es aus der Zimmerecke.

Pias Herz machte einen Satz. Den bissigen Unterton kannte sie doch! Er gehörte zu dem atemberaubend gut aussehen-

den Jungen, der heute Vormittag an ihrem Bett gestanden hatte. Helge von Elstenbühl, so hatte ihn die Krankenschwester genannt und behauptet, er sei ihr Bruder.
Doch die Sache war die: Pia hatte gar keinen Bruder! Und ihre Eltern waren auch ganz bestimmt nicht auf Kreuzfahrt in der Südsee! Pias Mutter war kurz nach ihrer Geburt gestorben und ihren Vater hatte man nie ausfindig machen können. So zumindest hatte man es ihr erzählt. Darum war sie auch bei verschiedenen Pflegefamilien aufgewachsen und wohnte jetzt in einer betreuten Wohngruppe für Jugendliche.
„Was ist passiert?", fragte Pia ins Blaue hinein.
„Tja, wie's aussieht, hast du's beim Reiten mal wieder übertrieben und eine ordentliche Bruchlandung hingelegt", antwortete Helge ärgerlich. „Zum Glück hat sich Goldi nicht ernsthaft verletzt. Der Ärmste ist mit einer rücksichtslosen Reiterin wie dir ja schon gestraft genug! Du hättest ihn umbringen können, ist dir das eigentlich klar?" Helge war richtig außer sich. „Und was dich betrifft: Als ich von den Eltern hierher beordert wurde, um deinen Babysitter zu spielen, während sie durch die Weltgeschichte gondeln, dachte ich nicht, dass es so schwierig werden würde. Obwohl du für deine Eskapaden ja berüchtigt bist ..." Helge

lachte freudlos auf. „Auf jeden Fall habe ich jetzt den undankbaren Job, dich nach Hause zu eskortieren."

„Nach Hause?", fragte Pia.

„Oh Mann, das darf doch nicht wahr sein!" Helge stöhnte auf. „Du musst dir den Kopf wirklich sehr fest angeschlagen haben, oder? Ja, nach Hause. Nach Gut Sturmbö."

„Und mein Pferd ... ähm ... Goldi ..." Pia nahm an, dass es sich bei „Goldi" um das goldene Pferd handeln musste, auf dem sie das andere Mädchen am Strand hatte reiten sehen. Bei der Erinnerung an die trommelnden Hufe auf dem Sand machte Pias Herz einen Satz. Nie würde sie diesen Anblick vergessen!

„Goldi steht in unserem Stall", antwortete Helge ungeduldig. „Zusammen mit den Jungpferden, meiner Stute und den Zuchthengsten, daheim auf Gut Sturmbö – deinem geliebten Prinzessinnenpalast."

Pia konnte seine Abneigung förmlich spüren. Sie ließ ihren Puls in die Höhe schnellen. Was hatte sie nur getan? Sie kannte diesen Jungen doch gar nicht! Und er sie ebenso wenig. Was konnte sie tun, damit er sie mochte?

„Ja ... okay ...", stammelte sie. „Tut mir leid. Mein Kopf ... Ich steh etwas neben mir ..." Vielleicht war es am besten, erst einmal Ruhe zu bewahren und abzuwarten.

Ohne ein weiteres Wort klappte Helge den Laptop vor sich zu. Schlagartig wurde es dunkel. Ein Stuhl schabte über den Boden und Pia hörte Schritte. Dann wurde es hell.

Helge stand neben der Tür und hatte das Licht angeschaltet. Pia blinzelte und sah zu ihm hinüber. Er schüttelte seine blonden Haare, die ihm dabei in die Augen fielen. „Es ist fünf Uhr morgens. Ich bin jetzt mit meinem Referat fertig und würde gern noch 'ne Mütze Schlaf nehmen. Um halb neun komme ich wieder und hol dich ab, dann sind wir zum Frühstück zurück auf dem Gut."

Er lief zum Tisch, holte seinen Laptop und warf sich eine beige Sommerjacke über den Arm. „Ach ja, ich hab dir ein paar Sachen von zu Hause mitgebracht. Sie sind dort drüben im Schrank. Und jetzt schlaf weiter." Ohne Pia noch eines Blickes zu würdigen, knipste er das Licht wieder aus und verließ das Zimmer.

Kaum war Pia allein, spürte sie Panik in sich aufsteigen. Was ging hier vor? Wie konnte es sein, dass niemand merkte, dass sie nicht diese Marie war? Sah sie dem Mädchen *so* ähnlich?

Aber wo waren ihre Mitschüler und ihre Lehrerin Frau Winkler? Suchte sie denn niemand?! Und wie passte ihr angeblicher Bruder in das Bild?

Das ergab alles keinen Sinn, und je länger sie darüber nachdachte, umso schmerzvoller pochte es hinter ihrer Stirn. Sie musste Antworten bekommen, und zwar bevor dieser Helge zurückkam.

Entschlossen stemmte sie sich aus dem Kissen hoch und stellte erleichtert fest, dass ihr weder schwindlig noch schlecht dabei wurde. Vorsichtig schob sie die Beine aus dem Bett, stellte die Füße auf den Boden und machte ein, zwei Probeschritte. Dann schaltete sie das Licht an, ging hinüber zum Schrank und schaute hinein. In einem Regalfach an der Seite stand ein Waschbeutel und auf der Stange hingen einige Kleidungsstücke. Neugierig zog sie ein türkisfarbenes Kleid vom Bügel. Der Stoff glitt weich durch ihre Finger. Eine aufwendige Stickerei säumte Ärmel und Ausschnitt – einen ziemlich tiefen Ausschnitt, wie Pia fand. Davon abgesehen schien das Kleid aber die perfekte Größe zu haben und genau die richtige Länge! Kleider und Pia – das war nämlich so eine Sache: Saßen die Kleider gut in der Taille, waren sie meist zu kurz, und wenn die Länge stimmte, waren sie zu weit. Doch dieses Kleid war wie für sie gemacht!

Pia hängte es ordentlich zurück und sah sich die sommerliche Lederjacke an, die daneben hing. Das war eine De-

signerjacke, das erkannte sogar Pia, und sie ließ die Jacke sofort wieder los. So etwas Teures hatte sie noch nie aus der Nähe gesehen, geschweige denn berührt!
Auf dem Boden des Schrankes fand Pia die passenden flachen Lederstiefel sowie einen Gürtel mit Schleife und eine Handtasche, ebenfalls passend.
Pia griff nach der Tasche und öffnete den Verschluss. Als Erstes fiel ihr Blick auf ein Paar leicht abgewetzte Reithandschuhe. Pia zog sie heraus und hielt sie sich unter die Nase. Die Handschuhe verströmten den angenehmen Duft nach Leder und Pferd. Auf den Handrücken waren in schwungvoller Schrift die Buchstaben M und E geprägt. Ein Monogramm. M wie Marie und E wie … Elstenbühl. Pia lief ein Schauer über den Rücken. Sie hatte ein mulmiges Gefühl dabei, in den Sachen eines fremden Mädchens herumzuwühlen. Aber dann siegte doch die Neugier.
Als Nächstes fand Pia ein Täschchen mit Schminksachen, ein teures Parfüm, das für ihren Geschmack viel zu schwer roch, einen Schlüsselbund sowie einen Geldbeutel und ein iPhone. Beim Versuch, das Telefon einzuschalten, leuchtete das Display auf. Ein Pferd mit goldenem Fell und weißer Mähne, an dessen Reithalfter eine ebenso goldene Schleife glänzte, blickte ihr entgegen.

Und plötzlich kamen die Erinnerungen noch einmal zurück. Der Ausritt mit ihren Mitschülern, der Weg zum Strand, die junge tapfere Stute Feuerstern, das blonde Mädchen auf dem goldenen Pferd. Der Sturz.
Pia war definitiv weder verwirrt noch orientierungslos. Nein, sie konnte sich an alles erinnern. An jedes noch so kleine und unbedeutende Detail.
Sie öffnete Maries Geldbeutel. *Sophia-Marie von Elstenbühl* besaß eine enorme Anzahl von Kreditkarten und zwei EC-Karten, außerdem mehrere Mitgliedskarten irgendwelcher Clubs. *Ocean Marina Club*, *Fitness Prime Club*, *Kinodom-Club*, las Pia auf den Karten – nichts, was ihr wirklich weiterhalf, denn keine der Karten verfügte über ein Lichtbild.
Erst als sie auf ein schmales Fach auf der Rückseite der Geldbörse stieß, entdeckte sie etwas, was ihr Interesse weckte. Ein verknittertes Foto. Darauf war das goldene Pferd zu sehen, und daneben standen eine zierliche dunkelhaarige Frau und ein hochgewachsener grauhaariger Mann. Er hatte den Arm um einen grinsenden Jungen gelegt, der wiederum einen eleganten Rappen am Halfter hielt. Als Pia Helge erkannte, machte ihr Herz regelrecht Sprünge. Seine blonden Locken fielen ihm vorwitzig in die grünen Augen,

die breiten Schultern und die aufrechte Haltung ließen sogar den imposanten Rappen klein wirken.
Sehnsüchtig betrachtete Pia das Bild. Das war also die Familie von Elstenbühl. Sie sahen glücklich aus. Wie gern hätte Pia in diesem Moment mit ihnen dort gestanden!
Marie und ihr Bruder Helge schienen außerdem ein ziemlich aufregendes Leben zu führen. Wer konnte schon von sich behaupten, auf einem Gutshof mit eigenem Gestüt zu wohnen? Pia wäre ja schon mit einem einzigen Pferd zufrieden gewesen, ja sogar mit einer Reitbeteiligung! Doch noch viel mehr als das wünschte sie sich Eltern, die sie liebten. Eine Familie.
Pia war es leid, stundenlang allein an den Pferdekoppeln in Frankfurt-Sindlingen zu sitzen, anschließend in ihr kleines Zimmer im Wohnheim zurückzukehren und sich in der Schule von der blöden Helene als „Heimkind" verspotten zu lassen.
Pia ließ sich auf den Boden sinken. Ihr Kopf pochte schon wieder leicht, aber sie ignorierte den Schmerz und betrachtete noch einmal das Foto der von Elstenbühls.
Und plötzlich durchzuckte sie ein Gedanke. Wie es sich wohl anfühlte, wenn sie tatsächlich bei ihnen wäre? Nicht einfach nur in einem ihrer verzweifelten Tagträume, son-

dern in Wirklichkeit. Sie, Pia, auf dem Gut der Familie von Elstenbühl! Mit Goldglanz, ihrem Traumpferd!

Pias Lider flatterten. Im Geist sah sie sich bereits mit dem goldenen Pferd über die Felder galoppieren, sah sich und Helge lachend durch die Gischt preschen, sah sich strahlen.

Ihre Wangen glühten.

Das Schicksal hatte sie hierher geführt, und nun war es an ihr, sich zu entscheiden. Alles, was sie tun musste, war, weiter die Marie zu spielen. Maries Platz einzunehmen, zumindest für ein paar Stunden. Oder Tage. Eben so lange, bis die ganze Sache aufflog.

Marie. Pia dachte an das Mädchen auf dem goldenen Pferd und Helges zornige Worte. Warum behandelte sie dieses wundervolle Tier so schlecht? Wie konnte man so undankbar sein? Und wie konnte man jemanden wie Helge derart gegen sich aufbringen?

Pia sprang auf, ignorierte den kurzen Drehschwindel und begann im Zimmer auf und ab zu laufen. Vielleicht sollte sie sich einfach von Helge nach Gut Sturmbö bringen lassen. So konnte sie herausfinden, wie es Goldglanz ging, und vielleicht konnte sie ihm ja sogar helfen. Ihre Gedanken schweiften ab, kehrten aber immer wieder zu dem goldenen Pferd zurück. Als würde es sie magisch anziehen. Ja, als würde es sie locken. Nach ihr rufen.

Unentschlossen blieb sie vor der Badezimmertür stehen. Ob sie jemand vermissen würde? Sie – *Pia?* Vielleicht. Bestimmt sogar. Ihr fiel nur gerade niemand ein ... Und was blühte ihr wohl, wenn die ganze Sache aufflog? Ein Haufen Ärger! Aber an den war sie dank Helene und ihren Zicken ja gewöhnt. Warum zögerte sie also noch? Das hier war ihre Chance!

Mit zittrigen Fingern knipste sie das Badlicht an und betrachtete ihr Spiegelbild. „Marie von Elstenbühl ...", flüsterte sie leise, fast beschwörend. Vorsichtig trat sie näher an den Spiegel heran und besah sich in der schimmernden Oberfläche. Sie sah scheußlich aus. Ihre blonden Locken waren vollkommen zerzaust. Im Gesicht hatte sie mehrere Schrammen und Kratzer, und der dicke weiße Verband um den Kopf machte sie auch nicht gerade schöner, ebenso wenig wie das blassgrüne Krankenhaushemd, das ihr von den dünnen Schultern hing. Auf einmal sehnte sich Pia nach einer Dusche. Sie blickte auf die Uhr. Mittlerweile war es halb sieben und auf dem Gang waren die ersten Geräusche zu hören.

Das hier war die Gelegenheit, ihrem tristen Leben zu entfliehen ... Helene und ihren ewigen Hänseleien und Erniedrigungen ... sich selbst. Das hier war eine glückliche Fügung des Schicksals! Endlich nicht mehr Loser-Pia sein, sondern Marie von Elstenbühl. Zumindest für einen Tag, eine Stunde, eine Minute.

Aber dafür würde sie lügen müssen. Und zwar ziemlich gut. Nicht nur ein wenig flunkern so wie neulich, als Frau Winkler in der Klasse herumgefragt hatte, wer denn schon mal geritten sei. Das war nämlich die Voraussetzung dafür gewesen, um bei dem gestrigen Ausritt dabei sein zu dürfen. Pia hatte einfach behauptet, sie hätte schon mal auf einem Pferd gesessen. Pia hätte *alles* getan, um nur einmal, ein einziges Mal, reiten zu dürfen! Und diesmal ging es um noch viel mehr. Es ging darum, Goldglanz zu helfen und dieses unbeschreibliche Gefühl von Freiheit und Glück zu erleben, das Pia nur in der Nähe eines Pferds spürte.

Pia straffte die Schultern. Das war ihr jede Lüge wert, und was hatte sie schon zu verlieren? Wenn sie ihren Plan in die Tat umsetzen wollte, musste sie aber zuerst den Arzt davon überzeugen, dass er sie heute entlassen konnte.

Sie tastete nach dem Verband und begann ihn abzurollen. Zu ihrer Erleichterung befand sich darunter nur eine etwas breitere Schürfwunde und eine ziemlich dicke Beule links über der Stirn.

Pia holte den Waschbeutel aus dem Kleiderschrank und kramte eine Flasche Shampoo hervor. Noch ein wenig zittrig, stieg sie in die Dusche und wusch sich den Sand aus den Haaren. Zusammen mit dem Schmutzwasser schien auch ihre Angst im Ausguss zu verschwinden, und je länger das warme Wasser über ihre Haut lief, umso mehr war sie davon überzeugt, das Richtige zu tun. Dies war ihre Chance. Womöglich die einzige, die sie jemals bekommen würde.

Sie würde mit Helge nach Gut Sturmbö fahren, zu den Pferden. Zu Goldglanz! Je länger sie darüber nachdachte, umso aufgeregter wurde sie. Ihre Haut kribbelte regelrecht. Ob nur wegen des goldenen Pferds, das sie bis in ihre Träume verfolgt hatte, oder auch wegen des goldblonden Jungen, wusste sie nicht so genau.

Pia drehte das Wasser ab, trocknete sich die Haare und zog das Kleid an, das Helge ihr mitgebracht hatte. Tatsächlich passte es nicht nur irgendwie, sondern saß absolut perfekt. Der blasse Türkiston schmeichelte ihrem weißblonden Haar und dem hellen Teint. Zufrieden band sie ihre Locken zu einem dicken Pferdeschwanz zusammen und sah sich das Ergebnis im Spiegel an.

Sie verzog das Gesicht. Zwar sah sie jetzt schon wesentlich frischer aus, aber die Schrammen auf Stirn und Wangen leuchteten ihr immer noch wütend rot entgegen.
Pia durchwühlte Maries Schminktäschchen. Mit dem meisten Zeug darin konnte sie nichts anfangen. Sie machte sich nicht viel aus Make-up. Aber drastische Vorhaben erforderten drastische Maßnahmen. Also griff sie beherzt nach dem Abdeckstift und übermalte damit, so gut es ging, die Spuren ihres Sturzes. Dann tuschte sie sich noch die Wimpern und legte zum Schluss sogar etwas Rouge auf. Pia fand, das Ergebnis konnte sich zumindest einigermaßen sehen lassen.
Sie sah wieder auf die Uhr. Halb acht. Ihre Hände wurden feucht. Ihr blieb nicht mehr viel Zeit, um es sich doch noch einmal anders zu überlegen ...
In diesem Moment klopfte es auch schon an der Zimmertür. Pias Puls schnellte in die Höhe. Sie flitzte zum Bett und setzte sich hin.
In der nächsten Sekunde schob sich ein Kopf zur Tür herein. „Guten Morgen, Marie, schön, dass du schon wach bist“, sagte Dr. Hegenbauer und betrat das Zimmer. Hinter ihm kamen zwei Ärztinnen herein, die Pia freundlich zulächelten.

Pia schluckte nervös. Einmal, zweimal.
„Das sind meine Kolleginnen Dr. Meder und Dr. Linhart“, stellte der Arzt die beiden jungen Frauen vor und trat zu Pia ans Bett. Pia krallte die Hände in die Bettdecke. Die Blicke der drei machten sie nervös. Warum starrten die denn so? Sah sie mit ihrem neuen Look vielleicht doch nicht mehr aus wie die Person, für die man sie hielt? Pia schluckte zum dritten Mal und wollte sich gerade die feuchten Hände am Kleid abwischen, als ihr wieder einfiel, was sie da trug. Abrupt verharrte sie in der Bewegung.
„Ähm, es geht mir schon viel besser“, stotterte sie, in der Hoffnung, die Ärztinnen und der Chefarzt würden endlich aufhören, sie so anzustarren.
„Ja, das sieht man. Du siehst wirklich viel besser aus. Und den Verband konntest du auch schon entfernen?“, fragte der Arzt vorwurfsvoll, lächelte dabei aber nachsichtig. „Bei den Temperaturen ist so eine Mullbinde auch wirklich eine Zumutung.“
Pia nickte zögernd. „Ja, und ich dachte, wenn ich heute sowieso nach Hause darf …“ Sie verstummte. Sie musste irre sein. Vollkommen verrückt.
„Und was macht der Kopf?“, fragte der Arzt nun etwas ernster.

Pia zögerte.

Die Ärzte tauschten bereits vielsagende Blicke.

„Alles bestens!“, platzte Pia heraus.

„Keine Schmerzen?“

Pia schüttelte den Kopf.

„Kein Schwindelgefühl?“

Pia verneinte abermals.

„Sehr schön“, sagte Dr. Hegenbauer. „Trotzdem empfehle ich dir, die nächsten Tage noch viel zu trinken. Vor allem bei der Hitze.“

Pia brachte kein Wort mehr hervor, doch das schien den Chefarzt nicht zu stören, denn er machte eine ganze Reihe Häkchen auf seinem Clipboard. „Dann ist ja alles wunderbar“, sagte er schließlich und setzte einen dramatischen Punkt ans Ende seiner Notizen. „Helge wird sich sicher freuen, dich heute mit heim nehmen zu dürfen.“ Er hielt ihr eine Dose Tabletten entgegen. „Die hier sind für die Kopfschmerzen, aber bitte immer nur eine pro Tag, bis du dich besser fühlst.“ Dann griff Dr. Hegenbauer noch einmal unter das Clipboard. „Ach ja, und hier ist deine Versichertenkarte. Die hatte uns dein Bruder netterweise von zu Hause mitgebracht.“ Mit diesen Worten legte er die kleine Plastikkarte auf den Tisch und reichte Pia zum Abschied die Hand. „Ich wünsche dir weiterhin gute Besserung, Marie, und richte einen schönen Gruß an die Eltern aus." Er zwinkerte gutmütig.

Pia sagte noch immer nichts, sondern schüttelte nur benommen seine Hand und wartete, bis er mit den Ärztinnen das Zimmer verlassen hatte. Kaum waren sie draußen, schnappte sie sich das Kärtchen vom Nachttisch und sah wie gebannt auf das Lichtbild.

Pia schauderte.

Diese Marie und sie sahen auf gruselige Weise absolut gleich aus.

9

PIA SASS NOCH IMMER VOLLKOMMEN REGLOS auf dem Bett, als es erneut klopfte. Ohne auf ein Herein zu warten, wurde die Tür geöffnet und Helge trat ein. Pia blinzelte verwirrt und sah auf die Uhr an der Wand. Tatsächlich, es war schon halb neun! Schnell ließ sie die Karte und die Tabletten in Maries Handtasche verschwinden und sprang vom Bett. Dann war sie kurz wieder unsicher. Was tat sie hier eigentlich? Sollte sie Helge vielleicht doch besser die Wahrheit sagen? Ihm erklären, dass dies alles nur ein schreckliches Missverständnis war? Noch war es nicht zu spät.

Helge kam auf sie zu. Er hatte sich umgezogen und wohl ebenfalls geduscht, denn seine Haare fielen ihm in feuchten Strähnen in die Augen. Pia holte Luft, hob den Blick und sah ihn an. Ihr Herz fing an zu rasen. Nein. Es war zu spät für die Wahrheit. Viel zu spät.

Nur einen Tag, sagte sie sich. Einen Tag würde sie die Marie spielen. Schon allein, um das goldene Pferd wiederzusehen. Pia wusste nicht wieso, aber sie war sich sicher, dass Goldglanz in diesem einen Moment in den Dünen tief in ihr Herz geblickt hatte. Und er hatte nach ihr gerufen.

Helge musterte Pia von Kopf bis Fuß und betrachtete dann noch einmal ausgiebig ihre gelockten Haare. „Der Naturlook steht dir. Hatte doch glatt vergessen, dir das Glätteisen einzupacken“, bemerkte er trocken, wandte sich ab und schnappte sich die große Reisetasche aus dem Schrank.

Pia riss alarmiert die Augen auf. Marie trug die Haare glatt und benutzte dafür sogar ein Glätteisen! Gut zu wissen! Nervös wickelte sie sich eine gelockte Haarsträhne um den Finger und stand auf. „Da-da-danke, mir gefällt's so auch ganz gut ... mal was anderes“, stammelte sie und versuchte das Thema zu wechseln. „Wie lautet der Plan für heute?“, fragte sie und warf sich die Handtasche bemüht lässig über die Schulter – mit etwas zu viel Schwung, denn sie wäre fast gestolpert.

Helge grinste. „Das mit dem Geradeauslaufen musst du wohl noch ein bisschen üben.“ Doch sofort wurde er wieder ernst. „Keine Ahnung, was du vorhast, ich muss mich um die jungen Pferde kümmern. Poetin kann heute die Koppel genießen. Aber nachdem Madame ja vom Pferd gestürzt ist, wird sie mir wohl kaum eine Hilfe sein."

Pia brauchte einen Moment, um zu begreifen, dass mit „Madame" sie gemeint war. Sie schüttelte eifrig den Kopf. „Ach was, mir geht es schon viel besser! Ich helfe dir auf jeden Fall! Der Arzt hat mir ein paar Tabletten gegen die Kopfschmerzen dagelassen, damit bin ich total auf dem Damm ..."

Helge lächelte schmal. „Total auf dem Damm? Soso."

Pia ignorierte seinen spöttischen Tonfall. „Ja, wirklich!", rief sie. Sie war so begierig darauf, endlich Goldglanz zu sehen, dass sie Helges ungläubigen Blick nicht bemerkte.

„Jetzt fahren wir erst mal heim, und dann schauen wir, wie weit Nele mit dem Stall gekommen ist", sagte er.

Pia nickte. Wahrscheinlich war Nele eine Pferdepflegerin, die bei den von Elstenbühls arbeitete, überlegte sie. Bestimmt gab es in so einem luxuriösen Privatstall sogar mehrere Pferdepfleger. Geldsorgen hatten die Elstenbühls ja offenbar keine.

In Gedanken versunken, folgte Pia Helge nach draußen. Auf dem Flur herrschte mittlerweile reges Treiben. Pia lief geduckt hinter Helge her über den langen Korridor zum

Aufzug. Verstohlen las sie das Schild, das daneben hing: Privatstation „Am Deich“.
Sie mussten nicht lange warten, bis der Fahrstuhl kam. Die blank geputzten Glastüren gingen auf, und das leise Geplätscher von klassischer Musik empfing sie, als sie einstiegen. Helge drückte auf „E“ und schon fuhren sie nach unten.
Ungeduldig beobachtete Pia, wie die Leuchtanzeige von drei abwärts zählte. Sie zwirbelte nervös ihre Haare und presste sich gegen die Wand. Gerade als sich ihre Füße verselbstständigten und zu zucken begannen, öffnete sich der Aufzug auch schon. Davor wartete eine Gruppe junger Ärzte.
Eine hübsche Brünette strahlte Helge übertrieben an. „Helge, was treibst du denn hier?“, rief sie begeistert und lachte hell. „Bist du immer noch interessiert an einem Schnupperpraktikum?“ Sie zwinkerte.
Pia verzog das Gesicht. Flirtete die Frau etwa gerade mit ihrem „Bruder“? Die war doch uralt! Bestimmt schon Ende zwanzig oder so!
Helge blieb vor dem Aufzug stehen und begrüßte die Frau. Sofort entspann sich eine rege Unterhaltung, die Pia kein bisschen interessierte. Sie wollte endlich los und Goldglanz

sehen! Abgesehen davon musste sie von hier verschwinden, bevor sie vielleicht doch noch jemand erkannte und zurück zum Gasthof der Heinemanns karrte. Beim Gedanken daran, was Helene ihr an den Kopf werfen würde, weil sie vom Pferd gefallen war und sich dann auch noch als Millionärstochter ausgegeben hatte, wurde ihr ganz flau im Magen.
Pia trippelte ungeduldig von einem Fuß auf den anderen. Gerade als sie entschieden hatte, einfach draußen zu warten, erspähte sie auf dem Flur vor ihnen eine bekannte Gestalt. Robbie, den Reitlehrer! Pia riss entsetzt die Augen auf und hätte sich um ein Haar hinter einen dekorativen Blumenkübel geworfen. Aber da war Robbie schon in einem der Zimmer verschwunden.
Pia atmete zitternd auf. Das war gerade noch mal gut gegangen!
Aber warum war der junge Heinemann hier? Wollte er sie etwa besuchen? Oh nein!
Pia sah panisch zu Helge, doch der unterhielt sich noch immer angeregt mit der jungen Ärztin.
Was würde Robbie tun, wenn er merkte, was hier los war? Bestimmt wäre Pias Ausflug in Maries Welt dann vorbei, noch ehe sie überhaupt auf Gut Sturmbö angekommen war!
„Helge, können wir dann langsam los?“, drängelte sie.

„Gleich“, sagte Helge, als hätten sie alle Zeit der Welt.
Pia überlegte fieberhaft, was sie jetzt machen sollte. Hier rumstehen war jedenfalls keine gute Idee. Sie musste schleunigst raus und sich irgendwo verstecken.
„Ähm, ich ... ähm, Helge“, stammelte sie. „Ich ... entschuldige bitte, dass ich unterbreche ...“
Die Ärztin und Helge sahen sie verwundert an. Doch Pia hatte es zu eilig, um darüber nachzudenken.
„Ich ... ich warte draußen!“, stotterte sie und lief los, bevor Helge antworten konnte.
Auf dem Weg zum Ausgang musste sie an dem Zimmer vorbei, in dem Robbie verschwunden war. Pia hatte eigentlich schnell daran vorbeihuschen wollen, doch stattdessen wurde sie langsamer ... und blieb davor stehen. Die Tür war offen und Pia riskierte einen Blick hinein. Da stand Robbie – und schaute ihr in die Augen. Pia schnappte nach Luft. Robbie schien genauso geschockt zu sein wie sie selbst. Weil er Pia erkannte?
Da vernahm Pia die Stimme einer Frau. „Herr Heinemann, würden Sie mir dann bitte noch das Protokoll zum Unfallhergang unterschreiben? Dann sind wir fast fertig.“
In Pias Kopf rasten die Gedanken. Ihre Gefühle fuhren Achterbahn. Würde sie nun auffliegen?

Doch zu ihrer großen Verwunderung sagte Robbie nichts. Er musterte sie einfach nur von Kopf bis Fuß. In seinen Augen lag ein kaltes Funkeln.
Pia wich erschrocken zurück, und da endlich wandte Robbie den Blick von ihr ab und trat zur Seite.
Pia schnappte nach Luft. Hinter Robbie stand ein Krankenbett und darin saß ... Marie!
Total verrückt. Dieses Mädchen war ihr wirklich wie aus dem Gesicht geschnitten! Pias Atem ging schneller. Sie sah zu Robbie. Wusste er, dass das Mädchen dort im Bett Marie war? Und falls ja – wieso sagte er dann nichts? Und wieso sagte dieses Mädchen nichts? Konnte sie sich nicht erinnern? In Pias Kopf überschlugen sich die Fragen.
„Dann bräuchte ich hier noch eine allerletzte Unterschrift, Herr Heinemann. Damit sind die Formalitäten erledigt und ich kann Pias Entlassungspapiere fertig machen."
Pia hielt die Luft an. Wenn sie jetzt nicht eingriff, würde man das falsche Mädchen zurück zum Gasthof bringen!
Plötzlich drang eine krächzende Stimme an Pias Ohr. „Ich bin Pia ..."
Robbie wirbelte zu dem anderen Mädchen herum.
Pia stockte der Atem.
Dann sagte Marie noch einmal kaum hörbar: „Ich weiß es

wieder, ich bin Pia. Bestimmt fällt mir der Rest auch wieder ein."

Pia klappte die Kinnlade herunter. Sie taumelte rückwärts, weg von der Tür.

Dann trafen ihre Augen abermals Robbies. Starr waren sie auf Pia gerichtet. Seine Lippen waren hart aufeinandergepresst. Er blickte ihr herausfordernd entgegen. Kalt und berechnend.

Mit angehaltenem Atem sah Pia zu, wie sich Robbie nun langsam über das Klemmbrett beugte und dann zackig seine Unterschrift auf das Formular setzte.

Nun war es offiziell. Marie war Pia.

Und Pia war Marie.

Pia wirbelte herum und rannte los. Sie musste hier weg. Sofort.

10

PIA STÜRMTE INS FREIE und rang nach Luft. In was für eine verrückte Geschichte war sie da bloß hineingeraten? Ein paar Minuten später kam Helge auf den Vorplatz spaziert. Als er die blasse Pia auf einer Steinmauer kauern sah, lief er eilig zu ihr. „Alles okay mit dir? Ist dir schlecht? Du bist ja weiß wie die Wand ..."

Pia blickte auf. Im Sonnenlicht leuchteten Helges grüne Augen noch viel intensiver. „Nein, nein ... ähm ...", stammelte sie. „Mir geht's gut, es ist nur ..." Panisch dachte sie an Robbie Heinemann, der womöglich jeden Moment aus der Tür treten würde.

„Ich will sofort nach Hause!", sprudelte es aus ihr heraus. Fast hätte sie vor Schreck über sich selbst die Hand vor den Mund geschlagen.

Helge seufzte bloß. Anscheinend war er daran gewöhnt, dass seine Schwester im Befehlston mit ihm redete. „Na schön. Dann fahren wir jetzt heim." Er half Pia hoch und schob sie über den Parkplatz zu einem der Autos.

Pia blieb die Spucke weg, als sie den silbergrauen Flitzer sah, der in der Sonne glänzte. Das Verdeck war offen, sodass sie die hellbraunen Ledersitze im Inneren bewundern konnte.

Helge öffnete die Beifahrertür. „Einsteigen und Abfahrt!", rief er, warf Pias Tasche nach hinten und schlenderte lässig um die Motorhaube herum.

„Waaaahnsinn!", entfuhr es ihr.

Helge lachte bitter. „Glaub bloß nicht, dass ich dich noch einmal damit fahren lasse! Schlag dir das aus dem Kopf!"

Pia riss die Augen auf. Marie war schon mit dem Ding gefahren?

Helge hechtete über die Autotür und startete den Motor. Pia plumpste derweil vollkommen ungraziös auf den Beifahrersitz und betrachtete die silbern glänzenden und mit edlem Holz verkleideten Armaturen. Ehrfürchtig fuhr sie mit den Fingerspitzen darüber.

„Nachher kommt noch der Tierarzt für Goldi", sagte Helge und ließ den Motor aufheulen. „Wir müssen also ein wenig Gas geben."

Pia fuhr erschrocken zusammen. „Woah!", quiekte sie. „Wow!"

Helge zog die Brauen hoch. „Jaaaaa ... das ist ja auch dein Lieblingsauto."

„Oh", war alles, was Pia dazu einfiel. Ihr stieg die Röte ins Gesicht. „Und was ist mein ... ähm ... zweitliebstes Auto?"

„Ich hoffe sehr, es ist der unfassbar teure Lkw für acht Pferde, den dir Dad zum fünfzehnten Geburtstag hingestellt hat", zischte er.

Pia japste nach Luft. Das überstieg nun wirklich ihre Vorstellungskraft! Marie war also genauso alt wie sie und besaß schon einen eigenen Lkw, obwohl sie noch nicht einmal einen Führerschein hatte? Doch bevor Pia weiter darüber nachdenken konnte, gab Helge plötzlich Gas und sie wurde in den Sitz gedrückt.

Sie fuhren vom Parkplatz auf eine belebte Straße, und Pia erkannte die kleine Ortschaft wieder, durch die sie am Tag ihrer Ankunft mit dem Bus gefahren waren. Sie kamen an denselben heimelig anmutenden Häusern, idyllischen Vorgärten, niedlichen Geschäften und Cafés vorbei.

Als Helge schließlich auf die Landstraße Richtung Meer einbog, wurde Pia plötzlich mulmig zumute: „Hier geht es doch zur Reitschule der Heinemanns ...", sagte sie zaghaft.

„Ja, und?"

Pia rutschte unruhig im Sitz umher. Ausgerechnet um die

Reitschule und den Gasthof hatte sie doch einen riesigen Bogen machen wollen!
Helge sah sie misstrauisch an. Ahnte er etwa was?
Pia dachte fieberhaft nach. Was würde Marie jetzt wohl an ihrer Stelle sagen? Ihr fiel nichts ein. Zu blöd, dass sie das Mädchen, in dessen Rolle sie geschlüpft war, überhaupt nicht kannte! „Der ... der Laden läuft nicht so gut, oder?“, fragte sie vage.
„Na ja, solange der alte Heinemann noch das Sagen hat, überrascht mich das kein bisschen. Mich wundert eher, dass er die Anlage nicht schon längst verspielt hat!“ Helge lachte freudlos. „Aber ständig kommt er mit neuen Ideen an, um den Urlaubern das Geld aus der Tasche zu ziehen. Erst die Reitschule, dann der Gasthof. Aber die Sache mit dem Championat am Wochenende ...“ Helge schnalzte mit der Zunge. „Damit hätte nun echt keiner gerechnet ...“
Pia hatte keine Ahnung, wovon er sprach. Besser also, sie hielt den Mund. Nur so viel war klar: Robbies Familie steckte offenbar in ernsthaften Schwierigkeiten. Erklärte das vielleicht auch, warum er am Strand so wütend auf Marie reagiert hatte? War er vielleicht eifersüchtig auf das reiche Mädchen mit den teuren Pferden und auf dessen Eltern, die ihm alles ermöglichten?

„Robbie kann einem wirklich leidtun", sagte Helge.
Pia blinzelte im Fahrtwind und spielte nervös mit ihrem Zopf.
„Alles klar?", fragte Helge.
Reiß dich jetzt zusammen, Pia!, beschwor sie sich. Sie musste einen kühlen Kopf bewahren, sonst würde ihr falsches Spiel sofort auffliegen. Denn Maries Bruder war nicht nur hübsch anzusehen – nein, er war auch ein guter Beobachter!
„Ja, ja, alles klar." Sie drehte sich weg und schaute auf die vorüberziehende Landschaft.
Dann sah sie die Abzweigung. Das musste die Stelle gewesen sein, an der der Bus Richtung Reitschule abgebogen war! Pia hielt die Luft an – und atmete erleichtert aus, als Helge zügig daran vorbeifuhr. Nach einer Weile verließen sie die Straße und bogen in eine lange, gepflasterte Auffahrt ein.
Pia rutschte ungeduldig in ihrem Sitz herum – was Helge mal wieder nicht entging.
„Du freust dich auf zu Hause? Ernsthaft?", bemerkte er bissig. „Sonst kannst du es doch immer kaum erwarten, von hier wegzukommen!"
Pia ignorierte ihn und betrachtete die Umgebung. Zu bei-

den Seiten der Auffahrt türmten sich haushohe Rhododendronbüsche in den Himmel. Sie leuchteten in allen nur erdenklichen Farben. Begierig sog Pia ihren süßlich schweren Duft ein und seufzte leise. Dann schielte sie wieder verstohlen zu Helge. Was er wohl sagen würde, wenn er wüsste, wer sie wirklich war? Ein armes Waisenmädchen aus Frankfurt! Fasziniert studierte Pia seine langen goldenen Wimpern. Noch nie hatte sie einen Jungen mit solchen Wimpern gesehen!

Dann kamen sie an ein massives Eisentor, das zwischen einer hohen, üppigen Hecke aufragte, die das Anwesen der Elstenbühls umschloss. Helge betätigte eine Fernbedienung und das Tor schwang rauschend auf. Im nächsten Augenblick holperte der Wagen über eine Bodenwelle. Helge sog scharf die Luft ein. „Unsere Einfahrt ist einfach nichts für Sportwagen!“, fluchte er leise und wechselte den Gang. „Keine Ahnung, was Dad sich dabei gedacht hat!“

Sie fuhren um eine letzte Biegung und dann ... Pias Mund wurde trocken. Nicht einmal in ihren kühnsten Tagträumen hätte sie sich einen solchen Anblick ausmalen können! Das Anwesen der von Elstenbühls war einfach ... atemberaubend schön. Wildromantisch und doch irgendwie modern.

Das Dach des zweistöckigen Gebäudes war reetgedeckt, die Fassade aus schlichtem, grauem Backstein gemauert. Hellblau gestrichene Sprossenfenster leuchteten im Sonnenschein, ebenso wie die imposante, weiß lackierte Flügeltür am Eingang. Um das Gebäude herum erstreckte sich ein traumhafter Park. Die Farbenpracht der unzähligen Blumen, Büsche und Bäume verschlug Pia augenblicklich den Atem, und fast hätte sie das Wichtigste übersehen: Denn weiter hinten in Richtung Meer machte die Auffahrt eine weitere Biegung und führte am Rand eines Wäldchens einen sanften Hügel hinauf.

Pia entwich ein entzücktes Quieken und sie legte eine Hand vor den Mund. Denn dort auf der Anhöhe hinter dem Wohnhaus, gesäumt von windschiefen Kiefern und noch mehr blühenden Büschen thronte ... der Pferdestall!

11

HELGE STEUERTE DEN WAGEN VOR EINE GARAGE. Wobei „Garage“ die Untertreibung des Jahrhunderts war. In dem Gebäude hätte locker eine sechsköpfige Familie Platz gefunden! Diese von Elstenbühls mussten wirklich steinreich sein. Wer sonst baute ein eigenes Haus für seine Autos?
Als das automatische Tor in die Höhe fuhr, gab es die Sicht auf fünf Sportwagen und einen SUV frei. Helge parkte sein Auto neben dem Geländewagen und funkelte Pia dann plötzlich aus schmalen Augen an. „Du kannst jetzt übrigens aufhören, das scheue, verletzte Rehkitz zu spielen. Wir haben kein Publikum mehr. Ich weiß genau, was du vorhast.“ Seine Stimme klang so voller Wut, dass Pia zusammenzuckte. „Den ganzen Morgen tust du schon so scheinheilig. Aber nicht mit mir!“
Was hatte sie falsch gemacht? Doch zum Glück fiel es Pia im nächsten Moment wieder ein. *Sie* hatte nichts falsch

gemacht. Zumindest nichts, wovon Helge von Elstenbühl wissen konnte. Seine Schwester Marie allerdings ...

„Du willst Goldi loswerden“, sagte er jetzt in schneidendem Ton.

Pia schüttelte den Kopf. Ihre Gedanken rasten. Darum also war Helge schon den ganzen Morgen so pampig zu ihr gewesen. Wegen Goldglanz! Er hatte seiner Schwester ihren halsbrecherischen Ritt am Strand immer noch nicht verziehen! Aber was sollte sie jetzt sagen? Wollte Marie das goldene Pferd denn tatsächlich loswerden? Das schönste Tier, das Pia je gesehen hatte?

„Was meinst du mit ‚loswerden‘?“, gelang es Pia zu fragen.

Helge schnaubte verächtlich. „Was weiß ich! Aber ein Pferd, das keine Turniere gewinnt, weil es nicht mehr richtig läuft, hat für dich ja anscheinend keinen Wert! Sonst hättest du seine Gesundheit ja wohl nicht so leichtfertig aufs Spiel gesetzt!“

Pia schluckte und versuchte sich zu beruhigen. Helges Gefühlsausbruch galt nicht ihr, sondern Marie. Und sie war nicht Marie.

Pia dachte an die Geschehnisse am Strand zurück. Goldglanz schien in Panik gewesen zu sein. Aber nicht nur er. Irgendetwas an Maries Haltung, an der Art wie sie auf

dem Pferd an ihnen vorbeigejagt war, hatte Pia alarmiert. Für Pia hatte es ausgesehen, als wären die beiden auf der Flucht gewesen. Aber vor wem? Und warum?
Mit einem Mal erinnerte sie sich auch an die unerklärliche Angst, die sie selbst in diesem Moment empfunden hatte. Hing das etwa mit Goldglanz zusammen? War es gar nicht ihre eigene Angst gewesen, die sie verspürt hatte, sondern seine? Aber wie war das möglich? Das war doch alles total verrückt! Sie war verrückt!
Pia rang nach Luft. „Ich ... ich will ihn nicht loswerden. Ich wollte nur ..."
„Ach, spar dir den Atem! Ich glaub dir kein Wort. Sobald du den Mund aufmachst, lügst du!" Maries Bruder sprang aus dem Auto und schlug die Tür so heftig zu, dass der ganze Wagen wackelte. „Bleib mir bloß vom Hals!" Mit diesen Worten ließ er Pia einfach allein in der Garage sitzen.
Pia sah auf ihre zitternden Hände und konnte sich nicht rühren, so aufgewühlt war sie. Das Zwitschern der Vögel, das Rauschen des Windes und das Wiehern aus dem Stall drangen wie aus weiter Ferne an ihr Ohr.
Sie hatte einen Fehler gemacht! Einen riesigen Fehler. Sie hatte mit einem stinkreichen, verwöhnten, von allen gehassten Mädchen die Rollen getauscht. Und sicher würde

sie bald auffliegen und einen Riesenärger bekommen, nicht nur mit Helge. Was hatte sie sich bloß dabei gedacht? Pia schluchzte auf und stieg aus dem Wagen. Wie hatte sie nur so dumm und naiv sein können?

Hektisch sah sie sich um. Noch war es nicht zu spät. Noch konnte sie alles rückgängig machen und einfach abhauen …

Ohne nachzudenken, rannte sie los. Sie hatte hier nichts zu suchen! Sie mischte sich in Dinge ein, die sie nichts angingen!

Pia wollte weg. Einfach nur weg. Den Weg zurück zum Gasthof der Heinemanns würde sie schon finden. Dort würde sie Frau Winkler gegenübertreten und den ganzen Schwindel aufklären. Sie würde wieder Pia sein – diese Rolle beherrschte sie wenigstens! Selbst die Vorstellung, Helene wiederzusehen, war auf einmal gar nicht mehr so Furcht einflößend.

Pia rannte quer durch den Park. Mit jedem Schritt wurde die drückende Last auf ihren Schultern leichter. Stolpernd und keuchend erreichte sie das Tor. Es hatte sich bereits wieder geschlossen. Pia sah sich suchend um, doch einen Schalter oder Schlüssel konnte sie nirgends entdecken. Stattdessen befand sich direkt über ihrem Kopf das schwarze Auge einer Überwachungskamera und starrte sie an. Verunsichert wich Pia einige Schritte zurück. Hatten die von Elstenbühls vielleicht sogar einen Wachmann? Denkbar wäre es gewesen.

Klettern war also gestrichen. Zu auffällig.

Pia lief an der Hecke entlang. Vielleicht würde sie irgendwo eine Lücke finden! Pia lief und lief und lief …

Das Anwesen der Elstenbühls musste wirklich riesig sein, denn die Hecke führte immer weiter weg vom Tor und in das Wäldchen hinein.

„Mist!", fluchte Pia frustriert, marschierte aber unbeirrt weiter. Plötzlich rutschte sie mit der glatten Stiefelsohle über einen Haufen feuchter Blätter und stürzte ins Laub. „Autsch!" Frustriert rieb sie ihr Knie und rappelte sich auf. Dabei ertastete sie unter sich etwas Hartes. Vorsichtig wischte sie die Blätter beiseite.

„Was ist denn das?", überlegte Pia laut. „Ein Weg …" Aber wo führte er hin? Vielleicht zu einem anderen Ausgang?

Pia sah sich um. Ringsum waren nichts als Bäume und Büsche. Kurz entschlossen folgte sie den verwitterten Pflastersteinen. Während sie lief, bemerkte sie, wie es zunehmend finsterer wurde. Fröstelnd zog sie die dünne Lederjacke enger um die Schultern und spähte durch das Geäst nach oben zum Himmel. Er hatte eine bedrohlich graue Färbung angenommen. Es fing an zu nieseln. Die Baumkronen über ihr rauschten im Wind und ein plötzlicher Luftstoß zerrte an ihrem Sommerkleid.

Es knackte. Pia zuckte zusammen und ein seltsames Prickeln überlief ihren Rücken. Sie sah sich um. War da jemand? Helge vielleicht? Suchte er bereits nach ihr?

Aus den Tropfen wurde ein kräftiger Regen und Pia lief weiter. Gerade als sie mit dem Gedanken spielte, unter einem der dicht belaubten Bäume Unterschlupf zu suchen, endete der Weg auf einmal vor einer von Efeu überwucherten Mauer.

„Verdammt! Das gibt's doch nicht!", fluchte Pia. Wäre sie bloß über das Tor geklettert!

Wütend griff sie mit beiden Händen in die Ranken und riss daran. „Was zum ..." Verblüfft hielt sie inne. Hinter den Ranken kamen ein kohlrabenschwarzer Balken und ein Stück bröckeliges Mauerwerk zum Vorschein. Erschrocken wich Pia zurück und betrachtete ihre Hände. Ihre Fingerkuppen waren von einer schmierigen Rußschicht überzogen.

„Was ist das denn ...?", murmelte Pia nachdenklich vor sich hin, als ein dumpfes Donnergrollen sie herumfahren ließ. Erst da bemerkte sie, wie finster es im Wald geworden

war. Der Regen prasselte wie eine graue Wand vom Himmel. Pias Haare tropften. Bald würde sie bis auf die Haut durchnässt sein.
Also stapfte sie weiter durch den strömenden Regen an der Mauer entlang. Nur ein paar Meter weiter ragten zwei Balken aus dem Efeu hervor, und dazwischen erkannte sie das verkohlte Gerippe eines Daches. Schwarz verbrannte Ziegel bedeckten den Boden zu ihren Füßen.
Pia zwängte sich durch ein Loch in der Mauer in das offenbar ausgebrannte Gebäude und kroch dann in eine noch trockene Nische.
„Inselwetter …", seufzte sie und sah sich um. Überall wuchsen zarte Bäumchen, Büsche und Unkraut aus der Mauer. Die Natur hatte sich den Platz schon vor vielen Jahren zurückgeholt.
Plötzlich erregte ein helles Schimmern Pias Aufmerksamkeit. Ganz in der Nähe ihres Unterstands sah sie unter ein paar zertrümmerten Dachziegeln etwas Glänzendes liegen. Pia kniff die Augen zusammen. Was war das? Sie wischte sich eine feuchte Haarsträhne aus der Stirn und trat ein paar Schritte in den Regen hinaus.
In diesem Moment knackte es laut.
Erschrocken wirbelte Pia herum und konnte aus dem Au-

genwinkel gerade noch erkennen, wie ein Schatten durchs Dickicht huschte.
„Hallo? Ist da wer?“, rief sie laut, um das Prasseln des Regens zu übertönen.
Keine Antwort.
Pia hielt den Atem an und lauschte. Hatte sie sich getäuscht? Nein. Da war ganz sicher etwas zwischen den Bäumen gewesen. Vielleicht nur ein Tier?
Pia lief weiter auf den glänzenden Gegenstand zu, jedoch ohne dabei den Wald aus den Augen zu lassen.
„Ist da wer? Helge?“, versuchte sie es noch einmal. Das Prickeln in ihrem Nacken war wieder da. Sie fröstelte. Hektisch ließ sie ihren Blick durchs Unterholz schweifen – und stolperte prompt über einen quer liegenden Balken.
„Uaaaaaaa!“ Pia stürzte, schaffte es aber, sich mit den Händen abzufangen.
Und dann sah sie, worauf sie gelandet war: auf einem Schild aus Metall. Das Feuer hatte die Ecken geschwärzt, aber die Buchstaben „Glänzehof“ waren noch deutlich zu erkennen.
Pias Lippen entwich ein erstickter Schrei, denn genau in diesem Moment trat eine dunkel gekleidete Gestalt hinter den Bäumen hervor. Sie war zu weit entfernt, als dass

Pia ein Gesicht hätte erkennen können. Trotzdem wusste sie sofort, dass der Mann, der da nun reglos hinter dem dichten Regenschleier verharrte und zu ihr herüberstarrte, nicht Helge war. Dafür war er viel zu groß.

Pia schluckte schwer und stand langsam auf. Jeder ihrer Muskeln war angespannt.

Und dann rannte sie los. Blindlings durch den Regen, einfach nur weg, weg von der Ruine und ihrem unheimlichen Beobachter.

„Hey!", brüllte es hinter ihr.

Ganz klar, die Stimme eines Mannes. Aber sie kannte ihn nicht. Da war sich Pia sicher.

„Warte doch mal!"

Sie keuchte und rannte noch ein wenig schneller.

Hinter ihr knackten Äste und wieder rief der Fremde ihr etwas zu. Doch das war Pia egal. Sie lief und lief, während der Regen prasselte und der Wind heulte. Nach hinten zu sehen, wagte sie nicht, denn dann wäre sie sicher gestolpert. Verbissen kämpfte sie sich weiter durchs Unterholz und versuchte dabei die Schritte ihres Verfolgers unter dem Donnern des Gewitters herauszuhören. Doch sosehr sie sich auch bemühte, es gelang ihr nicht. Als sie es schließlich nicht mehr aushielt, wandte sie doch noch den Kopf. Im selben Moment teilte sich das Dickicht vor ihr und Pia stürzte aus dem Wald hinaus auf einen gepflasterten Hof.

12

„AAAAH!", SCHRIE PIA ENTSETZT AUF, als ihr Fuß am Randstein hängen blieb und sie nach vorn stolperte.

„Woah! Du hast es aber eilig!", quiekte jemand verschreckt, doch da rempelte Pia auch schon ungebremst in ein Mädchen hinein.

Gemeinsam gingen sie zu Boden.

„Uffff!", stöhnte das Mädchen, als Pia auf ihm landete.

Gehetzt schoss Pias Blick zum Wald. Doch im Gebüsch war nichts zu erkennen. „D-d-d-da … da war jemand, im Wald …", stotterte Pia und rollte zur Seite über die nassen Pflastersteine. „Ein Mann! Er …"

Das Mädchen im knallgelben Regenmantel versuchte ebenfalls auf die Beine zu kommen. „Ähm, Marie, sorry, dass ich dir im Weg gestanden habe, tut mir echt leid …"

Fahrig wischte Pia ihre nassen Haarsträhnen aus dem Gesicht. Da erst nahm sie das Mädchen richtig wahr. „Wieso du? Mir tut es leid ... Ich bin dir doch ... ähm ... Wer bist du?“, fragte Pia verwirrt und hätte sich im nächsten Moment am liebsten auf die Zunge gebissen. So etwas hätte Marie doch nie gefragt! Aber Moment mal ... Sie wollte doch sowieso nicht mehr Marie sein! Oder? Der Schreck saß ihr noch so sehr in den Gliedern, dass sie keinen klaren Gedanken fassen konnte.

Doch zu ihrer Erleichterung antwortete das Mädchen einfach nur schüchtern: „Ich bin Nele. Ich arbeite diesen Sommer für ein paar Wochen hier im Stall. Hab schon gehört, dass du seit dem Sturz ... na ja ... dass du so ein paar Aussetzer hast ...“ Die graublauen Augen des Mädchens trafen verunsichert auf Pias, doch sofort sah sie wieder zur Seite. „Ähm, sorry, wie gesagt. Ich hoffe, du bist okay?“, fragte Nele.

Pia sagte nichts. Erst jetzt bemerkte sie das Stallgebäude hinter Nele. Mit großen Augen sah sie sich um.

Neles Gummistiefel knatschten laut. „Okay, ich mach mich dann mal vom Acker, ähm, ich meine, ich gehe dann mal zurück an die Arbeit ...“

Pia gab sich einen Ruck. Sie wollte auf keinen Fall allein zurückbleiben. „Da war eben dieser Mann, und ich ...“

Nele sah sie alamiert an.

„Diese Ruine im Wald, kennst du die?“, fragte Pia weiter.
„Nein. Was denn für eine Ruine?“
Der Regen hatte so schlagartig aufgehört, wie er gekommen war, und Nele zerrte ihre Kapuze zurück.
Pia schlang die Arme um sich. „Na, so ein ausgebranntes Gebäude. Total zerstört ... Und dann war da dieser Kerl ...“
Sie verstummte und musterte Nele.
Unter ihrem Mantel war rotblondes, kurzes Strubbelhaar zum Vorschein gekommen. Nele musste etwa in Pias Alter sein, wirkte aber jünger. Vielleicht weil sie so klein war? Auf jeden Fall schien sie nett. Trotzdem entschied Pia, auf der Hut zu bleiben, solange das Mädchen sie für Marie hielt. „Es war plötzlich so dunkel und fing an zu regnen, da habe ich wohl irgendwie die Orientierung verloren“, versuchte Pia zu erklären. Ihr Blick schweifte umher.
Das Stallgebäude vor ihr war auf einer leichten Anhöhe erbaut, sodass man vom Hof einen atemberaubenden Blick auf die umliegenden Ländereien und das Meer hatte. Düstere Wolkenfetzen jagten darüber hinweg und bildeten einen harten Kontrast zu der weiß getünchten Backsteinfassade des Stalles. In diesem Moment riss der Himmel jedoch auf und die Sonne brachte die regennasse Umgebung zum Glänzen.

Neles zaghaftes Räuspern riss Pia aus ihren Gedanken. „Möchtest du nicht mit reinkommen?“, fragte sie. „Du bist ... hm ... nass.“

Verwirrt sah Pia an sich herab. „Danke, aber ich ...“

Da erklang auf einmal ein Motorengeräusch.

Nele wirbelte herum. „Oh, das muss Dr. Sieber sein. Er kommt, um nach Goldglanz zu sehen ...“ Dann flog ihr Blick wieder zu Pia. „Äh, ich hoffe, das ist in Ordnung für dich. Ich meine, er ist ja dein Pferd und Helge hat einfach ...“

Pias Herz fing an zu rasen. Goldglanz. Er war hier. Ganz nah. Alles, was sie tun musste, war in den Stall zu gehen.

„Wo ist er?“, flüsterte Pia heiser.

„Ähm, na in seiner Box, so wie immer“, antwortete Nele, und zum ersten Mal lächelte sie dabei nicht. „Er darf ja nicht raus. Hast du gesagt.“

Pia schluckte. Ihr Traumpferd. Eingepfercht in einer Box? Den ganzen Tag? In Gedanken sah sie es noch immer stolz und frei durch die Dünen preschen. Pia runzelte die Stirn. „Das geht nicht. Er muss raus“, flüsterte sie, mehr zu sich selbst als zu der Pflegerin. Und dann setzte sie etwas lauter hinzu: „Ich will ihn sehen.“

Ja, sie musste mit eigenen Augen sehen, wie es ihm ging. Vielleicht konnte sie ihm ja helfen? Jedenfalls erschien es ihr nicht richtig, dass er in einem Stall stehen musste, wenn es ringsum saftige grüne Wiesen mit Meeresbrise gab.

„Okay, na klar." Nele eilte los.

Pia folgte ihr nach drinnen und nahm sofort den besonderen Geruch wahr. Es roch nicht nur nach Heu, Stroh und Pferdeschweiß so wie in anderen Ställen, sondern auch nach Kräutern, Sattelseife und neuem Leder. Bereits von draußen hatte der helle Backsteinbau mit seinen glänzenden Fensterbänken und den weitläufigen Blumenbeeten ringsum gigantisch gewirkt. Drinnen war der Stall der von Elstenbühls nicht weniger beeindruckend. Doch zu Pias Überraschung schien Nele die einzige Pferdepflegerin weit und breit zu sein.

Plötzlich hatte Pia eine Idee. „Du, Nele …"

Nele blieb stehen. „Ja?"

„Würdest du mich einen Moment mit Goldglanz allein lassen?" Pia hatte das starke Gefühl, dass der Moment des ersten richtigen Zusammentreffens nur ihnen beiden – ihr und Goldglanz – gehören sollte.

Nele schien kurz verwirrt, nickte aber. „Wie du meinst … Dann nehme ich derweil schon mal Dr. Sieber in Empfang, okay?"

„Ja, okay", erwiderte Pia. „Und danke!"

Nele eilte davon und ließ Pia allein im Stall zurück.

Jetzt musste sie nur noch ihr Pferd finden. Suchend blickte sie an den Boxenreihen zu beiden Seiten entlang. Auf einmal war es wieder da – dieses Gefühl, das sie jedes Mal überkam, wenn sie einen Stall betrat. Pia sog die Luft ein und schloss die Augen. Ja, hier gehörte sie her, hier fühlte sie sich zu Hause.

Pia war gleichzeitig hibbelig und ruhig, ängstlich und von Vorfreude erfüllt. Wie ferngesteuert lief sie die Stallgasse entlang. Das polierte Chrom der Boxen blitzte ihr entgegen. Das sanfte Schnauben der Pferde hieß sie willkommen. Pias Herz schlug immer schneller, während sie die Fingerspitzen an den Gitterstäben entlanggleiten ließ. Wieder schloss sie die Augen und stellte sich vor, wie Goldglanz in seiner Box stand und auf sie wartete. Mit gespitzten Ohren, jedem ihrer Schritte lauschend.

Pia bog in die lange Seite der Stallgasse ein. Hier standen nur noch wenige Pferde. Pias Hände zitterten. Hatte sie sich getäuscht? War er doch nicht hier? Gab es noch einen anderen Stallteil? Aber sie konnte ihn förmlich spüren. Spüren, wie sein goldenes Licht ihr entgegenstrahlte …

Und da stand er: ganz allein in der letzten Box der Stallreihe.

Pia blieb wie angewurzelt stehen. Sie hätte ihn überall wiedererkannt. Doch sein goldener Glanz war erloschen. Sie fühlte es mehr, als dass sie es sah.
Wie er da stand, mit gesenktem Kopf, geschlossenen Augen und traurig nach hinten gerichteten Ohren, hatte Goldglanz nichts mehr gemein mit dem stolzen, wilden Pferd, das Pia am Strand begegnet war.
Ihr Traum war der ernüchternden Wirklichkeit gewichen.
Pia war entsetzt. Was war nur passiert? Langsam ging sie auf das Pferd zu. Sie war sich nicht einmal sicher, ob der Hengst sie überhaupt bemerkt hatte, und wollte ihn nicht erschrecken. Darum öffnete sie so vorsichtig wie möglich seine Boxentür. Erst als sie ihm die Hand hinstreckte, hob Goldglanz träge den Kopf. Seine Augen jedoch blickten durch sie hindurch. Starrten ins Leere.
Es zerriss Pia das Herz, ihn so zu sehen.
„Was ist denn los mit dir?“ Sanft berührte sie seinen Hals.
Und da war es! Das Pochen in ihren Fingerspitzen. Das Trommeln ihres Herzschlags, vermischt mit dem kräftigen Schlagen seines Herzens. Wie ein elektrischer Impuls. Zwischen ihr und ihm.
Doch statt erschrocken zurückzuweichen, blieb der Hengst regungslos – nur die Ohren richtete er zögernd vor.

Pia streckte die zweite Hand aus, legte sie ihm auf den weißen Mähnenkamm und strich langsam daran entlang. Dann schlang sie ihm die Arme um den Hals und drückte ihre heiße Wange gegen sein goldenes Fell.
Einen Moment lang blieb sie so stehen. Rührte sich nicht.
Und dann endlich drehte Goldglanz den Kopf zu ihr und schnaubte sachte über ihre Haare.
Mein Seelenpferd, dachte Pia. Sie hatte es gefunden.

13

PIA LIEF DURCH DIE BOX und sah sich um. Die Fenster waren durch v-förmige Gitter versperrt.

„Dir ist sicher sterbenslangweilig hier drin“, flüsterte sie und hielt Goldglanz die Hand unter die Nüstern. Sein warmer Atem blies sacht darüber. Noch immer schien er matt und träge, aber immerhin verfolgte er Pias Bewegungen unter seinen langen Wimpern hindurch.

Ihr Blick fiel wieder auf das Gitter. Kurzerhand griff sie nach der Schließe und öffnete sie. Dann rüttelte und zerrte Pia, aber das Gitter wollte sich nicht bewegen.

„Warum lässt dich denn keiner richtig rausschauen? Und deine Pferdefreunde kannst du so auch nicht beschnuppern!“, murmelte sie.

Der Hengst schlug mit dem Bein nach einer Fliege.

Pia wischte sich über die Stirn. Im Stall stand noch immer die Hitze des schwülen Vormittags. Ihr war so heiß!

„Wie warm muss dir denn da erst sein? Den ganzen Tag hier drinnen, ohne einen Hauch frische Luft ..."

Irgendwie musste Pia dieses verdammte Gitter wegbewegen! Vielleicht klappte es, wenn sie sich mit dem gesamten Gewicht dagegenstemmte?

Nervös blickte sie sich um. Aber auf der Stallgasse schien alles ruhig. Nele und der Tierarzt waren noch nicht zu sehen. Vielleicht schaute sich Dr. Sieber ja erst noch andere Pferde an.

Entschlossen packte Pia wieder das Gitter. „Ich befrei dich jetzt!", erklärte sie Goldglanz. Noch einmal zerrte sie mit aller Kraft, aber es war zwecklos.

Goldglanz döste weiter.

Die Box neben dem Hengst war leer, genau wie die nächste und übernächste. In der Box direkt neben ihm war nicht einmal Einstreu. Sie wurde höchstwahrscheinlich überhaupt nicht genutzt. Goldglanz war vollkommen isoliert!

Pia lehnte sich durch die Gitterstäbe und spähte die Stallgasse hinunter.

„Mist!", fluchte sie. Der Tierarzt war im Anmarsch, und zu allem Übel war Dr. Sieber auch noch in Begleitung von Helge und Nele.

„Mist!“, fluchte Pia noch einmal und hüpfte rückwärts in Goldglanz’ Box. Dabei verlor sie das Gleichgewicht. Mit einem unterdrückten Schrei stürzte sie rücklings ins Stroh. Das war ihr Glück, denn es dämpfte ihren Fall. Erschrocken blieb sie liegen, direkt vor den Hufen des Pferdes.

Goldglanz rührte sich nicht, nur seine Ohren zuckten nun etwas wacher vor und zurück. Er schnaubte sanft. Und dann – total plötzlich – riss er das Maul auf und gähnte. Das sah vielleicht komisch aus! Pia konnte nur mit Mühe ein Kichern unterdrücken. Goldglanz’ Ohren lagen so dicht an der Mähne, dass sie aus Pias Blickwinkel kaum noch zu sehen waren.

„Keinohrpferd …“, flüsterte sie.

Da verdrehte der Hengst die Augen, senkte den Hals und schnaubte eine volle Ladung Sabber in ihre Richtung.

Pia quiekte und schlug sich erschrocken die Hand vor den Mund. Hoffentlich hatte man sie nicht gehört!

Nun kam Goldglanz ganz langsam auf sie zu und beschnupperte ihre Haare. Pia versuchte sich nicht zu bewegen. Zum einen, um den Hengst nicht zu verschrecken, und zum anderen, weil Nele, Helge und Dr. Sieber sich der Box näherten. Pia konnte hören, wie Helge sich mit dem Tierarzt unterhielt.

In diesem Moment gab der Hengst Pia einen Schubs und sie landete wieder unsanft im Stroh. Goldglanz schnaubte und schloss dann die Augen.
Pia sah ihn fassungslos an. Dieses Pferd war unglaublich! Da fiel ihm ein Mädchen direkt vor die Hufe und er schlief einfach ein?!
„Ich habe wirklich schon alles probiert, Helge …“, hörte sie Dr. Sieber sagen. In seiner Stimme lag Bedauern. „Es ist mir ein Rätsel. Er ist nicht wirklich lahm und weist auch keine äußeren Verletzungen auf, und trotzdem will er sich nicht richtig bewegen. Wie mir Marie kürzlich berichtet hat, ist er insbesondere bei der Arbeit in der Halle immer müde, matt und abgeschlagen.“
Pia horchte auf. Anscheinend hatten die drei sie noch nicht bemerkt.
„Apropos Marie. Wo steckt sie denn?“, fragte Helge prompt. „Nele, hast du nicht gesagt, sie wolle nach Goldglanz sehen?“
„Ja“, antwortete Nele. „Aber vielleicht hat sie es sich anders überlegt. Sie war ziemlich durch den Wind …“
Pia zog den Kopf ein und duckte sich tiefer ins Stroh. Zum Glück verdeckte der massige Körper des Hengstes sie.
„Weder die Bluttests noch die Röntgenbilder noch das Ab-

spritzen der Beine haben Aufschluss gebracht“, fuhr Dr. Sieber fort. „Zuerst dachte ich, es könnte einfach nur Muskelkater sein vom Galoppieren im tiefen Sand, aber wenn dem so gewesen wäre, hätte sich sein Zustand nach einer längeren Phase der Boxenruhe deutlich bessern müssen ...“

Pia sah auf Goldglanz’ Beine. Besonders lahm war er ihr gerade eben nicht vorgekommen, eher traurig und frustriert ... Aber was verstand sie schon davon! Vielleicht sah man so was ja auch nur beim Reiten.

„Manchmal denk ich echt, sie legt’s drauf an, Goldi loszuwerden!“, zischte Helge zornig.

Nele sog scharf die Luft ein.

„Marie!?“, fragte der Tierarzt.

„Ja, wer denn sonst! Seit Wochen liegt sie uns allen in den Ohren, dass sie ein neues Pferd braucht für die Kadersichtung. Dass sie mit Goldi keine Chance hat, weil er nicht mehr richtig zieht und keinen Bock aufs Springen hat.“

Der Arzt murmelte etwas Unverständliches.

„Aber mein Vater ist ihre Kindereien nun endgültig leid. Er hat gesagt, es gibt kein neues Pferd. Das wäre ja dann auch schon ihr drittes! Aber wer weiß, ob er nicht einknickt, wenn er sieht, wie schlecht es seiner kleinen Prinzessin geht.“

„Ähm …“, räusperte sich Nele.

„Was denn?“, fuhr Helge sie an.

„Ach, Helge“, versuchte Dr. Sieber ihn zu beschwichtigen. „Ich glaube, da tust du deiner Schwester jetzt aber Unrecht. Im Grunde liebt sie …“

„Ja, das glaube ich auch!“, fiel Nele ihm ins Wort und klang dabei ehrlich betrübt.

Doch Helge ließ sich nicht beirren. „Ihr kennt sie nicht so, wie ich sie kenne! Marie interessiert sich ausschließlich für sich selbst!“

Dr. Sieber seufzte tief. „Na schön, wir geben Goldglanz jetzt weiter Boxenruhe, ändern seinen Futterplan, und dann komme ich Ende der Woche noch mal vorbei. Vielleicht geht es ihm bis dahin schon etwas besser. Der Unfall am Strand ist gerade mal einen Tag her. Vielleicht ist es ja doch nur eine Muskelsache …“

„Sollen wir ihm die Beine kühlen oder so etwas?“, mischte sich Nele wieder ein.

„Beine kühlen kann nicht schaden und ein wenig Schritt führen“, antwortete Dr. Sieber. „Für größere Ausflüge ist seine Gesamtverfassung einfach noch zu schlecht.“

„Okay“, sagte Helge, aber er klang nicht besonders zufrieden.

Auch Pia hätte dem Arzt am liebsten die Meinung gegeigt. Was war denn das für eine Diagnose? Und überhaupt, das arme Pferd! Es sollte weitere vier Tage hier drinnen versauern?

Die Unterhaltung schien beendet, denn die drei entfernten sich in Richtung Reithalle.

Pia setzte sich vorsichtig auf und betrachtete den dösenden Hengst. Abgesehen davon, dass er total abwesend wirkte, schien es nicht gerade so, als hätte er Schmerzen.

„Wenn ich den ganzen Tag hier drin wäre, sähe ich sicher auch so traurig aus wie du." Pia zog sich schwankend am Gitter hoch. Ihr schwirrte der Kopf. Hatte Helge recht? Wollte Marie ihr Pferd wirklich loswerden?

Die Erkenntnis traf Pia wie ein Schlag: Goldglanz' Schicksal – es lag in ihrer Hand! Solange sie Maries Rolle spielte, würde sie dem Hengst helfen können. Ihn beschützen können. Denn dem Pferd ging es schlecht. Vielleicht nicht körperlich, aber seelisch. So viel konnte selbst sie als Laie erkennen. War das nicht Grund genug zu bleiben? Vielleicht gelang es ihr ja, ihn zumindest ein wenig aufzupäppeln, bis die echte Marie ihren Platz wieder einnahm.

Pia sah Goldglanz an, und diesmal regte sich etwas in seinen großen schwarzen Augen. Der Hengst schnaubte und schüttelte seine dicke, von weißen Strähnen durchzogene Mähne. Pia fiel auf, wie kurz sie geschnitten war. Kein Wunder, dass die Fliegen ihm ungestört über das goldene Fell krabbeln konnten! Selbst sein seidiger Schweif war kurz gestutzt.

Pia seufzte und ließ die Finger an seinem Bauch entlanggleiten. *Was für ein wunderschönes, unglückliches Pferd du doch bist*, dachte sie traurig.

Und in diesem Moment stand ihr Entschluss fest: Sie würde bleiben.

Doch Maries Rolle zu spielen, würde nicht leicht sein – erst recht nicht, solange sie so gut wie nichts über ihre Doppelgängerin wusste. Es war also höchste Zeit, dem Haus der von Elstenbühls einen Besuch abzustatten.

14

EINE WEILE STAND PIA UNENTSCHLOSSEN vor der weiß lackierten Haustür. Überall sangen die Vögel, in der Ferne brummte eine Heckenschere. Alles wirkte so friedlich! Das Gewitter hatte sich längst verzogen und die Sonne kitzelte Pia in der Nase. Sie strich die Haare aus der Stirn und versuchte den nötigen Mut aufzubringen, um das Haus der von Elstenbühls zu betreten. Wie würde Helge reagieren, wenn sie gleich vor ihm stand? Nach allem, was er eben im Stall über seine Schwester gesagt hatte ...

„Willkommen daheim" stand auf der hübschen Fußmatte, auf der Pia nun ihre verdreckten Lederstiefel abstrich. Dann drückte sie die Klinke.

„Okay, na dann mal los ...", flüsterte sie sich selbst Mut zu. Vorsichtig lugte sie ins Haus und sog entzückt die Luft ein. Die Eingangshalle erstrahlte im Licht der Mittagssonne, die durch eine Vielzahl von Sprossenfenstern in den Raum

fiel, und es duftete einladend nach Zimt und Vanille. Das Erste, was ihr ins Auge stach, war das Gepäck, das am Fuß einer breiten geschwungenen Treppe stand, die hinauf auf eine Galerie im Obergeschoss führte. Ihr Gepäck. Helge hatte es einfach dort abgestellt.
Zögernd setzte Pia einen Fuß vor den anderen. Die Dielen knarrten. Irgendwo tickte eine Uhr.
Pia blieb stehen und drehte sich einmal um die eigene Achse, unfähig, alles gleichzeitig aufzunehmen. Ein paar Dinge prägten sich ihr jedoch sofort ein: das geblümte Sofa neben der Treppe, der Schirmständer mit dem Pferdekopf, der dicke Strickteppich, um den sie aber vorsorglich einen Bogen machte, um ihn nicht zu verschmutzen.
Pia schulterte ihre Taschen und überlegte, was sie als Nächstes tun sollte. Helge suchen oder das Haus auf eigene Faust erkunden? Wo mochte wohl Maries Zimmer sein? Pia hatte noch nie ein eigenes Zimmer gehabt. Konnte sie jetzt einfach so in das Zimmer eines wildfremden Mädchens eindringen? In Maries Zimmer, Maries Leben?
Langsam setzte sie einen Fuß auf die Treppe. Alles in diesem Haus schien zu glänzen, sie einzuladen und zu locken. Die Sonnenstrahlen krochen überall hinein und beleuchteten jeden Winkel des alten Gebäudes.

An der Wand nach oben hingen Fotos und Gemälde, in dunklen Rahmen auf weißem Untergrund.
Pia betrachtete sie fasziniert, während sie die Stufen hinaufstieg.
Die meisten Bilder zeigten Pferde oder die von Elstenbühls. Es gab viele Fotos von Helge und seinem Vater, jedoch kaum ein Bild, auf dem die ganze Familie zu sehen war.
Pia interessierten vor allem die Fotos von Marie. Auf jedem der Fotos sah ihr Marie zum Verwechseln ähnlich, nur die Haare waren anders. Während Pias Haare lockig, widerspenstig und darum meist zusammengebunden waren, trug Marie ihre Haare immer offen und glatt.
Im oberen Stockwerk angekommen, verharrte Pia kurz vor einer besonders großen, mit schwarzem, wurmstichigem Holz gerahmten Fotografie. Sie zeigte die junge Marie zusammen mit einer dunkelhaarigen Frau und einem pechschwarzen Pony. Mutter und Tochter standen Arm in Arm, Marie lächelte. Jedoch – so fand zumindest Pia – sah sie dabei nicht so unbeschwert und glücklich aus, wie man es von einem Mädchen wie Marie vielleicht erwartet hätte. Aber was wusste Pia schon über Marie? Im Grunde nichts! Für Pia war Marie lediglich ein reiches Mädchen mit ihrem Gesicht.

Pia beschlich das Gefühl, dass Marie etwas verbarg. Dass sie tatsächlich mehr war als die glanzvolle Kopie ihrer selbst. Vielleicht war es am Ende gar kein Zufall, dass Pia hier gelandet war. Vielleicht war es nicht nur Goldglanz, der Pias Hilfe brauchte ...

Mit neuer Entschlossenheit sah sie sich um. Von der breiten Galerie, die die Eingangshalle umspannte, gingen zwei helle Flure ab. Welche Richtung sollte sie einschlagen?

„Hallo?", krächzte sie zaghaft und räusperte sich. „Helge?"

Keine Antwort.

Pia zuckte die Schultern und bog in den linken Flur ab. Die vorletzte Tür am Ende des Ganges stand einen Spalt offen. Pia ging darauf zu.

„Hallo?", rief sie noch einmal. Doch niemand antwortete ihr. Vorsichtig drückte sie die Tür auf.

In der Mitte des Zimmers sah sie einen riesigen Schreibtisch, beladen mit Ordnern, Heften und irgendwelchen Unterlagen. Er stand vor einem hübschen Sprossenfenster, von dem aus man in den Park sehen konnte. In der Ecke hinter der Tür gab es ein breites Bett, auf dem ein paar Klamotten lagen.

Das musste dann wohl Helges Zimmer sein.

Neben dem Bett befand sich eine weitere Tür. Sie war ge-

schlossen. Ein Badezimmer? Prompt hörte Pia Wasser rauschen. Anscheinend war Helge gerade da drin. Unschlüssig kaute sie auf ihrer Lippe. Eigentlich hätte sie auf dem Absatz kehrtmachen sollen. Aber war dies nicht die ideale Gelegenheit, sich ein wenig in Helges Zimmer umzusehen? Eben machte sie einen wackeligen Schritt in den Raum hinein, als das Wasser auch schon wieder abgedreht wurde.
„Mist!“, zischte Pia, wirbelte herum, stolperte über einen herumliegenden Turnschuh, strauchelte und stürzte schließlich zurück auf den Flur. Hastig verschwand sie durch die nächstbeste Tür und schloss sie mit zittrigen Händen.
Pia atmete stoßweise. Was war nur in sie gefahren? Einfach so in Helges Zimmer einzudringen! Sie pfefferte die Taschen auf den beigen Wollteppich in der Mitte des Raumes und ließ sich an der Wand hinabgleiten. Ihr war schwindelig, und nur langsam konnte sie sich auf ihre Umgebung besinnen.
Das Erste, was ihr ins Auge stach, war ein riesiges rosafarbenes Plüscheinhorn mit Krönchen, das auf einem breiten Bett zwischen lauter Kissen saß. Das musste dann wohl Maries Zimmer sein … Sie hatte es gefunden.
Der Raum war größer als der von Helge, denn er zog sich über die gesamte Breite des Hauses.

Umständlich rappelte sich Pia wieder auf und ging zum Bett. Das Einhorn starrte sie mit ausdruckslosen Knopfaugen an. Pia setzte sich und nahm es auf den Schoß. „Was habe ich mir nur dabei gedacht!?“, flüsterte sie ihm ins Plüschohr und seufzte. „Kannst du mir etwas über diese Marie verraten?“

Das gehörnte Pferd starrte weiter vor sich hin.

Pias Blick wanderte zum Fenster. Von Maries Bett aus konnte man nicht nur den Park, sondern auch den Stall sehen. In der Ferne glitzerte das Meer. Wie bereits bei ihrer Ankunft auf der Insel übten die unendlichen Wassermassen eine seltsame Anziehungskraft auf Pia aus. Eine Weile sah sie einfach nur schweigend nach draußen. Auf die Pferde und das Meer. Sie spürte, wie sie dabei immer ruhiger wurde. Dann sah sie zurück ins Zimmer und zu einer Schnur, die quer über die Wand am Kopfende des Bettes gespannt war. Daran hingen unzählige Schleifen. Marie musste sie bei Turnieren gewonnen haben.

Plötzlich zerriss ein schriller Popsong die Stille. Pia fuhr erschrocken zusammen und das Einhorn plumpste zu Boden. In der Handtasche vibrierte es. Maries Handy!

Pia sprang auf und durchwühlte die Tasche. Das Telefon blinkte und sang, und das Display verkündete, dass „Rob-

bie“ anrief. Fast wäre Pia das Telefon aus den Händen gerutscht.
War das etwa *der* Robbie? Aber warum rief er auf Maries Handy an? Etwa, um Pia zur Rede zu stellen? Wusste er, dass sie als falsche Marie auf Gut Sturmbö gelandet war? Nach ihrem kurzen Blickwechsel im Krankenhaus hatte Pia das Gefühl gehabt, dass er bewusst mitgespielt hatte. Aber warum? Um auf diese Frage eine Antwort zu bekommen, sollte sie jetzt vielleicht besser ans Telefon gehen.
Gerade als sie auf den Hörer drücken wollte, hörte das Telefon auf zu singen. Stille. Geschockt starrte Pia aufs Display. Mist! Sie hatte zu lange überlegt! Doch da rief Robbie schon wieder an.
Diesmal drückte Pia, ohne zu zögern, auf das Annahmezeichen. „Robbie?“
„Hallo?“ Robbie klang verwundert. „Pia?“
„Robbie?“, quiekte Pia noch einmal heiser. „Gut, dass du anrufst, wir müssen unbedingt …“
„Warum gehst du nicht gleich dran?!“, raunzte Robbie sie an. „Und woher wusstest du überhaupt, dass ich dran bin?“
Pia stutzte. Ja, warum hatte Marie überhaupt Robbies Nummer in ihrem Handy gespeichert? Standen sie und Robbie nicht eigentlich auf Kriegsfuß?

„Weil dein Name auf dem Display stand ...?“, antwortete Pia langsam.
„Die Nummer war eingespeichert?“, fragte Robbie irritiert.
„Scheint so.“
Robbie räusperte sich. „Okay ... ist ja seltsam ... aber egal. Ich wollte dich eigentlich fragen ... ähm ... Kann ich mich auf dich verlassen? Du spielst weiter deine Rolle und verrätst nichts?“, fragte er schließlich zögernd.
Pia schluckte. „Warum? Warum tust du das? Warum hast du mich im Krankenhaus nicht ins Zimmer gerufen? Die arme Marie, sie scheint total verwirrt zu sein ... Ich ...“
„Sie ist nicht arm! Sie ist eine rücksichtslose, arrogante Schlange!“, spuckte Robbie ins Telefon. „Wegen ihr ist Feuerstern gestürzt!“
Pia war auf einmal kalt. „Wie geht es Feuerstern? Und Marie wo ist sie jetzt?“, fragte sie verängstigt. „Das ist alles meine Schuld! Ich hätte nicht ...“
„Es ist nicht deine Schuld, dass Feuerstern verletzt wurde! *Marie* hat alle über den Haufen geritten! Und im übrigen ist sie jetzt hier auf dem Gutshof“, fauchte er ins Telefon und schien dabei an Maries Namen fast zu ersticken. Doch dann wurde er auf einmal wieder ruhiger. Er seufzte. „Ich hätte in deiner Situation auch nichts machen können.

Dank dir ist wenigstens den anderen Pferden und Schülern nichts passiert!" Robbie klang nun ehrlich dankbar. Also schwieg Pia betreten. „Feuerstern wird sich erholen, aber das kann dauern und wird kosten ..." Plötzlich hörte Pia im Hintergrund ein lautes Klopfen.

„Okay, hör mal, ich muss Schluss machen", sagte Robbie mit gepresster Stimme. „Also, was ist nun? Kann ich mich auf dich verlassen?"

Pia brauchte eine Sekunde, um zu begreifen, dass Robbie wieder mit ihr sprach. Sie zögerte mit einer Antwort. Wenn Marie heute entlassen worden war, hieß das doch, dass es ihr wieder besser ging. Und das wiederum bedeutete, dass Marie sicher auch bald ihr Gedächtnis wiedererlangen würde, das sie anscheinend verloren hatte. Pia sah wieder das blasse Mädchen im Krankenbett vor sich. *Ich bin Pia*, hallte Maries Stimme in ihrem Kopf wider. Würde man Pia also nicht ohnehin bald auf die Schliche kommen, egal wie gut sie ihre Rolle weiterspielte?

Pia holte tief Luft, bevor sie sprach. „Ich bin nicht wie Marie ... Wie sollte ich also jemals ..."

„Du bist zu nett!", flüsterte Robbie eindringlich. „Marie ist fies, rücksichtslos und verlogen. Du bist zu lieb! Komm schon, tu mir den Gefallen! Wir stecken doch zusammen in der Sache drin! Streng dich an und sei einfach ein wenig mehr wie sie. Nur für ein paar Tage, bis ich hier ein paar Dinge ... äh ... klären konnte."

„Welche Dinge?", fragte Pia. „Ich verstehe das alles nicht! Was versprichst du dir davon?"

„Ich muss jetzt wirklich auflegen. Also was ist?", drängte Robbie. „Versuchst du es?"

Pias Herz hämmerte wie verrückt. Was sollte sie tun? Gemeinsame Sache mit Robbie machen? Was, wenn Marie überhaupt nicht so schlimm war, wie er sie darstellte? Was, wenn Robbie in Wahrheit Dreck am Stecken hatte? Doch dann musste Pia an Helges Schimpftiraden denken. Robbie war nicht der Einzige, der schlecht über Marie redete.

Pia seufzte. „Na gut, aber ich brauche deine Hilfe. Ich muss mehr über Marie wissen, sonst ..."

„Halt dich an Helge, der ist echt in Ordnung!"

„Du kennst Maries Bruder?"

„Stiefbruder ...", verbesserte Robbie sie. „Ob du's glaubst oder nicht – die Elstenbühls sind eine richtig moderne Patchworkfamilie." Er lachte bitter. „Marie war drei oder so, als sie mit ihrer Mutter zu Helge und seinem Vater nach Gut Sturmbö gezogen ist." Er hielt kurz inne. „Okay, ich muss jetzt los. Ich melde mich wieder bei dir."

„Warte!“, rief Pia. „Es ist so viel passiert! Ich habe noch so viele Fragen! Was ist mit dieser Ruine im Wald, auf dem Grundstück der Elstenbühls, und warum ...“

Tuuuuut. Robbie hatte aufgelegt.

Pia starrte verwirrt auf das Smartphone in ihrer Hand. Dann ließ sie den Kopf auf die Knie sinken. Verzweifelt bemühte sie sich, ihre Gedanken zu ordnen.

Goldglanz, das Pferd mit den traurigen Augen.

Marie, das verhasste, reiche Mädchen.

Helge, der gut aussehende Bruder mit der spitzen Zunge. Nein, *Stief*bruder. Pia dachte an die vielen alten Bilder im Flur, auf denen nur Helge und sein Vater zu sehen gewesen waren. So ergab das natürlich Sinn.

Halt dich an Helge, hatte Robbie gesagt.

Pia sah zur Tür. Sollte sie einfach zu Helge gehen und ihm alles erzählen? Nein. Das hatte Robbie sicherlich nicht damit gemeint. Sie hatte versprochen, das Spiel weiter zu spielen. Bis er ein paar Dinge geklärt hatte. Was auch immer das sein mochte.

Pia massierte ihre Schläfen. Auf einmal hatte sie wieder Kopfschmerzen. Sie ließ sich auf den Boden neben ihre Handtasche sinken und suchte nach den Schmerztabletten, die Dr. Hegenbauer ihr mitgegeben hatte. Eigentlich hasste sie das Zeug, denn meist wurde ihr schlecht davon. Aber mit hämmernden Kopfschmerzen würde sie das hier garantiert keinen Tag lang durchstehen. Die ganze Aufregung machte sie fertig. Sie musste sich nur irgendwo einen Schluck Wasser organisieren.

Ihr Blick fiel auf die Tür neben dem Bett. Bestimmt hatte auch Marie ein eigenes Bad. Pia stand auf. Sie setzte das Einhorn zurück aufs Bett und legte das iPhone auf die Fensterbank.

Am besten machte sie sich gleich noch frisch. Maries teure Kleider waren vom Sturz im Wald und in Goldglanz' Box dreckig, und Pia fühlte sich schmuddelig. Vielleicht würde eine schöne kalte Dusche helfen.

Hoffnungsvoll öffnete sie die Tür.

„Wow!", rief sie erstaunt. Noch nie hatte sie so ein schönes Badezimmer gesehen! Ein kleines, aber dafür bodentiefes Fenster ließ Tageslicht herein, und der weiße Dielenboden strahlte. Eine frei stehende Badewanne war der Blickfang des Raumes, und im hinteren Teil befanden sich noch eine Dusche und ein Waschbecken, über dem ein alter, mit Ornamenten verzierter Spiegel hing. Pia drehte den Hahn auf, schöpfte sich mit der Hand etwas Wasser in den Mund und schluckte die Tablette. Hoffentlich wirkte sie bald!

Pia drehte sich um und ging zu einer kleinen antiken Kommode neben dem Fenster. Darauf standen allerlei Fläschchen, Tuben und Döschen. „Wie kann man nur so viele Sachen besitzen …", murmelte sie gedankenverloren und sah hinunter in den Park. Direkt unter dem Fenster glitzerte ein großer Badeteich. Gab es eigentlich irgendetwas, was die von Elstenbühls *nicht* hatten? Pia hob den Arm vor die Augen und blinzelte. Erst da bemerkte sie den Schwimmer im Wasser.

Helge!

Pia beobachtete, wie Maries Bruder mit kraftvollen Zügen das Wasser durchpflügte. In rhythmischen Bewegungen warf er die Arme über den Kopf nach vorn und tauchte dann ein. *Schmetterling*, schoss es Pia durch den Kopf. Sie kannte diesen Schwimmstil nur von den Profischwimmern aus dem Fernsehen. Helge schien also nicht nur ein talentierter Reiter, sondern auch ein guter Schwimmer zu sein.

Sehnsüchtig blickte Pia aufs Wasser. Trotz des Gewitters lag noch immer eine erdrückende Schwüle über der Insel. Ja, eine Abkühlung würde ihr jetzt wirklich guttun … Und warum sollte sie nicht noch ein wenig Spaß haben, wenn ihr kleines Abenteuer sowieso bald vorbei war?

Kurz entschlossen lief Pia zurück in Maries Zimmer. Gegenüber vom Bad hatte sie nämlich einen begehbaren Kleiderschrank gesichtet.

In einer von Dutzenden Schubladen wurde Pia schließlich fündig. Mit einem einigermaßen schlicht wirkenden Bikini in der Hand marschierte sie zurück ins Bad und zog sich um. Wie bereits das Kleid und die Jacke passte auch der himmelblaue Bikini wie angegossen. Überhaupt hatte sie noch nie ein so gut sitzendes Kleidungsstück getragen.

Zufrieden musterte sie sich im Spiegel. Ja, irgendwie machten Kleider tatsächlich Leute. Sie fühlte sich überhaupt nicht wie sonst, in ihrem ausgeleierten Badeanzug beim Schulschwimmen – zu dürr und zu blass.

Schnell sprang sie in die Dusche, drehte sich unter dem kalten Wasserstrahl ein paarmal im Kreis und wickelte sich anschließend in Maries flauschigen Bademantel. Dann trat sie noch einmal vor den Spiegel. „Pia, du kannst das!“, beschwor sie sich selbst. „Sei einfach ... Marie.“

Aber das half nicht. Denn egal, was ihr das Spiegelbild vorgaukelte – sie war noch immer die schüchterne Pia.

Das musste sich nun schleunigst ändern.

15

VORSICHTIG SETZTE SICH PIA AUF EINEN FELSEN am Rand des Teiches, schob die Füße ins Wasser und plätscherte mit den Zehen. Der schwimmende Helge hatte sie noch nicht bemerkt.

Wie würde ihre Begegnung wohl diesmal verlaufen? Konnte sie sich auch mal ganz normal mit Helge unterhalten oder würde es wieder auf die üblichen Anfeindungen hinauslaufen? War das etwa die Art, wie Marie und Helge für gewöhnlich miteinander umgingen? Stritten sie immer nur?

Pia seufzte. Sie würde es wohl gleich herausfinden.

Konzentriert zog Helge seine Bahnen. Der Teich war groß genug dafür. Zwar wuchsen am Rand einige Pflanzen, doch in der Mitte konnte Pia durch das glasklare Wasser ein eingelassenes Becken erkennen.

Mit einem Mal hielt Helge an und sah zu ihr herüber. „Welchen Teil von ‚Bleib mir vom Hals' hast du nicht verstanden?“, prustete er und schüttelte sich das Wasser aus den Haaren.

Pia verschlug es die Sprache. „Ich, ich …“

„Spar dir das Gestammel und komm auf den Punkt.“ Inzwischen klang Helge eher genervt, als wütend.

„Ich will Goldglanz nicht loswerden“, sagte Pia mit einigermaßen fester Stimme. „Und ich wollte ihn auch ganz bestimmt nicht absichtlich verletzen“, fügte sie hinzu, denn offensichtlich war es genau das, was Helge ihr – beziehungsweise Marie – unterstellte. „Er ist am Strand einfach losgerannt. Ich hab die Kontrolle verloren und Goldglanz ist durchgegangen.“

Helge zog eine Augenbraue hoch. „Und warum ist er durchgegangen?“

Pia biss sich auf die Lippe. Sie hatte keine Ahnung, was das goldene Pferd so aufgebracht haben könnte.

„Da muss irgendwas am Strand gewesen sein …“, überlegte sie laut. „Ich weiß nicht, was, aber ich bin mir sicher, etwas hat ihn erschreckt.“

Helge musterte sie eindringlich. Seine Augen blitzten fast so grün wie das Wasser. „Was willst du?“, fragte er schließlich.

Ja, was wollte sie überhaupt? Sie wollte dem goldenen

Pferd helfen! Sie wollte, dass Helge sie mochte. Sie wollte ... Pia geriet in Panik. „Warum muss Goldglanz in seiner Box bleiben? Ihm ist langweilig! Er ist unglücklich!", platzte sie heraus.

„Es ist dein Pferd. Tu mit ihm, was du nicht lassen kannst", erwiderte Helge kühl. „Aber komm dann nicht zu mir, um dich auszuheulen. Die Zeiten sind vorbei!" Er stieg neben ihr aus dem Wasser und Pia verschlug es kurz den Atem. Ob alle Reiter so durchtrainiert waren? Oder kam das eher vom Schwimmen? Helge brachte sie total aus dem Konzept.

Pia rappelte sich auf und rutschte prompt über einen nassen Stein. Reflexartig schoss Helges Hand ihr entgegen und rettete sie vor dem Sturz ins Wasser. Ihre Augen trafen sich. Pia schluckte. „Danke ...", sagte sie leise und konnte den Blick nicht gleich abwenden. Ihre Wangen glühten. Ob aus Verlegenheit oder weil er sie berührte, konnte sie nicht sagen.

Einen Moment starrte Helge verwirrt zurück, doch dann setzte er wieder sein zynisches Grinsen auf. „Meine Schwester *bedankt* sich bei mir? Wie komm ich denn dazu? Du musst dir den Kopf doch etwas härter gestoßen haben, als ich dachte."

Pia schnappte nach Luft. Standen ihr die Gefühle etwa so offensichtlich ins Gesicht geschrieben?
Abrupt ließ er sie los und lief zu einer Liege, auf der er seinen Bademantel abgelegt hatte.
Pia blickte ihm verdattert hinterher, während sie dabei nervös am Gürtel ihres Bademantels nestelte. Sie brauchte dringend eine Abkühlung! Dafür war sie ja schließlich hergekommen, oder nicht?
Sie ließ den Mantel auf einen der Felsen am Rand des Teiches gleiten und watete vorsichtig ins Wasser. Schwimmen war eigentlich nicht ihre Stärke, genau wie die meisten anderen Sportarten.
„Uaaaah!“, quiekte sie, als ihr nächster Schritt ins Leere ging und sie mit rudernden Armen abtauchte. Das kalte Wasser umfing sie und Pia schloss die Augen. Das tat gut! Ein Lächeln legte sich auf ihre Lippen, doch schon im nächsten Moment spürte sie, wie jemand einen Arm um ihre Taille schlang und sie unsanft zurück an die Wasseroberfläche holte.
„Marie, alles klar?“, prustete Helge, ohne sie loszulassen.
Pia wischte sich das Wasser aus dem Gesicht und sah ihn verwundert an. „Äh … ja … Ich wollte nur mal kurz ein bisschen schwimmen …“

Helge ließ sie los und starrte sie vollkommen perplex an. „Das sollte Schwimmen sein? Du bist ins Wasser geplumpst und untergegangen wie ein Stein!“
Pia blinzelte. Immerhin hasste er seine Schwester anscheinend nicht so sehr, dass er sie ertrinken lassen würde. Sie musste die Gelegenheit unbedingt nutzen und ihren Lebensretter in eine Unterhaltung verwickeln.
„Ich bin wohl noch etwas wackelig auf den Beinen“, flunkerte sie und lächelte Helge vorsichtig an.
Er schnaubte. „Das kann man wohl sagen.“ Dann schwamm er zurück ans Ufer und watete aus dem Wasser. Pia sah zu ihm hoch.
„Ist eigentlich niemand außer uns im Haus?“, fragte sie das Erstbeste, was ihr in den Sinn kam, während sie vorsichtig aus dem Teich stakste.
Er schüttelte den Kopf. „Nein, Ingrid hat heute frei.“
„Ingrid?“, rutschte es Pia heraus.
„Unsere Haushälterin“, erklärte er – diesmal fast schon geduldig.
Pia nickte, doch auf einmal fiel ihr der Mann im Wald wieder ein. „Ich habe vorhin jemandem im Wald gesehen ...“ Beim Gedanken an die Begegnung im Regen fröstelte sie.
Helge runzelte die Stirn. „Du warst schon wieder im Wald?“

Nun war es an Pia, ihn erstaunt anzusehen. „Was … ich …“
„Hier, zieh den mal lieber wieder an“, sagte Helge und reichte ihr den Bademantel vom Felsen.
„Danke“, wisperte sie. Helges Fürsorge wärmte sie mehr als der flauschige Mantel.
Er runzelte die Stirn. „Hast du heute eigentlich schon was gegessen?“
Bei den meisten Leuten sah Stirnrunzeln komisch aus. Es ließ sie irgendwie finster wirken. Bei Helge sah es süß aus, fand Pia und wurde ganz verlegen. Oh nein! Bestimmt hatte sie schon wieder überall diese hässlichen roten Flecken!
Sie räusperte sich. „Nein, mir hat ja keiner was zu essen gemacht!“, sagte sie in nöligem Tonfall, um ein bisschen mehr so zu klingen wie Marie.
„Sich ein Brot zu schmieren, ist ja auch wirklich Schwerstarbeit“, entgegnete Helge feixend. „Aber du hast Glück. Ich wollte mir eh gerade ein Sandwich machen. Möchtest du auch eins?“
„Und ich dachte schon, du willst mich verhungern lassen!“, erwiderte Pia schnippisch. So langsam kam sie in Schwung!
Helge stöhnte und ging ins Haus.
Pia folgte ihm lächelnd. Prinzessin sein war gar nicht so übel.

Die Küche war überraschend klein und gemütlich. In einer Ecke gab es einen Tisch mit Sitzbank und Stühlen, daneben befand sich ein bodentiefes Fenster, durch das man aufs Wäldchen sehen konnte. Die Sommersonne ließ die Regentropfen auf den Blättern der Bäume glitzern.

Pia – ganz in ihrer neuen Rolle – fläzte sich auf die Bank und sah Helge dabei zu, wie er die Zutaten für die Sandwiches aus dem großen Kühlschrank holte. Dann flog ihr Blick unwillkürlich wieder zum Fenster. Sie zupfte nervös an ihren Haarspitzen. Pia starrte in den Wald, fast so als erwartete sie, den fremden Mann wiederzuentdecken.

„Du solltest wirklich nicht mehr dort hineingehen", sagte Helge auf einmal.

Pia fuhr herum. „Wie bitte? Was meinst du ..."

„Du weißt genau, was ich meine!", schnaubte Maries Bruder, während er vier Scheiben Toast mit Butter beschmierte. „In die Ruine im Wald."

So wie es klang, schien Marie öfter in dem Wäldchen herumzustreunen. Aber warum? Pia hatte die Ruine schon beim ersten Mal gruselig gefunden – von ihrem unheimlichen Beobachter ganz zu schweigen.

„Die Balken könnten jederzeit einstürzen", setzte Helge erklärend hinzu.

Pias Gedanken rasten. Dann fiel ihr das Schild wieder ein, das sie zwischen dem Schutt gefunden hatte. „Glänzehof" hatte darauf gestanden. Was war dieser Glänzehof gewesen? Ein altes Gestüt? Aber warum machte Helge dann so ein Geheimnis daraus?

„Warum wurde das Gebäude ... warum wurde der Glänzehof denn nicht abgerissen?", tastete sich Pia vorsichtig weiter vor.

Helge schwieg.

Pia rieb sich die Stirn. Warum wurde sie das Gefühl nicht los, dass die Familie von Elstenbühl etwas zu verbergen hatte?

Als sie schon glaubte, nichts mehr aus Helge rauszubekommen, sagte er plötzlich: „Wenn ich es dir sage, versprichst du mir dann, dass du dich in Zukunft von dort fernhältst?"

Pia sah ihn mit großen Augen an. Nichts lieber als das! Also nickte sie nur.

Helge seufzte. „Okay, Dad bat mich eigentlich, es dir nicht zu sagen, aber ..." Er räumte die Butter zurück in den Kühlschrank und sah Pia dann eindringlich an. „Mein Vater glaubt, dass in der Ruine immer noch Hinweise auf die Ursache des Feuers zu finden sind, die man nicht zerstören sollte."

16

PIA LAG IM BETT und konnte nicht mehr schlafen. Vielleicht, weil es nicht ihr Bett war. Vielleicht, weil sie einfach nicht zur Ruhe kam. Ihr Körper sich anfühlte wie der einer Fremden. Oder einfach, weil ihre Gedanken all ihre Ängste entflammten, sich bündelten und wie brennende Pfeile ihren Schädel zu durchbohren versuchten. Sie hatte höllische Kopfschmerzen.

Pia schlug die Decke zurück und tapste ins Badezimmer. Irgendwo auf der Kommode mussten die Tabletten liegen. Ihr Blick wanderte hinaus in den Park. Hinter dem Meer leuchtete das erste zarte Silber des neuen Tages und tauchte die Insellandschaft in ein magisches Licht. Wie bezaubert von dem Anblick, kniete sich Pia neben das Fenster, schob es auf und beugte sich ein wenig nach draußen. Sanfte Morgenluft blies ihr entgegen. Pia atmete ein. Was für ein Duft! Gras, Meer und Pferde.

Ihr Blick wanderte zum Stall und eine seltsame Unruhe überkam sie. Was war denn bloß los mit ihr? Lag es an der mysteriösen Geschichte, die Helge erzählt hatte? Von dem Feuer im Glänzehof? So hartnäckig sie auch nachgebohrt hatte – es war nicht mehr aus ihm herauszukriegen gewesen. Ob er tatsächlich nicht mehr wusste, so wie er behauptet hatte, oder ob er ihr einfach nicht mehr verraten wollte, war unklar.

Zittrig holte sie Luft. Draußen schien alles still und friedlich. Auf einer Koppel in der Ferne erspähte Pia einige Tiere. Wahrscheinlich Jährlinge, überlegte sie und wollte eben den Kopf zurückziehen, als ein helles Wiehern zu ihr herüberwehte. Erschrocken zuckte sie zusammen und hätte sich dabei um ein Haar den Kopf angeschlagen. Das fehlte gerade noch!

Pia lauschte atemlos. Sie kannte das Wiehern! Es war kraftvoll und schrill. Pia hatte es schon einmal gehört. Während ihres Höllenrittes am Strand. Sie würde es immer und überall wiedererkennen.

„Goldglanz“, flüsterte sie leise. Plötzlich steigerte sich ihre Unruhe zu regelrechter Panik. Ging es ihm gut? Warum wieherte er?

Die Kopfschmerzen waren schlagartig vergessen. Sie rappelte sich auf, flitzte zurück ins Zimmer und durchsuchte die Krankenhaustasche, die immer noch unausgepackt neben ihrem Bett stand, nach Klamotten. Blitzschnell zog sie sich das Nachthemd über den Kopf und schlüpfte in eine Jeans und ein T-Shirt. Sie musste nach dem Pferd sehen. Erst dann würde sie beruhigt sein.

Auf Zehenspitzen schlich sie hinaus auf den Flur, an Helges Zimmer vorbei und die Treppe hinunter. Einen Moment zögerte sie. Ob die Haustür überhaupt offen war? Vielleicht würde sie einen Schlüssel benötigen. Vorsichtig drückte sie die Klinke herunter. Sie ließ sich öffnen! Erleichtert huschte Pia ins Freie und hastete den gepflasterten Weg Richtung Stallgebäude hinauf.

Das Blut rauschte in ihren Ohren. Etwas stimmte nicht. Sie spürte es.

Hektisch riss sie die Seitentür des Stalls auf und rannte hinein. Gedämpftes Scharren und Schnauben empfing sie. Nichts Ungewöhnliches. Alles schien ruhig. Aber Pia wusste es besser …

„Goldi? Alles gut bei dir? Kannst du etwa auch nicht mehr schlafen?“, wisperte sie und rannte zu seiner Box. Vorsichtig öffnete sie seine Tür, aufs Schlimmste gefasst, und trotzdem erschrak sie.

Goldglanz lag auf dem Boden. Doch seine Haltung war alles andere als natürlich. Seine Hufe hatten sich an der Wand verkeilt, ein ersticktes Grunzen klang aus seiner Kehle.
Pia eilte an seine Seite. „Oh, nein …“, hauchte sie, strich mit der Hand über seinen Hals und zog sie erschrocken zurück. Der Hengst war schweißgebadet!
„Was hast du denn nur, mein Großer?“ Im schwachen Morgenlicht, das durch die Fenster fiel, war die Situation schwer zu beurteilen, allerdings schien es Pia, als steckte Goldglanz fest. Hastig stand sie wieder auf und eilte aus der Box. Ein paarmal stolperte sie über ihre eigenen Füße, dann fand sie endlich einen Lichtschalter direkt neben der Seitentür.
Es wurde hell im Stall. Pia blinzelte, bis sich ihre Augen an das Licht gewöhnt hatten. Dann eilte sie zurück in Goldglanz' Box.
„Oh nein!“, rief sie bestürzt. Erst jetzt erkannte sie, wie schlecht es tatsächlich um den Hengst stand. Er musste bereits eine ganze Weile so gelegen haben. Und nun, da er sie kommen sah, versuchte er abermals sich herumzuwerfen. Doch immer wieder blieb sein rechtes Vorderbein in der Ecke unter dem Futtertrog hängen.
Pia dachte panisch nach. Wenn sie ihn nicht bald da herausbekäme, würde er sich womöglich noch verletzen.

Kurz entschlossen umfasste Pia Goldglanz' muskulösen Hals und stemmte sich mit ihrem ganzen Gewicht dagegen. Doch wie zu erwarten gewesen war, bewegte sich das Pferd keinen Millimeter.

Ächzend ließ sich Pia ins Stroh fallen. „So wird das nichts!" Aber aufgeben kam nicht infrage. Sie brauchte allerdings etwas, womit sie Goldglanz aus der Ecke ziehen konnte. Am besten ein Seil oder etwas in der Art.

Pia stand auf und stürmte hinaus auf die Stallgasse. Hier und da sahen ihr die Pferde verwundert hinterher, während sie zum Haupteingang raste. Irgendwo dort hatte sie am Tag zuvor eine Sattelkammer gesehen!

„Ah, da!", rief Pia laut und zog eine eisenbeschlagene Holztür auf. Pia tastete nach dem Lichtschalter, fand ihn und drückte darauf. Als das Licht anging, erkannte sie, dass sie richtig war. An der Wand hingen die Sättel poliert und ordentlich übereinander aufgereiht. Gegenüber glitzerten ihr die kristallbesetzten Stirnriemen der Zaumzeuge entgegen, und da hing auch ein langer aufgerollter Strick! Gerade als Pia danach greifen wollte, knarrte hinter ihr auf einmal die Tür.

„Marie?", flüsterte eine verschlafene Stimme. „Was machst du hier so früh?"

Pia erstarrte. „Ich, ich …" Sie drehte sich langsam um. Da stand Nele. Pia atmete erleichtert auf. Von Helge wusste sie, dass Nele eine der Angestelltenwohnungen über der Reithalle bewohnte, solange sie für die Elstenbühls arbeitete. „Ich konnte nicht mehr schlafen und wollte mal nach dem Rechten sehen", sagte sie so cool wie möglich. Doch schon in der nächsten Sekunde war ihre Coolness wieder verflogen. „Goldglanz liegt in seiner Box und kann nicht mehr aufstehen!", erklärte sie hektisch. „Er hängt irgendwie fest." Sofort war jede Schläfrigkeit aus Neles Augen verschwunden. „Oh, Mist! Das ist letzte Woche schon mal passiert!" Sie stürzte zu Pia in die Sattelkammer und fing an, hektisch in einer Holzkommode zu kramen. „Wir brauchen eine zweite Longe!", rief sie Pia zu und war im nächsten Moment auch schon fündig geworden. „Okay, los geht's!" Mit der Longe in der Hand rannte Nele zur Tür hinaus auf die Stallgasse. Pia folgte ihr, insgeheim froh, dass das Mädchen aufgetaucht war. Allein wäre es wahrscheinlich schwer geworden, Goldglanz zu befreien.

Zurück in der Box des Hengstes, näherte sich Nele ihm vorsichtig und sprach beruhigend auf ihn ein. „Ist ja gut, Großer, es passiert dir nichts, gleich haben wir dich da raus …" Während sie sprach, schlang sie ihm die Longe um

die Hinterbeine und zerrte sie, so gut es ging, unter seiner Hinterhand durch.
Pia stand ein wenig unbeholfen daneben. Doch dann fiel ihr ein, was ihr ursprünglicher Plan gewesen war. Mit der freien Hand strich sie Goldglanz das schweißnasse Fell glatt. Dabei verdrehte der Hengst angstvoll die Augen und versuchte erneut sich mit den Hufen abzustoßen.
„Hooo!", flüsterte Pia und zog ihm mit zittrigen Fingern die zweite Longe unter dem mächtigen Hals hindurch. „Alles wird gut, mein Schöner!"
Neben ihr sprang Nele nun auf und hielt beide Enden ihrer Longe in der Hand. Fragend sah sie zu Pia.
„Ähm, wir ziehen gleichzeitig? Auf drei?", sagte Pia, um ihrer Führungsrolle gerecht zu werden.
Anscheinend lag sie richtig, denn Nele nickte. „Okay ..." Mit beiden Händen packte sie die Longe und ging in Position.
Pia versuchte sie nachzuahmen und begann zu zählen. „Eins, zwei, drei ..."
Beide Mädchen stemmten sich mit vollem Gewicht gegen die Longen. Goldglanz bewegte sich ein paar Zentimeter. Mehr aber nicht.
Pia keuchte. „Sollen wir Helge wecken? Er ist ..."

Doch dann ging alles ganz schnell. Die wenigen Zentimeter mehr Platz schienen Goldglanz zu reichen. Er holte einmal Schwung, rutschte aus der Ecke heraus und sprang mit einem gewaltigen Satz zurück auf die Füße. Dabei streifte er die überrumpelte Nele, die aus dem Geleichgewicht kam und gegen die Boxenwand taumelte. Goldglanz nutzte den Moment und hechtete aus seiner Box hinaus auf die Stallgasse.

Pia, die in der hinteren Ecke der Box stand, hatte keine Chance zu reagieren. Mit offenem Mund beobachtete sie, wie der Hengst die Stallgasse hinabtrabte.

Nele fand als Erste die Sprache wieder. „Keine Sorge, er kommt nicht weit“, sagte sie und wickelte die Longe auf, die am Boden lag. „Die Türen vorn sind alle verriegelt. Er kann also höchstens in die Halle rennen.“

Pia nickte nur, wickelte gleichfalls ihre Longe wieder auf und lief mit Nele zusammen die Stallgasse hinab. Die anderen Pferde schienen nun auch alle wach geworden zu sein, denn sie streckten den Mädchen neugierig die Köpfe entgegen.

Schon als sie um die Ecke bogen, hörten sie Goldglanz' Hufschlag durch die Halle donnern.

„Das wird Dr. Sieber nicht gefallen“, sagte Nele besorgt

und sah zu Pia. „Marie, es tut mir echt leid, ich hätte die Boxentür schließen …“

Pia war viel zu angespannt, um lange über ihre nächsten Worte nachzudenken und Nele die zickige Marie vorzuspielen. „Ist schon gut, Nele. Ich bin nur froh, dass du da warst. Danke!“

17

GOLDGLANZ JAGTE MIT ERHOBENEM SCHWEIF und wehender Mähne durch die Reithalle. Immer wieder hüpfte er spielerisch in die Höhe und warf die Hufe umher. Er hatte offensichtlich Spaß bei der Sache.

„Das sieht mir aber nicht besonders lahm aus …", entwich es Pia spontan.

Nele lachte heiser. „Nein, überhaupt nicht."

Goldglanz preschte auf sie zu und machte eine Vollbremsung. Prustend blieb er stehen. Die Mädchen sahen sich an und grinsten.

Auf einmal hatte Pia das Gefühl, Nele vertrauen zu können. „Ähm, Nele, was würdest du dazu sagen, wenn ich Goldglanz eine Runde draußen spazieren führe? Ich glaube, er ist einfach nur deprimiert darüber, immer in der Box stehen zu müssen."

Nele sah sie erstaunt an, doch dann zuckte sie die Achseln. „Also ich würde es niemandem erzählen." Zwinkernd drückte sie Pia ihre Longe in die Hand. „Um halb neun kommt allerdings Helge rüber. Bis dahin solltest du zurück sein." Mit diesen Worten ließ sie Pia allein.

Pia lächelte und wandte sich wieder Goldglanz zu. Zum ersten Mal sah sie ihn mit wachem Blick die Umgebung erkunden. Die Ohren zuckten und sein Hals war gestreckt. Pia klopfte ihm überschwänglich den Hals. „Na, mein Schöner, wollen wir einen kleinen Morgenspaziergang zu den Koppeln unternehmen?" Goldglanz spitzte ein Ohr, so als würde er ihre Worte genauestens verstehen. „Verrat es aber bloß keinem, hörst du? Schon gar nicht Helge!" Pia kicherte. „Nele ist okay, die ist auf unserer Seite."

Sie hakte die Schließe an Goldglanz' Halfter zu und trat aus dem Weg. „Na komm, mein Schöner! Wenn wir ungestört eine Runde über die Wiesen drehen wollen, sollten wir uns besser beeilen!"

Das Klackern von Goldglanz' Hufen hallte durch den Stall. Ein paar der Pferde hoben unruhig den Kopf und drehten sich im Kreis.

„Komm, schnell!", spornte Pia den Hengst an und führte ihn aus dem Gebäude.

Die frühen Sommermorgenstunden an der Nordsee waren

kühler als in Frankfurt. Dort hing tagelang der Dunst über der Stadt und drückte auf die Gemüter. Hier war es anders. Das Meer hielt alles im Gleichgewicht. Es nahm die Hitze des Vortages mit sich.

Der kühle Wind ließ Pia ein wenig frösteln, doch das störte sie nicht. Im Gegenteil. Die frische Meeresluft strömte durch ihre Lunge und vertrieb die Kopfschmerzen. Goldglanz' Mähne bauschte im Wind, und schon bald zog er mit zügigem Schritt den Wiesen entgegen. Pia nahm einen tiefen Atemzug. Die Blüten der Büsche ringsumher verströmten selbst am frühen Morgen einen intensiven süßlichen Geruch. Fast wie Kaugummi.

„Hey, nicht so schnell! Ich hab doch nur zwei Beine!", lachte Pia und klopfte dem Hengst den Hals. Da kam ihr ein Gedanke. Was, wenn sie sich einfach auf seinen Rücken schwang und bis zu den Koppeln ritt? Das konnte ja nicht so schwer sein, oder?

Als sie auf den Feldweg neben dem Reitplatz einbogen, sah sich Pia verstohlen um. Gab es irgendetwas, was sie als Steighilfe benutzen konnte? Doch außer ein paar herumliegenden Hindernisstangen und einem alten, rostigen Fahrrad, das am Gebüsch lehnte, konnte sie nichts entdecken. Die Umrandung des Reitplatzes war zu niedrig.

Pia würde also laufen müssen.
Je näher sie dem Meer und je weiter sie aufs offene Feld kamen, umso kräftiger wurde der Wind. Auch Goldglanz' Schritte wurden immer frischer. Zwischendurch begann er sogar zu traben. „Hooo!“, versuchte Pia, ihn zu beruhigen, doch es half nichts.
Als sie die erste Koppel erreichten und Pia den Hengst hineinführte, war sie trotz der kühlen Luft total verschwitzt. Goldglanz schnaubte und warf den Kopf in den Nacken. Das Pferd war wie ausgewechselt!
„Hooo, mein Guter!“, versuchte Pia es noch einmal, doch statt sich zu beruhigen, begann der Hengst auf der Stelle zu tänzeln. „Ich versteh dich ja. Wahrscheinlich willst du einfach mal ein wenig Dampf ablassen, aber ...“ Wie zur Bestätigung blies der Hengst laut durch die Nüstern.
Pia schloss das Gatter. Irgendwie hatte sie sich das anders vorgestellt – eher wie einen romantischen Spaziergang im Morgenrot. Doch dafür war Goldglanz viel zu aufgekratzt. Unsicher musterte sie den Hengst. Was sollte sie tun? Ihn laufen lassen? Wenn er tatsächlich lahm war, täte ihm das womöglich überhaupt nicht gut. Andererseits hatte Goldglanz kein bisschen gehinkt, seit sie hier draußen waren. Und auch in der Halle war er prima gelaufen.

Kurz entschlossen löste Pia den Strick vom Halfter. „Na los, dann lauf! Du hast es dir verdient!"

Eine Sekunde stand Goldglanz noch reglos da, die Ohren gespitzt, die Nüstern gebläht. Dann drückte er sich mit den Hinterläufen vom Boden ab, sprang in die Höhe und raste davon. Pia stolperte vor Schreck rückwärts. Goldglanz' Hufe trommelten auf dem sandigen Boden und ließen Pias Körper beben. Dann tauchte seine dunkle Silhouette in den Morgennebel ein. Wie betäubt stand Pia im feuchten Gras und blinzelte in die Richtung, in die der Hengst verschwunden war. Da erschallte sein schrilles Wiehern und riss sie aus ihrer Starre. Pia rannte los. Im selben Moment durchteilte Goldglanz den Dunstschleier und galoppierte auf sie zu. Seine Mähne flatterte im Wind, während die Hufe kaum noch die Erde zu berühren schienen. Pia lachte auf und wirbelte herum, als der Hengst an ihr vorbeischoss.

„Juhu!", freute sie sich mit ihm. Doch der Jubelschrei erstarb auf ihren Lippen.

Der Hengst brauste, ohne zu bremsen, auf das hohe Gatter zu. Anstatt langsamer zu werden, zog er noch einmal richtig an und sprang mit einer geschmeidigen, kraftvollen Bewegung ab!

Pia rang nach Luft. „Oh, shit!"

Ohne große Mühe überwand Goldglanz den Zaun, setzte auf der anderen Seite im Gras wieder auf und raste weiter. Dem Meer entgegen.

Pia war zu Stein erstarrt. Den Strick noch immer in der Hand, stand sie nun einsam auf der Koppel.

Das Pferd war weg.

Die Schmerzen in ihrem Kopf kamen mit solch einer Heftigkeit zurück, dass es ihr eine Sekunde lang den Atem raubte. Keuchend taumelte sie aufs Gatter zu.

„Oh nein, nein, nein …“, flüsterte sie panisch. Mit zittrigen Händen zog sie den Riegel zurück und rannte hinaus auf die Wiese. Sie kniff die Augen zusammen und sah Richtung Meer. Goldglanz war schon bei den Dünen! Der Himmel färbte sich bereits zartrosa. Sie hatte schätzungsweise noch eine knappe Stunde, dann würde Helge im Stall aufkreuzen und Goldglanz' Abwesenheit bemerken.

Pia blickte sich panisch um. Es würde viel zu lange dauern, Goldglanz zu Fuß zu folgen. Plötzlich fiel ihr das Fahrrad wieder ein. „Na klar!“, rief sie und rannte zurück zum Reitplatz. Dort schnappte sie sich das Rad und trat in die Pedale.

Der Feldweg war so holprig, dass ihre Zähne beim Fahren aufeinanderschlugen. Der Wind hatte aufgefrischt und

blies ihr kräftig entgegen. Doch Pia kämpfte sich verbissen voran. Von Goldglanz war nichts mehr zu sehen.
Keuchend und schwitzend erreichte sie den Rand der Dünen und stellte zu ihrer Erleichterung fest, dass es hier einen befestigten Holzsteg gab. Auch wenn er sicherlich nicht für Fahrräder gedacht war, konnte Pia ihn ohne Probleme entlangfahren. Auf den letzten Metern begannen ihre Muskeln zu zittern. Ihre verschwitzten Haare klebten im Gesicht und gleichzeitig fröstelte sie vom Wind.
Aber sie hatte es geschafft. Vor ihr lag der Strand. Zu beiden Seiten schlängelte er sich einsam und verlassen dem Horizont entgegen.
Doch wo war Goldglanz? Pias Herz setzte vor Schreck einen Schlag aus, als sie den Hengst nicht gleich entdecken konnte.
Dann sah sie ihn.
Wie von Sinnen galoppierte er durch die Gischt. Direkt in der Brandung. Der Wind peitschte die Wellen auf und der Sand vibrierte unter Pias Füßen. Donnernd preschte das Wasser ihr entgegen, trug den Hengst mit sich und ließ den Schaum um ihre Füße wirbeln. Vermischte Gold und Silber, dort, wo sich der Wasserregen über das Fell des Pferds ergoss.

Pia rührte sich nicht, so gefesselt war sie von dem wilden Tanz im Meer. Der Hengst machte ein paar Galoppsprünge auf sie zu, dann warf er die Hinterhand übermütig in die Luft, schleuderte Sand und Wasser umher und zog sich wild bockend zurück ins tiefe Wasser. Dort warf er sich zur Seite und stieg mit den Vorderhufen in die Luft, um sie dann wieder dröhnend auf den Sand aufzusetzen. Jeder Schlag seiner Hufe vibrierte in Pias Fußspitzen, pulsierte durch ihre Brust und brachte ihr Herz zum Flimmern.

Plötzlich warf Goldglanz den Hals herum und verschwand in den tobenden Fluten.

Pia sog erschrocken die Luft ein. Was war passiert? War er in ein Loch getreten? Panisch ließ sie das Fahrrad los und stolperte vorwärts, bis das Wasser ihre Knie umspülte.

Wo war er?

Weiter, dachte sie, *einfach weiter!*

Pia kämpfte sich gegen die Wucht der schäumenden Wellen immer tiefer ins Wasser hinein. Die kräftige Strömung zerrte an ihren Beinen und es fiel ihr zunehmend schwerer, sich aufrecht zu halten. Eine große Welle rollte auf sie zu.

„Goldiiiii!“, brüllte sie gegen das Röhren des Meeres an.

Gleich hatte die Welle sie erreicht. Sie musste tauchen! Pia holte ein letztes Mal Luft – und tauchte unter.

Schlagartig wurde es still. Nur noch gedämpft nahm sie das Rauschen und Gluckern des Wassers wahr. Doch die Welle riss sie schonungslos mit sich. Das Meer zog und zerrte, riss und rang ihr den letzten Atem ab. Pias Lunge begann zu brennen. Ihre Bewegungen wurden hektischer und die Luft immer knapper. Die Haare bauschten sich in einem undurchdringlichen Schleier vor ihren Augen, die vom Salz brannten. Alles brannte.

18

ETWAS STREIFTE PIAS SCHULTER, sie unterdrückte einen Schrei. Dann wurde sie heftig zur Seite gestoßen, wirbelte haltlos durchs Wasser und kam zu ihrer eigenen Überraschung zurück an die Oberfläche.

Keuchend rang sie nach Luft. „Hiiiii…“, versuchte sie zu schreien. Doch ein Schwall Wasser rauschte ihr ins Gesicht. Sie musste husten. Blinzelte.

Und da war er. Schrill dröhnte sein Wiehern durch das Tosen der Wellen. „Goldglanz!“, keuchte Pia.

Der Hengst stand direkt neben ihr. Sein seidennasses Fell streifte ihren Arm. Mit steifen Händen tastete sie nach seiner Mähne, packte zu und zog sich mit dem letzten bisschen Kraft, das sie noch hatte, auf seinen Rücken. Keuchend kam sie zum Liegen. Ihr Atem rasselte, sie spuckte Wasser.

„Hey, mein Schöner!“, hauchte sie schließlich vollkommen erschöpft in die nasse Schulter des Pferds.

Goldglanz schien weit weniger Probleme mit dem Seegang zu haben. Die Ohren gespitzt, den Hals nach oben gewölbt, pflügte er durchs Wasser.
Aus dem Augenwinkel sah Pia den Strand näher kommen. Gleich hatten sie es geschafft! Dankbar schlang sie die Arme um den Hals des Pferds und schloss die Augen. „Ich dachte, ich komme zu spät, um dich zu retten", flüsterte Pia in sein Fell. „Und nun musst du mich retten ..." Kraftlos ließ sie sich von Goldglanz und den Wellen zurück ans Ufer tragen. Ein Schritt, noch ein Schritt. Goldglanz' Hufe tauchten ins Wasser und sein mächtiger Körper verdrängte das brandende Meer so mühelos, als wäre es bloß ein Tümpel.
Plötzlich begann die Wasseroberfläche zu leuchten. Pia richtete sich mühsam auf. Das Haar klebte ihr in dicken Strähnen an Wangen und Rücken, sie tropfte und fror erbärmlich, doch das alles war vergessen, als sie den Himmel sah. Er loderte über dem dunklen Wasser und die Sonne brannte eine rotgoldene Gasse in die Fluten. Millionen von kleinen Regenbögen glitzerten im Spritzwasser und wirbelten um Pia herum. Sie legte den Kopf in den Nacken und ließ die Sonne ihre kalten Arme wärmen.
Goldglanz blieb einen Moment im seichten Wasser stehen. Dann spannte er die Muskeln und trabte los. Erschrocken

griff Pia nach der Mähne. Der Hengst lief schwungvoll über den Strand und legte die kurze Strecke zwischen Meer und Dünen in einem Wimpernschlag zurück.
„Wo willst du denn hin?“, fragte Pia halb ängstlich, halb euphorisch. Was, wenn Goldglanz auf einmal lospreschte? Noch immer hatte sie das Bild des springenden Hengstes vor Augen. Wie er den mannshohen Zaun überwunden hatte, als wäre er ein kleines Mäuerchen. Doch Goldglanz trabte unbeirrt weiter. Ohne schneller zu werden oder gar zu stolpern, schwebte er durch die Dünen. Pia konnte es nicht fassen. Wie einfach es war, sich an seine Bewegungen anzupassen! Als hätte sie ihr Leben lang nichts anderes getan.
Unter ihrer nassen Jeans spürte Pia seinen Rücken schwingen, seine Muskeln arbeiten. Sie ließ die Beine locker hängen, versuchte sich so aufrecht wie möglich zu halten, und schwang dann einfach mit. Vorsichtig löste sie eine Hand von der Mähne, dann die andere.
Vor ihnen kamen die Koppeln in Sicht. Offenbar hatte Goldglanz vor, zurück nach Hause zu laufen. Pia lachte auf. „Sag bloß, du gehst freiwillig zurück?“
Doch der Hengst hatte andere Pläne. Er fiel in einen gemächlichen Galopp.

„Uwupsiii!" Pia rutschte ein wenig zur Seite und griff sofort wieder nach Goldglanz' Mähne.
Gerade als sie anfing, auch die schnellere Gangart richtig zu genießen, tauchte vor ihnen ein Pferd mit Reiter auf. Goldglanz wieherte bebend und Pia sackte nach vorn. Nur in letzter Sekunde konnte sie einen Absturz verhindern.
„Bist du jetzt total übergeschnappt?!", rief der Reiter erzürnt.
Goldglanz war zum Stehen gekommen. Direkt vor dem fremden Pferd.
Pia durchströmte Erleichterung, als sie den Reiter erkannte. „Helge!?", rief sie ein wenig atemlos.
Er saß kerzengerade im Sattel des zierlichen Rappen und funkelte sie böse an. „Ich hab euch schon überall gesucht! Du kannst nicht immer ..." Er hielt kurz inne. „Bist du etwa schon wieder gestürzt?" Sein Blick wanderte an der klitschnassen Pia herunter.
Helges Rappe brummelte und beschnupperte derweil Goldglanz' Nase.
Pia unterdrückte das Bedürfnis, an sich herunterzusehen. Sie konnte sich auch so ausmalen, was Helge sah: ein Mädchen mit sandigen, verfilzten Locken in vollkommen durchnässten Sachen, das wahrscheinlich auch noch rot

wie ein Krebs war von der Anstrengung, auf dem Pferd zu bleiben.
Pia räusperte sich verlegen, bemüht, sich ihre Atemlosigkeit nicht anmerken zu lassen. „Ich kann das erklären. Es war keine ..."
„Alles okay?" Plötzlich war die Wut aus seiner Stimme gewichen und er wirkte besorgt. „Poetin und ich sind los, um euch zu suchen. Wir haben uns echt Sorgen gemacht ..."
Der zierliche Rappe, auf dem Helge saß, war dann wohl eine Rapp*stute* und hieß Poetin.
Pia lächelte verlegen. „Ja, alles gut. Ich hatte Goldi auf die Koppel gelassen und er ist mir abgehauen." Sie zuckte hilflos die Achseln. „Hab ihn erst im Meer wieder ... ähm ... gefunden."
Helge sah sie sprachlos an. Dann prustete er unerwartet los. „Jetzt echt? Du hast ihn wirklich auf die Koppel gelassen? Ich kann mich noch genau dran erinnern, wie zickig du warst, als ich das mal versucht habe!"
Pia rutschte unruhig auf Goldglanz' Rücken herum. Doch der Hengst schien unbeeindruckt. Er hatte zwischenzeitlich das Gras für sich entdeckt.
„Ja, ich weiß", improvisierte Pia. „Aber das ist ja schon eine Weile her ..." Sie hoffte inständig, dass das stimmte. „Und

er musste einfach mal raus, frische Luft schnuppern. Lahm ist er auch nicht mehr, zumindest nicht, wenn er sich frei bewegen darf."

Helge sah dem Hengst nachdenklich beim Grasen zu. „Ja, das habe ich auch schon überlegt. Ich glaube, die Arbeit in der Halle ist ihm einfach zu viel geworden in letzter Zeit. Vielleicht hat er eine Depression. Manche nennen es Hallenkoller, aber ich denke, da steckt mehr dahinter." Zärtlich strich er Goldglanz über den Hals. Dann sah er wieder zu Pia. „Ich würde vorschlagen, wir schauen ihn uns bei Gelegenheit einfach mal draußen an."

„Bei Gelegenheit?", fragte Pia verwirrt. Gab es denn eine bessere Gelegenheit als jetzt?

„Na ja", begann Helge, „in den klatschnassen Klamotten wirst du wohl kaum …"

„Doch, werde ich", fiel Pia ihm ins Wort und staunte kurz über sich selbst. Aber die Sonne wärmte nun schön und ihr war gar nicht mehr kalt. Worauf warteten sie also noch?

Helge wirkte einigermaßen verblüfft. „Echt jetzt? Sonst steigst du doch nur in den teuersten Reitklamotten aufs Pferd … und jetzt willst du in nassen Jeans und T-Shirt reiten? So kenn ich dich gar nicht." Seine grünen Augen leuchteten amüsiert. „Und ohne Zaumzeug."

Pia zupfte an einer nassen Haarsträhne. „Ja, ich hatte heute Morgen nicht so viel Zeit, ich musste …"

„Mir gefällt's so besser", sagte er schnell. Dann verstummten sie beide. Und lachten laut los.

Pia wanderte ein seltsames Prickeln über die Haut. Dies war schon das zweite Mal, dass Helge sie nicht nur mit hasserfüllten Blicken durchbohrte.

Sie machte Fortschritte!

Mutig strahlte sie ihn an. „Du hättest sehen sollen, wie er über das Gatter gesprungen ist! Als würde er fliegen, direkt in den Himmel …" Sie verstummte. Das klang echt albern!

Doch zu ihrer Erleichterung lächelte Helge noch immer und klopfte Goldglanz' Hals. „Ich weiß, was du meinst. Es gibt nicht viele Springpferde mit seinem Potenzial." Dann wurde er plötzlich ernst. „Schade nur, dass er es im Ring nie zeigt." Helge sah Pia vorsichtig an. Und Pia verstand: An diesem Punkt waren sich Marie und ihr Bruder wohl öfter in die Haare geraten.

„Ich habe eine super Idee!", sprudelte sie hervor. „Warum lassen wir ihn nicht einfach springen, wie er möchte?" Pia vergaß auf einmal vollkommen, welche Rolle sie zu spielen hatte. Alles, was zählte, war Goldglanz! Sie wollte nicht,

dass er verkauft wurde, erst recht nicht, wenn es überhaupt nicht seine Schuld war, dass sein Talent verkümmerte.
„Na ja, ob das die internationalen Richter so super finden ...“ Helge sah Pia zweifelnd an. Man merkte, dass er ihr noch nicht so recht traute. „Der Reiter sollte schon mit übers Hindernis!“
Aber diesmal ließ sich Pia nicht beirren. „So meine ich das doch gar nicht! Er soll über Hindernisse in der Natur springen – über Steine, Bäume, Sandhügel, was auch immer ...“ Pia deutete hinter sich. „Am Strand lag ziemlich viel Treibholz. Daran dachte ich.“
Helge kraulte nachdenklich Poetins Mähne, dann nickte er. „Das ist gar kein schlechter Vorschlag! Komm mit!“ Er schnalzte und die Stute setzte sich augenblicklich in Bewegung.
Pia schluckte. „Du meinst, *ich* soll das jetzt ausprobieren?“ Pia hätte sich ohrfeigen können. Natürlich sie, wer sonst!
Helge legte den Kopf schief. „Ja, okay ... Vielleicht sollte ich dir schnell noch Sattel und Trense holen.“
Pia schüttelte den Kopf. Wenn sie mit Sattel ritt, würde es sicher auffallen, dass sie keine Ahnung vom Reiten hatte. Ohne fühlte sie sich irgendwie sicherer. Sie spürte die Bewegung besser, den Schwung, und konnte sich ganz un-

geniert an Goldglanz' Mähne festhalten. Außerdem hatte Helge Marie offenbar noch nie ohne Sattel reiten sehen. Somit würde er auch nicht so schnell Verdacht schöpfen.
„Ich hab jetzt aber keine Lust zu warten, bis du die Sachen geholt hast", versuchte Pia einen nörgelnden Prinzessinnentonfall zu imitieren – und prompt verzog Helge das Gesicht.
„Na schön, aber beschwer dich nicht bei mir, wenn du wieder im Sand landest."
Pia schluckte. Nein, Sand hatte sie an diesem Morgen bereits genug gehabt!
„Also los!" Helge schnalzte, und zu Pias Erleichterung hob Goldglanz direkt den Kopf, um der schwarzen Rappstute zu folgen.
Während sie sich von Goldglanz zurück Richtung Strand schaukeln ließ, beobachtete Pia Helge verstohlen von der Seite. Er lächelte leicht und hatte den Blick der Sonne zugewandt. Pias Herz begann ein wenig schneller zu schlagen. Sofort schloss sie die Augen und krallte sich fester in Goldglanz' Mähne.
Was wohl passieren würde, wenn Helge herausfand, wer sie wirklich war? Loser-Pia – das ungelenke, hässliche Entlein aus der Großstadt! Die Welt, in der sie in Wirklichkeit lebte, hätte nicht weiter von seiner entfernt sein können.

Würde er über sie lachen? Nie wieder ein Wort mit ihr reden? Nach all den Lügen ...
Pia öffnete die Augen und sah, wie Helge seiner Stute versonnen über den Hals strich und ihr dabei leise Worte zuflüsterte. Ihr Herz zog sich zusammen. Nein, Loser-Pia würde er nicht verachten. Aber Lügen-Pia würde er hassen. Lügen-Pia, die es eiskalt ausnutzte, dass seine Schwester ihr Gedächtnis verloren hatte, und sich nun als falsche Marie sein Vertrauen erschlich. Da spielte es auch keine Rolle, dass Helge und die echte Marie im Clinch lagen. Sie musste es ihm sagen.
Pia starrte auf seine Hände an Poetins Hals. Hitze stieg ihr in die Wangen und sie krallte sich noch fester in Goldglanz' Mähne, als plötzlich eine trotzige Stimme in ihrem Kopf erklang. Sie war eine Lügnerin – ja! –, aber sie tat es ja schließlich nicht für sich, sondern für Goldglanz! Denn dieses Pferd brauchte ihre Hilfe. Schon allein dafür musste sie alle Konsequenzen in Kauf nehmen!
Sie ritten über die Dünen hinunter zum Strand. Das Meer hatte sich etwas beruhigt und die Wellen plätscherten gemächlich über den Sand. In der Ferne erspähte Pia die Klippen mit dem Leuchtturm, die sie schon aus ihrem Kämmerchen im Gasthof gesehen hatte.

Helge schwenkte zu ihr herum. „Wie sieht's aus, Schwesterherz? Bist du bereit?", rief er herausfordernd, und ohne ihre Antwort abzuwarten, drückte er Poetin die Fersen in die Flanken.

19

PIA BLIEB KEINE ZEIT ZUM NACHDENKEN. Wie auf Kommando machte Goldglanz einen Satz nach vorn und trabte der Stute zufrieden schnaubend hinterher. Pia merkte, wie ihr seine Bewegungen zunehmend vertrauter wurden. Jetzt fiel Goldglanz in einen langsamen Galopp. Pia beugte sich ein wenig über den Hals und ließ ihn gewähren.

„Siehst du, da vorn?", rief Helge ihr über die Schulter zu. „Das ist eine gute Stelle! Fester Sand, große Äste, ein paar Baumstämme und dort drüben die Buhnen!" Er hielt die Zügel lang in einer Hand und zeigte mit der anderen auf eine Reihe Holzpfähle, die aus dem Sand ragten.

Pia schluckte. Das würde sie niemals schaffen!

„Wobei unser Goldi wahrscheinlich am liebsten über ein paar Strandkörbe springen würde", scherzte Helge. „Die Buhnen sind zu easy."

Das bezweifelte Pia stark. Wenn sie Glück hatte, kam sie vielleicht über eines der kleineren Treibhölzer.

Helge parierte seine Stute durch und sprang mit einer einzigen fließenden Bewegung vom Pferd.

Pia hingegen saß steif auf Goldglanz' Rücken und rührte sich nicht. Absteigen war keine gute Idee. Wer wusste schon, ob sie dann jemals wieder hochkommen würde?

Das Wasser hatte sich in der Zwischenzeit einige Meter zurückgezogen. Die Wellen waren ruhiger. Noch mal würde sie allerdings nicht mit voller Bekleidung ins Meer hüpfen, ihre Sachen waren noch immer klamm. Das Salz klebte ihr wie ein dünner Film auf der Haut und brannte im Gesicht. Abgesehen davon konnte sie unmöglich vom Strand aus aufsitzen. Dafür war Goldglanz einfach zu riesig.

„Bleibt ruhig sitzen, Eure Hoheit, ich mach das schon!", rief Helge spöttisch und sammelte ein paar dicke Äste auf.

Pia lief rot an, sagte aber nichts. Sollte er ruhig denken, dass sie sich wie seine arrogante Schwester benahm.

Ohne sie weiter zu beachten, arrangierte Helge das Treibgut in regelmäßigen Abständen, die er mit großen Schritten abmaß, zu Hindernissen. Dann besah er sich den großen Baumstamm, der etwas weiter entfernt lag. Er war etwa kniehoch. Helge prüfte den Sand. „Okay, das sollte gehen.

Der Sand hier ist nicht besonders tief. Schau aber, dass du nach dem Sprung nicht zu weit nach vorn kommst!"

Helge begutachtete sein Werk ein letztes Mal und nickte dann. „Also los! Warm geritten ist er ja schon ..." Er deutete auf den Hindernisparcours aus Ästen. „Fang mit denen an, damit er weiß, was auf ihn zukommt, und nimm dann gleich den Baumstamm mit."

Pias Herz begann wie wild zu schlagen. Sie konnte sich doch gerade mal auf dem Pferderücken halten! Wie um alles in der Welt sollte sie über diesen Stamm springen? Aber sie konnte jetzt keinen Rückzieher machen. Dann würde Helge womöglich misstrauisch werden. Also drückte sie Goldglanz leicht die Fersen in die Flanken und ... der Hengst machte einen erschrockenen Satz nach vorn. „Woaaaaah!", kreischte Pia und landete unsanft auf dem Widerrist. Panisch krallte sie sich an der Mähne fest. Nur im allerletzten Moment gelang es ihr, zurückzurutschen und das Gleichgewicht wiederzufinden. Dann trabte Goldglanz los.

Im Hintergrund hörte sie Helge schadenfroh lachen. Pia schnaubte und blies sich dabei eine Locke aus dem Gesicht. „Lach du nur!", flüsterte sie grimmig und gab sich Mühe, auf dem Pferd zu bleiben.

Indem sie sich zur Seite lehnte, schaffte sie es schließlich,

Goldglanz in einem großen Bogen zu wenden, doch der Sand war so uneben, dass sie immer wieder unsanft in die Höhe geworfen wurde. Nur mit großer Anstrengung gelang es Pia irgendwann, ruhig mit der Bewegung mitzufedern.

Der Hengst trabte schwungvoll auf die drei großen Äste zu. Er spitzte die Ohren. Pia lehnte sich ein wenig nach vorn – und hielt die Luft an. Doch zu ihrer Erleichterung trabte Goldglanz einfach über die Äste hinweg, ein wenig schwungvoller zwar – sie musste die Knie fest an den Pferdekörper drücken, um im Gleichgewicht zu bleiben –, aber ohne zu stocken oder zu stolpern.

„Okay, jetzt den Stamm!“, rief Helge, während er Poetin im Kreis führte. „Lass ihn einfach machen. Wir wollen ja nur sehen, wie er sich anstellt.“

Pia hörte kaum zu. Ihre gesamte Konzentration war auf ihr Pferd und das rasch näher kommende Hindernis gerichtet. Goldglanz galoppierte von selbst an, gemächlich und rhythmisch, so wie Pia es inzwischen von ihm gewohnt war. Um ihn nicht zu verschrecken, verlagerte sie ihr Gewicht ganz vorsichtig und presste mit dem Knie nur leicht in die Richtung, in die sie wollte. Abermals spitzte der Hengst die Ohren. Jetzt hatte er den Stamm gesehen!

Und da passierte es.

Goldglanz hob den Kopf, fixierte den Baumstamm und zog vorwärts. Er beschleunigte so plötzlich, dass Pia nach hinten gerissen wurde. Doch der Hengst ließ sich nicht beirren. Es schien, als hätte er seine Reiterin vergessen. Mit einem Riesensatz riss er die Beine in die Luft und drückte mit der Hinterhand ab.

Pia hatte keine Chance – und sie wusste es. Dennoch tat sie ihr Bestes, oben zu bleiben, und schmiegte sich so eng wie möglich an Goldglanz' Hals.

Der Hengst flog über den Stamm. Dabei sprang er so hoch, als wäre es tatsächlich ein Strandkorb.

Pia sah den Boden näher kommen, spürte, wie sie die Balance verlor, und warf sich in letzter Sekunde zur Seite. Noch eine Kopflandung wollte sie vermeiden. Zu ihrer Überraschung kam sie in der Hocke auf, taumelte ein wenig rückwärts und setzte sich dann mit dem Hintern zuerst in den Sand. „Shit!“, fluchte sie und schloss die Augen.

„Der Sprung war genial! Der Abgang noch besser!“, spottete Helge. „Hatte ich nicht gesagt, du musst bei der Landung aufpassen?“ Sekunden später war er bei ihr. „Alles gut?“, fragte er und streckte ihr die Hand entgegen, wobei seine Augen jedoch auf den reiterlosen Hengst gerichtet waren.

„Wie, sagtest du, hast du ihn heute früh wieder eingefangen?"

Goldglanz bretterte vorwärts. Er übersprang ein weiteres Treibholz, schlug einen Haken und galoppierte dann direkt am Wasserrand zurück zu Helge und Pia.

Sprachlos beobachtete Pia, wie Goldglanz in halsbrecherischem Tempo den Strand entlanggaloppierte. Wie war sie bloß auf die irrwitzige Idee gekommen, sie könnte bei dieser Geschwindigkeit auch nur eine Sekunde oben bleiben? Der Schreck über ihren erneuten Sturz steckte ihr noch in den Knochen, aber zum Glück tat ihr absolut nichts weh, nicht einmal ihre Kopfschmerzen machten sich bemerkbar.

„Verrückter Hund!", rief Helge. „Ich habe ihn seit Monaten nicht mehr so durchziehen sehen! Kaum zu glauben, dass er überhaupt noch weiß, wie das geht!" Er fuhr sich durch die Haare und lachte fröhlich. „Wahnsinn, dieses Pferd!"

Pia schluckte und sah zurück zu Goldglanz. Gerade näherte er sich den Buhnen. „Oh nein ...", hauchte sie. Dort, wo der Hengst nun den Strand entlangstürmte, waren die Holzpfähle besonders hoch. Zweireihig – mit einigem Abstand – ragten sie weit aus dem Sand heraus.

Pia schloss die Augen. Er musste bremsen! Unmöglich konnte er so hoch und weit springen!

„Siehst du, er braucht dich gar nicht für meinen Parcours!“, bemerkte Helge fröhlich. Er schien kein bisschen besorgt zu sein. Entspannt gegen seine Stute gelehnt, beobachtete er, wie Goldglanz auf das Hindernis zuflog. Vor dem Absprung verkürzte der Hengst seine Tritte ein wenig, dann drückte er ab.

„Ooooh!“, entwich es Pia. Sie biss sich auf die Fingerknöchel.

Mit gespitzten Ohren und lang gestrecktem Hals schwebte Goldglanz über die Buhnen. Dann setzte er mühelos wieder auf, schlug einen Haken und wechselte bockend den Galopp.

„Ich habe doch schon immer gewusst, dass Goldglanz die ganze Arbeit macht. Du hältst dich nur fest und siehst hübsch aus“, stichelte Helge.

Marie wäre nach so einer Ansage vielleicht eingeschnappt gewesen. Doch Pia musste Helge zustimmen. Goldglanz kam prima allein klar. Gerade fiel er in den Trab und marschierte noch einmal über die drei am Boden liegenden Äste hinweg.

Pia lachte auf. „Ja, du hast recht! Das ist keine Kunst mit so einem Pferd!“

Ein letztes Mal übersprang Goldglanz den Baumstamm,

dann kam er auf Helge, Pia und Poetin zugetrabt. Die Stute begrüßte ihn mit einem fröhlichen Brummeln. Goldglanz blieb direkt vor Pia stehen. Laut stieß er den Atem durch die Nüstern und blies ihr ins Gesicht.
Pia kicherte. „Na, du Schelm, das hat dir wohl gefallen!" Glücklich darüber, dass er diesmal einfach zurückgekommen war, klopfte sie ihm ausgiebig den Hals. „Braver Junge, fein gemacht! Wie toll du doch bist und wie schön und ..."
„Wenn du immer so nett bist, wenn man dich eiskalt abserviert, sollte ich das beim nächsten Mal vielleicht auch probieren!" Helge musterte sie unverhohlen. Seine grünen Augen blitzten, doch Pia konnte nicht sagen, was in ihm vorging.
Ein wenig zurückhaltender strich sie Goldglanz nun über die Stirn. „Es war meine Schuld. Ich habe mich dumm angestellt. Er hat alles richtig gemacht." Als sie versonnen Goldglanz' Nase küsste, zog das Pferd erschrocken den Kopf zurück.
„Versteh schon. Küssen ist wohl nicht, was?" Pia lachte.
Helge starrte sie entgeistert an. „Wo ist Marie und was hast du mit ihr gemacht?"
Pia hörte auf zu lachen und versteifte sich. Doch im nächsten Augenblick hatte Helge ihr plötzlich den Arm um die

Schultern gelegt. „Weißt du, was, Schwesterherz? Vielleicht verzeihe ich dir sogar irgendwann." Er räusperte sich verlegen. „Bringt ja eigentlich auch nichts, ewig sauer auf dich zu sein." Die letzten Worte kamen ihm hörbar schwer über die Lippen.
Pias Gedanken rasten. Zum hundertsten Mal fragte sie sich, was zwischen Helge und Marie vorgefallen war. Wenn sie doch nur die Möglichkeit gehabt hätte, Helge Fragen zu stellen, ohne dass er gleich Verdacht schöpfte! Noch schien er jedenfalls nicht die leiseste Ahnung zu haben, dass er gerade einem wildfremden Mädchen den Arm um die Schultern gelegt hatte, und Pia durfte nicht riskieren, dass sich das änderte. Sonst wären alle Mühen und Lügen umsonst gewesen.
„Heißt das, wir begraben das Kriegsbeil?", fragte sie mit klopfendem Herzen.
„Ich würde sagen: Waffenstillstand", erwiderte Helge unerwartet schroff.
Pia erkannte sofort, dass sie an diesem Punkt nicht weiterkommen würde. Einen Moment war sie so enttäuscht, dass sie es nicht einmal verbergen konnte.
Helge war Pias Enttäuschung nicht entgangen. Er grinste. „Wenn du Goldglanz und mich fortan besser behandelst,

können wir die Friedensverhandlungen noch mal aufnehmen." Er knuffte sie freundschaftlich in die Seite. „Auf jeden Fall wäre eine gebührende Entschuldigung fällig. Aber ich weiß ja – andere Leute um Verzeihung zu bitten, kommt für eine Marie von Elstenbühl nicht infrage. Eher hackt sie sich einen Arm ab."

Pia wusste nicht, was sie darauf erwidern sollte, und plötzlich war sie auch viel zu müde, um noch einen klaren Gedanken zu fassen. Sie hatte die halbe Nacht nicht geschlafen. Das rächte sich nun. Und auch wenn es für sie nichts Schöneres gab, als auf Goldglanz zu reiten, so sehnte sie sich auf einmal nach einem kuscheligen, weichen Sofa und einer heißen Tasse Tee ...

20

PIA FUHR ERSCHROCKEN HOCH. Im ersten Moment war sie vollkommen orientierungslos, doch dann erkannte sie, wo sie war: Sie lag auf dem riesigen weißen Sofa im Wohnzimmer der Elstenbühls. Nachdem sie Goldglanz sicher zurück in seine Box gebracht, ihn geputzt und gefüttert hatte, war sie so erschöpft gewesen, dass sie es nicht einmal bis nach oben in ihr Zimmer geschafft hatte. Sie hatte sich einfach aufs Sofa fallen lassen und war eingeschlafen. Neben ihr tickte die Standuhr. Erschrocken stellte Pia fest, dass es schon richtig spät war.

Pia stöhnte und schob die Wolldecke von sich. „Aua ...", wisperte sie gequält. Jede Bewegung schmerzte. Noch nie hatte sie so einen fiesen Muskelkater gehabt!

Pias Magen holte sie knurrend ins Hier und Jetzt zurück. Ächzend stand sie auf und tapste durch die Eingangshalle in Richtung Küche.

Es war still im Haus, nur das Klicken der Heizungsanlage im Keller war zu hören. Ob Helge wohl noch da war? Nach dem Strandritt hatte er sich in sein Zimmer zurückgezogen, um zu lernen. Aber vielleicht war er danach noch weggegangen? Schließlich musste er Freunde und Bekannte auf der Insel haben. Ob er wohl eine Freundin hatte? Der Gedanke versetzte Pia einen Stich und sie schob ihn schnell beiseite. Wie kam sie überhaupt dazu, sich so etwas zu fragen? Glaubte sie etwa ernsthaft, einer wie Helge könnte sich für eine wie sie interessieren? Mal ganz davon abgesehen spielte sie gerade seine Stiefschwester! Zumindest bis alles aufflog. Und es war nur eine Frage der Zeit, bis alles aufflog, denn früher oder später würde die echte Marie ihr Gedächtnis wiedererlangen, Pia würde in ihr altes Leben zurückkehren müssen und Helge würde sie nie wiedersehen.
Pia schluckte. Sie sollte sich wirklich nicht den Kopf darüber zerbrechen, mit wem Helge wo hinging. Also schob sie die trüben Gedanken beiseite, während sie in die Küche lief, um dort den Kühlschrankinhalt zu inspizieren.
Sie lächelte traurig. Helge hatte ihr ein Sandwich gemacht und es auf einem Teller in Klarsichtfolie verpackt in den Kühlschrank gestellt. Noch nie hatte sich jemand so um sie gekümmert!

Sie goss ein Glas Orangensaft ein, stellte den Teller auf den Tisch und setzte sich auf die Bank neben dem Fenster. Dann wickelte sie seufzend ihr Sandwich aus und biss herzhaft hinein.

Während sie zufrieden kaute, wanderte ihr Blick nach draußen. Das Waldstück gegenüber wirkte wie eine bedrohliche, düstere Wand. Undurchdringlich und abweisend. Wie hatte sie nur einfach so dort herumstromern können? Pia schauderte allein bei dem Gedanken.

Sie schob sich den letzten Bissen in den Mund und stand auf. Gerade als sie die Küche verlassen wollte, hörte sie ein Knacken. Erschrocken fuhr sie herum. „Was zum ...", flüsterte sie ängstlich und sah aus dem angekippten Fenster. Doch da war niemand.

„Ganz ruhig, Pia", murmelte sie vor sich hin. „Das war bestimmt nur ein Tier ... oder vielleicht Nele drüben beim Stall ..."

Doch im nächsten Moment sah sie, wie sich eine Gestalt aus dem Dickicht schälte. Pia schrie kurz auf. Der Mann von der Ruine! Er war zurück!

Pias Atem ging flach. Wie versteinert verharrte sie in der Küche und sah den Mann an, der am Waldrand stehen geblieben war und Richtung Haus starrte. Konnte er sie

ebenfalls sehen? Nein. Sicher spiegelte sich das Licht in den Scheiben und machte sie unsichtbar.
Pia zitterte. Was konnte sie tun? Was wollte der Kerl?
Aber da drehte sich der Fremde um und verschwand so plötzlich, wie er aufgetaucht war.
Pia trat näher an die Scheibe heran. „Wo ist er hin ...", flüsterte sie atemlos. Doch sosehr sie sich auch anstrengte, zwischen den Bäumen eine verräterische Bewegung zu erkennen – der Mann war weg.
Pia wartete. Und wartete.
Nichts rührte sich.
Auf einmal kam Pia ein schrecklicher Gedanke. Was, wenn der Mann ins Haus einbrechen wollte? Panisch rannte sie aus der Küche und durch die Halle zur Haustür. Mit schweißnasser Hand drückte sie die Türklinke.
Abgeschlossen! Puh! Erleichterung durchströmte sie.
Pia lief zurück ins Wohnzimmer und ließ die Jalousien herunter. Dann setzte sie sich im Halbdunkel aufs Sofa und lauschte dem Hämmern ihres eigenen Herzens. Je länger sie so dasaß, umso ruhiger wurde sie.
Irgendetwas Seltsames ging hier vor. Aber was? Hatte das Auftauchen des fremden Mannes vielleicht etwas mit dem abgebrannten Gebäude im Wald zu tun? Dem Glänzehof?

Schließlich hatte sie den Mann dort das erste Mal gesehen. Und auch diesmal war er aus dem Wald aufgetaucht. Wenn sie bloß mehr über diesen Hof herausfinden könnte!
Da kam ihr eine Idee. Maries Smartphone! Natürlich! Warum war sie darauf nicht schon viel eher gekommen?
In Windeseile lief sie die Treppe hinauf in Maries Zimmer und nahm das Handy von der Fensterbank. Mit zittrigen Händen tippte sie den ersten Suchbegriff ein. „Marie von Elstenbühl". Zu ihrem Erstaunen ergab der Name ihrer Doppelgängerin nur wenige Treffer. Meist handelte es sich bei den Suchergebnissen um wenig aufschlussreiche Berichte über irgendwelche Turniere und Platzierungen. Ähnlich verhielt es sich mit Helge. Offensichtlich führten die von Elstenbühls trotz ihres Reichtums ein eher zurückgezogenes Leben.
Als Nächstes gab Pia „Glänzehof" in die Suchmaschine ein. Und endlich wurde sie fündig.
„Das gibt's doch nicht ...", flüsterte sie und scrollte durch die vielen Schlagzeilen:

Tragödie auf dem Glänzehof.

Eine Insel unter Schock.

Die Jagd nach dem Feuerteufel.

Pia wurde stutzig. Die Jagd nach dem Feuerteufel? Bedeutete das etwa, dass jemand das Feuer absichtlich gelegt hatte? Sie las weiter:

Polizei durchsucht benachbarten Reitbetrieb.
Verdacht auf Brandstiftung.

Pias Gedanken rasten. Hatten die Heinemanns etwa etwas mit dem Brand zu tun? Einen anderen Reitstall gab es in der Nähe schließlich nicht. Sie öffnete den Artikel und überflog den Bericht. Der Brand hatte sich vor über fünfzehn Jahren ereignet, und der mutmaßliche Brandstifter hatte damals im Zuchtbetrieb der Familie Heinemann als Bereiter gearbeitet. Robbies Familie, tatsächlich! Pias Puls schnellte in die Höhe. Aufgeregt klickte sie auf den nächsten Bericht. Darin wurde auch die Schadenssumme genannt: zehn Millionen Euro! So viel Geld für einen kaputten Stall?
Pia scrollte weiter bis zu dem Bild eines Mannes. Sein Gesicht war verpixelt, doch der Rest von ihm war gut zu erkennen: Er war schlank und sehr groß, schätzungsweise Ende dreißig. Unter dem Bild stand klein gedruckt: *Der mutmaßliche Brandstifter Mathias S. sitzt derzeit in Untersuchungshaft. Er bestreitet die Tat.*

Pia wollte wissen, wie die Geschichte ausgegangen war. War dieser Mathias S. nun der Schuldige gewesen oder nicht? Doch zu ihrem Verdruss fand sie nichts über den Ausgang des Falles.
Plötzlich hatte sie eine gruselige Eingebung. War der Mann dort draußen im Wald vielleicht der Täter, der nach Jahren zum Ort des Verbrechens zurückkehrte? So was hörte man doch immer wieder!
Pia schauderte. Sie musste dringend mit Robbie reden! Er musste ihr erzählen, was damals vor fünfzehn Jahren passiert war, und sie musste ihm erzählen, dass ein fremder Mann bei der Ruine vom Glänzehof herumschlich. Womöglich hatte er ja wirklich etwas mit dem Brand zu tun! Vielleicht war er sogar der Feuerteufel!
Pia wählte aufgeregt Robbies Nummer, doch so oft sie es auch versuchte – er ging nicht an sein Telefon. Mist!
Auf einmal musste Pia an Marie denken. Wenn sie öfter im Wald gewesen war, war sie dem unheimlichen Mann vielleicht auch schon begegnet. Hatte er ihr vielleicht sogar heimlich aufgelauert? Pia dachte an den Tag des Unfalls und Maries panisches Gesicht. War ihre Doppelgängerin etwa vor ihm davongeritten, als wäre der Teufel persönlich hinter ihr her?

Je länger Pia darüber nachdachte, umso stärker hatte sie das Gefühl, dass nicht Goldglanz derjenige war, der ein Problem hatte, sondern seine Reiterin.

21

MIT KLOPFENDEM HERZEN STECKTE PIA am nächsten Morgen den Kopf aus der Haustür. Im Licht der Morgensonne erschienen der Park und das angrenzende Wäldchen weit weniger bedrohlich als am Abend zuvor, aber trotzdem konnte sie das ungute Gefühl nicht abschütteln. Was, wenn der Kerl noch immer irgendwo lauerte?

„Reiß dich zusammen, Pia …“, flüsterte sie. Dann zog sie die Tür mit einem Ruck auf und marschierte in Richtung Stall.

Pia hatte beschlossen, zu den Dünen zu reiten – zurück zu der Stelle, an der ihr Marie mit Goldglanz begegnet war. Sie wollte sich dort ein wenig umsehen. Wer weiß, vielleicht fand sie ja irgendeinen Hinweis darauf, wer oder was Marie kurz vor ihrem Sturz so verschreckt hatte.

Mit Erleichterung stellte sie fest, dass Goldglanz heute wieder friedlich in seiner Box stand und fraß. Als er ihre Schritte vernahm, spitzte er die Ohren und sah auf.

Pia strahlte ihn an, und für einen kurzen Moment vergaß sie einfach alles um sich herum. In diesem Augenblick gab es nur sie und ihr Pferd. *Ihr* Pferd! Pia hätte sich beinahe selbst gezwickt, einfach nur um zu sehen, ob das alles echt war.

Voll Dankbarkeit strich sie dem Tier über die weiche Nase. „Na, mein Schöner, du siehst ja heute schon viel frischer aus!" Grinsend schnappte sie ein Halfter, zog es ihm über die Ohren und führte Goldglanz aus der Box. Neugierig schnüffelte er an Pias Hosentaschen. „Na, hast du vielleicht schon Hunger?" Sie lachte überschwänglich. „Am besten, wir plündern erst mal die Futterkammer, bevor wir losreiten."

Sie führte den Hengst zum Haupteingang, wo sie am Tag zuvor die Futterkammer gesichtet hatte. Sie befand sich neben dem Raum mit den Sätteln.

Sie stellte Goldglanz vor der Tür ab und schnappte sich den großen Futterkarren, der gleich dahinter parkte. „Du frisst, und ich hole in der Zeit eine Trense." Pia war wild entschlossen, weiterhin ohne Sattel zu reiten. Aber ein Zaumzeug war sicherlich von Vorteil.

Rasch lief sie die Reihen mit den aufgehängten Trensen ab. Goldglanz' Name stand auf dem Halter einer dunkelbraunen Trense mit Glitzersteinen. Ehrfürchtig strich Pia darüber. Wie fast alles im Stall der von Elstenbühls erschien ihr diese Trense fast zu schön, um benutzt zu werden. Aber da sie nichts anderes fand, ging sie damit zurück zu Goldglanz.

Pia betrachtete die Vielzahl an Schnallen und Riemen. „Puh, na das kann ja was werden ...", murmelte sie. „Ich habe ehrlich keine Ahnung, wie ich dir das Ding am besten überziehen soll."

Während Goldglanz aus dem Futterwagen fraß, versuchte Pia verzweifelt, ihm die Trense überzustülpen. „Also der könnte hierher gehören ... hm ... und dieser hier ..."

„Brauchst du Hilfe?"

Pia fuhr erschrocken zusammen und ließ dabei die Trense zu Boden rasseln. „Oh nein, das tut mir leid, sie war so schön sauber ...", jammerte sie entschuldigend und ging in die Hocke.

„Nicht schlimm. Ich muss die Dinger sowieso jeden Tag putzen", erklärte Nele und hob die Trense für Pia wieder auf. „Du bist aber früh dran. Gab es wieder Probleme mit unserem Goldstück hier?" Nele grinste, dabei tätschelte sie Goldglanz den mächtigen Hals.

Pia schluckte. Was Nele wohl dachte? Wunderte sie sich

insgeheim, dass Marie plötzlich nicht mehr trensen konnte?

Nele schien ihr Unbehagen zu bemerken. „Hey, kein Stress. Ich verstehe schon. Seit du aus dem Krankenhaus zurück bist, bist du jemand total anderes." Sie zuckte verlegen mit den Schultern. „Jemand Nettes!"

Pia riss alarmiert die Augen auf.

Doch Nele plapperte einfach munter weiter. „Also mach dir keinen Kopf. Was auch immer dein Geheimnis ist, bei mir ist es sicher", sagte sie grinsend und begann, Goldglanz vorsichtig das Trensengebiss ins Maul zu schieben. „Das gehört hier rein." Dann zog sie den Hengst vom Futterkarren weg und schloss die unzähligen Riemchen. Einen nach dem anderen.

Pia stand stocksteif daneben und schwieg.

„Sattel?", fragte Nele schließlich.

Pia schüttelte langsam den Kopf.

„Okay ..." Nele machte eine raumgreifende Bewegung. „Wo auch immer es euch so früh am Morgen hinzieht." Sie grinste und streckte Pia den Zügel entgegen.

Endlich erwachte Pia aus ihrer Starre. „Ich danke dir", sagte sie leise. „Ich ... ich bin dir was schuldig. Ich ..."

Nele winkte ab. „Ach, Quatsch. Aber tu mir einen Gefallen

und komm heile wieder, ja? Falls jemand fragt, sag ich nur, dass du ausreiten bist. Gut?“

Wieder nickte Pia bloß stumm, während sie nach Goldglanz’ Zügel griff. Ihre Gedanken schlugen Purzelbäume.

Sie führte den Hengst nach draußen, warf Nele zum Abschied ein schüchternes Lächeln zu und stieg dann von der Mauer neben dem Stall aus auf.

Wenn sie nicht alles täuschte, hatte sie gerade eine Freundin gefunden.

Glücklich ließ Pia Goldglanz losschreiten. Seine Wildheit vom Tag zuvor hatte sich offenbar in Eifer verwandelt, denn er zog mit gesenktem Hals und gespitzten Ohren eilig dem Strand entgegen.

Ähnlich wie am Vortag wurde Pia von einem wunderbaren Hochgefühl erfasst. Der Seewind blies ihr die Locken aus dem Gesicht und auf den Lippen schmeckte sie bereits das Salz der Wellen. Goldglanz’ Rücken fühlte sich an wie eine sanfte Schaukel, sein herber Pferdeduft vermischte sich mit dem Duft nach Dünengras und feuchtem Sand. Pia atmete tief ein und spürte dabei, wie jede Faser ihres Körpers vor Glück am liebsten explodiert wäre. Sie lachte laut auf, was Goldglanz als Aufforderung verstand, das Tempo zu erhöhen. Er trabte locker an und schnaubte dabei zufrieden. Pia lenkte ihn am langen Zügel den Strand hinunter.

Goldglanz trabte mit riesigen Tritten durch die Brandung. Es war seine Art, mit den Wellen zu spielen. Begeistert riss er die Beine hoch, und als er schließlich in einen schnellen Galopp fiel, bremste Pia ihn nicht.

Sie kam schon wesentlich besser zurecht als beim ersten Mal. Nach ein paar unsteten Hopsern, zu denen Goldglanz jedes Mal verwundert den Hals hochwarf, fand Pia schließlich ihren Rhythmus auf seinem Rücken.

Wie im Flug brachten sie den langen Strandabschnitt bis zur Reitschule hinter sich. Als sie die schmale Schneise in den Dünen erreichten, die vom Meer hinauf zur Anlage der Heinemanns führte, gelang es Pia auch mühelos, Goldglanz zu bremsen. Willig fiel er zunächst in den Trab und dann in den Schritt.

Pia schluckte. Hier war es passiert. Sie erinnerte sich genau.

Die steile Schneise zwischen den Dünen lag verlassen im Morgenlicht. Das Dünengras wogte sanft im Wind. Alles war ruhig und friedlich.

Pia schnalzte. „Komm, mein Schöner, lass uns schnell weiter, bevor ich es mir noch anders überlege."

Goldglanz schien Pias Unruhe zu spüren, denn er trat nur unsicher voran. Konnte er sich ebenfalls an diesen denkwürdigen Tag erinnern? Zum wiederholten Male fragte sich Pia, was ihn wohl aufgeschreckt hatte. Der Galopp, mit dem er damals auf sie und Feuerstern zugekommen war, hatte nichts von der spielerischen Leichtigkeit in den Wellen gehabt. Nein. Er war geflüchtet. Aber wovor?

Instinktiv lehnte sich Pia ein wenig nach vorn, während Goldglanz den steilen Hang hinaufstampfte. Mit einer Hand hielt sie sich an seiner Mähne fest, um nicht nach hinten zu rutschen.

Als sie oben waren, sah Pia sich um. Zu ihrer Rechten zogen sich die Dünen weiter bis zum Leuchtturm. Von dort war Marie gekommen. Pia ignorierte das mulmige Gefühl in ihrem Bauch und lenkte Goldglanz zwischen den Sandhügeln hindurch Richtung Klippen. Noch immer hing der Morgendunst über der Insel, und am Himmel schwebte eine einzelne leuchtend weiße Möwe – sie wurde von den ersten Strahlen des neuen Tages berührt.

In Gedanken versunken, strich Pia Goldglanz über den Hals. Und da bemerkte sie es: Nicht sie war angespannt, sondern er. Der Hengst hatte den Kopf erhoben und hielt den Hals auf einmal steif zur Seite gedreht. Jeder Schritt, den

er machte, rüttelte Pia unsanft durch. Nur noch zögerlich bewegte er sich durch die hügelige Dünenlandschaft voran. Alarmiert griff Pia die Zügel kürzer und sah sich verstohlen um. Sollte sie absteigen? Lieber nicht. Wenn von irgendwoher Gefahr drohte, konnte sie schnell wegreiten.
Plötzlich blieb Goldglanz wie angewurzelt stehen. Vor ihnen war wie aus dem Nichts ein silberner Wohnwagen aufgetaucht.
Pia runzelte die Stirn. „Ist ja gut, mein Lieber …“ Beschwichtigend tätschelte sie Goldglanz' Hals und spähte kurz über die Schulter. Sollte sie umkehren?
Der Wohnwagen schien verlassen zu sein. Seine Außenwände waren verbeult und stellenweise rostig. Vorsichtig trieb Pia Goldglanz vorwärts. Nur unwillig setzte er sich in Bewegung und schritt in einem großen Bogen um den Wohnwagen herum.
Pia schnappte erschrocken nach Luft. Vor ihnen im Sand war eine Feuerstelle, aus der hellgrauer Rauch aufstieg. Hier musste bis eben noch ein Feuer gebrannt haben!
„Da wohnt ja doch jemand …“, flüsterte Pia, und ein ungutes Gefühl in ihrer Magengegend verriet ihr, dass derjenige nicht gern gefunden werden wollte. Wieso sonst stand der Wohnwagen hier versteckt zwischen den Dünen?

Goldglanz tänzelte unruhig auf der Stelle. Pia hatte ihre Mühe, den Hengst überhaupt zu wenden. Immer wieder brach er seitlich aus. „Hooo, ist ja gut, mein Schöner! Hab keine Angst …"

Doch Goldglanz ließ sich nicht beruhigen. Während Pia sich abmühte, ihn wieder zurück auf die andere Seite des Wagens zu lenken, spürte sie seinen Herzschlag rasen. Wie zur Antwort beschleunigte auch ihr eigener Puls.

Und plötzlich stand er vor ihnen.

Der Mann aus dem Wald. Er trug einen dunklen Regenmantel und hatte die Kapuze tief heruntergezogen, sodass Pia sein Gesicht nicht erkennen konnte. Sie schrie entsetzt auf.

Der Mann hob langsam die Arme. Wie in Zeitlupe. Und in dieser Sekunde gab es für Goldglanz kein Halten mehr.

Er drückte sich ab und sprang mit ein paar wenigen Sätzen den erstbesten Sandhügel hinauf. Pia hatte keine Chance nachzudenken. Sie ließ die Zügel fallen und krallte sich mit aller Kraft an Goldglanz' Mähne fest.

Im gestreckten Galopp flogen sie über den Dünenkamm, dann arbeitete sich Goldglanz ein paar Tritte nach unten vor, sprang ab und flog dem Sandtal entgegen. Unten angekommen, brauste er weiter. Pia hing schief auf Goldglanz'

Rücken, doch gerade als sie sich zurück in die richtige Position gezogen hatte, machte der Hengst eine Vollbremsung und riss wiehernd den Kopf in die Höhe.
Ein einsamer Reiter versperrte ihnen den Fluchtweg.

22

PIA HATTE KEINE KRAFT MEHR. Mit zittrigen Knien ließ sie sich seitlich vom Pferderücken gleiten.

„Helge?“, japste sie. „Was machst du hier?“

Erleichterung durchströmte sie.

„Ich fass es nicht!“, rief Helge und stieg ab.

Oh. Ob er ihr jetzt eine Standpauke hielt, weil sie einfach allein losgeritten war?

„Das war ja ein krasser Sprung!“, sagte er stattdessen. „Ich wusste gar nicht, dass Goldglanz im Gelände so solide unterwegs ist. Du könntest glatt eine Geländeprüfung mit ihm bestreiten! Schwieriger als ein Ritt durch die Dünen ist das auch nicht ...“ Helge schüttelte den Kopf. „Das war unglaublich!“

Erledigt sackte Pia in den Sand.

„Alles klar?“, fragte Helge besorgt. „Du siehst aus, als hättest du einen Geist gesehen.“

„Das kann man wohl so sagen …“ Pia strich sich die verklebten Haare zurück unter den Helm. „Da war gerade so ein komischer Typ in den Dünen …“, begann sie langsam. „Den habe ich gestern Abend auch schon bei uns im Park gesehen und neulich bei der Ruine im Wald. Ich glaube, er folgt mir.“

Helge sah sie forschend an. „Ein komischer Typ? Aber wie soll der denn unbemerkt auf unser Grundstück gekommen sein? Und wieso habe ich den dann noch nie gesehen?“

„Kein Ahnung! Aber ich denke mir das ganz bestimmt nicht aus!“, rief Pia, fast empört.

„Schon gut“, sagte Helge beschwichtigend. „Ich glaube dir ja.“

„Und ich glaube …“, begann Pia zögerlich, „… dass Goldglanz wegen des Kerls gescheut hat.“

„Bist du dir sicher …?“ Helge schien nicht überzeugt.

„Doch! Am Tag meines Unfalls … Ich …“ Pia versuchte ihre Gedanken zu sammeln. Sie durfte jetzt nichts Falsches sagen. „Ich selbst habe den Mann zwar nicht gesehen, aber Goldglanz war so panisch und … wir waren ungefähr an derselben Stelle wie heute, als es passiert ist“, spekulierte sie und deutete zurück in die Richtung, aus der sie gerade gekommen waren.

Helges Blick folgte ihrem ausgestreckten Arm. „Aber dort ist doch nichts … außer einer Menge Sand."
„Dort steht ein alter Wohnwagen, gut versteckt in den Dünen." Pia sah ihn eindringlich an. Sie wollte unbedingt wissen, was er von all dem hielt. „Ich glaube, der Kerl, der dort wohnt, hat damals den Glänzehof angezündet." Jetzt war es raus. Pia schluckte. Würde er sie nun auslachen?
Helge starrte sie entgeistert an. „Das ist ja … das ist …" Er blies die Backen auf und lehnte sich gegen Poetins Sattel. „Der Kerl, der wegen Brandstiftung im Knast saß, ist ja schon lange wieder auf freiem Fuß. Warum sollte er ausgerechnet jetzt …" Plötzlich hob Helge stirnrunzelnd den Blick.
Pia sah ihn hoffnungsvoll an.
„Ich finde, wir sollten der Sache auf den Grund gehen", entschied er und griff entschlossen nach den Zügeln. „Wir reiten jetzt zu diesem Wohnwagen. Ich will mich dort mal umsehen."
„Was?", quiekte Pia erschrocken. „Das geht nicht! Was, wenn der Kerl noch dort ist?"
Helge schüttelte den Kopf. „Ich hab keine Angst vor dem! Mit den Pferden sind wir sowieso schneller, falls es drauf ankommt. Und wenn dieser Typ tatsächlich auf unserem

Grundstück herumstreunt, will ich wissen, wer er ist! Ich bin schließlich für dich verantwortlich, solange Kristine und Dad nicht hier sind."

Pia blinzelte. „Ich finde trotzdem, dass das keine gute Idee ist", sagte sie mit belegter Stimme. Er fühlte sich für sie verantwortlich, wollte sie beschützen. Ihr Herz machte einige holprige Sätze. Es war sein brüderlicher Instinkt, sagte sie sich. Mehr nicht.

Aber was, wenn Helge etwas zustieß? Dann war das ihre Schuld!

Helge lachte nur und schwang sich auf sein Pferd. „Ach, was! Jetzt komm schon. Du sollst mir doch nur den Weg zeigen. Den Rest regle ich allein."

„Was? Nein! Ich komme mit!", sagte Pia bestimmt.

Sie fand einen Felsen als Aufsteighilfe, kletterte darauf und schaffte es ohne Probleme zurück auf Goldglanz' Rücken. Mittlerweile hatte sich der Hengst auch wieder beruhigt und knabberte nun genüsslich an seinem Zügel.

Helge wendete sein Pferd und kam neben Pia geritten. Er musterte sie aufmerksam. Mittlerweile kannte Pia diesen Blick. Sie hatte wohl mal wieder etwas gesagt, was Marie niemals gesagt hätte. Pia seufzte.

„Bloß keine Panik!", sagte Helge und trieb Poetin vorwärts.

Goldglanz folgte willig, und im Nu waren sie zurück auf dem Dünenkamm. Doch bereits nach ein paar Hundert Metern wurde der Hengst langsamer. Seine Ohren zuckten aufmerksam.

„Ich glaube, hier müssen wir irgendwo runter", sagte Pia leise. „Goldglanz wird nervös." Sachte strich sie ihm über das goldene Fell.

Helge lächelte schief. „Na schön, dann vertrauen wir mal auf Goldglanz' Feingespür." Vorsichtig ließ er seine Stute den Abhang hinunterklettern. Im tiefen Sand rutschten sie immer wieder ein paar Meter, doch Helge hielt den Oberkörper etwas zurück, sodass sich Poetin besser ausbalancieren konnte. Pia beobachtete ihn dabei verstohlen und probierte es selbst. Sofort wurden Goldglanz' Tritte sicherer.

„Hier sind tatsächlich frische Spuren im Sand", bemerkte Helge, als sie unten angekommen waren. „Dann sind wir wohl richtig."

Pia nickte. Das mulmige Gefühl in ihrer Magengegend wurde stärker.

Entschlossen stieg Helge ab. „Du wartest besser hier, ich sehe mich mal um."

Bevor Pia Einwände erheben konnte, war er auch schon

hinter einem Sandhügel verschwunden. Poetin hatte er einfach neben Goldglanz stehen lassen. Genüsslich kaute sie am trockenen Strandhafer.

Pia knetete nervös die Zügel. Hätte sie doch einfach die Klappe gehalten! Jetzt begab sich Helge ihretwegen womöglich in Gefahr und sie saß untätig hier herum. „Ach, verdammt!", fluchte sie leise und schwang das rechte Bein über Goldglanz Rücken.

„Sorry, ihr zwei Süßen, ihr müsst kurz allein klarkommen", flüsterte sie den Pferden zu. Dann rutschte sie hinab in den Sand und schlich Helge hinterher.

Der Wohnwagen leuchtete in der Morgensonne. Helge stand gerade auf der Treppe vorm Eingang und spähte zu einem der Fenster hinein. Dann drückte er die Türklinke.

Erschrocken riss Pia die Augen auf und sprintete los. Sie konnte Helge unmöglich allein dort hineingehen lassen!

Fast war sie bei ihm angelangt, als sie im tiefen Sand stolperte und gegen Helges Bein taumelte.

Er fuhr herum. „Marie?", zischte er. „Du solltest doch warten!"

„Nein, wir machen das hier gemensam oder gar nicht!", verkündete Pia, während sie den Sand von den Knien klopfte. Dann sah sie ihn mit großen Augen an.

Helge kniff die Lippen zusammen und schluckte, was auch immer ihm gerade auf der Zunge gelegen hatte, hinunter. Dann öffnete er die Tür und betrat den Wohnwagen.

Pia kletterte ihm hinterher. „Wo ist der Kerl hin?“, flüsterte sie unsicher. „Was, wenn er gleich zurück ist und wir …“

„Pst, jetzt sei doch mal still!“, unterbrach Helge sie. „Wir sehen uns nur schnell um und dann gehen wir wieder. Vertrau mir!“

Im Wohnwagen herrschte das reinste Chaos. Überall standen Kisten herum und auf jeder freien Fläche stapelten sich irgendwelche Unterlagen.

Plötzlich erregte etwas direkt vor ihren Füßen Pias Aufmerksamkeit. Sie ging in die Hocke und beugte sich über einen Stapel ausgeblichener Fotos. Sie mussten schon ein paar Jahre alt sein, denn das Fotopapier klebte zusammen. Das oberste Bild zeigte einen dunkelhaarigen Mann mit einem schwarzen Hengst. „Der Typ kommt mir irgendwie bekannt vor“, murmelte sie und griff nach dem nächsten Foto. Auch darauf war ein schwarzer Hengst zu sehen. Er trug eine gelb-weiße Schärpe und einen riesigen Blätterkranz um den Hals. Doch im Gegensatz zu dem Hengst auf dem ersten Foto hatte dieser eine breite Blesse auf der Stirn.

Pia zog das nächste Bild hervor. Es zeigte eine Menschentraube, die sich um einen blutenden Schimmel scharte, und im Hintergrund stand ein Krankenwagen. „Was ist das denn?“, fragte Pia tonlos.
Helge kletterte über ein paar Kisten und trat hinter Pia. „Hm, ich weiß, wann das Foto aufgenommen wurde. Schlimme Geschichte ...“ Er deutete auf das Bild. „Das ist an den Nordklippen, während eines Wettkampfes vor zehn, zwölf Jahren oder so. Damals war ich noch ganz klein, aber erinnern kann ich mich noch gut.“
„Was ist geschehen?“, fragte Pia leise.
„Eine Reiterin ist tödlich verunglückt.“
Pia betrachtete das Bild genauer und zeigte auf einen Mann in der Menschenmenge. „Der Typ da vorn, kennst du den? Er ist, glaube ich, auch auf dem anderen Bild hier.“ Pia zeigte Helge das Foto von dem Mann und dem schwarzen Hengst.
Helge sah sie schief an. „Ist das eine Fangfrage? Das ist doch der alte Heinemann, Robbies Vater. Er hat den Wettkampf organisiert.“
Pia schoss die Hitze in die Wangen. „Ach so, ja klar ... Ich hab ihn nur nicht gleich erkannt, weil das Bild schon so alt ist.“
Helge schüttelte den Kopf und beugte sich nun selbst über

eine Kiste mit Unterlagen. Plötzlich pfiff er durch die Zähne. „Wenn das mal nicht ein interessanter Fund ist!“ In den Händen hielt er ein marmoriertes Papier. „Die Körurkunde von Dark Diamond.“

Körurkunde? Dark Diamond? Pia verstand nur Bahnhof, doch bevor sie Helge dazu befragen konnte, drang auf einmal das helle Wiehern eines Pferds durch die offene Wohnwagentür.

Helge und Pia fuhren herum.

„Oh nein ...“, hauchte Pia und sah Helge panisch an. „Meinst du, der Kerl ist zurück und hat Goldglanz und Poetin gefunden?“

Helge warf die Urkunde zurück in die Kiste. „Komm, lass uns abhauen!“

Das ließ Pia sich nicht zweimal sagen und sprang hinter Helge aus dem Wohnwagen.

„Jetzt komm schon!“ Drängend streckte er ihr die Hand entgegen.

Pia knallte die Tür hinter sich zu und griff, ohne nachzudenken, nach Helges Hand. Dann rannten sie zurück zu Goldglanz und Poetin.

„Nichts passiert!“, rief Helge erleichtert, als er die Pferde Strandhafer kauend zwischen den Dünen stehen sah. Er blickte sich um und studierte wie ein Detektiv den Sand zu ihren Füßen. „Keine Spuren außer unseren eigenen", erklärte er fachmännisch. „Fehlalarm. Hier war niemand." Sein Blick fiel auf seine Hand, die noch immer Pias hielt. Verlegen ließ er sie los. „Okay, ich denke, du kommst jetzt allein klar."

Sie spürte, wie ihr die Hitze in die Wangen schoss, und wich einen Schritt zurück.

„Oder schaffst du es etwa nicht bis zurück nach Hause, ohne vom Pferd zu fallen?", neckte Helge sie und lächelte.

„Haha! Sehr witzig", plapperte Pia drauflos. „Ich bin eben ein bisschen unsicher seit meiner Bruchlandung und dem Krankenhaus und ..."

„Tollpatsch-Marie ist irgendwie niedlich, weißt du ...", unterbrach Helge sie und grinste frech.

Pia sah ihn eine Sekunde sprachlos an. Dann musste sie auch grinsen. „Immerhin kann man beim Reiten nicht über seine eigenen Füße stolpern."

Helge lachte. „Das stimmt wohl." Er tätschelte Goldglanz' Hals und lief dann zu Poetin hinüber, die ihn mit einem sanften Brummeln begrüßte. „Okay, lass uns nach Hause reiten, bevor wir doch noch eine böse Überraschung erleben."

Pia sah sich um. Nirgends gab es einen Stein oder einen Baumstamm zum Aufsteigen. Das würde schwierig werden. Sollte sie es riskieren und zurück zum Wohnwagen laufen? Wenn sie sich auf die Treppe am Eingang stellte, könnte sie es schaffen.

„Komm schon!“, sagte Helge und trat wieder neben sie. „Ich werfe dich hoch.“

Bevor Pia wusste, wie ihr geschah, hatte Helge ihr linkes Bein gepackt und sie mit Schwung in die Höhe gehoben. Gerade rechtzeitig dachte sie daran, ihr anderes Bein übers Pferd zu schieben. Dann saß sie oben.

Ihre Blicke trafen sich, und Helge sah sie einen Moment länger an als nötig. Pia spürte, wie ihr Herz wild gegen den Brustkorb zu schlagen begann, als wollte es heraushüpfen – direkt in Helges Arme.

Pia blinzelte hektisch und holte tief Luft. Das hier – was auch immer da gerade zwischen ihnen war – würde nicht gut enden. Nicht, wenn er die Wahrheit herausfand.

Helge räusperte sich und lief zu seinem Pferd. „Dann mal los!“, rief er Pia über die Schulter zu.

Pia atmete scharf aus. Sie spielte Marie, Helges Stiefschwester, um Goldglanz zu helfen! Also sollte sie sich besser zusammenreißen.

23

PIA TIGERTE DURCH MARIES ZIMMER. Der Ausritt am Morgen hatte sie vollkommen aufgewühlt. Warum hortete der Typ in dem Wohnwagen all diese alten Fotos und Unterlagen? Und warum stellte er ihr nach? Wenn er wirklich der Brandstifter von damals war, wie sie vermutete, was hatte sie – also eigentlich Marie – damit zu tun?

Und auch wenn sie nicht wollte, so musste Pia ununterbrochen an Helge denken. Seine Hand in ihrer. Seine Hand an ihrem Bein, als er sie aufs Pferd gehoben hatte ... Pia seufzte. Helge von Elstenbühl konnte ihre ganze Welt mit einem einzigen Blick auf den Kopf stellen.

Fahrig zog sie ihren schmutzigen Stallpullover über den Kopf, pfefferte ihn in die Ecke und stapfte in Maries begehbaren Kleiderschrank. Automatisch ging das Licht an und erleuchtete die unzähligen Kleiderstangen voller Klamotten. Pia war viel zu durcheinander, um lange über ein

Outfit nachzudenken, darum griff sie nach dem Erstbesten, was sie in die Finger kriegte: dunkelblauen engen Jeans und einem cremefarbenen, seidenen Sommershirt. Wieder einmal hatte Pia das Gefühl, noch nie so ein edles Kleidungsstück in den Händen gehalten zu haben.

Während sie sich umzog, schaute sie hinaus aufs blitzeblaue Meer unter wolkenlosem Himmel. Es war ein herrlicher Sommerabend und Pia musste dringend raus hier. Sonst würde sie noch verrückt werden. Sie schlüpfte in Maries Sneakers, doch gerade als sie auf den Flur hinausmarschieren wollte, klopfte es an der Tür. Pia erstarrte.

„Marie?“ Helge spähte ins Zimmer hinein.

Pia stand immer noch wie angewurzelt da und blickte Helge verwirrt an. „Ähm … ja?“

Zu ihrem Erstaunen lächelte er. „Wohin des Weges?“ Er lehnte sich lässig gegen den Türrahmen, von wo er sie von Kopf bis Fuß musterte.

„Weiß nicht, wieso?“

„Heute ist Donnerstag“, sagte er.

Pia hatte keine Ahnung, was er ihr damit sagen wollte.

„Pizzatag?“, schob Helge nach und sah sie fragend an.

Pia kaute auf ihrer Lippe. „Äh … ja, okay, klar.“ Sie hatte immer noch keinen Schimmer, versuchte aber mitzuspielen.

Helge grinste und hielt ihr die Tür auf. „Cool. Dann lass uns losfahren."

Endlich machte es bei Pia Klick. Er wollte keine Pizza *bestellen*, sondern mit ihr essen gehen!

„O-okay", stammelte Pia verwirrt und erfreut zugleich. Pizza essen mit Helge an einem strahlenden Sommertag. Etwas Schöneres hätte sie sich selbst nicht ausdenken können. Erwartungsfroh folgte sie ihm zur Garage.

Sie fuhren in Helges Sportwagen in den kleinen Ort, den Pia schon von ihrer Anreise kannte. Sie freute sich darauf, das Urlaubsidyll endlich einmal selbst erkunden zu dürfen!

Tatsächlich konnte sie die ganze Fahrt über kaum stillsitzen. Immer wieder huschte ihr Blick unfreiwillig zu Helge, und sie versuchte seinen Gesichtsausdruck zu deuten oder seine Körpersprache zu lesen. Aber im Gegensatz zu ihr war Helge von Elstenbühl ein Bild der Gelassenheit.

Wie es sich angehört hatte, handelte es sich bei diesem Ausflug um ein Ritual, das die Geschwister von Elstenbühl miteinander teilten. Donnerstag: Pizzatag. Das hier war also keinesfalls ein Date, erinnerte sich Pia. Egal wie es sich für sie auch anfühlen mochte.

Sie hatte sich nur schwer vorstellen können, dass jemand wie Marie in eine gewöhnliche Pizzeria mit roten Plastikstühlen und billigen Papierservietten essen ging. Trotzdem überraschte es sie, als Helge den Wagen in einer ruhigen Nebenstraße vor einer Schranke zum Stehen brachte. Fast alle Gebäude in dieser Straße waren klein und hatten weiße Holzfassaden. Wie eine Spielzeugstadt wirkte die Umgebung mit den sauberen Gehwegen, den verschnörkelten Straßenlaternen und den unzähligen Blumenkübeln.

Helge ließ die Scheibe herunter und drückte auf einen Knopf für die Sprechanlage.

Es summte kurz. Dann knackte es. „Hallo!?“, dröhnte eine weibliche Stimme aus dem Lautsprecher.

„Von Elstenbühl, wir haben einen Tisch reserviert“, sagte Helge.

Pia rutschte nervös auf dem Sitz umher. Das klang tatsächlich nicht nach einer Pizzeria mit Plastikstühlen.

Die Schranke hob sich und Helge steuerte den Wagen um ein niedriges Gebäude herum. Direkt dahinter lag das Hafenbecken.

Entzückt stieß Pia die Luft aus und drückte die Nase an die Scheibe, als sie das zweistöckige Gebäude aus getünchtem Backstein erblickte, das direkt am Wasser stand. „Yachtclub“ las sie auf einer goldenen Platte neben der Tür. Eine breite Terrasse zog sich ringsherum bis vor zum Hafenbecken, wo die glänzenden Segel- und Motorboote sanft in der Brise schaukelten. Über dem Eingang flatterte eine weiß-blaue Markise und darunter führte ein roter Teppich durch die offene Flügeltür.

Helge stellte den Motor ab, kam um den Wagen herumgelaufen und öffnete Pia die Tür. Etwas unsicher grinste sie ihn an und stieg aus.

„Da wären wir“, sagte er überflüssigerweise und klang dabei ein wenig atemlos.

Eine Frau im blütenweißen Kostüm kam ihnen entgegen. „Guten Abend, die Herrschaften. Fräulein von Elstenbühl, Herr von Elstenbühl? Hatten Sie eine angenehme Anfahrt?“

Pia runzelte die Stirn. Wie unangenehm konnte eine zehnminütige Anfahrt schon sein?

Helge begrüßte die Empfangsdame jedoch mit seinem charmantesten Lächeln. „Alles wunderbar, wir freuen uns auf den Abend bei Ihnen.“

„Hervorragend. Ich führe Sie direkt zu Ihrem Tisch oder möchten Sie lieber erst einen Drink auf dem Pooldeck einnehmen?“ Ihr Blick wanderte zu Pia, dann fuhr sie fort:

„Oder will das Fräulein zuerst noch in unserer Boutique vorbeischauen?“

Pia zupfte verlegen an ihrem seidenen Oberteil. Warum denn das? Und weshalb starrte die Frau sie so an? War sie irgendwie unpassend gekleidet? Reichte es denn nicht aus, wenn man in teuren Klamotten kam? Gab es zusätzlich noch einen Dresscode oder so was?

Sie spürte nun auch Helges Blick auf sich ruhen. „Also direkt zum Tisch?“, fragte er etwas vorsichtiger. Ihr Unbehagen stand ihr offenbar deutlich ins Gesicht geschrieben.

„Wie Sie wünschen!“ Die Empfangsdame klang verwirrt, führte sie dann aber lächelnd hinein.

Pia hätte am liebsten auf dem Absatz wieder kehrtgemacht, als sie das mit Marmor gefflieste Foyer betraten. Verstohlen blickte sie auf ihre Sneakers, die einen schreienden Kontrast zu dem blank polierten Boden bildeten. Aus dem Augenwinkel sah sie eine Gruppe Frauen, die in einer Ecke standen und an ihren Gläsern nippten. Die meisten von ihnen trugen knielange, elegante weiße Cocktailkleider, und eine von ihnen – eine etwas ältere Frau – hatte sogar ein langes Abendkleid an. Es glitzerte und glänzte, denn es war mit unzähligen kleinen Steinen besetzt.

Die Empfangsdame führte sie über einen langen Korri-

dor mit allerlei kleinen Läden. Es gab einen Friseur, eine Parfümerie, einen Juwelier und eine Boutique. Als Pia die Abendkleider im Schaufenster sah, wurde sie langsamer.
Die Empfangsdame musste ihr Zögern bemerkt haben, denn sie sagte: „Als Gold-Member-Mitglied können Sie natürlich anschreiben lassen, Fräulein von Elstenbühl, bis die Eltern wieder von ihrer Reise zurück sind."
Helge schnaubte. „Na klar! Was auch sonst."
Pia horchte auf. Hieß das etwa, sie konnte sich ein Kleid aussuchen, ohne dafür zu bezahlen? Sie schluckte. Was würde die echte Marie wohl tun?
Pia hielt an. „Ja, wieso nicht?", hörte sie sich selbst sagen.
„Ich warte am Pool", sagte Helge genervt. Sein Gesichtsausdruck ließ keinen Zweifel daran, dass Pia ihre Rolle als Marie perfekt gespielt hatte. Auch wenn Helges Reaktion schmerzte, war es besser so, sagte sie sich und betrat den Laden, bevor sie kalte Füße bekam.
Pia blickte sich staunend um. In der Boutique gab es alles, was das Prinzessinnenherz begehrte: festliche Kleider, Tücher, Schmuck, Hüte, Schuhe, Handtaschen.
„Marie! Schön, dass du vorbeischaust!"
Pia wirbelte herum, taumelte leicht zur Seite und hielt sich im letzten Moment an einer Kleiderstange fest.

Vor ihr stand eine untersetzte Dame mit knallroter Brille und knallroten Lippen.

„Ich ... ich ... ich suche ein Kleid. Und ein paar passende Schuhe." Während die Verkäuferin sie über den Rand ihrer Brille hinweg von oben bis unten musterte, zupfte Pia nervös an ihren Klamotten.

„Hast du abgenommen, Liebes?", fragte die Dame und beäugte Pia immer noch kritisch. „Du siehst verändert aus ... Oder sind es vielleicht die Haare? Hm ..."

„Höchstens ein halbes Kilo!", sagte Pia schnell.

„Hm, ja, das sehe ich ..."

Nun war es an Pia, verwundert zu schauen.

„Warte einen Augenblick, meine Hübsche!", sagte die Verkäuferin. „Ich glaube, ich habe genau das Richtige für dich!" Sie watschelte hinter einen Vorhang und kam mit einer Kleiderhülle zurück. „Das ist heute Morgen erst gekommen." Sie zog den Reißverschluss auf.

Pia traute ihren Augen kaum. „Das ist doch nicht ..." Ehrfürchtig streckte sie die Hand nach dem Kleid aus.

Es war weiß und irgendwie auch nicht. Es glänzte wie flüssiges Silber und war mit unzähligen Pailletten besetzt, die wie Perlmutt schimmerten. Unter dem Rock bauschte sich weich ein weißer Unterrock aus Tüll.

„Glaub mir, Herzchen, darin wirst du umwerfend aussehen! Mit wem bist du denn hier? Mal wieder mit deinem entzückenden Bruder, auf den alle Damen hier ein Auge geworfen haben?“ Sie zwinkerte verschmitzt.
Pia wurde rot.
Die Verkäuferin zog das Kleid aus der Hülle und reichte es Pia. „Probier es mal an. Ich suche dir in der Zwischenzeit noch ein paar passende Schuhe dafür raus.“
Langsam nahm Pia das Kleid entgegen und verschwand hinter einem schweren Samtvorhang. Prüfend hielt sie das Kleid von sich gestreckt. Würde sie da wirklich reinpassen? Es sah so ... eng aus.
„Der Schnitt ist sehr figurbetont. Ich kann dir also gern mit dem Reißverschluss helfen, sobald du drinsteckst, Liebes!“, hörte sie die Stimme der Verkäuferin durch den Vorhang hindurch.
In Zeitlupe streifte Pia ihre Klamotten ab und legte sie ordentlich über den Sessel in der Kabine. Dann nahm sie das Kleid vom Bügel, zog den Reißverschluss auf und stieg vorsichtig hinein, wobei sie darauf achtete, nicht versehentlich auf den Saum zu treten. Sie zog die Träger hoch und trat, ohne vorher noch einmal in den Spiegel zu sehen, aus der Kabine. „Okay, ich bin so weit.“

Die Verkäuferin kam herbeigeeilt und schloss das Kleid für Pia. „Na, was hab ich gesagt? Perfekt!“ Sie schob Pia ein Paar schlichte, aber elegante Riemchensandalen entgegen. „Hier, probier die mal!“

Pia schlüpfte in die Schuhe und trat vor einen großen Spiegel. Verwundert musterte sie ihr Spiegelbild. Sie sah aus wie eine echte von Elstenbühl! Sie sah aus wie Marie. Das Kleid hatte sie verwandelt. Pia fühlte sich plötzlich groß, schlank und schön. Sie reckte den Hals und lächelte versonnen. „Ja, es passt“, war alles, was sie sagte, während sie sich vor dem Spiegel drehte, sodass das Kleid hin und her schwang.

„Ich nehme an, du möchtest es gleich anbehalten?“, fragte die Verkäuferin.

Ohne den Blick von ihrem Spiegelbild abzuwenden, nickte Pia. „Ja, das wäre großartig.“

Die Verkäuferin verschwand hinter der Theke und tippte auf einer Computertastatur herum. „Deine anderen Sachen packe ich dir in eine Tüte“, sagte sie. „Du kannst sie dann später am Empfang abholen.“

„Danke.“ Pia wandte sich zum Gehen.

Die Verkäuferin spitzte die roten Lippen. „Gern geschehen, Liebes.“

Als Pia auf den Korridor hinaustrat, musste sie erst mal kurz nach Luft schnappen. Bestimmt hatte sie gerade ein Vermögen ausgegeben! Aber was hätte sie sonst tun sollen? Sie durfte nicht aus ihrer Rolle fallen, und Maries Rolle verlangte es offenbar, mit Geld um sich zu werfen, als wäre es Konfetti.

Pia lief ans Ende des Korridors, bog um die Ecke und trat durch eine Tür auf die Terrasse hinaus. Frische Meeresluft blies ihr entgegen und die Abendsonne blendete sie. Sie wurde langsamer und versuchte durch den Schleier aus Licht und Farben etwas zu erkennen. Die Gäste standen in Grüppchen an Stehtischen um einen Pool herum. Leise elektronische Musik rieselte durch ein paar große Lautsprecherboxen neben einer Bar.

Wie in Trance bahnte sich Pia einen Weg durch die Menschen. Ihre Augen suchten Helge. Hatte er nicht gesagt, er wolle an den Pool? Doch das war vor einer Viertelstunde gewesen. Oder sogar einer halben?

Sie umrundete das Becken und arbeitete sich zum Terrassengeländer vor. Die untergehende Sonne hatte das Wasser im Hafen zum Brennen gebracht. Wie flüssiges Gold waberte es zwischen den Booten. Pia blieb eine Weile am Geländer stehen und nahm den Anblick in sich auf. Sie würde diese Bilder tief in sich verwahren, um sie wieder hervorzuholen, sobald sie zurück in Frankfurt war. Allein in ihrer grauen, tristen Wohnsiedlung.

Ein unvorstellbarer Gedanke.

Ruckartig drückte sie sich vom Geländer ab und drehte sich um. Und da stand er, inmitten einer Gruppe von Partygästen, im Zentrum der Aufmerksamkeit. Wo auch sonst!

Pia holte tief Luft. In diesem Moment fing sie seinen Blick ein – genauso glühend wie die Abendsonne – und vergaß, wie man ausatmete.

Auch Helge rührte sich nicht, bis seine Gesprächspartner sich ebenfalls umwandten. Sie ansahen. Lauter unbekannte Gesichter in einem Meer aus brennenden Farben. Pia beachtete sie nicht. Denn endlich löste sich Helge aus der Gruppe und kam auf sie zu.

„Das hat ja lang genug gedauert“, sagte er mit rauer Stimme. Dann fiel sein Blick auf ihr Kleid. „Ich weiß nur nicht, ob du in dem Teil nicht mehr auffällst als in den Jeans.“

Pia wandte den Blick von ihm ab und sah sich um. Tatsächlich starrten sie noch immer einige Leute an. Doch anstatt der üblichen Welle von Hitze und Kälte fühlte sie dabei lediglich ein sanftes Prickeln in der Magengegend. Denn in den Blicken der Gäste lag kein Mitleid, nein, da war Bewunderung, Freude, echtes Staunen und vielleicht ein klein wenig Neid.

Pia strahlte Helge an. „Wie sieht's aus? Pizza?"

Maries Stiefbruder musterte sie aufmerksam und reichte ihr schließlich wortlos den Arm. Augenblicklich war sie wieder nervös. Warum war er auf einmal so schweigsam? Eben hatte er sich doch noch so prächtig unterhalten!

Helge führte sie über das Pooldeck zu einer flachen Treppe, die hinauf zum Restaurantbereich der Terrasse führte. Mehrere der elegant eingedeckten Zweiertische waren bereits belegt. Helge steuerte zielsicher einen ruhigen Tisch am Rand an und schob Pia wie ein Gentleman den Stuhl zurück. Verlegen nahm sie Platz.

Sekunden später kam ein adretter Kellner herangeeilt: „Schon etwas zu trinken, die Herrschaften? Vielleicht eine Flasche Wasser?", fragte er eifrig.

Helge nickte. „Herzlichen Dank, Francesco, das wäre wunderbar."

Pia hatte ihn kaum gehört, denn sie musste sich zusammenreißen, um nicht alles allzu offensichtlich in sich aufzusaugen: die ältere Dame schräg neben ihr am Nachbartisch mit dem vielen Schmuck an Hals und Händen oder das Pärchen schräg gegenüber, das aussah, als wäre es ge-

rade einer Hollywood-Liebeskomödie entsprungen, oder der Mann mit der Zigarre in Helges Rücken. Pias Blick blieb wie immer an Helge kleben. Erst jetzt fiel ihr auf, dass er sie die ganze Zeit aufmerksam beobachtete. Seine hellen Augen sahen sie interessiert an, sein Ausdruck noch immer unergründlich, schweigsam.
„Was?", fragte sie ihn ein wenig gereizt.
Ein Lächeln zupfte an seinem Mundwinkel. „Du wirkst so anders. Ruhiger, zufriedener. Ich würde fast sagen – glücklich. Gibt es denn einen bestimmten Grund dafür?"
Ihr Herz setzte einen Schlag aus. Was sollte sie ihm sagen? Was wollte er hören? Dass dieses Leben, das er führte, ein Traum war? Dass sie sich gerade vorkam wie im Märchen? Dass er sich glücklich schätzen konnte, Eltern zu haben, die zufällig auch noch steinreich waren?
Pia öffnete den Mund und schloss ihn wieder.
Während Helge den Blick über die Boote im Hafen schweifen ließ, fragte er beiläufig: „Steckt da vielleicht ein Junge dahinter?"
Pia musste husten. Okay, diese Wendung hatte sie nicht kommen sehen. War sie doch so leicht zu durchschauen? Hatte er etwa gemerkt, wie es in ihrem Inneren aussah? Welche Wirkung er auf sie hatte?

„Also gibt es jemanden?“, ließ er nicht locker. „Komm schon, Schwesterherz, du kannst es mir ruhig sagen.“

„Ich ... ich ...“, stammelte sie und startete ein unbeholfenes Ablenkungsmanöver. „Goldglanz, er ist ... wundervoll. Und es geht ihm besser. Das macht mich glücklich.“ Das war immerhin die halbe Wahrheit.

Ihre Antwort schien Helge jedoch nicht zufriedenzustellen, ja, sogar ein wenig zu verärgern. „Der wundervolle Goldglanz, soso“, sagte er tonlos. „Hoffentlich kommt diese Einsicht nicht ein bisschen zu spät.“

Pia erstarrte. „Zu spät? Was meinst du damit?“ Ihr Mund war auf einmal trocken wie Sandpapier.

Helge winkte dem Kellner. Der Mann kam angehastet. „Was kann ich Ihnen bringen, Herr von Elstenbühl?“

„Zweimal wie immer, oder willst du etwas anderes, Marie?“, fragte er, und Pia erkannte, wie er es in diesem Moment genoss, sie zappeln zu lassen. Einmal mehr musste sie feststellen, dass er unerbittlich war, wenn es um Goldglanz ging. Sie konnte es ihm nicht verübeln. Im Gegenteil.

Pia lächelte schwach. „Klar, wie immer“, bestätigte sie geistesabwesend, ohne Helge aus den Augen zu lassen.

Der Kellner kritzelte etwas auf einen kleinen weißen

Schreibblock, dann eilte er auch schon wieder zum nächsten Tisch.

„Was meinst du mit ‚zu spät'?", wiederholte Pia leise.

„Kristine und Dad werden dich nie wieder auf ein Pferd lassen, das dich ins Krankenhaus befördert hat. Und schon gar nicht, wenn es noch nicht mal mehr Turniere gewinnt", sagte er mit unterdrückter Wut. „Das muss dir doch klar gewesen sein, oder?"

Helges Worte trafen sie wie Dolche. Glühend und unfassbar schmerzhaft. Sie zuckte zurück. Blickte ihn flehend an.

„Wieso das denn? Es war doch nicht Goldglanz' Schuld, dass ich gestürzt bin! Der Typ mit dem Wohnwagen ist an allem Schuld! Ich weiß es genau!"

„Wenn du das Dad erzählst, dreht er erst recht durch", sagte Helge bedeutungsvoll.

„Und was jetzt?", jammerte sie. „Bitte, Helge, du musst mir helfen! Ich will Goldglanz nicht verlieren. Wer weiß, wo er dann landet, und er ist doch so sensibel und ..." In ihrer Verzweiflung griff sie über den Tisch und nahm seine Hand. Sie ignorierte die Hitze, die ihr dabei durch die Adern schoss.

Helge legte den Kopf schief und schluckte. „Du meinst es diesmal wirklich ernst", sagte er verblüfft. Er zog seine

Hand nicht weg. Stattdessen lehnte er sich über den Tisch und sah sie eindringlich an. „Du willst ihn tatsächlich behalten und ihn wieder fit bekommen."
Helge war ihr so nah, dass sein Atem ihr Gesicht streifte, und Pia sog seinen Duft nach Sonnenmilch und Zitrone ein. „Ja …", hauchte sie benommen. „Ja, das will ich unbedingt."
Helge sah sie aus großen Augen an, und dann schien ihn plötzlich eine Erkenntnis zu durchzucken. Pia kam es so vor, als hätte er sie in diesem Moment das erste Mal richtig angesehen. Er blinzelte und zog seine Hand ruckartig weg – fast wie nach einem Stromschlag.
„Bitte, Helge!", flehte Pia noch einmal. „Bitte hilf mir! Sag mir, was ich tun kann, damit sie mir Goldglanz nicht wegnehmen. Ich mach alles, was du vorschlägst, versprochen!"
Helge schien innerlich mit sich zu ringen. „Okay", sagte er schließlich kraftlos, so als hätte er sich ergeben.
Pia strahlte ihn an. „Du hilfst mir also?", rief sie glücklich.
Jetzt lächelte er zurück. „Mal sehen. Ich habe da so eine Idee …" Seine Augen funkelten spitzbübisch. „Eigentlich hast du mich sogar darauf gebracht."
„Zweimal Pizza Frutti di Mare." Der Kellner war an den Tisch getreten und stellte die Pizzen ab. Pia beäugte ihr

Essen kritisch. Muscheln. Sie hatte noch niemals Muscheln gegessen. Gerade als sie kosten wollte, fiel ihr Blick über die Schulter des Kellners, hinüber zur Kaimauer des Hafens. Schlagartig wurde ihr kalt. Eine einsame Gestalt stand reglos auf der Mauer und starrte unverhohlen zu ihnen herüber. Auch wenn er diesmal keinen Mantel trug, erkannte Pia ihn sofort: den Mann aus den Dünen. Er hatte sie wieder gefunden.

Als Helge Pias entgeisterten Blick sah, drehte er sich um. „Ist er das?“, fragte er, wieder an Pia gewandt. „Der Typ vom Wohnwagen?“

Pia nickte stumm.

Ohne sein Essen überhaupt nur angerührt zu haben, legte Helge ein paar Scheine auf den Tisch und stand auf. „Los, komm, Marie! Wir gehen.“

24

PIA STAND VOR DEM SPIEGEL in Maries Zimmer und dachte nach. Ihre Gedanken kehrten immer wieder zum gestrigen Abend zurück. Sie seufzte versonnen. Es war wunderschön gewesen, aufregend und sogar ein wenig romantisch ... bis der Mann aufgetaucht war. Selbst Helge schien besorgt.

Pia seufzte noch einmal, diesmal frustriert. Maries Handy lag auf dem Bett und war überfüllt mit Nachrichten und verpassten Anrufen irgendwelcher Leute. Die meisten von ihnen hatten „Marie“ angeblich im Yachtclub gesehen und wollten nun wissen, wie es ihr nach dem Unfall ging. Pia schnaubte. Wenn es diese Leute wirklich so brennend interessierte, wie es Marie ging, warum waren sie gestern dann nicht einfach zu ihr gekommen und hatten sie gefragt?

Aber was kümmerten sie irgendwelche Leute von dieser verrückten Insel? Sie kannte keinen von ihnen – und keiner von denen wusste, wer sie wirklich war.

Außer einer.
Als sie am späten Abend mit Helge zurückgekommen war, hatte sie die neue Textnachricht entdeckt:
Wir müssen reden. Morgen Abend, Stallfest, 18 Uhr. Robbie
Am liebsten hätte Pia Helge längst gefragt, ob er sie zum Fest begleitete, erstens, weil sie sich in seiner Gegenwart irgendwie wohl und sicher fühlte, und zweitens, weil sie sich nicht traute, das Fahrrad zu nehmen. Allein im Dunklen über die Insel zu radeln, während dieser Verrückte irgendwo da draußen rumschlich, war ihr dann doch eine Nummer zu heftig.
Trotzdem hatte sie es bis jetzt nicht fertiggebracht, Helge zu fragen. Weil es sich mies anfühlte. Weil sie sein Vertrauen ausnutzte.
Eine Weile hatte Pia sogar mit dem Gedanken gespielt, Robbie mit einer faulen Ausrede abzuspeisen. Aber das Problem war: Sie selbst hatte eine Menge Fragen an ihn, und da er nie an sein Handy ging, war dieses Stallfest wohl die einzige Möglichkeit, ihn zur Rede zu stellen.
Eben begutachtete sie im Spiegel ihr Reitoutfit für den heutigen Tag, als Maries Handy plötzlich vibrierte. Erschrocken fuhr Pia herum. War das vielleicht Robbie? Rief er sie endlich zurück? Pia rannte zum Bett, schnappte sich

das Telefon und sah aufs Display. Nein, es war nicht Robbie. Auf dem Bildschirm blinkte das Wort „Mama“. Soweit Pia wusste, weilte Frau von Elstenbühl noch immer in der Südsee.

Pias Hand begann zu zittern. Sollte sie rangehen? Maries Mutter war wahrscheinlich diejenige, die sie am ehesten durchschauen würde. Oder auch nicht. Es war ja nur ein Telefonat. Und vielleicht war die Verbindung schlecht.

Abgesehen davon würde Pia nur für unnötigen Wirbel sorgen, wenn sie jetzt nicht ans Telefon ging. Marie hatte schließlich einen Unfall gehabt. Da wollte Frau von Elstenbühl natürlich wissen, wie es ihrer Tochter ging. Seltsam eigentlich, dass sie jetzt erst anrief.

Pia drückte auf den grünen Hörer. „Hallo?“, sagte sie leise ins Telefon.

„Liebling!“, kreischte die Frau.

Erschrocken hielt Pia das Telefon ein Stückchen vom Ohr weg.

„Seit Tagen versuche ich dich zu erreichen, aber wir schippern hier von einem Funkloch ins nächste!“, ereiferte sich die Frau weiter. „Wie geht es dir, mein Schatz?“

„Ach, eigentlich geht es mir …“

„Du setzt dich auf keinen Fall wieder auf dieses Pferd, hörst du?“, fiel ihr Frau von Elstenbühl ins Wort. „Dein Vater sagt, er wird Goldglanz verkaufen. Das ist ja sicher auch in deinem Sinne, nach allem, was passiert ist.“

„Also um ehrlich zu sein …“

„Mach dir keine Vorwürfe, mein Schatz! Wir suchen dir einen schicken Neuen aus, ja?“

„Ich will nicht, dass wir Goldglanz verkaufen!“, protestierte Pia nun heftig, fast ein wenig pampig. „Weißt du, Mama …“, versuchte sie einzulenken – was sich als Fehler entpuppte, denn sofort riss Frau von Elstenbühl das Gespräch wieder an sich.

„Hör zu, Liebling. Wir wissen, dass du zu dieser Kadersichtung möchtest und wie viel sie dir bedeutet, aber dein Vater wird mit dem Bundestrainer sprechen. Es gibt bestimmt eine Lösung, du kennst Papi ja. Er kann so was und mit einem neuen Pferd …“

„Ich will kein neues Pferd!“ Diesmal brüllte Pia fast in den Hörer, und sie versuchte auch nicht zurückzurudern.

Eine Weile war es still am anderen Ende der Leitung. Dann hörte Pia ein leises Seufzen. „Ich muss jetzt leider Schluss machen, mein Schatz. Schön, dass es dir besser geht. Pass auf dich auf. Und ärgere Helge nicht zu sehr. Am Sonntag sind wir wieder zurück. Küsschen.“

Dann hatte Frau von Elstenbühl auch schon aufgelegt.
Pia starrte auf das Handy in ihrer Hand.
Sie kochte innerlich vor Wut. Noch nie war sie so wütend gewesen! Was glaubten diese Leute eigentlich? Dass man Pferde einfach so ersetzen konnte? „Papi kann so was ..." Pah! Hier ging es um ein Lebewesen, nicht um Autos, Abendkleider oder Handtaschen!
Am liebsten hätte Pia das Handy in die Ecke gepfeffert. Doch dann fiel ihr Helge wieder ein und sie bekam ein schlechtes Gewissen. Helge war nicht so. Er liebte seine Pferde und er liebte Goldglanz, auch wenn es nicht sein eigenes Pferd war.
Helge ... Sie musste mit ihm reden! Er hatte versprochen, ihr zu helfen. Und egal wie sie es drehte oder wendete: Sie musste auf dieses Stallfest gehen. Nur so konnte sie mehr über den Glänzehof, Maries Unfall und den Mann im Regenmantel herausfinden. Pia war sich inzwischen ganz sicher, dass das alles irgendwie zusammenhing. Und wenn sie beweisen konnte, dass Goldglanz an Maries Sturz überhaupt keine Schuld hatte, würde es sich Herr von Elstenbühl vielleicht noch einmal anders überlegen und den Hengst doch nicht verkaufen.
Ja, bestimmt konnte Robbie ein wenig Licht ins Dunkel

bringen. Hoffentlich. Denn bis zur Rückkehr von Maries Eltern blieben nur noch zwei Tage.

Pia stürmte aus dem Zimmer und klopfte an Helges Tür.

„Hey, Schwesterherz! Was ist denn los?“, fragte er beim Öffnen.

„Meine … Mu-Mutter hat angerufen! Sie wollen am Sonntag zurückkommen.“

„Ach echt?“ Helge grinste. „Damit wäre mein Job als Babysitter ja dann beendet.“

Seine Antwort versetzte Pia einen Stich. Aber sie riss sich zusammen. „Sie wollen Goldglanz tatsächlich verkaufen und sie hat mir verboten, ihn zu reiten!“

Helge zog eine Braue hoch. „Hab ich’s dir nicht gesagt?“

„Wenn ich ihnen doch nur beweisen könnte, wie toll Goldglanz in Wirklichkeit ist!“, rief Pia verzweifelt.

„Ich schätze, da gibt es nur eine Möglichkeit“, erwiderte Helge und klang plötzlich fast ein wenig aufgeregt.

„Und die wäre?“, fragte Pia ungeduldig.

„Ganz einfach: Reite mit ihm zum Sieg!“

Pia schluckte. Okay. Das klang irgendwie logisch. Aber wie sollte das gehen? Sie hatte keine Ahnung vom Springreiten!

Helge berührte sie am Arm. „Komm schon, Kopf hoch! Was ich gestern in den Dünen gesehen habe, war sensationell“, tröstete er Pia. Dann nahm er plötzlich ihre Hand, zog sie hinter sich her auf den Flur hinaus und die Treppen hinunter. „Ich finde, heute ist genau der richtige Tag für einen Ritt zum Leuchtturm! Schön heiß und schwül. Da wird der Wind dort draußen richtig guttun."

Völlig überrumpelt stolperte Pia ihm hinterher.

„Okay, du machst Goldglanz fertig, ich kümmere mich schnell um den Proviant, und wir treffen uns anschließend beim Weg zu den Koppeln. Gut?" Er warf ihr ein letztes umwerfendes Lächeln zu, dann eilte er auch schon in Richtung Küche.

Einen Augenblick sah Pia ihm noch verwirrt hinterher, dann verließ sie das Haus und lief selig lächelnd zum Stall.

Ein freudiges Wiehern riss sie aus ihren Gedanken. Goldglanz!

Erwartungsfroh stand er in seiner Box und blickte ihr entgegen. Schlagartig vergaß Pia alles um sich herum, nahm das Halfter von der Halterung und öffnete die Tür.

„Na, mein Schöner? Lust auf einen kleinen Ausritt?", flüsterte Pia und tätschelte Goldglanz den Hals. Dann führte sie ihn aus der Box zur Sattelkammer.

Während Pia dem Hengst die Trense anzog, grollte in der Ferne über dem Meer der erste Donner.

25

ALS PIA MIT GOLDGLANZ zum verabredeten Treffpunkt kam, wartete Helge bereits auf sie. Gelassen lehnte er an Poetins Flanke und sah zu Pia. Sein durchdringender Blick raubte ihr kurzzeitig den Atem.

Spöttisch zog er eine Braue hoch. „Wieder ohne Sattel?“, fragte er.

Pia nickte bestimmt. „Ja, Goldglanz gefällt es so!“

Helge zuckte die Schultern. „Wie du meinst. Dann werde ich wohl den Proviant aufschnallen müssen“, sagte er und befestigte eine Tasche am Sattel seiner Stute.

Pia drehte sich zu Goldglanz um, um aufzusitzen, als es ihr wieder einfiel: kein Sattel – keine Steigbügel.

Helge hinter ihr seufzte. „Brauchst du mal wieder Hilfe? Soll ich dich hochwerfen?“, fragte er amüsiert. Er ließ Poetin am Wegrand grasen, kam zu Pia herüber und stellte sich dicht neben sie.

Sofort kam die Erinnerung an seine Berührung vom Vortag wieder auf. Pias Herz begann zu rasen.
Er lachte leise. Ihre Reaktion auf seine Nähe war ihm offensichtlich nicht entgangen. Anstatt wie beim letzten Mal ihr Bein zu packen und sie hochzuwerfen, umfasste er auf einmal ihre Taille und hob sie mühelos hoch. Pia sog erschrocken die Luft ein, Gänsehaut breitete sich auf ihren Schultern aus. Und sie sah ihn an.
Ein Fehler.
Seine Augen waren groß und dunkel, sie ruhten auf Pias Lippen. Abwägend. Etwas stimmte hier ganz und gar nicht …
Auf einmal lächelte er zufrieden, verstärkte seinen Griff und schob sie aufs Pferd. Pia war gerade noch geistesgegenwärtig genug, das rechte Bein über den Pferderücken zu schwingen.
Erst als sie oben saß, entspannte sie sich. Auf Goldglanz' Rücken war sie sicher! Sogar vor ihren eigenen verrückten Gefühlen.
Der Hengst zuckte aufmerksam mit den Ohren. Keine Frage, er freute sich auf den Ausritt. Pia versuchte sich ganz auf das Pferd zu konzentrieren und alles um sich herum auszublenden.

Helge war inzwischen auch aufgestiegen und trieb Poetin auf den Feldweg. Goldglanz schritt eilig hinterher. Sofort blies ihnen die gewohnt frische Brise vom Meer entgegen, doch ohne Sonne wurde es schnell kühl. Pia schloss ihre Jacke und stellte den Kragen auf. Jetzt erst fielen ihr die dunklen Wolken auf, die über die Insel hinwegzogen.

„Das sieht nach Unwetter aus!", rief Pia besorgt.

Helge zuckte die Achseln. „Ja, wahrscheinlich wird es gegen Nachmittag regnen. Bis dahin sind wir aber längst zurück." Er warf ihr einen herausfordernden Blick zu. „Es sei denn, du hast vor, diesen Ausritt im Schritt zu bestreiten."

Pia sah in die Ferne. Der Leuchtturm war gut sichtbar am Ende der schmalen Landzunge des Naturschutzgebietes. Blutrot stachen seine Streifen in das Dunkelgrau der Wolkenberge. Weit war es nicht, aber dass sie es vor dem Unwetter hin und zurück schaffen würden, bezweifelte Pia. Doch sie hielt den Mund. Sie wollte diesen Ausritt mit Helge und Goldglanz unbedingt. Womöglich war es der letzte in ihrem Leben.

„Nein, wir sollten uns besser beeilen", sagte sie also und fasste entschlossen die Zügel nach.

Helge nickte. „Die Strecke zum Leuchtturm ist zufälliger-

weise fast die gleiche, die bei Heinemanns Championat am Sonntag geritten wird."
Pia sah Helge verwirrt an.
„Wir nutzen den Ausritt als kleine Trainingseinheit. Damit du Goldglanz dort am Sonntag zum Sieg reiten kannst!", erklärte Helge strahlend. „Na, was sagst du?"
Pia wurde auf einmal ganz flau im Magen. Er hatte es also ernst gemeint? Sie sollte mit Goldglanz bei einem Geländeritt starten? Das also war sein Plan? Sie konnte doch noch nicht mal richtig springen!
„Schnelligkeit ist die halbe Miete, also los – beeilen wir uns!" Helge lachte. Bevor Pia ihre Bedenken äußern konnte, ließ er Poetin antraben.
Die beiden legten tatsächlich ein ordentliches Tempo vor, und Pia musste zusehen, dass sie hinterherkam. Sie krallte sich in Goldglanz' Mähne. Sein schwungvoller Trab war sicherlich nicht schwer zu sitzen, doch Pia fehlten die Muskeln und das Training. Es kostete sie all ihre Kraft, sich auf Goldglanz' Bewegungen einzulassen. Ein paarmal rutschte sie noch zur Seite, aber längst nicht mehr so oft wie am ersten Tag. Schnell ging es über die Ebene zwischen Stall und Dünen. Und auch dann wurde Helge nicht langsamer. Trabend arbeiteten sie sich durch den tiefen Sand.

Als sie endlich am Strand waren, rann Pia der Schweiß bereits in Strömen den Rücken hinab. Der kalte Wind störte sie nun nicht mehr. Das Haar klebte ihr unter dem Helm an Stirn und Wangen, doch Helge dachte nicht daran, das Tempo zu drosseln. Zielstrebig ritt er auf die Wasserlinie zu. Kaum berührten die Hufe der Pferde den festen, nassen Untergrund, trieb er seine Stute in den Galopp.
Pia keuchte und krallte die zitternden Finger noch fester in Goldglanz' Mähne. Im Galopp saß es sich leichter. Fast wie auf einem Schaukelpferd. Der Hengst schnaubte zufrieden und Pias verkrampfte Muskeln entspannten sich allmählich. Sie beugte den Oberkörper tief über seinen Hals und ließ sich von seinen Bewegungen mitziehen.
Sie waren noch nicht weit gekommen, als schon die ersten Tropfen fielen. Aber Helge ritt unbeirrt weiter. Direkt vor ihnen erhob sich eine Reihe Buhnen aus dem Watt. Er steuerte Poetin direkt darauf zu. Die Stute spitzte die Ohren, verkürzte ihre Galoppsprünge und federte leicht über das Hindernis.
Pia blieb kaum Zeit nachzudenken – was vielleicht ihr Glück war, denn Goldglanz kannte sich aus. Auch er zuckte mit den Ohren, hob den Kopf ein wenig und sprang ab. Wie in Zeitlupe fühlte Pia den Boden davongleiten, spürte

den rauen Nordseewind in ihren Haaren zerren, das Salz im Gesicht brennen. Sie flog! Die Schwerelosigkeit ihrer Gedanken wanderte in ihre Arme und sie löste kaum merklich den Griff um Goldglanz' Mähne.
Dann setzten sie auf. Leichtfüßig, mühelos. Den Blick auf das unfassbar weite Watt gerichtet, brausten sie los.
Pia kicherte glücklich.
Ungestüm zog der Hengst nun an Poetin vorbei. Seine Hufe trommelten auf dem glänzenden Schlick und schienen schon bald nicht mehr die Erde zu berühren. Wie im Flug durchpreschten sie einen Schwarm Möwen. Kreischend stoben sie auseinander, flatterten empor, umhüllten Pia und Goldglanz wie eine weiße Wolke und flogen davon.
Nun lag nichts mehr vor ihnen außer wilde graue Weiten. Sand, Schlick, Meer, Wolkentürme.
Pia beugte sich tief über Goldglanz' Hals, streckte die Arme zur Seite, als wären sie Flügel, schloss die Augen und ließ sich davontragen. Immer weiter und weiter.
Sie hatte keine Ahnung, wie lange sie so dahinbrausten. Erst als der Wind immer stärker wurde und das Wasser schließlich von allen Seiten auf sie einspritzte, wurde Goldglanz langsamer.

Pias Beine zitterten. Sie war klatschnass und total erschöpft. Der rasante Ritt durchs Watt hatte sie mehr Kraft gekostet, als vernünftig war. Goldglanz fiel in den Schritt und Pia sackte in sich zusammen. Mit der einen Hand umklammerte sie die vollkommen durchweichten Zügel, mit der anderen versuchte sie sich das Salzwasser aus den Augen zu reiben. Dann sah sie sich um.

Vor Schreck rutschte ihr das glitschige Leder aus der Hand. Sie war allein! Von Helge war weit und breit nichts zu sehen. Mittlerweile fiel der Regen so dicht, dass sie zu allen Seiten ein undurchdringlicher Schleier aus Wasser umgab.

Goldglanz blieb ruckartig stehen. Pia lehnte sich ein wenig zur Seite und sah nach unten. Panisch griff sie nach den Zügeln. Goldglanz stand bis zu den Fesseln im Wasser! Jetzt war Pia auch klar, warum der Hengst so plötzlich die Bremse gezogen hatte: Direkt vor seinen Beinen wurde das Wasser tiefer. Ein schäumender Strom aus Meerwasser durchzog das Watt.

„Oh nein …", flüsterte sie. Ihre Worte ertranken im Sturm.

Pia wendete Goldglanz und ritt ein Stück zurück. Wolkenfetzen jagten über ihre Köpfe hinweg und der Wind wurde immer stärker. Immerhin schien das Toben der Gezeiten dem Hengst nichts auszumachen. Zufrieden schnaufend marschierte er durchs Wasser. Pia sah noch einmal nach unten. Das Wasser wirbelte um sie herum, schäumte und strudelte. Pia wurde schwindelig. Verzweiflung stieg in ihr hoch. Wo war sie hier nur gelandet? Wo hatte Goldglanz sie bloß hingeführt?

Ein paar Schritte weiter blieb ihr Pferd abermals stehen. Unsicher senkte es die Nase und blies ins Wasser.

„Na komm, mein Schöner! Wir müssen weiter. Hier können wir wirklich nicht bleiben." Energisch drückte sie ihm die Fersen in die Flanken. Goldglanz warf entrüstet den Kopf in den Nacken. Pia spürte seinen Unmut. „Bitte, bitte, komm, wir müssen zurück zu Helge und Poetin!", versuchte es Pia noch einmal.

Konnte der Hengst die Gefahr denn nicht wittern? Das Meer, das sie einzuschließen drohte? Denn genau so war es: Während sie gedankenlos durchs Watt galoppiert waren, hatte die Flut sie gefunden. Wie ein hungriges Tier drängten die Wassermassen dem Land entgegen, als wollten sie es verschlingen.

Plötzlich kam Pia ein Gedanke. „He, mein Schöner, wenn du uns sicher bis hierhergeführt hast, findest du dann nicht auch wieder zurück?" Vorsichtig ließ sie die Zügel durch die Hände gleiten, bis sie nur noch die Schnalle hielt. Sofort senkte Goldglanz die Nase und blies sachte über die Wasseroberfläche. Dann ging er einige Schritte rückwärts, reckte den Hals und lief los.

In raschem Tempo durchquerten sie die Wasserfurchen im Watt. Der Sturm tobte so laut, dass Pia außer dem Prasseln des Regens und dem Rauschen des Meeres nichts mehr hörte. Ihr war eisig kalt und das Leder ihrer Reithose klebte ihr an der Haut.

Goldglanz schritt unbeirrt weiter, obwohl ihm das Wasser inzwischen bis übers Schienbein reichte. Ungeduldig trieb Pia ihn an. Sie merkte, wie sich sein Rücken verspannte, wie sein taktvoller Schritt gestört wurde, doch darauf konnte sie jetzt keine Rücksicht nehmen. Die Zeit lief ihnen davon.

Auch wenn Pia wenig über die Gezeiten wusste, so kannte sie doch die Erzählungen von Ertrunkenen im Watt, die von der plötzlich einsetzenden Flut überrascht worden waren. Die tückische Strömung eines Priels konnte schnell zur Todesfalle werden. Wahrscheinlich selbst für ein Pferd.

Pia starrte angestrengt durch den Schleier aus Regen und versuchte, einen Fixpunkt auszumachen, etwas, was ihr sagte, wo sie war, als sie plötzlich ein Geräusch hörte. War es ein Schrei? Auch Goldglanz hatte den Kopf gehoben, drehte sich aufgeregt um die eigene Achse und wieherte.

Pia machte sich groß. „Hilfe! Wir sind hier! Ist da jemand?“, schrie sie. Doch der Gegenwind riss ihre Stimme mit sich. Sie selbst hatte Mühe, ihr eigenes Wort zu verstehen.

Abermals presste sie Goldglanz die Absätze in die Flanken und riss am Zügel. Sie wollte einfach nur noch weg. In die Richtung, aus der die Stimme gekommen war.

Widerwillig setzte sich Goldglanz in Bewegung und bahnte sich einen Weg durch den Sturm. Eine Weile schienen sie gut voranzukommen. Doch das Meer stieg unaufhaltsam. Bald war kaum noch Schlamm zu sehen, nur noch Wasser. Überall Wasser.

„Hallo! Ist da jemand?“, versuchte es Pia noch einmal. Der Wind pfiff ihr entgegen. Ein Schrei.

Ruckartig zog Pia am Zügel, um Goldglanz in die Richtung zu reiten, aus der das Geräusch gekommen war. Aber diesmal wurde es dem Hengst zu viel. Er rammte die Beine in den Boden und bewegte sich nicht.

Eine einsame Möwe schlingerte durch den Sturm. Vollkommen orientierungslos, genau wie Pia.

Pia fing am ganzen Körper an zu zittern. Ihre Zähne klapperten. Sie wimmerte. Verzweifelt nestelte sie in Goldglanz' tropfender Mähne. Das Pferd rührte sich noch immer nicht. Sosehr sich Pia auch bemühte, es war zwecklos. „Okay, dann muss ich dich eben führen!", erklärte sie dem Hengst und sprang ab. Eiskaltes Meerwasser schoss in ihre Reitstiefel. „Oh verdammt! Verdammter Mist!" Pia hüpfte durchs Wasser, um sich aufzuwärmen, und immerhin gelang es ihr danach, das Pferd von der Stelle zu bewegen.

Pia war so damit beschäftigt, Goldglanz hinter sich herzuziehen, dass sie die Gefahr zu spät erkannte: Plötzlich tat sich der Boden unter ihr auf. Zumindest fühlte es sich so an. Pias nächster Schritt ging ins Leere. Sie sackte vornüber ins tiefschwarze Meerwasser.

Nicht schon wieder!, war das Erste, was ihr durch den Kopf schoss, als sie langsam nach unten glitt. Bereits nach wenigen Augenblicken brannte ihre Lunge, doch es gab kein Entkommen, sie fühlte die Strömung an ihrem Körper zerren. Unermüdlich nach unten. In die Tiefe.

Doch so plötzlich wie sie ins Wasser gefallen war, riss es sie auch wieder heraus. Ein heißer Schmerz schoss ihr durchs Schultergelenk, als der Zügel, den sie noch immer fest umklammert hielt, ihren Arm herumriss. Hart schlug sie auf festen Untergrund.

Pia spuckte und keuchte. Das Wasser hatte mit einem Schlag all ihre verbliebene Kraft gefressen. Schwankend stand sie auf, packte Goldglanz' Mähne und zog sich an ihm hoch. Schwer atmend sackte sie gegen seine Schulter. „Danke", flüsterte sie. Vorsichtig setzte sich Goldglanz wieder in Bewegung und zog die erschöpfte Pia neben sich her. Ohne Hilfe würde sie unmöglich auf Goldglanz' Rücken gelangen. Nicht ohne Steigbügel, und erst recht nicht im knietiefen Wasser.

Pia fror erbärmlich. „Wenn wir nicht bald den Strand wiederfinden, war's das ..." Sie hustete, krallte sich an Mähne und Zügel, während sie versuchte, so gut es ging, mitzuhalten. Goldglanz' Tritte waren nun langsam und vorsichtig, als prüfte er jede Stelle auf ihre Festigkeit.

Wie lange waren sie schon hier draußen? Eine Stunde? Weniger? Das Wasser kam schnell, wenn es kam. So viel wusste Pia. Was sie nicht wusste, war, ob sie überhaupt die richtige Richtung eingeschlagen hatten. Oder folgte sie dem Pferd gerade blind hinaus ins offene Meer?

Pia stolperte. „Uhaaaa!" Platschend landete sie abermals in den eisigen Fluten. „Ich kann nicht mehr!", schluchzte sie laut, rollte durchs Wasser und kämpfte sich zurück auf alle viere. Goldglanz blieb neben ihr stehen und wartete geduldig, bis Pia genügend Kraft gesammelt hatte, um wieder aufzustehen. Doch schon die nächste Welle warf sie wieder um. Am Ende ihrer Kräfte, blieb Pia schließlich im Wasser sitzen, ließ sich gegen Goldglanz' Vorderbein sacken und schloss die Augen.

„Marie!" Der Name wehte ihr entgegen, von unendlich weit weg. Pia zuckte zusammen, als Goldglanz einen unerwarteten Schritt nach vorn machte. Er musste das Rufen ebenfalls gehört haben.

„Marie!"

Pia öffnete die Augen. „Helge?", flüsterte sie hoffungsvoll. Ungeschickt rollte sie zur Seite und rappelte sich auf. Das Wasser plätscherte nun sanft um ihre Beine, die Sogkraft war nicht mehr so stark.

„Helge!?", rief sie noch einmal etwas kräftiger.

Ein Platschen war zu hören. Der schnaubende Atem eines Pferds. Und dann sah sie ihn: Helge kam direkt auf sie zugaloppiert.

„Marie?!", schrie er ihr entgegen und war im nächsten Moment vom Pferd gesprungen. Die letzten Meter sprintete er durchs Wasser. „Was ist passiert?"

Statt zu antworten, ließ sich Pia erleichtert ins Wasser gleiten.

„Bist du total übergeschnappt?" Helge packte Pia an der Schulter und zog sie in die Höhe. „Wir müssen zum Leuchtturm, bevor das Wasser weiter ansteigt!"
Wie einen Sack Mehl hievte er sie aufs Pferd. Pia wehrte sich nicht. Verschwommen sah sie, wie er selbst wieder aufstieg, Goldglanz' Zügel packte und losritt.
Erst nach ein paar Minuten gelang es ihr, sich wieder aufzurichten. Da waren sie bereits an den Klippen angekommen. Pia spürte ihre Beine kaum noch. Ihre Hände waren taub, weshalb sie einfach Helge die Zügel überließ. Das Einzige, wozu sie im Augenblick noch selbst in der Lage war, war zu versuchen nicht vom Pferd zu fallen.
Goldglanz und Poetin stampften den steilen Weg zwischen den Felsen hinauf, hoch bis zum Leuchtturm. Daneben stand ein heruntergekommener Schuppen. Die Tür war offen und schlug im Wind. Am Eingang hatten sich große Pfützen gesammelt, doch drinnen war es trocken.
Helge saß ab und half dann Pia beim Absitzen. Allein hätte sie es wohl kaum geschafft. Gemeinsam führten sie die Pferde in den Schuppen. Beide Tiere dampften von der Anstrengung, und Goldglanz ließ erschöpft die Nase hängen. Pia wünschte sich, sie hätte den Hengst niemals ins Wasser getrieben. Sie wusste genau, wie knapp es gewesen war.

Während sie erschöpft an der Wand lehnte, nahm Helge den Pferden das Zaumzeug ab und rieb ihnen mit einer Decke, die er auf dem Boden gefunden hatte, übers Fell.
„Okay, komm!“, rief er. „Hier sind die beiden erst einmal sicher.“ Helge schnappte sich seine Satteltasche und zog Pia hinter sich her.
Draußen angekommen, verriegelte er sorgfältig die Holztür. Der Sturm schlug ihnen wieder mit einer solchen Wucht entgegen, dass sie sich regelrecht gegen den Wind stemmen mussten, um nicht von den Füßen gerissen zu werden.
Bis zum Leuchtturm waren es nur ein paar Meter, aber Pia erschien es wie eine Weltreise. Als Helge an der Tür rüttelte, fürchtete Pia schon, sie wäre verschlossen. Doch dann endlich gab sie nach und flog mit einem heftigen Schlag auf.

26

„HEREINSPAZIERT!“ Helge gab den Durchgang frei und Pia schwankte hinein.

Drinnen war es fast dunkel. Außer Schutt und ein paar leeren Holzkisten gab es nicht viel zu entdecken. Direkt neben der Tür allerdings führte eine Treppe nach oben. Helge zerrte sich die nasse Jacke von den Schultern und hielt Pia die Hand hin. „Na komm. Hoch zum Ofen. Wenn wir Glück haben, bekommen wir ihn angefeuert.“

Er lächelte.

Pias Zähne klapperten so sehr, dass sie weder denken, geschweige denn antworten konnte. Aber Ofen klang traumhaft! Wie in Trance griff sie nach Helges Hand und ließ sich von ihm die steile Wendeltreppe nach oben ziehen.

Auch in der ersten Etage lagen überall zerbrochene Gegenstände herum. Helge durchquerte den Raum mit wenigen großen Schritten. Dabei klaubte er mehrere Stücke Holz

vom Boden auf, die aussahen wie die zerbrochene Lehne eines Stuhles. Dann stiegen sie die Treppe weiter hinauf bis ins oberste Stockwerk.
Keuchend lehnte sich Pia gegen Helges Schulter, was ihn zu ihrer Erleichterung nicht zu stören schien. Er hielt noch immer ihre Hand.
Hier oben war es richtig gemütlich, fand Pia. Es gab tatsächlich einen alten, rostigen Schwedenofen, einen Tisch, ein paar Schränke und ein durchgesessenes altes Sofa.
„Hol uns doch ein paar der Decken, ja?“, rief Helge schließlich und ließ Pias Hand los. „Ich kümmere mich ums Feuer.“
Fröstelnd schlang Pia die Arme um sich. Decken. Ja, Decken wären gut! Aber wo waren die? Pia lief los und öffnete einen der Schränke. Er war leer. Der Boden knarrte und die Wände ächzten. Der Sturm hatte die Insel noch immer fest im Griff.
Pia durchsuchte sämtliche Schubfächer und jede Nische. Aber Decken konnte sie nicht finden.
„Helge, wo sind denn die Decken?“, fragte sie schlotternd, als er plötzlich hinter sie trat und ihr sachte über die kalten Schultern rieb. Da bekam sie erst recht eine Gänsehaut.
„Die Decken sind in unserem Versteck, du weißt schon …“
Er ließ den Satz in der Luft hängen.

In Zeitlupe schloss Pia den Schrank. Sie hatte keine Ahnung, wo das Versteck war.
Wie auch? Langsam drehte sie sich um. „Ich … ich glaube, ich habe vergessen, wo es ist …"
Einen Moment lang sah Helge sie verwirrt an. Dann grinste er. „Ach ja? An Weihnachten wusstest du aber noch ziemlich genau, wo es ist …"
Er schob das Sofa zur Seite, ging auf die Knie und löste ein Brett aus dem Boden.
Pia trat neugierig näher und spähte ihm über die Schulter. „Ach ja, ich erinnere mich …", versuchte sie die Situation noch zu retten.
Unter dem Brett befand sich ein Hohlraum. Darin lag allerlei Zeug: ein Taschenmesser, ein verbeulter Metallbecher, Kerzen, Streichhölzer – und die Decken. Helge reichte Pia eine und warf sich die andere um die Schultern. Dann legte er das Brett wieder auf das Loch und ging zum Ofen. Da erst fielen Pia die Buchstaben auf, die in das Holz geritzt waren. „J&M". Wer waren die beiden? Stand M für Marie? Aber wer war dann J? Traf sich Marie hier oben vielleicht heimlich mit einem Jungen? Allerdings sah die Einkerbung schon älter aus.
„So, jetzt brennt es!", riss Helge sie aus ihren Gedanken.

„Hast du Hunger?" Er griff nach der Satteltasche, um die belegten Brote herauszuholen.
Pia nickte und setzte sich neben ihn. „Danke", sagte sie, als er ihr ein Brot reichte. „Ich meine ... für alles. Ohne dich wären Goldglanz und ich jetzt wahrscheinlich ..."
Helge wandte sich ab und starrte durch das kleine Fenster im Ofen in die Flammen. „Das mit dem Sturm könnte noch eine Weile dauern", erklärte er dann. „Wir sitzen also erst mal hier fest."
„Gibt Schlimmeres", hörte Pia sich plötzlich sagen. Prompt wurde sie rot. „Ich ... ich meine ...", stammelte sie hastig, „wir haben es warm und was zu essen haben wir auch und ..."
„Du bist irgendwie anders geworden seit dem Unfall", fiel Helge ihr ins Wort.
„Anders?", fragte Pia nervös.
„Ja, anders. Du bedankst dich plötzlich für Sachen. Du behandelst die Leute um dich herum nicht mehr, als wären sie deine Untertanen. Und wie du mit Goldglanz umgehst ... Manchmal hab ich echt das Gefühl, der Unfall hat einen anderen Menschen aus dir gemacht."
Wenn du wüsstest!, dachte Pia mit klopfendem Herzen.
Wie gern hätte sie Helge in diesem Augenblick die Wahr-

heit gesagt. Es fühlte sich scheußlich an, ihn so hinters Licht zu führen. Sie mochte diesen Jungen, sehr sogar. Und neben ihm zu sitzen, vor diesem kleinen knisternden Öfchen, während draußen der Sturm das Meer aufwühlte, war einfach nur wunderschön.

Helge sah gedankenverloren ins Feuer. Pia betrachtete ihn verstohlen von der Seite – seine nassen blonden Locken, seine endlos langen Wimpern, seinen schönen Mund, der sich so gern zu einem schelmischen Lächeln verzog.

Pia schluckte. Wie es sich wohl anfühlen würde, ihn zu küssen? Sie hatte noch nie einen Jungen geküsst. Wahrscheinlich würde sie direkt in Ohnmacht fallen so wie die Frauen in diesen albernen Kitschfilmen, die sie manchmal ganz gern sah.

Pia schüttelte den Kopf. Sie musste seine Schwester spielen! Sie durfte jetzt nicht ans Küssen denken! Sie durfte sich nicht in diesen Jungen verlieben! Sie durfte …

Plötzlich rückte Helge ein Stück näher an sie heran, sodass ihr Handrücken ganz leicht seine Hand berührte. Pia hielt es kaum noch aus. Sie musste irgendetwas tun! Denn wenn sie nichts unternahm, würde sie es vielleicht schon bald ganz bitter bereuen.

Sie holte Luft, nahm all ihren Mut zusammen und griff

nach seiner Hand. Er zog sie nicht weg und wirkte auch sonst nicht so, als würde ihn die Nähe zwischen ihnen stören. Im Gegenteil.
Pia wurde noch mutiger und legte ihren Kopf an seine Schulter.
Plötzlich spürte sie, wie Helge sich verspannte, und richtete sich schnell wieder auf. War sie zu weit gegangen?
„Du versuchst mich mal wieder einzuwickeln, oder?", sagte Helge mit kalter Stimme. „Damit ich dir mit Goldglanz helfe, hab ich recht?" Er schnaubte verächtlich. „Dafür musst du dich nicht bei mir einschleimen. Das hätte ich auch so gemacht. Weil ich dich ..." Er brach ab. In seinen Augen tobte ein kleiner Sturm. „Ich bin so ein Idiot. Du hast dich kein bisschen verändert, Marie von Elstenbühl."
Ich bin nicht Marie von Elstenbühl!, hätte Pia am liebsten gebrüllt, damit er endlich aufhörte, sie wie seine dämliche Stiefschwester zu behandeln. Aber dann hätte sie womöglich alles verloren, auch Goldglanz. Das durfte sie nicht zulassen. Sie musste also weiterhin mitspielen. Ihn in seinem Irrglauben lassen.
Dennoch fiel es ihr schwer, nicht die Beherrschung zu verlieren. Sie hatte sich gerade ausgemalt, wie es wäre, ihn zu küssen, und er redete davon, dass sie sich bei ihm ein-

schleimen wollte?! Hatte er denn keine Augen im Kopf?! Sie und seine Stiefschwester hatten in etwa so viel gemeinsam wie Goldmarie und Pechmarie!

„Spiel du ruhig weiter deine Spielchen“, sagte Helge schließlich und stand auf. „Ich geh mal nach den Pferden sehen.“

27

NACH DREI STUNDEN hatte es endlich aufgehört zu regnen. Es war nun früher Abend. Die Sonne stand tief über dem Meer – bahnte sich immer wieder einen Weg zwischen den Wolkenbergen am Horizont hindurch.

Schweigend ritten Pia und Helge nebeneinanderher. Pia versuchte sich auf Goldglanz zu konzentrieren und Helge auszublenden.

Seit er von den Pferden zurückgekommen war, hatte er kein Wort mehr zu ihr gesagt. Stattdessen hatte er mit verbissener Miene vor dem Ofen gebrütet. Zu gern hätte sie gewusst, was in ihm vorging. Aber ihre zaghaften Versuche zu reden hatte er mit einem stummen Kopfschütteln abgeblockt. Nicht unfreundlich, aber bestimmt.

Goldglanz spürte Pias Unruhe und machte sich fest. Anstatt wie am Vormittag erwartungsfroh vorwärtszupreschen, kamen sie nun fast gar nicht voran.

„Vielleicht geht es ihm wieder schlechter und das bisschen Training war bereits zu viel für ihn“, sagte Helge auf einmal. „So wie der schleicht!“
Aber Pia wusste inzwischen, dass Goldglanz körperlich nie etwas gefehlt hatte. Trotzdem ging es ihm nicht gut.
Pia spürte, wie sich Tränen in ihren Augenwinkeln sammelten. Sie hatte ihr Seelenpferd enttäuscht. Genau wie sie früher oder später auch Helge enttäuschen würde.
Goldglanz hatte ihr im Watt helfen wollen. Er hatte ihr den Weg zeigen wollen! Und was hatte sie getan? Sie hatte sie beide beinahe in den sicheren Tod geführt! Kein Wunder, dass Goldglanz ihr nicht mehr vertraute. Genauso wenig wie Helge.
Doch am allermeisten war Pia von sich selbst enttäuscht.
Sie ließ Goldglanz’ Zügel lang und ihr Pferd in Ruhe. Ab und zu musterte sie Helge aus dem Augenwinkel. Aber er schien noch immer in Gedanken versunken, während sie das lange Stück Sandstrand hinter sich brachten.
In der Ferne kamen die ersten Häuser in Sicht, ebenso wie eine Ansammlung weißer Zelte. Pia richtete sich auf.
Helge räusperte sich. „Dort findet am Sonntag das Championat statt.“
Pia nickte, froh, dass er wenigstens wieder mit ihr sprach.

„Ihr werdet das schon machen“, sagte er weiter. „Du und Goldglanz.“ Er kam näher an sie herangeritten. „Das ist deine Chance. Wenn du ihn wirklich behalten willst, musst du übermorgen alles geben.“
Pia sah ihn an und nickte. „Ich werde ihn nicht hängen lassen“, sagte sie leise. „Nicht noch einmal. Niemals wieder. Ich verspreche es.“
Helge kniff die Lippen zusammen, sagte aber nichts mehr.
„Du, Helge ...“, begann Pia vorsichtig. „Ich weiß, es ist gerade ein ziemlich schlechter Zeitpunkt, dich um etwas zu bitten, aber ...“
„Allerdings“, unterbrach er sie schroff.
Pia ließ sich nicht beirren. „Begleitest du mich heute Abend zum Stallfest? Robbie hat mich eingeladen.“
Helges Miene verfinsterte sich. „Robbie Heinemann? Was hast du denn mit dem zu schaffen? Ich dachte, du kannst ihn nicht ausstehen.“
„Kann ich ja auch nicht“, improvisierte Pia. „Aber vielleicht weiß er was über den Typ, der in den Dünen kampiert. Immerhin haben wir in seinem Wohnwagen Fotos von Robbies Vater gefunden und außerdem ...“ Pia nahm all ihren Mut zusammen. „Und außerdem würde ich mich besser fühlen, wenn du dabei wärst.“

Statt einer Antwort schnaubte Helge verächtlich und lenkte seine Stute vom Strand in die Dünen hinein.
Ohne ein weiteres Wort erreichten sie den Stall, wo Nele schon auf sie wartete. „Hey, schon mal was von Handys gehört?“, rief sie ihnen zu. Sie hatte die Hände in die Hüften gestemmt und funkelte sie böse an. „Wir haben uns Sorgen gemacht!“
Stöhnend rutschte Pia von Goldglanz' Rücken.
„Wir wurden vom Gewitter überrascht und haben uns untergestellt“, sagte Helge, während er Poetin an den Mädchen vorbei in den Stall führte. „Wir haben für Sonntag geübt.“
Nele sah Pia fragend an. „Was ist am Sonntag? Hab ich was verpasst?“
Pia seufzte. „Ja, Goldglanz und ich werden beim Championat mitreiten“, berichtete sie und führte Goldglanz in die Waschbox. Er hatte sich die Dusche redlich verdient. „Ich werde ihn noch schnell abspritzen, damit er wieder schön sauber ist. Äh ... Nele?“ Pia drehte sich um.
Nele war wie angewurzelt in der Tür stehen geblieben.
„Was ist, kommst du?“, fragte Pia.
„Du kannst da nicht mitreiten!“, platzte Nele hervor.
„Wieso ...“

„Weil es gefährlich ist! Hast du nicht davon gehört? Beim letzten Mal ist eine junge Frau ums Leben gekommen. Darum hat das Championat auch seit über zehn Jahren nicht mehr stattgefunden."

„Aber das war ein Unfall", wandte Pia ein.

Nele schnaubte und nahm Goldglanz die Trense ab. „Ja, das sagt man, aber ich habe was anderes gehört."

Pia runzelte die Stirn. Sie erinnerte sich an das Foto aus den Kisten im Wohnwagen, das mit dem verletzten Pferd und dem Krankenwagen. „Wo hast du das denn aufgeschnappt?", fragte sie, während sie das warme Wasser langsam über Goldglanz' salzverkrustete Flanken laufen ließ.

Nele zuckte die Achseln. „Na im Ort. Die Leute reden gerade über nichts anderes. Die meisten finden es nicht gut, dass das Insel-Championat wieder stattfinden soll."

„Aber ist es nicht normal, dass bei solchen Turnieren ab und zu etwas passiert?", fragte Pia.

„Ja, schon, aber trotzdem! Du solltest dich nicht in so eine Gefahr begeben!", erwiderte Nele wütend. „Ein Unfall pro Woche reicht ja wohl!"

„Aber wenn ich nicht reite und gut abschneide, wird Goldglanz verkauft", sagte Pia.

Sie ignorierte Neles bekümmerten Gesichtsausdruck, griff nach Goldglanz' Strick und führte ihn in seine Box zurück. Dort kippte sie ihm noch eine extragroße Schaufel Müsli in den Trog und machte sich dann auf den Weg zurück zum Haus.

In ihrem Zimmer angekommen, ließ sich Pia aufs Bett fallen. Wie gern hätte sie jetzt einfach die Decke über den Kopf gezogen und bis zum nächsten Morgen durchgeschlafen. Aber das würde sie nicht tun. Das konnte sie nicht. Zuerst musste sie zu dieser Party, um mit Robbie zu sprechen. Also schleppte sie sich erst in die Dusche und dann in Maries gigantisches Ankleidezimmer. Rechts neben dem kleinen Fensterchen hingen die Kleider, links davon gab es mehrere Regale mit Hosen und Oberteilen.

Auch wenn Pia sich nicht viel aus Klamotten machte – auf eine Katastrophe wie am Vorabend hatte sie keine Lust. Diesmal wollte sie im richtigen Outfit aufkreuzen. Es konnte also nichts schaden, Maries Garderobe etwas ausführlicher unter die Lupe zu nehmen.

Sie lief hinüber zu den Sommerkleidern und griff nach einem bunt gemusterten mit hellen Stickereien. Vorsichtig berührte sie das teure Material. Nein, das war absolut kein Outfit für eine Stallparty. Also hängte sie es zurück und strich mit den Fingern über die lange Reihe von Kleidern. Ganz am Ende stieß sie auf ein schlichtes kurzes Trägerkleid in Hellblau.

Pia lächelte. Ja, das würde gehen.

Im Schuhregal fand sie passende Sandalen – ebenfalls in Blau, aber mit Glitzersteinen. Sie schlüpfte in das Kleid und die Schuhe und besah sich zufrieden im Spiegel. Die Haare würde sie offen tragen. Kurz überlegte sie, Maries Glätteisen zu benutzen, entschied sich dann aber dagegen. Ihre Locken erinnerten sie daran, dass sie nicht Marie, sondern Pia war. Und inzwischen fand sie das gar nicht mehr so schlimm.

Sie drehte sich zur Tür. Jetzt kam der schwierige Teil: Helge doch noch davon zu überzeugen, sie zu begleiten.

„Du schaffst das, Pia! Sei kein Frosch!", redete sie sich selbst laut zu. „Du hast gerade deinen ersten richtigen Geländeritt hinter dir. Wie schwer kann es da schon sein, Helge von Elstenbühl dazu zu überreden, mit dir auf diese Party zu gehen?"

In diesem Moment klopfte es und Pia zuckte zusammen.

„Ja?", rief sie und wäre am liebsten im Boden versunken. Hatte Helge sie womöglich sprechen gehört?

Er öffnete die Tür und spähte ins Zimmer hinein.

„Hi“, sagte er und klang verlegen. „Ich ... ich wollte mich entschuldigen, wegen vorhin. Vielleicht waren meine Schlüsse vorschnell und ... und ich wollte dich fragen, ob du ... ähm ... ob wir ...“ Er holte Luft. „... zusammen auf die Party gehen?“

„Mir tut es auch leid!“, platzte Pia heraus. „Ich will nicht, dass du denkst, ich würde dich nur ausnutzen! Weil das überhaupt nicht stimmt. Weil ich dich doch ... mag“, beendete sie lahm. Das war die Untertreibung des Jahrhunderts! Aber für noch mehr Wahrheiten fehlte ihr der Mut.

Helge lächelte schief. „Ist das also ein *Ja?*“

Pia strahlte zurück. „Ja.“

28

IN DER GARAGE ÖFFNETE HELGE erst das Verdeck des Sportwagens und anschließend die Tür für Pia.

„Weißt du, was?", rief sie und fühlte sich so frei wie selten. „An Ausflüge mit dir könnte ich mich gewöhnen!"

Einen Moment sah Helge sie verwundert an. Dann prustete er los. „Natürlich könntest du das!" Lachend sprang er über die Tür hinein auf den Fahrersitz.

Helge trug ausgewaschene Jeans und dazu ein weißes Shirt. Mit seiner braunen Haut und dem blonden Haar sah er heute Abend eher wie ein Surferboy aus als wie ein Reiter.

Er startete den Motor und sie brausten los. Pia legte den Arm auf die Tür, schloss die Augen und ließ sich die Abendsonne ins Gesicht scheinen. In diesem Augenblick schien ihre Heimat in Frankfurt so weit weg wie noch nie. Fast kam es ihr so vor, als gehörte sie hierher. Fast.

„Ich habe mir überlegt, vielleicht sollten wir gemeinsam mit Robbie sprechen …", schlug Helge plötzlich vor.
Pia öffnete ein Auge und sah ihn argwöhnisch an. „Weshalb denn?"
„Ich dachte, du willst am Sonntag starten?", sagte er, ohne den Blick von der Straße abzuwenden.
Oh! Natürlich! Pia hätte sich ohrfeigen können. Er sprach vom Championat. Aber hatte er nicht gesagt, der alte Heinemann sei für die Organisation zuständig?
„Wäre es dann aber nicht besser, wenn du mit Robbies Vater sprichst?", gab sie zu bedenken.
„Ich will erst wissen, ob die Strecke sicher ist. Da vertrau ich eher auf die Auskunft von Robbie", erwiderte Helge.
„Oh", machte Pia nur, als seine Worte zu ihr durchsickerten. Dann richtete sie sich im Sitz auf. „Aber ich will auf jeden Fall starten! Es ist mir egal, was damals passiert ist! Ich werde nicht zulassen, dass Goldglanz verkauft wird. Eher würde ich … eher würde ich …" Ja, was eigentlich?
Er runzelte die Stirn. „Das ist kein Spaß, Marie. Eine junge Frau ist damals ums Leben gekommen, und ich traue diesem Rainer kein Stück über den Weg. Abgesehen davon ist die Strecke schon bei vernünftigen Bedingungen eine echte Herausforderung."

„Ich weiß“, gab Pia kleinlaut zu. Allein bei dem Gedanken an den Start am Sonntag brach ihr der Schweiß aus und ihr Herz schlug Saltos. Doch zu ihrer eigenen Überraschung war Pia das Salto schlagende Herz nicht wirklich unangenehm …

„Mein Entschluss steht fest. Ich werde reiten“, sagte sie und hoffte, dass ihre Stimme so klang, als würde sie keine Widerrede dulden. „Du brauchst also nicht mit Robbie zu sprechen. Das schaffe ich schon allein.“

Helge fuhr so zackig um die Kurve, dass Pia zur Seite geschleudert wurde. Erschrocken sah sie ihn an. Was war denn nun wieder los?

„Und was genau willst du von ihm?“, fragte er hitzig, die Hände fest ums Lenkrad geschlungen.

Warum wurmte es ihn denn so, dass sie allein mit Robbie reden wollte? Sein brüderlicher Beschützerinstinkt? Sie wurde einfach nicht schlau aus Helge.

Also zuckte Pia die Achseln. „Ich möchte rauskriegen, was er über den Typ im Wohnwagen weiß und über den Brand damals.“ Das war natürlich nur die halbe Wahrheit, und Helge schien das genau zu spüren, denn er starrte immer noch düster vor sich hin.

Mit überhöhtem Tempo steuerte er den Wagen auf eine

Wiese, die als Besucherparkplatz diente. Der tiefergelegte Sportwagen holperte und ächzte. Doch Helge fuhr nicht langsamer. Zielgenau schoss er in eine freie Parklücke, trat voll auf die Bremse und würgte den Motor ab.

„Wir sind da“, sagte er knapp.

Pia wollte die Stimmung retten und berührte Helge vorsichtig am Arm, doch der schüttelte ihre Hand unwirsch ab.

„Was ist denn los?“, fragte Pia zaghaft. „Eben warst du noch so gut gelaunt und jetzt ...“ Verzweifelt suchte sie seinen Blick.

Er wischte sich mit dem Handrücken über die Stirn. „Ich verstehe dich einfach nicht Marie.“ Plötzlich wirkte er vollkommen durcheinander. „Wenn das wieder eines deiner Spielchen ist, dann lass es einfach. Ich ertrage das nicht mehr. Und seit dieser Woche ...“ Er verstummte und starrte geradeaus.

Pia ging es genau wie Helge. Sein Verhalten verwirrte sie. *Er* verwirrte sie. Warum war er denn plötzlich so gereizt? Heute Nachmittag im Leuchtturm, als sie versucht hatte ... Pia verlor den Gedanken. Auf einmal fiel es ihr schwer, sich zu konzentrieren. Helges Nähe machte sie nervös.

Plötzlich sah er sie an. So intensiv, dass Pia mit einem

Schlag alles vergaß. Sie musste etwas sagen. Doch sie brachte kein Wort heraus.

Und da geschah es. Helge fluchte leise, beugte er sich vor und küsste sie. Einfach so. Mitten auf den Mund.

Pia erstarrte und schloss die Augen. Hinter ihren Lidern explodierten die goldenen Lichter wie ein Feuerwerk aus Glück. Dann stand die Welt plötzlich still, und das Einzige, was Pia spürte, waren Helges Lippen auf ihren.

Doch der Kuss war vorbei, ehe sie wusste, wie ihr geschah.

Helge riss die Tür auf und sprang aus dem Wagen.

Schlagartig drehte die Welt sich weiter. Alles drehte sich.

Irgendwo hinter Pia dröhnte ein lauter Bass. Ein Pferd wieherte, es roch nach Salz, Fisch, Meer und Heu.

Es war kalt. Wind blies ihr ins Gesicht und riss sie aus ihrer Starre.

„Helge?", flüsterte sie.

Er war fort.

Unendlich langsam berührte Pia ihre Lippen, genau da, wo er sie vor einer Sekunde noch geküsst hatte. Oder hatte sie das nur geträumt? Wo war er hin? Und warum war er weg?

Wie benommen schnallte sich Pia ab und stieg aus dem Wagen. Ihre Knie waren weich wie Gummi. Wankend lief sie auf das Zelt zu, aus dem der Bass dröhnte.

Wo war Helge hin? Was war hier gerade passiert?
Pia schüttelte sich. *Er hat dich geküsst, das ist passiert!*
Sie atmete tief durch. Jetzt bloß nicht durchdrehen!
Oder vielleicht doch.
Helge! Er hatte sie geküsst! Einfach so! Pia hätte schreien können vor Glück.
Doch auf einmal kam ihr ein beunruhigender Gedanke: Hatte sie vielleicht etwas falsch gemacht? War er deshalb fortgelaufen?
Während sie auf das beleuchtete Festzelt zutaumelte, spulte sie das Geschehene noch einmal in ihrem Kopf ab: Helge hatte geflucht, sich vorgebeugt und sie geküsst. Auf den Mund. Und sie ... Da fiel es ihr wie Schuppen von den Augen. Sie hatte seinen Kuss nicht erwidert! Sie hatte überhaupt nichts getan! Sie hatte einfach nur dagesessen wie ein Stockfisch!
Pia war so in Gedanken versunken, dass sie stolperte und um ein Haar der Länge nach in den Sand geknallt wäre, wenn sie nicht plötzlich jemand am Arm gepackt hätte.
„Pia!“, zischte ihr eine vertraute Stimme ins Ohr und zog sie aus dem Schein der Lampen ins Dunkle.

29

PIA WIRBELTE HERUM und starrte ihren Retter verwirrt an. Sie brauchte einen Moment, um zu erkennen, wer da tatsächlich vor ihr stand und sie noch immer am Arm festhielt. „Robbie?“, quiekte sie heiser.

„Was rennst du hier durch die Gegend wie ein kopfloses Huhn?“, zischte Robbie. „Hast du vergessen, wer du gerade bist? Versuch wenigstens so zu tun, als wärst du Marie von Elstenbühl!“

„Hast du Helge gesehen?“, platzte Pia dazwischen und blickte sich suchend um. Sie musste Helge finden und … und …

„Davon abgesehen gibt es eine Planänderung!“ Robbie zwang sie, ihn anzusehen. „Du musst sofort von hier verschwinden!“

„Wieso das denn? Du wolltest doch, dass ich komme!“

„Ja, aber das war, bevor ich wusste, dass deine Klasse hier

auftaucht! Anscheinend hat mein trotteliger Vater sie eingeladen. Niemand darf dich sehen, sonst fliegt der ganze Schwindel auf!"
„Aber ich bin mit Helge hergefa..."
„Dann lass dir was einfallen!", unterbrach Robbie sie barsch. „Marie schafft es schließlich auch immer, dass ihr feiner Herr Bruder nach ihrer Pfeife tanzt!"
Pia riss sich los und stürmte zurück auf den beleuchteten Weg. „Okay, okay ... Aber vorher muss ich noch kurz was Wichtiges klären!"
Pia hörte Robbie hinter sich fluchen und hastete weiter. Brennende Fackeln erleuchteten den Weg zu beiden Seiten. Zwei Mädchen kamen Pia lachend entgegen, beide mit einem Plastikbecher in der Hand.
Pia wurde langsamer und blieb dann stehen. Obwohl es ein lauer Sommerabend war, fröstelte sie. Was, wenn sie versehentlich einem ihrer Klassenkameraden über den Weg lief? Oder Marie?
Egal, sie musste mit Helge reden. Und zwar sofort. Denn wenn sie nicht alles täuschte, war er sauer oder noch schlimmer: gekränkt!
Pia schlich an der Zeltwand entlang und spähte ins Festzelt hinein. In der Nähe des Eingangs saßen ein paar Jugend-

liche auf Strohballen. Pia erkannte Helene und Zoe und zuckte zusammen. Ihre Mitschülerinnen unterhielten sich mit ein paar ziemlich aufgestylten Mädchen, die Pia nicht kannte. Und dann sah sie ihn: Helge! Er stand vor einer Bar und hatte einen Geldschein in der Hand. Offenbar wollte er etwas zu trinken holen. Während er wartete, unterhielt er sich mit einem hochgewachsenen Mann. Auch wenn der Mann mit dem Rücken zu Pia stand, so war sie sich doch sicher, dass es der alte Heinemann sein musste. Seine übertrieben lässige Haltung verriet ihn.

Pia schaute zurück zu der Mädchengruppe auf den Strohballen. Warum war es ihr nicht gleich aufgefallen? Ihre schmachtenden Blicke? Das überdrehte Gekicher?

Pia seufzte. Natürlich war sie nicht die Einzige, die ein Auge auf Helge geworfen hatte! Doch da ausgerechnet die zwei Klassenzicken Helene und Zoe ihn ins Visier genommen hatten, konnte Pia jetzt unmöglich ins Zelt hineinspazieren und sich zu ihm an die Bar stellen. Sie musste warten, um Helge irgendwo allein abzupassen.

„Du bist ja immer noch hier!"

Pia kreischte erschrocken auf. „Robbie! Du schon wieder! Warum schleichst du dich …"

„Oh, wie ich sehe, beherrschst du Maries Rolle ja doch ganz

gut. Sieht schon total echt aus, dieser böse Blick“, stichelte Robbie grinsend. „Und das Outfit übrigens auch. Hammer siehst du aus!“

Pia schnaubte, versuchte aber trotzdem etwas netter zu schauen. „Wo wir schon dabei sind – wo ist Marie?“

Robbies Miene verdüsterte sich. „Sie ist nicht hier“, erklärte er knapp.

„Wieso, wo ...“

„Ist jetzt nicht so wichtig.“

Auf einmal spürte Pia, dass Robbie genauso nervös war wie sie selbst, und in diesem Moment fiel ihr wieder ein, was sie ihn so dringend hatte fragen wollen.

Pia versuchte sich zu sammeln. Der Mann im Regenmantel. Der abgebrannte Glänzehof im Wald. Goldglanz' Unfall. Sie brauchte Antworten. Darum war sie hier.

Während sie Helge weiter im Blick behielt, begann sie zu erzählen. „Ich glaube, ich werde verfolgt. Von einem Mann im Regenmantel. Er wohnt in der Nähe von hier, in einem Wohnwagen. Dort habe ich alte Bilder gefunden, auch von deinem Vater. Ich glaube, der Mann im Regenmantel ist der Grund für unseren Unfall, der Grund, weshalb Goldglanz an dem Morgen durchgegangen ist. Und ich glaube, dass der Kerl auch den Glänzehof angezündet hat ...“

„Woah!“ Robbie hob abwehrend die Hände. „Jetzt mal langsam. Was hat mein Vater mit all dem zu tun?“

Pia hielt inne. Ja, genau. Das war die nächste Frage. Was hatte der alte Heinemann mit all dem zu tun?

„Ich weiß es nicht, aber es muss eine Verbindung geben. Er und der schwarze Hengst mit dem Blätterkranz ...“

Plötzlich packte Robbie sie unsanft an den Schultern. „Was weißt du über den Hengst?“, flüsterte er und sah sich dabei verstohlen um.

Erschrocken wich Pia zurück. „Ich ... gar nichts! Er war auf den Fotos drauf, die ich gefunden habe ...“

Robbie blickte finster drein und gab sie frei. „Du hast recht.“ Er ließ die Schultern sacken. „Ich befürchte ehrlich gesagt, mein alter Herr hat tatsächlich mehr Dreck am Stecken, als wir alle vermuten.“

„Was meinst du damit? Was soll das heißen?“

Seufzend strich er sich übers stoppelige Kinn. „Ich war damals noch ein Kind, aber soweit ich mich erinnern kann, wurde mein Vater mehrere Monate von der Polizei vernommen. Er stand ebenfalls unter Verdacht, etwas mit dem Brand zu tun gehabt zu haben“, gestand Robbie zerknirscht. „Letztendlich gab es aber keine Beweise.“

Pia nickte langsam und sah hinüber zum alten Heinemann.

Er stand noch immer an der Bar und unterhielt sich mit Helge. Auf einmal hatte sie das dringende Bedürfnis, Helge von ihm wegzuholen. Von dem Kerl bekam sie Gänsehaut! Doch sie zwang sich zu sagen: „Könnten wir nicht einfach mit deinem Vater darüber reden? Vielleicht …"
„Nein!", unterbrach Robbie sie grob. Dann fügte er etwas ruhiger hinzu: „Er ist sowieso gerade viel zu beschäftigt mit dem Insel-Championat. Er erhofft sich davon die Lösung für all unsere Probleme", erklärte er bitter.
Pia schluckte schwer. Wenn es doch bloß auch eine Lösung für all *ihre* Probleme geben würde!
Robbie musste ihr die Verzweiflung ansehen. Denn plötzlich sagte er mit einer Stimme, die keinen Platz für Widerspruch zuließ: „Warte kurz hier draußen. Ich hol dir was zu trinken. Du siehst wirklich aus, als könntest du es vertragen."
Während Robbie Richtung Bar lief, beobachtete Pia das Geschehen vom Eingang aus. Der alte Heinemann war gegangen, und Helge steuerte nun direkt auf die schmachtenden Mädchen auf den Strohballen zu. Er begrüßte sie mit einer lässigen Handbewegung, als wären sie alte Bekannte. Allerdings konnte Pia nicht verstehen, was er sagte. Dafür war die Musik viel zu laut.

Jetzt wurde sie nervös. Das würde Helene gefallen! Helge musste total ihr Typ sein. Schön, reich und obendrein noch ein begnadeter Reiter.

„Ich bin definitiv für einen Drink zu haben", murmelte Pia vor sich hin, als sie sah, wie sich Helge auf einem der Strohballen niederließ, direkt zwischen Helene und Zoe.

Pia schnaubte. Was wollte er denn da? Er kannte die Tanten doch nicht einmal!

Was Helene anging, hatte Pia richtig getippt: Gerade beugte sich die Stufenzicke mit einem verführerischen Augenaufschlag zu Helge vor. Helene musste etwas Lustiges gesagt haben, denn Helge warf lachend den Kopf in den Nacken. Dann entgegnete er irgendetwas und Helene rutschte noch etwas näher an ihn heran. Gleich säße sie auf seinem Schoß!

Pias Herz raste. Sie fühlte sich miserabel. Unglaublich schlecht. Warum war sie überhaupt hier? Weil sie einen schönen Abend mit Helge hatte verbringen wollen, fiel es ihr wieder ein. Doch leider amüsierte der sich gerade prächtig mit ihrer Erzfeindin. Und was war mit dem Kuss? Hatte dieser Kuss überhaupt nichts zu bedeuten gehabt?

Pia lehnte sich ein Stück weiter nach vorn. Wenn sie doch nur verstehen könnte, was gesprochen wurde!

„Hey, Pia! Heißes Outfit! Von Helene geliehen?“

Pia erstarrte zu Eis.

„Pia und Helene, die neuen BFF!“, hörte sie Luis grölen. Gelächter folgte.

Langsam drehte sie sich um. Tatsächlich, Luis stand ein paar Meter hinter ihr auf dem fackelbeschienenen Weg. Doch warum hatte er ihr den Rücken zugedreht, wenn er eben …

„Oh no!“ Pia schnappte nach Luft.

Da kam Marie!

30

BLITZARTIG WANDTE SICH PIA VOM EINGANG AB und tat so, als durchwühlte sie ihre Handtasche. „Los, haut ab!“, flüsterte sie.

Sie musste hier weg! Aber Luis und Johannes blockierten ihren Fluchtweg.

„So ein verdammter ...“

„Versteck dich! Ich kümmere mich darum“, raunte ihr auf einmal Robbie ins Ohr und drückte ihr ein kaltes Glas in die Hand, so schwungvoll, dass es überschwappte. Pia warf noch einen verstohlenen Blick über die Schulter. Ihr Puls raste. Wenn Marie sie jetzt sah, war alles aus! Wie hatte sie nur so dumm sein können herzukommen? Der Abend entwickelte sich zunehmend zu einer Katastrophe.

„Hey, Pia!“, rief Robbie. „Hey, Leute! Lasst uns reingehen! Die Party steigt drinnen, nicht hier draußen.“

Pia hörte, wie die Truppe hinter ihr fröhlich schwatzend

ins Zelt ging, und zwang sich, ruhiger zu atmen. Dann setzte sie das riesige Glas, das Robbie ihr gebracht hatte, an die Lippen und trank einen großen Schluck.
„Bäh!“ Pia würgte. „Widerlich!“ Das war Bier! Pia hasste Bier!
Pia schlich zurück zum Zelteingang und fühlte, wie sich ihre Kehle zuschnürte. Erst sah sie, wie Robbie mit Marie tuschelnd durch einen Seitenausgang wieder nach draußen verschwand, doch ihr blieb keine Zeit, sich darüber zu wundern, denn dann sah sie Helene. Auf Helges Schoß!
„Geht's noch?“, zischte Pia wütend und nippte am Glas. Was dachte Helge sich dabei? Erst küsste er sie oder Marie oder egal, wie auch immer … und dann nahm er ausgerechnet Helene auf den Schoß?
So hätte sie ihn nicht eingeschätzt. Er war so nett zu ihr gewesen!
Pia spürte, wie Selbstmitleid von ihr Besitz ergriff. Sie hasste Selbstmitleid! Wütend trank sie noch einen großen Schluck aus dem Bierkrug, dann stellte sie ihn einfach in den Sand und lief los.
„Oh, verdammt!“ Ihre Beine wollten ihr plötzlich nicht mehr gehorchen. Sie wankte. Zu spät kam ihr in den Sinn, dass der Alkohol sich wohl eher schlecht mit ihren Kopf-

schmerztabletten vertrug. Aber reichten da schon ein paar Schlucke Bier?
Wie auch immer. Sie würde jetzt gehen! Allein. Zurück zum Gut. Egal ob Helge noch blieb oder nicht, sie würde zu Fuß nach Hause gehen.
„Du kannst mich mal, Helge von Elstenbühl!“, fluchte sie leise.
Na, prima, jetzt führte sie auch schon Selbstgespräche!
Ein wenig wackelig auf den Beinen lief sie zurück Richtung Parkplatzwiese, als sie in der Ferne zwei Jugendliche sah. Wahrscheinlich kamen sie vom Strand. Da erkannte Pia, dass es Marven und Melina waren. Keuchend duckte sie sich hinter einen Jeep. Die beiden kamen genau in ihre Richtung. Melinas Stimme wehte zu Pia herüber. „Hast du die beiden am Strand gesehen? Ich finde es mies von Robbie!“
Marvens Antwort konnte Pia nicht hören. Vielleicht hatte er auch gar nichts gesagt – wie immer.
„Er nutzt sie doch nur aus!“, hörte Pia Melina schimpfen.
Diesmal brummte Marven zumindest Zustimmung.
„Sie ist ’ne billige Arbeitskraft für ihn. Mehr nicht. Aber ich glaube, sie macht …“
Dann waren die beiden vorbeigelaufen und Pia konnte den Rest des Satzes nicht mehr verstehen.

Na großartig! Wie es sich anhörte, waren ihre Doppelgängerin und der junge Reitlehrer *das* Gesprächsthema!
Unschlüssig verharrte Pia hinter dem Wagen. Sie fühlte sich so allein wie schon lange nicht mehr. Helge, der ihr Herz höherschlagen ließ, hatte sie heute Abend eiskalt abserviert. Oder wie sollte man das nennen, wenn der Junge, von dem man soeben seinen ersten Kuss bekommen hatte, fünf Minuten später mit einem anderen Mädchen flirtete? Und Robbie? Der verfolgte offenbar seine ganz eigenen Ziele, auch wenn Pia noch immer nicht kapierte, welche das waren und warum er dafür ausgerechnet eine Marie brauchte, die ihr Gedächtnis verloren hatte.
Wem sollte sie jetzt noch trauen? Wozu sollte sie das ganze Schauspiel noch fortführen, wenn es ihr am Ende nicht das brachte, was sie sich so sehr erhofft hatte? Eine Familie, Freunde ... Und dass sie Goldglanz übermorgen zum Sieg reiten würde, damit er auf Gut Sturmbö bleiben konnte, war wahrscheinlich auch nur eine bekloppte Idee.
Was sollte sie also tun? Hier auf Helge warten? Aber was sollte sie ihm sagen? Die Wahrheit? Ja, so langsam war es Zeit für die Wahrheit! Sie war es leid, Marie zu sein! Sollten die Elstenbühls ihre Familienprobleme doch selbst lösen! Und Goldglanz? Sie würde Marie zeigen, dass er gar nicht

lahm war, und dann würde Marie ihn in Zukunft besser behandeln. Auch wenn es Pia beim Gedanken daran, nicht Teil dieser Zukunft zu sein, einen Stich ins Herz versetzte. Ja, sie würde jetzt zum Strand gehen, Marie und Robbie gegenübertreten und die ganze Sache auffliegen lassen.
Dass ihr Plan allerlei Löcher hatte, war ihr in dem Moment egal. Sie taumelte hinüber zum Schilf in Richtung Strand.
Pia stöhnte. Hinter ihren Schläfen pulsierte es. Sie konnte kaum noch klar denken.
„So ein Mist, Pia! Reiß dich zusammen!“ Ihr war hundeelend zumute. Nein, Alkohol und Tabletten vertrugen sich ganz und gar nicht.
Doch sie torkelte weiter. Das Schilf schnitt ihr in Arme und Beine, aber sie bemerkte es kaum und lief weiter in die Richtung, aus der Marven und Melina gekommen waren.
Als sie endlich die Dünen erreichte, war sie schweißgebadet und vollkommen erschöpft. Die letzten Meter kroch Pia mehr, als dass sie lief. Was ihr Glück war, denn somit wurde sie im entscheidenden Moment nicht gesehen.
Unweit von ihr tauchte auf einmal eine weitere Gestalt in den Dünen auf.
Helge! Und er war allein. Doch plötzlich machte er auf dem Absatz kehrt und rannte zurück zum Parkplatz.

„Helge?“, rief Pia. Aber ihre Stimme wurde vom Rauschen des Meeres übertönt.
„Mist! Helge?“, schrie Pia lauter. Doch vergebens. Helge rannte so schnell, dass er bereits nach wenigen Sekunden aus ihrem Blickfeld verschwunden war.
„Verdammt!“ Pia hätte sich ohrfeigen können. Warum hatte sie bloß das dämliche Bier angerührt!
Gerade als sie sich umdrehen und ihm nachlaufen wollte, sah sie das Pärchen am Strand. „Was zum ...“
Es war sehr dunkel und Pia erkannte nur schemenhaft Umrisse. Aber sie war sich sicher, dass es Marie und Robbie waren, die dort dicht beieinander am Strand standen. Sie wirkten unglaublich vertraut.
Pias Gedanken überschlugen sich. Robbie konnte Marie nicht ausstehen! Zumindest hatte Pia das nach dem Unglück am Strand und seinen wilden Flüchen die ganze Zeit angenommen. Hielten die beiden etwa Händchen? Pia konnte es nicht mit Sicherheit sagen.
Augenblicklich verwarf Pia ihre Pläne, die sie eben noch so hitzig geschmiedet hatte. Solange sie nicht wusste, was Robbie für ein Spiel spielte, würde sie sich nicht zu erkennen geben.
Immer noch wankend, trat Pia den Rückzug an. Trotz der

kühlen Meeresbrise schwitzte sie fürchterlich. Ihre Augen tränten, und sie fühlte, wie sich der Horizont zu drehen begann.

„Komm schon, Pia, nur noch ein kurzes Stück ...", murmelte sie und schleppte sich die letzten Meter bis zum Parkplatz. Dann stolperte sie und fiel der Länge nach ins Gras.

Verschwommen nahm sie wahr, wie sich jemand über sie beugte.

„Alte Gewohnheiten lassen sich schwer ablegen, stimmt's, Schwesterherz?" Helges Stimme schnitt durch den Nebel ihrer Gedanken wie Stahl.

Pia war auf einmal eisig kalt.

„Dass ich aber auch immer wieder darauf reinfalle ..."

Pia spürte, wie seine Hände unter ihre Schultern fassten und sie unsanft in die Höhe zogen. Sie stöhnte auf.

„Was ist los?", fragte sie schwach.

„Wie viel Bier hattest du?", erwiderte er kalt.

„Das war ein Versehen, ehrlich ... Ich wollte eigentlich gar nicht ..."

„Ja, klar. Und das mit Robbie war auch ein Versehen oder wie?", zischte er. „Ach, was rede ich eigentlich mit dir?" Helge fluchte und hob sie hoch. „Ich bringe dich jetzt nach Hause."

Pia kämpfte sich aus dem Nebel ihrer Gedanken heraus. Dies war ihre Chance. Sie musste es wiedergutmachen, ihm zeigen, dass sie seine Gefühle erwiderte ...

Sie umklammerte seinen Hals mit ihren Händen. Ihr Kopf fühlte sich auf einmal ganz leicht an. Sie musste kichern. Was hatte sie schon zu verlieren? Sie wandte ihm das Gesicht entgegen, ihre Lippen suchten seine und ...

„Hör auf!", fuhr Helge sie an.

„Aber ich ... der Kuss ... er war so ... Helge, ich ..." Sollte sie ihm sagen, dass sie noch nie jemanden geküsst hatte? Dass sie einfach nicht gewusst hatte, wie sie reagieren sollte? Dass sie nicht glauben konnte, dass jemand wie er sich für jemanden wie sie interessierte?

Flehend blickte sie ihn an. Er wirkte verwirrt, verletzt, zutiefst gekränkt ... Doch das spornte sie nur noch mehr an. Sie würde es ihm beweisen! Würde ihm zeigen, wie sehr sie ihn mochte ... Sofort überrollte sie eine Welle des Glückes. Er mochte sie auch! Er hatte sie geküsst. Helge von Elstenbühl mochte sie, Pia! Wieder musste sie kichern. Ein kleiner, immer noch funktionstüchtiger Teil ihres Gehirns schrie ihr entgegen, wie peinlich und lächerlich sie sich gerade benahm. Aber Pia war viel zu überdreht, um sich daran zu stören.

Noch einmal versuchte sie ihn zu küssen. Doch in diesem Moment ließ er sie fallen. Mit einem unsanften Plumps landete Pia auf dem Autositz – und zurück in der Wirklichkeit. Als sie das weiche Leder willkommen hieß, merkte sie mit einem Mal, wie unfassbar müde sie war. Pia hörte auf zu kichern und seufzte.

Das Letzte, was sie sah, war Helges Gesicht – seine Augen voller Wut. Oder war es Verachtung?

Erschöpft schloss Pia die Lider und ließ sich von der Schwärze dahinter davontragen.

31

ALS PIA AM NÄCHSTEN TAG ERWACHTE, merkte sie sofort, dass etwas nicht stimmte. Es war dunkel im Zimmer, aber sie war nicht allein.

Ruckartig setzte sie sich auf. „Was …" Pia sah einen Schatten durch den Raum huschen. Sie drehte den Kopf und kniff voller Schmerz die Augen zusammen.

„Sie ist jetzt wach …", flüsterte jemand. Pia kannte die Stimme.

Dann hörte sie durch das geöffnete Fenster ein Pferd wiehern. Leise, aber doch ganz in der Nähe.

Die Erinnerung brach so plötzlich über sie herein wie ein Gewitterregen nach einem sengend heißen Tag. Sofort schoss ihr die Schamesröte ins Gesicht. Was hatte sie getan!?

Die Tür zu Maries Zimmer wurde geöffnet und jemand betrat den Raum. Pia erkannte im Gegenlicht des Flures nur die Umrisse einer gedrungenen Gestalt. Mit bestimmtem Schritt lief sie zum Fenster und zog den Vorhang zur Seite. Pia keuchte erschrocken auf und hob die Hände vors Gesicht.

„Wer sind Sie?", flüsterte sie ängstlich. Ihre Kehle war staubtrocken. In ihrer Magengegend breitete sich ein flaues Gefühl aus. Sie fühlte sich elend. Körperlich und seelisch.

„Guten Morgen, Marie!", sagte der Mann freundlich. „Ich bin es, Dr. Jensen. Dein Bruder hat mich angerufen, nachdem es dir gestern Abend so schlecht ging."

Pia versteifte sich. War dieser Jensen Maries Hausarzt?

„So ein Mist …", fluchte Pia leise. Hätte sie bloß weitergeschlafen!

„Das kann man wohl sagen", antwortete der Hausarzt nüchtern. Er stand nun direkt neben Pias Bett und blickte auf die kleine Dose Schmerztabletten aus dem Krankenhaus, die auf dem Nachttisch stand. „Diese Tabletten und Alkohol. Keine gute Kombination." Er nahm die Dose und schüttelte sie. „Fast noch voll." Er klang erleichtert. „Wie viel hast du getrunken?"

„Ich wollte doch nur …"

„Wie viel?"

Pia schluckte und rang verzweifelt die Hände. Der Arzt gehörte wohl ebenfalls nicht zu Maries Fanclub. Gab es denn niemanden, der das Mädchen mochte?
„Hör zu, Marie. Ich bin dein Arzt und ich will dir helfen. Aber das kann ich nur, wenn du mir verrätst, wie viel du getrunken hast."
„Ich habe höchstens ein halbes Glas Bier getrunken."
„Verstehe ...", sagte der Arzt bedächtig und betrachtete das Döschen mit Tabletten. „Unter Umständen verträgst du dieses Medikament nicht." Als er das Etikett las, grub sich eine tiefe Furche in seine Stirn. „Hm, seltsam. Diesen Wirkstoff hast du sonst eigentlich immer gut vertragen." Er sah sie eindringlich an. „Bist du dir sicher, dass es nur ein halbes Bier war?"
Pias Gedanken rasten. Was sollte sie dem Arzt nun sagen? Wenn sie bei der Wahrheit blieb, würde er vielleicht irgendwelche Tests durchführen und merken, dass sie nicht Marie war. Und das durfte auf keinen Fall passieren! Nicht, bevor Pia mit Helge gesprochen hatte.
„Marie?" So langsam wurde der Arzt ungeduldig. Pia spürte es, obwohl er noch immer die Maske der Höflichkeit trug. Bestimmt wurde er von den von Elsenbühls gut bezahlt, schoss es ihr durch den Kopf.

„Sie haben recht. Es war mehr!“ Die Lüge kam ihr so mühelos über die Lippen, dass sie sich schämte. „Vielleicht waren sogar ein paar Shots dabei!“, fügte sie hinzu. Das sollte reichen. Jetzt musste er glauben, sie sei ein reiches Töchterchen auf Drogen.

Pia starrte vor sich hin, unfähig, den Arzt weiter anzusehen.

Von der Tür her hörte sie ein gehässiges Schnauben.

Pia fuhr herum. „Helge?!“ Hastig strampelte sie die Decke von den Beinen. Erst jetzt fiel ihr auf, dass sie noch immer die Kleider von gestern trug. Egal!

„Langsam, junge Dame!“, sagte Dr. Jensen nun streng. „Auch wenn dir offensichtlich nichts weiter fehlt außer gesundem Menschenverstand, solltest du vielleicht noch eine Weile deinen Rausch auskurieren, bevor du aufstehst.“ Er stellte sich ihr in den Weg und zog einen Zettel aus seiner Tasche. „Vitamin C, reichlich Wasser und erst einmal keine Schmerztabletten mehr bis heute Abend. Verstanden?“

Pia nickte ungeduldig. Würde er jetzt endlich gehen?

Der Arzt seufzte. „Ich werde es deinen Eltern sagen müssen, denn für verkaterte Teenager verlasse ich in der Regel nicht meine Praxis.“

Pia war klar: Nach dieser Vorstellung mochte dieser Dr.

Jensen Marie von Elstenbühl noch weniger leiden. Sie schloss die Augen und nickte. „Ja, ist gut."
Endlich packte er seine Sachen und wandte sich zum Gehen. „Gute Besserung, Marie", sagte er noch, dann verließ er das Zimmer und schloss langsam die Tür hinter sich.
Pia ging ins Bad und betrachtete sich im Spiegel. Am liebsten wäre sie rückwärts wieder rausgerannt. „Ach, du meine Güte!", entfuhr es ihr. Sie sah grauenvoll aus! Und sie brauchte dringend eine Dusche. Am besten eine Kalte! Zähneknirschend drehte sie das Wasser auf.
Nachdem sie sich gewaschen und umgezogen hatte, lief sie hinaus auf den Flur. Ihr Kopf pochte, aber sie ignorierte es. *Selbst schuld*, dachte sie sich. Sie hatte es verdient!
Obwohl es Nachmittag sein musste, war es schummrig im Haus. Pia warf einen Blick aus dem Fenster und sah den wolkenverhangenen Himmel. Das passte zu ihrer Stimmung!
Bedrückt schlich sie hinüber zu Helges Zimmer. Nun, da es endlich so weit war und sie mit ihm reden würde, hatte sie Angst. Was sollte sie sagen? Dass ihr der Kuss leidtat? Nein, falsch. Dass sie seither an nichts anderes denken konnte? Hm, auch falsch. Sie konnte seither nämlich überhaupt nicht mehr denken.

Pia blieb vor Helges Tür stehen, klopfte zögerlich und öffnete die Tür. Innerlich machte sie sich auf eine weitere Hasstirade gefasst. Zwar konnte sie sich auf den gestrigen Abend noch immer keinen Reim machen, aber sie hatte Helge auf jeden Fall belogen – mehr als einmal. Er musste einfach sauer sein.

„Marie?“ Helges Stimme war überraschend sanft.

Pia schluckte. War er doch nicht sauer? Sie fasste neuen Mut. „Helge, ich ...“

Er machte eine abwehrende Geste. „Schon klar. Ich hab’s kapiert. Du hattest ein paar Drinks zu viel.“ Sein Lächeln war strahlend, aber irgendwie auch künstlich.

Egal. Pia wollte ihm endlich erklären, was gestern mit ihr los war. „Helge, es tut mir leid. Der Kuss, er kam so überraschend und ich ... ich habe mich noch nie ... ich weiß nicht ...“

Er wartete und lächelte dabei noch immer sein steifes Lächeln.

Pia seufzte. „Mich hat noch nie ein Junge geküsst, und dass ausgerechnet du mich küsst ... Ich war so ... glücklich und überrumpelt ... Sagte ich das schon?“

Pia sah Helge an und wusste sofort, dass sie schon wieder einen Fehler gemacht hatte.

„Dein erster Kuss, soso …", sagte er spöttisch. Es war klar, dass er ihr kein Wort glaubte.
Aber für einen Rückzieher war es jetzt zu spät. Pia zitterte und rang nach Worten, unfähig, einen klaren Gedanken zu fassen. „Ich … ich glaube, ich habe mich in dich verliebt …", stotterte sie dann einfach drauflos. „… und … ich wusste einfach nicht, was ich tun sollte! Mein Herz hat so schnell gehämmert und ich …"
Pia sah auf. Sie gestand ihm gerade ziemlich peinlich ihre Gefühle. Und er sagte nichts. Warum nur? Doch sein Blick hatte auf einmal etwas Lauerndes, etwas Berechnendes. Oder bildete sie sich das nur ein?
Im nächsten Moment kam Helge grinsend auf sie zu. „Na, wenn das so ist!", flüsterte er ihr ins Ohr. „Ich habe euch gesehen, gestern am Strand." Seine Stimme klang gelassen, aber Pia fühlte seine Wut.
Und da fiel es ihr wie Schuppen von den Augen.
Robbie und Marie!
Helge hatte Marie mit Robbie am Strand gesehen, und jetzt dachte er, sie spielte ein doppeltes Spiel!
„Ich habe nichts mit Robbie!", rief Pia entsetzt. „Ich habe dich nicht belogen! Was du am Strand gesehen hast … es ist ganz anders, als du denkst …"

Helge lachte. Aber es war nichts Fröhliches daran. „Hältst du mich für bescheuert?“, schleuderte er ihr entgegen. „Ich hab genau gesehen, wie ihr euch geküsst habt! Ich hab doch schon immer gewusst, dass du insgeheim auf ihn stehst!“

Pia versuchte nachzudenken. Zeit zu gewinnen. Hatte sie noch irgendeine Chance, die Situation zu retten, ohne sich zu verraten? Ohne Helge zu sagen, wer sie wirklich war? Morgen war das Championat. Morgen musste sie siegen – für Goldglanz, und dafür würde sie alles tun. Selbst wenn es bedeutete, Helge zu verlieren. Das tat unendlich weh, aber sie würde die Zukunft ihres Seelenpferds nicht so einfach aufs Spiel setzen. Nicht für ein paar Schmetterlinge im Bauch. Nicht einmal für Helge!

Pia schluckte. „Na schön, ich gebe es zu ...“, flüsterte sie endlich. „Ich habe ihn geküsst.“

Das war eindeutig der Nagel in ihrem Sarg. Und sie wusste es. Ihre Augen brannten bereits verräterisch.

Einen Moment hielt Helge ihrem Blick stand, dann wandte er sich abrupt ab, schnappte sich seine Jacke und stürmte aus dem Zimmer.

„Wo willst du hin?“, rief Pia ihm nach. Ihre Stimme drohte zu kippen.

„Raus! Weg! Weg von dir und deinen Spielchen!“

Sie hörte ihn die Treppe hinunterpoltern, hörte, wie er die Haustür aufriss und hinter sich zuschlug. Die Stille, die sich anschließend über das Haus senkte, war vollkommen. Nach einer Weile spürte Pia, wie ihr die Tränen über die Wangen liefen.

32

PIA HOLTE ZITTERND LUFT. Auf ihrer Brust lastete ein Druck, von dem sie dachte, sie würde ihn niemals wieder spüren müssen. Früher, als sie noch klein gewesen war und ständig hin und her geschubst wurde, sich pausenlos allein und verlassen gefühlt hatte, ja, da war ihr dieses Gefühl nur allzu vertraut gewesen. Die bleischweren Arme, der dröhnende Kopf.

Sie brauchte frische Luft.

Wie benommen lief sie die Treppe hinunter ins Erdgeschoss, durchquerte die Eingangshalle, zog die Tür auf und trat nach draußen. Dann lief sie einfach drauflos. Sie wusste nicht einmal, wohin sie eigentlich lief, bis sie vor Goldglanz' Box angekommen war.

Der Hengst stand an seinem nun offenen Fenster und sah hinaus in die Landschaft. Als er Pia bemerkte, begrüßte er sie mit einem überschwänglichen Wiehern.

Ihre Mundwinkel zogen sich leicht nach oben. „Mein Schöner, wenn ich dich nicht hätte …“ Als sie das goldene Pferd ansah, spürte Pia, wie sich der Druck auf ihrer Brust ein wenig löste. Erleichtert seufzte sie auf. Sie öffnete die Boxentür und schlang dem Hengst ihre Arme um den mächtigen Hals. „Ich werde dich vermissen, du Goldstück!“, flüsterte sie in sein Fell.

Sie spürte, wie ihre Verzweiflung schon wieder in Wut umschlug. Vor allem in Wut auf sich selbst. „Was habe ich da nur für einen Schlamassel angerichtet?“, fragte sie ihr Pferd und strich ihm dabei sanft über die Nase. „Alles, was ich wollte, war dir zu helfen und vielleicht auch mal … nur ein einziges Mal …“ Pia verstummte. Plötzlich schien ihr alles, was sie in der letzten Woche getan hatte, furchtbar egoistisch. Klar, hatte sie es auch für Goldglanz getan, aber vor allem für sich selbst. Sie schniefte. Das musste aufhören. Sie musste alles wieder ins Lot bringen. Und anfangen würde sie bei diesem Robbie Heinemann! Sie würde ihm ein Ultimatum stellen. Ihm bis morgen Mittag Zeit geben, Marie selbst die Wahrheit zu sagen. Und wenn er es nicht tat, würde sie es tun. Irgendwie.

Sie ging aus der Box und holte Goldglanz’ Halfter. „Komm, mein Schöner, wir reiten aus.“

Pia führte Goldglanz zum Putzplatz und band ihn auf beiden Seiten an den dafür vorgesehenen silbern glänzenden Pfosten an. Einmal mehr dachte Pia, dass dieser Stall ein wahrer Palast für Pferde war.
Sie massierte Goldglanz ausgiebig das Fell, während sie sich ihre Worte für Robbie zurechtlegte. Dann legte sie die Bürsten zurück in den Schrank und zog dem Hengst die Trense über den Kopf. Sie brauchte eine Weile, bis sie alle Schnallen geschlossen hatte, aber immerhin gelang es ihr – nachdem sie Nele an den Tagen zuvor so genau dabei beobachtet hatte.
Beim Gedanken an Nele sah sich Pia verstohlen um. Sie war zwar froh, im Augenblick allein im Stall zu sein, allein mit ihrem Kummer und Goldglanz, doch ein wenig vermisste sie das quirlige Mädchen mit seiner fröhlichen, offenen Art. Ja, in einem anderen Leben wären sie vielleicht Freundinnen geworden.
Pia schluckte den Kloß in ihrem Hals hinunter und führte Goldglanz hinaus zur Mauer, von der sie aufsteigen wollte. Die Sonne stand schon tief hinter den Wolken überm Meer. Aber eine kleine Runde zur Reitschule würde sie schaffen, bevor es dunkel war.
„Hey, Marie!“

„Wooooaaa!" Pia geriet vor Schreck aus dem Gleichgewicht und rutschte auf der anderen Seite von Goldglanz' Rücken wieder herunter.
„Oh, sorry! Das tut mir leid! Alles klar?" Nele kam mit einem Pferd am Zügel hinter einem Busch hervor.
„Ja, alles gut. Du musst dich nicht immer entschuldigen. Ich bin einfach ein Tollpatsch." Pia lachte nervös. Was sollte sie denn jetzt tun? Sicher würde Nele wissen wollen, wo sie um diese Uhrzeit noch hinwollte.
„Ich will zur Reitschule", gab Pia dann einfach zu. Sie hatte es satt, ständig alle anzulügen. Außerdem war Nele immer so lieb zu ihr. Sicherlich konnte sie ihr vertrauen.
Nele lachte. „Okay, da bin ich aber beruhigt. Ich dachte schon, du wolltest mit Goldglanz durchbrennen."
Pia sah sie verwirrt an.
„Das war ein Scherz!", sagte Nele, doch dann wurde sie ernster. „Obwohl … jetzt, wo du so nett bist, würde ich dich echt vermissen, wenn du gehst." Nele sah verlegen auf ihre Turnschuhe. „Hm, macht nicht so viel Sinn, was ich da plappere, oder?"
Pia schluckte. „Doch, macht es. Total." Wie konnte es sein, dass Nele die Einzige war, die hier überhaupt etwas verstand?

Pias nächste Entscheidung war spontan. „Kommst du mit?“, fragte sie hoffnungsvoll. Denn irgendwie konnte sie eine Freundin heute Abend gut gebrauchen.
„Und ich dachte schon, du würdest nie fragen!“, erwiderte Nele strahlend.
Pia grinste. „Super! Du kannst aber ruhig mit Sattel reiten“, sagte sie und beäugte das große dunkelbraune Pferd, das Nele an der Trense neben sich hergeführt hatte.
Nele sprang auf die Mauer und von dort auf den Pferderücken. „Nee, lass mal, das wollte ich schon immer mal probieren“, verkündete sie und drückte dem großen Braunen die Fersen leicht in die Flanken. Sofort machte er einen Schritt nach vorn. „Uaaaa!“, quiekte Nele und griff nach der Mähne. „Das ist ja total schwer!“
Schwungvoll zog sich Pia auf Goldglanz’ Rücken und trabte an. „Ich finde es mit Sattel schwerer!“, rief sie und lenkte Goldglanz neben Neles Braunen.
Seite an Seite trabten sie den Feldweg entlang hinaus Richtung Meer. Die letzten Sonnenstrahlen des Tages brachten das Gras der Koppeln sanft zum Leuchten, und obwohl schon wieder ein ziemlich kühler Wind wehte, spürte Pia, wie der Sand unter Goldglanz’ Hufen noch die Restwärme des Tages verströmte.

„Okay, ich nehme an, du willst zum Championatsgelände und dir schon mal den Start anschauen?", mutmaßte Nele wild drauflos, während sie neben Pia Schlangenlinien ritt. „Dich mit der Strecke vertraut machen und so?"

„Nein, ich wollte mit Robbie sprechen", gestand Pia wahrheitsgemäß und konnte kaum glauben, wie gut sich das anfühlte. Endlich mal nicht lügen!

„Oh, läuft da etwa was zwischen euch? Ein paar der Pfleger haben ja schon geredet, aber irgendwie dachte ich immer ..."

„Nein, da läuft nichts zwischen uns!", rief Pia erschrocken. Nicht noch jemand, der fälschlicherweise dachte, sie hätte was mit Robbie!

„Okay ...?", sagte Nele neugierig. „Ich bin ganz Ohr!"

Wieder musste Pia lachen. Mit Nele war alles so einfach! „Eher zwischen Helge und mir ...", gab sie also zu. „Na ja, zumindest dachte ich das, aber dann ... lief einiges schief."

Nele nickte wissend. „Ja, ich weiß genau, was du meinst! Aus Jungs wird man einfach nicht schlau. Darum halte ich mich auch lieber an die Pferde", verkündete sie fröhlich und klopfte dem Braunen fest den Hals. „Die sind wenigstens ehrlich, weißt du?"

Das traf Pia wie ein Schlag. *Die sind wenigstens ehrlich.*

Ja, und sie war es nicht! Wenn Nele wüsste, was für eine miese Verräterin neben ihr herritt und einen auf Freundschaft machte!
Plötzlich verschleierten frische Tränen Pias Sicht und sie geriet mal wieder ins Rutschen. Ruckartig zog sie am Zügel und blieb stehen.
Nele drehte sich um. „Hey, alles klar? Ist was mit Goldi?“
Doch da sah sie auch schon, dass Pia weinte. „So schlimm, das mit Helge?“
Ja!, hätte Pia am liebsten geschrien. Aber sie wusste, dass das nicht der Grund für ihren plötzlichen Gefühlsausbruch war. Es war die ganze Lügerei! Die machte sie fertig! Sie konnte nicht mehr.
„Nele, ich muss dir was sagen!“, schluchzte sie.
Nele wendete ihr Pferd und ritt ganz dicht an Pia heran. „Hey, ist schon gut. Es tut mir leid, wenn ich dich ...“
„Keine Entschuldigungen mehr, okay?“, platzte es aus Pia heraus. „Die habe ich nicht verdient!“ Ihre Schultern bebten. „Ich bin eine fiese Betrügerin, weißt du? Ich bin überhaupt nicht diese Marie! Ich sehe ihr nur leider verdammt ähnlich! Ich bin Pia!“ Pia verstummte.
Einen Moment lang sagte keiner etwas. Dann lachte Nele plötzlich los.

„Wusste ich's doch!", rief sie. „Du warst plötzlich so anders, so nett und ... lieb und überhaupt nicht mehr zickig, überheblich, gemein und hinterhältig ..."
„Hast du nicht gehört? Ich habe alle belogen!", fiel Pia ihr ins Wort und dann sprudelte die ganze Geschichte aus ihr heraus. „Ich lag zufällig im selben Krankenhaus wie Marie, irgendwie haben die da unsere Zimmer vertauscht oder so, und ich hab das eiskalt ausgenutzt und mich als Marie ausgegeben, weil die echte Marie wohl ihr Gedächtnis verloren hat und jetzt denkt, sie wäre ich." Pia holte kurz Luft und merkte, dass Nele sie mit großen Augen ansah. „Kannst du mir noch folgen?", fragte Pia unsicher.
„So halbwegs", erwiderte Nele grinsend.
„Ich habe Marie ... ihr Leben gestohlen!", redete sich Pia in Rage. „Ihr Zuhause, ihre Eltern, ihren Bruder, ihr Pferd! Und jetzt ist sie bei diesem Robbie gelandet, der wer weiß was für ein linkes Spiel mit ihr spielt und ich bin schuld!"
„Robbie weiß, dass das falsche Mädchen auf seinem Hof ist?", fragte Nele, zum ersten Mal ehrlich verblüfft.
„Ja. Er hat die ganze Sache sogar mit eingefädelt im Krankenhaus."
„Das ist echt eine megakrasse Story!", rief Nele. „Und ich versteh total, dass du so durch den Wind bist, aber ..." Pia

sah, wie Neles Gedanken ratterten. „Aber wie kann das sein, dass ihr euch so ähnlich seht? Seid ihr Zwillinge? Guter Zwilling, böser Zwilling oder so?"

Pia schniefte und lachte gleichzeitig. „Nein, mit Sicherheit nicht. Meine Mutter ist tot. Ich bin ..." Pia sah beschämt auf ihre Hände. „Ich bin Loser-Pia", flüsterte sie.

„Loser-Pia?", fragte Nele ungläubig. „Also wenn du ein Loser bist, dann wünschte ich, es gäbe ein paar mehr Loser auf dieser Welt! Mann, Pia! Hör auf, dich selber runterzumachen! Klar, die ganze Aktion ist schon ein bisschen durchgeknallt ... okay, sie ist *komplett* durchgeknallt, aber weißt du, was? Ich bin sehr froh, dass ich die falsche Marie kennenlernen durfte." Nele zwinkerte Pia spitzbübisch zu. Dann wurde sie wieder ernst. „Aber das heißt, Helge hat keinen blassen Schimmer, wer du wirklich bist?"

Pia schüttelte den Kopf.

„Okay, das ist schon ziemlich mies. Er ist echt ein netter Kerl. Wenn er und die tollen Pferde nicht wären, hätte ich schon vor Wochen gekündigt, weißt du? Marie ist echt unausstehlich!"

Pia sah auf. „Und was würdest du an meiner Stelle jetzt tun?", flüsterte sie.

„Na ja, die Nummer durchziehen. Goldglanz retten, indem

du ihn morgen zum Sieg reitest, und danach … reinen Tisch mit Helge machen. Er wird sauer sein. Aber ich glaube, wenn du ihm die ganze Wahrheit erzählst, wird er's am Ende vielleicht sogar verstehen", sagte Nele und ließ die Zügel fallen. Vollkommen unvermittelt beugte sie sich zu Pia herüber und nahm sie in den Arm. „Kopf hoch, jetzt bist du ja nicht mehr allein."

Pia war so überrascht, dass ihr gleich wieder die Tränen kamen. „Okay", schluchzte sie und löste sich aus Neles Umarmung. „Und du bist nicht wütend?"

„Ach, Quatsch! Im Gegenteil! Endlich mal was los hier!" Nele nahm die Zügel wieder auf, schnalzte mit der Zunge und ließ den Braunen antraben. „Auf geht's, nehmen wir Robbie ins Kreuzverhör!"

Pia grinste und ritt ihrer Freundin hinterher.

33

ALS DIE MÄDCHEN in der Strandreitschule ankamen, war es schon dunkel, und Pia war heilfroh darüber, dass sie nicht allein unterwegs war. Ein paar wenige Lampen erhellten die Anlage. Die großen Pfützen in der Reitbahn reflektierten das Licht.

Pia und Nele stiegen ab, führten die Pferde um den Reitplatz herum und stellten sie auf zwei kleine Sandpaddocks, versteckt hinter den Bäumen.

Dann huschten sie hinüber zum Stall.

Verstohlen spähte Pia durchs Fenster des Büros. Drinnen brannte eine Schreibtischlampe, doch sie konnte niemanden sehen, und außer dem gelegentlichen Schnauben eines Pferds und dem Zirpen der Grillen war nichts zu hören.

„Scheint keiner hier zu sein", raunte ihr Nele zu.

„Sicherlich sind alle unten am Strand", mutmaßte Pia.

„Und was tun wir, wenn uns Marie dort über den Weg läuft?", fragte Nele besorgt.

Ja, das war natürlich möglich.

„Das Risiko muss ich jetzt eingehen", sagte Pia. „Ich will unbedingt mit Robbie sprechen."

„Okay. Ich gehe vor. Dann kann ich dich rechtzeitig warnen, falls uns jemand entgegenkommt", sagte Nele eifrig und lief auch schon los. „Oh, warte, ich habe eine Idee."

Zu Pias Überraschung packte Nele Pias Hoodie und zog ihr die Kapuze über den Kopf. „Schon besser. So erkennt dich bei der Dunkelheit kein Mensch. Selbst Marie nicht."

Pia lächelte dankbar. „Hoffen wir's mal!"

Im Gänsemarsch marschierten sie durchs Schilf hinunter zum Strand. Schon von Weitem sahen die Mädchen den flackernden Lichtschein eines Lagerfeuers.

„Am besten, wir schauen dort mal nach!", rief Nele laut, um das Rauschen der Brandung zu übertönen. Pia nickte und schlang ihre Jacke enger um sich. Hier unten am Wasser war es gleich merklich kühler.

Sie umrundeten das große, verlassene Festzelt. Wo am Abend zuvor noch die Musik gedröhnt hatte, flatterten nun die weißen Zeltplanen geisterhaft im Abendwind.

Pia sah sich verstohlen um. Von wo würde sie morgen

wohl starten? In der Ferne meinte sie, die schemenhaften Umrisse eines Zaunes zu erkennen. Daneben hob sich deutlich die Silhouette einer Zuschauertribüne ab.

Pia ließ den Blick übers Meer gleiten. Warum war sie nicht schon vorher mal bei Nacht hierhergekommen? Überwältigt sog sie die Luft ein.

„Marie? Ähm, Pia? Alles klar?“, fragte Nele.

Pia lächelte. „Ja, es ist nur so wunderschön hier“, flüsterte sie und wurde wehmütig. Bald wäre alles vorbei ...

Pia legte den Kopf in den Nacken und sah hinauf in den Himmel. Überall glitzerte und funkelte es. „In Frankfurt gibt es nicht so viele Sterne.“

Der Sternenglanz spiegelte sich im Meerwasser, und jedes Mal wenn die Wellen ans Ufer klatschten und die Gischt spritzte, verteilten sich Hunderte von kleinen Glühpünktchen über den Sand.

Nele lachte und hakte sich bei Pia unter. „Was du nicht sagst! Ich glaube eher, dass man in der Stadt die Sterne einfach nur nicht sehen kann, weil es dort zu hell ist.“

Pia lächelte noch immer und konnte sich nur schwer vom bezaubernden Bild des Sternenmeeres losreißen. „Ja, das könnte auch sein.“ Sie streckte die Hand zum Himmel aus. „Zum Greifen nah“, flüsterte sie traurig.

Nele zog sie weiter. „Komm schon, für Trübsal ist keine Zeit. Carpe diem und so ..."

Pia musste lachen. „Okay, Boss!"

Als Pia Robbie bei einer Gruppe Leute am Feuer sitzen sah, blieb sie abrupt stehen.

„Da ist er! Und nun?"

„Warte hier!", antwortete Nele. „Ich hole ihn her." Und schon war sie weg.

Pia ging in Deckung. Zwar hatte sie ihre Doppelgängerin noch nicht erspäht, aber das hieß ja nicht, dass sie nicht trotzdem hier war.

Sie lief zu einem der Stallzelte und hockte sich hinter einen Strohballen. Von hier aus beobachtete sie, wie Nele der Gruppe am Lagerfeuer entgegenlief. Pia erkannte Helene und Zoe. Die restlichen Gestalten waren nicht mehr als Schattenrisse in der Dunkelheit.

Während Nele mit Robbie sprach, hörte Pia plötzlich ein seltsames Kratzen hinter sich im Zelt. Sie schreckte auf und starrte zur Zeltplane. Es klapperte.

Pia schnappte nach Luft. Das klang aber nicht nach einem Pferd!

Sie lauschte angestrengt. Ja, es hörte sich eher so an, als durchsuchte jemand das Zelt.

„Pst. Pia, bist du das?“, raunte Nele. Pia hatte sie gar nicht kommen sehen.
Die Geräusche im Zelt verstummten schlagartig. Wer auch immer da drin zugange war, wollte nicht gestört werden!
Pia sprang hinter dem Strohballen hervor. „Hier bin ich!“, sagte sie laut und sah, dass Robbie bei Nele war.
„Pia, was zum Teufel machst du hier schon wieder?“, zischte er. „Und hattest du mir nicht versprochen, niemandem etwas zu erzählen?“
Er spielte ganz klar auf Neles Mitwisserschaft an.
„Unsere Abmachung gilt nicht mehr!“, fuhr Pia ihn an. Durch Neles Anwesenheit fühlte sie sich mutiger. „Du verschweigst mir etwas!“
Auch wenn sie sein Gesicht nur schwer erkennen konnte, so meinte sie doch, den Anflug eines schlechten Gewissens darin zu sehen. Na schön, immerhin!
„Ich dachte, du kannst Marie nicht ausstehen!“, schleuderte Pia Robbie entgegen. Sie war jetzt so richtig in Rage. „Und dann knutschst du mit ihr am Strand rum? Ich hab euch gestern gesehen. Und Helge auch. Und jetzt denkt er, du und ich hätten ...“ Pia versagte die Stimme.
„Und was wäre daran so schlimm?“, fragte Robbie kalt. „Was kümmert dich denn Helge?“

„Das geht dich überhaupt nichts an!", fauchte Pia. „Du hast mich benutzt, um Marie rumzukriegen, und was weiß ich, was du sonst noch im Schilde führst ..."
„Wohooo! Jetzt aber mal ruhig mit den jungen Pferden!" Robbie hob beschwichtigend die Hände. „So war das nicht!"
„Sieht aber verdammt danach aus", mischte sich nun Nele ein.
„Was für eine miese Nummer!", zischte Pia. „Ein Mädchen anzubaggern, das sein Gedächtnis verloren hat."
„Du hast doch keine Ahnung!", verteidigte sich Robbie weiter.
„Ich mach da jedenfalls nicht mehr mit!", schrie Pia plötzlich, sodass sie fast selbst erschrak. Aber nur fast. „Morgen wirst du ihr die Wahrheit sagen! Was seit dem Unfall tatsächlich passiert ist! Und wenn du es nicht tust, werde ich es machen."
Robbie zog eine Augenbraue hoch. „Weißt du denn, was seit dem Unfall tatsächlich passiert ist?"
Pia hielt inne. Da war es wieder. Das Geräusch im Zelt.
„Was ist denn da drinnen los?", rief Nele und drehte sich zum Eingang.
Doch Pia war schneller. Durch ihren Zorn beflügelt, hech-

tete sie zu einem Schlitz zwischen den Planen, riss sie zur Seite und stürmte ins Zelt.

„Das gibt's doch nicht ...", sagte Pia tonlos.

Der Mann im Regenmantel rannte durch die Stallgasse.

Robbie kam hinter Pia hereingeschossen. „He! Stehen bleiben! Was haben Sie hier zu suchen?" Er drängte sich an Pia vorbei und nahm die Verfolgung auf.

Doch der Mann hatte Vorsprung und warf Robbie in den Weg, was er in die Hände bekam.

Robbie ließ sich jedoch nicht beirren. Trotz seines steifen Beines übersprang er einen Besen, hüpfte über eine Wassertonne und umrundete einen Sack Karotten.

Als der Mann im Regenmantel den Hinterausgang erreicht hatte, riss er an einem Ständer mit Abschwitzdecken. Der Ständer kippte, Robbie krachte mit Vollkaracho hinein und wurde unter einem Haufen Decken begraben.

Sofort waren Pia und Nele bei ihm. „Alles klar, Robbie?", rief Nele. „Warte, ich helf dir ..."

Pia sprang unterdessen über den Deckenberg und riss die Zeltplane am Hinterausgang zur Seite, doch sie konnte niemanden mehr sehen.

„Er ist weg!", fluchte sie, als Robbie und Nele aus dem Zelt gerannt kamen.

„Am besten wir teilen uns auf!“, entschied Robbie. „Ihr lauft hoch in Richtung Reitschule, das ist sicherer, und ich übernehme den Strand. Weit kann der Kerl ja nicht sein! Wer weiß, was der da drinnen gemacht hat. Sicher was geklaut!“ Robbie rannte los.

Nele und Pia sahen sich an. „War das etwa der ...“, begann Nele zu fragen.

Pia nickte. „Ja, das ist der Typ, der mir damals an meinem ersten Tag auf Gut Sturmbö begegnet ist. Aber das war nicht das einzige Mal, dass er mir aufgelauert hat.“

„Ist ja gruselig“, sagte Nele.

„Ich glaube, dass das der Kerl ist, der damals den alten Hof der von Elstenbühls angezündet hat.“

Während sie durchs Schilf rannten, erzählte Pia ihrer Freundin, was sie und Helge bisher herausgefunden hatten.

„Aber wieso geht ihr denn nicht zur Polizei?“, fragte Nele keuchend, als sie am Parkplatz der Reitschule angekommen waren.

„Was soll ich denen denn erzählen? Dass ich mich von einem Typ im Regenmantel verfolgt fühle? Die halten mich doch für bekloppt!“

Ein Schatten huschte über den Hof und auf die Bürotür zu. Die Mädchen zuckten zusammen.

„Oh Mann, das ist der Kerl, oder?“, raunte Nele aufgeregt. „Aber was will er denn im Büro?“

Pia griff nach Neles Hand und zog sie über den Parkplatz. „Das schauen wir uns an! Komm schon!“

So leise wie möglich huschten sie zum Büro hinüber, nachdem der Kerl darin verschwunden war.

Die letzten Meter sprinteten die Mädchen, dann duckten sie sich blitzschnell unters Fenster und drückten die Rücken gegen die Wand.

Nele keuchte. „Okay, und nun?“

Durch das gekippte Fenster hörten sie, wie jemand hektisch Papier durchwühlte. Irgendetwas fiel polternd zu Boden.

„Der gibt sich aber nicht so viel Mühe, leise zu sein …“, flüsterte Nele.

Plötzlich flog die Bürotür auf und der Mann kam mit einer abgewetzten Aktentasche unter dem Arm herausgerannt. „Was zum Teufel treibst du denn hier?“, brüllte er, als er Pia erblickte.

„Herr Heinemann?“, fragte Pia verwundert.

Er eilte zu einem dunklen Kombi hinüber, der vor dem Büro parkte. Nachdem er die Aktentasche auf den Beifahrersitz geworfen hatte, drehte er sich noch einmal zu Pia und Nele um. Eine von Haargel verklebte schwarze Strähne war ihm in die Augen gerutscht. Fahrig wischte er sich über die Stirn. „Du hast dich mit dem Falschen angelegt, junge Dame! Das wirst du noch bereuen!“, zischte er. Dann stieg er ein, startete den Motor und brauste mit quietschenden Reifen vom Hof.

Nele und Pia standen da wie angewurzelt.

„Was für ein Freak!“ Nele blies die Backen auf.

Pia brachte keinen Ton heraus.

„Pia?“ Nele sah sie an. „Was der Heinemann da gerade gesagt hat, macht doch alles keinen Sinn, oder? Du hast dich doch nicht mit ihm angelegt, oder?“

Pia blinzelte. „Nein, ich nicht ... aber vielleicht die echte Marie.“

34

PIA STRICH GOLDGLANZ wehmütig über das Fell. „So, das sollte reichen, mein Schöner“, flüsterte sie und legte die Bürste beiseite. Der Hengst glänzte mit dem Sonnenschein um die Wette. Doch selbst das wunderschöne Sommerwetter konnte den dicken Eisklumpen in Pias Bauch nicht auftauen. Sie kämpfte mit den Tränen. In wenigen Stunden würde alles vorbei sein. Dann würden alle erfahren, dass sie nicht Marie von Elstenbühl war, und man würde sie zurück in ihr altes Leben schicken.

„Hier sind die Transportgamaschen, die Turnierdecke, die weiße Schabracke, deine Sicherheitsweste ...“ Nele kam angehetzt und warf die Sachen vor Goldglanz ab.

Pia schniefte. „Für was brauchen wir das ganze Zeug, Nele?“

Nele sah ihre Freundin grinsend an. „Na, für den Parcours, für den Transport, für die Siegerehrung ...“ Nele seufzte. „Hey, Kopf hoch. Wird schon schiefgehen!“

„Ich werde zum Championatsgelände reiten, nicht fahren. Es ist ja nicht weit."

Nele sah sie mit entgeistertem Blick an. „Aber was ist dann mit der ganzen Einschüchterungsnummer? Großer Lkw, drei Pferdepfleger ..."

Jetzt musste Pia lächeln. „Verstehe." Gleich wurde sie aber wieder ernst und schüttelte den Kopf. „Kein Lkw. Nur du und ich – wenn du möchtest, meine ich."

Nele fiel Pia um den Hals. „Was redest du denn da? Natürlich werde ich dich unterstützen!"

Auf einmal fühlte sich Pia besser. Auf Nele war immer Verlass. „Na dann! Sattele dir ein Pferd und los geht's!"

Doch Nele zögerte. „Willst du das wirklich machen? Ich meine, der Ritt wird vielleicht nicht ganz ungefährlich und ..."

Pia holte tief Luft und schlang die Arme um Goldglanz' Hals. „Ich muss das jetzt durchziehen", flüsterte sie in sein weiches Fell. „Ihm zuliebe. Er hat es verdient, behandelt zu werden wie ein Champion und nicht wie ein abgelegtes Drittpferd."

Sie sah Nele an. „Das verstehst du doch, oder?"

Nele nickte und schniefte. „Und was ist mit Helge?", wisperte sie.

Pia lächelte traurig. „Er wird noch wütender sein, als er ohnehin schon ist, wenn er die ganze Wahrheit erfährt, aber ich kann es nicht ändern. Alles, was zählt, ist ... dass es Goldglanz in Zukunft gut geht." Sie strich dem Hengst über die Nase. Er schnaubte sanft und knabberte zärtlich an Pias Reitjacke.

„Okay", sagte Nele leise. „Ich werde dafür sorgen, dass keine Marie oder irgendjemand sonst dir in die Quere kommt, bis du geritten bist."

Pia nickte dankbar. „Ja, das wäre super ..."

Nele wandte sich ab, um sich ein Pferd zu satteln.

„Nele?", hielt Pia sie noch einmal zurück. „Danke ..."

Nele grinste schief. „Schon gut. Was würde ich nicht alles für die *neue Marie* tun?"

Bevor ihr doch noch die Tränen kamen, machte Pia Goldglanz los, zog ihm die frisch polierte Trense über den Kopf und führte ihn hinaus vor den Stall. Verstohlen betrachtete sie ihre Hände. Nicht nur, dass sie in Maries teuren Lederhandschuhen steckten, nein, heute schienen es auch überhaupt nicht ihre Hände zu sein. Sie fingen jedes Mal unkontrollierbar an zu zittern, wenn Pia an die bevorstehende Prüfung dachte. Und an das, was danach kam. Die Stunde der Wahrheit.

Pia blies die Backen auf. „Okay, mein Schöner, ich tue das für dich, verstehst du? Also gib du auch dein Bestes."

Sie kletterte auf die Aufsteighilfe neben der Tür und schwang sich auf Goldglanz' Rücken. Sofort spitzte der Hengst gespannt die Ohren. Pia lachte und strich ihm über das seidige Fell. Dann sah sie auf die Uhr. Wo blieb nur Helge?

Sie reckte die Nase der Sonne entgegen und versuchte sich zu entspannen. Er würde kommen. Schließlich war das hier alles seine Idee gewesen. Na ja, mehr oder weniger. Warum machte sie sich also Sorgen? Wahrscheinlich, weil sie ihn seit gestern Nachmittag nicht mehr zu Gesicht bekommen hatte. Darum.

„Okay, hier bin ich!", hörte Pia Nele rufen. Sie zog einen zierlichen Dunkelfuchs aus dem Stall hinter sich her. Dann schwang sie sich auf den Rücken des Kleinen und kam neben Pia geritten. „Herrlicher Tag für einen Geländeritt!", seufzte sie zufrieden.

Pia blinzelte in den Sommerhimmel und sah dann nach Westen. Dort ballten sich ganz weit draußen über dem Meer schon wieder die Wolkenberge.

Sie ließ Goldglanz am langen Zügel Richtung Strand laufen. „Du hast Helge nicht zufällig gesehen heute Morgen?", fragte sie Nele so beiläufig wie möglich.

Nele legte den Kopf schief. „Hm, nein. Zuletzt ist er gestern Abend über den Hof geschlichen."

Nach einem schnellen Trab erreichten sie das abgesperrte Turniergelände. Von der großen Wiese, auf der die Lkw und Pferdeanhänger parkten, bewegte sich ein reger Strom von Leuten auf den Streckenstart am Strand zu.

Der gesamte Strandabschnitt war überfüllt mit Schaulustigen. Pia spürte, wie ihre Knie weicher wurden, je näher sie kamen. Weiche Knie – nicht gut, wenn man vorhatte, eine Geländeprüfung zu reiten!

Pia nestelte nervös an Goldglanz' Zügel, während sie durch die Menschenmenge ritt und Ausschau nach Helge hielt. Überall wimmelte es von Pferden und Reitern. Pia ertappte sich dabei, wie sie jedes Mal zusammenzuckte, wenn ein blondes Mädchen irgendwo in der Menge auftauchte.

Ihr Herz schlug immer schneller. Doch es gab kein Zurück. In wenigen Minuten würde sie an den Start gehen. Was danach geschah, spielte keine Rolle mehr.

„Pia, wir sind spät dran!", riss Nele sie aus den Gedanken. „Du brauchst noch eine Startnummer, sonst kannst du nicht reiten." Nele deutete den Strand hinunter. „Ich gehe schnell zur Turnierverwaltung, um dich anzumelden."

Bevor Pia Einwände erheben konnte, war Nele vom Pferd

gesprungen. „Ich bin in einer Sekunde wieder da!“, rief sie Pia noch zu, dann tauchte sie auch schon in der Menge ab. Kaum war Nele mit dem kleinen Braunen im Schlepptau verschwunden, stürzte das ganze Szenario auf Pia ein: wiehernde Pferde, rufende Pfleger und lachende Urlauber. Am Rand bei den Dünen gab es sogar ein paar Verkaufsstände. Berge von Satteldecken, Trensen und allerlei anderes Pferdezubehör türmten sich zwischen den Anhängern der Verkäufer.

Wieder sah Pia einen blonden Schopf in der Menge aufleuchten und zuckte zusammen. Doch auch diesmal war es nicht Marie, sondern eine schicke Dame, die gerade dabei war, den abgetrennten Bereich am Ende des Veranstaltungsgeländes zu betreten. Ein rotes Seil umspannte dort ein paar Tische mit Sonnenschirmen sowie eine Bar.

Ungläubig beobachtete Pia die fein gekleideten Herren und Damen, die dort standen und das Spektakel am Strand beobachteten. Die meisten trugen die seltsamsten Kopfbedeckungen, die man sich vorstellen konnte: ausladende Hüte mit breiten Krempen oder buschigem Blumenschmuck, der bei jedem Schluck Champagner gefährlich zur Seite rutschte. Das musste dann wohl der VIP-Bereich sein. Eindeutig nicht Pias Welt!

Gerade wollte sie sich abwenden, als ihr eine bekannte Gestalt zwischen den Hutträgern ins Auge stach. Helge!
Pia machte sich groß. „Helge!“, rief sie erleichtert und hob die Hand.
Er bahnte sich mit seinem Champagnerglas einen Weg in ihre Richtung.
Übermütig rutschte Pia von Goldglanz’ Rücken und küsste seine Stirn. „Er ist gekommen, mein Schöner! Er hat uns nicht vergessen!“, flüsterte sie dem Hengst zu und zog ihn eilig neben sich her.
Schlagartig war alles um sie herum vergessen. Helge war da! Er war tatsächlich gekommen. Selbst Goldglanz schien erleichtert, denn er schnaubte nun zufrieden vor sich hin.
Während sie aufeinander zuliefen, versuchte Pia zu erkennen, in welcher Stimmung Helge war. Doch seine Miene war nicht zu deuten. Suchend flog sein Blick durch die Menge. Und plötzlich schob sich jemand direkt in Pias Sichtfeld.

35

PIA BLIEB WIE ANGEWURZELT STEHEN.

„Hey, Pia, wusste gar nicht, dass du auch mitreitest!"

Vor ihr stand Marven.

So ein Mist!

„Ich ... ich ...", stotterte sie und sah hinüber zu Helge. Noch war er ein ganzes Stück von ihr entfernt. Sie musste Marven irgendwie abwimmeln. „Ja, äh, sorry. Ich habe es eilig, ich bin gleich dran!" Sie versuchte sich an ihm vorbeizudrängeln.

„Dann ist das aber die falsche Richtung. Zur Startbox geht es da entlang", sagte Marven und zeigte zum anderen Ende des Geländes. Plötzlich stutzte er. „Das ist aber keines von Robbies Pferden, oder?"

Pia knetete nervös Goldglanz' Zügel.

„Aber es kommt mir irgendwie bekannt vor", überlegte Marven laut.

„Er ist neu, Robbie überlegt, ihn zu kaufen“, log Pia und sah wieder zu Helge. Er war schon fast bei ihnen.
Marven nickte und strich Goldglanz über den Hals. So langsam geriet Pia in Panik. Wenn sie noch länger hier herumstand, würde womöglich ihre ganze Klasse auftauchen …
„Marven?“, schallte es da auch schon durch die Menge.
Melina.
Marven drehte sich um. „Hier bin ich! Schau mal, was für ein tolles Pferd!“, rief er ihr zu.
Melina kam herbeigeeilt. „Das ist doch das goldene Pferd von dem Unfall!“, rief sie aufgeregt.
Pias Herz fing an zu hämmern und wie zur Antwort begann Goldglanz nervös auf der Stelle zu tänzeln.
„Wo kommt das denn her?“, fragte Melina neugierig.
„Der Hengst steht zum Verkauf“, improvisierte Pia wieder. „Robbie … ähm … Robbie wollte, dass ich ihn mal probereite.“
Jetzt musterte Melina Pia skeptisch. „Bei einem Wettbewerb? Und was hast du denn da für Sachen an?“ Ihr Blick wanderte von Pias glitzerndem Reithelm über ihr maßgeschneidertes Jackett zu den teuren Schnürstiefeln.
Pia sah sich verzweifelt um. Sie musste hier weg! Helge würde jeden Augenblick da sein. „Ähm, ich muss jetzt

wirklich los und …" Pia drängte sich zwischen den beiden hindurch und zog Goldglanz einfach hinter sich her, bis sie endlich bei Helge war.

Pia verschlug es einen Moment lang die Sprache. Fast hatte sie vergessen, wie strahlend sein Lächeln sein konnte. Sofort änderte ihr Herzschlag den Rhythmus und trommelte nun übermütig gegen die Brust. Was auch immer sie gerade gedacht hatte – es war wie weggeblasen.

Sie lächelte ihn an. „Du bist hier!" Wahrscheinlich grinste sie gerade wie ein dümmliches Honigkuchenpferd, aber egal. Er war tatsächlich gekommen!

„Ja, ich war … ich war mir nicht sicher … aber …" Er räusperte sich. „Ich bin es ehrlich gesagt noch immer nicht." Er stand nun ganz dicht vor ihr und legte die Hand an Goldglanz' Hals. Pia konnte sich nicht rühren. Hilflos verharrte sie zwischen ihrem Pferd und Helge.

Pia schluckte. „Ich bin froh, dass du da bist", hauchte sie und spürte die Hitze in ihren Wangen.

„Marie, ich …"

Hoffungsvoll hob Pia den Kopf.

„Ich habe lange nachgedacht", sagte Helge nun leise. „Und eigentlich wollte ich nie wieder ein Wort mit dir reden. Ich war echt wütend … und verletzt. Das mit dir und Robbie, das war für mich echt wie ein Schlag in die Fr… Das war echt hart."

Pia wollte ihn am liebsten unterbrechen, aber sie ließ ihn reden.

Er senkte die Stimme. „Die letzten Tage mit dir, das war … anders … Es war schön … und einen Moment dachte ich, da wäre mehr, aber …"

„Helge!", kreischte plötzlich eine überdrehte Mädchenstimme. „Ich bin hier! Siehst du mich nicht, hiiiier …"

Helge drehte sich um, doch Pia war noch so im Gefühlsrausch, dass sie überhaupt nichts mitbekam – bis Helene und Zoe direkt vor ihr standen.

„Was geht denn hier ab?", fragte Helene irritiert und funkelte Pia böse an.

Helge drückte Helene wortlos das Champagnerglas in die Hand.

„Helge, bitte, ich …", begann Pia verzweifelt.

Helge schüttelte den Kopf. „Lass es einfach, Marie."

„Marie? Wieso Marie? Die heißt Pia!", blaffte Helene.

Pia öffnete den Mund, um etwas zu sagen, schloss ihn dann aber wieder.

Zoe beobachtete die Szene halb lauernd, halb amüsiert.

Helge hörte gar nicht hin. Seine Augen ruhten noch immer auf Pia. Suchend. Testend. Dann, ganz langsam, wie in Zeitlupe, legte er seinen Arm um Helenes Taille. „Helene, das ist Marie, meine Schwester. Marie, darf ich dir Helene vorstellen? Wir haben uns bei der Strandparty kennengelernt …"

Pia erstarrte zu Stein. Sie hörte auf zu atmen. Und dann begann sich in ihrem Kopf alles zu drehen. Sie taumelte rückwärts und prallte gegen Goldglanz' Schulter.

Ungläubig wanderte ihr Blick von Helges Augen zu seiner Hand, die noch immer auf Helenes Taille lag. Was hatte er gerade gesagt? Seine Worte purzelten durch ihren Kopf wie einzelne Puzzleteile, die kein Bild ergaben. Nichts ergab mehr einen Sinn. Vor Pias Augen tanzten goldene Lichter. Ihr Kopf fühlte sich leicht an.

Die letzten Tage mit ihr waren schön gewesen, hatte er gesagt. Anders.

Ein trauriges Lächeln huschte über ihre Lippen. Wenn er doch bloß wüsste …

Aber warum dann Helene? Warum hielt er Helene im Arm, als wäre sie …

„Aber jetzt echt mal! Das ist Pia, Loser-Pia!", platzte Zoe dazwischen. „Wieso sagt er, Pia wäre seine Schwester? Pia hat doch gar keine Familie."

Pias Hände begannen zu zittern. In einem Sekundenbruchteil zerplatzte ihr Traum. Und die goldenen Lichter erloschen. Die Welt um sie herum stand still.
Pia blinzelte und versuchte etwas zu sehen. Etwas anderes als Helge. Helge mit Helene im Arm. Verzweifelt krallte sie ihre Hand in Goldglanz' Mähne.
Goldglanz!, dachte Pia erschrocken. Wenn Helene und Zoe sie jetzt endgültig als Pia enttarnten, würde man sie womöglich nicht mehr zum Turnier antreten lassen und alles – wirklich alles! – wäre umsonst gewesen!
Pia sah sich panisch um. Wo war nur Nele?
„Wie soll das bitte gehen?“, wunderte sich Zoe da auch schon weiter. „Die ist mit uns auf die Insel gekommen und geht seit zwei Monaten mit uns in dieselbe Klasse.“
In diesem Moment wurde Pia von hinten angestupst. Sanftes Schnauben holte sie aus ihrer Erstarrung zurück. Goldglanz musste ihre plötzliche Verzweiflung gespürt haben, denn er begann nun rückwärts zu laufen.
Pia krallte sich fester an seine Mähne. Sie musste hier weg! Helene und Zoe würden nicht lockerlassen. Und irgendwann würde Helge kapieren, welches Spiel hier gespielt wurde. Das durfte nicht geschehen! Zumindest nicht, bevor Pia mit Goldglanz den Parcours bestritten hatte. Darum

ging es schließlich! Darum hatte sie dieses Spiel überhaupt begonnen. Um Goldglanz zu helfen.

„Nächste Starterin auf der Strecke: Marie von Elstenbühl, mit ihrem Hengst Goldglanz!“, dröhnte es in diesem Moment durch den Lautsprecher.

Pia wirbelte herum. Sie musste los. Aber wo blieb Nele? Hatte sie nicht gesagt, sie wäre gleich wieder da? Und wenn Marie gerade aufgerufen worden war, musste Nele immerhin schon bei der Meldestelle gewesen sein.

In diesem Moment teilte sich die Menge und ihre Freundin kam angeschnauft. „Sorry! ... ’tschuldigung! ... Ich muss mal hier durch ... Danke!“ Nele kam mit einer Startnummer wedelnd auf Pia zugelaufen. „Tut mir leid, dass das so lange gedauert hat, aber da war so viel los. Du bist jetzt dran!“, keuchte sie, und mit einem Blick auf Goldglanz setzte sie hinzu: „Warum sitzt du denn noch nicht auf dem Pferd?“

Erst jetzt bemerkte sie die kleine Menschentraube um Pia herum. „Hey, Leute! Na, alles klar? Oh, hi, Helge, cool, dass du auch da bist! Wir ...“ Nele verstummte, als sie sah, dass er ein anderes Mädchen im Arm hielt.

Pia reagierte blitzschnell, schnappte sich die Startnummer und heftete sie an ihr Jackett. „Kannst du mich bitte hochwerfen, Nele?“, fragte sie.

Sie musste hier weg. Wenn sie nicht gleich verschwand, würde sie noch losheulen. Und nie wieder aufhören ...
„Klaro!“ Nele hatte sich zum Glück recht schnell wieder im Griff und hielt Pia ihre verschränkten Hände hin.
„Hey, warte mal! Marie?“, rief Helge, aber Pia hatte bereits den Fuß auf Neles Hände gestellt und zog sich aufs Pferd.
Das Getuschel um sie herum wurde immer lauter. Pia versuchte es auszublenden, doch es gelang ihr nicht. Tränen stiegen ihr in die Augen.
„Wer ist denn Marie?“, hörte sie Marven verständnislos fragen, und aus dem Augenwinkel sah sie, wie Helge Helene losließ.
„Marie?“ Helge berührte Pia am Bein und sah ihr ins Gesicht. Zum ersten Mal erkannte Pia darin so etwas wie Zweifel ... und Angst.
„Pia! Warte!“, hörte sie auf einmal jemanden brüllen.
Alle Köpfe schnellten herum. Pia sah in die Menge. Und ein kalter Schauer lief ihr über den Rücken.
Marie. Sie war hier.
Zusammen mit Robbie drängte sie sich durch die Zuschauer und kam schnell näher.
Pia schluckte. Ihr Herz hämmerte schmerzhaft gegen die Rippen. Sie musste sich entscheiden. Bleiben oder fliehen.

Wieder spürte sie, wie alle Blicke sich auf sie richteten. Goldglanz scharrte mit den Hufen. Er wollte los. Viel Zeit blieb ihnen nicht mehr.
Vorsichtig strich Pia durch seine Mähne, streichelte seinen Hals. Er sprühte vor Tatendrang und strahlte dabei doch eine unendliche Ruhe aus.
Sie seufzte und spürte, wie ihr Herzschlag langsamer wurde. Ihre Panik verebbte. Die Trauer zurückwich. Je länger sie sich auf Goldglanz konzentrierte, desto ruhiger wurde Pia. Goldglanz schnaubte. Sie tätschelte seinen Hals. „Gleich, mein Schöner“, flüsterte sie ihm zu.
Dann sah sie Helge direkt in die Augen. An seinem Blick erkannte sie, dass er es noch immer nicht verstand. Für ihn war sie noch immer Marie.
Doch Robbie und die echte Marie würden jeden Augenblick hier sein.
Pia schloss die Augen, um die Tränen ein letztes Mal zurückzudrängen. In wenigen Sekunden würde Helge sowieso erfahren, was hier gespielt wurde. Warum also nicht wenigstens von ihr?
„Es ist wahr, Helge“, sagte Pia ruhig. „Ich bin nicht Marie, sondern Pia. Ich habe dich getäuscht, um Maries Platz einzunehmen. Es war wie ein Traum, ein wunderschöner

Traum." Ihre Mitschüler um sie herum fingen wieder aufgeregt an zu tuscheln, doch Pias Blick ruhte einzig und allein auf Helge. Dann berührte sie zaghaft seine Hand, die noch immer auf ihrem Bein lag. „Ich danke dir für alles."

Er sah sie ungläubig an. Verwirrt. Entsetzt. Dann ließ er die Hand sinken.

Pia blinzelte die Tränen weg. Heiß und schwer rollten sie ihre Wangen hinab.

Jetzt war es raus.

„Deine echte Schwester ist gleich da …", sagte Pia und schniefte. „Es tut mir leid."

„Marie von Elstenbühl bitte zum Start!", dröhnte die Stimme des Ansagers noch einmal durch den Lautsprecher. „Ansonsten droht dem Paar mit der Nummer 278 die Disqualifikation!"

Pia lachte leise auf, holte Luft und versuchte sich zu sammeln. Sie konnte nichts mehr tun, es war alles gesagt. Die Wahrheit war raus. Und auf einmal fühlte sie sich frei. Unendlich erleichtert.

Sie sah Helge ein letztes Mal in die Augen, dann drückte sie ihre Fersen sanft in Goldglanz' Flanken und ritt los.

„Viel Glück!", hörte sie Nele noch rufen. Ihre erste und einzige Freundin.

Pia straffte die Schultern und atmete tief durch. Jetzt gab es nur noch eines zu tun. Sie würde Goldglanz retten, allen beweisen, was für ein unglaubliches Pferd er war. Und niemand würde sie stoppen!
Pia galoppierte an. Goldglanz spitzte die Ohren. Er war bereit. Genau wie seine Reiterin.

36

GOLDGLANZ BRETTERTE VON DER STARTBOX direkt durch die Lichtschranke. Pia lehnte sich nach vorn und ließ ihn einfach laufen. Noch war das erste Hindernis weit weg. Während sie den Strand hinunterflogen, den grauen Klippen in der Ferne entgegen, fielen all die Bilder von eben von ihr ab. Zuerst zerbarst Helenes gehässiges Grinsen im Brausen des Meereswindes, dann verschwammen die verwirrten Blicke ihrer Mitschüler im Wogen der Wellen, und schließlich verflüchtigte sich sogar Helges trauriges Lächeln im Rhythmus von Goldglanz' Hufschlag. Pias Kopf wurde frei und sie genoss nur noch das Gefühl dahinzuschweben.

Als der erste große Baumstamm näher kam, war sie bereit. Sie war es schon lange gewesen, schoss es ihr durch den Kopf. Goldglanz und sie waren eins, seitdem sie sich das erste Mal begegnet waren. Er war ihr Seelenpferd und sie

seine Reiterin. Gemeinsam würden sie es schaffen. Nichts und niemand würde sie jetzt noch aufhalten.
Durch leises Zuflüstern brachte Pia Goldglanz dazu, langsamer zu werden. Dann sprangen sie ab und flogen über das Hindernis. Ohne den Takt zu verlieren, donnerte der Hengst weiter. Pia lehnte sich wieder etwas nach vorn und hielt nach dem nächsten Streckenabschnitt Ausschau.
Mit gespitzten Ohren näherte sich Goldglanz den Dünen. Hier wartete der nächste Sprung. Aus Holzbalken und Reisig hatte man ein natürliches Hindernis zwischen die Sandberge gebaut.
Diesmal wurde Goldglanz von selbst langsamer, denn der Sand war hier tiefer. Pia schnalzte einmal, dann drückte er ab.
Auch diesen Sprung meisterten sie ohne Probleme.
Während der nächsten Galoppstrecke durch die Dünen klopfte Pia Goldglanz ausgiebig den Hals. Freudig jagte er dahin, schlug Haken, umrundete Sandberge. Pia ließ den Zügel etwas länger und Goldglanz bretterte los, ganz dicht an der Brandung entlang.
Erst jetzt bemerkte Pia wieder die Wolkenberge, die sich gefährlich tief über den Klippen türmten. An einigen Stellen verschwand der raue Fels bereits im dichten Nebel.

Eine Sekunde verlor Pia die Strecke aus den Augen, doch dann sah sie das nächste rote Fähnchen im Wind flattern. Es ging nun hinauf auf die Klippen. Dem grauen Nass entgegen.
Pia machte sich leicht, während Goldglanz mühelos den Abhang hinaufkletterte. „Super machst du das, mein Schöner!“, feuerte sie ihn an. Kaum oben, gab Goldglanz auch schon wieder Gas.
Pias Hände und Gesicht waren feucht vom Nieselregen, der ihr immer wieder die Sicht nahm. Doch sie konzentrierte sich darauf, den eifrigen Hengst auf der Strecke zu halten, denn plötzlich änderte sich unerwartet die Richtung. Pia fasste die Zügel nach. „Hooo“, bremste sie ihr Pferd und ritt eine enge Wendung. Das nächste rote Fähnchen flatterte auf einem schmalen Baumstamm am Rand der Klippen.
Pia galoppierte darauf zu. Goldglanz spitzte die Ohren, verkürzte die Tritte und überwand in einem flüssigen Sprung das Hindernis. Doch bei der Landung sah Pia aus dem Augenwinkel einen Schatten vorbeihuschen. Davon abgelenkt, rutschte sie zur Seite und brachte dadurch Goldglanz aus dem Gleichgewicht. Seine Hinterbeine knickten kurz ein und er machte einen übertriebenen Satz nach vorn.
Pia griff erschrocken in Goldglanz’ Mähne und schaffte

es in letzter Sekunde, sich aufrecht zu halten. Zum Glück fing sich der Hengst da auch schon wieder, machte einen letzten kleinen Hüpfer und galoppierte dann gleichmäßig weiter.

„Wow, das war knapp!“ Pia nahm keuchend die Zügel wieder auf und lehnte sich nach hinten. „Hast du das auch gesehen?“ Pia überlegte gerade noch, wer oder was das wohl gewesen sein könnte, als auch schon das nächste Hindernis in Sicht kam.

Es befand sich in einer kleinen Senke, noch immer am Rand der Klippen.

Beim Näherkommen erkannte Pia das Fähnchen. Es steckte auf der Seite eines breiten Steinhaufens. Sie fixierte das Hindernis, konzentrierte sich auf den Absprung – doch da geschah es!

Ein dunkler Wolkenfetzen jagte über die Klippe hinweg, gab einen Moment die Sicht frei und enthüllte die Gestalt eines einsamen Reiters.

Der Mann im Regenmantel!

Aber Pia hatte keine Zeit, sich nach ihm umzusehen. Diesmal würde sie ihr Pferd nicht beim Springen stören!

Diesmal würde sie es machen lassen.

Ihm vertrauen. Sich ganz auf ihr Pferd konzentrieren.

Mutig bretterte Goldglanz voran, riss genau im richtigen Moment die Hufe hoch und flog über den breiten Steinhaufen.

Zu spät bemerkte Pia, dass etwas nicht stimmte. Der Weg, den sie ritten, endete direkt am Abhang! Doch da setzte Goldglanz auch schon auf.

Wird sind zu schnell!, schoss es Pia durch den Kopf.

„Hooo!“, schrie sie und riss die Zügel zurück.

Goldglanz rammte die Hufe in den felsigen Untergrund. Auch er wusste nun Bescheid. Doch seine Hinterbeine rutschten weg, und Pia spürte, wie sein Hinterteil den Boden berührte. Verbissen presste sie die Knie in Goldglanz’ bebende Flanken, ließ die Zügel los und umschlang stattdessen den Hals des Pferds.

Keine Sekunde zu früh – denn im selben Moment warf sich der Hengst zur Seite.

Sein schrilles Wiehern wurde von der brausenden Meeresluft übertönt. Sie waren gefangen in einem Strudel aus Wind, Farben und Regen. Pia schrie. Der Hengst machte einen weiteren Satz und dann war es geschafft. Goldglanz hatte wieder festen Boden unter den Füßen und brauste mit einem Affenzahn über die Felsenlandschaft der Klippen. Benommen angelte Pia nach den Zügeln.

Dann endlich wagte sie es, sich umzudrehen – und das Blut gefror ihr in den Adern. Der Mann im Regenmantel hatte die Verfolgung aufgenommen. Im gestreckten Galopp setzte er ihnen nach.
Pia schnalzte mit der Zunge und trieb auch Goldglanz an. Doch ihr Pferd wusste bereits, was von ihm verlangt war, und preschte auf eine grasbewachsene Freifläche zu. Hier erkannte Pia im Dunst des Regens auch schon das nächste Hindernis. Grimmig wischte sie sich das Wasser aus den Augen, packte die Zügel fester und ritt darauf zu. Goldglanz war schnell, ihr Verfolger würde es nicht leicht haben.
Das Hindernis war eine breite Mauer, aus kleinen und großen Steinen erbaut. Pia fokussierte sich auf die Distanz, nahm Goldglanz ein wenig zurück, dann sprang er ab.
Wir fliegen!, dachte sie in diesem Moment und grinste. Sie würden es schaffen! Egal wie. Sie würden es schaffen.
Goldglanz setzte auf, schlug von sich aus einen Haken und folgte dann weiter dem festgetrampelten Pfad.
Immer schneller und schneller flogen sie dahin, setzten über das nächste Hindernis und sprangen einen kleinen Abhang hinab. Kurz bevor sie eine erneute Biegung nahmen und in ein Labyrinth aus Büschen eintauchten, erhaschte Pia

abermals einen Blick auf den Mann im Regenmantel. Er war ihnen also immer noch auf den Fersen!

Pia musste ihn irgendwie abhängen, loswerden, bevor sie seinetwegen noch einmal in eine brenzlige Situation kamen. Sosehr sie Goldglanz auch zum Sieg reiten wollte – vor allem wollte sie, dass sie beide sicher ins Ziel kamen. Aber noch waren es einige Kilometer, noch gab es ein paar tückische Stellen.

Während sie durch das dichte Blütengeflecht dahingaloppierten, sah Pia sich um. Vielleicht gab es hier eine Abkürzung? Einen Weg, den sie nehmen konnten, um ihren Verfolger abzuschütteln? Doch in welcher Richtung lag der Strand?

Der Nebel hing inzwischen tief über der Insel, was es ihnen erleichtern würde, den Reiter abzuhängen. Allerdings würde es so auch schwieriger werden, den Weg zurück zur Strecke zu finden.

Pia presste die Lippen zusammen. Egal! Sobald sie eine Abzweigung fand, musste sie sie nehmen.

Wieder machte der Weg eine scharfe Kurve, und plötzlich brach ein Sonnenstrahl durch die dichte Wolkendecke. Pia blickte hinauf zum Himmel. Ein paar Möwen kreisten direkt über ihr, tauchten in die Wolkenberge ein und schos-

sen wieder heraus. Dann ließen sie sich fallen, schräg gegen den Wind.
Aus dem Augenwinkel sah Pia eine schmale Schneise im Gebüsch. Entschlossen riss sie den Hengst herum. Sie würde den Vögeln folgen. Wo Möwen waren, war der Strand nicht weit.
Pia legte sich flach auf Goldglanz' Hals. Ein langer Zweig schlug ihr ins Gesicht, doch sie blieb sitzen. Goldglanz fiel in einen raschen Trab. Dann lichteten sich die Büsche und sie ritten wieder auf eine offene Fläche hinaus.
Es hatte aufgehört zu nieseln. Stattdessen blies ihnen nun ein kräftiger Wind entgegen. Pia konnte kaum atmen. Doch die Luft schmeckte salzig, der Sturm kam also vom Meer, überlegte Pia, und ritt ihm hoffnungsvoll entgegen.
Mit sicherem Tritt und ohne ein einziges Mal zu straucheln, bahnte sich Goldglanz den Weg durch die Heidelandschaft. Dankbar klopfte Pia ihm den Hals. „Gleich sind wir da, mein Schöner, gleich haben wir es geschafft!"
In diesem Moment tat sich vor ihnen ein steiler Abhang auf. Pia brachte Goldglanz an der Kante zum Stehen. Der Hengst warf unruhig den Kopf in den Nacken.
„Hooo, mein Schöner! Alles gut! Wir werden einen anderen Weg finden. Wir reiten einfach wieder zurück ..."

Pia sah über die Schulter und erstarrte. Denn hinter ihr kam der Mann im Regenmantel in einem unglaublichen Tempo auf sie zugerast.

„Bleib, wo du bist!", hallte das Echo seiner Worte durch den Nebel.

Sie riss die Augen auf, doch ihr Schreck währte nur wenige Sekunden. Dann drückte sie Goldglanz die Fersen in die Seiten. „Das werde ich garantiert nicht tun!", schrie sie und führte Goldglanz über die Kante.

Langsam setzte der Hengst einen Huf vor den anderen. Pias Herz hämmerte wie verrückt, und sie meinte, auch Goldglanz' trommelnden Herzschlag zu spüren.

Plötzlich rutschte er ab. Pia schrie, doch im nächsten Augenblick fing Goldglanz sich auch schon wieder. Sie lehnte sich so weit nach hinten wie möglich, um ihren Partner nicht zu stören.

Über ihnen hörte sie den Mann immer noch brüllen. Aber Pia beachtete ihn nicht. Für sie gab es nur noch ihr Pferd und den Abhang. Schritt für Schritt arbeiteten sie sich voran.

Nach der Hälfte des Weges wagte Pia einen Blick zurück. Und da war er. Mit wehendem Mantel und tief in die Stirn gezogener Kapuze stand er oben an der Kante. „Marie!", brüllte er. „Marie, warte doch!"

Pia lief ein kalter Schauer über den Rücken. Was wohl passieren würde, wenn er sie in die Finger bekam? Sie wollte es lieber nicht wissen.
Pia drehte sich wieder nach vorn. Holte tief Luft. Sie waren weit genug unten. Sie konnten es wagen. Sie drückte Goldglanz die Fersen in die Flanken und der Hengst hob ab.
In einem riesigen Bogen sprang er in die Schlucht. Wie im Zeitraffer sah Pia den Strand unter sich näher kommen, sah die Felsen rechts und links an sich vorbeirasen. Sie hatte genau gezielt, hatte die einzige Stelle gefunden, wo sie einigermaßen sicher landen konnten. Inmitten all der heimtückischen Felsen und Einbuchtungen.
Dann setzte Goldglanz auf. Pia schrie, wurde nach vorn geschleudert. Sie verließ seinen Rücken, rutschte über den Hals nach vorn.
In letzter Sekunde riss der Hengst den Kopf wieder hoch und bewahrte Pia vor dem Sturz.
Sie keuchte. Schluchzte und jubelte. „Wir haben es geschafft, Goldi! Wir haben es tatsächlich geschafft!"
Noch einmal drehte sie sich zu dem Mann hoch oben auf der Klippe herum. Er hatte aufgehört zu schreien. Schaute einfach nur zu ihr herunter. Pia wandte sich ab und ritt an. Jetzt würde er sie nicht mehr einholen.

Ausgiebig klopfte sie Goldglanz den Hals und ließ ihn am langen Zügel den Strand hinuntertraben. Das letzte Hindernis war nicht mehr weit, und dank ihrer Abkürzung mussten sie nun auch eine unglaublich gute Zeit haben.
Pia holte tief Luft und trieb ihr Pferd noch einmal an. Ein letztes Mal.
Mit Tränen in den Augen flog sie der Zielgeraden entgegen. Der Menschentraube, die sich am letzten Hindernis versammelt hatte. Pia versuchte nicht daran zu denken, wer oder was sie dort erwartete. Sie nahm all ihren Mut zusammen und schloss die Augen. Sofort fingen die goldenen Lichter an zu tanzen. Sie tanzten einen wilden Tanz aus Schatten und Licht, im trommelnden Rhythmus ihres Herzens und Goldglanz' Hufen. Wie ein einziger Trommelwirbel brausten sie dahin. Ließen alles hinter sich und jagten über das finale Hindernis.
Pia spürte, wie Goldglanz die Sprünge verkürzte, und erst im letzten Moment öffnete sie die Augen. Was sie sah, war ein Stück Himmelblau zwischen dunkelgrauen Wolkenmassen.

37

KAUM WAREN SIE IM ZIEL, sackte Pia in sich zusammen. Ihre Muskeln brannten, ihre Hände zitterten und ihr Hintern schmerzte. Trotzdem stieg sie nicht ab. Stattdessen ließ sie sich vollkommen kraftlos von Goldglanz davontragen. Wohin er ging, wusste sie nicht. Den Jubel und das Chaos um sich herum nahm sie nicht wahr.

„Pia!“, brüllte plötzlich eine vertraute Stimme vor ihr.

Jemand griff in Goldglanz’ Zügel und zog.

„Pia! Du hast es geschafft! Aber wie konntet ihr nur so schnell sein? Eure Zeit ist außerirdisch! Und es gibt nur noch einen letzten Starter, der wird euch niemals schlagen!“

Pia sah Nele verständnislos an. Was hatte ihre Freundin gerade gesagt?

„Pia, hast du gehört? Du hast die beste Zeit! Du liegst in Führung! Du …“ Nele brach ab. „Pia, ist alles in Ordnung mit dir? Geht es dir gut?“ Nele rüttelte an Pias Bein.

Aber Pia konnte nichts sagen. Konnte sich nicht freuen. Das Einzige, woran sie plötzlich denken konnte, war der Abschied von Goldglanz. Wie sollte sie jemals wieder glücklich werden – ohne ihr Seelenpferd? Was war sie noch ohne Goldglanz? Ein Niemand. Oder noch schlimmer: Loser-Pia.

„Wo ist Marie?", flüsterte Pia leise.

„Ich … ich bin mir nicht sicher", antwortete Nele. „Zuletzt habe ich sie mit Helge gesehen und mit Robbie, aber dann waren sie auf einmal weg …"

Pia sagte nichts mehr. Sie spürte, wie ihr der Zügel aus der Hand glitt. Goldglanz hatte sich einfach wieder in Bewegung gesetzt und fiel in einen schnellen Schritt. Er wusste, wie sie sich fühlte.

Pia sah sich nicht nach Nele um. Sie sah überhaupt nichts mehr. Die Tränen liefen ihr die Wangen hinab und verschleierten ihr die Sicht. Doch das machte nichts, Goldglanz trug sie ja.

Pia wusste nicht, wie lange sie so dahingeritten waren, doch irgendwann waren die Rufe, das Lachen und die Musik, die vom Championatsgelände über den Strand hallten, verstummt. Sogar das Meer schien den Atem anzuhalten.

Goldglanz blieb stehen und Pia hob den Kopf. Sie standen

in einer kleinen, windgeschützten Bucht. Trotz des wolkenverhangenen Himmels schimmerte das Wasser an dieser Stelle türkisblau. Träge schwappte es gegen die hellen Felsen und über den weißen Sand.

Pia holte zitternd Luft. „Es ist wunderschön hier …“, flüsterte sie Goldglanz zu. „Danke!“

Eine Weile saß sie einfach nur da auf seinem Rücken und starrte aufs Wasser. „Es ist so friedlich“, flüsterte sie. „Am liebsten würde ich für immer hierbleiben.“

Vorsichtig ließ sie sich von Goldglanz gleiten und grub die Stiefelspitzen in den weichen Sand. Sie standen so nah beim Wasser, dass die nächste sanfte Welle ihre Füße umspülte.

Pia sah Goldglanz in die Augen. „Dann ist das jetzt wohl der Abschied …“

„Piiiaaa!“ Der Wind wehte ihr seine Rufe entgegen. „Pia!“

Sie erstarrte. Ihr Herz setzte für ein paar schmerzhafte Sekunden aus, nur um dann in vierfacher Geschwindigkeit weiterzuschlagen.

Langsam wandte sich Pia um.

Helge.

Er saß auf Poetin, die sich die letzten Meter zwischen den Felsen durchkämpfte.

Pia versuchte sich seinen Anblick einzuprägen – für später.

Für die qualvollen Stunden der Heimfahrt im Bus. Für die vielen einsamen Stunden im Wohnheim in Frankfurt.
Seine blitzenden grünen Augen, sein blondes Haar, das so golden leuchtete wie das Fell ihres wundervollen Seelenpferds, sein ehrliches, ungezwungenes Lächeln.
Doch während er auf sie zuritt, lächelte er nicht.
Nervös nestelte Pia in ihren Locken. Dann trat sie auf ihn zu. „Ich wollte dich nicht täuschen ... oder dich benutzen", sagte sie traurig. „Ich ... ich wollte ... Goldglanz ..." Es hörte sich erbärmlich an. Auch wenn es die Wahrheit war. Sie blieb eine Lügnerin, eine Betrügerin ... eine ... „Es tut mir so leid", war alles, was sie noch sagen konnte. Für mehr fehlten ihr die Worte.
Helge hatte die Lippen zusammengepresst, in seinen Augen lag ein Ausdruck, den Pia nicht deuten konnte. Dann sprang er vom Pferd und kam auf sie zu.
Kurz vor ihr blieb er stehen. „Du hast das Turnier gewonnen. Du, zusammen mit Goldglanz. Herzlichen Glückwunsch."
Pias Gedanken rasten. Sie hatte gewonnen. Hieß das, Goldglanz wäre gerettet? Die von Elstenbühls würden ihn nicht verkaufen? War Helge extra hergekommen, um ihr das zu sagen? Wie viel Überwindung musste es ihn wohl kosten, überhaupt mit ihr zu reden ...

„Es tut mir leid“, sagte sie noch einmal.

Helge blieb stumm, doch Pia konnte sehen, wie seine Kiefermuskeln arbeiteten, wie seine Augen über ihr Gesicht huschten, als suchten sie nach irgendetwas.

„Mir tut es leid. Ich habe mich benommen wie der letzte Idiot“, stieß er plötzlich hervor. „Du hast mir vertraut, hast alles gegeben, und ich habe es vermasselt ...“

Pia riss die Augen auf und schüttelte den Kopf. „Nein!“, krächzte sie heiser und schaffte es kaum, das Rauschen in ihren Ohren zu übertönen. „So war das nicht! Ich bin der Idiot!“

„Nein, bist du nicht. Du hast Goldglanz gerettet. Ich hätte dasselbe für mein Pferd getan.“

Pia traute ihren Ohren nicht, genauso wenig wie ihren Augen.

Helge war hier. Er war zu ihr gekommen. Und er war nicht sauer auf sie. Hieß das etwa ... er gab ihr noch eine zweite Chance?

„Ich habe dich belogen und so getan, als wäre ich deine Schwester. Ich habe Robbie ... Er hat ... Marie ...“

Helge lachte trocken. „Mach dir um Marie mal keine Sorgen. Meine Schwester ist taffer, als du glaubst.“ Nun griff er nach Pias Hand. „Verzeihst du mir ... P-Pia? Das mit Helene, meine ich. Das war …" Mit der freien Hand fuhr er sich übers Gesicht, sichtlich um Worte ringend. „Das war total bescheuert von mir. Kindisch und dumm. Allerunterste Schublade. Aber ich war so eifersüchtig auf Robbie, weil …"

Pia wurde plötzlich ganz eng im Hals.

Helge lächelte. „… weil ich mich in dich verliebt habe."

„W-w-was?" Pia blinzelte die Tränen weg und sah Helge fassungslos an. „Aber ich habe dir die ganze Zeit was vorgespielt! Ich habe versucht Marie zu sein, obwohl ich …"

„Was dir zum Glück nicht besonders gut gelungen ist", unterbrach er sie grinsend. „Wenn ihr euch nicht so verdammt ähnlich sehen würdet, wäre ich wohl nie und nimmer drauf reingefallen!" Er fuhr sich durch die Haare und lachte auf. „Aber wie soll man so was ahnen! Andererseits …" Er sah zu Goldglanz, der gelangweilt mit den Nüstern im Sand wühlte. „Der da hat's gleich gecheckt!"

Jetzt musste auch Pia lachen. „Ja, das hat er."

Doch Helge wurde sogleich wieder ernst. „Verzeihst du mir?" Er hielt noch immer ihre Hand in seiner und strich sachte mit dem Daumen über ihre Finger.

Pia schluckte. Auf einmal war ihre Kehle staubtrocken. Sie brachte kein Wort hervor. Dann ließ er ihre Hand ganz plötzlich los und Pia erschrak. Doch anstatt zurückzuweichen, wickelte er sich nun eine Locke von Pia um den Finger. „Die sind auch ganz anders“, sagte er mit belegter Stimme, sein Gesicht ganz nah an ihrem.

Jetzt oder nie!, flüsterte eine Stimme in Pias Kopf, während ihr Herz vor Glück Saltos schlug. Sie nahm all ihren Mut zusammen und beugte sich vor, um ihn zu küssen. Leider hatte sie vergessen, dass sie noch immer einen Helm trug, und der prallte nun mit einem dumpfen Schlag gegen Helges Kopf.

Lachend wich er zurück und rieb sich die Stirn.

Pia wäre am liebsten im Erdboden versunken, so sehr schämte sie sich.

„Heißt das, du verzeihst mir?“, fragte Helge schelmisch. Offenbar genoss er ihre Schmach.

Pia nickte stumm.

Dann kam er auf sie zu, öffnete die Schnalle ihres Reithelmes und zog ihn ihr vom Kopf. „Dann sollten wir das hier am besten noch einmal probieren!“, flüsterte er.

Er beugte sich nach vorn, strich ihr sacht das feuchte Haar aus dem Gesicht und küsste sie. Ganz sanft, ganz vorsichtig, und Pia schmolz dahin wie flüssiges Gold.

Der Mann im Regenmantel stand auf der Klippe und beobachtete das bunte Treiben unten am Strand.
Das blonde Mädchen kam auf dem goldenen Pferd herangeritten, an seiner Seite der Junge auf der zierlichen Rappstute.
Der Mann im Regenmantel hatte ihn schon öfter gesehen. Er war ihm ein Dorn im Auge. Eine Gefahr für seine Pläne. Was er mit ihm machen würde, wusste er allerdings noch nicht.
Und dann war da noch das andere blonde Mädchen. Es stand etwas abseits, neben ihr der schwarzhaarige Junge. Bei seinem Anblick begann das Blut des Mannes zu kochen. Sein Anblick weckte dunkle Erinnerungen. Weckte seinen Zorn.
Nervös begann das Pferd des Mannes zu tänzeln.
Sie hatten das Mädchen mit dem goldenen Pferd am Abhang verloren. Aber nur knapp. Fast hätte er sie eingeholt. Fast wäre sein Plan aufgegangen. Nun würde er improvisieren müssen.

Ein Risiko. Aber er würde vor nichts zurückschrecken. Nicht mehr. Das hatte er sich geschworen.
Während sich im Osten über der Insel die nächsten pechschwarzen Gewitterwolken zusammenbrauten und der Himmel seine Schleusen öffnete, gab der Mann seinem Pferd die Sporen.
Er würde es beenden, hier und jetzt.
Es gab kein Zurück.
Die Vergangenheit hatte sie alle eingeholt. Und jemand würde dafür bezahlen.

Zwei Herzen

Maries Geschichte

Für Destaco

Es bedarf Mut zu fliegen und Zuversicht, um oben zu bleiben.

Ich habe ein wunderbares Pferd,
es hat die Leichtigkeit des Windes und des Feuers Hitze,
aber wenn sein Reiter es besteigt,
ist seine Sanftmut nichts als die Ruhe vor dem Ausbruch
des Sturmes.

William Shakespeare, Heinrich VIII.

Während er rannte, bebte die Erde unter seinen Hufen. Staub wirbelte durch die Luft. Er warf sich zur Seite, bäumte sich auf, schwang sich dem Himmel entgegen. Immer schneller und immer größer wurden seine Sprünge. Er war schön, er war stark, er war gerissen. Wo auch immer er entlangstürmte – die Jungtiere machten ihm Platz, wichen ängstlich zur Seite. Niemand stellte sich seinem wütenden Tanz in den Weg, niemand wagte es.

Sein Weg war frei, aber einsam. Bald schon schenkten ihm die anderen Pferde kaum noch Beachtung. Angst hielt sie fern.

Das machte den schwarzen Hengst nur noch wilder, nur noch wütender, und er stürmte der Herde entgegen. Was konnte er tun, damit sie ihn beachteten? Was konnte er tun, damit sie ihn akzeptierten? Er wollte kein Anführer sein – nur Teil ihrer Herde. Doch er war von einem anderen Schlag. Er war schön und er war stark und er wurde gefürchtet.

Also durchstreifte er die Wiesen allein. Wagte sich vor bis zu dem schiefen Bretterzaun, der ihm den Weg zum Meer versperrte. Ganz gleich, wie oft er daran entlangstreifte, ihn mit den Hufen, Zähnen und schließlich mit seinem mächtigen Hals bearbeitete – es gab kein Entkommen. Doch das Jenseits des Zaunes lockte ihn jeden Tag ein wenig lauter, jeden Tag ein wenig mehr, und schließlich war es so weit. Er wurde geholt auf die andere Seite und seine Welt war fortan nicht mehr dieselbe. Es gab kein Zurück.

1

MARIE VON ELSTENBÜHL STARRTE IN DEN SPIEGEL, ohne zu blinzeln und ohne tatsächlich etwas zu sehen. Sie war in Gedanken ganz woanders. Schon seit Wochen. Ihre Augen begannen zu tränen. Alles um sie herum verschwamm.

Sie atmete scharf ein. Dabei rutschte ihre Hand ab, und der Mascara, mit dem sie sich eben die Wimpern hatte nachtuschen wollen, fiel lautlos auf den schwarz gefliesten Boden. Die hämmernde Musik vor der Toilettentür übertönte alles.

„Shit …", presste sie durch die Zähne hervor und ging in die Hocke. Mit der einen Hand hatte sie noch immer die goldene Kette ihrer Handtasche umfasst, mit der anderen tastete sie unter dem Waschbecken nach dem Mascara. Wie in den meisten Clubs war es auf der Toilette beinahe genauso schummrig wie auf der Tanzfläche. Marie knickte in ihren hohen Riemchenstilettos um. Wieder fluchte sie leise.

Gerade als sie die Wimperntusche wiedergefunden hatte,

wurde hinter ihr eine Klotür aufgerissen. „Hey, Chica, alles klar?"
Marie richtete sich auf. Dabei warf sie ihre langen blonden Haare schwungvoll über die Schulter. „Mir reicht's. Der Laden ist total lahm geworden", sagte sie zu ihrer Freundin Celine. Wobei „Freundin" in diesem Fall ein dehnbarer Begriff war. Celine verbrachte lediglich jeden Sommer mit ihren Eltern auf der kleinen, hippen Urlaubsinsel, wo sich die Schönen und Reichen tummelten. Da lief man sich zwangsläufig immer wieder über den Weg.
Celine schminkte sich mit sicherer Hand die knallpinken Lippen nach und fuhr sich durch ihre kurzen schwarzen, perfekt gestylten Haare.
Marie startete einen neuen Versuch, sich die Wimpern zu tuschen. „Desaster!", schimpfte sie und ließ es schließlich bleiben. Vielleicht hatte sie einfach den einen oder anderen Drink zu viel gehabt. Aber wie sollte man einen Abend in diesem öden Schuppen auch sonst überstehen? Wenigstens fragte sie hier keiner nach ihrem Alter oder ihrem Ausweis. Was im *Pearl* zählte, war eine funktionierende Kreditkarte.
„Ach komm, lass uns einfach noch 'ne Flasche Champagner killen. Geht auf mich", kicherte Celine überdreht, wäh-

rend sie sich bei Marie unterhakte. „Wir müssen doch noch auf deinen großartigen Ritt anstoßen!“

Das Turnier am Vormittag! Das hatte Marie beinahe schon wieder vergessen ... oder verdrängt. „Ich habe total abgelost“, zischte Marie genervt. „Der blöde Bock hat wieder nicht gezogen am Sprung. Ich weiß langsam echt nicht mehr, was ich noch mit ihm anstellen soll ...“

Beim Gedanken an ihr Spitzenpferd Goldglanz sank Maries Stimmung nur noch weiter in den Keller. Sie hasste es zu verlieren. Sie ritt, um zu siegen. Das heutige Turnier auf dem Festland war eine Katastrophe gewesen, und wenn sie nicht bald ein neues Pferd von ihrem Vater bekam, würde sie es nicht einmal zu den Meisterschaften schaffen. Geschweige denn in den Kader.

Marie warf den Mascara in ihre Handtasche.

„Warum bist du denn so mies drauf, Süße?“, lallte Celine. „Du hast doch alles, wovon andere Mädchen träumen! Ein eigenes Pferd, einen riesigen Palast, einen supersüßen Bruder ...“

„Hör mir bloß mit dem auf!“, fauchte Marie und entzog Celine ihren Arm. Dabei geriet sie mächtig ins Schwanken.

„Ist Helge eigentlich solo?“, fuhr Celine unbeirrt fort. „Für eine kleine Sommerromanze würde ich ihn mir auf jeden Fall mal ausleihen", kicherte sie und zog Marie zur Tür.

Auf einmal war Marie so richtig genervt. Helge war erst am Morgen aus England zurückgekommen, wo er auf ein Internat ging, und trotzdem war die eiskalte Stimmung, die seit seinem letzten Besuch zu Weihnachten zwischen ihnen herrschte, sofort wieder spürbar gewesen. Sie hatten seit dem Morgen kaum ein Wort miteinander gewechselt – von den üblichen Sticheleien einmal abgesehen. „Ich weiß nicht, ob mein Bruder eine Freundin hat, und es ist mir auch total egal, aber …" Celine öffnete die Tür, und augenblicklich musste Marie schreien, um die wummernden Bässe der Musikanlage zu übertönen. „… lass die Finger von ihm!" Damit stürmte Marie los, hinaus auf die volle Tanzfläche. Celine hing wieder an ihr wie eine Klette und stolperte hinterher.

Während sie sich durch die Menge schob, entgingen Marie nicht die Blicke von allen Seiten. Sie wusste, welche Wirkung sie auf andere hatte. Nicht nur auf die Jungs. Selbst die meisten Mädchen sahen sie bewundernd oder neidvoll an und begannen zu tuscheln, sobald sie an ihnen vorbeilief.

Maries schwarzes Minikleid reflektierte das Licht der

Scheinwerfer, wobei es ihre Modelfigur perfekt zur Geltung brachte. Sie genoss diese Art von Aufmerksamkeit. Es lenkte sie wenigstens für ein paar Stunden von all den Dingen ab, die gerade nicht so gut liefen.

Marie stolzierte an dem Türsteher vor dem VIP-Bereich vorbei, ohne auch nur in seine Richtung zu sehen. Stattdessen fixierte sie Helge, der sich auf einem der Loungesofas fläzte. In seiner Nähe hatte sich eine Traube Mädchen versammelt – was Marie wenig überraschte. Sie wusste ja, dass nicht nur Celine ein Auge auf ihren umwerfend gut aussehenden Bruder geworfen hatte.

Helge wiederum war das alles herzlich egal. Wenn Marie ihn nicht angebettelt hätte, sie ins *Pearl* zu begleiten, damit ihre Eltern sie gehen ließen, wäre er wahrscheinlich gar nicht mitgekommen, sondern hätte stattdessen die halbe Nacht vor seinem Laptop gehockt und gepaukt. Im Gegensatz zu Marie war Helge fürchterlich pflichtbewusst. Na gut, ihre Eltern investierten ja auch ein halbes Vermögen in die Ausbildung ihrer Kinder. Diesmal hatten sie ihren Sohn jedoch ausnahmsweise nach Hause abkommandiert, damit er Marie in Schach hielt, während sie auf Kreuzfahrt waren. Maries letzte Hausparty war ihnen wohl noch in lebhafter Erinnerung gewesen ...

Marie ließ sich neben Helge aufs Sofa fallen. „Mir ist langweilig“, maulte sie.

Helge setzte sich auf und runzelte die Stirn. „Dann fahren wir nach Hause. Du siehst sowieso aus, als gehörtest du dringend ins Bett“, stellte er fest.

Marie stöhnte theatralisch, beugte sich über Helge hinweg und klopfte auf den freien Platz neben ihm. „Komm, Celine, setz dich doch, falls du die Spaßbremse hier ertragen kannst.“

Das ließ sich Celine nicht zweimal sagen. Ungalant plumpste sie neben Helge aufs Sofa und versank sofort in den weichen Polstern.

„Hi …“, begrüßte sie ihn lallend.

„Hallo, Celine“, antwortete Helge steif.

„Celine hat versprochen, noch eine Runde springen zu lassen“, klinkte sich Marie wieder ein. „Komm schon, stoß mit uns an, Bruderherz.“

Helge verzog das Gesicht. „Auf was genau stoßen wir denn an? Darauf, dass du unser bestes Pferd heute sauer geritten hast? Dass du Dad schon wieder richtig clever um den Finger gewickelt hast? Oder darauf, dass du einfach dein übliches, ach so liebenswertes Selbst bist?“

Celine kicherte albern und zupfte übermütig an Helges weißem Hemd. Helge trug sonst nie weiße Hemden, aber hier im hoteleigenen Nachtclub sowie in dem ganzen 5-Sterne-Schuppen wurde Wert auf Dresscode gelegt. Andernfalls kam man nicht rein. Nicht einmal, wenn man von Elstenbühl hieß und somit einer der wohlhabendsten Gäste der Insel war.

Helge ließ Celine gewähren, allerdings funkelte er sie böse an. „Ehrlich gesagt bin ich es leid, dein Kindermädchen zu spielen, Marie. Lass uns gehen!“

Marie schmollte und legte ihm provozierend die Arme um den Hals. „Komm schon, ich hatte echt einen miesen Tag. Gönn deiner kleinen Schwester doch mal ein klitzekleines bisschen Ablenkung. Nur noch zehn Minuten …“, jammerte sie und sah ihm dabei direkt in die grünen Augen. Doch dann wanderte ihr Blick an seiner Schulter vorbei – und sie erstarrte.

2

„ROBBIE HEINEMANN, was machst du denn hier?", rief Marie lachend und ließ ihre Arme fallen. Helge war schlagartig vergessen.

Der Junge jenseits der VIP-Absperrung schnaubte. „Das frage ich mich auch!" Er wandte sich zum Gehen.

„Wir wollten gerade noch eine Runde bestellen. Willst du nicht auch was trinken?", fragte Marie und musste sich beherrschen, dabei nicht zu eifrig zu klingen. Verstohlen musterte sie seine dunklen Haare und die breite Brust, die sich deutlich unter seinem Hemd abzeichnete. Meist sah sie ihn nur von Weitem auf einem der klapprigen Reitschulgäule, in Reiterkluft und mit verstrubbeltem Haar. Doch heute Abend war er genau wie Helge ordentlich angezogen und frisiert.

Robbie verzog den Mund. „Nein, danke. Ich bin bloß hier, um nach meinem Alten zu sehen. Anscheinend hat er trinktechnisch mal wieder über die Stränge geschlagen", erwiderte er genervt, doch Marie stellte mit Genugtuung fest, dass sein Blick dabei eine Sekunde länger als nötig auf ihren langen Beinen ruhte. Tatsächlich war sie Robbies Vater, dem alten Heinemann, vorhin auf dem Weg zu den Toiletten begegnet. Er war am Arm einer – für ihn – viel zu jungen Frau über den schummrigen Flur gewankt. Rainer Heinemann war ein Stammgast des Hotels und saß fast jeden Abend an der Bar oder im hauseigenen Kasino, wo er den Rest seines einst so großen Vermögens verzockte.

Marie schenkte Robbie ihr strahlendstes Lächeln. „Ach, komm schon, Robbie. Sei nicht so ein Spielverderber wie mein spießiger Bruder."

Robbies dunkle Augen verengten sich. „Nein, lass gut sein. Ich muss gehen."

Marie sog die Luft ein. Hatte Robbie ihr gerade wirklich eine Abfuhr verpasst? Ärger stieg in ihr hoch. Was bildete der Kerl sich eigentlich ein? Die Hälfte der Jungs in diesem Club – nein, eigentlich *alle* – hätten dafür Schlange gestanden, dass sie, Marie von Elstenbühl, sie einmal so anlächelte. Und er ließ sie einfach abblitzen? Eiskalt auflaufen?!

Bevor Helge oder Celine eine Bemerkung machen konnten, sprang Marie vom Sofa auf und stürmte in Richtung

Tanzfläche. Jetzt reichte es ihr! Das war einfach alles zu viel.

Sie schluchzte trocken, während sie sich rücksichtslos durch die Menge drängelte. Was zum Teufel hatte sie Robbie getan? Seit sie denken konnte, begegnete er ihr mit Abneigung.

Halb blind vor Tränen stolperte sie auf den Ausgang zu und stieg die Treppe zum Hotelfoyer hinauf. Dort war es nach der lauten Musik und dem dumpfen Wummern der Bässe fast paradiesisch still. Irgendwo spielte jemand leise Klavier.

Die Absätze ihrer Riemchenstilettos rutschten über den glatten Marmorboden, während Marie auf den Concierge zustöckelte. Wütend knallte sie ihre Tasche auf den Tresen, an dem der Mann in eleganter Uniform saß. „Den Wagen, bitte!“, schniefte sie laut, ohne den Concierge dabei anzusehen.

„Natürlich, Fräulein von Elstenbühl!“, sagte der Mann höflich. Trotzdem rührte er sich nicht.

Sie sah ihn zornig an. „Wenn's geht, heute noch.“

„Sehr wohl, die Dame ...“ Der Concierge griff zögernd nach dem Telefon. „Ihr werter Herr Bruder wird dann sicher auch gleich kommen?“ Er ließ die Frage in der Luft hängen.

Marie schnaubte. Sie war noch keine achtzehn und durfte darum noch nicht selbst fahren. Um genau zu sein, war sie gerade erst fünfzehn geworden. Eine Tatsache, über die – dank einer spektakulären Geburtstagsparty auf dem Anwesen der von Elstenbühls – offensichtlich die ganze Insel Bescheid wusste.

„Er muss jede Sekunde hier sein", log sie also und drehte dem Mann den Rücken zu.

Ihre Antwort schien ihm zu genügen, denn er wählte eine Nummer und veranlasste, dass ein Hotelpage den Wagen vorfuhr. „Zwei Minuten, Fräulein von Elstenbühl", sagte er dann. „Darf ich Sie schon einmal zur Tür geleiten?"

Marie stieß sich vom Tresen ab und wackelte los. „Nein, danke, ich komme allein klar."

Sie steuerte auf den Ausgang zu und lief einigermaßen geradeaus durch die Drehtür nach draußen. Kühle Sommerluft umfing sie und ließ sie ein wenig klarer denken. Robbie Heinemann. Er ging ihr nicht mehr aus dem Kopf. Und das schon seit einer ganzen Weile. Sie konnte nicht sagen, wann es angefangen hatte oder warum. Nur dass er der einzige Junge war, für den sie sich ernsthaft interessierte. Vielleicht weil er sich kein bisschen für sie interessierte? Sie war es nicht gewöhnt, nicht zu bekommen, was sie

wollte. Und dieser Kerl hatte sie auch noch vor aller Augen bloßgestellt und eiskalt abserviert!
In diesem Moment bog ein teurer dunkelgrauer Sportwagen um die Ecke. Der Fahrer bremste direkt vor ihr ab, stieg aus und umrundete das Fahrzeug, um Marie die Beifahrertür zu öffnen. Den Schlüssel ließ er stecken.
Marie kaute auf ihrer Lippe. Sie war es leid, von allen Seiten bevormundet zu werden wie ein kleines Kind. Sie warf sich auf den Beifahrersitz, doch noch während sie den Hotelpagen weglaufen sah, rutschte sie hinüber auf den Fahrersitz. Sie war schon öfter mit diesem Auto gefahren, allerdings nur heimlich auf dem Grundstück ihrer Eltern. Aber sobald sie achtzehn war, würde der Wagen ihr gehören – und sie konnte endlich fahren, wann und wohin sie wollte.
Marie betätigte den Startknopf, der Motor heulte auf. Sie lächelte grimmig und drückte ihren Stiletto aufs Gaspedal. Der Wagen schoss nach vorn. Marie kreischte auf, als sich die geschlossene Schranke der Ausfahrt rasend schnell näherte. In letzter Sekunde schaffte sie es, mit ihrem Fuß die Bremse zu finden. Ein heftiger Ruck ging durch den Wagen, dann schepperte es laut. Marie bremste noch einmal und kam zum Stehen.
Vorsichtig öffnete sie die Augen einen kleinen Spalt – und

hätte sie am liebsten sofort wieder geschlossen und sich unter dem Autositz verkrochen. Neben ihr auf dem Gehweg stand Robbie – wutschnaubend, denn am Straßenrand lag sein altes Motorrad. Marie musste es beim Vorbeifahren gerammt haben.

Und dann passierten mehrere Dinge gleichzeitig: Hinter ihr hallten Schritte übers Pflaster, und vor ihr begann Robbie zu brüllen: „Du verdammtes Miststück! Du hast mein Bike geschrottet!"

Marie hatte noch niemals jemanden so wütend erlebt. Sie schluckte schwer, während sie auf die Trümmerteile des Motorrades starrte. Was hatte sie getan?

Ihr Blick schoss wieder zu Robbie. Zum Glück war er unverletzt.

„Marie, geht es dir gut?" Das war Helge.

Vor lauter Erleichterung begann sie zu heulen. „Es tut mir so leid!", jammerte sie und meinte es ausnahmsweise ernst. Das hatte sie nicht gewollt! Sie hatte doch bloß ...

„Ich rufe jetzt die Polizei. Deine Schwester hat doch nicht einmal einen Führerschein!", schrie Robbie jetzt Helge an.

Helge hob beschwichtigend die Hände. „Hey, Robbie, warte mal ...Was ist überhaupt passiert? Ich dachte, du wolltest nach deinem Vater sehen ..."

„Hab ich auch. Der ist genauso dicht wie die da“ – er deutete auf Marie – „und war der Meinung, sich noch ein Gläschen genehmigen zu müssen.“

In diesem Moment waren wieder Schritte zu hören.

Marie versank im Fahrersitz. Helge sah zwischen ihr und Robbies Bike hin und her. Dann warf er einen raschen Blick über die Schulter. „Marie, steig aus!“ Er riss die Fahrertür auf, um Marie aus dem Wagen zu ziehen.

Sie sagte nichts und ließ es einfach über sich ergehen. Die Wut in Robbies Gesicht war so einschüchternd, dass sie es in diesem Augenblick nicht wagte, sich zu widersetzen.

Kaum war sie ausgestiegen, stürmte ein groß gewachsener Mann über den Parkplatz auf sie zu. Zu ihrem Entsetzen erkannte Marie den Hotelmanager Herrn Söderberg, einen Bekannten ihres Vaters, der gelegentlich auch mit seiner vornehmen Gattin bei Turnieren auftauchte. Hoffentlich hatte er nicht gesehen, dass Marie am Steuer gesessen hatte! Und erst recht durfte er nicht merken, dass sie betrunken war – wobei sich Marie nach dem Schock schlagartig wieder stocknüchtern fühlte.

Helge wandte sich an Robbie. „Bitte, Robbie, lass mich das regeln. Marie hat das echt nicht mit Absicht gemacht.“

Robbies Atem ging stoßweise.

Herr Söderberg war fast bei ihnen.
„Komm schon, Robbie, wenn du Marie verpfeifst, bin ich auch dran. Schließlich war ich heute Abend ihre Aufsichtsperson."
Marie schluckte. Was Helge sagte, stimmte zwar, allerdings wusste sie auch, dass das nur der verzweifelte Versuch ihres Bruders war, Robbie umzustimmen. Helge würde nie versuchen seinen eigenen Hintern zu retten – ihren allerdings jederzeit.
Die Tränen liefen ihr heiß und schwer über die Wangen. Schnell wischte sie sie weg.
Robbie beruhigte sich tatsächlich ein wenig und Helge nickte ihm zu. Dann drehte er sich um. „Hallo, Herr Söderberg", sagte er in bemühtem Plauderton. „Es gab hier leider einen kleinen Zusammenstoß mit Blechschaden. Aber es wurde niemand verletzt."
Der Hotelmanager strich seinen Anzug glatt. „Na, Gott sei Dank!" Und mit Blick auf Robbies Motorrad sagte er: „Soll ich vielleicht den Abschleppdienst kommen lassen ... und die Polizei?" Jetzt sah er verunsichert zu Marie und Helge.
„Polizei ist nicht nötig", erwiderte Helge gelassen. „Wir werden selbstverständlich für den gesamten Schaden aufkommen. Darauf habe ich mich mit Herrn Heinemann ju-

nior schon verständigt. Stimmt's, Robbie?" Er sah Robbie durchdringend an.
Robbie murmelte etwas Unverständliches, doch der Hotelmanager schien zufrieden. „Na dann nur den Abschleppdienst. Ich bin gleich wieder da!", rief er und eilte zurück zum Hotel.
Kaum war er außer Hörweite, baute sich Robbie vor Marie auf. „Das wirst du noch bereuen!", zischte er böse. „Mein Bike ist unersetzbar! Ich hab's selbst zusammengeschraubt und euer dreckiges Geld will ich ganz bestimmt nicht."
„So war das doch nicht gemeint", versuchte Helge ihn zu beschwichtigen. „Bestimmt finden wir eine Lösung ..."
Robbie schnaubte. „Die Lösung wäre, dass deine verdammte Schwester endlich mal die Konsequenzen für ihr bescheuertes Verhalten tragen muss!"
Mit tränenverschleiertem Blick starrte Marie Robbie an. Ihr Kopf war vollkommen leer. So stand sie da, bis ihr Bruder sie am Unterarm packte und zur Beifahrerseite zerrte. „Du setzt dich jetzt ins Auto und wartest, bis ich das hier geregelt habe. Du hattest deine Show für heute."
Auf der ganzen Fahrt nach Hause redete Helge kein Wort mehr mit ihr.

3

MARIE KROCH AUS DEM BETT. Die Sonne war gerade aufgegangen und blendete sie. Ihre verquollenen Augen brannten. Genervt stapfte sie zum Fenster, um die Vorhänge zuzuzerren. Dann ließ sie die Hände sinken und starrte auf den schönen cremefarbenen Stoff.

Sie hatte die halbe Nacht nicht geschlafen. Wie auch? Zu viele Gedanken schwirrten ihr durch den Kopf, und die Sache mit Robbie Heinemanns Bike war dabei nur die Spitze des Eisberges.

Nachdem Helge sie schweigend in der Garage hatte stehen lassen, war sie müde auf ihr Zimmer geschlichen und hatte sich dort eingeschlossen – nur für den Fall, dass ihre Mutter auf die Idee kam nachzusehen, ob Marie auch wirklich mit ihrem Bruder nach Hause gekommen war. Ihre Eltern wussten nur zu gut, dass sich Marie keine Vorschriften machen ließ, erst recht nicht von Helge.

Achtlos pfefferte Marie das schwarze Kleid vom Vorabend in ihren begehbaren Kleiderschrank und sah aus dem Fenster hinaus auf den Park des riesigen Anwesens. Dahinter lagen das Meer und die Dünen und …

Sie schluckte. Sie musste sich beruhigen. Immer wieder war sie in Gedanken ihren Plan durchgegangen. Die ganze kurze Nacht lang. Sie würde gleich zum vereinbarten Treffpunkt in den Dünen reiten, so wie sie es mit dem Mann im Regenmantel, der sie seit Wochen verfolgte, abgemacht hatte. Sogar auf dem Anwesen der von Elstenbühls hatte er sich heimlich herumgetrieben – mit Vorliebe bei der Ruine des alten Pferdestalles, die sich in einem kleinen Wäldchen befand.

Sie war auf seinen Vorschlag eingestiegen – denn sie musste die Wahrheit erfahren. Musste hören, was er zu sagen hatte.

Trotzdem gelang es Marie nicht, sich zu beruhigen. Sie hatte Angst. Langsam stieß sie die Luft aus.

Alles war falsch, alles fühlte sich falsch an. Diese ständige Leere in ihr. Selbst ihr Herzschlag dröhnte hohl und leer in den Ohren.

„Marie?“, hörte sie mit einem Mal Helges gedämpfte Stimme durch die verschlossene Tür. „Es ist schon gleich neun.

Du hattest eigentlich versprochen, heute Morgen gemeinsam mit Nele den Stalldienst zu übernehmen."

„Ich hab Ferien!", keifte Marie. Hatte ihm der Abend gestern nicht gereicht? Konnte er sie nicht wenigstens einmal in Ruhe lassen?

„Und ich hab keine Lust auf Diskussionen", schoss Helge zurück.

Na toll. Dieser Tag begann ja genauso wunderbar, wie die Nacht zuvor geendet hatte.

Marie stampfte in ihren begehbaren Kleiderschrank, griff nach ein paar unauffälligen Reitklamotten – Jeansreithose, weißes Trägertop – und zog sich um. Dann suchte sie ihr Handy. Wo war das olle Ding nur? Sie durchwühlte ihr Bett und wurde fündig.

„Verdammt!", zischte sie. Der Akku war leer! Wütend hängte sie ihr Telefon ans Ladekabel.

„Marie!", rief Helge ungeduldig.

Zähneknirschend riss sie die Zimmertür auf. „Was stehst du hier so rum?", pampte sie ihren Bruder an. Wie sie es hasste, wenn er sie behandelte wie eine Zweijährige! Klar, war er älter als sie, aber dafür, dass er noch nicht einmal ihr *richtiger* Bruder war, nahm er sich ganz schön viel heraus!

Marie war als kleines Mädchen mit ihrer Mutter auf die

Insel und auf Gut Sturmbö, das Anwesen von Herrn von Elstenbühl, gezogen. Der hatte ebenfalls ein Kind aus einer früheren Beziehung – den damals siebenjährigen Helge.

Statt zu antworten, musterte Helge Marie kritisch. Zum Glück verkniff er sich jeden weiteren Kommentar – zum Beispiel darüber, dass seine Schwester noch ungeschminkt war – und ließ sie vorbei.

Normalerweise ging Marie nie ungeschminkt und ungestylt aus dem Haus, ja nicht mal in den Stall! Doch heute wollte sie so wenig wie möglich auffallen.

Marie eilte über den Flur zur Treppe. Helge folgte ihr im Schlenderschritt. Als Marie die Berge von Koffern erblickte, die vor der Tür in der Eingangshalle parkten, blieb sie stehen. „Fliegen die heute schon?“, fragte sie Helge und warf einen flüchtigen Blick über die Schulter.

„Ja“, antwortete Helge. „Wo bist du eigentlich die ganze Zeit mit deinen Gedanken?“, setzte er irritiert hinzu. „Sie reden seit einem Monat über nichts anderes mehr als über diese dämliche Kreuzfahrt. Jedes Mal wenn deine Mum mich angerufen hat, ging es immer nur um ihre bekloppte Reise. Dass ich mitten in den Prüfungsvorbereitungen stecke und Besseres zu tun habe, als deinen Babysitter zu spielen, war völlig nebensächlich.“

„Ich brauch keinen Babysitter“, zischte Marie und warf sich dann gespielt sorglos den geflochtenen hellblonden Zopf über die Schulter. „Sag den Eltern schöne Grüße von mir, ich muss los.“

„Du willst dich nicht mal verabschieden? Ernsthaft?“, fragte Helge fassungslos.

„Wozu? Damit ich mir von Mama wieder ellenlange Vorträge darüber anhören darf, was ich während ihrer Abwesenheit zu tun und zu lassen habe? Danke, keinen Bedarf.“

Damit rannte sie die Stufen hinab, ohne die Koffer eines weiteren Blickes zu würdigen, riss die schwere Eingangstür auf und verschwand nach draußen. Helge ließ sie einfach stehen.

Ihr Stiefvater würde ihr ihren Abgang auch nicht lange übel nehmen. Denn dafür, dass Helges Vater einer der größten Reedereidynastien Deutschlands vorstand, war er ein unglaublicher Softie. Viel zu gut für diese Welt und zu seinen Kindern – und Marie behandelte er wie seine eigene Tochter. Was Herrn von Elstenbühls Gutmütigkeit betraf, kam Helge total nach seinem Vater. Egal was sie tat, um ihn zu provozieren – er kam immer wieder an. Wie ein treudoofer Hund. Ein treudoofer Hund, dem es nichts ausmachte, getreten zu werden. Und wie ein Hund konnte

Helge spüren, wenn es ihr nicht gut ging. Marie war davon unendlich genervt. Von ihm und seiner ewigen Fürsorge.

Woher diese Wut kam, die sie andauernd in sich trug, wusste Marie selbst nicht so genau. Manchmal fühlte sie sich einfach schrecklich einsam, unverstanden und verloren auf dieser spießigen kleinen Schickimicki-Insel.

Marie wischte sich über die Augen. Sie hatte Kopfschmerzen. Und das schon seit Tagen. Mit zusammengepressten Lippen betrat sie den Stall, und wie jedes Mal wenn sie hierherkam, spürte sie, wie sie innerlich ruhiger wurde. Verstohlen blickte sie die Stallgasse hinunter. Wenn sie doch nur ein einziges Mal allein hier sein könnte, ohne dass jemand …

„Guten Morgen, Marie!“, ertönte eine Stimme hinter ihr.

Marie straffte die Schultern und drehte sich um. Aus war der Traum von einem ungestörten Moment bei den Pferden.

„Ich reite aus. Mach Goldglanz fertig“, befahl sie ihrer Pferdepflegerin, ohne das rothaarige, sommersprossige Mädchen eines Blickes zu würdigen.

Wie immer zuckte Nele erschrocken zusammen und zog den Kopf ein.

Marie seufzte. „Aber flott. Ich hab's eilig."
Nele rührte sich nicht. Stattdessen öffnete und schloss sie den Mund wie ein Fisch auf dem Trockenen.
Marie legte den Kopf schief und stemmte die Arme in die Hüften. „Was?"
„Ich ... ich ... mache mir Sorgen um Goldglanz. Er wirkt so ... so traurig irgendwie. Ich glaube, du solltest ihn öfter mal ..."
Marie schnaubte und marschierte Richtung Sattelkammer, um ihre Springstiefel anzuziehen. Gute Ratschläge von Nele hatten ihr heute gerade noch gefehlt! Dennoch zwickte sie das schlechte Gewissen. Goldglanz war einmal ihr Liebling gewesen – war es eigentlich noch immer. Aber seit er nicht mehr sprang und im Parcours nur noch Stangensalat fabrizierte ...
Jemand hatte das Chaos vom Vortag in der Sattelkammer beseitigt, die Sättel ordentlich geputzt, die Stiefel der Größe und Farbe nach sortiert und den Boden geschrubbt, bis er glänzte. Man hätte glatt Walzer darauf tanzen können!
Marie ging hinüber zu dem Regal mit den maßgeschneiderten, zum Teil mit Glitzersteinen besetzten Lederstiefeln. Ein Paar glänzte schöner als das andere. Während sie die beeindruckende Sammlung begutachtete, hörte sie im Hin-

tergrund Goldglanz' müde und taktlose Schritte durch die Stallgasse klappern. Ihr Herz zog sich zusammen. Plötzlich hätte sie heulen können. Vielleicht war es kein Wunder, dass ihr Goldpferd nicht mehr recht laufen wollte. Wahrscheinlich spürte er genau, wie sie sich fühlte.
Sie machte auf dem Absatz kehrt und rannte zurück auf die Stallgasse. Sie konnte genauso gut in ihren Gummistiefeln reiten. Hauptsache, sie kamen endlich los.
„Bist du fertig?", blaffte sie Nele an.
Prompt ließ das Mädchen die Trense rasselnd zu Boden fallen. „Eine Sekunde ... Ich ..." Nele tauchte ab und stolperte um ein Haar vor Goldglanz' Hufe.
Marie seufzte übertrieben. „Ich kümmere mich um den Rest. Mach du weiter mit dem Stall. Wenn ich wiederkomme, helfe ich dir vielleicht."
Nele ergriff erleichtert die Flucht. Dass sich Marie vor dem Stalldienst drückte, war nichts Neues für sie, und Marie hatte den Verdacht, dass Nele die Arbeit sowieso lieber allein machte als gemeinsam mit ihr.
Marie biss sich trotzig auf die Lippe, während sie Goldglanz den Sperrriemen eng um die Nase schlang. Das war ihr alles nur recht. Sie konnte auf Neles Gesellschaft genauso verzichten. Sie kam allein klar.

Mit feuchten Händen packte sie ihr Pferd am Zügel und zerrte es hinter sich her. Sie konnte Goldglanz dabei nicht einmal ansehen. Zu sehr erinnerte sie sein trauriger Blick an ihr eigenes miserables Gefühl im Bauch.

Geschmeidig zog sich Marie am Sattel hoch und setzte sich aufrecht hin. Während sie den goldenen Hengst hinaus auf den gepflasterten Weg laufen ließ, der zum Springplatz führte, gurtete sie nach. Der süßlich schwere Duft der Rhododendronbüsche schlug ihr entgegen und verstärkte ihre Kopfschmerzen. Marie sehnte sich nach der Kühle des Meeres, der Frische des Windes und der rauen Kargheit der Dünenlandschaft.

Ungeduldig trieb sie ihr Pferd vorwärts. Doch anstatt schneller zu werden, stolperte Goldglanz einfach nur nervös vom gepflasterten Weg auf den Sandpfad. Dieser führte vom Reitplatz zu den Koppeln.

Grimmig griff Marie den Zügel kurz – so kurz und eng, dass sie Goldglanz' Bewegungen genau kontrollieren konnte.

Sie ritt ihre gewohnte Strecke zwischen den Wiesen hindurch, hinaus in Richtung Dünen und Meer. Eine wilde Unruhe erfasste sie, als sie vor sich die Brandung rauschen hörte. Ein paar Pferde steckten die Nasen neugierig übers weiß lackierte Gatter, als Marie vorbeiritt. Darunter war auch Goldglanz' Lieblingsstute Poetin, die Helge gehörte. Doch heute zeigte der Hengst nicht einmal an ihr Interesse, sondern lief einfach nur teilnahmslos an den Koppeln vorbei.

Marie versuchte sich vom Schaukeln seiner Bewegungen beruhigen zu lassen. Aber sein unrhythmisches Stolpern war alles andere als beruhigend. Sie musste sich anders ablenken. Sie musste einen Gang hochschalten.

Also trieb sie den Hengst in einen schnellen Galopp.

4

DER RAUE MEERESWIND riss an ihrem Zopf und peitschte ihr die losen Strähnen ins Gesicht. Goldglanz galoppierte wild und mit angelegten Ohren durch die Dünenlandschaft. Marie ließ seinen Zügel etwas länger, da seine Tritte im Sand viel sicherer waren. Sofort legte er noch einen Zahn zu und übersprang sogar einen herumliegenden Ast.

Während Maries Augen fieberhaft nach der richtigen Abzweigung suchten, hörte sie auf einmal Stimmen. Auch Goldglanz spitzte jetzt die Ohren.

„Das darf doch nicht wahr sein!", fluchte sie, als sie Robbie mit einer Gruppe von Reitschülern ihren Weg kreuzen sah. Die Heinemanns waren Besitzer einer Strandreitschule und eines Gasthofes. Soweit Marie wusste, schmiss Robbie den Laden aber mehr oder weniger allein, da sein Vater sich ungern die Hände schmutzig machte und lieber in Kasinos und Bars herumhing.

Ob Marie wollte oder nicht – sie musste an der Gruppe vorbei, denn diese ritt auf denselben Abzweig zum Strand zu, den auch sie hatte nehmen wollen.
Sie erhaschte einen Blick auf Robbie – und war wie gelähmt. In seinem Gesicht spiegelte sich noch dieselbe Wut wie in der Nacht zuvor. Was mit seinem Bike passiert war, tat ihr leid, und sie hätte es gern rückgängig gemacht – aber das gestrige Unglück erklärte noch lange nicht den Hass, mit dem Robbie ihr begegnete. Mit einem Mal waren Maries Knie einfach nur noch Gummi. Es kostete sie all ihre Kraft, sich einfach nur auf Goldglanz' Rücken zu halten. Panik stieg in ihr auf, als sie in einem Affenzahn auf die Schülergruppe zuflogen. Doch sie konnte den Blick nicht von Robbie abwenden.
Da traf ihr Hengst auch schon auf die Gruppe. Sofort wichen die ersten Schulpferde erschrocken zur Seite.
Endlich erwachte Marie aus ihrer Schockstarre und riss entsetzt die Hand hoch. Goldglanz reagierte prompt, rollte angstvoll die Augen und schoss nur noch wilder voran.
„Verdammt! Dieses verfluchte Miststück!", hörte sie Robbie hinter sich schimpfen.
Nichts wie weg hier!, schoss es Marie durch den Kopf, und sie presste ihrem Hengst die Absätze in die Seiten.

„Wenn ich dich in die Finger bekomme! Mein Bike geht auch auf dein Konto!“, brüllte Robbie ihr nach, doch da war sie schon zwischen den Dünen abgetaucht.

Ihr Herz raste und trommelte mit Goldglanz’ Hufen um die Wette. Warum mochte Robbie sie nur so wenig? Früher, als sie noch Kinder waren, hatte er manchmal mit ihr und Helge am Strand gespielt. Doch daran erinnerte er sich bestimmt nicht mehr.

Der Boden wurde immer unebener und Goldglanz langsamer. Marie holte tief Luft. „Eigentlich kann der Tag ja nur noch besser werden“, sagte sie zu ihrem Hengst und klopfte ihm abwesend den Hals. „Gleich sind wir da.“

Wenig später kam inmitten der hügeligen Dünenlandschaft ihr Ziel in Sicht: ein alter, rostiger Wohnwagen. Marie zog abrupt am Zügel und parierte durch. Goldglanz blieb wie vom Donner gerührt stehen. Ängstlich riss er den Kopf hoch, während er schnaubend die Luft durch die Nüstern stieß.

Marie sprang ab, zog ihm den Zügel über den Hals und führte ihn auf den Camper zu. Seine metallicfarbenen Wände reflektierten das Licht der Morgensonne, das Marie nun schmerzhaft in den Augen stach. Sie hob die Hand vors Gesicht und blinzelte.

Eine einsame Gestalt saß auf der Treppe des Wohnwagens und wartete bereits auf sie. Langsam ging Marie auf den Mann im dunklen Regenmantel zu, doch weit kam sie nicht, denn Goldglanz blieb stehen und rührte sich nicht mehr von der Stelle.
Keinen Zentimeter.
Ungeduldig zerrte sie am Zügel und zog den Hengst hinter sich her. Widerwillig folgte er ihr schließlich mit angelegten Ohren und schlagendem Hals.
„Hier bin ich“, sagte Marie mit erstaunlich fester Stimme. Sie räusperte sich. „Also, worüber wolltest du so dringend mit mir reden? Sag schon.“
Der Mann verzog das Gesicht. „Nein.“
„Nein?“, fragte Marie irritiert. „Und warum sollte ich dann …“
Langsam erhob er sich, griff in die Tasche seines Mantels und zog einen zerknitterten, vergilbten Umschlag hervor. „Lies das hier!“
Mit zittrigen Fingern griff Marie danach, klappte den Umschlag auf und zog eine zerfledderte Seite hervor. Sie war dicht beschrieben in einer ihr unbekannten Handschrift.
„Lies!“, rief der Mann im Regenmantel.
Während Marie Goldglanz noch immer am Zügel hielt,

überflog sie die Zeilen, und je weiter sie kam, umso stärker zitterten ihre Hände. In ihren Augenwinkeln sammelten sich Tränen. „Das kann nicht sein …", krächzte sie entsetzt. „Das … das … das ist …"

„Lies weiter!", drängte der Mann unnachgiebig.

Die Zeilen begannen vor ihren Augen zu verschwimmen, doch sie zwang sich weiterzulesen. Jedes Wort war wie ein Schlag in die Magengrube.

Dann ließ sie den Brief sinken. „Aber das verstehe ich nicht. Warum …?"

Plötzlich schoss die Hand des Mannes auf sie zu und packte sie am Arm. „Da fragst du noch, warum?", brüllte er sie an.

Marie versuchte sich loszureißen. Doch sein Griff war zu fest.

„Was ist passiert?", schrie sie verzweifelt. „Sag mir, was passiert ist!"

Goldglanz an ihrer Seite begann zu steigen. Da ließ der Mann sie los und Marie taumelte gegen ihr Pferd.

„Du willst wissen, was passiert ist? Die Wahrheit?", donnerte die Stimme des Mannes ihr entgegen. Sein Hass und seine Wut ließen Marie stolpern. Sie konnte das nicht ertragen. Und doch musste sie Gewissheit haben.

„Ja", wisperte sie kaum hörbar in Goldglanz' Fell.

„Sie ist tot!“, brüllte der Mann, entriss ihr den Brief und zerfetzte ihn vor ihr in der Luft.
Marie hörte auf zu atmen und alles begann sich zu drehen. Sand, Metall, Silber, Gold, Blau, Schwarz – alles verschwamm zu einem einzigen Strudel, der sich um sie drehte und sie zu verschlingen drohte. Marie kippte zur Seite, stieß gegen den Sattel und griff wie betäubt nach dem Steigbügel. Dann zog sie sich mit einer schnellen Bewegung zurück auf Goldglanz’ Rücken und rammte dem Pferd ihre Beine in die Flanken. Sie wollte nur noch weg!
Marie sah den Mann erschrocken zurückweichen, als der Hengst stieg und lospreschte. Sie ließ die Zügel lang und den Hengst gewähren. Er spürte ihre Panik, ihren Schmerz, ihre Sorge, ihren Kummer, ihr Leid – und rannte für sie beide. Rannte weg von allem.
Marie liefen die Tränen über die Wangen, doch sie achtete ohnehin nicht auf den Weg. Irgendwann hörte sie jemanden schreien. Gellend vor Panik. Auf das Geschrei folgte ein schrilles Wiehern.
Hatte sie selbst geschrien? Hatte Goldglanz gewiehert? Marie wusste es nicht. Sie schmiegte ihre tränenfeuchten Wangen ins Fell ihres Pferds.
Irgendwann ging ihr die Kraft aus und sie hörte auf, sich

festzuklammern. Sie löste einfach ihre Hände, löste ihre Beine und fiel.

In ein schwarzes Loch. Immer tiefer und immer weiter. Hinein in ihren Schmerz.

5

ES WAR DUNKEL UND LAUT. Sie hörte das Rauschen des Meeres, eine Stimme, die sie fragte, wie sie heiße und wer sie sei. Doch sie konnte sich nicht rühren. Konnte bloß in die Dunkelheit starren.

Doch auf einmal war da Licht. Eine Flamme. Ein Flackern – und immer wieder das Rauschen der Brandung. Das Toben des Meeres. Ein Pferd schrie schrill, seine panischen Laute vermengten sich mit dem Knistern der Flammen. Sie sah Schatten, hektisch umherhuschende Schatten. Pferdehufe trommelten, Menschen kreischten. Sie lag auf der Erde und der Sandboden bebte. Bebte unter den donnernden Wellen, den trommelnden Hufen und den herniederstürzenden Mauern. Die Gischt traf auf den Rauch, vermengte sich mit ihm, zischte wütend und schlug über ihr zusammen. Sie schrie. Doch im selben Moment öffnete sich die Wolke aus Asche und Wasser und gab den Blick auf ein einzelnes Pferd frei. Einen schwarzen Hengst. Er stand reglos in den Flammen. Umgeben von waberndem Rauch.

Sie konnte nicht atmen, bekam keine Luft. So dicht und undurchdringlich war die Schwärze, die sie umgab. Doch dann, mit einer einzigen geschmeidigen Bewegung, erhob sich der Hengst, bäumte sich auf, warf die Vorderbeine in die rauchschwarze Nachtluft. Und verschwand.

Marie schrie. Und schrie und schrie.

„Haltet sie fest!“, drang eine unbekannte Stimme zu ihr durch.

„Sie steht unter Schock!“, rief eine zweite Stimme. Hände packten sie fest an den Armen und drückten sie nach hinten auf eine weiche Unterlage.

Marie öffnete die Augen. Sofort kamen zwei Gesichter in ihr Blickfeld. Das eines Mannes und einer Frau. Sie kannte die beiden nicht, doch ihre roten Jacken verrieten ihr, dass sie Sanitäter waren.

Trotzdem schoss ihr Blick panisch umher. Wo war sie? Hell, alles war hell! Wo waren die Schwärze und der Rauch hin? Immerhin konnte sie nun wieder atmen. Doch ihre Augen brannten, sie blinzelte heftig.

„Bleib ganz ruhig liegen, wir müssen dich durchchecken“, sagte die Frau.

Maries Blick fiel auf die große Schwingtür aus Metall. Dann auf einen Tisch, weitere Liegen, eine Person in Weiß, Geräte an den Wänden, an der Decke. Hellblaue Kacheln. Ein unangenehmer Geruch stieg ihr in die Nase. Marie keuchte und würgte.

In dem Moment gab es einen lauten Schlag. Marie fuhr erschrocken herum und sah gerade noch, wie die Schwingtür aufgestoßen wurde. Zwei weitere Sanitäter fuhren eilig eine Liege herein.

„Kannst du uns sagen, wie du heißt?“, fragte die Frau Marie. Doch Marie reagierte nicht. Ihr Blick ruhte auf dem Mädchen, das gerade hereingefahren worden war. Sein blondes Haar fiel in dichten, wilden Locken über den Rand der Liege.

„Kannst du mich hören?“, versuchte es die Frau an ihrer Seite noch einmal.

Marie starrte auf die Locken. Das Gesicht des Mädchens war blass und am Haaransatz klebte ein bisschen Blut.

Marie zuckte zusammen. Ihr Bein brannte wie Feuer. Doch ihre Augen ruhten noch immer auf dem blonden, blutverschmierten Haar des anderen Mädchens.

„Das ist nur eine Schürfwunde“, sagte einer der Sanitäter. „Ich mache sie vorsichtig sauber.“

Marie drehte den Kopf ein wenig mehr zur Seite. Grelle Blitze zuckten durch ihr Sichtfeld, doch sie ignorierte es. Sie versuchte sich aufzurichten. Marie wusste nicht, warum, aber sie musste einfach sehen, wer da lag. Es war wichtig.

Doch gerade in diesem Moment versperrte ihr einer der Sanitäter die Sicht. In der Hand hielt er ein Clipboard mit einem Stapel Papieren.

„Wem soll ich das geben?“, fragte der junge Mann. „Ich muss gleich wieder raus.“

„Leg’s dort drüben hin!“, antwortete eine der Schwestern.

Und dann erhaschte Marie einen Blick auf die andere Patientin.

Schlagartig begann sich alles um sie herum zu drehen.

Die blonden Haare sahen aus wie ihre Haare, das bleiche Gesicht sah aus wie ihr Gesicht. Das Mädchen auf der Liege war sie selbst! Das Mädchen auf der Liege war Marie von Elstenbühl.

Marie schnellte hoch. „Das kann nicht sein! Ich … Sie …“

Marie atmete hektisch ein und aus. Sie bekam keine Luft. Plötzlich war er wieder da, der Rauch in ihrer Lunge. Sie schmeckte ihn, als wäre er echt. Als würde sie jeden Augenblick daran ersticken, als würde sie …

Marie begann erneut zu schreien.
„He, Vorsicht! Du solltest nicht ..." Die Sanitäterin an ihrer Seite versuchte sie sanft zurück auf die Liege zu drücken. Doch Marie schlug um sich. Und schrie noch lauter.
Das andere Mädchen sah aus wie sie! Das Mädchen *war* sie! Sie selbst war tot. War gestorben. Sie war niemand mehr. Niemand. Sie hatte aufgehört zu existieren. War aus ihrem Körper herausgetreten. So wie im Film. Sah sich von oben. Aber das hier war echt. Oder etwa nicht?
Marie schüttelte sich. Immer wilder, immer heftiger.
„Haltet sie fest, sie hat einen Anfall!", schrie die Sanitäterin panisch.
Der Mann packte nun ihre Beine, um sie stillzuhalten.
Verzweifelt warf Marie den Kopf hin und her. Sah, wie jemand das andere Mädchen weiter durch eine zweite Tür wieder aus dem Raum herausfuhr. Und dann war es verschwunden.
„Sie ist tot!", brüllte Marie die Sanitäterin an. „Tot!" Wen sie meinte, wusste Marie in diesem Augenblick schon selbst nicht mehr.
Sekunden später kamen weiße Handschuhe in ihr Blickfeld und eine Spritze. Ein kurzer Schmerz. Der Schock ließ sie einen Moment verharren, und dann spürte sie die Müdig-

keit in ihre Glieder kriechen. Spürte die Panik von sich abfallen. Vergaß, warum sie eben noch so aufgebracht gewesen war. Vergaß, wo sie war, und schließlich auch, warum sie überhaupt hier war.
Die Dunkelheit überrollte sie wie eine riesige schwarze Welle, schlug über ihr zusammen und trug sie mit sich davon.

6

MARIE SCHLUG BLINZELND DIE AUGEN AUF. Ihr Blick fiel auf einen halb zugezogenen Vorhang, dann auf einen abgestoßenen hellbraunen Tisch, an dem ein Polsterstuhl stand. Eine fette schwarze Schmeißfliege krabbelte auf der Tischplatte herum.

Sie kniff die Augen zusammen. Schräg vor ihr an der weiß getünchten Wand flimmerte lautlos ein Fernsehbildschirm. Sie drehte den Kopf zur Seite. Neben ihrem standen zwei weitere Betten. In einem saß eine ältere Dame aufrecht in den Kissen und starrte zum Fernseher. Im Bett dahinter konnte Marie lediglich einen Berg Haare erkennen. Die Schlafende hatte sich die Decke bis unters Kinn gezogen.

Marie versuchte sich aufzurichten. Ihre Kehle brannte, sie hatte unfassbaren Durst.

Sie drehte den Kopf noch ein wenig weiter und machte

schließlich ein Rollregal neben ihrem Bett aus. Darauf stand ein Glas Wasser.
Marie zog den rechten Arm unter der Bettdecke hervor und stellte erleichtert fest, dass ihr dabei nichts wehtat. Aber sie spürte einen dumpfen Schmerz im Bein sowie ein leichtes Ziehen im Nacken. Davon abgesehen fühlte sie sich – leer.
Mit zittrigen Händen griff sie nach dem Wasserglas und versuchte ihre Gedanken zu ordnen. Doch das Einzige, was immer wieder vor ihrem geistigen Auge erschien, waren Flammen und Rauch. Woher kamen diese Bilder in ihrem Kopf?
Vom ersten Schluck Wasser musste sie husten, so trocken war ihre Kehle. Verstohlen sah sie hinüber zu den zwei anderen Betten, doch keine der beiden Frauen beachtete sie. Marie nippte abermals an dem Glas.
Sie war in einem Krankenhaus. Doch wie sie hierhergekommen war, fiel ihr beim besten Willen nicht ein.
Unruhig rutschte sie in den Kissen umher. Wie viel Uhr es wohl sein mochte? Die halb zugezogenen Vorhänge ließen nur spärlich Licht herein. Es konnte morgens, aber genauso gut abends sein.
Marie schlug die Bettdecke zurück.

„Na, bist du aus deinem Dornröschenschlaf erwacht?", krächzte auf einmal jemand von der Seite.
Marie zuckte zusammen. Der Fernseher war aus. Die alte Frau, die im Bett neben ihr lag, schaltete das Licht an, und eine grelle Neonröhre an der Zimmerdecke erwachte klackernd zum Leben.
Marie riss geblendet die Arme vors Gesicht.
„Wie heißt du überhaupt, Kindchen?", fragte die Alte nun und war überraschend schnell auf den Beinen.
Marie starrte die Frau nur mit großen Augen an.
Sie lächelte ein gutmütiges, faltiges Lächeln. „Mach dir nichts draus, Kindchen, es wird dir schon wieder einfallen. Mir fallen auch manchmal Dinge nicht mehr ein und dann, plötzlich, sind sie wieder da", erklärte sie, während sie auf eine Tür am Ende des Raumes zuschlurfte und sie öffnete.
Marie reckte den Hals. Draußen auf dem Flur war überraschend viel los. Männer und Frauen in Weiß eilten umher, und auch ein paar normal gekleidete Personen huschten verstohlen an der Zimmertür vorbei. Dann zog die Alte die Tür hinter sich zu.
Maries Blick schoss zurück zu ihrem Nachttisch. Doch außer dem Glas Wasser gab es darauf nichts – keine Blumen, keine Bücher, kein Telefon.

Mein Handy!, schoss es Marie durch den Kopf. Wo war ihr Handy? Sie hatte es doch immer bei sich. Oder nicht? Vielleicht in der Schublade. Marie griff nach der obersten Schublade des Nachttisches und zog sie auf. Sie war leer. Und auch in der zweiten befand sich nichts weiter als eine Fernbedienung für den Fernseher.
Marie sah an sich hinunter. Sie trug eines dieser hässlichen Krankenhaushemden. Vielleicht waren ihre Eltern noch nicht hier gewesen, um ihr ihre Sachen zu bringen. Der Gedanke ließ sie erstarren.
Ihre Eltern.
Ihre Eltern waren fort, schoss es ihr durch den Kopf. Oder sogar tot? Sie keuchte auf. Niemand würde kommen, um sie zu suchen! Absolut niemand. Sie war allein.
Marie kniff die Augen zu und drängte die Tränen zurück. Aber warum erinnerte sie sich dann so lebhaft an ihre Gesichter? Das freundlich lächelnde Gesicht einer dunkelhaarigen, zierlichen Frau. Das schmale Gesicht eines Mannes mit leuchtend grünen Augen und tiefen Lachfalten.
Das ergab alles keinen Sinn. Aufgelöst begann sie auf ihren Nägeln zu kauen. Erst da fiel ihr auf, dass sie grellpink lackiert waren. Saubere, glänzende Nägel. Nur ein Nagel war abgebrochen.

Marie ließ die Hände sinken und stieg vorsichtig aus dem Bett. Ihr Bein brannte ein wenig, der Knöchel pochte, doch sie ignorierte den Schmerz.

Gegenüber stand ein großer dunkelbrauner Spindschrank mit drei Türen. Sie zog die linke Tür auf und ihr Blick fiel auf einen Stapel fein säuberlich gefalteter Hosen und Blusen. Marie schlug die Tür wieder zu und öffnete die nächste. Die Bügel und Fächer waren allesamt leer, aber auf dem Boden lagen ein zerschlissener schwarzer Rucksack und ein schwarzer Helm.

Sekundenlang wagte Marie es nicht, sich zu rühren. Dann bückte sie sich und griff langsam nach dem Helm. Strich über seine abgenutzte Samtschicht, drehte ihn um. Im Licht der Neonröhre glänzte er speckig. Vorsichtig hob ihn Marie direkt vor ihr Gesicht und in dem Moment nahm sie den Geruch wahr. Nach Pferd, Leder, Schweiß …

Marie atmete tief ein. „Der Strand … das Pferd“, flüsterte sie.

In diesem Augenblick öffnete sich hinter ihr die Tür.

„Guten Morgen!“, grüßte eine Frau im weißen Kittel und trat ein.

Marie wirbelte herum, noch immer die Reitkappe in den Händen.

„Ach, wunderbar, du bist aufgewacht", richtete die Ärztin das Wort an sie.
Argwöhnisch sah Marie die junge Frau an. Sie hatte dunkelblondes glattes Haar und ein kantiges Gesicht.
„Pia? Ist das richtig?", fragte die Ärztin.
Schlagartig wich alle Farbe aus Maries Gesicht. Pia? Wieso Pia?
„Pia ...", wiederholte sie mit zitternder Stimme. Probierte den Namen aus. Doch selbst auf ihren Lippen hatte er nichts Vertrautes.
Ohne den Blick zu heben, las die Ärztin weiter von ihrem Clipboard vor: „Wohnhaft in Frankfurt am Main, Jugendwohngruppe Burghofen, Mutter verstorben, Vater unbekannt, keine weiteren Familienangehörigen ...?"
Mutter verstorben, Vater unbekannt, hallte es dumpf in Maries Kopf wider. Sie runzelte die Stirn. „Ich erinnere mich nicht", sagte sie dann vorsichtig, den Blick unsicher auf die Ärztin gerichtet.
War das hier alles nur ein schlechter Scherz? Ein böser Traum?
Die Ärztin schnalzte mit der Zunge. „Du erinnerst dich nicht?", bohrte sie nach.
Marie nickte. „Ich bin vor ein paar Minuten aufgewacht

und habe diese Reitkappe gefunden. Ich weiß ... dass ich am Strand war ... mit einem Pferd ..." Sie überlegte kurz, ob sie auch die Flammen und den Rauch erwähnen sollte, entschied sich aber dagegen. „Ich ... das macht alles keinen Sinn."

„Dass du dich nicht erinnern kannst, wundert mich, um ehrlich zu sein", sagte die Ärztin und trat näher an Marie heran. „Du hast nämlich keinerlei Kopfverletzungen, nur eine Schürfwunde am Bein."

Marie verzog den Mund zu einem schmalen Strich. Die Frau glaubte ihr also nicht. „Aber ich war doch ohnmächtig, oder? Mehrere Stunden lang total weggetreten!", schoss sie zurück.

Die Ärztin studierte ihre mitgebrachten Unterlagen. „Das ist korrekt. Du bist gestern Vormittag in der Notaufnahme eingeliefert worden. Du warst zunächst bewusstlos, und als du wieder zu dir gekommen bist, hattest du eine Panikattacke. Darum mussten dir meine Kollegen ein starkes Beruhigungsmittel verabreichen."

Marie setzte sich auf die Matratze und versuchte zu ignorieren, dass die Frau im dritten Bett inzwischen aufgewacht war und sie unverhohlen belauschte. Am liebsten hätte sie sich in die Kissen geworfen und geheult, aber diese Blöße würde sie sich nicht geben! Stattdessen schnaubte sie genervt und ballte die Fäuste. Wie sie sich gerade fühlte, ging niemanden etwas an. Schon gar nicht diese Ärztin, die ihr nicht einmal glauben wollte!

„Kann es vielleicht sein, dass du dich einfach nicht erinnern *willst*, Pia?", fragte die Ärztin vollkommen gelassen.

Marie kaute auf ihrer Lippe. Sie war ein elternloses Heimkind, wahrscheinlich arm wie eine Kirchenmaus. Nichts, an was man sich zwingend erinnern wollte ... Möglicherweise hatte die Ärztin mit ihrer Vermutung also recht.

Plötzlich räusperte sich jemand hinter ihnen in der Tür.

Marie schaute auf. Dort stand eine hübsche junge Frau im Sommerkleid. In der Hand hielt sie eine Tüte Gummibärchen und einen winzigen Strauß selbst gepflückter Blumen. „Hallo, Pia." Sie lächelte zaghaft. „Wie geht es dir?"

Marie zog eine Braue hoch. Sollte sie die Frau etwa kennen? Gerade als sie etwas sagen wollte, erschien eine weitere Person in der Tür – ein junger Typ, etwas älter als sie selbst. Marie stockte der Atem.

„Robbie!", entfuhr es ihr überrascht. Marie hätte dieses Gesicht immer und überall erkannt! Allerdings konnte sie nicht genau sagen, *woher* sie diesen Jungen kannte. In diesem Punkt ließ ihre Erinnerung sie bereits wieder im Stich.

Die Ärztin begrüßte die beiden Neuankömmlinge höflich. „Guten Tag, Frau Winkler, guten Tag, Herr Heinemann." Dann wandte sie sich wieder an Marie. „Immerhin an Robbie Heinemann scheinst du dich zu erinnern. Das ist ein gutes Zeichen."

Marie ignorierte die Ärztin. Sie konnte den Blick einfach nicht von diesem Typ abwenden – seinen dunklen, fast schwarzen Haaren und dem stoppeligen Dreitagebart. Man hätte ihn vom Fleck weg für eine Aftershavewerbung casten können.

Langsam ließ sich Marie zurück ins Kissen sinken. Die Ärztin und die Frau mit dem Strauß waren vollkommen vergessen.

Da endlich verzog sich der Mund des Jungen zu einem schmalen Lächeln – doch Marie zuckte zusammen. Dieses Lächeln hatte nichts Warmes an sich, im Gegenteil, es war kalt und berechnend. Fast ein wenig grausam.

Marie wurde blass.

Wer war dieser Typ? Woher kannte sie ihn und warum war er hier?

7

MARIE VERSUCHTE SICH von Robbie Heinemanns Anblick loszureißen. Doch es gelang ihr nicht wirklich.

Sein Lächeln wurde breiter, tückischer.

Marie schluckte und schloss für einen Moment die Augen.

„Pia geht es den Umständen entsprechend gut", sagte die Ärztin. „Sie hat noch ein paar Erinnerungslücken, aber das sollte sich in den nächsten Stunden geben. Ihre Schülerin hat wirklich großes Glück gehabt. Nicht jeder Reitunfall geht so glimpflich aus."

Dann wandte sich die Ärztin an Robbie. „Und Sie, Herr Heinemann, sind Verwalter der Reitanlage und des Gasthofes, auf dem die Klasse von Frau Winkler aktuell untergebracht ist? Sind Sie nicht etwas jung für so einen Job?"

„Dasselbe könnte ich Sie fragen", knurrte Robbie, fügte dann aber ein wenig gelassener hinzu: „Aber falls Sie darauf hinauswollen – ich bin bereits volljährig."

Marie musste schmunzeln. Schlagfertig war er ohne Zweifel. Fasziniert beobachtete sie das Böse-Blicke-Duell der Ärztin und des jungen Reitlehrers.
Die Ärztin fuhr nun in geschäftigem Tonfall fort: „Dann bräuchte ich hier noch eine allerletzte Unterschrift, Herr Heinemann. Damit sind die Formalitäten erledigt und ich kann Pias Entlassungspapiere fertig machen."
Jeder Muskel in Maries Körper war angespannt, jede Faser schrie, dass etwas nicht stimmte. Dass sie nicht diese Pia war. Aber dann hätten dieser Robbie und ihre angebliche Klassenlehrerin den Irrtum doch sicher aufgeklärt, oder?
Sie linste unter halb geschlossenen Lidern hervor. Robbie schaute zur Tür, sein Gesicht eine undurchdringliche Maske. Der Stift schwebte über dem Klemmbrett. Täuschte sie sich, oder zögerte er?
Was, wenn er ihre Vermutung bestätigte?
„Ich bin Pia", flüsterte Marie wie in Trance. „Ich weiß es wieder, ich bin Pia. Bestimmt fällt mir der Rest auch wieder ein." Sie wollte unbedingt raus aus diesem Krankenhaus mit seinen grässlichen türkis-weißen Wänden und dem Geruch nach Desinfektionsmittel, und zwar mit Robbie. Sie kannte ihn, da war sie sich sicher, und alles war besser, als allein hierzubleiben. Der Rest würde sich schon noch auf-

klären, spätestens, wenn sie ihre Erinnerung zurückerlangt hatte.

Eine Weile sagte niemand etwas. Doch dann stieß Frau Winkler überraschend die Luft aus. „Ich bin so froh, Pia, dass alles noch mal gut gegangen ist!“

„Gut ist was anderes“, brummte Robbie vor sich hin, aber weder die Ärztin noch die Lehrerin hörten ihm zu.

„Ich wünsche dir alles Gute, Pia“, sagte die Ärztin, „und falls etwas sein sollte, kannst du dich jederzeit in der Ambulanz melden.“ Ohne ihr zum Abschied die Hand zu geben, nickte sie Robbie und Frau Winkler ein letztes Mal zu, dann war sie auch schon zur Tür hinaus.

„Was ist mit unserer Abmachung?“, fragte Robbie plötzlich Frau Winkler. Marie würdigte er keines Blickes.

Frau Winkler seufzte. „Dazu kommen wir gleich. Vielleicht sprechen wir auf dem Heimweg darüber.“

Robbie funkelte wütend, sagte aber nichts.

„Pia, Liebes, machst du dich fertig, damit wir loskönnen? Der Tagesablauf ist sowieso ganz durcheinander, aber wenn wir rechtzeitig zurück sind, kann ich vielleicht noch einen Ausflug mit der Klasse ...“

„Was für eine Abmachung?“, fragte Marie.

„Darüber musst du dir erst einmal nicht den Kopf zerbre-

chen. Wichtig ist, dass du dich gut fühlst und dir nichts passiert ist."
„Ja, Hauptsache, ihr geht's gut! Aber dass sie mit ihrer bescheuerten Aktion beinahe mein Pferd umgebracht und ihre Mitschüler in Gefahr gebracht hat, interessiert wohl nicht?", brach es aus Robbie heraus.
Frau Winkler zog kaum merklich den Kopf ein.
Marie keuchte. „Was ... was meinst du damit? Was hab ich getan?" Auf einmal lief es ihr kalt den Rücken hinunter. Ein Erinnerungsfetzen streifte sie.
Sein Gesicht wutverzerrt. Sie selbst auf einem Pferd. Im Galopp.
Ihr Blick flog zur abgewetzten Reitkappe, die nun neben ihr auf dem Bett lag. Ja, sie war vom Pferd gestürzt. Aber warum?
Robbie schnaubte hasserfüllt. „Du bist schuld an Feuersterns Sturz. Wenn du nicht im vollen Galopp ..." Robbie brach ab, doch seine zu Fäusten geballten Hände zitterten vor Wut.
Marie schluckte. „Es tut ... tut mir leid, Robbie! Was ist mit dem Pferd? Und sind meine ... meine Mitschüler okay?", fragte sie Frau Winkler panisch. „Ich kann mich an nichts mehr erinnern, aber ... das wollte ich nicht!" Marie

schwang die Beine aus dem Bett und strauchelte. Robbies Arm schoss nach vorn und fing sie auf.

Frau Winkler nahm ihre Hand. „Wenn jemand Schuld hat, dann ich! Ich war es schließlich, die diesen Ausflug genehmigt hat. Obwohl du noch nie auf einem Pferd gesessen hast, wie ich von Robbie erfahren musste."

Einen kurzen Moment sah Robbie beschämt aus, doch dann zog er blitzschnell seine Hand von Maries Arm. „Es ist deine Schuld", knurrte er sie an.

„Was habe ich denn getan?", rief Marie nun laut.

„Du bist wie eine Bekloppte von hinten aufgaloppiert und hast die anderen Pferde scheu gemacht, sodass sich Feuerstern schließlich überschlagen hat", sagte Robbie. „Du kannst die nächsten Tage bei uns im Stall mitarbeiten, ums wiedergutzumachen", ergänzte er nach kurzem Zögern. „Das ist die Abmachung."

Marie sah ihn unverwandt an. Trotz ihrer Panik entging ihr nicht, dass Robbie etwas zurückhielt. War da etwa noch mehr? Etwas, was Frau Winkler nicht wissen sollte?

Marie nickte. Was es auch war – er hatte offensichtlich allen Grund, auf sie sauer zu sein. „Okay", flüsterte sie kleinlaut. „Ich werde es versuchen."

Robbie sah ein wenig verblüfft aus, denn er schwieg. Offenbar hatte ihm diese Reaktion erst einmal den Wind aus den Segeln genommen. Gut so.

Freuen konnte sich Marie darüber trotzdem nicht. Im Stall arbeiten? Sie durchforschte ihre Erinnerung. Aber da war nichts. Frau Winkler hatte gesagt, sie hätte am Tag des Unfalls zum ersten Mal auf dem Pferd gesessen. Würde sie dann Robbie überhaupt eine Hilfe im Stall sein? Was, wenn sie absolut keine Ahnung von Pferden hatte?

Robbie hatte anscheinend keine großen Zweifel, denn endlich nickte er zufrieden. „Ich warte draußen. Wäre schön, wenn du dich ein bisschen beeilst. Auf dem Hof wartet jede Menge Arbeit, und die macht sich nicht von selbst." Damit drehte er ab und stampfte aus dem Zimmer.

Frau Winkler sah ihm genauso verdattert hinterher wie Marie. „Nimm dir seine Reaktion nicht so sehr zu Herzen", versuchte Frau Winkler die Situation zu retten. „Er ist einfach nur aufgebracht und besorgt um seine Tiere ... Das wird schon wieder", setzte sie hinzu, klang aber selbst nicht so ganz überzeugt. „Okay, Pia, ich lasse dich jetzt mal in Ruhe umziehen und packen." Die junge Lehrerin sah sich ein wenig verunsichert um. „Dein Rucksack steht im Schrank." Sie deutete auf den alten zerschlissenen Stoffrucksack. „Den hatte ich dir gestern Abend mitgebracht."

Fast hätte Marie Frau Winkler angefahren, dass es sich wohl um ein Missverständnis handeln musste und dass diese Geschmacklosigkeit da im Schrank keinesfalls ihr gehörte. Aber die Klassenlehrerin war bereits auf dem Weg nach draußen.
Immerhin hatte ihre Zimmergenossin mittlerweile das Interesse an ihr verloren, denn sie lag nun wieder, bis zum Kinn unter der Decke vergraben, reglos im Bett.
So leise wie möglich rutschte Marie aus dem Bett und ging zum Schrank hinüber. Ihre Hände waren feucht, als sie die Schnallen des Rucksackes öffnete und hineinlinste.
„Ach du Sch…", fluchte Marie leise und zog zwei schlabberige Hosen, mehrere schlabberige T-Shirts und einen ausgeleierten schwarzen Badeanzug hervor. Was waren denn das für Fetzen? Hätte ihre Lehrerin ihr nicht ein Kleid einpacken können? Sie hatte doch sicherlich ein paar hübsche Kleider mit auf Klassenfahrt genommen, bei diesen sommerlichen Temperaturen! Nun gut. Sobald sie wieder auf dem Gasthof waren, würde sie den Rest ihrer Sachen in Augenschein nehmen und sich umziehen.
Als sie die Hand wieder in den Rucksack steckte, ertastete sie etwas Weiches und zog es heraus. Was war das denn? Eine kleine neongrüne Stoffschildkröte starrte ihr

aus übergroßen, glänzenden Plastikaugen entgegen. „Wer bist du denn?“, fragte Marie halb entsetzt, halb amüsiert. Die Schildkröte war das hässlichste Stofftier, das sie je gesehen hatte, aber in all ihrer Hässlichkeit hatte sie schon fast wieder etwas Liebenswürdiges. War das ihre Schildkröte? Aber warum konnte sie sich nicht daran erinnern? Marie steckte sie zurück in den Rucksack und seufzte.
Dann sah sie an sich hinunter. Ihre blonden langen Haare waren völlig zerzaust und klebten im Nacken. Sie brauchte dringend eine Bürste! Ganz unten im Rucksack wurde sie fündig. Außerdem förderte sie noch eine Plastiktüte mit Hautcreme, Deo, Zahnbürste, Zahnpasta und Shampoo zutage. Wo war denn ihre Schminke? So konnte sie doch unmöglich auf die Straße gehen! Und dann auch noch in diesen Aschenputtelklamotten!
Verunsichert schob sie sich die Fingernägel in den Mund und kaute darauf herum. Warum, zum Geier, hatte diese Frau Winkler die Sachen in eine Plastiktüte geschmissen, statt ihr ihren Kulturbeutel mitzubringen? Oder besaß sie etwa gar keinen ordentlichen Kulturbeutel? Und keine Schminke? Marie wurde flau im Magen. Sie musste dringend rausfinden, was hier vor sich ging und vor allem – wer sie war!

Eilig zog sie sich die Bürste durchs Haar, schlüpfte in die viel zu weite Jeans, zog das Krankenhaushemd aus und das weiße T-Shirt über den Kopf. Dann schulterte sie den Rucksack, griff nach der Reitkappe und verließ ohne ein Wort das Zimmer.

8

ROBBIE HEINEMANNS AUTO war eine Blechschüssel. Dass es überhaupt fahren konnte, grenzte an ein Wunder. Frau Winkler und Marie standen vor dem Haupteingang der kleinen Inselklinik und warteten darauf, dass Robbie den alten Mercedes an dem umherschwirrenden Krankenhauspersonal vorbeisteuerte.

Blechschüssel hin oder her – Marie konnte es nicht erwarten, endlich einzusteigen und loszufahren. Sie fühlte sich unwohl – ungeschminkt und in diese Lumpen gehüllt. Ihr war total schleierhaft, wie sie sich jemals solche unförmigen, sackähnlichen Klamotten hatte aussuchen können. Konnte man solche Sachen überhaupt käuflich erwerben?

Die Kupplung des alten Wagens knackte, die Bremsen quietschten und Robbie hielt direkt vor Frau Winklers Füßen. Ein wenig erschrocken taumelte die Lehrerin rückwärts.

Marie allerdings schoss nach vorn, riss die hintere Tür auf und warf sich auf den Rücksitz. Sollte Frau Winkler ruhig vorn sitzen. Marie jedenfalls hatte nicht die Absicht, von Robbie für ihre Aufmachung verspottet zu werden.
Zu Maries Überraschung stieg Robbie aus und öffnete Frau Winkler die Beifahrertür. *In diesem schlecht gelaunten, groben Typ schlummert ja ein richtiger Gentleman!*, dachte Marie verdrossen, verschränkte die Arme und sah aus dem Fenster.
Die Umgebung kam ihr bekannt vor. Hübsche Backsteinhäuschen säumten den Parkplatz der Klinik. Ihre Vorgärten waren akkurate kleine Kunstwerke aus Büschen und Bäumen und aus blühenden Blumen. Marie seufzte tief. Sie hatte zwar keine Ahnung, wie der Gasthof der Heinemanns aussah, hoffte aber auf eine ähnliche Idylle. Nach den lauten, grellen Fluren des Krankenhauses sehnte sie sich nach etwas Schönem.
Robbie stieg wieder ein und tuckerte los.
Marie sah sich im Innenraum um. Immerhin war der Wagen einigermaßen sauber und roch gut. Sie schnupperte. Nach Lavendel.
Als hätte er ihre Gedanken gelesen, sagte Robbie zu Frau Winkler: „Der Wagen ist von meiner Haushälterin Frau

Olberding geliehen. Nachdem ... jemand ... mein Bike geschrottet hat und mein Vater sich lieber einen Arm abhacken würde als mir seinen Luxusschlitten zu leihen, war das die einzige Möglichkeit, Sie abzuholen."
Wieder war da dieser verbitterte, vorwurfsvolle Unterton. Marie fragte sich, ob er ihr einfach grundsätzlich die Schuld an allem gab. Andererseits, überlegte sie dann, wüsste sie auch nicht, wie sie reagieren würde, wenn jemand ihr eigenes Pferd derart in Gefahr gebracht hätte. Wahrscheinlich würde sie demjenigen auch am liebsten die Augen auskratzen.
Plötzlich schoss ihr ein Bild durch den Kopf.
Ein Hindernis. Rot-weiße Stangen. Zuschauer, deren Gesichter zu einer grauen Masse verschwommen waren. Ihr Herz hämmerte. Ihr ganzer Körper war nass geschwitzt vor Anstrengung. Sie ritt auf das Hindernis zu. Doch sie wusste bereits, dass sie es reißen würde. Sie waren zu langsam und die Beine ihres Pferds waren bleischwer ...
„Pia?" Die Stimme von Frau Winkler drang durch ihre Gedanken.
Marie blinzelte. „Was?", fragte sie verwirrt.
„Wenn wir angekommen sind, gehst du auf dein Zimmer und ruhst dich aus", sagte ihre Lehrerin.

Marie nickte nur geistesabwesend. Woher nur kamen diese Bilder in ihrem Kopf? War das ein Springturnier gewesen, was sie da gesehen hatte? Aber wie konnte das sein, wenn sie erst gestern zum ersten Mal geritten war? Oder war sie gar nicht selbst die Reiterin gewesen? Hatte es auf Robbies Hof vielleicht ein Turnier gegeben und sie hatte zugeschaut?
„Springt ihr auch mit euren Reitschulpferden?“, platzte sie heraus, ohne nachzudenken.
Der Wagen schlingerte leicht. Die Kupplung knackte.
Maries und Robbies Blicke trafen sich im Rückspiegel.
„Manchmal“, erwiderte er gepresst.
Marie ließ sich zurück in den Sitz fallen. Warum sah er bei ihrer Frage so alarmiert aus?
Nachdenklich kaute sie auf ihren Nägeln. Das Pink begann bereits abzublättern. Also musste sie die Szene tatsächlich in der Reitschule beobachtet haben, überlegte sie.
Ihr Blick wanderte aus dem Fenster. Sie ließen das kleine verträumte Örtchen gerade hinter sich und knatterten hinaus auf die Landstraße. Jenseits der satten grünen Wiesen und weißen Dünen sah sie das tiefdunkelblaue Meer.
Frau Winkler und Robbie unterhielten sich über das heutige Abendprogramm. Marie hörte nur mit halbem Ohr zu. Ver-

sonnen kurbelte sie das Fenster runter und legte die Arme auf die Tür. Ihr blondes Haar peitschte im Wind, während sie die Landschaft an sich vorbeiziehen sah. „Es ist wunderschön hier!“, rief sie laut und musste auf einmal lächeln. Frau Winkler drehte sich zu ihr um. „Schön, dass es dir gefällt. Wo du doch noch nie am Meer warst.“
Marie runzelte die Stirn. Sie war noch nie am Meer gewesen? Warum kam ihr sein Anblick dann so beruhigend vertraut vor? „Ja, es gefällt mir sehr“, antwortete sie vorsichtig. Robbies prüfender Blick entging ihr nicht.
„Was schaust du mich denn die ganze Zeit so komisch an?“, fragte sie ihn herausfordernd.
Robbie verzog das Gesicht, sagte aber nichts. Stattdessen steuerte er den Wagen ruckartig um eine Kurve, sodass sich Marie das Kinn am Fensterrahmen stieß. Sie fluchte leise. Er tat so, als hätte er nichts mitbekommen.
„Da vorn sind unsere Koppeln mit den Jungpferden“, erklärte Robbie Frau Winkler gelassen. „Sie lieben es, neben den Autos herzugaloppieren, sobald jemand in Richtung Gasthof fährt.“
Frau Winkler reckte den Hals. „Ach, Pferde sind schon beeindruckende Geschöpfe“, schwärmte sie und kurbelte ihre Scheibe hinunter, um sich nun ebenfalls aus dem

Fenster zu lehnen. „Und Sie haben früher mit ihrer ganzen Familie auf dem Gut gelebt?“, fragte Frau Winkler Robbie.
Er nickte grimmig. „Das Haus ist bereits seit sechs Generationen im Besitz meiner Familie. Die meisten meiner Vorfahren waren Pferdezüchter. Schon im Kaiserreich haben sie hier gelebt und gewirtschaftet. Aber in den letzten zehn Jahren ...“ Er brach ab, so als würde es ihm schwerfallen, darüber zu reden. Marie horchte auf.
„Ich habe gelesen, dass Sie sehr erfolgreich Sportpferde züchten“, sagte Frau Winkler.
„Mein Vater hat die Zucht letzte Saison eingestellt. Es ist einfach zu kostspielig“, erwiderte Robbie knapp.
Wieder wurde Marie hellhörig. Das klang ja so, als steckte die Familie Heinemann in finanziellen Nöten! Doch sie verfolgte den Gedanken nicht weiter, denn in diesem Moment kam Bewegung in die Herde, die auf einer der angrenzenden Koppeln graste. Marie erkannte einige Jährlinge unter ihnen, aber keine Fohlen. Die Tiere kamen neugierig näher. Einige galoppierten übermütig im Kreis und warfen die Hufe in die Luft.
Marie lachte auf. „Die haben aber Spaß!“, rief sie und lehnte sich weiter aus dem Fenster.
Doch auf einmal brach die Herde seitlich weg. Ein schrilles

Wiehern erklang, und trotz des Fahrtwindes hörte Marie auf einmal das Trommeln von Hufen. Der Wagen wurde langsamer. Der Weg war nun sehr schmal, sodass Marie mit dem ausgestreckten Arm den morschen Koppelzaun hätte berühren können.
Marie versuchte das heranstürmende Pferd auszumachen. Die Herde war in großer Unruhe. Sie wusste nicht, weshalb, aber auch sie spürte die Anspannung. Ihr Herz begann schneller zu schlagen. Gerade drehte sie den Kopf nach vorn, als ein Pferd mitten durch die Herde preschte.
Ein pechschwarzer Hengst.
Marie riss die Augen auf. Das schwarze Pferd drückte sich mit solcher Kraft vom Boden ab, dass es aussah, als wollte es geradewegs in den Himmel springen – der Sonne entgegen. Doch sein seidiges Fell war von solch tiefer Dunkelheit, dass er dabei ihre Lichtstrahlen in sich aufzusaugen schien und sie regelrecht verschlang.
Der Hengst schlug und trat um sich, verscheuchte die anderen Pferde und kam geradewegs auf den Koppelzaun zugebraust. Vollkommen ungebremst. Marie sog entsetzt die Luft ein. Was hatte er vor?
Robbie fluchte leise. „Dieser Teufel!" Doch besorgt klang er nicht.

Kurz vorm Zaun schlug der Hengst einen Haken. Sand wirbelte auf und Erdklumpen spritzten über die Motorhaube. Eine Dreckwolke stob ins offene Fenster hinein und Marie mitten ins Gesicht.
Sie kreischte. „Ist der denn total durchgeknallt?"
Wütend funkelte sie dem schwarzen Hengst entgegen, während sie sich die Erde aus den Augen wischte. Bildete sie sich das nur ein oder starrte das Pferd genauso funkelnd zurück? Seine schwarzen Augen auf sie gerichtet, schlug es aus, holte Schwung und katapultierte sich mit den Hinterbeinen hoch in den Sommerhimmel. Dabei rieselte eine neue Ladung Sand und Dreck übers Auto. Schnell kurbelte Marie das Fenster wieder hoch. Sie war so damit beschäftigt, das tobende Pferd zu beobachten, dass sie Robbies hämisches Lachen erst bemerkte, als das Fenster zu war.
„Sehr witzig!" Marie kniff die Lippen zusammen.
Das Pferd war wirklich ein Teufel – ein pechschwarzer Teufel! Der duldete doch ganz sicher keinen Reiter auf seinem Rücken! Marie hatte jetzt schon Mitleid mit dem armen Schlucker, der diesen Satansbraten einreiten musste – wenn sich für diesen Job überhaupt jemand fand.
Im Wagen herrschte plötzlich angespannte Stille. Robbie

schloss die Hände so fest ums Lenkrad, dass seine Knöchel weiß hervortraten, und steuerte den Wagen um die letzte Biegung.

Frau Winkler räusperte sich. „Ein prachtvolles Tier. Aber lässt es sich auch reiten?“

Robbie schnaubte. „Eines Tages schon. *Hoffe* ich. Er hat unglaubliches Talent. Und die beste Veranlagung.“

Die Koppeln lagen nun hinter ihnen und der Schotterweg führte zwischen einer Wildblumenwiese mit knorrigen Apfelbäumen hindurch. Dann ging es eine kleine Anhöhe hinauf und über einen gepflasterten Weg bis auf einen großen Hof. Marie duckte sich ein wenig, um besser aus der Frontscheibe sehen zu können. Direkt vor ihnen ragte ein großes altes Gebäude auf.

Unnachgiebig und stolz stach es zwischen den windschiefen Bäumen ringsum hervor. Einst musste es ein prachtvolles Landgut gewesen sein. Doch mit den Jahren waren die Fassade und das Dach verwittert und die himmelblaue Farbe der Fensterläden verblichen. Offenkundig fehlte den Heinemanns das Geld, um das schöne Haus wieder in altem Glanz erstrahlen zu lassen.

„Nicht gerade ein Schloss“, bemerkte Robbie an Marie gewandt. Sein spitzer Unterton entging ihr nicht.

„Es hat Charakter“, sagte Marie, während sie ihre Tür öffnete und sich über Robbies verblüfften Blick freute.
Doch sie meinte es ernst. Das Haus gefiel ihr. Es hatte etwas Dunkles, Geheimnisvolles.
Lächelnd packte sie ihren Rucksack und die abgewetzte Reitkappe und sprang aus dem Wagen.

9

ROBBIE FÜHRTE SIE DIE BREITE TREPPE zum Eingang hinauf. Genau wie die Pflastersteine auf dem Hof waren die Steinplatten an mehreren Stellen gesprungen. Gras und Unkraut wucherten zwischen den Ritzen. Aber immerhin hatte sich jemand die Mühe gemacht, Blumen und Kräuter in Kübel zu pflanzen, die die Stufen säumten.

„Pia, kommst du jetzt allein zurecht?“, fragte Frau Winkler. „Ich muss erst mal nach deinen Mitschülern sehen. Frau Olberding machte zwar schon den Eindruck, als könnte sie auch eine Horde Teenager in Schach halten, aber sicher ist sicher ...“ Die Lehrerin lachte nervös. „Sobald ich nach dem rechten gesehen habe, komme ich noch einmal auf dein Zimmer. In Ordnung?“

Marie hatte keinen blassen Schimmer, wo in diesem riesigen Gebäude sich ihr Zimmer befand, aber das würde sie mit Sicherheit nicht zugeben. „Klaro, ich komm klar. Kei-

ne Sorge“, sagte sie also und trat durch die wuchtige Eingangstür.
Sogleich schlug ihr ein muffiger Geruch entgegen. Marie blinzelte, und es dauerte ein paar Sekunden, bis sich ihre Augen an das schummrige Licht einer einzelnen Glühbirne gewöhnt hatten, die die düstere Eingangshalle erhellte.
Im nächsten Moment humpelte Robbie an ihr vorbei. „Komm mit, ich muss auch nach oben!“, befahl er unwirsch, kaum dass Frau Winkler außer Hörweite war.
Marie seufzte. „Es tut mir echt leid, das mit deinem Pferd. Einfach alles tut mir leid. Dass ich dich in Schwierigkeiten gebracht habe. Ich hab's nicht mit Absicht gemacht, das kannst du mir glauben.“ Marie war klar, dass sie genauso gut mit der Wand hätte reden können, aber sie musste das jetzt loswerden. „Wahrscheinlich war ich einfach nur unerfahren und leichtsinnig, kombiniert mit ein bisschen Dummheit …“ Sie sah, wie seine Nackenmuskeln zuckten, und sprach schnell weiter. „Und ich werde alles tun, was du willst. Jede blöde Arbeit. Aber können wir das Kriegsbeil nicht einfach begraben und …“ Marie kaute auf ihren Nägeln. Ja was eigentlich? „… Freunde sein?“, beendete sie ihren Satz tollkühn. Als Robbie nicht reagierte, fügte sie zögernd hinzu: „Oder wenigstens keine Feinde mehr?“

Ein trockenes Lachen erklang. Dann stampfte Robbie einfach weiter.
Wut stieg in Marie auf, aber sie hielt die Klappe. Stumm trabte sie hinter ihm her.
Eine ausladende Holztreppe führte in die oberen Etagen. Auf dem ersten Treppenabsatz wurde es bereits etwas heller. Durch die milchigen Fenster schien das Sommersonnenlicht herein und fiel auf den ausgetretenen Läufer bis in die staubigen Winkel des Gemäuers. Marie sah sich um. Überall hingen alte Fotografien und ein Sammelsurium aus gerahmten Gegenständen an den Wänden – Hufeisen und seltsame Eisengestänge, die aussahen wie altmodische Trensen und Kandarengebisse, aber auch Muscheln und gepresste Blumen.
Im zweiten Stockwerk angekommen, blieb Robbie stehen und deutete auf eine niedrige Tür. „Da ist das Badezimmer", sagte er und setzte in bedeutungsvollem Tonfall hinzu: „Es gibt nur eines für die ganze Etage."
Marie ließ sich ihr Entsetzen nicht anmerken. Darauf wartete er doch nur, so verschlagen, wie er nun grinste!
„Oh, das ist kein Problem", sagte sie unbekümmert. „Ich dusche sowieso am liebsten abends, wenn kaum ein anderer Mensch duscht."

Ohne eine Miene zu verziehen, marschierte sie den Flur entlang. Dann blieb sie stehen und drehte sich noch einmal um. „Ähm ... wo ist mein Zimmer? Ich erinnere mich nicht mehr."

„Letzte Tür links", sagte Robbie. „Ach ja, und ... Pia?"

Marie sah ihn hoffnungsvoll an. Würde er ihr Friedensangebot vielleicht doch noch annehmen? „Ja?"

„Cooles Outfit!", sagte er trocken und wandte sich ab.

Marie schnappte erbost nach Luft. Das war alles, was er zu sagen hatte? Sie sah an sich hinunter. Aber er hatte ja recht! Sie sah absolut peinlich aus! Wenn sie nicht schleunigst neue Klamotten fand, würde sie lieber nackt gehen. Na ja, fast.

Marie starrte Robbie wütend hinterher. Der stieg unterdessen seelenruhig und ein Liedchen pfeifend die steilen Stufen hinauf, klimperte mit einem Schlüsselbund und verschwand dann aus ihrem Sichtfeld. Offenbar gab es über dem zweiten Stock noch einen ausgebauten Dachboden oder so etwas.

Sie wusste im ersten Moment nicht, ob sie erleichtert oder doch ein wenig beunruhigt sein sollte, jetzt allein zu sein. Auf jeden Fall war dieser Robbie eine echte Nervensäge und ganz sicher *kein* Gentleman!

Sie schüttelte sich und straffte die Schultern. „Du kommst schon klar, mach dir nicht ins Hemd“, redete sie sich selbst Mut zu und setzte ihren Weg über den schummrigen Flur fort. Die Dielen unter ihren Füßen knarrten bei jedem Schritt. Sonst hörte sie nichts. Keine Stimmen, kein Lachen. Anscheinend war sie ganz allein hier oben.

Am Ende des Flures angekommen, wollte sie gerade die Tür zu ihrem Zimmer öffnen, als sie doch ein Geräusch hörte. Ein Poltern. Dann fluchte jemand leise.

Marie trat wieder einen Schritt zurück und starrte auf die Klinke. In der nächsten Sekunde wurde die Tür auch schon aufgerissen.

Ein großes dunkelhaariges Mädchen kam dahinter zum Vorschein. Es war recht hübsch, wenn man mal von seiner zu klein geratenen Nase absah. Die dunklen Augen standen eng nebeneinander und hatten etwas Katzenartiges, Lauerndes.

Trotzdem versuchte Marie zu lächeln. Denn wenn das Mädchen sich ein Zimmer mit ihr teilte, war es höchstwahrscheinlich ihre beste Freundin und die einzige Person, die ihr weiterhelfen würde.

Allerdings hatte sie keine Ahnung, wie das Mädchen eigentlich hieß. Verfluchtes Gedächtnis! Hoffentlich war es,

wie die Ärztin im Krankenhaus gesagt hatte, und ihre Erinnerung würde bald wieder zurückkehren. Bis dahin würde sie versuchen müssen die peinlichen Erinnerungslücken, so gut es ging, zu überspielen.
„Hey! Ein Glück bist du hier! Ich dachte schon, alle sind ausgeflogen!“, quatschte Marie drauflos. Wenn sie möglichst viel redete, würde es vielleicht nicht so auffallen, dass sie keinen blassen Schimmer hatte, mit wem sie sich da überhaupt ihr Zimmer teilte.
Das Mädchen stand einfach nur da und starrte sie an.
Also fackelte Marie nicht lange, umarmte es und küsste es auf die Wange. „He, Süße, ich kann dir gar nicht sagen, wie froh ich bin, wieder hier zu sein! Im Krankenhaus war alles sooooo schrecklich! Du kannst es dir nicht vorstellen! Und ich musste mir das Zimmer mit zwei wildfremden Frauen teilen. Und die ganze Zeit hab ich mich gefragt, warum du mich nicht besuchen kommst. Aber jetzt weiß ich, warum. Weil wir hier am Arsch der Welt wohnen!“
Marie ließ das fremde Mädchen los. Es hob bloß pikiert die fein gezupften Augenbrauen.
„Oh, sorry … ich …“ Marie dachte fieberhaft darüber nach, was sie als Nächstes sagen sollte. So, wie es schien, kam sie nicht darum herum, die größte aller Peinlichkeiten zuzuge-

ben. „Weißt du, ich habe nämlich …“, begann sie zögernd. „Ich habe seit dem Unfall ein paar … Gedächtnislücken“, gestand sie kleinlaut.
„Gedächtnislücken. Soso …“, sagte das Mädchen endlich und lächelte. Noch immer ein wenig lauernd.
Marie winkte ab. „Ja, aber die Ärzte meinten, das gibt sich bald wieder … Ähm, sag mal, weißt du eigentlich, wo meine Klamotten hier sind?“ Marie schob sich an ihrer Zimmergenossin vorbei und hielt Kurs auf den einzigen klapprigen Schrank. Dabei fiel ihr Blick auf das kleine Fenster an der Stirnseite des Zimmers, von dem aus man die Silhouette eines Leuchtturmes sehen konnte. Marie verharrte einen Moment stirnrunzelnd. Der Leuchtturm kam ihr bekannt vor.
„Deine Sachen sind alle in dem Rucksack“, sagte das Mädchen hinter ihr. „Du wolltest sie auf keinen Fall auspacken.“
Marie geriet ins Wanken und starrte wie betäubt auf den schwarzen Rucksack, der an ihrem Arm baumelte. „Aber da waren nur die hässlichen Lumpen drin, die ich gerade trage, und lauter andere schreckliche Sachen!“, rief sie entsetzt. Das konnte doch nicht sein! „Sag mal …“
„Helene, ich heiße Helene“, unterbrach sie das Mädchen schmunzelnd.

Marie grinste verlegen. „Äh, ja klar, weiß ich doch. An meine beste Freundin kann ich mich natürlich noch erinnern", pokerte sie.
„Natürlich." Helene strahlte.
Marie seufzte theatralisch. „Oh Mann, ich brauche dringend ordentliche Klamotten. Dieser Robbie macht sich schon über mich lustig deshalb. Stell dir das mal vor!"
Marie bemerkte, wie Helenes Augen interessiert aufblitzten, als Robbies Name fiel.
Kein Wunder. So ätzend er auch war, so gut aussehend war er leider auch, zumindest wenn man eine Schwäche für Bad Boys hatte.
Marie musste ihrer Freundin Helene unbedingt ein paar ordentliche Klamotten abluchsen. Im richtigen Outfit würde sie Robbie vielleicht ködern und die Friedensverhandlungen noch einmal aufnehmen können. Ganz bestimmt sogar.
Also legte Marie ihrer Freundin verschwörerisch die Hand auf den Arm. „Soll ich dir was verraten?" Sie klimperte mit den Wimpern.
„Jetzt bin ich aber gespannt!", sagte Helene.
„Ich glaube, ich weiß, wo Robbie wohnt."
Helene legte die Stirn in Falten.

Marie freute sich, endlich ihr Interesse geweckt zu haben.
„Wo denn?“, fragte Helene argwöhnisch.
„Direkt über uns! Unter dem Dach! Ich hab ihn vorhin die Treppe hinaufgehen sehen und er hatte einen Schlüssel dabei.“ Marie kicherte. „Was meinst du, ich könnte später einfach mal unter einem Vorwand bei ihm klopfen. Ihm sagen, ich hätte was im Wagen vergessen oder so … Kommst du mit?“ Marie schob schmollend die Unterlippe vor. Mädels gemeinsam auf Jungsjagd – so was verband! „Allein traue ich mich das nicht …“ Sie raufte sich in gespielter Verzweiflung die Haare. „Und noch dazu in diesem Outfit!“
Marie sah Helene erwartungsvoll an und konnte förmlich hören, wie es hinter der Stirn des anderen Mädchens ratterte. Sie grinste in sich hinein und wartete ab. Diese Chance würde sich Helene garantiert nicht entgehen lassen!
„Warum nicht …“, sagte Helene schließlich und marschierte lächelnd zum Schrank. „Hier, du kannst eine alte Jeans von mir anprobieren, die sollte dir passen. Und dieses Oberteil. Das hatte ich eh nur zur Reserve eingepackt. Die Farbe macht mich blass.“ Sie zog die Sachen hervor und drückte sie Marie in die Arme. „Wiedersehen macht Freude.“ Dann drehte sie sich um und wollte gehen.

Marie konnte ihr Glück kaum fassen. „Hey, wo find ich dich später?", rief sie, ohne sich zu bedanken. „Du weißt schon, für unser Date mit Robbie ..."

„Wir finden uns schon", erwiderte Helene. Mit diesen Worten verließ sie das Zimmer.

Marie zuckte die Achseln und warf sich auf das Doppelstockbett. Die Federn quietschten. Helene und sie würden sicherlich gut miteinander klarkommen.

10

MARIE PACKTE IHREN RUCKSACK AUS. Sie setzte die grüne Stoffschildkröte seufzend auf ihr Kopfkissen und räumte die wenigen Habseligkeiten in den Schrank, den Helene mit ihrer üppigen Garderobe fast vollständig in Beschlag genommen hatte. Eine Weile starrte sie ihre eigenen Sachen nachdenklich an. Wie konnte es sein, dass sie nur so wenige Dinge mitgenommen hatte?

Was war das überhaupt für ein Heim, in dem sie angeblich wohnte? Und warum hatte sie keine einzige Erinnerung daran? Keine einzige Erinnerung an *irgendwas?!*

Vielleicht willst du dich einfach nicht erinnern, hallten ihr die Worte der Ärztin durch den Kopf.

War ihr bisheriges Leben wirklich so schrecklich gewesen, dass sie einfach versuchte es zu vergessen? Marie schüttelte sich und verdrängte den Gedanken. Er fühlte sich falsch an, machte ihr Angst.

Da fiel ihr Blick auf eine Geldbörse. Sie lag ganz unten im Rucksack – beinahe hätte Marie sie übersehen. Eilig griff sie danach und öffnete den Druckknopf. Das Portemonnaie war aus dunklem Jeansstoff und sah ziemlich zerschlissen aus. Stirnrunzelnd zog Marie die Fächer auseinander. Gähnende Leere. Dann öffnete sie den Reißverschluss in der Mitte und fand ein paar wenige Münzen. Etwas Neues zum Anziehen würde sie sich davon allerdings kaum leisten können. Höchstens ein Eis am Strand.

Zornig schleuderte sie die Geldbörse aufs Bett. Offenbar war sie nicht nur ein Heimkind, sondern auch noch arm wie eine Kirchenmaus! Marie hätte am liebsten geheult vor Wut, aber dann riss sie sich zusammen. Heulen half überhaupt nichts. Eine Dusche hingegen schon. Wenn sie erst einmal geduscht hatte, würde die Welt vielleicht schon wieder anders aussehen.

Mit frischer Wäsche, Helenes Sachen, einem Handtuch und ihrer Tüte mit Waschutensilien beladen, verließ sie das Zimmer und schlich auf leisen Sohlen über den Flur Richtung Bad. Im Gegenlicht sah sie Staubflocken in der Luft tanzen. Doch sonst regte sich nichts auf dem Flur. Überhaupt schien es auf einmal totenstill in dem alten Gasthof.

Im Bad war es stockdunkel. Mit der freien Hand tastete sie an der Wand neben dem hölzernen Türrahmen entlang. Er fühlte sich rau und feucht an. „Igitt …“, flüsterte sie. Im nächsten Moment fand sie den Schalter, drückte ihn, und es wurde hell. Furchtbar hell.

Sie sah nach oben. Eine nackte, viel zu grelle Glühbirne hing an der Decke, von der der Putz bröckelte. Die Fliesen waren gesprungen.

Es gab nur zwei Waschbecken – links und rechts neben der Tür. Marie stellte sich vor, was für ein Kampf um den Spiegel darüber hier jeden Morgen ausgefochten werden musste. Mit schlimmsten Vorahnungen spähte sie in eine der drei Duschkabinen, doch zum Glück war sie sauber und sogar recht geräumig. Trotzdem gab es darin nur einen Haken für das Handtuch.

Also legte sie ihre Sachen in dem Holzregal ab, das an der Wand hing, ging in die Kabine und verriegelte die Tür. Nachdem sie das Wasser aufgedreht hatte, stieg ihr schon bald eine behagliche Dampfwolke entgegen. Als es mollig warm war, hüpfte sie unter den Wasserstrahl. Endlich konnte sie den Krankenhausmief abwaschen!

Sie war gerade fertig mit Haarewaschen, als das Licht im Bad zu flackern anfing.

Marie verharrte in der Bewegung. „Was …" Plötzlich warf die Lampe unruhige Schatten, als würde sie hin und her schwingen. Maries Herz machte einen Satz. „Hallo, ist da wer?" Doch das Rauschen des Wassers war so laut, dass sie ihr eigenes Wort kaum verstand.
Wieder flackerte die Lampe. Und im nächsten Moment wurde es dunkel.
„Verdammter Mist!", fluchte Marie. Was sollte das denn bitte? Hatte jemand das Licht ausgeschaltet? Oder war die Birne durchgebrannt?
Marie stellte das Wasser ab. Durch den dichten Wasserdampf tastete sie nach ihrem Handtuch. Vorsichtig, um nicht auszurutschen, tapste sie vorwärts, erfühlte den Türriegel und zog ihn langsam auf. Dann spähte sie in den fensterlosen Vorraum. Marie erkannte gar nichts. Nicht einmal die eigene Hand vor Augen. Lediglich durch den Spalt unter der Tür sickerte etwas Licht aus dem Flur. Langsam schlitterte sie über den glitschigen Boden darauf zu. Marie verzog angeekelt das Gesicht.
Dann tastete sie nach dem Lichtschalter. Drückte ein paarmal darauf. Doch nichts geschah.
„Mist, Mist, Mist …"
Ihr würde nichts anderes übrig bleiben, als die Tür zum

Flur einen Spaltbreit zu öffnen, wenn sie sich nicht im Stockdunkeln anziehen wollte. Seufzend drückte Marie die Klinke und ließ ein wenig Licht herein. Ihr Blick fiel auf das Holzregal – und sie erstarrte. All ihre Sachen waren weg. Nur die Unterwäsche lag noch da. Marie schaute zur Decke. Jemand hatte die Glühbirne rausgedreht.
Wut stieg in ihr hoch. Jemand wollte ihr einen Streich spielen. Einen ziemlich bescheuerten, kindischen Streich, um genau zu sein! Zornig zog sie ihre Unterwäsche an und wickelte sich wieder ins Handtuch. „Na wartet! Nicht mit mir!“, zischte sie böse und riss die Badezimmertür auf.
„Ich hatte bereits einen verdammt schlechten Tag!“, rief sie nach draußen. „Erst wache ich in einem miefigen Krankenhaus auf, dann werde ich in diese Bruchbude verfrachtet und dann klaut mir auch noch einer …“ Sie verstummte, als sie in die Gesichter ihrer Klassenkameraden sah, die sich auf dem Flur versammelt hatten.
Marie griff ihr Handtuch fester und schluckte. Was ging denn hier ab? Doch immerhin schienen ihre Mitschüler genauso verdattert zu sein wie sie selbst.
Marie reckte den Hals und straffte die Schultern. „Wer von euch war das?“, rief sie laut genug in die Runde, damit auch die Scherzkekse in der letzten Reihe es hören konnten.

Ein Junge, der ganz vorn stand, fand als Erster die Sprache wieder „Na, Loser-Pia, mal wieder nichts zum Anziehen?", feixte er und grinste übers ganze picklige Gesicht.
Maries Blick schoss von einem zum anderen. Wo zum Teufel war diese Helene? Warum stand ihre beste Freundin ihr in diesem megapeinlichen Moment nicht bei? Wo waren Freunde, wenn man sie am dringendsten brauchte?
Na gut, dann musste sie diesen Witzbolden eben selber eine Lektion erteilen. „Ich sag euch jetzt, wie das hier laufen wird", begann sie leise. Sofort wurde es still im Flur. Anscheinend wollten alle wissen, was sie zu sagen hatte, und ein paar ihrer Mitschüler schienen ehrlich beunruhigt. „Ihr gebt mir jetzt auf der Stelle meine Klamotten zurück, und du da ..." Sie deutete auf den pickligen Jungen in der ersten Reihe. „... drehst gefälligst die Glühbirne wieder rein!" Zu ihrer Genugtuung verschwand sein überhebliches Grinsen langsam. Zwei Mädchen, die sich bisher im Hintergrund gehalten hatten, begannen zu tuscheln.
„Hab ich mich irgendwie undeutlich ausgedrückt?", fragte Marie und musterte die beiden Mädchen. Ihre Augen verengten sich zu schmalen Schlitzen. Ganz klar, die schwarzhaarige Kleine hatte ihre Klamotten geklaut und die Blonde mit den kurzen Haaren hatte ihr bestimmt dabei geholfen.

Die beiden Mädchen verstummten, machten aber keinerlei Anstalten, Marie ihre Sachen zurückzugeben.
Marie zuckte die Achseln. „Ich hab echt keinen Bock auf euren Kindergarten. Wie wär's, wenn ihr ein bisschen rausgeht und Topfschlagen spielt. Oder Blindekuh." Sie warf die nassen Haare zurück, marschierte an ihren verdutzten Klassenkameraden vorbei und die Stufen der schmalen, steilen Treppe hinauf, die ins Dachgeschoss führte. Dann klopfte sie an Robbie Heinemanns Tür.

11

MARIE LEHNTE SICH LÄSSIG gegen die Wand und wartete. Fast befürchtete sie schon, dass Robbie noch einmal weggegangen war, doch dann hörte sie Geräusche. Jemand fluchte und trampelte dann mit schwerem Schritt zur Tür.
„He, was hast du vor?“, rief der picklige Junge von unten.
„Wart’s ab!“, rief Marie zurück.
„Also ich weiß nicht, Johannes, vielleicht sollten wir die Birne einfach wieder reindrehen …“, sagte ein anderer Junge, dem die Sache nicht zu behagen schien.
Marie grinste in sich hinein. Doch das Grinsen verging ihr, als Robbie Heinemann die Tür aufriss.
„Was gibt’s?“, blaffte er sie an. Marie zuckte zurück.
Robbies Augen wanderten von Maries nassem Haar hinab zu ihrem Handtuch. Täuschte sie sich oder wurde er kurz rot? Dann fiel sein Blick auf die Schülergruppe am Fuß der Treppe.

Marie drehte sich zu Johannes um, durchbohrte ihn mit Blicken und sagte dann an Robbie gewandt: „Im Bad geht das Licht nicht mehr. Die Jungs haben bereits versucht mir zu helfen, aber die Glühbirne scheint durchgebrannt zu sein. Stimmt's, *Johannes?*"
Johannes stammelte etwas Unverständliches.
Robbie starrte Marie ungerührt an.
Sie schlug ein paarmal die Wimpern auf und nieder.
„Lass das!", zischte er.
„Was denn?", fragte sie unschuldig.
„Du weißt genau, was ich meine", brummte er und schob sich an ihr vorbei die Treppe hinunter.
Johannes streckte Robbie die geklaute Glühbirne entgegen und war plötzlich ganz klein mit Hut. Allein für diesen Anblick hatte sich die ganze Aktion gelohnt! Robbie nahm ihm die Birne ab und marschierte ins Bad. Kurz darauf ging das Licht wieder an. Sehr gut. Weniger gut war, dass Marie ihre Sachen immer noch nicht zurückbekommen hatte.
„Okay, das wäre erledigt", sagte Robbie, als er wieder aus dem Bad kam. „Und nun seht zu, dass ihr Land gewinnt. Soweit ich weiß, ist das der Flur der Mädchen", pflaumte er Johannes, seinen Kumpel und die restlichen Jungen an. Sie stiegen wie begossene Pudel die Treppe hinunter, und

die beiden Mädchen verschwanden in ihr Zimmer – wo sie wahrscheinlich auch Maries Sachen deponiert hatten.
Marie sah Robbie an. Sein schwarzes Haar fiel ihm ungestüm in die Augen und verlieh ihm trotz seiner markanten Gesichtszüge etwas Jungenhaftes.
Marie konnte nicht wegsehen. Sie war wie hypnotisiert.
„Wäre nett, wenn du dir dann mal was anziehen würdest."
Sein Tonfall war eisig. Und auf einmal war ihr kalt. Sie spürte die nassen Haare am Rücken kleben und zitterte.
„Würde ich ja gern!", fuhr sie Robbie an. „Oder glaubst du, ich renne gern so rum und mach mich zum Affen?" Marie hatte die Nase gestrichen voll. Dieser Tag war grauenhaft, und die Tiefschläge nahmen einfach kein Ende.
Robbie funkelte böse zurück. Doch dann wurden seine Gesichtszüge auf einmal weicher. „Das war ein Streich, oder?", fragte er und verdrehte die Augen. „Haben sie dir etwa deine Klamotten geklaut?"
Marie zögerte. Dieser picklige Johannes und die beiden blöden Kühe hätten eine deftige Abreibung allemal verdient gehabt. Aber Marie war keine Petze.
Doch sie musste gar nichts sagen, denn Robbie konnte sich seinen Teil denken. Er seufzte und kratzte sich am Kopf. Er schien mit sich zu ringen. Schließlich warf er die Arme

hoch. „Na los, komm mit. Ich hab oben eine Kiste mit alten Klamotten. Da kannst du dir was raussuchen. Irgendwas wird schon passen." Auch wenn sein Tonfall alles andere als einladend klang, folgte Marie ihm nach oben. *Eine Kiste mit alten Klamotten*, dachte sie und verzog das Gesicht. Heute war wirklich ihr Glückstag.

Andererseits brannte sie darauf, Robbies Wohnung zu sehen. Egal, wie rüpelhaft er mit ihr umsprang – er machte sie auch neugierig, und so schnell würde sie sich nicht abwimmeln lassen.

Am Ende der Treppe angelangt, drückte Robbie die schmale Holztür auf. Sie quietschte laut in den Angeln.

„Die Sachen sind da drüben", sagte Robbie und zeigte auf eine Truhe. „Nimm dir einfach, was du brauchst. Das sind alles Klamotten, die vergessen und nicht abgeholt wurden. Das Zeug lagert hier schon ewig."

Na super. Alte, ungewaschene Klamotten. Was ihr Outfit betraf, konnte Marie heute wohl nicht mehr tiefer sinken.

Als hätte Robbie ihre Gedanken gelesen, fügte er hinzu: „Du kannst die Sachen auch gern unten im Keller waschen, da gibt es eine Maschine mit Münzfunktion."

„Hm ...", brummte sie nur und ignorierte dabei sein zynisches Grinsen.

Sie sah sich um. Die Dachwohnung war größer, als sie erwartet hatte, und im Gegensatz zu den unteren Stockwerken war es hier oben hell. Eine Vielzahl von kleinen Dachfenstern ließ Licht hereinscheinen, das auf die dunklen Holzdielen fiel.

Maries Blick wanderte zu einem großen breiten Ledersofa in der Mitte des Raumes. Zusammen mit zwei Ohrensesseln mit Blumenmuster stand es auf dem einzigen Teppich im Zimmer. Auf einer Seite befand sich eine Küchenzeile und an der Stirnseite des Raumes stand ein großes Bett. Darüber befand sich ein Rundfenster, von dem aus man bis zu der felsigen Küste sehen konnte.

Marie sog erstaunt die Luft ein. „Das ist ja der Wahnsinn!“, flüsterte sie ehrfürchtig. „Was für eine Aussicht!“

Robbie sagte nichts, sondern sah sie einfach nur von der Seite an.

„Hier wohnst du also ganz allein?“, fragte Marie schließlich weiter.

„Ja, mein Vater wohnt im Dorf“, antwortete Robbie widerwillig und machte eine abwehrende Handbewegung. Marie entging die Bitterkeit in seiner Stimme nicht. „Du wolltest dir Klamotten aussuchen“, erinnerte er sie leicht gereizt.

Marie eilte zu der wuchtigen Holztruhe. Daneben stand ein

mehrarmiger Kleiderständer, an dem Mäntel, Jacken und Mützen hingen.
Marie versuchte den Truhendeckel aufzustemmen, scheiterte aber kläglich.
„Mit den schlappen Ärmchen bist du mir im Stall bestimmt eine große Hilfe“, lästerte Robbie, während er neben sie trat und den Deckel mühelos anhob.
Marie schnaubte nur zur Antwort und zog das erstbeste Kleidungsstück heraus. Ein dunkelblaues Sommerkleid. Sie hob es an die Nase und schnüffelte daran. Es roch ein wenig nach Holztruhe, aber durchaus erträglich. Sie warf einen Blick in die Kiste. Ganz oben lagen ein geflochtener weißer Gürtel und ein graues T-Shirt mit Smiley-Aufdruck. Das T-Shirt war gruslig, aber der Gürtel war nicht schlecht. Marie holte ihn heraus.
Robbie neben ihr verschränkte die Arme. „Das ist nicht das KaDeWe, okay? Hast du alles, was du brauchst? Ich hab nicht den ganzen Tag Zeit für deine Späße.“
Marie dachte fieberhaft nach. Sie wollte noch nicht gehen. Sie hatte so viele Fragen an ihn. Zum Beispiel, wie es kam, dass sein Vater woanders wohnte. Aber solange er ihr gegenüber so abweisend war, war an eine normale Unterhaltung kaum zu denken.

Marie seufzte. „Schon gut, ich zieh das Blaue hier an. Hast du vielleicht einen Föhn, den du mir leihen könntest?“ Sie deutete auf ihre nassen Haare.
„Da hinten ist mein Bad.“ Er zeigte auf eine Trennwand. „Trockne dir von mir aus dort die Haare, aber komm nicht auf die Idee, meinen Föhn mitzunehmen. Dann sehe ich den am Ende nie wieder.“
Marie schmunzelte und nickte.
Das blaue Kleid und den weißen Gürtel an sich gepresst, lief sie zu der Trennwand, hinter der sich ein Waschbecken sowie eine altmodische, frei stehende Badewanne befanden. Robbies Bad war viel einladender als das Bad der Mädchen.
Marie seufzte, ließ das Handtuch zu Boden fallen und schlüpfte in das blaue Trägerkleid. Es hatte zumindest die richtige Länge, das hieß, es war nicht zu kurz, allerdings schlabberte es um ihre schmalen Hüften. Also legte sie den weißen Gürtel um und nickte dann zufrieden. So sollte es einigermaßen gehen.
Sie sah sich nach dem versprochenen Föhn um und fand ihn auf einem der Dachbalken. Auch im Bad gab es ein kleines Fenster. Marie blickte hinaus und erspähte die mächtige Eiche, die in der Mitte des Hofes stand.

Während sie sich eilig die Haare trocknete, beobachtete sie ein paar ihrer Mitschüler, die auf dem Hof vor einem Schuppen saßen. Marie trat näher ans Fenster heran und erkannte die beiden Mädchen, die sie für die Klamottendiebinnen gehalten hatte. Bei ihnen war Helene.

Maries Augen verengten sich. Waren das Helenes Freundinnen? Aber warum hatten sie ihr dann die Kleider geklaut?

Grübelnd stellte sie den Föhn ab und trat hinter der Trennwand hervor. Robbie kramte gerade in einem der Küchenschränke. „Endlich fertig?", fragte er, ohne Marie eines Blickes zu würdigen.

Sie verdrehte sie Augen. Das Haareföhnen hatte nicht mal fünf Minuten gedauert!

„Ja", antwortete sie. Dann fiel ihr Blick auf einen kleinen Tisch, den Robbie in eine Fensternische gequetscht hatte. Es gab nur einen Stuhl.

„Isst du immer allein hier?", platzte es aus ihr heraus.

Robbie schlug den Schrank zu, eine Dose Fertigsuppe in der Hand. „Du kommst zu spät zum Essen, und das kann Frau Olberding überhaupt nicht leiden. Da wird sie regelrecht zur Furie."

Marie dachte an ihre Mitschüler – schlagartig verging ihr

der Appetit. Sie hatte absolut keine Lust, noch einen Streit vom Zaun zu brechen. Aber wenn diese pickligen Kleinkinder sich weiterhin so aufführten, würde sie mit Sicherheit die Geduld verlieren.

„Kann ich nicht mit dir was essen?“, fragte Marie, obwohl sie die Antwort bereits kannte – und sie folgte prompt.

„Nein.“

Er öffnete die Dose und schüttete den Inhalt in einen kleinen Topf.

Marie blieb eisern. „Arbeitest du den ganzen Tag im Stall?“, fragte sie unbeirrt weiter. Sonderlich bewohnt sah Robbies schönes großes Zimmer nämlich nicht aus. Dafür war es viel zu ordentlich, fand sie.

Plötzlich durchzuckte ihre Gedanken das Bild von einem anderen Dachzimmer. *Lichtdurchflutet, weiß und hell – aber weit weniger aufgeräumt. Ein Bett mit rosafarbener Kuscheldecke, auf der ein Haufen Klamotten und ein großes Einhorn lagen. Überall auf dem Boden waren Taschen und Schuhe verstreut …*

Eine Hand legte sich von hinten auf ihre Schulter. Marie zuckte erschrocken zusammen.

„Ja, ich arbeite den ganzen Tag im Stall, jetzt im Sommer von Sonnenaufgang bis acht Uhr abends.“ Robbie schob sie bestimmt in Richtung Tür. „Du solltest jetzt wirklich gehen." Robbie hielt ihr ein Bündel Klamotten hin. „Das sind Reitsachen, die dir passen sollten. Nimm sie einfach auch noch mit."

Marie nahm die Sachen verdattert entgegen. „Da-danke ... ähm ... Dann sehen wir uns morgen?", fragte sie.

„Darauf kannst du wetten", brummte er und schlug ihr die Tür vor der Nase zu.

Marie starrte noch ein paar Sekunden auf die Tür, dann drehte sie sich langsam um und ging nach unten ins Bad, um ihre restlichen Sachen einzusammeln.

Immerhin hatte er sie seinen Föhn benutzen lassen, dachte sie. Das war doch schon ein halber Waffenstillstand, oder? Mit ihrer Plastiktüte sowie dem Bündel Reitsachen im Arm marschierte sie ein wenig beschwingter den langen dunklen Flur hinab zurück zu ihrem Zimmer.

12

IHR ZIMMER WAR LEER, als sie dort ankam. Wahrscheinlich waren Helene und die anderen bereits im Speisesaal. Marie warf die Sachen aufs Bett und ließ sich auf die Decke fallen. Sie dachte an das schöne, lichtdurchflutete Zimmer aus ihrem Tagtraum und an die rosafarbene Kuscheldecke. Wo sich dieses Zimmer wohl befand? Sicherlich nicht in einem Wohnheim …

Marie stand wieder auf und stellte sich vor den gesprungenen Spiegel, der in einer Ecke neben dem Fenster hing. Sie besah sich ihre etwas wirren Haare, dann band sie sie zu einem lockeren Zopf zusammen. Das Haargummi dafür hatte sie in ihrem Rucksack gefunden. Anschließend betrachtete sie ihr ungeschminktes Gesicht. Sollte sie wirklich so zum Essen gehen oder sich ein paar Schminksachen von Helene ausleihen? Aber wahrscheinlich war es eher nicht ratsam, die Großzügigkeit ihrer Freundin derart auf

die Probe zu stellen. Immerhin musste sie Helene ja auch noch verklickern, dass die Jeans und das Oberteil, das sie ihr geliehen hatte, verschwunden waren …
Dann sah sie zum Fenster hinaus. Das Meer jenseits der Landzunge glitzerte orangerot in der satten Abendsonne. Wieder fiel ihr Blick auf den Leuchtturm, dessen Anblick ihr so vertraut war, und eine dumpfe Traurigkeit breitete sich in ihr aus wie eine verschollene Erinnerung.
Marie schüttelte das Gefühl ab und straffte die Schultern. „Auf geht's!" Sie würde ihren Mitschülern schon zeigen, dass sie sich von niemandem auf der Nase herumtanzen ließ!
Sie beeilte sich, nach unten zu kommen. Bereits im Treppenhaus vernahm sie die ersten Stimmen und das lautstarke Klappern von Besteck und Tellern.
Sie steuerte auf den Raum zu, aus dem die Geräusche kamen. Eine breite Flügeltür führte in einen großen Speisesaal. Marie ließ den Blick umherschweifen. Genau wie der Rest des Hauses musste der Saal einmal repräsentativ und herrschaftlich gewesen sein. Doch jetzt zeugten lediglich die filigran geschnitzten Deckenverzierungen sowie das wunderschöne Fischgrätenparkett von seinem einstigen Glanz.

An einer langen Tafel, die direkt vor dem bodentiefen Fenster gegenüber der Flügeltür stand, entdeckte Marie Helene. Sie saß tatsächlich neben den beiden Kleiderklauerinnen. Marie seufzte – und lächelte entschlossen. Sie würde sich ihren Platz schon erkämpfen! „Na wartet!“, zischte sie leise. „Nicht mit mir.“

Erhobenen Hauptes stolzierte sie auf den Tisch der Mädchen zu, zog sich einen freien Stuhl zurück und ließ sich lässig darauffallen.

„Boah, Leute“, rief sie, „wer auch immer sich die Sache mit dem Klamottenklau ausgedacht hatte, hat mir echt einen krassen Gefallen getan!“ Mit einem strahlenden Lächeln wandte sie sich direkt an Helene. „Hast du's schon mitbekommen? Irgendjemand hat mir meine Sachen geklaut, als ich duschen war …“ Während sie albern vor sich hin kicherte, griff sie sich eines der Sandwiches, die zwischen ihnen auf einem großen Teller lagen. „Zuerst war mir die ganze Situation ja voll peinlich!“ Sie ignorierte die erstarrten Blicke ihrer Zuhörerinnen sowie die plötzliche Stille im Saal und lud sich noch ein zweites Sandwich auf ihren Teller. „Aber so hatte ich ja einen super Vorwand, um bei Robbie zu klopfen.“

Marie schob sich das erste Stück Brot in den Mund und

kaute genüsslich. Das schmeckte echt gut! Auf jeden Fall viel besser, als sie erwartet hatte. „Hm, lecker ...“, schmatzte sie.

Weder Helene noch eines der anderen Mädchen am Tisch rührten sich.

„Stellt euch vor, Robbie hat mich gerettet! Ich durfte sein Bad benutzen und dann hat er mir sogar was zum Anziehen besorgt!“ Verträumt verdrehte sie die Augen. „Er ist einfach so süß, findet ihr nicht?“ Sie sah in die Runde und wartete.

Die Mädchen starrten sie immer noch regungslos an. Mit offenem Mund. Ihre gesamte Haltung ein einziges Fragezeichen. Marie musterte sie unverhohlen. Die kleine Schwarzhaarige, die links von Helene saß, war ja ganz hübsch mit ihren vollen Pausbacken und den roten Lippen, aber die Blonde mit den kurzen Haaren, die auf der anderen Seite saß, sollte sich dringend mal eine neue Ausstrahlung zulegen. Der eisige Blick aus den stechend blauen Augen war ja geradezu Furcht einflößend!

„Äh ... Pia?“ Helene schenkte ihr ein schiefes Grinsen.

„Ja?“

Helene beugte sich über den Tisch. „Du solltest vielleicht nicht so überschwänglich von Robbie Heinemann erzählen, wenn dein Freund dabei zuhört“, flüsterte sie.

Ohne es zu wollen, wurde Marie rot. Sie hatte einen Freund? Der Schock musste ihr ins Gesicht geschrieben stehen, denn schon fingen Helenes Freundinnen an zu kichern.

Helene deutete mit einem Nicken über Maries Schulter. „Na ja, ihr seid noch nicht so lange zusammen, aber soweit ich weiß, wart ihr vorgestern noch schwer verliebt."

Maries Gedanken rasten. Sie war schwer verliebt und konnte sich nicht daran erinnern? War das möglich? Und hatte die Ärztin im Krankenhaus nicht behauptet, ihr Gedächtnis würde bald wieder einwandfrei funktionieren? Sollte sie sich dann zumindest nicht daran erinnern, dass sie einen Freund hatte? Oder hatte Helene einfach nur einen sehr bösartigen Sinn für Humor und nutzte es eiskalt aus, dass Marie ihr Gedächtnis verloren hatte? Allmählich überkamen Marie Zweifel, dass das schlanke Mädchen mit dem dunkelbraunen Schneewittchenhaar, das ihr gegenüber am Tisch saß, wirklich ihre beste Freundin war.

Langsam wandte sich Marie um und ihr Blick viel auf einen der runden Tische, die hinter ihnen standen. Dort saß ein fülliges Mädchen mit Brille zusammen mit einem großen schlaksigen Jungen. Er hatte blondes Haar und helle Augen. Er sah nicht schlecht aus, wie Marie zugeben musste, und er hatte ein sympathisches Lachen. Trotzdem war er definitiv nicht ihr Typ. Sie hatte nun mal eine Schwäche für Bad Boys und dieser Typ gehörte sicher nicht in diese Kategorie. Andererseits ...

In dem Moment stand der Junge auf und kam auf sie zu. Marie sog erschrocken die Luft ein.

Helene lehnte sich zurück. Offensichtlich war sie gespannt darauf zu sehen, was als Nächstes passieren würde.

„Hey, Pia, alles klar bei dir?“, fragte der Junge zögernd. Unsicher sah er dabei zu Helene und ihren Freundinnen.

Einen Augenblick war Marie so überrumpelt, dass sie gar nicht wusste, was sie sagen sollte. „Ich ...“

„Du kannst dich auch gern zu mir und Melina setzen“, fügte er hinzu, und es sah so aus, als würde die Unterhaltung ihn ziemlich viel Mühe kosten.

Marie sagte noch immer nichts.

„Na ja, ich wollte es nur anbieten, weil ...“ Er warf Helene und ihren kichernden Freundinnen einen misstrauischen Blick zu. „Das mit dem Unfall tut mir leid. Aber ich fand dich auch echt mutig“, sagte er und wandte sich zum Gehen.

Marie gab sich einen Ruck „Danke!“, rief sie. Sie wusste nicht, warum sie das tat, aber der Junge schien wirklich nett zu sein. Außerdem erinnerte er sie an jemanden, auch wenn ihr gerade nicht einfallen wollte, an wen.

„Okay, Leute, wo ist euer Küchendienst!?", rief jemand laut durch den Saal.
Marie sah erschrocken auf. In der Tür zum Speisesaal stand Robbie. Er sah zu ihnen herüber. „Helene und Pia, ihr wart noch nicht dran." Dann deutete er auf den schlaksigen, blonden Jungen, der angeblich Maries Freund sein sollte. „Marven, richtig? Du kannst ihnen gern dabei helfen, wenn du schon da rumstehst."
Sofort ging das große Stühlerücken los. Offenbar war Robbies Ansage für den Rest der Klasse das Signal zum Aufstehen gewesen. Maries Mitschüler eilten durch die Flügeltür nach draußen, trampelten die Treppe hinauf oder strömten hinaus auf den Hof.
Schließlich blieben nur noch Helene, ihre beiden Freundinnen, Marie und Marven zurück.
„Wo die Küche ist, wisst ihr ja. Den Rest kriegt ihr bestimmt auch noch hin." Robbies Blick ruhte dabei auf Marie. War das da etwa Schadenfreude in seinen Augen? Marie stöhnte. Heute war wirklich ihr Unglückstag!
Endlich drehte Robbie ab und verschwand. Marie sah ihm ratlos hinterher.
„Pia, Süße, ich habe meiner Mutter versprochen, sie nach dem Abendessen anzurufen", säuselte Helene lieblich.

„Würde es dir viel ausmachen, schon mal allein anzufangen? Ich brauche auch wirklich nicht lang!“
Marven verdrehte bloß die Augen.
Marie holte Luft, schluckte die spitze Bemerkung, die ihr auf der Zunge lag, aber hinunter. Sie hatte keine Energie mehr für den nächsten Kleinkrieg mit ihrer *ach so besten* Freundin. „Kein Thema, geh du ruhig telefonieren“, sagte sie matt. „Ich mach das schon.“ Sie hatte zwar weder eine Ahnung, wo sich die Küche befand noch was eigentlich genau von ihr erwartet wurde. Aber vielleicht würde Marven ihr weiterhelfen.
„Los, komm, Zoe“, sagte Helene zu der Schwarzhaarigen und an die Blonde mit den Eisaugen gewandt: „Was ist mit dir, Greta? Willst du da Wurzeln schlagen?“ Die Mädchen erhoben sich artig und dackelten ihrer Anführerin hinterher. Marie entgingen ihre fiesen Blicke nicht, aber sie ignorierte sie gekonnt.
Als die drei außer Hörweite waren, zischte Marven: „Die beiden benehmen sich echt wie ihre Schoßhündchen.“
„Ist die immer so?“, fragte Marie.
„Wer? Helene?“ Marven sah Marie verwundert an. „Ist das eine ernst gemeinte Frage?“
Marie nickte. „Leider ja“, gestand sie und fasste augen-

blicklich Vertrauen zu dem Jungen, der ganz sicher nicht ihr Freund war, wie sie nun für sich beschloss. „Weißt du, ich habe seit dem Unfall ein paar Erinnerungslücken. Und jetzt muss ich versuchen die Puzzleteile wieder zu einem Bild zusammenzusetzen."

„Ich hab mich schon gewundert, warum du dich freiwillig an ihren Tisch gesetzt hast", sagte Marven grinsend. „Aber um deine Frage zu beantworten: Ja, Helene ist immer so. Und heute hat sie sogar einen guten Tag!"

Marie musste lachen. „Wo ist denn die Küche?", fragte sie dann.

„Komm, ich zeig's dir. Dann können wir auch gleich die Tabletts dort mitnehmen." Er lief auf die Saaltür zu. „Keine Angst, ich werde dich nicht auch noch sitzen lassen mit der ganzen Arbeit."

Marie lächelte dankbar, und plötzlich durchzuckte sie ein Gedanke. *Ein blonder Junge auf dem Pferd, der lachend vor ihr her durch die Brandung ritt. Das Wasser spritzte an ihr hoch, während sie ihre Hand in die Mähne eines goldenen Pferds gekrallt hatte ...*

„Braucht ihr Hilfe?"

Marie zuckte zusammen. Das Mädchen, das neben Marven am Tisch gesessen hatte, stand plötzlich vor ihnen.

„Das ist voll nett, Melina. Aber wir schaffen das schon!“, sagte Marven. „Du hattest doch schon gestern Küchendienst.“

„Du aber auch!“, gab sie zu bedenken und sah Marie nun kritisch an. „Geht's dir gut? Du siehst irgendwie anders aus ...“ Melina kniff prüfend die Augen zusammen.

„Danke, mir geht's prima“, antwortete Marie. „Abgesehen davon, dass der Tag immer neue Überraschungen für mich bereithält!“, scherzte sie halbherzig.

Melina runzelte noch immer die Stirn. „Hm, ja. Hab gehört, was im Bad passiert ist. Diese Helene ist doch wirklich ...“

„Kommt schon, Leute“, unterbrach Marven sie. „Lasst uns einfach schnell die Küche machen, okay? Ich hab keine Lust, bis Mitternacht Teller zu schrubben.“

Nach einem zweistündigen Spülmarathon schlurfte Marie hoch in ihr Zimmer, schleuderte ihre Turnschuhe von den Füßen und ließ sich total erledigt aufs Bett fallen. Helene schlief bereits tief und fest über ihr. Natürlich war sie nicht mehr zum Abspülen erschienen. Aber nach allem, was Marven ihr über Helene erzählt hatte, überraschte Marie das kein bisschen. Trotzdem war sie inzwischen viel zu müde, um sich darüber zu ärgern.

Eigentlich hatte Marie vorgehabt, sich ihre Plastiktüte zu schnappen und noch einmal ins Bad zu verschwinden, doch jetzt, da sie lag, konnte sie unmöglich noch einmal aufstehen.

Im schwachen Schein der Leselampe, die am Bettgestell klemmte, betrachtete sie ihre Hände. Sie waren total verschrumpelt, die Fingernägel eingerissen, und der Nagellack war abgeblättert. Spülen per Hand. Das war ja wie im Mittelalter! Warum zum Teufel hatte ein Gasthof wie dieser keine Spülmaschine? Das gab's doch gar nicht!

Doch bevor sie noch einen weiteren Gedanken an schmutzige Teller, biestige Helenes oder gut aussehende Robbies verschwenden konnte, war sie eingeschlafen.

13

SIE TRÄUMTE VON FEUER.

Schwarz schlugen ihr die Rauchschwaden entgegen. Die grellen Flammen leckten an ihren Händen. Doch sie spürte die Hitze des Feuers nicht. Sondern Eiseskälte. Ihr war so kalt, dass es schmerzte. Brannte.

Sie schrie auf. Aus dem Rauch schälte sich die Silhouette eines Balkens. Er war schwarz von Ruß. Sie tastete sich voran. Plötzlich zerriss ein schrilles Wiehern das Prasseln des Feuers. Und Rufe. Wilde, panische Rufe. „Ihr müsst ihn da rausholen!“

Marie lief taumelnd weiter. Der Stimme und den Schreien entgegen. Sie kannte die Stimme. Sie gehörte einem Mann. Sie wollte zu ihm. Doch ein Labyrinth aus rauchenden Balken versperrte ihr den Weg. Sie grub die Fingernägel ins verkohlte Holz, trat mit ihren nackten Füßen danach. Aber es gab kein Durchkommen.

Sie drehte sich im Kreis. Und dann sah sie ihn. Rabenschwarz, dunkel wie die Nacht, starrten seine Augen sie an. Lodernd wie die Flammen des kalten Feuers. Er stand direkt vor ihr, vollkommen reglos. Denn sie beide waren hier gefangen.

Der Hengst neigte den Kopf. Erst jetzt bemerkte sie seine unregelmäßige weiße Blesse auf der Stirn. Sie leuchtete ihr entgegen wie ein Stern am Nachthimmel. Hell und klar inmitten all des Rauches und der Schwärze seines Fells.

Marie streckte die Hand nach ihm aus, um ihn zu berühren. Hinter ihr die hallenden, panischen Rufe. Doch sie waren eingesperrt zwischen den Balken. Und es gab kein Entkommen.

Schließlich streiften ihre Fingerspitzen das Weiß der Blesse und der Stern explodierte. Funken sprühten. Flammen schlugen hoch. Und dann war überall nichts als Schwärze.

Marie schrie.

„He, aufwachen! Was ist los mit dir?"

Jemand rüttelte sie heftig an der Schulter.

Marie schrie immer noch. Ihr Arm war vollkommen taub und gefühllos. Scharfe Blitze zuckten hindurch. In ihren Fingerspitzen krabbelte es wie von tausend Ameisen.

„Jetzt komm schon, es war nur ein Traum."

Marie schoss in die Höhe und stieß sich den Kopf. Dann

öffnete sie die Augen und blickte in das Gesicht von Robbie. Er hatte sich über ihr Bett gebeugt und starrte sie an. Fast ein wenig besorgt. Aber nur fast.

Marie atmete hektisch und versuchte sich zu orientieren. Verschlafen rieb sie ihre Stirn. „Autsch!"

„Du hast dir den Kopf gestoßen", erklärte ihr Robbie überflüssigerweise.

„Ja, danke, das habe ich gemerkt." Zähneknirschend zog sie sich die Decke zurück über die Schultern. Warum kam er einfach so in ihr Zimmer geplatzt?

Als hätte er ihre Gedanken erraten, verteidigte er sich: „Ich habe ein paarmal geklopft, und als ich dich schreien gehört habe, bin ich reingekommen. War mir nicht sicher, ob Helene dich gerade abmurkst oder so ..."

Sein Blick wanderte nach oben. „Aber die scheint zu schlafen wie ein Murmeltier." Er schnaubte. „Fünf Minuten. Ich warte unten auf dich", knurrte er noch, dann verschwand er aus dem Zimmer.

Als er draußen war, setzte sich Marie auf und strich sich durchs Haar. Was für eine Nacht! Sie drehte den Kopf zum Fenster. Die Sonne ging auf. Sie stöhnte. Sonnenaufgang bedeutete: Stallarbeit.

Sie wusste nicht, ob sie das überstehen würde. Ihre Mus-

keln schmerzten jetzt schon! Aber Robbie würde sie ja wohl nicht den ganzen Tag einspannen. Schließlich war sie auf Klassenfahrt und nicht im Straflager.
Sie schob sich aus dem Bett, lief zum Schrank und holte die Reitsachen heraus, die Robbie ihr am Vortag gegeben hatte. Es waren alte, abgetragene Reitleggins und ein graues T-Shirt. Immerhin sah das T-Shirt einigermaßen passend aus. Schnell zog sie sich die Klamotten über, kämmte sich die Haare und zwirbelte sie zu einem Knoten zusammen. Für ein ausgefeilteres Styling hatte sie keine Zeit. Mit einem letzten neidvollen Blick auf die friedlich schlummernde Helene stürmte sie aus dem Zimmer.
Im Bad, das um diese Uhrzeit natürlich vollkommen verlassen war, machte sie einen kurzen Zahnputzstopp, dann flitzte sie nach unten.
Robbie wartete draußen vor der Tür auf sie. Er trug an diesem Morgen keine Reithose, sondern eine alte Bluejeans und darüber ein enges Langarmshirt. Maries Blick blieb einen Moment an seinen muskulösen Armen hängen.
Er bemerkte es sofort. Ein Grinsen machte sich auf seinen Lippen breit.
Doch anstatt verlegen wegzusehen, betrachtete Marie weiter seine Arme und lächelte. „Guten Morgen."

„Das hat ja ewig gedauert. Ich hoffe, du bist schneller beim Boxenmisten“, sagte er und marschierte los.

Während sie ihm folgte, fiel ihr Blick unweigerlich auf seinen breiten Rücken. „Reitest du heute nicht?“, fragte sie ihn.

Er schüttelte die dunklen Haare. „Zuerst ist Stallarbeit angesagt. Nach dem Frühstück kommt dann die erste Urlaubergruppe.“

Er führte sie hinüber zum Schuppen, wo er ein verrostetes Hollandrand aus einer Nische zog. „Hier, du kannst das nehmen“, sagte er und drückte ihr den klapprigen Lenker in die Hand.

Stirnrunzelnd besah sie sich das Fahrrad. „Und du bist dir sicher, dass das noch fährt?“

„Bis zum Stall auf jeden Fall.“ Lachend zerrte er einen zweiten Drahtesel hervor – diesmal ein Mountainbike, das allerdings kaum besser aussah als Maries Gefährt.

„Normalerweise fahre ich das kurze Stück mit meinem Motorrad, aber das hat es am Wochenende leider zerlegt.“ Sein Tonfall war kalt.

„Wieso, was ist denn passiert?“, fragte sie also neugierig.

Er sah ihr unverwandt in die Augen. „So ’ne verwöhnte Göre ist mit ihrem teuren Schlitten reingedonnert.“

Marie runzelte die Stirn. Er schien auf eine Reaktion von ihr zu warten. „Das tut mir leid, ich hoffe, du bekommst den Schaden erstattet“, sagte sie also. Was hätte sie auch sonst dazu sagen sollen?
Doch er war nicht zufrieden. „Als ob es immer nur ums Geld gehen würde! Ich hänge an diesem Bike, verstehst du?“ Er sah sie eindringlich an. Sein Blick war glühend. „Ich habe es selbst zusammengebaut aus altem Schrott, weil mir mein Vater keinen eigenen Wagen …“ Er stockte und brach dann ab. „Ach, vergiss es einfach! Lass uns fahren.“
Er riss sein Fahrrad herum und schwang sich in den Sattel. Marie sah ihm einen Moment hinterher. Ein Gedanke zupfte an ihrer Erinnerung, etwas Wichtiges, was ihr hätte einfallen müssen. Doch sosehr sie sich auch bemühte – die Erinnerung wollte nicht zurückkommen.

14

Gemeinsam holperten sie bergab über einen staubigen Feldweg. Im schwachen Licht der Morgendämmerung konnte Marie schon bald die Umrisse eines Stallgebäudes ausmachen. Der Weg machte eine scharfe Biegung, und dann erreichten sie den Reitplatz. Er wurde von einem maroden, windschiefen Lattenzaun eingegrenzt und erstreckte sich bis hinüber zur Reithalle. In den Ecken wuchs Gras und an manchen Stellen wucherten die Büsche über die Umrandung hinaus.

Robbie stieg vom Rad. „So, da wären wir." Er lehnte das Fahrrad gegen einen Baum und öffnete ein Gatter.

„Hast du keine anderen Angestellten hier, die dir helfen?", fragte Marie, während sie den Blick über die Anlage schweifen ließ.

Der Stall musste einst ein imposantes Gebäude gewesen sein, genau wie das Gasthaus, doch so, wie er jetzt aussah, konnte man sich kaum vorstellen, dass er je wieder in altem Glanz erstrahlen würde. Die Wände waren wohl einmal weiß gewesen, genau wie sämtliche Gatter und Zäune. Doch nun war die Farbe abgeblättert und das Holz verrottet. Schlamm von vielen Wintern haftete an den Außenwänden und auch der gepflasterte Hof war an den Rändern von Gras und Unkraut überwuchert.

Abgesehen davon war es jedoch aufgeräumt und sauber.

Robbie schnaubte. „Dafür bist du ja jetzt hier, oder nicht?"

Er führte sie über den Reitplatz hinüber zum Stall. Nun, da sie über unebenen Boden liefen, bemerkte Marie wieder sein Hinken. Auch wenn sie nicht sagen konnte, warum, so hatte sie das Gefühl, dass Robbie ihr immer nur die halbe Wahrheit erzählte. Ja, er verbarg etwas vor ihr, und Marie war fest entschlossen herauszufinden, was es war.

„Was ist eigentlich mit deinem Bein?", fragte sie forsch.

Seine Schultern versteiften sich, als er sich zu ihr umdrehte. „Ich glaube nicht, dass dich das was angeht."

„Ach komm, jetzt sag schon", erwiderte Marie hartnäckig.

Sie hörte seine Zähne förmlich knirschen. „Reitunfall", sagte er dann knapp.

Sie waren inzwischen am Stalltor angelangt und der Wind trug ihnen das sanfte Schnauben der Pferde entgegen.

Reitunfall. *Wieder so eine halbe Wahrheit*, dachte Marie. Seine angespannte Körperhaltung und seine blitzenden Augen verrieten es ihr. Noch nie hatte sie so dunkle Augen gesehen. Jetzt im schwachen Licht des Morgens wirkten sie fast schwarz.

Wie hypnotisiert formulierte sie ihre nächste Frage. „Und wie ist das passiert?"

Statt zu antworten, drückte Robbie Marie eine Mistgabel in die Hand. „Wie wäre es, wenn du weniger fragst und dafür mehr arbeitest? Du hast fünfundzwanzig Boxen zu misten, während ich die Pferde von den Koppeln hole, damit sie drinnen fressen können. Ich schlage also vor, du fängst an."

Marie öffnete den Mund, um etwas zu sagen, doch er unterbrach sie. „Es sei denn, du hast vor, das Frühstück heute ausfallen zu lassen ..."

Sie schloss den Mund wieder und packte die Mistgabel fester. „Krieg ich hin! Wo ist die Mistkarre?"

Sein Lächeln wurde breit. „Gibt's leider nicht. Sind alle hinüber. Wir konnten uns nur die da leisten." Er deutete auf einen Haufen Plastiksäcke am Stalleingang.

Maries Augen wurden groß. „Was ist *das* denn?", fragte sie argwöhnisch.

Robbie schmunzelte. „Das sind große Plastikplanen. Sie

haben vier Schlaufen an den Ecken und du kannst sie dir auf den Rücken schwingen, nachdem du den Mist draufgeschaufelt hast.“ Lauernd wartete er auf ihre Reaktion.
Zu gern hätte sie ihm einen frechen Spruch entgegengeschleudert – keine Sekunde glaubte sie, dass es hier keine Schubkarren gab –, aber stattdessen sah sie Robbie tief in die Augen und trat ein wenig näher an ihn heran. „Klar, Chef, wird erledigt“, hauchte sie ihm zu und rempelte ihn im Vorbeigehen ein wenig mit der Schulter an. Robbie Heinemann war eine harte Nuss, aber sie liebte Herausforderungen!
Vor sich hin summend, marschierte sie zur ersten Box, breitete die Plane vor der Tür aus und begann zu misten. Wie schwierig konnte das schon sein? Das Pferd darin – ein großes Schwarzes, das sie ein wenig an ein Schlachtross aus einem Ritterfilm erinnerte – machte ihr Platz und schnupperte neugierig an ihrem Haar.
Sanft strich sie ihm über die Nüstern. „Keine Sorge, dein Stall wird gleich so was von sauber sein …“
Schwungvoll stach sie ins Stroh und beförderte den ersten Haufen auf die Plane. Dabei verlor sie jedoch die Hälfte und musste noch einmal kräftig nachstochern. Immer mehr Stroh verschwand aus der Box. Als sie den fünften

Haufen entfernt hatte, war die Plane so voll, dass der Mist bereits über die Ränder quoll. Marie lehnte die Gabel von außen gegen die Tür und machte sich daran, die Ecken zusammenzufalten. Immer wieder rieselte der Mist an den Seiten heraus.

Ächzend hievte sie die Plane über die Schulter. Eine Ladung Mist ergoss sich über ihren Rücken. Schweiß sammelte sich in ihrem Nacken und die nassen Haare klebten ihr an der Stirn. Auch wenn noch immer ein kühler Wind ging, so war ihr auf einmal unendlich heiß.

Gerade bog sie um die Ecke, hinter der sie den Misthaufen vermutete, als Robbie ihr mit zwei dunkelbraunen Pferden entgegenkam. Schnaufend ließ sie die Plane zu Boden gleiten.

Robbie schien ihr Anblick prächtig zu amüsieren. „Es ist noch ein weiter Weg, aber die Richtung stimmt!“, rief er und verschwand in der Stallgasse.

Böse funkelte sie ihm hinterher, dann packte sie die Griffe und zog die Plane weiter. Zu ihrer Erleichterung hatte Robbie doch ein wenig übertrieben.

Der Misthaufen befand sich jenseits einer zerfallenen Mauer an der Rückseite des Stalles. Dahinter erstreckte sich ein breiter Streifen Schilfgras hinunter bis zu den Dünen.

Marie leerte die Plane aus und beschirmte mit der Hand die Augen, denn gerade schob sich im Osten die Sonne über die Landzunge und ließ die roten Streifen des Leuchtturmes feurig erstrahlen. Ein Schwarm Möwen erhob sich kreischend in den Himmel über dem Meer. Träge zogen sie ihre Kreise, nur um sich dann gemeinsam in die Fluten zu stürzen. Marie wischte sich eine feuchte Strähne aus der Stirn. Heute würde ein heißer Tag werden. Und sie hatte noch nicht mal eine Box zu Ende gemistet.

Entschlossen packte sie die leere Plane und lief zurück in den Stall.

Dort wartete Robbie bereits vor der Box des schwarzen Schlachtrosses. „Das nennst du misten?“, rief er ihr zornig entgegen. „Du hast fast seinen ganzen Stall leer geräumt! Auch wenn es dich überraschen mag, selbst Stroh kostet Geld! Also sieh zu, dass du sparsam damit umgehst! Und jetzt füll die Box erst mal wieder auf!“ Dann machte er auf dem Absatz kehrt und humpelte aus dem Stall.

Marie stand da, als hätte man sie geohrfeigt. Schließlich öffnete sie die Box des Schwarzen wieder, um ihr Werk zu begutachten. Vielleicht hatte sie wirklich zu viel Stroh weggeschafft. Ein Großteil des Boxeninhalts klebte nun zumindest an ihr! Angeekelt wischte sie sich die Hose ab.

„Trotzdem kein Grund, gleich so rumzublöken, oder?“, fragte sie das Pferd. „Das hätte er mir ja auch einfach vorher sagen können …“
Schnaufend lief sie zurück nach draußen. Sie musste neues Stroh finden. Ratlos schleifte sie ihre Plane um den Stall herum. Beim Misthaufen hatte sie kein Stroh gesehen, also lief sie in die andere Richtung zum Reitplatz. Dort angekommen sah sie Robbie zwischen den Bäumen verschwinden, hinter denen die Koppeln der Strandreitschule lagen.
Unter dem Dach neben dem Halleneingang wurde sie schließlich fündig. Allerdings stapelten sich die Ballen mindestens zehn Meter hoch und keiner davon schien angebrochen. Was sollte sie bloß tun? Weitermisten oder versuchen das Stroh zu lösen?
Plötzlich fiel ihr Blick auf ein Messer, das im unteren Strohballen steckte. Das würde helfen! Sie griff danach und durchtrennte die Schnur am untersten Ballen, sofort löste sich der Strohballen und fiel auseinander. Sie musste niesen, als ihr der Staub in die Nase stieg. „Hatschi!“ Sie bückte sich und lud eine Ladung Stroh auf die Plane. Plötzlich knarrte es über ihr verdächtig. Marie sah auf.
Der Ballenturm schwankte.
„Oh, verdammter … Das gibt’s doch nicht!“

Marie versuchte noch sich dagegenzuwerfen, aber umsonst. Der Turm verlor das Gleichgewicht und stürzte ihr entgegen. Alles, was sie tun konnte, war sich in Sicherheit zu bringen. Sie packte die Plane und rannte zur Seite.
Aus dem Augenwinkel sah sie, wie Robbie gerade mit einem Pferd von der Koppel zurückkam, und wirbelte herum. Das Pferd bäumte sich auf!
Erst da erkannte sie in ihm den pechschwarzen Hengst vom Vortag wieder. Er schlug wild mit den Hufen um sich, um Robbie aus dem Gleichgewicht zu bringen. Robbie wich geschickt zur Seite, aber der Hengst setzte nach. Selbst auf die Entfernung erkannte Marie das teuflische Funkeln in seinen Augen. Er würde nicht aufgeben.
Mit einer weiteren schnellen Drehung der Hinterhand kam der tobende Hengst Robbie bedrohlich nahe. Er streifte ihn an der Hüfte seines gesunden Beins und brachte ihn zu Fall – als hätte er genau gewusst, wo er zuschlagen musste.
Marie erstarrte einen Moment, angesichts von so viel unerwarteter List. Doch dann brauste der Hengst auch schon direkt auf sie zu.

15

DER HENGST SCHLUG HAKEN, so als wollte er Marie ablenken, sie täuschen. Doch Marie zuckte nicht mal mit der Wimper, auch dann nicht, als Robbies Rufe erklangen.

Für sie gab es nur noch sich selbst und das Pferd. Seine trommelnden Hufe brachten den staubigen Boden zum Beben.

Marie machte sich bereit. Sie stellte sich breitbeinig hin und hob langsam die Plastikplane. Der Hengst kam immer näher, schüttelte die nachtschwarze Mähne, warf seine glänzenden Hufe gen Himmel und bremste dann abrupt ab. Doch auch das war Teil seines Planes, erkannte Marie. Laut blies er durch die Nüstern, während er beinahe katzenhaft auf sie zugeschlichen kam. Die Plane schien ihn nicht zu jucken. Er war unerschrocken.

Marie musste unweigerlich lächeln. Noch nie war ihr solch ein stolzes, anmutiges Tier begegnet! Der Hengst verfolgte jede ihrer Bewegungen wachsam mit seinem Blick.

Dann warf er sich plötzlich ruckartig herum, um an Marie vorbeizukommen.
Ohne zu zögern, änderte sie ihre Taktik. Sie sprang auf ihn zu und riss die Plane noch weiter hoch. Der Hengst tänzelte ein letztes Mal auf der Stelle und kam dann endgültig zum Stehen.
Marie atmete erleichtert aus. Jetzt hatte sie ihn da, wo sie ihn haben wollte. Sie ließ die Plane fallen und ging auf ihn zu. Seine Augen fest im Blick. Nichts würde ihre Konzentration stören. Dann streckte sie die Hand nach ihm aus.
„Du bist nicht wie die anderen, stimmt's?", fragte sie mit dunkler Stimme.
Das Pferd blinzelte, dann drehte es leicht den Kopf zur Seite. Seine Mähne fiel ihm in die Stirn. Doch auch er ließ sie keinen Wimpernschlag lang aus den Augen.
Als ihre Fingerspitzen nur noch Millimeter von seinen Nüstern entfernt waren, hielt sie inne. „Darf ich dich denn anfassen?", fragte sie ihn. „Oder bringst du mich dann um, genau wie du's mit Robbie vorhattest?"
Die Ohren des Hengstes zuckten vor und zurück, aber er stand weiterhin unbeweglich vor ihr. Also strich sie ihm hauchzart über das seidenweiche Fell.
Sein Atem streifte sie. Langsam ließ sie die Hand nach oben

wandern über die Stirn. Dort ließ sie die Hand lange ruhen, ehe sie sie wieder sinken ließ.

Noch immer sah das Pferd sie unverwandt an. Seine Flanken bebten und Marie wusste instinktiv: Eine falsche Bewegung – und er würde erneut explodieren.

Also drehte sie ganz langsam den Oberkörper Richtung Reitplatz. Das Gatter stand noch immer offen.

Gemächlich schritt sie nun darauf zu. Dabei spürte sie seinen brennenden Blick in ihrem Nacken, und ihr war nur allzu bewusst, dass sie seinen Hufen soeben den Rücken zukehrte. Ein Risiko, das sie eingehen musste, um sein Interesse zu wecken.

Aus dem Augenwinkel sah sie Robbie, der noch immer im Staub zwischen den Bäumen lag, bemüht, sich nicht zu rühren.

Marie betrat den Sandplatz, wo sie gemächlich einen großen Bogen lief. Immer noch spürte sie die Gegenwart des schwarzen Hengstes in ihrem Rücken. Hörte seine Hufe auf dem harten Sandboden knirschen. Er war ihr gefolgt! Und er machte keinerlei Anstalten, sie zu attackieren oder sie umzurennen.

Marie versuchte sich zu entspannen. Zurück beim Gatter, griff sie danach, während sie verstohlen beobachtete, wie

der Hengst in der Mitte des Platzes stehen blieb – den Kopf hob, die Nüstern blähte. Kraftvoll stieß er die Luft aus.
Im selben Moment entschied sich Robbie zu handeln. Ruckartig sprang er auf die Beine – seiner Verletzung zum Trotz – und rannte zum Gatter. Doch der Hengst war schneller. Auf einen rasanten Galopp folgte wütendes Wiehern.
Marie fluchte leise. Das Gatter war breit, darum dauerte es, bis sie es in einem großen Bogen herumgeschwungen hatte. In letzter Sekunde gelang es ihr, das Tor zu schließen und die Arme in die Luft zu reißen.
„Hooo!", brüllte sie, um den Hengst zu stoppen. Nur eine Haaresbreite vor ihr drückte er die Hufe in den Sand und kam zum Stehen.
Robbie keuchte erschrocken auf. „Verdammt, was bildest du dir eigentlich ein?", rief er außer sich.
Maries Blick flog alarmiert zwischen Robbie und dem Hengst hin und her. Sie wusste nicht, wen von beiden sie in diesem Moment gefährlicher fand.
Robbie riss am Gatter. „Dark Shadow hätte dich umbringen können! Dieses Pferd ist kein kreuzbraves, überteuertes Prinzessinnenross, sondern ein wilder Junghengst! Er weiß noch nicht mal, wie man richtig am Strick läuft, und du be-

nimmst dich, als wäre er ein Kuschelpony. Stellst dich ihm einfach in den Weg!" Robbie wurde immer wütender. Seine Schultern bebten, sein Haar fiel ihm in die schweißnasse, dreckverschmierte Stirn. „Bist du eigentlich lebensmüde?!"
Marie sah ihm zu, wie er mit dem gerissenen Strick in der Hand auf den Hengst zustampfte. Genau wie Robbie schäumte das Pferd vor unterdrückter Wut. Dark Shadow – der Name passte vortrefflich zu ihm! Nichts an ihm war wie bei anderen Pferden. Er war berechnend, gerissen und unglaublich schnell. Selbst die Aussicht auf ein leckeres Frühstück im Stall schien ihn kaum gnädig zu stimmen.
War sie lebensmüde, weil sie ihn hatte einfangen wollen? Vielleicht. Aber immerhin hatte sie es geschafft, sein Interesse zu wecken und ihn zu besänftigen. Doch jetzt gerade konnte selbst ein Laie erkennen, dass der Hengst gleich wieder explodieren würde. Dafür musste man wirklich nichts von Pferden verstehen.
Auf einmal spürte Marie, wie die geballte Wut der beiden auf sie übersprang, und ihr brannten die Sicherungen durch. „Was bitte ist eigentlich dein verdammtes Problem, Robbie?", platzte sie hervor. „Seit ich in diesem Krankenhaus aufgewacht bin, hackst du auf mir rum! Warum tust du das?" Marie spürte, wie ihr die Tränen kamen, doch sie

versuchte sie zurückzudrängen. „Ich wollte dir doch nur helfen, verdammt!", schrie sie ihn an, die Hände zu Fäusten geballt. „Du tust gerade so, als würdest du mich total hassen! Dabei kennst du mich doch nicht mal richtig!"

Sie starrte ihn an, gleichermaßen unfähig und unwillig, den Blick als Erste abzuwenden.

Robbies Kieferknochen mahlten, so als wollte er am liebsten zurückschreien. Doch anstatt ihr endlich zu sagen, warum er sie so mies behandelte, zog er wortlos den Strick durch die Öse an Dark Shadows Stallhalfter. Widerwillig warf der Hengst den Kopf hoch und versuchte rückwärts zu rennen. Robbie geriet ins Straucheln.

Marie sprang nach vorn und griff nach dem Strick. „Wenn ich ihn für dich zurück in die Box führe, sagst du mir dann, was los ist?", zischte sie Robbie zu und inhalierte dabei seinen Duft – nach Pferd, Sommer und Sonne.

Robbie schien mit sich zu ringen. Den Hengst zu versorgen, gehörte ganz offensichtlich nicht gerade zu seinen Lieblingsbeschäftigungen.

„Na schön", knurrte er endlich und ließ das Pferd los. „Er steht in der ersten Box gleich vorn bei der Tür zum Platz."

Marie nickte, während sie sich an Robbie vorbei auf den Hengst zuschob. Wie zuvor zuckten seine Ohren argwöhnisch hin und her. „Ich glaube, es ist besser, wenn du erst einmal rausgehst“, sagte sie bestimmt.

Einen Moment lang fragte sie sich, woher sie das Wissen eigentlich nahm, aber ihr Instinkt sagte ihr, dass Dark Shadow und Robbie eine Geschichte verband – aber keine, an die sich einer der beiden gern erinnerte.

In diesem Augenblick kam Marie ein Gedanke. „Er war’s, stimmt’s?“, fragte sie, wobei sie auf Robbies steifes Bein zeigte. „Er hat dich verletzt.“

Er zuckte die Achseln. „Ich war unvorsichtig, hab ihn unterschätzt. Das nächste Mal, wenn ich versuche mich wieder auf ihn zu schwingen, werde ich besser vorbereitet sein.“ Dann verließ er den Reitplatz, um sich etwas abseits unter die Bäume zu stellen.

Kaum war Robbie weg, entspannte sich der Hengst ein wenig. Marie strich ihm den muskulösen langen Hals entlang. Er ließ sie ohne Weiteres gewähren. Vorsichtig legte sie ihm den Arm über die Mähne und strich ihm behutsam über den Rücken. Noch immer rührte er sich nicht.

Schließlich setzte sich Marie aufs Gatter und wartete. Lange musste sie sich nicht gedulden. Dark Shadow scharrte ein paarmal unsicher im Sand, dann siegte seine Neugier.

„Komm schon, kleiner Teufel, im Stall wartet dein Frühstück", lockte sie ihn, während sie sich vorsichtig in den Sand gleiten ließ, um ihn nicht zu erschrecken. Ganz beiläufig griff sie nach seinem Strick und führte ihn einige Meter im Kreis. Dann öffnete sie das Gatter – und gemeinsam verließen sie den Platz.

Ein wenig Genugtuung bereitete es Marie schon, Robbie mit verschränkten Armen und nachdenklicher Miene am Zaun stehen zu sehen. Sollte er ruhig sauer sein! Hauptsache, er hielt sich an seinen Teil der Abmachung.

16

ALS SIE ZURÜCK ZUM GASTHOF KAMEN, blieb Robbie wie angewurzelt stehen.
„Ich glaub, mich tritt ein …", fluchte er laut. Mit düsterem Blick umrundete er den glänzenden Sportwagen, der auf dem Vorplatz parkte.
„Wem gehört der denn?", fragte Marie staunend. Keine Frage, dieser Wagen war ein teurer Flitzer.
„Meinem Vater", knurrte Robbie und ließ sie einfach stehen. Schnaubend stürmte er die Treppe zum Eingang hinauf und verschwand durch die Tür.
Marie blies enttäuscht die Backen auf. Wie es aussah, würde sie ihre Antworten ein anderes Mal einfordern müssen. Trotzdem war sie erleichtert, dass diesmal seine schlechte Laune jemand anders abbekam.
Etwas gemächlicher folgte sie ihm nach drinnen. Hungrig, wie sie war, entschied sie sich, als Erstes im Speisesaal vor-

beizuschauen. Die Standuhr in der Eingangshalle verriet ihr, dass es mittlerweile kurz vor acht war. Sie fühlte sich gerädert, dreckig und sie stank nach Mist. Das war schlimmer gewesen als jeder Küchendienst!
Vorsichtig spähte sie in den Saal, doch zu ihrer Überraschung war er leer.
„Suchst du das Frühstücksbüfett?“, meldete sich eine Stimme hinter ihr. Marie wirbelte herum.
Da stand Melina und musterte Marie mal wieder ausgiebig. Dann schnüffelte sie. „Du warst schon im Stall?“
Marie zwang sich zu einem Lächeln. „Ja, war ich. Und jetzt hab ich Riesenhunger. Ich könnte einen ganzen Wal verdrücken.“
Melina verzog keine Miene. „Wir frühstücken heute draußen.“
„Äh, okay. Danke für die Info.“ Marie wurde das Gefühl nicht los, dass Melina sie nicht mochte. Und trotzdem hatte sie ihr am Vorabend beim Küchendienst geholfen ...
„Bist du jetzt befreundet mit Helene?“, platzte das Mädchen heraus.
Da also drückte der Schuh! Marie konnte es ihr nicht verdenken. Wenn es zwei gab, die ungleicher nicht hätten sein können, dann Helene und Melina.

Marie und Melina liefen durch den Speisesaal, an dessen Rückseite eine Tür offen stand. „‚Befreundet‘ wäre übertrieben“, antwortete Marie diplomatisch. „Aber was nicht ist, kann ja noch werden!“
Melina schnaubte verächtlich. „Na dann viel Glück!“, sagte sie bloß und anschließend nichts mehr.
Marie schluckte und trat hinter Melina durch die Tür ins Freie. Wenn sie sich doch einfach nur besser an ihre Klasse erinnern könnte! Doch egal wie sehr sie grübelte und sich anstrengte – außer Robbie kam ihr niemand bekannt vor. Und ausgerechnet er weigerte sich, mit ihr zu reden oder wenigstens nett zu ihr zu sein!
Die Terrasse sowie der angrenzende Garten waren im Gegensatz zum Rest des Gebäudes richtig ansehnlich. Der Rasen war ordentlich gemäht und die Beete ringsum waren prachtvoll bepflanzt. Auf der Wiese im Sonnenschein stand ein großer langer Tisch, an dem sich Frau Winkler mit ihrer Klasse niedergelassen hatte.
Marie lief sofort das Wasser im Mund zusammen, als sie die Berge von Croissants und frischen Brötchen erblickte. Sie konnte sich nicht daran erinnern, jemals so ausgehungert gewesen zu sein.
Hastig setzte sie sich an einen freien Platz am Tisch, be-

schmierte ein Brötchen dick mit Butter und goss sich eine große Tasse O-Saft ein, als es hinter ihr auf der Terrasse plötzlich laut wurde.

„Du kannst nicht immer reinplatzen, wie es dir gerade passt!“

Marie erkannte Robbies Stimme sofort, doch zu ihrer Überraschung kam ihr auch die andere männliche Stimme bekannt vor.

„Mein Junge, jetzt sei nicht so. Ich würde mich nur gern vergewissern, dass alle Gäste zufrieden sind ... reine Höflichkeit, weiter nichts.“

„Du und Höflichkeit!“, knurrte Robbie und senkte die Stimme. „Und seit wann interessieren dich unsere Gäste? Seit Mutter nicht mehr da ist, schmeiße *ich* den Hof, während du nur damit beschäftigt bist, das sauer verdiente Geld in die Spielbank zu tragen, statt es in die Sanierung des Hofes zu stecken!“

Oh, là, là! Da herrschte dicke Luft! Verstohlen warf Marie einen Blick über die Schulter. Neben Robbie stand ein hochgewachsener Mann mit langer Adlernase und schleimig nach hinten gekämmten Haaren. Das also war Herr Heinemann senior, Robbies Vater. Aber wieso kam der Mann ihr so bekannt vor? Hatte der Besitzer des Gasthofes sie vielleicht bei ihrer Ankunft auf der Insel begrüßt? Andererseits erschien es Marie merkwürdig, dass sie sich dann ausgerechnet an ihre Klasse nicht erinnerte.

Marie spitzte weiter die Ohren, während außer ihr den beiden niemand Beachtung schenkte. Frau Winkler war nämlich gerade dabei, ihren Schülern den Plan für den heutigen Tag zu erläutern. Marie schnappte nur Fetzen auf. Es ging um irgendeinen Ausflug ins Watt bei Ebbe.

Herr Heinemann hatte die Diskussion offenbar gewonnen, denn er marschierte nun mit selbstsicherem Schritt auf Frau Winkler zu. Robbie allerdings sah plötzlich zu Marie – und winkte sie hektisch zu sich. Seine Augen wanderten dabei immer wieder zu seinem Vater, fast schon panisch. Was war denn in den sonst so coolen Robbie gefahren? Mit klopfendem Herzen stand Marie auf und ging zur Terrasse. Kaum war sie bei ihm, griff Robbie nach ihrem Arm. „Du wolltest doch reden, oder nicht?"

Jetzt wurde sie allerdings stutzig. „Alles klar bei dir?"

Robbie ignorierte ihre Bemerkung. „Du wolltest reden, also reden wir … jetzt." Er zog sie hinter sich her. „Aber lieber drinnen, wo uns niemand belauscht."

Marie folgte ihm. Zu viele Fragen brannten ihr unter den Nägeln, und wenn er ihr schon freiwillig anbot, sie zu be-

antworten, konnte sie diese Gelegenheit doch unmöglich verstreichen lassen.
„Warum bist du ständig so wütend auf mich?“, platzte sie heraus, kaum dass sie zurück im Speisesaal waren. „Hab ich dir irgendwas getan, woran ich mich nicht erinnere? Ich meine, die Sache mit Feuerstern tut mir furchtbar leid, aber irgendwie werde ich das Gefühl nicht los, dass das nicht der einzige Grund für deine ... äh ... Wut ist.“
Robbie blies die Backen auf und strich sich durchs Haar. „Das sind viele Fragen auf einmal.“
Marie stemmte die Hände in die Hüften. „Jetzt red schon! Du hast es versprochen!“
„Okay, okay, schon gut“, lenkte Robbie ein. „Feuerstern ist in der Tierklinik. Und zwar deinetwegen. Ich finde, das ist Grund genug, sauer zu sein.“
„Aber wieso hat Marven dann behauptet, ich sei am Tag des Unfalls mutig gewesen?“, bohrte Marie weiter nach.
Robbie verschwieg ihr etwas. So viel stand fest. Und sie würde es aus ihm herauskitzeln, egal wie sehr er sich wand.
„Keine Ahnung, warum dieser Marven so was behauptet“, erwiderte er zerknirscht.
„Und wer sagt überhaupt, dass es allein meine Schuld war,

dass die Stute durchgegangen ist und sich verletzt hat? Vielleicht hat sie sich ja vor etwas erschreckt oder so …"

Doch ehe Marie weitere Spekulationen anstellen konnte, vernahmen sie Schritte auf der Terrasse. Robbie riss den Kopf hoch und zerrte Marie dann blitzschnell in eine Fensternische. Mit einem Mal war er ihr so nahe, dass sein Atem ihr Gesicht streifte. Sein Duft aus Sand, Pferd und Meer jagte ihr Schauer über den Rücken. Sie sah ihm in die Augen. Ein Fehler, den sie sofort bereute.

Hitze schoss ihr in die Wangen und sie spürte förmlich, wie sie knallrot anlief. Das war ja erst recht peinlich! Aber irgendetwas an Robbie machte es ihr unmöglich, sich normal zu verhalten.

Sie schluckte einen fetten Kloß hinunter.

Sein Blick ruhte noch immer auf ihrem Gesicht. Auch ihm schien es in diesem Moment die Sprache verschlagen zu haben – was bei einem wie Robbie wahrscheinlich nicht allzu oft vorkam. Sie spürte wieder seinen warmen Atem auf ihrem Gesicht. Wie von einem Magnet angezogen, kam sie ihm noch etwas näher. Ihre Augen verweilten auf seinen Lippen.

Dann kam der alte Heinemann durch den Saal gestampft und rauschte zur Flügeltür hinaus.

Maries Kopf schnellte herum. Sie riss sich los. „Du versteckst dich vor deinem Vater?“, überlegte sie laut.
Diesmal war es an ihm, knallrot anzulaufen. Er räusperte sich und drückte sich von der Wand ab. „Ähm, nein, so ist das nicht. Ich wollte nur …“
Marie lächelte, wobei sie ihren Triumph kaum verbergen konnte. Dass sie Robbie einmal so aus der Fassung bringen würde, hätte sie bis vor ein paar Minuten nicht zu träumen gewagt. War seine Ablehnung ihr gegenüber am Ende etwa auch nur Show? Was war sein Geheimnis?
Beflügelt von seiner Reaktion, reckte sie das Kinn in die Höhe und marschierte in Richtung Eingangshalle. Wenn er blöde Spielchen spielen wollte – das konnte sie auch. „Solltest du nichts dagegen haben, geh ich jetzt hoch und zieh mich für den Ausflug um.“ Ohne sich noch einmal umzudrehen, lief sie davon.

17

ROBBIE EILTE IHR NACH. „Jetzt warte doch mal!", rief er atemlos.

Marie warf einen Blick über die Schuter. Dabei musterte sie ihn prüfend. „Keine Zeit", sagte sie dann schnippisch und stieg weiter die Treppe hinauf. Robbie wie einen begossenen Pudel stehen zu lassen, war ein herrliches Gefühl! Und es war nur gerecht! Schließlich hatte er sie behandelt wie seinen persönlichen Fußabtreter!

Sein plötzlicher Sinneswandel schien ihr allerdings mehr als seltsam und sie würde ihn erst einmal auf die Probe stellen. Selbst wenn sie sich insgeheim nichts mehr wünschte als seine Aufmerksamkeit, so würde sie ihm sein Verhalten von heute Morgen nicht einfach so verzeihen. Sie hatte Dark Shadow helfen wollen und zum Dank hatte Robbie sie angeschnauzt.

Doch Robbie ließ sich nicht abwimmeln. Was ihre Starrköpfigkeit betraf, waren sie sich anscheinend ähnlich. Am oberen Ende der Treppe im zweiten Stock hatte er Marie eingeholt und packte sie am Arm. „Es tut mir leid, okay? Das mit dem Hengst heute Morgen ... und ... danke." Es kostete ihn sichtlich Mühe.

Marie nickte einfach nur. „Schon in Ordnung. Dark Shadow ist wirklich was Besonderes." Sie war verdutzt über ihre eigenen Worte. Was redete sie da überhaupt? Was wusste sie schon von Pferden? „Na ja", setzte sie darum zögernd hinzu, „aber das weißt du sicherlich selbst am besten."

Es kam ihr sonderbar vor, dass sie doch angeblich keinen Schimmer von der Reiterei haben sollte, und ihr ein Bauchgefühl dennoch ständig Dinge zuflüsterte, die sie eigentlich gar nicht hätte wissen dürfen.

So wie sie zum Beispiel ganz genau wusste, dass Robbies Hengst Dark Shadow nicht einfach nur irgendein Pferd war. Nein, er war ein ungeschliffener Diamant. Oder war das so offensichtlich, dass das selbst ein Laie erkennen konnte?

„Ja, er ist tatsächlich ein wenig anders als die meisten Pferde", gestand Robbie da auch schon. Ein stolzes Lächeln umspielte plötzlich seine Lippen.

Maries Augen blieben an seinem versonnenen Gesicht hängen. Wenn er mal nicht so böse schaute, war er noch

viel anziehender, seine Züge jünger – spitzbübisch. Das gefiel ihr. Mehr, als ihr behagte.
„Ich geh dann mal!“, sagte sie lahm und wandte sich um. Diesmal folgte Robbie ihr nicht.
Eben war sie in die Dunkelheit des langen Flures eingetaucht, als sie ihn auf einmal fluchen hörte. „Was zum Teufel suchst du hier?“, rief er aufgebracht. Doch gleichzeitig klang seine Stimme auch misstrauisch. Marie blieb stehen und lauschte.
„Ich wollte nur kurz sehen, ob dir auch nichts fehlt. Du weißt doch, was ich davon halte, dass du allein in diesem Loch hier oben haust!“, hörte Marie den alten Heinemann antworten.
Dahin war er also verschwunden! Hatte Robbie es geahnt und war deshalb mit hochgekommen? Marie drückte sich in eine dunkle Nische und hörte weiter zu.
„Verschwinde!“, zischte Robbie aufgebracht.
„Mein Sohn, du solltest dir wirklich mal angewöhnen, etwas netter zu deinem alten Herrn zu sein …“
„Was willst du?“
„Wie kommst du darauf, dass ich etwas wollen könnte? Ich möchte lediglich sehen, ob es dir gut geht!“
„Willst du Geld? Ist es das? Ich habe nichts.“ Robbie sprach

nun sehr leise, wobei er jedes Wort zwischen den Zähnen hindurchzupressen schien.

„Mein Junge, du weißt, am Wochenende steht endlich wieder ein Championat an ..."

„Wovon ich im Übrigen gar nichts halte", fiel Robbie ihm ins Wort. „Die Leute haben noch nicht vergessen, was beim letzten Championat passiert ist."

„Aber das ist Jahre her!"

„Eine junge Reiterin ist verunglückt!", entgegnete Robbie.

„Exakt. Es war ein *Unglück.* Und ich sehe keinen Grund, diese wunderbare Tradition darum nicht wieder aufleben zu lassen."

„Wunderbare Tradition! Dass ich nicht lache! Ums Geld geht es dir, wie immer!"

„Nun ja ...", lenkte sein Vater plötzlich ein. „Tatsächlich bin ich hier, weil ich dich fragen wollte, ob du mir einen kleinen Vorschuss gewähren kannst. Die Veranstaltung schluckt all meine Ersparnisse ..."

„Lüg mich nicht an! Du hast wieder gespielt, richtig?"

Heinemann senior ging nicht auf die Frage seines Sohnes ein. „Die Bank will nichts mehr zahlen, und mit dem Hofbetrieb sind wir längst in den Miesen, wie du weißt ..."

„Wie könnte ich das vergessen, Vater? Du erinnerst mich

doch täglich daran." Robbie klang auf einmal eher müde und traurig, statt wütend.
„Du kannst mir also noch was leihen?", fragte der alte Heinemann hoffnungsvoll.
„Ein bisschen was ist in der Kasse. Die Miete von der Schulklasse aus Frankfurt."
„Danke, mein Junge. Ich wusste, auf dich ist Verlass!"
Robbie schnaubte. „Du musst mit der Zockerei aufhören, Vater, oder wir verlieren den Hof!"
Herr Heinemann lachte überschwänglich. „Ach, mach dir darüber keine Sorgen, mein Junge. Ich habe nämlich schon eine Idee, wie wir rasch aus dem Gröbsten rauskommen."
„Deine Ideen kenne ich", knurrte Robbie.
„Wir verkaufen den jungen Schwarzen", fuhr Heinemann unbeirrt fort. „Das ist doch ein Prachtkerl."
Meinte er etwa Dark Shadow? Wollte er den jungen Hengst verkaufen? Marie fand die Idee absurd.
Robbie schien es da ähnlich zu gehen. „Dark Shadow ist unberechenbar und noch nicht mal angeritten. Wir würden niemals den tatsächlichen Wert des Hengstes erzielen!"
„Stell dich nicht so an, Junge, wo ist dein Ehrgeiz? Ich dachte, du bist ein guter Reiter? Es sollte für dich ein Klacks sein, das Vieh ein wenig hinzureiten." Nach einer kurzen

Pause setzte Herr Heinemann hinzu: „Je länger ich darüber nachdenke, umso vorzüglicher finde ich meine Idee."
„Was hast du vor, Vater?" Robbie klang nun alarmiert.
„Ich werde ihn für die Auktion am Sonntag anmelden. Ein Haufen gut betuchter Leute wird am Wochenende zum Championat kommen, alle mit genügend Kleingeld in den Taschen, um unsere wieder zu füllen. Das ist die Gelegenheit!"
„Das kann nicht dein Ernst sein!", rief Robbie entgeistert. „Heute ist schon Mittwoch! Das schaffe ich nie! Falls du es vergessen hast – ich habe auch noch eine ganze Schulklasse zu bespaßen!"
„Doch, das ist mein voller Ernst. Du sorgst dafür, dass der Hengst bis Sonntag so weit ist. Dann geht er in der Auktion an den Meistbietenden", verkündete Herr Heinemann zufrieden und stieg die Treppe hinunter.
Marie rührte sich nicht.
„Das geht nicht!", rief Robbie seinem Vater hinterher. „Wir können Dark Shadow nicht einfach so verscherbeln! Er ist noch nicht so weit. Niemand wird genug auf den Tisch legen, um ..."
Herr Heinemann schlenderte weiter die Treppen hinunter und Robbie eilte ihm nach.

Marie stand immer noch im Flur und ballte die Fäuste. Robbie hatte recht! Der Hengst war nicht bereit für eine Auktion. Er hatte ja kaum genug Vertrauen zu Menschen, um auf die Koppel und in den Stall geführt zu werden. Wie sollte er da jemals auf einer Auktionsbühne vor Publikum bestehen?

Traurig schüttelte sie den Kopf. Es war nicht ihr Pferd. Sie hatte kein Recht, sich einzumischen. Doch während sie zurück in ihr Zimmer lief, um sich für den Ausflug umzuziehen, musste sie immer wieder an den schönen wilden Hengst denken. Er hatte etwas Besseres verdient. Er hatte das Beste verdient!

Sie war spät dran, also schlüpfte sie hastig in das blaue Trägerkleid aus Robbies Truhe. Es war tatsächlich das am wenigsten hässliche Kleidungsstück, das sie besaß. Zwar hatten ihr die anderen Mädchen die Sachen inzwischen wieder zurückgebracht, aber Helene hatte ihre Jeans und ihr Oberteil sofort wieder einkassiert und auf Schlabberjeans mit Schlabbershirt hatte Marie keine Lust.

Aber was ist, wenn die anderen schwimmen gehen?, überlegte sie. In dem sackförmigen schwarzen Badeanzug, der sich in ihrem Rucksack befand, würde sie sich auf keinen Fall vor ihrer Klasse blicken lassen! Aber was dann? Sollte sie

etwa wie eine verstockte Gouvernante im Kleid am Ufer herumsitzen? Nein, das ging ja gar nicht.
Mit wachsendem Missmut schlüpfte sie in den Badeanzug und besah sich im Spiegel. Wie erwartet, quetschte das Teil die falschen Körperstellen platt. Die Seiten hingegen waren so schlabberig, dass es aussah, als hätte Marie überhaupt keine Taille.
Unschlüssig kaute sie auf ihren Nägeln. Als sie Helenes Kulturbeutel auf dem Fensterbrett stehen sah, kam ihr eine Idee.
Kurz entschlossen zog sie den Reißverschluss auf und schaute hinein. „Na, wer sagt's denn!", murmelte sie und fischte Helenes Nagelschere heraus.
In Windeseile schnitt sie den Badeanzug an den Seiten auf, sodass sich nur noch in der Mitte, über dem Bauchnabel, ein schmales Stück Stoff spannte. „Das sieht doch gleich viel besser aus!" Zufrieden zupfte Marie den Badeanzug noch ein bisschen in Form und benutzte den herausgeschnittenen Stoff, um zwei Schleifen links und rechts in Höhe der Hüften zu knoten. Dann war sie fertig.

18

SIE SCHNAPPTE SICH IHREN RUCKSACK, in den sie das Lunchpaket stopfte, und traf sich vor dem Haus mit dem Rest der Klasse.

Es herrschte wie immer ein hoffnungsloses Durcheinander, sodass es Frau Winkler kaum gelang, sich Gehör zu verschaffen.

„Okay, Leute, wir marschieren jetzt los. Ihr kennt die Regeln für eine Wattwanderung?“ Die Lehrerin hatte die Hände vor dem Mund zu einem Trichter geformt und brüllte, so laut sie konnte. Trotzdem schenkte ihr kaum einer Beachtung. Johannes und sein bester Kumpel Luis jagten sich wie kleine Kinder über den Hof, während sie unablässig mit ihren Rucksäcken um sich schlugen. Die Mädchen standen in mehreren kleinen Grüppchen zusammen und quatschten. Selbst Melina und Marven zeigten kein großes Interesse an Frau Winklers Ausführungen.

Marie schlenderte hinüber zu Helenes Mädchengruppe, wo sie sich mit verschränkten Armen gegen den Zaun lehnte.
„Selbst als guter Schwimmer kann man im Watt schnell mal ertrinken, schon gewusst?", fragte Marie die Mädchen.
Zoe klappte der Mund auf.
Helene drehte sich zu Marie um. „Kannst du denn überhaupt schwimmen?"
Marie zog die Augenbrauen hoch. „Schneller als du, wetten?"
Zoe und Greta sahen ihre Anführerin erwartungsvoll an.
Helene lachte trocken. „Das willst du dir nicht antun ..."
Marie grinste breit. „Ich glaube schon. Sieh mal zum Himmel. Die Sonne scheint, es ist heiß und Frau Winkler will den ganzen Tag mit uns durchs Watt stapfen. Ich finde, da können wir eine Abkühlung gut gebrauchen."
Helene schürzte die Lippen. „Und du würdest baden gehen, auch wenn es Frau Winkler uns verbietet?"
Marie zuckte die Achseln. „Oder bist *du* zu feige?"
Helene runzelte die Stirn. Ganz geheuer schien ihr die Sache nicht zu sein, zumal ihre Lehrerin gerade in dramatischen Worten ausführte, dass es lebensgefährlich sein konnte, im Wattenmeer schwimmen zu gehen.
Greta und Zoe tuschelten.

„Ich bin dabei!“, sagte Helene schließlich.

Marie schmunzelte. Helene war keine Kneiferin. Damit konnte sie arbeiten!

Der Weg führte die Klasse am Gasthof vorbei und von dort auf einen schmalen Trampelpfad durch die Felder. Der Wind blies ihnen frisch entgegen, die Sonne brachte das satte Grün zum Leuchten.

Marie atmete tief durch. Sie roch Blumen und Gras, Meer und Salz, und all die Gerüche waren ihr so vertraut! Sie konnte fast nicht glauben, dass sie bis vor ein paar Tagen noch niemals hier gewesen sein sollte.

Frau Winkler legte ein flottes Tempo vor, sodass sie schon bald den Rand des Watts erreicht hatten. Es war Ebbe und das Meer war lediglich als schmaler Streifen weit entfernt am Horizont auszumachen.

Die Klasse legte die erste Trinkpause ein. Marie nutzte sie, um sich ein wenig umzusehen.

Ein Stückchen weiter stieg die Küste steil an, und am Ende der Landzunge befand sich der Leuchtturm, den Marie auch aus ihrem Zimmer im Gasthof sehen konnte. Eine Weile betrachtete sie das Gebäude nachdenklich. Es kam ihr so unheimlich vertraut vor! Als wäre sie schon unzählige Male dort gewesen.

Mit dem Fuß zog sie träge Kreise durch den Sand. Er war so hell, dass er sie blendete. Sie hatte keine Sonnenbrille. Marie schloss die Augen, um sich die warmen Strahlen ins Gesicht scheinen zu lassen.

Es glitzerte und funkelte, die Muscheln waren so weiß wie der Sand und leuchteten ihr entgegen, genau wie seine Augen. Voll Freude und Wärme. Der kleine Junge saß im Sand und lachte übermütig. Seine Hände malten ein Bild für sie in den feinen Puder zu ihren Füßen. Zwischen ihnen lag eine Kette, sie war wunderschön. Genau wie sein strahlendes Gesicht.

Marie riss die Augen auf, das Bild von dem kleinen Jungen noch immer vor sich. Sie hatte ihn schon einmal gesehen! Nur wo?

In Gedanken versunken, folgte sie den anderen ins Watt, während ihre Lehrerin pausenlos redete.

Die Sonne stand mittlerweile hoch am Himmel und brannte den Schülern auf die Köpfe. Selbst Johannes und Luis hatten aufgehört, die doppelte Strecke durch Hin- und Herrennen zurückzulegen. Stattdessen trotteten sie nun als Letzte hinter der Gruppe her.

Als sie gegen Ende der Tour – fast zurück in Küstennähe – an einem kleinen Flusslauf ankamen, rissen sich alle Schüler die Schuhe von den Füßen und rannten ins Wasser.

„Boah, ist mir heiß!“, maulte Johannes. „Los, lass uns in den Fluss springen!“
Auch Helene mit ihrer Anhängerschaft war stehen geblieben, um sich ein wenig abzukühlen.
„Das ist kein Fluss, sondern ein Priel“, sagte Melina mit gerümpfter Nase. „Die sind gefährlich!“
„Das stimmt, aber vor allem bei Flut!“, wand Marie ein.
„Woher willst du das wissen?“, fragte Melina.
Marie stutzte. Ja, woher wusste sie das eigentlich? Doch anstatt ihre Unsicherheit zu zeigen, zuckte sie gelassen mit den Schultern. „Keine Ahnung, ich weiß es einfach.“
Alle drehten sich zu Marie um. Helenes Freundinnen kicherten.
Marie schlüpfte aus ihrem blauen Trägerkleid. „Na, was sagst du, Helene? Steht unsere Wette noch?“
Mit offenem Mund begafften alle Maries selbst geschneiderten Badeanzug-Bikini.
„Was ist, habt ihr etwa noch nie einen Monokini gesehen?“, lachte sie und sprang ins Wasser.
Kaum war sie eingetaucht, spürte sie auch schon die leichte Strömung an sich ziehen. Doch das machte ihr wenig Sorgen. Ihre Arm- und Beinbewegungen waren fließend und kräftig. Wie ein Fisch glitt sie durch das eiskalte Was-

ser, um schließlich auf der anderen Seite des Priels wieder aufzutauchen.
„Woahooo!“, kreischte Luis, der sich offenbar nicht mehr bremsen konnte. „Respekt!“
Marie drehte sich lächelnd um und fixierte Helene herausfordernd.
Ihre Zimmergenossin seufzte übertrieben. „Lahm!“, rief sie laut, während sie ihre eigenen Klamotten abstreifte. Dann sah sie hinüber zu den restlichen Schülern, die sich um Frau Winkler scharten. Außer Luis und Helenes kleiner Gefolgschaft hatte bis jetzt noch niemand von ihrem Schwimmmanöver Wind bekommen.
Helene sprang ins Wasser, und Marie beobachtete mit verschränkten Armen, wie sie schließlich auftauchte und anfing zu kraulen.
Marie grinste. „Nicht schlecht, aber für einen Sieg wird es nicht reichen.“ Sie nahm Anlauf und sprang zurück in die Fluten.
Helene lachte ihr ins Gesicht. „Nie im Leben kannst du das Tempo durchhalten!“, rief sie, aber mit einem Hauch von Zweifel in der Stimme. „Das letzte Mal beim Schulschwimmen sah es nicht so aus, als könntest du dich überhaupt über Wasser halten“, fügte sie nachdenklich hinzu.

Marie schlug aufs Wasser. „Vielleicht wollte ich dich ja auch täuschen? Schon mal überlegt?“, rief sie selbstsicherer, als sie sich fühlte, und begann den Strom entlangzuschwimmen. „Bis ans Ende und wieder zurück!“, rief sie Helene zu. Dann tauchte sie unter.

Das salzige Wasser auf ihrer Haut, das Brennen in den Augen – es weckte ihre Lebensgeister und spornte sie an. Immer schneller glitt sie durchs Wasser. Immer kräftiger wurden ihre Züge. In kürzester Zeit erreichte sie die flache Stelle des Priels, drehte um und kraulte an Helene, die sie ein ganzes Stück hinter sich gelassen hatte, vorbei.

Wieder tauchte sie unter und öffnete diesmal die Augen. Das Wasser war trüb und sandig, Luftblasen ihres eigenen Atems waberten ihr entgegen.

Doch auf einmal veränderte das Wasser seine Farbe, es wurde tiefgrün und glasklar. Sie sah jemanden vor sich schwimmen. Eine zierliche dunkelhaarige Frau. Sie hatte die Augen unter Wasser geöffnet und lachte sie an. Streckte die Arme nach ihr aus. Marie versuchte sie zu erreichen. Doch sie war noch klein und ihre kurzen Ärmchen wussten noch nicht recht, wie die Bewegungen gingen. Die Frau lächelte noch immer, griff nach Maries Händchen und zog sie zu sich heran.

Marie tauchte keuchend auf. Sie hatte die Orientierung

verloren und plötzlich spürte sie auch wieder den heftigen Sog des Wasserstroms. Panisch sah sie sich um. Wo war sie nur? Wo war die Frau hin? Sie wollte nicht, dass sie weg war! Am weit entfernten Ufer erspähte Marie eine Gruppe Jugendlicher – ihre Klassenkameraden, fiel es ihr wieder ein. Sie liefen hektisch an der Wasserlinie auf und ab, winkten und riefen. Aber Marie hörte nichts. Das Rauschen des Windes und das Gurgeln der Strömung machten es ihr unmöglich. Sie schwamm im Kreis, und dabei spürte sie, wie sie unweigerlich vom Sog getrieben wurde.

Ohne Vorwarnung stieß vor ihr plötzlich ein brauner Haarschopf durch die Wasseroberfläche und dann wild rudernde Arme.

„Helene?", keuchte Marie, während sie versuchte das Mädchen von hinten zu packen.

Abermals durchzuckte Maries Gedanken das Gesicht der zierlichen Frau. Sie schob das Bild beiseite und konzentrierte sich stattdessen auf ihre Klassenkameradin im Wasser.

Helene kreischte auf. Doch da schlang Marie bereits ihren Arm um sie und begann, rückwärts zu schwimmen.

Noch immer fuchtelte Helene wie wild mit den Armen und strampelte mit den Beinen. „Helene, beruhig dich!", schrie Marie ihr zu. „Ich hab dich und werde dich auch nicht loslassen. Aber du darfst mich nicht behindern, hörst du?“ Marie blickte über ihre Schulter. Das Ufer war nicht mehr weit, aber der Sog, in den sie geraten waren, drückte sie unablässig zurück in die Mitte des Priels. Marie musste all ihre Kraft aufwenden, um dagegen anzukommen. Doch schließlich gelang es ihr, sich freizuschwimmen. Helene hing nun schlaff in ihrem Arm und schluchzte leise.

„Das war eine Schnapsidee!“, jammerte sie erschöpft.

Marie biss die Zähne zusammen. „Kann sein, aber nur dass das klar ist: Ich habe trotzdem gewonnen!“ Sie sagte das eigentlich nur, um Helene abzulenken, damit das Mädchen nicht wieder in Panik ausbrach.

Doch zu ihrer Überraschung lachte Helene. „Okay, schon kapiert!“

Endlich spürte Marie den weichen Schlick unter ihren Füßen. Wackelig stemmte sie sich hoch, um mit Helene im Schlepptau ans Ufer zu waten.

Total erledigt plumpsten sie in den nassen Sand.

19

KAUM HATTE SICH MARIE WIEDER auf die Hände gestemmt, war das Geschrei groß. Unzählige Stimmen redeten auf sie ein. Am liebsten hätte sich Marie die Ohren zugehalten. Sie setzte sich auf, genau wie Helene neben ihr.

„Was habt ihr euch dabei nur gedacht? Seid ihr völlig durchgeknallt?" Das war eindeutig Frau Winkler.

Marie rieb sich das Wasser aus den Augen und blinzelte gegen die Sonne. Die Klassenlehrerin ragte bedrohlich über ihr auf, dicht umringt vom Rest der Klasse. Die meisten Schüler tuschelten aufgeregt, doch ein paar bestürmten Marie bereits mit Fragen.

„Was ist passiert?!", hörte sie Melinas Stimme.

„Geht's euch denn gut?", wollte Marven besorgt wissen.

„Krasse Aktion!", grölte Johannes.

Marie strich sich das Haar aus der Stirn. „Jetzt chillt mal! Ich habe alles im Griff."

Frau Winkler hörte gar nicht zu. „Erst stürzt du vom Pferd und jetzt das! Pia, ich weiß gar nicht, was in dich gefahren ist. Das sieht dir überhaupt nicht ähnlich. Und dann bringst du auch noch Helene in Gefahr." Die Klassenlehrerin klang so enttäuscht und wütend, dass Marie tatsächlich eine Sekunde das schlechte Gewissen überkam. Aber wirklich nur eine Sekunde. Dann stand sie auf und sah Frau Winkler selbstbewusst an. „Ich weiß nicht, was Sie meinen! Uns geht es doch prima!"
Hinter sich hörte sie Helene auf einmal hüsteln. Sie musste sich wohl beherrschen, nicht laut loszulachen.
Lässig streckte Marie ihrer Zimmergenossin die Hand entgegen, um ihr aufzuhelfen. „Uns war heiß! Was ja wohl auch kein Wunder ist nach dieser Mördertour durchs Watt", sagte sie schnippisch, während sie Helene hochzog, die ihre Hand nach kurzem Zögern ergriffen hatte.
„Das Schwimmen hier draußen ist gefährlich, und ich ..."
„Sie hatten es uns aber nicht direkt verboten!", warf nun auch Helene ein. Sie hatte sich wieder gefangen und schaffte es recht gut, ihre Atemlosigkeit zu überspielen.
Frau Winkler kochte vor Wut. „Weil ich meine Schüler für intelligent genug gehalten habe! Es war doch wohl klar, dass ihr hier nicht ins Wasser gehen sollt!"

Marie zuckte die Schultern. Sie schlang ihre nassen Haare zu einem Knoten auf, dann griff sie nach ihren Sachen.
„Junge Dame, ich rede mit dir!"
Marie blieb seufzend stehen und drehte sich stirnrunzelnd um. Sie verstand überhaupt nicht, was Frau Winklers Problem war. Schließlich war alles gut gegangen.
„Du und Helene werdet morgen am Ausflug zum Strand nicht teilnehmen!", bestimmte die Klassenlehrerin. „Ich werde mit Robbie Heinemann sprechen, damit er euch stattdessen einen Arbeitsdienst zuteilt. Strafe muss sein."
Jetzt war es an Helene, empört aufzuschnauben. „Das ist ja wohl ein wenig übertrieben!" Sie verschränkte die Arme.
Frau Winkler schulterte ihren Rucksack. „Ende der Diskussion." Damit stapfte sie los. „Packt zusammen!", rief sie über die Schulter. „Wir machen uns auf den Rückweg!"
Die meisten Schüler setzten sich sofort in Bewegung, um ihrer Lehrerin zu folgen. Selbst Helenes Fanclub machte keine Anstalten, sich zu widersetzen. Mit eingezogenem Kopf trotteten sie hinterher.
Helene und Marie blieben als Letzte zurück.
„Das ist alles deine Schuld!", keifte Helene Marie an. „Und ich werde deinetwegen bestimmt nicht im Mist buddeln!

Dafür wird mein Dad schon sorgen. Ich rufe ihn gleich an, sobald wir zurück sind."

Marie zuckte die Achseln. „Hauptsache, ich habe gewonnen."

„Du bist echt durchgeknallt", knurrte Helene, dann ließ sie Marie einfach stehen.

Marie zog sich Socken und Schuhe an. Dabei brach ihr schon wieder der Schweiß aus. Es war einfach deutlich zu warm für eine Wanderung, Frau Winkler musste sich gar nicht so anstellen.

Sie stapfte hinter den anderen her durch den tiefen Sand. Einen Moment überlegte sie, zu Helene aufzuschließen, doch Zoe und Greta belagerten sie bereits wieder, und für geballte Zickenpower hatte Marie gerade keinen Nerv. Also ließ sie sich immer weiter zurückfallen.

Sie legte den Kopf in den Nacken. Die Dünen um sie wuchsen immer höher in den Himmel, das Meer war nicht mehr zu sehen. Selbst das Rauschen des Windes hatte etwas nachgelassen. Plötzlich blendete sie ein heller Lichtstrahl. Erschrocken fuhr sie herum. Doch außer Sand und Gras und noch mehr Sand war nichts zu sehen.

Einen Moment blickte sie unentschlossen ihrer Klasse hinterher. Gleich würden sie abbiegen. Wenn sie nicht schon wieder einen Rüffel bekommen wollte, würde sie sich beeilen müssen. Und dennoch ...

Sie machte einen Schritt zurück. Da! Da war es wieder. Ein silbriges Funkeln inmitten der hügeligen Dünenlandschaft. Marie kniff die Augen zusammen. Dann bewegte sie sich langsam darauf zu.

Der Wohnwagen war uralt. An vielen Stellen eingedellt oder rostig. Auf den Stufen, die zur Tür führten, saß ein Mann, die Kapuze eines Regenmantels tief ins Gesicht gezogen. Sie lief auf ihn zu, sie konnte nicht anders. Sie musste zu ihm ... Du willst wissen, was passiert ist? ... Die Wahrheit? ... Sie ist tot! Seine Worte stachen ihr ins Herz wie spitze Messer.

Marie keuchte erschrocken auf. „Sie ist tot", flüsterte sie. Aber wer? Wer war tot? Und was waren das ständig für Bilder in ihrem Kopf? Der kleine Junge am Strand, die zierliche Frau unter Wasser, der Mann vorm Wohnwagen ... Waren das Erinnerungsfetzen oder einfach nur wirre Tagträume, die nichts zu bedeuten hatten?

Plötzlich fiel ein Schatten auf sie. Marie hob den Kopf und blinzelte wieder gegen das Sonnenlicht. Vor ihr saß Robbie auf einem Pferd.

Er redete mit ihr. Sie sah, wie seine Lippen sich bewegten, aber sie hörte ihn nicht. Sie dachte immer noch an das silberne Glitzern in den Dünen und an die Bilder und Worte in ihrem Kopf. Sie ergaben keinen Sinn, und doch berührten sie etwas tief in ihrem Inneren.

Ein lautes Schnauben drang schließlich zu ihr durch.

„Du siehst nicht gut aus. Zu viel Sonne getankt?“ Robbie, auf einem dunklen Fuchs, blickte zu ihr herab.

Marie blinzelte hektisch. Und auf einmal kam Bewegung in Robbies Pferd. Ängstlich scheute es zur Seite, um dem Tier hinter sich Platz zu machen.

Marie wich einen Schritt zurück. Da stand er, der schwarze Hengst, seine dunklen Augen auf sie gerichtet. Marie sah das Feuer darin flackern. Dark Shadow.

Doch anstatt ängstlich zurückzuweichen, fühlte sie auf einmal, wie sie eine seltsame Ruhe überkam. Die nackte Angst, die sie eben noch umklammert hatte, war auf einmal weg. Marie sah dem Hengst in die Augen, während sie auf ihn zulief.

„Das würde ich dir nicht empfehlen“, versuchte Robbie sie zu stoppen.

Marie hörte nicht zu.

Da schnalzte Robbie. Sein Pferd machte einen Schritt an ihr vorbei, und Marie bemerkte, dass er Dark Shadow am Halfter neben sich herführte.

Sie runzelte die Stirn. „Ich dachte, du versuchst ihn einzureiten."
„Ja, genau!" Robbie lachte freudlos auf. „Meinst du im Ernst, ich würde noch einmal freiwillig auf seinen Rücken steigen?" Unvermittelt ritt er weiter und wollte Dark Shadow am Halfter hinter sich herziehen. Aber der schwarze Hengst rührte sich nicht.
Marie grinste. „Ich glaube, er will nicht mit dir gehen."
Robbie drehte sich genervt im Sattel um. „Komm schon, du Teufel, wir haben noch viel vor heute."
„Weil dein Vater ihn bei der Auktion verkaufen will?"
„Woher weiß du das?", fragte Robbie irritiert.
Marie antwortete nicht, sondern strich dem Hengst sanft über die Nüstern. Seine Ohren zuckten, doch er ließ sie gewähren. Sofort spürte sie seine Unruhe, seine Rastlosigkeit. Der Hengst schien unsicher und selbstbewusst zugleich.
Marie drehte sich langsam um, lief ein Stück vorwärts, und sofort setzte sich auch Dark Shadow in Bewegung. Er folgte ihr wie hypnotisiert. Behutsam ließ sie ihre Hand unter seine Mähne gleiten. Sie war dicht und voll, aber ein wenig spröde. „Du könntest ein Bad gut gebrauchen", sagte sie zu dem Pferd.

„Er rastet jedes Mal aus, wenn ich mit dem Schlauch komme.“ Wieder zerrte Robbie an Dark Shadows Halfter. Er schnalzte ungeduldig. „Los jetzt, du sturer Kerl, wir müssen nach Hause.“

Marie lief weiter und sofort folgte der Hengst. „Ich glaube, er hätte größere Lust, gemütlich neben mir herzuspazieren“, bemerkte sie belustigt.

Robbie verzog das Gesicht. „Bis wir dich getroffen haben, ist er eigentlich ganz gut mitgelaufen.“

Marie sah zu Robbie auf. Sie musterte sein weißes, verschwitztes T-Shirt, das ihm an Brust und Rücken klebte. Schnell sah sie wieder weg. „Dafür musstest du dich aber ziemlich anstrengen.“

„Es ist heiß!“, presste Robbie hervor.

Marie lächelte in sich hinein und lief noch ein wenig langsamer – genau wie ihr dunkler Schatten.

Robbie stöhnte. Dann streckte er die Hand nach Marie aus. „Los, steig auf, aber schnell!“

Das ließ sich Marie nicht zweimal sagen. Gekonnt zog sie sich hinter Robbie hoch und ihr Herz machte einen unerwarteten Satz. Einen Moment sah sie unentschlossen auf ihre Hände, doch dann schlang sie sie mutig um Robbies Hüften. Sofort spürte sie, wie er sich verspannte.

„Halt dich fest, wir geben ein wenig Gas!“, rief er. Dann trabte er an.

Die Bewegung fühlte sich wie das Natürlichste auf der Welt an. Marie verschlug es den Atem. „Ich fliege!“, hauchte sie Robbie ins Genick. Sie blickte zu Dark Shadow, der nun willig nebenhertrabte. Wie es wohl wäre, auf seinem Rücken zu sitzen? Fasziniert beobachtete sie das Spiel seiner starken Rückenmuskeln.

„Er ist prachtvoll …“, flüsterte sie ehrfürchtig.

„Ja, das ist er“, bestätigte Robbie und parierte durch. „Da vorn ist deine Klasse.“ Damit gab er ihr einen leichten Schubs und sie rutschte unvermittelt vom Pferd.

Strauchelnd landete Marie im Sand, während Robbie wieder antrabte.

Ein wenig ärgerlich über das abrupte Ende ihres Rittes, aber zugleich euphorisch, sah sie ihm nach – ihm und Dark Shadow. Der schwarze Teufel schien ihr zu vertrauen! Aber was noch viel aufwühlender war: Einen Moment lang war es ihr so vorgekommen, als hätte er aus seinen schwarzen Augen direkt in sie hineingeblickt und etwas gesehen, von dem sie selbst noch keine Ahnung hatte …

20

AUCH AM NÄCHSTEN MORGEN schleppte Robbie Marie in aller Frühe zum Misten in den Stall. Sie konnte kaum die Augen offen halten, während sie eine volle Plastikplane nach der anderen aus den Boxen holte. Von Dark Shadow war nichts zu sehen, was ihre Laune nicht gerade hob.

Nachdem sie dreimal den Mist aus Versehen über ihre Schuhe gekippt hatte, Robbie pausenlos über ihre Unfähigkeit gelästert und ein freches Pony sie zum Dank fürs Misten auch noch in den Arm gezwickt hatte, war sich Marie sicher: Dieser Tag konnte nicht mehr schlimmer werden!

Aber er wurde schlimmer.

Als sie endlich mit dem Stall fertig war, baute sich Robbie grinsend vor ihr auf. In der Hand hielt er eine braune Papiertüte. „Wie ich gehört habe, hast du gestern einen kleinen Schwimmwettbewerb im Watt veranstaltet." Er drückte ihr die Tüte in die Hand. „Dein Frühstück, damit du gleich weitermachen kannst."

Marie stöhnte auf und linste in ihr Fresspaket. Immerhin war es groß!

„Frau Winkler bat mich, dir und Helene für den Rest dieses wunderschönen Tages eine Aufgabe zu geben. Damit ihr nicht wieder auf dumme Gedanken kommt." Sein Grinsen wurde immer breiter.

Marie schwante Übles. „Schön, was genau sollen wir machen?", fragte sie schwach und schob sich schnell einen Bissen Brot in den Mund. Sie hätte sich am liebsten erst mal in den Schatten gehauen, um eine Runde auszuruhen. Doch danach sah es nicht aus.

In dem Moment kam Helene in die Stallgasse gelaufen. Wie immer war sie supermodisch angezogen, in trendiger verwaschener Jeans und einem engen Trägertop von irgendeiner Designermarke.

Marie seufzte verzückt.

„Bist du sicher, dass das die richtigen Klamotten für den Stall sind?", fragte Robbie.

„Wenn man schon niedere Arbeiten verrichten muss, kann man doch wenigstens gut dabei aussehen!", rief Marie, bevor Helene auch nur den Mund aufbekam.

Helene starrte sie an, doch ein kleines Lächeln zupfte an ihrem Mundwinkel.
„Na schön, die Damen, wie ihr wollt!“, sagte Robbie und führte sie über den Hof zur Reithalle. „Eure Aufgabe wird es sein, die Halle und die Scheune zu putzen. Vergesst vor allem nicht, die Spinnweben zu entfernen.“
Bei seinen Worten wurde Helene bleich. „Ich hasse Spinnen!“
Auch Marie verschlug es einen Moment die Sprache. Sie hatte zwar keine Angst vor Spinnen, aber was Robbie da von ihnen verlangte, war Wahnsinn! Marie sah sich um. Allein für die riesige Halle würden sie Tage brauchen! Und dann sollten sie auch noch die Scheune putzen?
„Und bis wann sollen wir damit deiner Meinung nach fertig werden?“, fragte sie. „Bis Silvester?“
Robbie zuckte die Achseln. „Na ja, wir schauen einfach mal, wie weit ihr kommt. Aber da eure Klasse heute zum Strand fährt, habt ihr den ganzen Tag dafür Zeit.“
Marie blickte zu ihm auf. Wie immer hatten seine Augen etwas Lauerndes. So als würde er nur darauf warten, dass sie protestierte, sich weigerte oder einfach den Kopf in den Sand steckte. Doch die Genugtuung würde sie ihm nicht gönnen.

Sie straffte die Schultern. „Na schön. Wie du meinst. Wo ist das Putzzeug?"
Robbie deutete zum anderen Ende der Reithalle, wo ein kleines Fenster in die Wand eingelassen war. „Das Putzzeug steht im Büro. Ich hole euch alles, was ihr braucht. Da drüben in der Ecke stehen ein paar Besen, damit könnt ihr schon mal anfangen, bis ich wieder zurück bin." Dann wandte er sich an Helene. „Und nur damit wir uns richtig verstehen: Wenn ich sehe, dass sich eine von euch drückt, wird diejenige eine Doppelschicht einlegen. Ist das klar?"
Marie nickte. „Klar, Chef."
Helene nuschelte etwas Unverständliches, aber Robbie schien zufrieden, denn er machte auf dem Absatz kehrt und ließ die Mädchen allein.
Marie schob sich ein letztes Stück Sandwich in den Mund, dann schnappte sie sich einen der Besen. „Wo fangen wir am besten an?", fragte sie ihre Zimmergenossin.
Helene schüttelte unwillig den Kopf. „Was weiß denn ich! Sehe ich etwa so aus, als wäre ich eine billige Putzhilfe?"
Marie sah Helene abschätzend an. „Nein, eigentlich nicht, aber heute bist du es trotzdem."
Helene maulte vor sich hin, schnappte sich dann aber ebenfalls einen Besen. „Ich will da oben anfangen, da kann

er uns wenigstens nicht ständig über die Schulter gucken." Sie deutete auf die Galerie, die sich über dem Fenster zum Büro befand. Dort lagerten Heuballen und allerlei Gerümpel. An der Wand gab es eine Leiter, über die man hinaufgelangen konnte.

„Gute Idee", sagte Marie. Gemeinsam machten sie sich auf den Weg zum Heuboden.

Oben angekommen, rümpfte Marie erst mal die Nase. „Hier hat doch seit Jahren keiner mehr sauber gemacht! Echt 'ne Frechheit, dass Robbie uns jetzt dafür einspannt! Der alte Sklaventreiber!"

Helene zerrte ein Büschel Heuhalme aus einem großen Haufen und schleuderte es missmutig auf den Boden. Sofort geriet der ganze Berg ins Rutschen und ergoss sich über Helene.

Marie prustete laut los und verschluckte sich fast dabei. „Du hast da was im Haar", japste sie.

Helene sah aber auch einfach zu komisch aus! Ein bisschen wie eine Vogelscheuche in Designerklamotten. Zornesröte schoss ihr in die Wangen. Sie machte den Eindruck, als würde sie gleich explodieren.

Marie ging sicherheitshalber hinter einer rostigen Kiste in Deckung.

„Na warte!", kreischte Helene und stürzte mit einer Handvoll Heu bewaffnet auf Marie zu.
Marie tauchte lachend hinter einem der Heuballen ab. Sofort nahm Helene die Verfolgung auf. Die Mädchen jagten sich zwischen den Ballen bis ans Ende des Heubodens. Hier gab es ein dreckverschmiertes Fenster, von dem aus man den Parkplatz und den Hof der Reitschule sehen konnte.
Marie machte sich bereit, ihre Position zu verteidigen, bewaffnete sich ebenfalls mit einer Ladung Heu und wartete, bis Helene um die Ecke kam. Bei ihrem Anblick musste Marie sofort wieder lachen. Helenes langer Zopf hatte sich gelöst und war nun mit Heu gespickt. Doch ihre Augen glitzerten mittlerweile amüsiert. „Jetzt bist zu dran!", kicherte sie und wollte sich eben auf Marie stürzen, als draußen auf dem Hof unter ihnen Stimmen laut wurden.
„Der Hengst kann nicht verkauft werden! Schlag dir die Idee aus dem Kopf!", wetterte Robbie.
Marie erstarrte in der Bewegung und ließ ihr Heubüschel fallen.
„Glaub mir, mein Junge, dieser Hengst wird uns reich machen." Das war eindeutig der alte Heinemann. Marie wirbelte herum und schaute aus dem verdreckten Fenster.

Vater und Sohn standen direkt unter ihr, vor der Tür zum Büro der Reitschule.

„Ein Herz und eine Seele, die beiden“, kommentierte Helene sarkastisch, während sie neben Marie an die Scheibe trat.

„Du hast ja nicht mal richtige Papiere für Dark Shadow!“, brüllte Robbie und stürmte ins Büro. Herr Heinemann marschierte hinterher. Dann donnerte die Tür zu. Die Stimmen der beiden wurden leiser.

Helene ging vom Fenster weg und blickte zu Boden. Lautlos glitt sie in die Hocke. Marie trat neben sie.

„Sei leise, damit die uns nicht hören!“, wisperte Helene ihr zu und legte das Ohr auf den Holzboden.

Marie schaute ihr entgeistert dabei zu. „Was soll das werden?“

„Pst! Schau doch!“ Helene deutete auf die Bretter, auf denen sie lag. Marie ging langsam in die Knie und rutschte neben sie flach auf den Bauch.

Durch eine Ritze zwischen den Brettern konnten sie ins Büro hineinsehen!

Herr Heinemann stand vor einem völlig zugemüllten Schreibtisch – Robbie ihm gegenüber.

„Lass die Papiere ruhig meine Sorge sein. Du wirst sie bekommen. Verlass dich drauf!", sagte Herr Heinemann leise zu seinem Sohn.

Marie hielt den Atem an, während sie ihr Ohr gegen die Bretter presste.

Robbie lachte bitter. „Ich soll mich auf dich verlassen? Wenn man sich auf dich verlässt, ist man doch verlassen."

Plötzlich schnellte der alte Heinemann nach vorn und schlug mit der geballten Faust auf den Schreibtisch. „Das haben wir alles diesem Von-Elstenbühl-Pack zu verdanken!"

Erschrocken sahen sich die Mädchen an. Maries Gedanken rasten. *Von Elstenbühl* – der Name sagte ihr was! Aber wieso?

„Hätten die uns damals nicht das Land abgeschwatzt und ihre teuren Sportpferde angeschleppt, würden wir heute ganz anders dastehen! Aber dank derer interessiert sich doch keiner mehr für unsere Zucht. Dabei waren wir schon hier, lange bevor dieser neureiche Schnösel sich breitgemacht hat. Und nun führt der sich auf, als gehöre ihm die ganze Insel!", wetterte der Alte. „Elstenbühl, dieser egoistische, arrogante Mistkerl ist schuld daran, dass es mit dem Hof bergab geht!"

Robbie schnaubte. „Ich glaube, du machst es dir zu einfach,

Vater." Er klang auf einmal zerknirscht. „Dass der Hof so schlecht läuft, ist *dein* Verdienst. Deiner ganz allein."
Marie wagte immer noch nicht zu atmen. Der alte Heinemann konnte echt ganz schön ungemütlich werden. Ein kalter Schauer lief ihr über den Rücken. Ob es wohl so schlau von Robbie war, seinen Vater derart zu reizen?
„Der Hof gehört immer noch mir, und solange das so ist, kann ich mit dem bisschen Geld, was er abwirft, machen, was ich will. Und wenn du nicht tust, was ich dir sage, werde ich den Hof verkaufen und du erbst keinen einzigen Cent. Haben wir uns verstanden?" Der alte Heinemann stemmte sich mit beiden Händen auf den Tisch und beugte sich zu Robbie hinüber.
Robbie funkelte ihn an.
Marie schluckte. So wütend wie in diesem Moment hatte Robbie noch nicht mal ausgesehen, als er sie wegen der Stute Feuerstern zur Schnecke gemacht hatte.
„Hast du mich verstanden?", zischte Robbies Vater noch einmal.
Zu Maries Überraschung erwiderte Robbie nichts, sondern schob nur langsam die Hände in seine Hosentaschen. „Ja, laut und deutlich."
„Gut!", sagte der alte Heinemann und drückte sich von der

Tischkante weg. Dann schlenderte er gelassen zur Tür hinaus.

Robbie rührte sich erst nicht. „Verdammt!" brüllte er schließlich und fegte mit einer Hand den Schreibtisch leer. Unterlagen, Ordner, eine leere Tasse – alles polterte zu Boden. Dann schnappte er sich zwei Flaschen Putzmittel, die auf der Fensterbank standen, und stürmte damit nach draußen.

21

DIE MÄDCHEN sahen sich an. Dann standen sie hastig auf.
„Komm schon, er darf uns hier oben nicht erwischen, sonst weiß er sofort, dass wir gelauscht haben!“, rief Marie und war schon fast bei der Leiter.

Helene war ihr dicht auf den Fersen. „Von dem Hengst habe ich schon mal gehört!“, erzählte sie, während sie hinter Marie die Leiter hinunterstieg. „Man erzählt sich so eine krasse Gruselgeschichte darüber!“, fuhr sie fort.

Marie kam federnd auf dem Hallenboden auf. „Was denn für eine krasse Gruselgeschichte?“, fragte sie. „Und wieso weißt *du* davon?“

Unten angekommen, verschränkte Helene verärgert die Arme vor der Brust. Plötzlich war sie wieder ganz die alte schnippische Helene. „Ich weiß halt, wie man Leute ausfragt“, verkündete sie.

„Aha.“ Marie war allmählich genervt. Musste Helene wirklich jede Situation nutzen, um sich wichtig zu machen? „Und? Kommt da jetzt noch was Spannendes?", fragte sie übertrieben gelangweilt.

Doch statt zu antworten, griff Helene nach ihrem Besen und begann mit äußerster Präzision, die Hallentür abzufegen, als wäre das die anspruchsvollste Aufgabe der Welt. Staub und Heuhalme rieselten herab.

Marie seufzte. „Jetzt komm schon. Lass mich nicht so zappeln", lenkte sie ein.

Nachdem sie Marie noch eine Weile hatte schmoren lassen, ließ Helene endlich den Besen sinken. „Ich habe gestern Abend gehört, wie sich Frau Olberding mit Frau Winkler unterhalten hat. Und da habe ich mich ein wenig schlaugemacht", erzählte Helene stolz.

Marie zog skeptisch eine Augenbraue hoch. „Frau Olberding ... soso ... Ich persönlich finde die ja ein wenig wunderlich. Die erzählt bestimmt viel, wenn der Tag lang ist."

Helene zuckte die Achseln. „Jedenfalls meinte Frau Olberding, dass der Hengst vom Teufel abstamme oder so ..."

„Vom Teufel. Alles klar." Marie verdrehte die Augen. „Das ist doch ein Märchen!"

„Ja, der Teil vielleicht schon. Aber sie erzählte auch etwas von einem Feuer auf der Insel, vor vielen Jahren. Damals sei ein pechschwarzer Hengst, der genauso aussah wie dieser Dark Shadow, bei einem Brand ums Leben gekommen ... Ganz tragische Geschichte“, setzte sie in verschwörerischem Tonfall hinzu.

Marie überlief ein Frösteln.

„Deshalb glaubt sie, dass Dark Shadow vom Teufel abstammt oder aus den Flammen geboren wurde. Irgendwas in der Art“, plapperte Helene weiter, ohne zu merken, wie still und kreidebleich Marie auf einmal geworden war. „Bestimmt hat sie die Geschichte ein bisschen aufgebauscht und dramatisiert, aber was ist, wenn dieser Hengst tatsächlich der Großvater oder Urgroßvater von Dark Shadow ist? Schließlich hat Robbie doch gerade rumgetönt, dass er keine Papiere habe ...“ Helene sah Marie erwartungsvoll an. Dann stutzte sie. „Hey, alles klar mit dir? Du siehst aus, als hättest du gerade den Teufel persönlich gesehen!“, scherzte sie.

Marie schluckte. „Ja, ich ... ich habe davon geträumt ...“, gestand sie stockend. „Von diesem Feuer und dem Pferd.“ Maries Gedanken überschlugen sich. *Das Labyrinth aus rauchenden Balken. Der schwarze Hengst mit der weißen Blesse. Die panischen Schreie ...*Wo war der verdammte Zusammenhang? Wie konnte es sein, dass sie noch nie auf dieser Insel gewesen war, aber trotzdem von der Geschichte mit dem Feuer wusste? Zumindest unterbewusst.

„Okay, *das* ist gruselig!“, räumte Helene ein.

„Na, Mädels!? Ich glaube, ihr habt euch eine Pause verdient.“

Die Mädchen wirbelten herum.

In der Tür zur Halle stand Robbie. Die Putzsachen, die er vorhin aus dem Büro mitgenommen hatte, hatte er allerdings nicht dabei. Auch sonst schien er sich auf einmal kaum noch für die Sauberkeit seiner Reithalle zu interessieren, denn sonst hätte er Helene und Marie jetzt einen ordentlichen Anpfiff verpasst. Es war nämlich nur allzu offensichtlich, dass die Mädchen bisher keinen Finger krumm gemacht hatten.

Doch Marie war noch viel zu sehr in ihre Gedanken vertieft, um Robbie wirklich zuzuhören.

„Prima! Pause!“, rief hingegen Helene und ließ sofort den Besen fallen. Sie warf einen letzten skeptischen Blick zu Marie, dann ging sie schnell an Robbie vorbei zur Tür hinaus. „Hier drinnen ist es viel zu dunkel und staubig“, zeterte sie beim Gehen. „Das hält ja keiner mehr als fünf Minuten aus!“

Robbie reagierte nicht. Er sah stattdessen Marie an. „Alles

klar? Was ist denn mit euch passiert? Habt ihr euch in einer Box gewälzt oder so?"

Erst da erwachte Marie aus ihrer Erstarrung und zupfte hastig die Heuhalme aus ihrem Haar. „Äh … ja … so ähnlich. Okay, ich geh dann mal … äh, was trinken …", stammelte sie und wollte gerade loslaufen, aber Robbie stellte sich ihr in den Weg.

„Warte mal!"

Mit einem unguten Gefühl sah sie auf. Hatte er sie durchschaut? Eins und eins zusammengezählt und erkannt, wo sie gewesen waren? Wusste er, dass sie ihn und seinen Vater schon wieder belauscht hatten?

Aber Robbie wirkte nicht verärgert. Eher nervös. Hätte Marie es nicht besser gewusst, hätte sie gemeint, er wäre auf einmal schüchtern.

„Was ist denn?", fragte Marie. Ihre Stimme bebte leicht.

„Hättest du Lust, mit auf einen Ausritt zu kommen? Ich wollte eines der Jungpferde mitnehmen und da ist es immer besser, wenn man zu zweit unterwegs ist."

Marie zog die Augenbrauen zusammen. „Welches Jungpferd denn?"

Robbie blies die Backen auf. „Dark Shadow?!"

Er war nervös. Eindeutig. Aber warum? Was hatte er vor?

Und hatten seine Pläne etwas mit der Unterhaltung zu tun, die er gerade mit seinem Vater geführt hatte?
Marie kaute auf ihren Fingernägeln herum. Was sollte sie tun? Lieber ablehnen? Einerseits fand sie den alten Heinemann schrecklich unsympathisch. Unsympathisch und sogar ein wenig Angst einflößend. Und sie wollte auf gar keinen Fall in irgendeinen seiner abstrusen Pläne hineingezogen werden. Andererseits wollte sie nichts lieber, als mit Dark Shadow und Robbie auszureiten. Vielleicht war das ja auch die Gelegenheit, Robbie endlich zu zeigen, dass er sie nicht immer wie seine Erzfeindin behandeln musste. Sie musterte ihn unentschlossen. Vielleicht war die Einladung zum gemeinsamen Ausritt ja auch ein vorsichtiges Friedensangebot?
„Heißt das, du verzeihst mir endlich und hörst auf, mich zu piesacken?“, fragte sie also forsch.
Er lächelte schief. „Schon möglich.“
„Schön, wenn das so ist, bin ich natürlich dabei“, verkündete Marie und stolzierte voran in Richtung Stall. „Welches Pferd willst du mir anvertrauen?“, fragte sie, als sie die Stallgasse betraten. Sie sah zwar nicht, wie er reagierte, konnte sich aber lebhaft vorstellen, wie ihm gerade sämtliche Gesichtszüge entglitten. Marie eines seiner Tiere anzu-

vertrauen, würde ihn nach der Sache mit Feuerstern sicher einige Überwindung kosten.

„Du kannst den Wallach hier vorn haben", sagte er tonlos. „Er heißt Sami. Er steht mit Dark Shadow zusammen auf der Koppel. Sie kennen sich und … Dark Shadow kommt mit ihm aus."

Marie lachte auf. „Soso, dein Dark Shadow ist wohl mehr so der Einzelgänger." Und grinsend fügte sie hinzu: „Na das passt ja."

„Er ist ein Leithengst", sagte Robbie schlicht. „Er duldet keine anderen neben sich. Zumindest nicht, wenn sie sich nicht unterordnen."

Marie nickte. Ja, so was in der Art hatte sie sich bereits zusammengereimt. „Schön. Wo ist sein Sattelzeug?"

Robbie deutete auf eine freie Box am anderen Ende der Stallgasse. „Da vorn in der Box lagern all seine Sachen. Seit im letzten Winter die Sattelkammer in der Scheune vollgelaufen ist, hatten wir noch keine … äh … Zeit … sie zu renovieren."

Marie zuckte die Achseln und marschierte los. „Okay."

„Beeil dich aber!", rief er ihr nach – in typischem Robbie-Ton.

Sie lief zu der Box und fand Samis Sattelzeug prompt. Direkt neben der Tür hing eine braune Trense und ein Sattelhalter an der Wand, ebenfalls mit Namen beschriftet. Marie nahm beides, während sie den Blick suchend durch den Verschlag wandern ließ. Irgendetwas fehlte ihr doch noch. Ah!

„Eine Satteldecke …", flüsterte sie und zog eine der bunten Decken vom Stapel in der Ecke. Nun hatte sie wirklich alles. Eilig lief sie zurück zu Samis Box. Robbie war verschwunden. Marie seufzte. Wie kam er auf die Idee, ihr das Satteln und Trensen allein zu überlassen? Woher sollte sie denn wissen, wie das ging, wenn sie vor dieser Klassenfahrt noch nicht mal auf einem Pferd gesessen hatte? Wollte er sie mal wieder scheitern sehen, nur um sie danach anschnauzen zu können?

„Okay, dann wollen wir mal", murmelte sie und beäugte skeptisch die Sachen in ihren Armen. Dann zuckte sie mit den Schultern und betrat Samis Box. Der Wallach beschnupperte sie gutmütig.

„Hey, mein Freund, alles klar?", begrüßte sie ihn, wobei sie seine Nase vorsichtig streichelte. Sofort rieb er vertrauensvoll seinen Kopf an ihrer Schulter. Marie lachte. „Nein, du bist definitiv kein Aufrührer." Dann beäugte sie seine Sattellage und entschied, dass er sauber genug war, um direkt gesattelt zu werden. Robbie hatte schließlich gesagt, sie müsse sich beeilen. Also dann.

Marie warf die Decke mit einer gekonnten Bewegung auf den Rücken des Wallachs. Danach schob sie den Sattel darüber. Sie hielt inne. Das sah doch schon mal ganz gut aus! Etwas gemächlicher zog sie auf der anderen Seite den Sattelgurt aus dem Steigbügel und ließ ihn am Pferdebauch nach unten gleiten. Dann trat sie einen Schritt zurück, um ihr Werk zu betrachten.

Wie von selbst legten sich ihre Hände an den Sattel und ruckten ein wenig an ihm herum. Ja, so saß er besser auf dem Pferderücken. Stirnrunzelnd griff sie unter Samis Bauch hindurch und packte den Gurt. Mit einer schnellen Bewegung zog sie die Lederstrupfen durch die Gurtschnalle. „Okay, das hat doch schon mal geklappt!“, freute sie sich laut und grinste zufrieden.

Dann nahm sie die Trense in die Hand. Das sah schon etwas komplizierter aus!

Aber auch dieses Mal wussten ihre Hände intuitiv, was zu tun war. Nach nur wenigen Sekunden war Sami fertig getrenst und bereit zum Abmarsch. Gerade im rechten Moment, denn Marie hörte auf dem Hof nun schnelles Hufgetrappel.

22

SOFORT MACHTE IHR HERZ einen wilden Satz. Sie konnte nicht einmal sagen, warum. Im Grunde hatte die alte Frau Olberding ja recht: Der schwarze Hengst hatte wirklich den Teufel im Blut. Aber wenn sie ihm in seine dunklen, lodernden Augen blickte, sah sie noch etwas anderes ... sich selbst. Nicht diese Pia. Sondern einfach nur das Mädchen hinter all den Geheimnissen.

Sie seufzte tief. Dann führte sie Sami aus der Box und hinaus auf den Hof, wo Robbie wieder auf dem hübschen dunklen Fuchs saß. Dark Shadow hielt er am Halfter – oder versuchte es zumindest. Denn der schwarze Hengst hatte offenbar andere Pläne. Er bockte wild auf der Stelle, sodass Robbie seine Mühe hatte, sein Reitpferd aus der Schusslinie zu halten.

Marie beobachtete das Spektakel für einen Moment fasziniert. Es war beeindruckend, wie der Hengst innerhalb von

Sekunden seine Position komplett änderte. Fast schlangenhaft wand er sich im Kreis, warf die Hufe in die Luft und schüttelte den mächtigen Hals. Dann kam er einen Augenblick zur Ruhe, fixierte Robbie, so als wollte er ihn verspotten, um dann im nächsten Moment vollkommen außer sich rückwärtszurennen.

Robbie wurde ein Stück aus dem Sattel gehoben, bevor sich sein eigenes Pferd ebenfalls wieder in Bewegung setzte.

Marie musste kichern. So leicht würde sich Dark Shadow wohl nicht von ihnen mitführen lassen.

„Ich glaube, solange er nicht freiwillig geht, wird das nichts“, überlegte sie laut.

Robbie schnaubte. „Ach ja? Und was schlägst du vor? Der verrückte Teufel macht nie etwas einfach so.“

„Lass doch das Seil mal ein wenig länger.“ Marie führte Sami zu der Mauer, an der der Misthaufen lag, um von dort aufzusitzen. Dabei beobachtete sie, wie Robbie das Seil widerwillig durch den Reithandschuh gleiten ließ. Stückchen für Stückchen.

Dark Shadow lief sofort wieder rückwärts, doch dann wurde er langsamer und blieb schließlich stehen – in sicherem Abstand zu Robbie und dessen Reitpferd.

Ohne den Blick von Dark Shadow abzuwenden, stieg Marie auf das Mäuerchen und schwang sich in den Sattel. Ein seltsames Prickeln breitete sich dabei über ihren Rücken aus. Sami machte einen ausfallenden Schritt zur Seite, doch sie hatte damit gerechnet. Geschmeidig ging sie mit der Bewegung mit. Erstaunt sog sie die Luft ein. Wie konnte das sein? Warum fühlte sie sich im Sattel so ... zu Hause?

Vorsichtig verlagerte sie das Gewicht und griff nach den Zügeln. Wie von selbst glitten sie zwischen kleinem Finger und Ringfinger hindurch. Marie starrte auf ihre Hände.

Ein lautes Brüllen riss sie aus den Gedanken. Robbie hatte einen erneuten Versuch gestartet, Dark Shadow hinter sich herzuziehen. Aber auch der längere Strick konnte ihn nicht dazu bewegen.

Ohne groß nachzudenken, drückte Marie Sami leicht die Fersen in die Flanken und ritt auf den Hengst zu. Genau wie Robbies Pferd zögerte Sami. Er hatte Angst vor Dark Shadow, so viel war klar. Aber Marie klopfte ihm aufmunternd den Hals, während sie versuchte bestimmt weiterzureiten. Sami folgte zögernd und lief nun tapfer neben den Hengst. Robbie sagte nichts, sondern beobachtete Marie mit düsterer Miene.

Vorsichtig strich sie von oben über Dark Shadows Hals.

Der Hengst sah auf und starrte ihr direkt ins Gesicht. Seine Augen sahen aus wie glühende Kohlen. Sie hielt seinem Blick neugierig stand. Was für ein unglaubliches Tier! Vielleicht war er ja wirklich aus den Flammen geboren, schoss es ihr durch den Kopf. Aber das machte Marie keine Angst, im Gegenteil, sie bewunderte den Hengst nur noch mehr. Vorsichtig griff sie nach dem Seil an seinem Halfter.

„Darf ich mal?“, sagte sie leise zu Robbie, ohne sich jedoch zu ihm umzudrehen.

Sofort spürte sie, wie der Druck auf das Seil nachließ. Langsam glitt es ihr durch die Hände.

Dann legte sie eine Hand zurück auf Dark Shadows Mähne und ritt mit Sami an. Augenblicklich setzten sich beide Pferde in Bewegung.

Marie atmete erleichtert auf. „Sehr gut, mein Junge, das wird dir gefallen!“, versuchte sie den Hengst zu locken, während sie gemächlich auf den Trampelpfad hinter dem Misthaufen ritt.

Noch immer zögerlich, aber immerhin willig, lief Dark Shadow an Samis Seite. Als sie schon ein ganzes Stück gekommen waren, hörte sie, wie Robbie ihnen folgte.

Marie entspannte sich ein wenig, klopfte dem schwarzen Hengst den Hals und ließ dann sein Seil noch etwas län-

ger. Sami schnaubte zufrieden vor sich hin, so als würde er ebenfalls aufatmen.
Die Sonne stand nun hoch am Himmel und brannte genau wie am Vortag heiß auf sie herab. Aber vom Meer blies ihnen ein frischer Wind entgegen. Marie drehte sich zu Robbie um. „Danke!", rief sie und lächelte.
Robbie saß kerzengerade auf seinem Pferd. Er beobachtete sie wachsam. „Wofür?"
„Für alles! Es ist wunderschön hier bei dir ... und den Pferden!", sagte sie verlegen und drehte sich zurück zu Dark Shadow. Warum sagte sie ihm so etwas? Robbie war bisher ja nicht mal besonders nett zu ihr gewesen. Vielleicht weil sie das Gefühl hatte, dass nicht nur Dark Shadow eine lodernde Schutzwand um sich errichtet hatte?
Robbie brummte etwas Unverständliches vor sich hin, worauf Marie entschied, es besser dabei zu belassen. Doch zu ihrer Überraschung kam er näher an sie herangeritten. Sofort scheute Dark Shadow zur Seite, lief aber weiterhin gehorsam mit.
„Am besten, wir bleiben hier oben auf den Dünenwegen", schlug Robbie vor. „Am Strand ist es um diese Zeit zu voll. Dark Shadow würde das sicherlich nicht gut vertragen."
Marie nickte.

„Nach der nächsten Abzweigung könnten wir ein Stückchen traben“, fuhr Robbie fort. „Das kann er eigentlich schon, gestern hat es ein paar Meter geklappt.“
Marie ließ den Blick über die Dünen schweifen. Der Weg, den sie ritten, war zwar recht schmal, aber dafür ausgetreten und einigermaßen eben.
„Okay, aber vielleicht solltest du dann besser vorausreiten?“, gab Marie zu bedenken. Sie wusste nicht mit Sicherheit, wieso, aber der junge Hengst war nervös geworden, sobald Robbie näher gekommen war. Möglicherweise gefiel es ihm nicht, wenn sich von hinten ein anderes Pferd näherte.
Robbie schüttelte den Kopf. „Nein, ich will euch sehen, während ich reite. Dann kann ich dir im Zweifel schneller zu Hilfe kommen.“
„Sag nicht, ich hätte dich nicht gewarnt“, flüsterte Marie zu sich selbst.
Der Weg machte eine scharfe Rechtskurve und wurde dann breiter. Robbie schnalzte. „Also dann mal los!“, rief er nach vorn.
Marie ließ Dark Shadows Strick noch einmal länger, Samis Zügel hingegen fasste sie nach. Das schien dem Wallach bereits als Zeichen zu genügen, denn er kannte den Weg. Augenblicklich fiel er in einen flotten Trab. Auch Dark

Shadow reagierte prompt, sodass sich Marie auf den Weg konzentrieren konnte. Beidseitig wurden sie von Dünen eingerahmt. Nur ganz weit vor ihnen erkannte sie einen dunkelblauen Streifen.

Sich umzusehen, wagte sie nicht, aus Angst ihr Pferd dabei aus dem Gleichgewicht zu bringen. Robbie musste sich jedoch ein paar Meter zurückfallen gelassen haben, denn außer Samis Schnauben und dem Brausen des Meereswindes war nichts zu hören. Dark Shadows Hufe machten kaum ein Geräusch im Sand, während er schwungvoll neben ihnen hertrabte.

Marie beobachtete ihn aus dem Augenwinkel. Seine Bewegungen waren geschmeidig und kraftvoll. Eines Tages würde er gewiss ein hervorragendes Sportpferd abgeben. Da war sie sich sicher.

Plötzlich zuckten die Ohren des Hengstes nach hinten und er machte einen erschrockenen Satz. Marie fuhr im Sattel herum und erhaschte gerade noch einen Blick auf Robbies Pferd, das sich ihnen näherte, als ein heftiger Ruck ihren Arm durchfuhr. Marie presste die Knie zusammen, sonst wäre sie im hohen Bogen aus dem Sattel geflogen. In letzter Sekunde ließ sie Samis Zügel los, um sich stattdessen am Kopfeisen des Sattels festzukrallen.

Dark Shadow bäumte sich auf, warf sich mit einem kraftvollen Satz zur Seite und wollte davonpreschen. Sie musste das Seil loslassen.

Wütend wirbelte sie zu Robbie herum. „Ich habe dir doch gesagt, er mag es nicht, wenn jemand zu dicht von hinten an ihn rankommt!"

Robbie knurrte erbost. „Ich werde ihn wieder einfangen. Ist ja nicht das erste Mal, dass er abhaut!"

Marie lachte. „Ach ja, und das sagst du mir jetzt?"

Ohne zu überlegen, drückte sie Sami die Hacken in die Flanken. „Spar dir die Mühe! Ich hol ihn selbst wieder zurück!" Dann war sie auch schon losgebraust.

Sami war überraschend schnell. Seine leichte Statur kam ihm dabei zugute. Er wurde ganz klein und flach und bretterte wie befreit durch den Sand.

Dark Shadow hatte derweil zum Glück einige Haken geschlagen und Bocksprünge vollführt, sodass er noch nicht besonders weit gekommen war. Doch kaum sah er den sprintenden Sami kommen, legte auch er los.

Marie beugte den Oberkörper flach über den Pferdehals. Immer schneller flogen sie dahin, immer lauter und wilder trommelte Maries Herz. Ein unbändiges Glücksgefühl erfasste sie. Während ihr der Wind die Haare ins Gesicht peitschte und in den Ohren rauschte, fühlte sie sich auf einmal befreit. Die Unsicherheit, die sie seit Tagen verspürt hatte, fiel von ihr ab. Wen kümmerte es, woran sie sich erinnerte oder wer sie war? Alles, was zählte, war dieser Moment. Hier war sie glücklich, hier sollte sie sein! Hier und nirgendwo sonst.

Erst nach einigen Minuten bemerkte sie, dass sie dem Strand bedrohlich nahe gekommen waren.

So schnell das Hochgefühl sie erfasst hatte, so schnell war es auch wieder verflogen. Marie bekam Panik. Der Strand war voller Menschen und Dark Shadow war vollkommen außer Kontrolle!

Da fing Robbie weit hinter ihr auch schon an zu brüllen.

Marie keuchte. Sie hatte nicht mehr viel Zeit. Sie musste den Hengst erreichen, ihn stoppen! Doch da durchzuckte sie der nächste Gedanke: Selbst wenn sie seinen Strick zu fassen bekam – in vollem Galopp und noch dazu selbst im Sattel sitzend würde sie den Hengst niemals bremsen können. Immerhin schienen dem jungen Tier allmählich die Kräfte zu schwinden, denn im tiefen Sand wurde er sichtbar langsamer.

23

MARIE HOLTE AUF. Sami war eindeutig geübter darin, auf sandigem Untergrund zu galoppieren. Während sie langsam, aber sicher auf gleiche Höhe kamen, rasten Maries Gedanken mit den Pferdehufen um die Wette. Sie würde nur eine Chance bekommen, Dark Shadow zu stoppen, so viel war klar. Also durfte sie sie nicht ungenutzt verstreichen lassen. Ihm den Weg abzuschneiden, kam nicht infrage, denn sie war sich nicht sicher, ob der Hengst ihren Wallach nicht einfach niedertrampeln würde. Also blieb nur der Strick, oder ... Ein wahnwitziger Gedanke schoss ihr durch den Kopf.

Maries Herz begann noch schneller zu rasen. Dann sah sie zu Dark Shadow hinüber, der nun auf gleicher Höhe galoppierte. Ihre Idee schien total verwegen, doch wahrscheinlich war es die einzige Möglichkeit ...

Also ließ sie die Steigbügel von den Füßen gleiten und zog

die Knie langsam nach oben. Den Zügel nahm sie in die rechte Hand. Woher sie den Mut nahm, wusste sie nicht, und warum sie sich sicher war, dass sie es schaffen konnte, war ein bloßes Gefühl. Doch sie biss entschlossen die Zähne zusammen, ging auf Samis Sattel in die Hocke und richtete sich dann mit einer schneller geschmeidigen Bewegung auf. Sie stand! So als hätte sie ihr ganzes Leben lang nichts anderes getan. Ein breites Grinsen erhellte ihr Gesicht, als sie den Wind nun messerscharf auf ihrer Haut spürte und die Arme zu beiden Seiten ausstreckte.

Die zwei Pferde ließen sich von ihrem plötzlichen Positionswechsel zum Glück nicht aus dem Tritt bringen, sondern preschten noch immer unbeirrt über den Sand.

Jetzt waren es nur noch wenige Hundert Meter bis zum Anfang des Strandes. Marie sah bereits die ersten Urlauber. Also holte sie noch einmal tief Luft, drückte sich vom Sattel ab und sprang. Sie hatte keine Ahnung, ob sie so etwas schon einmal getan hatte, aber es gelang unverhofft gut. Sicher und geschmeidig landete sie auf Dark Shadows Rücken.

Der Hengst war so überrascht davon, dass plötzlich jemand auf ihm saß, dass er einen Moment überhaupt nicht reagierte. Diese paar Sekunden reichten Marie. Blitzschnell

griff sie erst nach seiner Mähne und dann mit der anderen Hand nach dem flatternden Strick.
Dark Shadow legte die Ohren an und schüttelte den Kopf, doch darauf war Marie vorbereitet. Sie lehnte sich zur Seite und zog vorsichtig am Strick, woraufhin der Hengst, der vollkommen überrumpelt war, seitlich ausbrach. Marie klammerte sich verbissen mit den Knien an seine Flanken, lehnte sich zurück und zog noch fester am Strick.
Da endlich reagierte Dark Shadow und wurde langsamer.
Marie sah auf. Der mit Urlaubern bevölkerte Strand war jetzt nur noch wenige Meter von ihnen entfernt. Hektisch suchte sie die Umgebung ab. Da! Zu ihrer Rechten erkannte sie einen schmalen Strandaufgang. Gerade lief aber niemand dort entlang. Also zwang sie den Hengst durch Druck mit dem Knie, nach rechts zu laufen. Mittlerweile war er in einen schnellen Trab gefallen und wurde nun noch ein wenig langsamer.
Marie atmete auf. Vorsichtig streckte sie eine Hand aus, um Dark Shadow den Hals zu tätscheln. Zu ihrer Verblüffung schnaubte er laut und zufrieden.
„Du bist mir ja einer!", rief sie amüsiert, dann zog sie versuchsweise noch einmal leicht an seinem Strick. Und siehe da – willig fiel er in den Schritt!

Marie klopfte ihm überschwänglich den Hals. „Was für ein cleverer Junge, sehr gut!“, lobte sie das Pferd. Dabei spähte sie vorsichtig über ihre Schulter. Sie hatte keine Ahnung, wie weit Robbie inzwischen zurückgefallen war und ob er ihren Wallach hatte einfangen können. Sami würde jedenfalls niemandem etwas zuleide tun. Davon war Marie überzeugt.

Trotzdem war sie erleichtert, als sie Robbie weiter hinten mit zwei Pferden kommen sah. Aber noch war die Gefahr nicht ganz gebannt. Noch befanden sie sich auf dem Strandweg, und sicher würden bald die nächsten Badegäste ankommen.

Marie wusste, dass sie hätte absteigen sollen. Zumindest wäre das eine vernünftige Entscheidung gewesen, aber sie konnte sich einfach nicht dazu durchringen.

Mit raumgreifenden Schritten stolzierte Dark Shadow durch den Sand. Seine Ohren zuckten dabei neugierig vor und zurück, sein Hals schwenkte hin und her. Seine Begeisterung und Freude waren ansteckend. Nichts schien dem Hengst zu entgehen. Das kleinste Rascheln im Dünengras ließ ihn herumfahren.

Marie kicherte. „Du bist wirklich ein schräger Vogel!“

Dark Shadow schnaubte als Antwort zufrieden vor sich hin.

Als der Strandaufgang sich vor ihnen gabelte, entschied sich Marie für den Weg, der weiter oberhalb des Strandes durch die Dünen führte. Der Weg war zugewachsen und sah kaum benutzt aus. Sicher würde ihnen hier so schnell niemand in die Quere kommen.

„Ich frage mich ..." Marie konnte die Aufregung nur schwer unterdrücken. Sollte sie es wagen? Wenn sie Robbie richtig verstanden hatte, war es ihm bisher noch nicht gelungen, den jungen Hengst zuzureiten. Aber was, wenn er sie auf seinem Rücken duldete? Egal was für Schauergeschichten sie gehört hatte – sie war sich absolut sicher, dass Dark Shadow sie nicht abwerfen würde. Also drückte sie ihm ihre Fersen sanft in die Flanken.

Augenblicklich machte der Hengst eine schwungvolle Bewegung vorwärts und Maries Herz machte ebenfalls einen Satz. Mit jedem Trabtritt fühlte sie sich leichter, fühlte sie sich, als würden sie schweben. Dark Shadows Hufe schienen den Sand kaum zu berühren.

Um den Hengst nicht zu behindern, ließ sie sich geschmeidig auf jede seiner Bewegungen ein.

Gerade als Marie überlegte, ob sie auch den Galopp wagen sollte, hatte der Hengst ihre Gedanken bereits erraten. Kraftvoll drückte er sich ab und galoppierte an. Jetzt musste Marie die Mähne greifen, denn seine Sprünge waren so groß, dass sie dem Himmel bei jedem Sprung ein Stück näher zu kommen schienen.

Jauchzend jagten sie dahin. Immer weiter, immer schneller. Dabei vergaß Marie vollkommen, wo sie war und warum sie überhaupt mit einem sattellosen Pferd durch die Dünen ritt.

Nach einer Weile wurde Dark Shadow langsamer. Sein Hals glänzte von Schweiß, und Marie brachte ihn schließlich wieder in den Schritt. „Ich glaube, jetzt reicht es, mein Kleiner! Du bist doch schon völlig erledigt und zurückkommen müssen wir irgendwann auch noch."

Bei dem Gedanken fuhr sie erschrocken herum. Robbie! Wo war er denn abgeblieben? Sie hatte ihn vollkommen vergessen.

Sie befanden sich noch immer in den Dünen, doch mittlerweile hatten sie die rauen Felsen der Steilküste fast erreicht. Sie würde umkehren müssen. Dark Shadow war jetzt deutlich ruhiger. Sie konnte also hoffen, auf dem Nachhauseweg keine weiteren bösen Überraschungen zu erleben.

Gerade als sie den Hengst gewendet hatte, tauchte in der Ferne die Silhouette eines Reiters auf. Robbie! Was er wohl sagen würde? Wahrscheinlich bekäme sie gleich die Standpauke ihres Lebens. Wenn er schon bei der Aktion auf dem

Reitplatz so ausgeflippt war, konnte sie sich jetzt auf einiges gefasst machen.

Während Robbie mit Sami an der Hand näher kam, machte sich Marie schon mal kampfbereit. Diesmal würde sie seine Schelte nicht stumm über sich ergehen lassen! Immerhin hatte sie den Hengst eingefangen und die Urlauber vor ihm gerettet. Wer weiß, was alles hätte passieren können!

Immer noch ein gutes Stück von ihr entfernt, parierte Robbie die Pferde zum Schritt durch.

Dark Shadow hatte anscheinend wieder neue Energie gesammelt, denn er hob nun aufmerksam den Kopf. Seine Ohren zuckten wie immer aufgeregt.

Marie konnte sich ein Lächeln nicht verkneifen. Dieses Pferd war so voller Tatendrang, dass es schier unmöglich schien, ihn müde zu bekommen. Dann wanderte ihr Blick zu Robbie. Doch an seinem Gesicht ließ sich nicht ablesen, was in ihm vorging. Vielleicht hatte er sich ja auch noch nicht entschieden, ob er Marie mal wieder verfluchen oder ihr zur Feier des Tages ein Kompliment für ihre Darbietung machen sollte.

Also wartete Marie.

Als er bei ihr ankam, musterte er Pferd und Reiterin von Kopf bis Fuß. „Na, ein Glück. Wie ich sehe, habt ihr den

Ritt beide unbeschadet überstanden“, war alles, was er sagte, aber zum ersten Mal hatte Marie das Gefühl, dass er es auch so meinte. Dass er nicht nur froh war, sein Pferd unverletzt anzutreffen, sondern auch sie.

Marie grinste frech. „Ja, ich dachte, wenn ich es nicht schaffe, ihn lebend zu retten, bin ich sowieso tot.“

Robbie schnaubte. „Du erzählst viel Quatsch, wenn der Tag lang ist, hat dir das schon mal jemand gesagt?“

Ihr Grinsen wurde breiter. „Und du bist ganz schön griesgrämig und unausstehlich, wenn der Tag lang ist, hat dir das schon mal jemand gesagt?“

Nun musste Robbie schmunzeln. „Mehr als einmal.“

Marie lachte triumphierend.

Robbie wurde aber wieder ernst. „Danke, M… Pia. Das war … beeindruckend“, gestand er.

„Meine Ehrlichkeit oder wie ich deinen Hengst wieder eingefangen habe?“, fragte sie forsch.

Jetzt musste Robbie tatsächlich lachen. „Beides.“

Marie war davon so überrumpelt, dass sie ihn für ein paar Sekunden einfach nur sprachlos anstarren konnte. Dann lächelte sie zurück. „Gern geschehen.“ Sie tätschelte Dark Shadows Hals. „Ich glaube, der junge Mann hier ist jetzt ziemlich müde und könnte eine kleine Pause vertragen.“

Robbie nickte wissend. „Ja, das denke ich auch." Einen Moment sah er verlegen hinaus aufs Meer. Dann schien er einen Entschluss zu fassen und räusperte sich. „Ich kenne eine kleine Bucht, ganz in der Nähe. Dort könnten wir die Pferde ein wenig ausruhen lassen. Es ist ruhig da, keine Touristen, den Weg die Steilküste hinab kennt kaum jemand."

„Klingt gut!", rief Marie, während sie Dark Shadow bereits zurück in Richtung Steilküste ritt. „Wenn es dir nichts ausmacht, würde ich diesmal aber lieber hinter dir reiten."

„Ob das dem Chefpferd so gut gefällt?", brummte Robbie.

„Na ja, die andere Variante ist ja ordentlich in die Hose gegangen. Also versuchen wir es jetzt eben so", entschied Marie und machte Robbie Platz, damit er an ihr vorbeireiten konnte.

Dark Shadow schlug mit dem Kopf. Ganz klar – das Schlusslicht zu sein, entsprach ebenfalls nicht seinen Vorstellungen. Marie seufzte. „Weißt du, kleiner Teufel, man muss seinen Platz in der Welt erst mal finden, und du findest deinen ganz bestimmt auch noch." Bei ihren Worten spitzte der Hengst aufmerksam die Ohren.

Robbie schnaubte.

„*Er* hat verstanden, was ich meine!", bemerkte Marie spitz

und machte es sich auf Dark Shadows Rücken bequem. „Er wird schon auch noch lernen, *uns* zu verstehen“, flüsterte sie so leise, dass nur der Hengst sie hören konnte.

Als wüsste er genau, wovon seine Reiterin sprach, schnaubte er und wippte mit den Ohren.

„Du bist ein Clown!“, rief sie und griff nach seiner Mähne.

Kurz darauf bog Robbie auf einen steinigen Pfad am Rand der Klippen ein. Jetzt musste sich Marie wieder konzentrieren. Ein falscher Tritt, und sie würden womöglich zwischen den spitzen Felsen stecken bleiben. Doch Dark Shadow schien zu spüren, worauf es nun ankam, denn er lief mit sicherem Schritt voran.

24

MARIE SAH HINAUS AUFS MEER. Es war ein ruhiger Tag und die Wellen unter ihnen plätscherten träge gegen die Felsen. In der Ferne erkannte sie die Segel einiger Boote, ansonsten waren sie vollkommen allein. Der Weg wand sich im Zickzack bergauf und bergab. Robbie führte sie immer weiter an der Küste entlang, wobei er ein paarmal unerwartet abbog.

Dann endlich machte er halt und streckte den Arm aus. „Schau, da unten ist unser Ziel!“

Marie sah zweifelnd den steilen Abhang hinab. Eigentlich sah es nicht so aus, als könnte ein Pferd dort hinunterstei- gen, aber Robbie würde schon wissen, was er tat. Hoffent- lich.

Dennoch beschlich Marie auf einmal ein mulmiges Gefühl. Weniger wegen des steilen Abstieges, sondern weil ihr der Anblick der schroffen Felsen und des tiefdunklen Meeresblaus unglaublich vertraut vorkam. Neugier packte sie. „Na los, ich bin gespannt!“, sagte sie zu Robbie und ritt wieder an.

Ihre Ungeduld schien sich auf Dark Shadow zu übertragen, denn auch der Hengst war plötzlich ganz zappelig. Übermütig stürmte er die Schlucht hinab.

„Hooo!“, ermahnte sie das Pferd, ruhig zu bleiben. „Wir müssen uns konzentrieren, sonst landen wir auf unseren Hinterteilen und rutschen da runter.“ Auf einmal wünschte sie sich einen Sattel herbei. Denn egal wie vorsichtig Dark Shadow nun lief – sie hatte große Mühe, sich auf seinem Rücken zu halten. Sein seidiges Fell ließ sie ständig nach vorn rutschen.

„Nur noch ein kleines Stück!“, rief Robbie zu ihr nach hinten, denn er hatte bemerkt, in welchen Schwierigkeiten Marie steckte. Entschlossen presste sie die Lippen zusammen und schloss die Knie.

Dann endlich hatten sie es geschafft. Sie waren sicher unten angekommen.

Doch Marie sog erschrocken die Luft ein, als sie sich umsah. Das Türkisblau des Wassers, der weiße Sand, die Felsen, die bis ins Meer ragten. Plötzlich wusste sie mit absoluter Sicherheit: Hier war sie schon einmal gewesen.

Die Erkenntnis traf sie wie ein Schlag und sie rutschte benommen von Dark Shadows Rücken. Der Hengst war so überrascht, dass er einen erschrockenen Satz zur Seite machte. Doch Marie konnte sich nicht rühren. Sie starrte einfach nur aufs Meer.

Robbie war ebenfalls abgestiegen und nahm den beiden Pferden die Sättel ab. „Ist alles in Ordnung bei dir?"

„Ich … ich kenne diesen Ort …", brachte Marie nur mühsam hervor. „Ich bin hier schon gewesen."

Plötzlich wurde auch Robbie ganz still, und ein wenig zu hastig wandte er sich ab, um das Zaumzeug der Pferde auf einen der großen, flachen Felsen zu legen.

„Wusstest du das?", fragte Marie halb erschrocken, halb empört. „Hast du mich deshalb hierher gebracht? Damit ich mich wieder erinnere?" Sie lief zu Robbie hinüber. Er hatte sich neben die Felsen in den Sand gesetzt und sah hinaus aufs Wasser. Zu Maries Entrüstung schwieg er.

„Was soll das? Du weißt doch etwas, oder nicht?" Sie baute sich neben ihm auf und stemmte die Hände in die Hüften. „Ich habe auch ständig diese Träume, von Feuer und Rauch und dem schwarzen Hengst!"

Da hob er endlich den Kopf, um sie anzusehen. „Was weißt du über den schwarzen Hengst?", fragte er. Seine Augen

blitzten plötzlich gefährlich. Marie musste sich beherrschen, nicht zurückzuweichen.
Stattdessen holte sie tief Luft und ließ sich neben Robbie in den Sand sinken. „Ich weiß gar nichts, nur, dass er mich verfolgt. In meinen Träumen. Tag und Nacht." Sie deutete hinüber zu Dark Shadow, der in der Sonne stand und die leichte Brise genoss. „Zuerst dachte ich, der Hengst aus meinen Träumen wäre Dark Shadow. Aber Dark Shadow hat keine Blesse." Sie schüttelte verzweifelt den Kopf. „Und dann hat mir Helene von dem Brand erzählt und dem schwarzen Hengst, der dabei ums Leben gekommen ist. Ich weiß echt nicht, wie ich darauf komme, aber ich werde das Gefühl nicht los, dass es zwischen Dark Shadow und dem schwarzen Hengst aus meinem Traum eine Verbindung gibt ... schon klar, das klingt total bescheuert." Missmutig klaubte sie eine Handvoll Sand auf und schleuderte ihn Richtung Wasser. „Aber wie kommen diese Bilder in meinen Kopf, Robbie? Und warum erinnere ich mich an diesen Strand?" Sie stockte, zum ersten Mal unsicher, ob sie die Frage, die ihr schon auf der Zunge lag, tatsächlich stellen sollte. Aber dann gab sie sich einen Ruck. „Warum erinnere ich mich an niemanden außer an dich?", flüsterte sie kaum hörbar. Sie wagte es nicht, ihn anzusehen. Noch

einmal würde sie das wütende Blitzen in seinen Augen nicht ertragen.
Doch zu ihrer Überraschung klang seine Stimme auf einmal weich. „Ich kann dir nicht sagen, warum du dich an mich erinnerst und an sonst nichts ... aber ... warum bist du dir so sicher, dass du schon mal hier warst?"
Marie starrte hinaus aufs Meer und überlegte. Ja, warum war sie sich eigentlich so sicher? Ohne seine Frage zu beantworten, streifte sie ihre klobigen Schuhe ab, stand auf und lief bis in die Gischt. Leise plätschernd umspülten die Wellen ihre Füße.
In ihrer Hand lag eine Kette aus Muscheln, eine schöne Kette, auf einen weißen Bindfaden aufgefädelt. Unter ihren Füßen blitzte heller Sand, die Gischt, das türkisblaue Wasser ... Eine Kinderhand, die ihr die Kette entgegenhielt. Dunkle Haare hingen darüber, schwarze Augen blitzten ...
Fröstelnd schlang Marie die Arme um sich. „Ich erinnere mich an eine Kette aus Muscheln ... und an diese Bucht."
Mehr wollte sie nicht sagen. Sie wollte nicht zugeben, wie verstörend sie das alles fand. Wie konnte es sein, dass sie sich an all das erinnerte, wenn sie überhaupt noch nie hier gewesen war? Angeblich war sie vorher ja noch nicht mal am Meer gewesen.

„Klingt nach einer schönen Erinnerung“, sagte Robbie mit belegter Stimme und starrte in den Sand.

Genau. Nach einer Erinnerung! Aber wieso sollte sie sich an etwas erinnern können, was sie nie erlebt hatte? Das ergab überhaupt keinen Sinn!

Marie wurde auf einmal wütend. Doch bevor sie ihren Frust an Robbie auslassen konnte, stupste sie jemand von hinten an. Um ein Haar wäre sie im Wasser gelandet. Als sie herumwirbelte und Dark Shadow neben sich stehen sah, verflog ihre Wut und die Erinnerungen verblassten.

Sie lächelte. „Du Schelm. Wolltest mir wohl eine kleine Abkühlung verpassen, was?“

Wie zur Bestätigung bäumte sich der Hengst auf und hüpfte dann spielerisch zur Seite, woraufhin eine riesige Wasserfontäne über Marie hinwegschwappte. Sie kreischte auf und ließ sich mitsamt ihren Kleidern rückwärts ins Meer fallen. Sie schwamm einige Meter und tauchte dann wieder auf.

Robbie saß noch immer im Sand, von wo aus er sie mit verkniffener Miene beobachtete.

Bei seinem Anblick verdrehte Marie die Augen. „Du gönnst dir wohl nie einen Spaß, oder?“ Sie stapfte aus dem Wasser, streifte ihr klatschnasses T-Shirt ab und warf es ihm treffsi-

cher ins Gesicht. „Ups!“, rief sie noch, bevor sie zurück ins Meer sprang.
Während sie durchs glasklare Wasser tauchte, grinste sie vor sich hin. Dann sah sie ein paar Meter vor sich einen vom Meer umspülten Felsen und steuerte darauf zu. Gerade als sie wieder auftauchte, gab es plötzlich einen lauten Platsch hinter ihr. Marie zog sich auf den Felsen und wartete, bis Robbie bei ihr war. Wassertröpfchen glänzten auf seiner gebräunten Haut und liefen ihm in schmalen Rinnsalen die Brust hinab, als er sich aus dem Wasser stemmte. Plötzlich erhellte ein breites Grinsen sein Gesicht. „Manchmal gönn ich mir schon einen Spaß!“, zischte er, packte Marie und warf sie in hohem Bogen ins Wasser.
Sie kreischte laut auf, sodass Dark Shadow, der noch immer im seichten Wasser stand, einen erschrockenen Satz ans Ufer machte.
Marie stieß blubbernd die Luft aus, während sie sich langsam zurück an die Oberfläche kämpfte.
„Na, schon genug?“, fragte Robbie herausfordernd, als sie auftauchte, um Luft zu holen.
„Niemals!“, rief sie kichernd und spritzte ihm mit der flachen Hand eine Ladung Wasser ins Gesicht.
Abwehrend hob er die Arme über den Kopf und versuchte

ein paar Schritte zurückzuweichen – verlor das Gleichgewicht und klatschte rückwärts ins Meer.
Marie grölte so laut, dass die Pferde abermals erschrockene Hüpfer vollführten. Sogar der unerschütterliche Sami warf alarmiert den Kopf in den Nacken.
Robbie tauchte lachend auf, und mit einem Mal war sich Marie sicher, noch nie etwas Schöneres und Ansteckenderes als Robbies Lachen gehört zu haben. Sie hörte auf, ihn nass zu spritzen und sah ihn einfach nur an. Sah zu, wie er lachte, und wünschte sich sehnlichst, er würde nie wieder damit aufhören.
Robbie bemerkte ihren Blick. Zwar lächelte er noch immer, aber es war ein vorsichtiges Lächeln. „Was?", fragte er.
Immerhin dachte Marie daran, den Mund wieder zu schließen. Dann zuckte sie mit den Achseln und grinste frech. „Wenn du lachst, bist du einfach total ... süß!"
Zu ihrer Überraschung wurde er nicht wütend, sondern lächelte wieder so strahlend wie zuvor. „Genau wie du – du bist auch süß, wenn du ausnahmsweise mal nett bist."
Marie schnappte nach Luft. „Hallo? Ich putze deinen Stall, fange deine Pferde ein und sorge dafür, dass du endlich mal Spaß hast! Ich bin *ständig* nett zu dir!"
„Wo wir gerade von meinen Pferden sprechen ...", sagte

er, „hättest du nicht Lust, Dark Shadow mal richtig zu reiten?"
Maries Grinsen erstarb. Hätte er sie gestern danach gefragt, hätte sie wahrscheinlich laut Hurra geschrien. Und auch jetzt, nachdem sie auf Dark Shadows Rücken gesessen hatte, seine ungeheure Energie und Lebensfreude gespürt hatte, wünschte sie sich nichts sehnlicher. Aber sie erinnerte sich auch noch sehr gut an Robbies Streit mit seinem Vater. Dark Shadow sollte auf der Auktion verkauft werden, und Robbie sollte den Hengst dafür fit bekommen. Sein Vater hatte ihm unmissverständlich klargemacht, was ansonsten drohte – der Verkauf des Hofes. Damit hatte er seinen Sohn in der Hand – und nun dachte Robbie womöglich, er hätte Marie in der Hand. Sollte der schöne Ausflug zur Bucht am Ende nur dazu gedient haben, sie um den Finger zu wickeln? Damit sie ihm mit Dark Shadow half? Dass sie eine besondere Verbindung zu dem Hengst hatte, war inzwischen nicht mehr zu übersehen. Vielleicht spekulierte Robbie ja darauf, dass es ihm mit ihrer Hilfe gelang, den schwarzen Teufel zu bezähmen.
Marie musste vorsichtig sein. Vielleicht waren Robbie und sein berechnender Vater sich ja ähnlicher, als ihr lieb war.
„Ich ... ich ..." Während sie nach Worten rang, wanderte

ihr Blick zu Dark Shadow hinüber. „Ich glaube, ich kann das nicht", stieß sie schließlich hervor und stapfte aus dem Wasser.

Marie schluckte schwer. Der Moment war so schön gewesen, aber jetzt war er vorbei. Sie würde sich von Robbie und seinem Vater nicht benutzen lassen. Auch nicht für Dark Shadow.

25

NACHTS LAG MARIE LANGE WACH und dachte über ihre Entscheidung nach. Unruhig wälzte sie sich im Bett herum, während Helene über ihr tief und fest schlief.

Schon auf dem Weg zurück zum Stall, den sie und Robbie weitgehend schweigend zurückgelegt hatten, waren Marie Zweifel gekommen. War es selbstsüchtig von ihr? Schließlich konnte Dark Shadow nichts dafür, was Robbie und sein hinterhältiger Vater planten. Und vor allem: Würde es ihm woanders womöglich besser gehen? Der Hof der Heinemanns würde nicht mehr lange überleben, wenn es so weiterging. Gerade war Sommer – Urlaubssaison. Aber was würde passieren, wenn der Winter kam und die Gäste wegblieben? Marie blinzelte eine Träne weg. Was würde dann aus dem schönen, stolzen Dark Shadow werden?

Schließlich hielt sie es im Bett nicht mehr aus, stand auf und ging zum Fenster. Sie setzte sich auf die Fensterbank, zog die Knie an und sah wehmütig dabei zu, wie das Licht des Leuchtturmes in der Ferne seine Kreise durch die Nacht zog.

Er war nur ein Schatten, der mit der Dunkelheit der Gewitternacht verschmolz. Langsam pirschte er sich an den Stall heran. Er war schon oft hier gewesen, doch niemals im Guten gegangen. Keine Frage, auch diesmal würde er nicht im Guten gehen. Der Hengst an seiner Seite trottete träge neben ihm her. Er hatte ihn betäubt, so gut es eben ging. Es war still auf dem Gut, die Pfleger waren vom Fest noch nicht wieder zurück. Durch die Bäume konnte er das Licht im und rund um das Gutshaus schimmern sehen. Protzig, diese Festbeleuchtung! Er schnalzte leise und lief weiter. Der Hengst folgte ihm benommen. Jetzt musste er das Tier nur noch ungesehen zurückbringen und sein Plan wäre aufgegangen. Es war leichter gewesen, als er es sich vorgestellt hatte. Er schnaubte verärgert. Hätte er es doch bloß schon früher gewagt, anstatt den arroganten Schnösel immer wieder anzubetteln. Nun hatte er sein Schicksal selbst in die Hand genommen. Und wenn das Fohlen auch nur annähernd so prächtig geriet wie der Hengst an seiner Seite, hatte es sich allemal gelohnt, Kopf und Kragen zu riskieren.

Vorsichtig schob er den Riegel der großen Stalltür auf und führte den Hengst hinein. Drinnen empfing sie stockdunkle Finsternis und das leise Schnauben der Pferde. Jedes einzelne war ein Vermögen wert!

Er hatte dem Hengst ein paar alte Lappen um die Füße geschlagen, sodass seine Eisen nur dumpfe Geräusche auf der Stallgasse machten. Sie kamen gut voran. Doch plötzlich horchte der Schwarze auf. Er hob den Kopf und sah zum Ende der Stallgasse. Plötzlich gar nicht mehr schläfrig.

Und da geschah es auch schon. Der Hengst schrie wiehernd durch die Stille. Das Geräusch hätte selbst Tote geweckt. Im selben Moment ging draußen auf der anderen Seite des Hofes ein Licht an.

Fluchend zerrte er den Hengst die letzten Meter bis zu seiner separaten Box am Ende der langen Gasse. Kaum hatte er das Tier dort abgestellt, rannte er zurück nach draußen. Erst da fielen ihm die Lappen wieder ein.

Hektisch sah er sich um. Sein Blick verharrte auf einem frei stehenden Gebäude. Die Scheune! Grimmig starrte er ein paar Sekunden vor sich hin, aber sein Entschluss war schnell gefasst. Er durfte jetzt nicht auffliegen! Nicht nach allem, was er bereits riskiert hatte.

Eilig überquerte er den Hof und huschte in die Scheune. Der Wind riss am Tor und in der Ferne grollte laut der Donner.

Das Gewitter hatte sie erreicht, doch leider ein paar Minuten zu spät.

Er musste seine Spuren verwischen. Sich Zeit verschaffen, um noch einmal ungesehen in den Stall zu gelangen. Also zückte er sein Feuerzeug und entfachte den erstbesten Heuhaufen. Das trockene Gras brannte wie Zunder. Der Rauch stach ihm in den Augen. Er rannte aus der Scheune und zurück in den Stall, entfernte die Stofffetzen. Dann machte er, dass er davonkam.

Gerade als er den Hügel Richtung Meer erreichte, sah er, wie die erste Tanne neben der Scheune Feuer fing.

Marie schreckte keuchend hoch. Ein grelles Licht brannte ihr in den Augen. Sie hob die Arme und bemerkte, dass es die Morgensonne war, die sich gerade lodernd über den Horizont schob. Sie musste tatsächlich eingeschlafen sein. Und sie hatte geträumt. Doch diesmal war der Traum anders gewesen, viel echter.

Stöhnend kraxelte sie vom Fensterbrett und stakste zurück zum Bett. Helene schlief immer noch. Marie schüttelte den Kopf. Beneidenswert! Es musste bestimmt schon nach sieben sein. Erschrocken sah sie zur Tür.

Wo blieb Robbie? Hätte er sie nicht schon längst zur Stallarbeit abholen müssen?

Kam er etwa nicht, weil er sauer auf sie war? Immerhin hatte sie ihm gestern eine ziemliche Abfuhr erteilt. *Eine verdiente Abfuhr*, rief sie sich ins Gedächtnis. Er hatte sie benutzen wollen und noch dazu für die zwielichtigen Geschäfte seines Vaters.

Da fiel ihr auch schon wieder der schwarze Hengst aus ihrem Traum ein. Er musste einfach Dark Shadows Vorfahre sein! Anders war diese unglaubliche Ähnlichkeit nicht zu erklären.

Plötzlich kamen Marie die Tränen. Sie konnte nichts dagegen tun. Das Bild des brennenden Stalles war einfach zu grausam. Auch wenn sie es diese Nacht nicht gesehen hatte, so wusste sie, wie die Geschichte weiterging. Der Stall war abgebrannt und der schwarze Hengst in den Flammen verendet. Sie hatte es geträumt, wieder und immer wieder. Aber warum nur? War das eine Art Zeichen? Eine Warnung? War es ein Fehler gewesen, Robbie ihre Hilfe zu verweigern? Vielleicht konnte er ihr ja mehr über Dark Shadows Vergangenheit erzählen oder zumindest mehr darüber herausfinden. Vielleicht würden die Albträume dann endlich aufhören.

Sie ließ sich auf dem Bett nieder und sah hinüber zum Leuchtturm. Marie fühlte sich gerädert und unfassbar müde. Diese Träume und ständigen Erinnerungsfetzen raubten ihr den Schlaf. Sich weiterhin einzureden, es wäre alles normal, war nichts als Wunschdenken. Und das wusste sie. Spätestens seit sie gestern am Strand gewesen war. Robbie Heinemann wusste mehr, als er zugab. Da war sie sich absolut sicher! Und der einzige Weg, es herauszufinden, war vielleicht, ihm zu helfen. Vielleicht würde er dann auch ihr helfen.

Entschlossen stand sie auf, um in ihre Reitsachen zu schlüpfen. Wenn er nicht kam, würde sie eben zu ihm gehen müssen!

Eilig zog sie sich an, schlich aus dem Zimmer und eilte ins Bad. Für mehr als eine Katzenwäsche blieb ihr keine Zeit. Aber sie hatte ohnehin nicht das Gefühl, dass Robbie auf Styling besonderen Wert legte.

Beim Stall angekommen, fehlte von Robbie jede Spur. Wahrscheinlich holte er gerade die Koppelpferde zur Fütterung. Also wartete sie ungeduldig am Gatter des Reitplatzes, bis er endlich in Sicht kam. Sofort machte ihr Herz einen übertriebenen Salto, denn an Robbies Seite trabte voller Energie und Übermut Dark Shadow. Augenblicklich fühlte sich Marie an ihren Traum erinnert. Also holte sie ein letztes Mal tief Luft und lief den beiden entgegen.

„Du kommst freiwillig zur Arbeit? Was ist denn mit dir los?“, begrüßte Robbie sie spöttisch.
Marie überging seine Bemerkung. „Ich will dir ein Geschäft vorschlagen“, sagte sie rundheraus.
Er brachte den Hengst erst kurz vor ihr zum Stehen. Doch Marie wich nicht zurück. Robbies dunkle Augen durchbohrten sie. Die des Hengstes funkelten ebenfalls aufmerksam zu ihr herab.
„Ich weiß, dass du mir was verheimlichst“, sagte Marie mit fester Stimme, obwohl sie sich in diesem Moment alles andere als sicher fühlte. „Diese ganzen Träume und die Erinnerungen … Das sind keine Hirngespinste und das ist auch kein Zufall.“ Marie straffte die Schultern. „Ich werde dir helfen, Dark Shadow für die Auktion vorzubereiten, wenn du mir hilfst, mich zu erinnern und …“ Marie bohrte Robbie ihren Zeigefinger in die Brust. „Keine Spielchen! Ich will endlich wissen, was das alles zu bedeuten hat, und ich weiß, dass du mir helfen kannst. Ich weiß, dass wir uns schon vor dem Unfall kannten, und ich weiß …“ Sie sah ihm nun direkt in die Augen. „Ich weiß, dass wir schon einmal zusammen in dieser Bucht waren.“
Bei ihren Worten zuckten seine Kiefermuskeln. Für Marie war es Bestätigung genug, dass sie mit ihren Behauptun-

gen ins Schwarze getroffen hatte. Sie trat einen Schritt zurück. „Das ist der Deal. Entweder du nimmst ihn an, oder du musst selber zusehen, wie du das schwarze Teufelchen bis übermorgen in den Griff kriegst“, sagte sie gelassen und nickte in Dark Shadows Richtung.

Robbie überlegte kurz. „Klingt fair“, sagte er dann.

Marie musste blinzeln. Das war einfacher gewesen, als sie erwartet hatte. „Keine Spielchen ...“, wiederholte sie zur Sicherheit noch einmal. „Und wenn du dich nicht an deinen Teil der Abmachung hältst, steig ich sofort aus.“

Robbie streckte ihr die Hand entgegen. „Deal.“

Langsam griff sie nach seiner Hand. Sie war warm, kräftig und rau, aber irgendwie auch unglaublich sanft. Marie schüttelte sie und drehte sich dann schnell zu ihrem neuen Pferd, bevor Robbie bemerkte, wie rot ihre Wangen auf einmal glühten.

Ja, der lächelnde, nette Robbie schaffte es immer wieder, sie aus der Fassung zu bringen.

„Gut, wann fangen wir an?“, fragte sie heiser.

Er lachte. „Wenn du willst, sofort. Das schwarze Teufelchen kann ruhig für sein Futter arbeiten.“

„Okay, hast du schon einen Sattel für ihn?“, fragte Marie tatendurstig.

„Es ist nicht seiner, aber er passt. Ich hatte extra einen Sattler hier, der ihn sich angeschaut hat." Robbie lachte kurz auf. „Der Kerl wird allerdings so schnell nicht wieder kommen. Dark Shadow mochte ihn wohl nicht besonders und hat ihm die Hosenträger um den Kopf gewickelt."

Bei dieser Vorstellung musste auch Marie lachen. „Ja, das sieht ihm ähnlich!", sagte sie liebevoll zu dem schwarzen Pferd und tätschelte ihm nun zur Begrüßung den Hals.

Robbie verschwand kurz im Stall, während Marie Dark Shadow eilig ein wenig mit der Bürste bearbeitete. Zu ihrem Erstaunen schien der Hengst das sogar zu mögen. Er lehnte sich der Bürste förmlich entgegen und reckte den Kopf genießerisch in den Morgenhimmel. Marie grinste, wobei sie ihn weiter unter dem Mähnenansatz kraulte. Dark Shadow grunzte.

„Du bist mir ja einer!", rief sie ausgelassen.

In dem Moment kam Robbie auch schon wieder zurück und unterbrach ihre Kuschelstunde. Bedauernd warf Marie die Bürste zurück in den Putzkasten, um Robbie den Sattel abzunehmen. „Ich mach das schon!", rief sie und schob den Sattel zusammen mit einer Schabracke auf Dark Shadows Rücken. Er passte tatsächlich recht gut.

Um Dark Shadow nicht zu verschrecken, befestigte sie den

Gurt ganz vorsichtig, so, dass der Sattel zwar festsaß, ihn aber noch nicht zu sehr einengte. Anschließend streifte sie dem Hengst die Trense über, die Robbie ihr gebracht hatte, und führte ihn dann zum Reitplatz.

Dark Shadow verhielt sich dabei überraschend ruhig. Marie sah ihn von der Seite an. „Na, was geht in deinem Kopf vor? Du heckst doch was aus, oder?“ Sie strich ihm über das Fell und sah sich um. Der Reitplatz war gut befestigt und hatte recht hohe Zäune. Also verknotete sie einer Eingebung folgend kurzerhand seine Zügel, befestigte die Steigbügel und trat langsam zurück.

Robbie war am Zaun stehen geblieben, um sie von Weitem zu beobachten.

Marie grinste ihm frech entgegen und hob dann beide Hände. „Dann wollen wir doch mal sehen, was er so kann!“ Sie begann zu klatschen.

Darauf schien der Hengst nur gewartet zu haben. Mit einem gigantischen Satz drückte er sich mit den Hinterbeinen ab, holte einige Meter im Hasengalopp Schwung und schoss dann wie der geölte Blitz den Reitplatz hoch und runter. In voller Geschwindigkeit warf er die Hinterhand in die Höhe, vollführte eine Abfolge von Bocksprüngen, um dann in einer Ecke abrupt zu bremsen.

Schnaubend hob er den Schweif, trabte mit raumgreifenden Bewegungen ein paarmal auf und ab und kam schließlich direkt vor Marie zum Stehen.
Vorsichtig hob sie die Hand und strich ihm über die Nase. „Na? Das musste erst mal raus, oder?“ Lächelnd entwirrte sie die verhedderten Zügel, dann zog sie die Steigbügel nach unten. „Also wollen wir mal!“
Plötzlich packte sie die Vorfreude, und sie konnte es gar nicht erwarten, in den Sattel zu kommen. Mit einer einzigen fließenden Bewegung zog sie sich hoch – hielt dann aber inne, halb über den Sattel gebeugt, um dem Hengst in die Augen zu sehen. Er hatte den Hals zu ihr gedreht und beobachtete sie aufmerksam. Langsam zog sich Marie weiter hinauf, ohne ihr Pferd aus den Augen zu lassen. Doch Dark Shadow blieb vollkommen ruhig, sodass sie schließlich das rechte Bein über den Sattel schwang und sich vorsichtig hinsetzte.
Sie tätschelte ihm den Hals. „Sehr gut!“, sagte sie und klopfte ihm auch die Flanke.
Behutsam nahm sie die Zügel auf und ritt an.

26

PLÖTZLICH WURDE ES LAUT AM REITPLATZ. „Was ist denn das?“, polterte Herr Heinemann. Er kam auf das Gatter zugelaufen. „Jetzt gibst du den teuren Hengst einfach an das nächstbeste Stallmädchen ab?“

Sofort straffte Marie die Zügel und ließ Dark Shadow wieder anhalten. Geschrei konnte sie jetzt wirklich nicht brauchen. Sie fragte sich, ob der alte Heinemann tatsächlich etwas von Pferden verstand. Konnte er denn nicht sehen, wie geladen Dark Shadow war?

Unter ihrer Reitkappe hervor beobachtete sie, wie Robbie mit eingezogenem Kopf auf seinen Vater zulief. Er wirkte plötzlich wieder vollkommen panisch.

Marie tätschelte Dark Shadows Hals und versuchte ruhig zu bleiben. *Sie* musste sich vom alten Heinemann nichts sagen lassen. Das sollte Robbie regeln. Sie würde sich auf das Pferd konzentrieren. Was schließlich ihre Abmachung war.

Langsam ritt sie ans andere Ende des Reitplatzes, um möglichst viel Raum zwischen das Pferd und den schreienden Heinemann zu bringen. Robbie versuchte derweil seinen Vater wegzulotsen. Es gelang ihm mehr schlecht als recht. Der Alte fuchtelte immer wieder aufgebracht in ihre Richtung.

„Na schön, vielleicht sollten wir ihm mal zeigen, was wir können!“, murmelte Marie und trabte an.

Dark Shadow reagierte sofort – schwungvoll setzte er sich in Bewegung. Die schnellere Gangart schien ihm gutzutun, denn er wirkte nun konzentriert und aufmerksam. Marie fiel es leicht, ihn in großen Runden um den Platz traben zu lassen, also versuchte sie etwas von der Unterhaltung zwischen Robbie und seinem Vater aufzuschnappen.

„Wie sollen wir einen Käufer von seinem Wert überzeugen, wenn du nicht einmal mir verraten willst, von welchem Hengst Dark Shadow abstammt!“, rief Robbie gerade aufgebracht. Doch seine Stimme triefte vor Argwohn und Misstrauen.

Sein Vater fuchtelte wieder wild durch die Luft. „Das tut nichts zur Sache!“ Er wandte sich zum Gehen.

„Ist es der tote Hengst vom Glänzehof?!“, rief Robbie ihm plötzlich hinterher.

Marie wären fast die Zügel aus der Hand gerutscht. Sie drehte den Kopf zurück in Richtung Stall. Robbie legte es also tatsächlich drauf an. Für sie?
Ein Lächeln breitete sich auf ihren Lippen aus, doch schon im nächsten Augenblick verflog es wieder, denn Heinemann stürzte auf Robbie zu und packte ihn brutal am Arm. Ehe sie sichs versah, hatte er seinen erschrockenen Sohn in die offene Stallgasse gezerrt.
Marie parierte zum Schritt durch. Ihr Herz begann wie wild zu klopfen, Angst überkam sie. War der Alte komplett wahnsinnig geworden? Wie konnte er Robbie nur so behandeln? Was würde er jetzt mit ihm machen?
Marie blieb keine Zeit, darüber nachzudenken, denn Dark Shadow warf den Kopf in den Nacken. Dann drückte er ab und begann zu bocken.
Marie riss die Zügel nach oben und schloss die Knie. Ein Sprung, zwei Sprünge. Marie rutschte zur Seite. Einen weiteren Sprung würde sie wohl kaum sitzen. Entschlossen warf sie ihr ganzes Gewicht nach hinten, sodass sie Dark Shadows Kopf mit sich in die Höhe zwang. Sofort wurden die Bocksprünge flacher und er hörte auf. Schnaubend blieb er stehen. Blitzschnell rutschte Marie zurück in den Sattel und griff die Zügel nach.

„Puh, das war knapp …" Trotzdem klopfte sie dem Hengst den Hals. Immerhin hatte er aufgehört, bevor sie im Dreck gelandet war. Schnell trabte sie wieder an und ritt in Richtung Gatter. Dort stieg sie ab, verknotete die Zügel und ließ den Hengst stehen.

Sie musste Robbie helfen! Wenn sie dazwischenging, würde sein Vater vielleicht von ihm ablassen. Marie schnürte es vor Angst die Kehle zu. Das war alles ihre Schuld! Hätte sie Robbie doch bloß nicht so unter Druck gesetzt! Sie hätte ahnen müssen, dass der alte Heinemann unberechenbar war!

Keuchend stürzte sie in die Stallgasse und donnerte in voller Fahrt gegen Robbie.

„Robbie!", kreischte sie auf und griff nach seinem Arm. „Geht's dir gut?!" Sie sah erst in sein verwirrtes Gesicht, dann die Stallgasse hinab. Doch von seinem tobenden Vater fehlte jede Spur.

Erleichtert trat sie einen Schritt zurück, um Robbie besser ansehen zu können. „Was hat er mit dir gemacht?", fragte Marie aufgeregt. „Warum war er auf einmal so wütend? Bist du verletzt? Geht es dir gut?"

„Beruhig dich", unterbrach Robbie sie. „Mir geht's gut. Mach dir keine Sorgen. Mein Vater hat nur mal wieder zu viel getrunken ... oder so. Er ist manchmal etwas aufbrausend ..."

„Aufbrausend? Er hat dich gepackt und wie einen Hund hinter sich hergezerrt!", rief Marie nun ehrlich entsetzt. Ließ Robbie sich das etwa öfter gefallen?

Robbie holte Luft und strich sich übers Gesicht. „Mir geht's gut, wirklich. Lass uns die Sache einfach vergessen, okay?" Seine Stimme klang nun beinahe flehend.

Marie schüttelte ungläubig den Kopf.

„Na schön. Ich verrat dir jetzt mal was. Aber nur unter der Bedingung, dass du nicht weiter nachbohrst."

Marie wollte schon protestieren, biss sich aber auf die Zunge und nickte schwach.

„Er will mir nicht sagen, von wem Dark Shadow abstammt", sagte Robbie erschöpft. „Weshalb ich davon ausgehe, dass da irgendwelche krummen Dinger gelaufen sind ..." Robbie machte eine kurze Pause, dann seufzte er schwer. „Womöglich ist an deiner Theorie also was dran ... Vielleicht sind Dark Shadow und der tote Hengst wirklich verwandt."

Marie nickte langsam. „Okaaaaay ...", sagte sie dann gedehnt. Ihre Gedanken rasten. Aber ein Blick in Robbies Gesicht verriet ihr, dass es in diesem Moment tatsächlich das Beste war, nicht weiter nachzubohren.

Marie wandte sich ab und sah zum Reitplatz. „Was schlägst du also vor?", fragte sie so ruhig wie möglich. „Was sollen wir tun?"

„Heute Abend ist die Eröffnungsgala für das Championat unten am Strand. Mein Vater wird sehr damit beschäftigt sein, den perfekten Gastgeber zu spielen", erwiderte Robbie und stapfte grimmig zu Dark Shadow hinüber, der gerade versuchte den Zaun zu verspeisen. „Da werde ich mich im Büro noch einmal genauer umsehen."

Dann nahm er den Hengst, um ihn zurück in den Stall zu bringen. „Du hast etwas Besseres verdient, kleiner Teufel", sagte er dabei leise.

Da konnte Marie ihm nur zustimmen.

27

ALS MARIE ZURÜCK ZUM GASTHOF KAM, saßen bereits alle im Garten beim Frühstück. Sie schnappte sich einen Apfel und schlenderte damit hinüber zu der langen Tafel unter den Bäumen. Sie hielt Ausschau nach Helene.

„Pia, komm mal her!“, rief Helene da auch schon und deutete fuchtelnd auf einen freien Platz neben sich. Sie hatte es sich am Ende des Tisches neben ihren Anhängerinnen Greta und Zoe gemütlich gemacht.

Marie grinste sie an und ließ sich erwartungsfroh in einen Korbstuhl plumpsen. Zu gern hätte sie Helene von dem Vorfall zwischen Robbie und seinem Vater erzählt, aber dafür war ganz offensichtlich keine Zeit. Helene hatte etwas auf dem Herzen.

„Der Alte war gerade hier. Er hat uns alle eingeladen!“, berichtete sie mit leuchtenden Augen.

Marie runzelte die Stirn. „Welcher Alte?“

Helene verdrehte die Augen. „Na der alte Heinemann. Er schien ziemlich beschäftigt, was ja auch kein Wunder ist. Nachdem er Robbie in seinem Zimmer nicht gefunden hatte, hab ich ihn auf der Treppe abgepasst. Und da konnte er wohl nicht anders und hat uns alle heute Abend zur großen Eröffnungsgala des Inselchampionats eingeladen!“, berichtete Helene stolz.

Marie verschluckte sich an ihrem Apfel. „Er hat *was?*“

Ihre Zimmerkollegin rollte die Augen. „Er hat uns zu seiner Gala eingeladen! Okay, das hört sich jetzt besser an, als es ist. Weil eigentlich ist es nur ’ne Saufparty im Zelt am Strand, aber ...“

„Nein, das meinte ich gar nicht! Du hast gesagt, er hätte Robbie in seinem Zimmer gesucht“, unterbrach Marie sie.

„Ja, hat er. Und warum ist das jetzt so spektakulär?“, fragte Helene irritiert.

„Weil der alte Heinemann genau wusste, dass Robbie *nicht* in seinem Zimmer ist, sondern im Stall.“

Helene verstummte. Zunächst verärgert, dann nachdenklich. „Soll das heißen, ich hab ihn beim Schnüffeln ertappt?“, fragte sie schließlich langsam.

Marie lächelte schwach. Man konnte von Helene halten, was man wollte, aber sie war nicht auf den Kopf gefallen. In diesem Moment fasste Marie einen Entschluss: Sie musste Helene einweihen. Denn ansonsten kam sie nicht weiter. Das Verhalten von Heinemann senior war mehr als mysteriös.

Marie stand auf, ließ den Rest ihres angeknabberten Apfels einfach auf dem Tisch liegen und griff nach Helenes Arm.

„Kannst du kurz mitkommen?“, fragte sie noch, während sie Helene bereits in Richtung Terrasse zog. Helene folgte ihr ohne Protest.

Marie sagte lange nichts. Sie wollte erst sicher sein, dass niemand ihrer Unterhaltung lauschte.

„Du machst es aber spannend!“, bemerkte Helene, als sie in der Dunkelheit des Mädchenflures abtauchten.

„Ja, ist es auch!“, versprach Marie und schob sich in ihr Zimmer.

Drinnen angekommen, baute sich Helene vor ihr auf. „Also, schieß los. Ich bin ganz Ohr.“

Auf einmal war Marie nervös. Was sie Helene gleich sagen würde, kam ihr selbst so unglaublich vor, dass sie es sich noch nicht einmal selbst eingestehen wollte. Aber umso mehr Zeit sie mit Robbie und den Pferden verbracht hatte, umso stärker war ihr Verdacht geworden.

Marie atmete tief durch. „Ich glaube, ich bin nicht Pia“, sagte sie dann – und im selben Augenblick fiel ihr ein Stein vom Herzen. Endlich war es raus!

Helene riss die Augen auf und hustete. „Äh, okay ... Also *damit* hab ich jetzt nicht gerechnet ..."

„Nein, jetzt warte doch mal!", fiel Marie ihr ins Wort. „Ich weiß, es klingt total Banane, aber ..."

„Da hast du allerdings recht!" Helene zog die Augenbrauen hoch und grinste.

Doch Marie sprach schnell weiter. „Seit ich im Krankenhaus war, passieren ständig seltsame Dinge. Ich weiß Sachen, die ich nicht wissen sollte, ich habe ständig diese Träume und dann ist da noch die Sache mit den Pferden ..." Marie hob den Blick. „Ich bin gestern von einem galoppierenden Pferd auf ein anderes gesprungen, ohne Sattel, und hab es zum Stehen gebracht. Wie erklärst du dir das?"

Helene musterte sie argwöhnisch – was Marie noch nervöser machte. Vielleicht war es doch ein Fehler gewesen, Helene einzuweihen. Vielleicht würde sie es nun gegen sie verwenden. Den anderen erzählen, dass sie total durchgeknallt war und ...

„Du siehst anders aus", sagte Helene plötzlich. „Ein bisschen." Sie griff nach Maries Hand und drehte sie herum. „Und du hattest nach dem Unfall plötzlich pinke Nägel."

Marie starrte auf die Reste ihres Nagellackes und wollte etwas erwidern, schloss den Mund dann aber lieber.
„Und außerdem, seit du aus dem Krankenhaus zurück bist, bist du gar nicht mehr so uncool. Du reißt ständig die Klappe auf und ganz witzig bist du dabei eigentlich auch ..." Helene begann, im Zimmer auf und abzulaufen. „Und die Aktion mit dem Monokini – ich meine: Hallo?! Das hätte sich die Pia, die ich kenne, nie getraut! Außerdem kannst du saugut schwimmen. Ich glaube, Pia hat nicht mal das Seepferdchen ..." Helene dachte kurz nach. „Also nehmen wir mal an, dein crazy Gequatsche stimmt ..." Sie blieb stehen, und Marie glaubte, die Rädchen in Helenes Gehirn rattern zu hören. „Vielleicht bist du ja ihr Zwilling oder so. Solche abgefahrenen Geschichten hört man doch immer mal wieder, du weißt schon ..."
„Daran habe ich noch gar nicht gedacht ...", überlegte Marie laut und schüttelte dann den Kopf. „Wenn ich mich doch nur an irgendwas erinnern könnte!"
„Was ist denn mit dem Heim? Oder mit Frankfurt?", fragte Helene.
„Ich kann mich an das Heim nicht erinnern, und in Frankfurt war ich schon mal, glaub ich, aber es kommt mir überhaupt nicht so vor, als hätte ich da gewohnt."

Helene nickte bedächtig.
„Aber was ich weiß, ist, dass ich Robbie kenne und diese Insel. Ich kann reiten, obwohl ich das nicht können sollte, und ... selbst dieser Schmierlappen Heinemann senior kommt mir irgendwie bekannt vor“, schloss sie achselzuckend.
Helene nickte langsam. „Hast du Robbie mal gefragt?“
„Mehrfach, aber er weicht mir ständig aus oder es kommt etwas dazwischen – oder jemand!“, jammerte Marie frustriert. Zu gern hätte sie Helene auch von dem Streit zwischen Robbie und seinem Vater erzählt, aber etwas hielt sie zurück. Robbie würde es ihr sicherlich nicht danken. Also sagte sie stattdessen: „Ich habe doch immer diesen Traum von einem Hengst, der in den Flammen ums Leben kommt ...“
Jetzt war Helene plötzlich aufgeregt. „Du meinst den Hengst von diesem Glänzehof? Ich hab das noch mal im Internet recherchiert, nachdem Frau Olberding davon erzählt hatte.“
Marie nickte stumm.
„Ja, diese Geschichte war ein Riesenskandal. Wenn nicht sogar der größte, den es auf dieser Insel je gab!“, erklärte Helene eifrig. „Damals ist in einer Gewitternacht der ganze

Stall irgendeines superreichen Pferdezüchters abgebrannt. Das muss hier ganz in der Nähe passiert sein. Die Familie lebt noch immer auf der Insel", erzählte Helene weiter. „Und weiß du, was? Sie heißen von Elstenbühl!"

Maries Kopf schnellte hoch. „Der Name sagt mir was ...", flüsterte sie. „Das war doch der Name, den der alte Heinemann erwähnt hat. Die Familie, der er sein Land verkauft hat!" Ihre Gedanken rasten.

„Dann könnte Dark Shadow also tatsächlich von diesem Hengst abstammen ... Aber wieso sagt das der alte Heinemann dann nicht einfach?" Helene sah Marie fragend an.

„Na ja, Robbie und sein Vater streiten sich seit Tagen wegen der Auktion am Sonntag. Dark Shadow soll dort teuer verkauft werden, damit der Hof aus den Miesen rauskommt. Aber er hat keine Papiere und keine Abstammung. Und der Alte weigert sich, sie rauszurücken – oder Robbie zu sagen, warum es keine Papiere gibt. Heute Morgen ist er deshalb regelrecht ausgerastet ..." Marie brach ab. Robbie tat ihr so leid! Lieber wollte sie keinen Vater haben, als einen wie den alten Heinemann!

„Und anschließend hat er sich in Robbies Dachwohnung geschlichen. Richtig?", überlegte Helene.

Marie nickte mit großen Augen.

„Das kann ja nur eines bedeuten ..."
„Er hat dort etwas gesucht!", kombinierte Marie.
„Wir sollten uns dort umsehen", entschied Helene und war schon halb im Flur.
Marie folgte zögernd. „Aber Robbie kann jeden Augenblick kommen!"
„Ach, bleib mal locker. Falls er uns erwischt, fällt uns sicher eine schicke Ausrede ein." Sie grinste frech und hakte sich bei Marie unter. „Zeit, ein paar Geheimnisse zu lüften! Wer weiß, vielleicht bist du ja in Wahrheit berühmt oder steinreich oder beides!"
Marie grunzte. „Übertreib mal nicht."
Helene aber lachte nur und zog sie zur Treppe, die hinauf zu Robbies Wohnung führte. „Wenn der Alte reingekommen ist, muss hier irgendwo der Schlüssel versteckt sein." Sie suchte jede Nische ab. „Wo würdest du einen Schlüssel verstecken?"
Marie blickte nach unten. Fehlanzeige. Es gab keine Fußmatte.
Ein runder Raum. Sie war schon oft hier gewesen. Ein durchgesessenes Sofa stand in der Mitte, ein kleiner Ofen daneben. Sie schob das Sofa zurück, kniete sich hin und löste ein Brett aus dem Boden. J&M.

Marie blinzelte die Erinnerung beiseite, ging in die Hocke und zerrte probehalber an einer der Dielen vor Robbies Tür. Volltreffer. Eines der Bretter ließ sich lösen. Darunter befand sich ein kleiner Hohlraum. „Na bitte!" Gespannt schob sie die Hand hinein und förderte kurz darauf tatsächlich einen kleinen kupfernen Schlüssel zutage.

Helene quiekte aufgeregt. „Wow! Hast du schon mal über eine Karriere als Einbrecherin nachgedacht? Ich glaube, du hast Talent."

Marie konnte sich ein Grinsen nicht verkneifen.

„Na los, mach schnell!", drängelte Helene nun.

Marie stand auf, steckte den Schlüssel in die Tür und drehte ihn um. „Passt!"

Die Tür zu Robbies Wohnung schwang quietschend auf.

28

MARIE BETRAT ZÖGERND Robbies Dachwohnung. Es fühlte sich mies an, hier einfach so einzudringen. Aber der Zweck heiligte ja bekanntlich die Mittel …

Wie schon beim ersten Mal fielen ihr der angenehme Geruch und die ungemeine Behaglichkeit auf, die der Raum ausstrahlte. „Okay, wo sollen wir anfangen mit suchen?“, fragte sie Helene. Bisher waren deren Ideen nicht die schlechtesten gewesen.

„Was könnte der Alte denn hier gesucht haben?“, fragte sie, während sie sich bereits umsah.

Marie kaute auf ihren Nägeln. „Vielleicht einen Kaufvertrag oder so was?“ Dabei fiel ihr die Begegnung zwischen Vater und Sohn am Tag ihrer Ankunft wieder ein. „Ich glaube, er hat schon öfter danach gesucht“, fügte sie hinzu.

Helene sah kurz auf. „Hm, dann scheint er also nicht mehr

genau zu wissen, wo er – was auch immer er sucht – hingetan hat."
Vorsichtig hob Marie ein paar von den Zeitschriften auf dem Wohnzimmertisch an. „Aber eigentlich auch komisch, dass der Alte in Robbies Wohnung rumschnüffelt, oder?", sagte sie nachdenklich. „Ich meine, was sollte Robbie vor ihm verstecken, was der alte Heinemann auf keinen Fall finden soll?"
Helene starrte grübelnd die Wand an. „Du hast vollkommen recht! Ich glaube auch nicht, dass Robbie etwas vor seinem Vater versteckt. Also nicht mit Absicht. Ich glaube eher, dass es hier oben etwas gibt, von dem Robbie gar nichts weiß." Helene schritt langsam den Raum ab. Die Detektivin in ihr war offenbar geweckt. „… und Herr Heinemann hatte es bei seiner Suche eilig." Helene grinste zufrieden. „Leute, die es eilig haben, machen Fehler und hinterlassen Spuren." Sie deutete auf ein Regal unter der Dachschräge. „Für einen Kerl ist Robbie ziemlich ordentlich, aber schau dir das mal an!"
„Ein Bücherregal", sagte Marie überflüssigerweise.
„Du Blitzmerker. Fällt dir sonst noch was auf?", fragte Helene, die offensichtlich Spaß daran hatte, Marie an der hohen Kunst ihrer Ermittlungen teilhaben zu lassen.

Und da fiel es Marie auf. Alle Bücher standen fein säuberlich in einer schnurgeraden Reihe – bis auf eines. Das ragte ein Stück weiter heraus als die anderen.
Helene und Marie eilten zum Regal. Marie nahm das Buch heraus.
„Das ist irgendein alter Schnulzenroman", stellte Helene enttäuscht fest. „Vielleicht sind wir auch zu spät und Herr Heinemann hat gefunden, wonach er gesucht hat."
Marie schlug das Buch auf und schnappte nach Luft. „Schau mal, Helene, hier steht ein Name drin!", rief sie. „Julia!", flüsterte sie und spürte, wie etwas an ihrer Erinnerung zupfte. „Der Name sagt mir was …"
Helene runzelte die Stirn.
„Ist Julia vielleicht Robbies Mutter?", mutmaßte Marie wenig überzeugt.
„Das lässt sich herausfinden. Ich frage später einfach Frau Olberding!" Helene nahm ihr das Buch aus der Hand und schüttelte es. „Das ist immer ein gutes Versteck für …"
Marie kreischte überrascht auf, als ein gefaltetes Stück Papier zu Boden flatterte.
Helene ließ das Buch donnernd fallen und angelte sich den Zettel. Am liebsten hätte Marie ihn ihr aus der Hand gerissen, doch sie hielt sich zurück.

„Den muss der alte Heinemann in seiner Eile wohl übersehen haben", freute sich Helene. Sie faltete den Zettel auseinander. Ihre Augen flogen blitzschnell über die Seite. Dann streckte sie Marie den Zettel entgegen. „Das beantwortet auf jeden Fall unsere Frage. Nein, Julia ist nicht Robbies Mutter, denn sie schwärmt in den höchsten Tönen für irgendeinen Mathias", sagte sie und seufzte enttäuscht. „Danach hat Herr Heinemann bestimmt nicht gesucht."

Marie las nun ebenfalls. „Klingt nach einer ziemlichen Sommerromanze. Kein Wunder, dass sie den Zettel ausgerechnet in dieses Buch gesteckt hat."

Helene stand auf. „Ich glaube, wir kommen hier nicht weiter. Wenn wir Robbie nicht in die Arme laufen wollen, sollten wir jetzt besser abhauen."

Marie nickte und erhob sich langsam. Den Zettel von dieser Julia steckte sie in ihre Hosentasche. Warum sie das tat, wusste sie selber nicht – aber sie wunderte sich auch nicht weiter darüber. Ihr Bauchgefühl ließ sie in letzter Zeit die seltsamsten Dinge tun.

Sie stellten das Buch ordentlich in die Reihe und schlichen dann leise zurück auf den Flur.

„Eigentlich komisch, dass Robbie noch nicht hier ist", überlegte Marie laut, während sie den Schlüssel wieder unter das Brett legte.

In dem Moment räusperte sich jemand laut. „Ich bin schon da."

Marie und Helene zuckten zusammen.

„Robbie!", rief Helene überschwänglich. Keine Sekunde war verstrichen – und ihr lag die Ausrede auch schon auf den Lippen. „Wir haben überall nach dir gesucht!" Sie schob sich an Marie vorbei und nahm Robbie verschwörerisch beim Arm. „Dein Vater war gerade hier und hat unsere ganze Klasse zur Gala eingeladen!"

„Er hat *was?*" Robbie sah entsetzt zu Marie.

Marie wagte es nicht, etwas zu sagen, denn sie hatte mal wieder das Gefühl, dass ihr die Situation gerade völlig entglitt.

Robbie war außer sich. „Was ist das denn für eine bescheuerte Idee!", fluchte er.

„Ich finde das gar keine bescheuerte Idee", verkündete Marie, nachdem sie sich wieder gefangen hatte. „Ich würde nämlich wirklich, *wirklich* gern zu dieser Party gehen!", sagte sie herausfordernd.

Marie und Robbie standen sich fast Nase an Nase gegenüber, als Robbies Blick plötzlich hinab zu Maries Lippen wanderte. Er schluckte nervös, sagte aber nichts, und Marie konnte seinen Atem auf ihrer Haut spüren.

Plötzlich packte Marie ein Arm von hinten. „Schön, schön, dann wäre das ja geklärt!“, trällerte Helene und zog Marie die Stufen hinunter. „Komm, Pia, wir durchforsten unseren Kleiderschrank schon mal nach einem passenden Outfit für die Party!“

Zu Maries Überraschung sagte Robbie nichts mehr. Er sah den beiden lediglich schnaubend hinterher.

Helene ließ Marie nicht los, bis sie um die Ecke gebogen und außer Sichtweite waren. „Das war ... aufschlussreich“, flüsterte sie lächelnd.

Marie befreite sich aus Helenes Griff. „Was soll das heißen?“, zischte sie. „Der wäre mir am liebsten an die Gurgel gesprungen!“

Helene lachte hell auf. „Allerdings. Und zwar mit dem Mund voran.“

Marie ignorierte Helenes Bemerkung. „Auf jeden Fall werde ich *nicht* zu dieser Party gehen“, schnaubte sie frustriert. „Ich fühle mich so was von ausgeladen!“

Helene schüttelte den Kopf. „Er würde am Boden zerstört sein, wenn du nicht kommst. Aber du könntest ihn zappeln lassen und etwas später aufkreuzen.“

Marie sah sie ungläubig an. „Du glaubst, der Kerl will was von mir?!“ Auf einmal waren ihre Hände ganz feucht. Ihr Herz schien ein paar Schläge auszusetzen. Konnte das tatsächlich sein?

„Ich glaube gar nichts, ich *weiß* es“, verkündete Helene feierlich. „Und darum steigen wir jetzt auf Plan B um …“

Marie warf die Hände in die Luft. „Plan B? Ich blick gar nichts mehr!“

„Komm mit!“ Helene zog sie in ihr Zimmer und steuerte auf den Kleiderschrank zu, der fast ausschließlich von ihren Klamotten belegt wurde. „Bis zur Party sind es noch ein paar Stündchen. Also nutzen wir die Zeit, um dich mal ordentlich aufzustylen. Der wird ganz schön gucken!“

Plötzlich musste Marie lachen. „Okay, ich ergebe mich. Abgesehen davon kann ich mir beim besten Willen nicht vorstellen, noch eine Sekunde länger in diesen Sackkleidern rumzurennen.“

Helene durchwühlte ihre Klamotten. „Am besten, du probierst jetzt erst mal das … und … das … und … das hier auch!“ Sie zog einen ganzen Haufen Klamotten hervor.

Maries Augen wurden immer größer. „Wow, das Kleid ist ja der Hammer!“, rief sie entzückt und griff nach einem dunkelblauen Seidenfähnchen.

Helene nickte eifrig. „Ja, das ist mein absolutes Lieblingskleid. Das würde dir sicher megagut stehen."
Marie lächelte. „Danke!" Und aus einem Impuls heraus fügte sie hinzu: „Du bist echt cooler, als ich dachte."
Helene warf lässig die dunklen Haare zurück und zwinkerte. „Du bist auch ein bisschen cooler, als ich dachte, Miss X."

29

MARIE STAND IM SCHATTEN der Zeltwand und wartete auf Helenes Zeichen. Ihre neue beste Freundin saß neben Zoe auf einem Strohballen, keine zehn Meter entfernt von ihr. Trotzdem würde sich Marie an ihre Abmachung halten. Robbie sollte nicht wissen, dass sie hier war. Erst sollte er eine Weile denken, sie würde nicht kommen. Sie musste ihn zappeln lassen. So Helenes Plan. Und dann würde sie ihn um den Finger wickeln. So wie er es mit ihr immer tat! Seufzend blickte Marie an sich herab. Sie war sich nicht sicher, ob ein heißes Outfit und ein perfektes Styling dafür ausreichten, aber sie würde ihr Bestes geben.

Sie sah wieder zu Helene. Gesprächig, wie sie war, hatte sie zwei einheimische Inselmädchen direkt in eine Unterhaltung verstrickt. Gerade kicherten sie aufgedreht und wandten gleichzeitig den Kopf. Wer oder was ihre Aufmerksamkeit erregt hatte, konnte Marie nicht erkennen.

Sie hörte lediglich die Musik, die aus dem Zelt schwappte und sich mit den Stimmen der Mädchen vermischte.

„Das ist er, Helge von Elstenbühl!", sagte kichernd eines der einheimischen Mädchen, eine Blondine, neben Helene. „Der begehrteste Junge der Insel", schwärmte sie laut.

Helenes Augen wurden groß und sie blickte einen kurzen Moment zu Maries Versteck hinüber. Volltreffer! Helene war also mal wieder auf der richtigen Spur. Wenn der verunglückte Hengst von damals den von Elstenbühls gehört hatte, würde ihnen dieser Helge zweifelsohne weiterhelfen können.

Marie unterdrückte das seltsame Gefühl, das sie jedes Mal verspürte, wenn der Name „von Elstenbühl" fiel, und konzentrierte sich weiter auf die Unterhaltung der Mädchen.

Nun meldete sich auch das zweite Inselmädchen – eine Schwarzhaarige – zu Wort. „Er und seine Stiefschwester sind hier so was wie Superstars!", rief sie laut, um die Musik zu übertönen. „Sie sind superreich *und* superschön!" Das klang nun weniger schwärmerisch als vielmehr neidisch. „Aber wenn ihr mich fragt, ist er der bessere Fang. Seine Schwester hassen alle. Sie ist eine richtige Bitch. Er ist aber supernett, und wisst ihr, was das Beste ist? Er ist Single! Wobei ... wer weiß. Er geht auf irgend so ein Eliteinternat im Ausland, fährt von Turnier zu Turnier und hat angeblich keine Zeit für eine Freundin."

Plötzlich richtete sich Helene auf. „Meint ihr, wir können Helge mal zu uns winken? Ich will ihn sooo unbedingt kennenlernen!"

Marie konnte nicht sagen, ob Helenes schmachtende Worte echt oder gespielt waren, aber die Mädchen lächelten sofort nachsichtig. „Na klar. Wie gesagt, er ist sehr nett!" Die Blondine hob bereits die Hand und winkte.

Ein hochgewachsener Junge mit blondem Haar kam in Maries Sichtfeld und steuerte prompt auf die Mädchengruppe zu. Obwohl Marie ihn nur von hinten sah, durchzuckte es sie augenblicklich. Die Art, wie er die Schultern gerade hielt, den Kopf leicht geneigt ... die federnden Schritte ... Marie spürte, wie sich die Härchen in ihrem Nacken aufstellten. Mit angehaltenem Atem beobachtete sie, wie Helge zwischen Helene und Zoe Platz nahm.

„Du bist also die Nummer eins unter den Sehenswürdigkeiten dieser Insel!", scherzte Helene.

Trotz der plumpen Anmache warf Helge lachend den Kopf in den Nacken. Dabei erhaschte Marie den ersten Blick auf sein Gesicht.

„Das kann nicht sein!", keuchte sie und taumelte rückwärts. Dieselbe Gewissheit, die sie bei Robbie im Krankenhaus verspürt hatte, spürte sie auch jetzt. Sie kannte diesen Jungen. Sie kannte ihn wie keinen zweiten. Doch anders als bei Robbie fing ihr Herz bei seinem Anblick weder an, wie verrückt zu schlagen, noch setzte ihr Verstand aus oder schoss ihr die glühende Hitze in die Wangen. Nein. Im Gegenteil: Ein Blick auf das schöne, aufgeschlossene Gesicht des goldhaarigen Jungen löste in ihr ein Gefühl von Ruhe und Geborgenheit aus. Sie fühlte sich sicher. Sie fühlte sich zu Hause ...

Sie ritt auf einem goldenen Pferd. Wind peitschte ihr ins Gesicht und ihr eigenes Gelächter rauschte ihr in den Ohren. Übermütig warf sie den Kopf herum und blickte über ihre Schulter. Hinter ihr, auf einem zierlichen dunklen Pferdchen, ritt Helge. Seine grünen Augen funkelten ihr ausgelassen entgegen, während er sein Pferd zu einem schnellen Galopp antrieb. Gemeinsam brausten sie in die Meeresfluten hinein, sodass die Gischt sie innerhalb von Sekunden vollkommen durchnässte. Immer lauter wurde ihr Gelächter, immer wilder ihr Galopp durch die Brandung.

Marie drehte sich um und rannte weg vom Zelt. Doch als sie den fackelbeschienenen Weg erreicht hatte, der zum Parkplatz auf der Wiese führte, blieb sie stehen. Ihr Atem kam stoßweise, sie stützte sich auf die Knie. Was war da gerade passiert? Wer war dieser Helge von Elstenbühl und warum kannte sie ihn? Kannte ihn gefühlt schon ihr ganzes Leben?

Marie schloss die Augen und wirbelte herum. Sollte sie zurückgehen? Ihn zur Rede stellen? Seine Reaktion abwarten? Sie wollte endlich Licht in dieses Dunkel bringen, in dem sie seit Tagen umhertappte …

Sie straffte die Schultern, und noch bevor sie eine bewusste Entscheidung getroffen hatte, setzten sich ihre Füße wie von selbst in Bewegung. Sie lief über den Fackelweg zum Zelteingang. Doch wie aus dem Nichts kam plötzlich Luis herbeigesprungen. „Hey, Pia! Heißes Outfit! Von Helene geliehen?"

Johannes, der hinter ihm kam, grinste und musterte sie nun ebenfalls.

Marie wurde langsamer. Normalerweise hätte sie den beiden etwas Freches entgegengeschleudert, doch in diesem Augenblick konnte sie einfach nur einen Fuß vor den anderen setzen.

„Pia und Helene, die neuen BFF!", scherzte Luis weiter.

Marie knirschte mit den Zähnen. Warum denn ausgerechnet jetzt? Wenn sie ihre Mitschüler nicht schnellstmög-

lichst loswurde, waren Helene und Helge möglicherweise weg.
Sie lief also unbeirrt weiter und war schon fast am Eingang des Zeltes, als ihr die nächste Komplikation den Weg versperrte.
„Hey, Pia!“, rief Robbie. „Hey, Leute! Lasst uns reingehen! Die Party steigt drinnen, nicht hier draußen ...“
Luis stürmte sofort voran. „Los, kommt! Heute lassen wir's mal ordentlich krachen.“ Marie wurde von Robbie ins Zelt geschoben. Aus dem Augenwinkel sah sie, dass Helge immer noch auf den Strohballen zwischen den Mädchen saß. Mittlerweile hockte Helene fast auf seinem Schoß. Marie schnaubte. Ihre neue Freundin schien in ihrer Aufgabe wirklich vollkommen aufzugehen. Einen Moment verharrte sie unschlüssig, doch da legte sich auch schon sanft ein Arm um ihre Schulter.
„Hast du noch eine Minute für mich?“, flüsterte Robbie ihr ins Ohr. „Unter vier Augen? Wir könnten runter zum Strand gehen. Hier drinnen ist es so laut. Ich ... ich wollte mit dir reden. Ich konnte ein paar Dinge ... äh ... herausfinden!“
Marie riss den Blick von Helge los und drehte sich zu Robbie. Seine dunklen Augen funkelten im Zwielicht. Das ver-

hieß nichts Gutes. Doch da erinnerte sie sich wieder an ihre eigene Aufgabe für diesen Abend: Robbie um den Finger wickeln und ihn ausquetschen. Er wollte reden. Vielleicht sollte sie die Gelegenheit nutzen!

Ein letzter Schulterblick zu Helge – nein, er würde so schnell nicht weglaufen –, dann sah sie Robbie herausfordernd an. „Da bin ich aber gespannt!“, sagte sie ein wenig grimmiger als beabsichtigt.

30

ROBBIE FÜHRTE SIE EINEN schmalen Pfad durch die Dünen entlang. In der Ferne rauschte das Meer und im Hintergrund vernahm sie noch immer den wummernden Bass aus dem Festzelt. Doch abgesehen davon kam es ihr vor, als wären sie hier draußen unter dem Sternenhimmel die einzigen Menschen weit und breit. Der Strand lag verlassen vor ihnen.

Maries Unruhe wuchs. Vielleicht hätte sie doch zuerst mit Helge sprechen sollen. Vielleicht hatte sie einen Fehler gemacht.

Schließlich blieb sie stehen. „Wie weit willst du denn noch laufen?“, fauchte sie.

Robbie drehte sich zu ihr um. „Die Zicke bekommt man einfach nicht aus dir raus, oder?“, entgegnete er gereizt.

Marie ignorierte seinen Seitenhieb und funkelte ihn böse an. „Du verschweigst mir was, seit ich dich in diesem Krankenhaus das erste Mal gesehen habe! Über mich und den Hengst. Und ständig versuchst du abzulenken."

„Ach, hör endlich auf, mir etwas vorzuspielen!", schoss er zurück. „Was aus Dark Shadow wird, ist dir doch vollkommen egal! Du interessierst dich nur für dich! Du bist selbstsüchtig, arrogant und glaubst, du kannst alles ..."

Marie sah ihn erstaunt an. „Ach ja? Und weißt du, was du bist? Ein verlogener, hinterhältiger und egoistischer Feigling, der nur nach der Pfeife seines Vaters tanzt ..."

Plötzlich schoss Robbie auf sie zu und funkelte sie an. Marie atmete hektisch. Sie hatte seine Ausflüchte und Ablenkungsmanöver so satt! Sie wollte endlich wissen, woran sie bei ihm war und vor allem – wer *sie* wirklich war!

„Wenigstens verstecke ich mich nicht hinter einem Haufen Schminke und teuren Klamotten!", zischte er leise und zupfte dabei an Helenes Seidenkleid.

„Das ist geliehen!", fauchte Marie zurück.

Robbie beugte sich noch ein Stück zu ihr vor, sodass sich ihre Nasenspitzen fast berührten. „Es sieht peinlich aus! Außerdem hast du so eine Verkleidung doch gar nicht nötig!"

„Ach nein?", flüsterte Marie zornig.

„Nein."

„Und wieso nicht?", fragte Marie provokant.

„Was willst du denn jetzt hören?“, fragte Robbie widerwillig.

„Na ja …“ Marie überlegte kurz. „Zum Beispiel, dass du mich auch ungeschminkt und in einen Kartoffelsack gehüllt hübsch finden würdest“, erwiderte sie halb im Scherz – und wurde plötzlich stutzig. Moment mal, flirteten sie etwa gerade miteinander?

Robbie öffnete den Mund, um etwas zu sagen – seine Lippen nur Millimeter von den ihren entfernt –, schloss ihn dann aber wieder. Er schien wie gebannt. Genau wie Marie.

„Ich hätte es wissen müssen!“, rief auf einmal eine Stimme hinter ihnen.

Robbie zuckte zusammen.

Marie wirbelte herum. „Helge?“, fragte sie erstaunt in die Dunkelheit. Sie kannte seine Stimme, sie hätte sie überall erkannt.

Ein Schatten huschte durch die Dünen – und war verschwunden.

Bevor sich Marie selbst in Bewegung setzen konnte, griff Robbie plötzlich nach ihrer Hand und zog sie zu sich heran. Und mit einem Mal spürte sie seine Lippen auf ihrem Mund. Sanft und fest, unsicher und fordernd zugleich. Marie war so überrascht, dass sie das Atmen vergaß. Ihr

Herz stolperte und setzte einen Schlag aus, nur um dann in dreifacher Geschwindigkeit weiterzuhämmern. Doch dann ließ Robbie ihre Hand los und wich kopfschüttelnd einen Schritt zurück. Er sah regelrecht erschrocken aus.

„Es … es tut mir leid, das hätte ich nicht tun sollen!“, stammelte er. „Das war ein Fehler … Ich … ich …“ Verwirrt brach er ab. Seine Augen glühten und Schweiß stand ihm auf der Stirn.

Maries Gedanken rasten. Warum entschuldigte er sich für seinen Kuss? Wieso war es ein Fehler?

Sein Blick huschte über ihre Schulter hinüber zu der Stelle, an der Helge eben noch gestanden haben musste.

Eine Erkenntnis traf sie. „Du hast das eben nur gemacht, um mich abzulenken, richtig?“ Ihre Enttäuschung war so vollkommen, dass sie spürte, wie ihre Knie nachgaben. Und am liebsten wäre sie tatsächlich im Boden versunken. Doch dann packte sie wieder die Wut.

„Was ist eigentlich dein Problem!?“, schrie sie aufgebracht und stieß ihn nun mit aller Kraft von sich. „Du bist doch bloß ein mieser … verbitterter … Mistkerl!“, schleuderte sie ihm entgegen und sah zu ihrer Genugtuung, wie sich seine Augen vor Schreck weiteten.

Er kam wieder einen Schritt auf sie zu. „Bitte, es tut mir

leid. Es war ein Fehler, aber ich ..." Sein Gesicht war nun schmerzverzerrt und blanke Panik breitete sich darauf aus. Er schüttelte den Kopf. „Es tut mir leid, wirklich!"

„Du bist ein elender Lügner!", kreischte sie und drehte ab. „Und weißt du, was das Schlimmste daran ist? Du belügst dich vor allem selbst!"

Dann marschierte sie los, kreuz und quer durch die Dünen, zurück in Richtung Reitschule. Diese Party war für sie beendet. In diesem Augenblick war es ihr sogar egal, was Helene herausgefunden hatte. Oder wohin Helge von Elstenbühl verschwunden war oder was sein „Ich hätte es wissen müssen" zu bedeuten hatte. Sie musste hier weg. Sie musste schlafen.

Sie hatte keine Ahnung, wohin sie eigentlich lief. Der Mond war inzwischen aufgegangen und erhellte ihr den Weg.

„Was für ein Mistkerl!", fluchte sie noch immer lautstark vor sich hin.

Sie hatte gewusst, dass Robbie Heinemann nicht der charmanteste Junge dieser Insel war, hatte es von dem Moment an gewusst, in dem sie die Augen im Krankenhaus aufgeschlagen hatte. Und trotzdem hatte er sie fasziniert. Denn genau wie bei Dark Shadow war sie sich sicher gewesen, dass viel von seiner Raubeinigkeit, seiner grimmigen, un-

gestümen Art, nur Fassade war. Dahinter verbarg sich ein großes Geheimnis, das nur darauf wartete, von ihr entdeckt zu werden.
Aber er machte es ihr wirklich schwer. Denn egal, wie sie es auch anstellte – ob sie ihm nun mit Dark Shadow half oder ihn anflehte, ihr zu helfen –, immer wieder schaffte er es, sie zu verletzen, sie zu enttäuschen und ihre Bemühungen mit Füßen zu treten.
Plötzlich blieb sie stehen. Wo war sie hier eigentlich? Unsicher sah sie sich um. In der Ferne erkannte sie den Leuchtturm, das war schon mal gut, denn in seiner Richtung lag auch der Gasthof. Doch vor ihr erstreckte sich nun ein langer, windschiefer Zaun. War sie vielleicht falsch abgebogen? Sie konnte sich nicht daran erinnern, hier schon einmal gewesen zu sein. Da sah sie in der Ferne die Scheinwerfer eines Autos, das über einen Feldweg holperte. Ja, das musste die Straße zum Gasthof sein!
In diesem Moment löste sich plötzlich eine riesige, pechschwarze Gestalt aus dem Schatten einer großen Eiche. Marie stockte bei seinem Anblick wie jedes Mal der Atem. Langsam und vollkommen gelassen schritt er auf sie zu.
„Dark Shadow!“, rief sie und lachte leise. Natürlich! Wohin sonst hätten sie ihre Füße auch tragen sollen?

Der Hengst kam mit gesenktem Kopf zu ihr an den Koppelzaun. Marie zögerte nicht lange, sondern schwang sich auf die oberste Holzlatte und streckte ihm die flache Hand entgegen. „Na, machst du auch Party in der Dunkelheit? Hoffe, es läuft besser als bei mir!", scherzte sie, während sie dem Pferd sacht über die Stirn strich. „Dein Herrchen ist wirklich unerträglich! Du kannst von Glück reden, wenn du den Mistkerl übermorgen los bist."

Sie sah dem Hengst in die Augen, die denen von Robbie so ähnlich waren. Schwarz und lodernd. Aber würde Dark Shadow sie auch so übel im Stich lassen? Würde er sie morgen beim Vorreiten für die Auktion am Sonntag vor versammeltem Publikum absetzen? Marie schluckte. „Nein, so etwas würdest du niemals tun, oder?"

Andererseits – vielleicht wäre es die gerechte Strafe für Robbie, wenn sie morgen früh einfach nicht auftauchte. Sollte er seine dämliche Auktion doch selbst bestreiten! Aber dann wanderten ihre Gedanken wieder zu dem alten Heinemann und ihr lief es kalt den Rücken hinunter. Nein, sie durfte Dark Shadow auf keinen Fall in seinen Händen lassen, wenn sie die Insel mit ihrer Klasse übermorgen verließ. Übermorgen. Ihre Stimmung wurde noch düsterer. Übermorgen würde sie sich für immer von Dark Shadow ver-

abschieden müssen. Und von Robbie Heinemann. Sie schnaubte laut. „Kein großer Verlust!“, raunte sie in die Dunkelheit.
„Pia?“, hörte sie es schwach aus der Ferne rufen. „Bist du das?“
„Helene?“, rief Marie überrascht zurück. Sie dachte, sie wäre hier draußen ganz allein. Doch offenbar hatte ihre Freundin nach ihr gesucht. „Ich bin hier drüben, beim Koppelzaun!“, rief Marie und lauschte, wie sich die Schritte ihrer Freundin näherten. Dann tauchte sie aus dem Schatten der Bäume auf.
„Puh, ich dachte schon, du bist abgehauen!“, nörgelte Helene genervt. Erst da erblickte sie das Pferd neben Marie. Dark Shadow war langsam vom Zaun zurückgewichen und blähte nun aufgebracht die Nüstern.
Sofort blieb Helene wie angewurzelt stehen. „Woah, wie ist der denn drauf?“
Wie zur Antwort stieg der Hengst mit den Vorderhufen in die Luft, um heftig auszukeilen.
Marie lachte. „Ja, er haut gern auf die Pauke. Ignorier ihn einfach.“
Helene kam langsam näher. „Und den sollst du morgen reiten?“, fragte sie skeptisch.

„Na ja, ich bin ihn jetzt schon zweimal geritten, das ging recht gut“, sagte Marie nicht ohne Stolz.

„Hast du gar keine Angst, dass er da total austickt?“, fragte Helene und klang für ihre Verhältnisse geradezu besorgt.

Marie schnaubte. „Nach der Aktion von Robbie eben frage ich mich eh, warum ich das eigentlich tue! Definitiv nicht für Robbie Heinemann.“

Jetzt war Helene neugierig. „Erzähl mir alles! Oh, nein, warte! Zuerst muss ich dir was erzählen.“ Und plötzlich seufzte sie theatralisch. „Er ist ... Mister Perfekt ...“, begann sie und ließ sich unter Marie ins Gras plumpsen.

„Ich nehme an, du sprichst von Helge?“, fragte Marie.

Helenes Seufzen war Antwort genug.

„Ich kenne ihn“, sagte Marie vorsichtig. „Und wenn Robbie mich vorhin nicht davon abgehalten hätte, wäre ich zu euch gekommen.“

Helene setzte sich auf. „Was soll das heißen – ‚wenn er dich nicht davon abgehalten hätte‘? Warum hat er das getan?“

Marie zuckte mit den Achseln. „Ja, das habe ich ihn eben auch gefragt. Na ja ... zumindest so ähnlich.“

„Hör zu“, platzte Helene da heraus. „Helges Schwester hatte Anfang der Woche ebenfalls einen Reitunfall. Das ist das Thema Nummer eins auf der Insel!“

Nun hielt Marie verwirrt inne.
„Das ist schon ein seltsamer Zufall. Oder was meinst du?“, fragte Helene.
„Schon ... Aber wie kann das mit meinem Unfall zusammenhängen?“, überlegte Marie laut.
Ihre Freundin zuckte ratlos mit den Achseln. „Ich habe versucht Helge von Elstenbühl ein wenig auszuquetschen. Er hat mir erzählt, dass seine Schwester Marie wieder zu Hause sei, und es gehe ihr angeblich blendend. Sie sei sogar mit ihm auf der Party gewesen ...“
Marie wurde plötzlich ganz still. Etwas nagte an ihrer Erinnerung. Doch egal wie sehr sie sich das Gehirn zermarterte, ihr fiel nichts ein. Da war nur Leere und ein ungutes Gefühl, das sie schließlich davon abhielt, weiter zu grübeln.
Marie schwang sich vom Zaun. „Ich bin müde. Ich glaube, ich gehe jetzt besser ins Bett. Sonst fall ich morgen auch ohne Dark Shadows Zutun vom Pferd!“, versuchte sie das beklemmende Gefühl in ihrer Magengegend durch einen Scherz auszulöschen.
Helene schien enttäuscht. „Und ich dachte, ich höre jetzt noch eine spannende Robbie-Story!“
„Robbie Heinemann ist ein Idiot. Ende der Geschichte“, brummte Marie.

„Okay, okay …“, lenkte Helene ein. „Na dann. Ich glaube, ich gehe noch mal zurück zur Party. Ist das in Ordnung? Vielleicht finde ich ja noch etwas Brauchbares heraus bis morgen früh.“

„Okay“, war alles, was Marie zu ihr sagte, bevor sie sich am Koppelzaun entlang auf den Weg zurück zum Gasthof machte.

31

MARIE ERWACHTE FRÜH, zu früh. Draußen war es noch fast dunkel. Lautes Schnarchen vom Bett über ihr verriet Marie, dass Helene vom Fest zurück war. Auch wenn sie darauf brannte zu erfahren, was ihre Freundin vielleicht noch in Erfahrung gebracht hatte, weckte sie Helene nicht, sondern zog sich leise an. Den Weg zum Stall hätte sie mittlerweile auch im Halbschlaf gefunden.

Robbie war noch nicht da, darum beschloss sie, Dark Shadow selbst von der Koppel zu holen. Sie lief am Reitplatz vorbei und durchquerte den kleinen Obstbaumhain, hinter dem die Koppeln lagen. Lange musste sie nicht nach Dark Shadow suchen. Fast schien es, als hätte der Hengst sie bereits erwartet. Mit hoch erhobenem Kopf und geblähten Nüstern stand er auf einer kleinen Anhöhe, von wo aus er das Gelände überblicken konnte. Die anderen Tiere hielten sicheren Abstand zu ihm.

„Guten Morgen, du Räuber!“, begrüßte sie den Hengst lächelnd. Sofort kam er an den Zaun gelaufen, die Ohren interessiert gespitzt.
„Du kommst freiwillig zu mir? Das deute ich mal als gutes Omen für heute!“, sagte Marie und lief zum großen Metalltor hinüber. Wem sie damit Mut machen wollte, wusste sie selbst nicht so ganz, aber im Zweifel wohl am ehesten sich selbst.
Dark Shadow lief mit strotzendem Selbstbewusstsein auf das Tor zu. Marie strich ihm zur Begrüßung über die weiche Nase und zog ihm vorsichtig das mitgebrachte Halfter über den Kopf. Dann führte sie ihn aus der Koppel heraus. Zu ihrer Erleichterung machte er keine Anstalten, sich loszureißen, sondern marschierte willig neben ihr her. So weit, so gut.
Als sie beim Stall ankamen, waren vom angrenzenden Parkplatz auf der Wiese die ersten Geräusche zu hören. Von Robbie wusste Marie, dass nicht alle vorzuführenden Hengste auf dem Gelände untergebracht waren, sondern auch mit Transportern am Morgen vom nahen Festland gebracht wurden.
Marie versuchte sich vom Gedanken an die Konkurrenz nicht nervös machen zu lassen, sondern führte Dark

Shadow entschlossen in seine Box zum Fressen. Während er sein Frühstück vertilgte, putzte sie ihn und versuchte seine widerspenstige Mähne etwas zu stutzen. Schließlich gab sie es auf. „Deine Mähne ist einfach zu dick. Du bist und bleibst wohl ein Wildfang!“, sagte sie und tätschelte Dark Shadow den mächtigen Hals.
Jemand räusperte sich. Marie fuhr herum. Da stand Robbie. Doch bevor er etwas sagen konnte, zischte sie: „Glaub bloß nicht, ich tue das für dich! Wenn der Hengst morgen nicht versteigert wird, verhökert ihn dein Vater am Ende noch an irgendeinen skrupellosen Pferdehändler! Das werde ich verhindern. Aber danach kannst du dir einen anderen Arbeitssklaven suchen!“ Da sie ohnehin morgen abreiste, war das natürlich eine leere Drohung, trotzdem registrierte sie mit Genugtuung, wie Robbie beschämt den Kopf einzog.
„Verstanden“, antwortete er und klang dabei zum ersten Mal kleinlaut. „Du bist auch gleich als Erste dran mit der Präsentation. Ich dachte, am Morgen ist es noch ruhiger und außer den ernsthaften Interessenten werden nicht so viele Schaulustige im Publikum sein.“
Marie nickte grimmig, während sie sich mit Dark Shadow im Schlepptau an Robbie vorbei auf die Stallgasse drängte. Wortlos legte er eine weiße Decke auf den Rücken des

Hengstes und sattelte ihn. Am Schluss umwickelte er seine Beine sogar noch mit weißen Bandagen. Dann waren sie startklar.

Marie deutete an sich hinab. „Ich werde leider wenig repräsentativ aussehen."

Robbie schüttelte den Kopf. „Ich habe dir ein Jackett und eine recht neue Reitkappe organisiert. Hoffe, sie passt einigermaßen", sagte er mit einem skeptischen Blick auf Marie. „Ich hole die Sachen schnell aus dem Büro."

„Alles klar, danke", erwiderte sie knapp.

Sie würde diesen Ritt nun hinter sich bringen, und dann wäre sie mit Robbie Heinemann durch. Zumindest versuchte Marie sich das einzureden, während sie darauf wartete, dass er zurückkam, und Dark Shadow hinaus auf den Hof führte.

Das Jackett saß wie angegossen, aber die Kappe war zu groß. Also stopfte sie kurzerhand ihre dicken, blonden Haare darunter. So ging es. Schließlich griff sie nach den Zügeln.

„Die Präsentation findet dort drüben statt!", erklärte ihr Robbie gerade. Er zeigte zum Rand des Strandes, wo neben dem großen Festzelt noch weitere Zelte aufgebaut waren. Dazwischen leuchteten in der Morgensonne mehrere

Reihen weißer Plastikstühle sowie eine hoch aufragende Zuschauertribüne. Dahinter lag das Reitviereck. Es war größer als der Reitplatz der Reitschule und mit zahllosen Blumenkübeln geschmückt. Marie studierte das Gelände aufmerksam. Zu ihrem eigenen Erstaunen war sie überhaupt nicht aufgeregt, im Gegenteil. Sie freute sich darauf, den Leuten zu zeigen, was für ein tolles Pferd Dark Shadow war. Trotzdem hielt sie nach Gefahren Ausschau.

Die Zuschauer, die Blumen, das Viereck. Nichts von alledem kannte Dark Shadow. Er tänzelte bereits jetzt nervös an ihrer Hand. Marie führte ihn weiter auf die Zelte zu, während sie beruhigend auf ihn einsprach.

„Hinter den Zelten ist noch ein kleiner Bereich abgetrennt, wo du ihn aufwärmen kannst", redete Robbie derweil weiter auf sie ein.

„Bist du nervös oder so?", unterbrach sie ihn schließlich.

„Ich? Nein, wie kommst du drauf?", wehrte er sich ein wenig zu schnell.

Marie lachte. „Gut, dann hör auf zu quatschen, das lenkt mich nur ab."

Er verstummte augenblicklich, sah sie aber mit großen Augen an. Offensichtlich gab es noch etwas, was ihm auf der Seele brannte.

„Spuck's aus, was ist?", fragte Marie.

„Ich ... ich ... Du ... du musst das nicht machen!", platzte er plötzlich heraus. Sein Blick verdüsterte sich.

„Dafür ist es jetzt ein bisschen spät, oder?", bemerkte sie trocken, während sie seitlich am Sattel die Steigbügel löste.

„Es ist gefährlich. *Dark Shadow* ist gefährlich. Du könntest dich verletzen."

Marie seufzte. „Es ist zu spät. Ich ziehe das jetzt durch. Außerdem ist Dark Shadow auch nicht gefährlich – jedenfalls nicht für mich." Zumindest hoffte sie das.

Robbie schwieg, doch an seiner angespannten Haltung erkannte sie, dass er tatsächlich besorgt war.

Also sah sie ihn an und probierte es ein letztes Mal. „Sag mir die Wahrheit. Sag mir, was du weißt, dann sind wir quitt."

Robbie presste die Lippen zusammen. Dann trat er einen Schritt zurück.

Marie seufzte. „Dann eben nicht!" Die Enttäuschung brannte bitter. Aber was hatte sie auch anderes erwartet? Also nahm sie die Zügel kürzer, schob den linken Fuß in den Bügel und zog sich auf Dark Shadows Rücken.

Robbie sah zu ihr auf. „Pass gut auf euch auf." Dann trat er zurück und machte auf dem Absatz kehrt. Zum ersten Mal seit Langem sah Marie wieder sein Humpeln.

Doch sie straffte die Schultern und ritt in die Arena.

Dark Shadow war ein Pulverfass unter ihr. Nervös warf er den Kopf herum, wollte alles gleichzeitig sehen und trabte immer wieder gehetzt an. Marie ließ Schenkel und Sitz fest am Pferd, während sie versuchte Ruhe zu bewahren.

„Hooo, du kleiner Wildfang! Bevor du dichs versiehst, ist es auch schon wieder vorbei, versprochen!"

Marie sah die Richter am Rand der weißen Einzäunung stehen. Sie hatten Klemmbretter in den Händen, worauf sie sich bereits eifrig Notizen machten.

„Wir heißen im Viereck willkommen: den Hengst Dark Shadow, gezüchtet von der Familie Heinemann. Vorgestellt von ... Pia Maurer."

Kaum knackte es im Lautsprecher, machte Dark Shadow einen erschrockenen Satz nach vorn und mähte um ein Haar einen der prächtigen Blumenkübel um. Marie rutschte ihre Reitkappe ins Gesicht, wovon sie sich jedoch kein bisschen stören ließ. Sie fasste die Zügel ein wenig kürzer. Dann klopfte sie dem Hengst beruhigend den Hals.

Im Schritt ritt sie auf die Richter zu. Dabei sah sie sich weiterhin aufmerksam um. Wenn es etwas gab, was den Hengst erschrecken könnte, wollte sie es wenigstens zuerst sehen! Als ihr Blick über die nahe gelegenen Zuschauerbänke glitt, entdeckte sie zunächst ein paar ihrer Klassenkameraden und schließlich Robbie mit dem alten Heinemann. Während ihre Klasse recht nah beim Viereck saß, standen Vater und Sohn ein wenig abseits. Maries Augen suchten nach Helene, aber ausgerechnet ihre Freundin war nirgends zu sehen.

Also wandte sie ihre Aufmerksamkeit wieder dem Geschehen im Viereck zu. Sie tippte sich kurz an die Kappe, als Gruß an die Richter, und ritt dann los. Dark Shadow machte einen Satz, bevor er dann in einem schwungvollen Trab durch die Arena schwebte. Marie hatte ihre Mühe, ihn zu bremsen. An jeder Ecke und bei jedem Blumenkübel schwankte er zur Seite. Doch schließlich gelang es ihr, den Hengst so weit zu beruhigen, dass er ohne Zwischenfälle einmal um das Viereck lief. Marie wechselte die Hand, um das Ganze von der anderen Seite zu probieren. Diesmal lief Dark Shadow brav mit.

Aus dem Augenwinkel bemerkte Marie, wie die Richter wohlwollend nickten und sich weiter Notizen machten. Das war ein gutes Zeichen, entschied sie und wagte es, den Hengst anzugaloppieren. Wieder sprang Dark Shadow willig drauflos, sodass Marie sich ein wenig entspannte. Die erste Runde hatten sie bereits geschafft! Nun wieder

der Handwechsel. Marie parierte zum Trab durch und ritt durch die Diagonale der Arena, um dann in der nächsten Ecke wieder anzugaloppieren.

Doch da geschah es!

Ein kräftiger Windstoß fegte über den Platz und hob eine der Zeltplanen neben den Zuschauern an. Dark Shadow machte eine Vollbremsung, stieg mit den Vorderhufen in die Luft und warf sich zur Seite. Marie wurde erst nach vorn und dann nach hinten geschleudert. Sie stellte sich in die Bügel und umklammerte Dark Shadows Hals, bis seine Hufe wieder sicheren Boden berührten. Aber bevor sie sich richtig zurück in den Sattel setzen konnte, brauste der Hengst los.

Die Zuschauer schrien entsetzt auf, als Marie nur noch in einem Bügel am Sattel hing.

Dark Shadow wurde immer schneller und immer panischer. Gleich würde er am Ende der Arena angelangt sein! Marie versuchte wieder in den Sattel zu kommen, während sie sich gleichzeitig überlegte, was Dark Shadow als Nächstes machen würde. Eine weitere Vollbremsung vor den Zuschauern? Oder würde er versuchen durch die Abzäunung zu brettern?

Sie konnte es nicht drauf ankommen lassen. Also zog sie

sich mit letzter Kraft zurück nach oben und bekam den Zügel wieder richtig zu fassen. Keine Sekunde zu früh, denn Dark Shadow drückte ab und übersprang die weiße Einzäunung. Dann brauste er weiter auf die Zuschauer zu. Nur wenige Meter trennten sie noch von der ersten Stuhlreihe. Zu Maries Entsetzen blieben alle wie erstarrt auf ihren Plätzen sitzen und glaubten nicht, was gerade geschah. Doch Marie wusste es besser. Dieses Pferd würde nicht anhalten. Würde sich weder bremsen noch wenden lassen. Es hatte die Freiheit hinter der Arena bereits geschnuppert. Den Strand, das Meer! Es wollte raus, um jeden Preis, ohne Rücksicht auf Verluste.

Also machte sie die Knie zu, ritt die nächsten Galoppsprünge unbeirrt weiter und drückte ihm dann die Fersen in die Flanken.

Dark Shadow hob ab.

Marie hielt die Luft an, während sie den Boden verließen. Der Hengst wölbte den Rücken, spitzte die Ohren und flog in einem einzigen riesigen Bogen über die Stuhlreihen hinweg.

Die Zuschauer zogen den Kopf ein. Marie sah mit großen Augen nach unten, doch da waren sie auch schon auf der anderen Seite.

Federleicht setzte Dark Shadow wieder auf, um dann weiter Richtung Strand zu rasen. Marie konnte nicht anders – sie musste vor Freunde laut aufschreien. „Das war Wahnsinn! Das war der Hammer! Unglaublich – das war unglaublich ungezogen!“, brüllte sie gegen den Wind. Dann packte sie die Zügel fester und parierte zum Trab durch.
Ein Blick über die Schulter verriet ihr, dass die Zuschauer nicht in ihrer Schockstarre verblieben waren. Die meisten von ihnen strömten gerade hinaus auf den Strand. Offenbar wollte sich keiner das Ende ihres Stunts entgehen lassen.
Marie grinste. „Was meinst du? Sollen wir ihnen noch ein großes Finale gönnen oder lieber direkt zurück in den Stall?“
Als hätte er jedes Wort verstanden, zog Dark Shadow nun wieder am Zügel. Er wollte los, er wollte weiter. Also ließ Marie ihn gewähren. Sein schrilles Wiehern vermischte sich mit dem brausenden Wind, als der Hengst mit trommelnden Hufen durch die Gischt preschte. Immer schneller und schneller flogen sie dahin, immer weniger schienen seine Hufe den Erdboden zu berühren. Sie schwebten – nein, flogen! Wie die Möwen hoch über ihnen.
Erst als die Zelte des Championatsgeländes nur noch kleine Tupfer am Strand waren, drehte Marie um und galoppierte zurück.

Sämtliche Zuschauer standen inzwischen am Eingang des Vierecks und erwarteten sie. Maries Blick schweifte zunächst zu Robbie, der mit zusammengekniffenen Lippen etwas abseits stand. Von seinem Vater fehlte allerdings jede Spur. Marie grinste in sich hinein. Wahrscheinlich hatte der alte Griesgram kalte Füße bekommen, nachdem sein Hengst fast das Publikum niedergetrampelt hatte.

Kurz vor der kleinen Menschenmenge parierte sie zum Schritt durch.

„Geht es dir gut, Mädchen?", rief ihr jemand zu.

„Das war echt ein Höllenritt!", hörte sie Johannes von irgendwoher grölen.

Doch bevor sie ihm eine freche Antwort entgegenschleudern konnte, kam einer der Richter auf sie zu. „Junge Dame!", sagte der Mann streng und blickte sie über den Rand seiner Brille hinweg an. „So war das aber nicht gedacht!"

Marie grinste ihn an. „Und ich dachte, Sie würden vielleicht gern mal was Neues sehen. Ist doch sicher langweilig, den ganzen Tag Pferden beim Im-Kreis-Laufen zuzuschauen."

Ein paar Leute um sie herum lachten, doch der Richter zog die Stirn in Falten. Dann machte er eine weitere Notiz auf seinem Board.

Marie schwieg und wartete.
„Na schön, trotz allem ein beeindruckender Hengst. Wenn auch ohne jede Manieren", sagte der Richter schließlich. Er wandte sich zum Gehen.
Marie verdrehte hinter seinem Rücken die Augen, dann wendete sie den Hengst, um ihn zurück in seine Box in der Reitschule zu bringen.
Aber Robbie versperrte ihr den Weg. „Gut gesessen!", lobte er spöttisch.
Marie seufzte. „Was willst du? Mein Teil der Abmachung ist erfüllt. Also falls du nicht hier bist, um deinen Teil ..."
„Bin ich!", sagte er knapp. „Heute Abend am Strand?"
Marie blickte zu ihm hinunter. Seine Miene war ernst und undurchdringlich.
Sie zuckte die Achseln. „Schön, ich werde da sein. Aber das ist dann auch deine allerletzte Chance." Dann schnalzte sie und ließ Robbie einfach stehen.

32

ALS MARIE HINUNTER ZUM STRAND KAM, saß Robbie am Lagerfeuer. Er war allein, von der Dunkelheit umhüllt – einzig sein Gesicht glänzte im Schein der flackernden Glut. Einen Moment lang verharrte Marie zwischen den Dünen. Wie er da so saß und in Gedanken versunken mit einem Ast im Feuer herumstocherte, wirkte Robbie beinahe verletzlich.

Marie schluckte. Sie würde sich nicht mehr von ihm einlullen lassen.

Mit extralauten Schritten näherte sie sich dem Feuer. Er blickte kurz auf und starrte dann wieder in die Flammen.

Sie setzte sich im Schneidersitz ihm gegenüber. Eine Weile schwiegen sie einfach und sahen ins Feuer.

„Meine Mutter hat oft mit mir am Lagerfeuer gesessen und Marshmallows gegrillt, als ich noch klein war“, durchbrach seine Stimme plötzlich die Stille. „Nach der Sache mit dem

Glänzehof ..." Er räusperte sich. „... hat sich viel für uns verändert. Sie hat ... meinen Vater danach verlassen. Ist einfach mitten in der Nacht abgehauen. Ich war damals sechs."

Marie sah noch immer in die Flammen. „Das tut mir leid", flüsterte sie leise. Es musste schrecklich sein, einfach so verlassen zu werden. Immer wenn sie an die leere Stelle in ihrem Herzen dachte, wo eigentlich ihre Familie hätte sein sollen ... Sie schob den Gedanken beiseite. So wie sie die letzten Tage alle schmerzhaften Gedanken beiseitegeschoben hatte. „Ich hätte auch gern eine Familie", gestand sie.

Er hob den Kopf. „Es ... Pia ... Es tut mir leid, aber ..." Er suchte nach Worten, strich sich durchs Haar. Marie konnte die Verzweiflung in seinem Gesicht sehen, konnte sehen, wie er mit sich rang. Schließlich stieß er die Luft aus. „Du hast recht. Du verdienst die Wahrheit. Nicht nur, weil du mir mit Dark Shadow geholfen hast. Du verdienst sie einfach." Er sah Marie übers Feuer hinweg an. Seine Augen loderten wie die Flammen. „So wie ich eine Mutter verdient hätte."

Marie erwiderte seinen Blick und nickte langsam. „Was ist damals passiert, Robbie?"

„Ich weiß es nicht!" Er warf die Hände in die Luft. „Ich weiß nur noch, dass der alte Stall der von Elstenbühls abgebrannt ist. Dark Diamond, der schwarze Hengst, kam dabei ums Leben. Menschen wurden zum Glück nicht verletzt. In den Tagen danach wimmelte es in der Gegend nur so von Polizei und Feuerwehr." Er lachte bitter. „Herr von Elstenbühl ist ein Mann mit Einfluss."

Marie zog die Knie ans Kinn und hörte einfach nur zu.

„Schließlich kamen sie auch zu uns. Haben meinen Vater verhört, ihn sogar eine Nacht mit aufs Revier genommen." Robbie schluckte. „Meine Mutter ist total ausgetickt. Ich glaube, in dieser Nacht hat sie sich entschieden."

Betretenes Schweigen folgte. Marie sah zu ihm auf. Wie er da so zusammengekauert am Feuer saß, tat er ihr plötzlich leid. Sie rutschte auf seine Seite und griff vorsichtig nach seiner Hand. Zu ihrer Erleichterung machte er keine Anstalten, sie ihr zu entziehen, im Gegenteil, sie spürte, wie die Anspannung ein wenig von ihm abfiel.

„Aber warum wurde dein Vater festgenommen?", fragte sie vorsichtig.

„Ich weiß es nicht. Ehrlich. Er ... Sie haben ... Es war Brandstiftung. Der Täter wurde festgenommen. Er hat auch auf unserem Hof gearbeitet. Mathias Schütter war sein Name."

Plötzlich fing Marie an zu frösteln, obwohl das Feuer eine behagliche Wärme verströmte.

Doch Robbie sprach bereits weiter. „Ich ... ich kann mich noch an ihn erinnern. Er war immer nett zu mir. Ich durfte auf seinen Schultern zum Heulager reiten und er fuhr mich in der Schubkarre durch die Gegend, wenn mein Vater mal wieder keine Zeit für mich hatte."

Eine kalte Hand schien sich um Maries Herz zu legen. „Mathias Schütter ...", wiederholte sie langsam. „Was ist aus ihm geworden?"

Robbie schüttelte den Kopf. „Ich weiß es nicht. Er wurde vor ein paar Jahren entlassen. Danach habe ich nichts mehr gehört." Er rutschte näher an sie heran. „Ist dir kalt? Möchtest du meine Jacke? Du bist ganz blass ..."

Marie winkte ab. „Geht schon, es ist nur ... Diese Geschichte ... Ich glaube einfach, sie hat auch etwas mit mir zu tun." Wieder sah sie Robbie dabei an, und plötzlich wurde ihr bewusst, dass er noch immer ihre Hand hielt. Und ganz nah bei ihr saß. Sie wollte ein Stückchen wegrücken, denn ihr stand noch allzu deutlich vor Augen, was am Vorabend zwischen ihnen vorgefallen war.

Doch er hielt sie zurück. „Es tut mir leid wegen gestern."

Hitze schoss ihr in die Wangen. Sie konnte unmöglich so dicht bei ihm sitzen bleiben. Nicht, wenn er sie so ansah, mit diesen dunklen lodernden Augen.

Doch schon im nächsten Moment war jeder weitere Gedanke ausradiert. Denn Robbie beugte sich langsam vor, hielt noch einmal kurz inne und küsste sie dann ganz sanft auf die Wange.

Marie rührte sich nicht. Sie hatte vergessen, wie man atmete. Seine Lippen berührten sie noch immer, wanderten zu ihrem Mundwinkel, auf ihre Lippen … Dann hielt sie es nicht mehr aus und küsste ihn zurück. Doch diesmal wich er ihr nicht aus. Er zog sie ganz fest an sich, und sie schlang ihre Arme um ihn.

„Wohohooooo!“, hallte es in diesem Moment über den Strand. „Wen haben wir denn da?“

Erschrocken fuhren Robbie und Marie auseinander.

Helene war im Anmarsch und musterte sie feindselig. Aber sie war nicht allein. Hinter ihr kamen Greta, Zoe, Johannes und Luis. Und alle glotzten sie grinsend an.

Der romantische Moment war verpufft, und mal wieder wäre Marie vor Scham am liebsten im Erdboden versunken.

„Helene?“, krächzte Marie ungläubig. „Was ist los? Du störst gerade etwas.“ Ungläubig blickte sie zu ihrer Freundin. Warum sah sie so wütend aus?

Helene kam schnaubend zum Feuer gestampft und ließ sich neben Robbie in den Sand fallen. „Gibt es da nicht et-

was, was du uns sagen möchtest?", fragte sie ihn herausfordernd. Ihr Blick durchbohrte ihn wie ein Dolch.
Robbie erblasste. „Wie hast du es herausgefunden?"
„Ich war heute Morgen in der Klinik", sagte sie kalt. „Auf der Privaten."
Robbie nickte stumm. Dann holte er Luft und drehte sich zu Marie. „Es tut mir leid, aber ..."
„Robbie? Robbie Heinemann?" Ein Mädchen mit wilden roten Haaren kam über den Strand auf sie zugerannt. „'tschuldigung, wenn ich störe, aber es ist dringend. Robbie, kannst du mal kurz mitkommen?"
Marie starrte das Mädchen mit großen Augen an. Es kam ihr vage bekannt vor, doch wie immer wusste sie absolut nicht, woher.
„Jetzt sofort", sagte die Rothaarige mit Nachdruck.
Robbie rappelte sich auf. Sein Blick huschte verzweifelt zwischen Marie und dem rothaarigen Mädchen hin und her. „Es ist gerade wirklich schlecht. Um was geht es denn? Kennen wir uns?"
„Nein, aber du kennst eine ... Freundin von mir. Die mit dem goldenen Pferd." Jetzt schoss ihr Blick einen kurzen Moment nervös zu Marie. Aber dann sah sie Robbie wieder fest in die Augen. „Es ist wirklich dringend."

„Verdammt!“, fluchte Robbie und wandte sich widerstrebend zum Gehen. Das rothaarige Mädchen stapfte bereits in die Dunkelheit davon.

Helene schnaubte. „Viel Spaß bei deiner anderen Freundin mit dem goldenen Pferd! Grüß sie schön von mir!“

Robbie warf Helene einen Blick über die Schulter zu. „Ich werde es wiedergutmachen, alles erklären, versprochen! Gib mir einfach die Chance dazu, okay?“

Da wurde es Marie endgültig zu viel. „Hey, hallo? Kann mir mal einer sagen, was hier gespielt wird?“

Helene ignorierte Marie, während sie Robbie feindselig anfunkelte. Dann nickte sie. „Keine Sorge, *diese* Aufgabe überlasse ich dir gern! Du hast Zeit bis morgen früh.“

Robbie sah noch einmal zu Marie. Dann folgte er wortlos dem rothaarigen Mädchen.

Marie war sprachlos, und selbst Johannes hatte ausnahmsweise einmal das Feingespür, seine große Klappe zu halten.

Schließlich räusperte sich Marie. „Helene? Was zum Teufel war das?“

Endlich wandte sich ihre Freundin zu ihr um. „Glaub mir, das willst du eigentlich gar nicht wissen.“

Jetzt sprang Marie zornig auf. „Oh doch, das will ich, und zwar sofort!“

Helene musterte sie mit einem Ausdruck in den Augen, den Marie beim besten Willen nicht deuten konnte. War das Mitleid? Bedauern?
„Ich werde es dir nicht sagen, nicht vor morgen früh jedenfalls. Das ist Robbies Aufgabe." Damit drehte sich Helene um und verschwand aus dem Schein des Lagerfeuers. Ihre Freundinnen Greta und Zoe sahen ihr einen Moment verwirrt hinterher, dann machten auch sie sich vom Acker.
Nun standen nur noch Johannes und Luis am Feuer herum – und die Situation war ihnen sichtlich unangenehm.
„Hey, Pia, tut uns echt leid, dass wir ... dass wir hier so reingeplatzt sind ...", stammelte Johannes verlegen. „Wenn du ..."
Doch Marie stürmte einfach davon. Sie hatte hier nichts mehr verloren.

33

WIE BEREITS AM VORABEND SASS MARIE auf dem Zaun von Dark Shadows Koppel. Sie kam sich vor wie das dümmste Mädchen der Welt! Sollte sich Robbie doch treffen, mit wem er wollte! Wahrscheinlich mit einer heimlichen Freundin, von der sie naive Kuh nichts geahnt hatte.
Sie zupfte dem Hengst ein paar Strohhalme aus der Mähne. Nach seiner verdienten Dusche vom Nachmittag hatte er sich erst einmal ausgiebig in seiner Box gewälzt.
„Wäre ich doch bloß nicht noch mal zu ihm gegangen!“, jammerte sie Dark Shadow ins Ohr. „Ich habe gewusst, dass er mir etwas verheimlicht, aber warum sagt mir dann nicht wenigstens Helene einfach die Wahrheit?“
Das Pferd blies ihr sanft ins Gesicht. Es duftete so tröstlich nach Sommer. Marie seufzte, kletterte vom Zaun und legte sich auf die Wiese. Sie verschränkte die Arme hinter dem Kopf und betrachtete den Sternenhimmel.

„Irgendwo da draußen gibt es jemanden, der auf mich wartet. Und wir werden uns finden, eines Tages …" Sie drehte den Kopf, um Dark Shadow anzusehen. „So wie wir uns gefunden haben", flüsterte sie leise und das Herz wurde ihr dabei ganz schwer.

Morgen! Morgen war der Tag des Abschiedes. Morgen würde jemand ihren geliebten Wildfang ersteigern. Und dann würde für sie beide ein neues Leben beginnen. Denn Marie hatte keine Ahnung, was sie in Frankfurt erwartete.

„Vielleicht kauft dich ja jemand vom Festland. Dann kann ich dich am Wochenende ab und zu mal besuchen", versuchte sie sich zu trösten und gähnte laut. Plötzlich spürte sie, wie bleierne Müdigkeit an ihren Gliedern zog und ihre Gedanken verschleierte.

Vielleicht würde es ihr guttun, einfach für einen Moment die Augen zu schließen … alles zu vergessen …

Sie schritt einen staubigen Feldweg entlang. Er war ihr vertraut. Sie war ihn schon so oft gegangen, bevor sie die Insel verlassen hatte. Aber sie war zurück, zurück um Antworten zu bekommen.

Eine Tür quietschte in den Angeln.

„Wo ist er?", fragte sie den großen schlanken Mann mit der

krummen Adlernase. Sein schleimiges Grinsen war ihr schon immer zuwider gewesen.

„Er ist im Knast, wo sonst", antwortete der Mann.

Sie schwankte. „Aber ich habe ihm geschrieben! Jeden Tag, ein Jahr lang! Wo sind denn all meine Briefe abgeblieben?", wollte sie von dem Mann wissen.

Er lachte gehässig. „Was schert mich das?"

Wut kochte in ihr hoch, unfassbare Wut. „Sie haben ihm nichts von den Briefen gesagt? Sie haben ihm die Briefe nicht gegeben?"

„Warum sollte ich Postbote für einen Verbrecher spielen?", knurrte der Mann.

Um sie drehte sich alles, ihr wurde schlecht. Fast hätte sie ihm auf die blank polierten Schuhe gespuckt.

Wieder lachte der Mann. „Er ist ein Brandstifter! Dank meiner bist du ihn los!"

Sie ballte die Fäuste. „Die Briefe waren wichtig! Sie wissen ja gar nicht, was Sie da angerichtet haben!" Tränen schossen ihr in die Augen, wild und heiß. Die Welt drehte sich immer schneller.

Blind rannte sie los. Sie wäre für immer gerannt, hätten sie ihre Füße getragen.

Das grölende Lachen des Mannes verfolgte sie, verfolgte sie den staubigen Feldweg hinab, wo sie sich tatsächlich übergab. Verfolgte sie den ganzen Tag, verfolgte sie auch noch, als sie auf das weiße Pferd stieg, um ihren Job zu machen. Wie von Sinnen galoppierte sie den Strand entlang. Was hatte sie getan? Was hatte sie getan? Dieser Gedanke schoss ihr immer und immer wieder durch den Kopf. Hätte es etwas geändert? Wenn er ihre Briefe empfangen hätte? Bestimmt! Es hätte alles geändert.

Sie glaubte nicht an seine Schuld. Er – ein Verbrecher? Dieser sanftmütige junge Mann, der sich noch immer Nacht für Nacht in ihre Träume schlich? Niemals!

Sie galoppierte auf die Klippen zu. Noch immer schnell, noch immer voller Trauer und Wut. Ihr Pferd fand den Weg allein. Doch der Nebel wurde immer dichter, die Sicht immer schlechter. Sie bemerkte es kaum.

Und dann kam er auf sie zu, rasend schnell. Der Abgrund.

Ihr Pferd rammte die Hufe in den Fels, fand aber keinen Halt. In einem letzten verzweifelten Versuch, sich vor dem Sturz in die Tiefe und in die Fluten des Meeres zu retten, warf es sich auf die Seite.

Doch seine Reiterin war nicht darauf vorbereitet. Zu sehr war sie mit den Gedanken woanders – an einem anderen Abgrund.

Sie wurde aus dem Sattel gerissen und fiel. Und fiel. Immer tiefer, dem schwarzen Schlund des tobenden Meeres entgegen.
Marie schoss in die Höhe und schrie. Dann schnappte sie verzweifelt nach Luft. Ein Traum. Genau wie die anderen. Ein Traum.

Aber warum hatte sie ihn genau jetzt geträumt? Genau hier?

Und als Nächstes durchzuckte sie ein Gedanke, der sie nicht mehr losließ.

„Julias Brief!", keuchte sie und tastete nach dem Zettel, der noch immer in ihrer Hosentasche steckte. Es war zu dunkel, um ihn noch einmal zu lesen. Und trotzdem hallten Julias Worte in ihrem Kopf wider. Sie hatte ihn geliebt, diesen Mathias. Den Brandstifter vom Glänzehof. Und sie war tot. Ums Leben gekommen auf den Klippen. Weil sie ihm etwas Wichtiges hatte sagen wollen und es nicht geschafft hatte.

Marie sprang auf die Füße und rannte los. Die Klippe in ihrem Traum! Sie wusste, wo sie sich befand, und sie wusste mit einem Mal, dass sie dorthin musste, um Antworten zu finden.

Es war stockdunkel um sie herum, denn eine große schwarze Wolke hatte sich vor den Mond geschoben.

Irgendwo hinter ihr im Gebüsch knackte es. Doch von

Dark Shadow war nichts mehr zu sehen. Auch sonst konnte sie niemanden in der Dunkelheit erkennen. In der Ferne aber sah sie das Licht des Leuchtturmes auf den Klippen. Er zeigte ihr den Weg.

Sie hatte keine Ahnung, wie lange sie gerannt war. Manchmal stolperte sie mehr, als dass sie lief. Doch irgendwann erreichte sie die Klippen. Erkannte ihre schroffe Kontur im Licht des Leuchtturmes. Genau wie in ihrem Traum hing nun ein zäher Nebel über der Insel, und selbst das Rauschen des Meeres war nur noch ein dumpfes Dröhnen, ein stummes Zittern der Erde unter ihren Füßen.

Als die stockdunkle Finsternis allmählich dem milchigen Grau des frühen Morgens wich, wurde sie langsamer. Blinzelnd spähte sie an der Steilküste entlang. Ein salziger Film hatte sich über ihre Haut gelegt und sie fror mittlerweile erbärmlich. Aber sie würde nicht umkehren! Sie musste die Stelle finden, sie musste es wissen. War Julia, die junge Frau, die die Briefe geschrieben hatte, tatsächlich diejenige, die hier vor Jahren beim Championat ums Leben gekommen war? Marie erinnerte sich noch lebhaft an den Streit, den Robbie deswegen mit seinem Vater gehabt hatte. Verzweifelt ließ sich Marie auf die Knie fallen. Wie konnte sie jemals wissen, was Traum und was Wirklichkeit war?

Hatte es das Zusammentreffen von Julia und dem Mann mit der Adlernase – dem alten Heinemann – wirklich gegeben? Und von welchen Briefen hatte sie gesprochen? Was hatte darin gestanden, was so ungeheuer wichtig für die junge Frau gewesen war?
Fakt war: Marie hatte einen dieser Briefe in Robbies Wohnung gefunden, versteckt in einem alten Roman. Waren dort auch die anderen Briefe gewesen? Hatte Herr Heinemann *danach* gesucht?
Marie robbte weiter zum Rand der Klippe vor, denn Laufen war ihr zu gefährlich. Zu heimtückisch war das Gelände. Unter ihr schäumte das Meer, warf sich mit aller Gewalt gegen den Fels, als wollte es die Insel verschlingen. Sie rutschte noch ein Stück weiter nach vorn, und da endlich sah sie den schmalen Streifen Strand zwischen Wasser und Fels hervorblitzen. Angestrengt ließ sie ihren Blick über den hellen Sand schweifen. Immer wieder nahmen ihr die Nebelschwaden die Sicht.
Da stockte ihr der Atem. Ein Licht! Sie hatte ein Licht gesehen. Schwach, aber unübersehbar. Was war das?
Ein kalter Schauer lief ihr über den Rücken. Gespenstisch flackerte es im Nebel und in der Gischt der Wellen weit unter ihr.

Marie rappelte sich auf. Sie musste da runter!

Während es stetig heller wurde, suchte sie das unwegsame Gelände nach einem Einstieg in die Felsen ab. Es musste einen Weg geben, der nach unten führte!

Nachdem sie eine Weile an den Klippen entlanggegangen war, blieb sie stehen. „Ja, hier sollte es gehen, oder nicht?", flüsterte sie leise in den Wind.

Wie zur Antwort erklang auf einmal ein schrilles Wiehern hinter ihr.

Erschrocken wirbelte sie herum. „Dark Shadow?", rief sie laut. „Bist du das?" Konnte es sein? Doch wie war der Hengst ihr gefolgt? Er sollte schließlich noch immer auf der Koppel sein ...

Marie sah auf die Uhr. Es war schon kurz nach sieben. Genau die Zeit, zu der Robbie den Hengst zum Fressen in den Stall brachte. Hatte er sich wieder losgerissen?

Während sie noch nachdachte, was sie nun tun sollte, tauchte das schwarze Pferd aus dem Nebel auf. Wiehernd warf es den Kopf in den Nacken.

„Na, mein kleiner Wildfang? Hast du mich vermisst?", rief sie lächelnd und klopfte ihm den Hals. „Ich muss dich aber leider enttäuschen. Du kannst jetzt nicht mitkommen. Ich muss nämlich da runter ..." Sie deutete zum Abgrund. „...

um etwas Wichtiges herauszufinden.“ Sie hatte zwar keine Ahnung, was sie unten am Strand erwartete, doch sie wusste, dass sie nachsehen musste. Dass dort ein Licht brannte, konnte kein Zufall sein.

Also strich sie dem Hengst ein letztes Mal über die Nase und machte sich dann an den Abstieg. Zunächst schlängelte sich der Weg nur sacht bergab, aber bereits nach der zweiten Kurve wurde es steiler. Marie musste klettern. Sie drehte sich noch ein paarmal um, doch von Dark Shadow war nichts mehr zu sehen. Sie hoffte sehr, dass er entweder auf sie wartete oder zu Robbie zurücklief.

Nach dem letzten steilen Stück sprang sie mit einem großen Satz in den weichen Sand, der ihre Landung dämpfte. Dann lief sie weiter zum Wasser hinunter, immer dem Dröhnen der Wellen entgegen. Dann sah sie das helle Licht vor sich auf einem Felsen flackern.

Marie rannte los.

Auf dem Felsen stand eine Kerze in einem Glas, halb heruntergebrannt. Daneben lag ein frischer Strauß Blumen. Marie sank auf die Knie und strich über den glatten Fels, auf dem das Windlicht stand. „Also bist du tatsächlich hier verunglückt …“, murmelte sie. Warum sonst hätte jemand genau an dieser Stelle eine Kerze aufstellen und Blumen ablegen sollen? Aber das hieß ja … Es musste jemand hier gewesen sein. Vor wenigen Stunden, der Kerze nach zu urteilen. Und auch die Blumen wirkten noch frisch. Marie hob den Strauß hoch, um ihn genauer zu betrachten. Dabei fiel ihr ein dicker weißer Umschlag in den Schoß.

„Was ist denn das?“ Sie drehte ihn in den Händen. Auf der Vorderseite stand in krakeligen Buchstaben ein Name. „Für Julia“.

34

MARIE KEUCHTE AUF. Wer konnte den Brief hinterlassen haben? Hektisch sah sie sich um. Doch der schmale Streifen Strand war verlassen. Sie schluckte. Sollte sie den Umschlag öffnen? Wäre es nicht falsch, dies zu tun? Briefgeheimnis und so ... Nachdenklich ließ sie sich in den Sand sinken und kaute auf ihren Nägeln.

„Nein, ich muss es einfach wissen!“, rief sie schließlich und riss den Umschlag auf. Zum Vorschein kamen zwei eng beschriebene Blätter.

Marie entfaltete die erste Seite.

Julia,

du wirst diese Zeilen niemals lesen, denn das Schicksal hat es nicht gut mit uns gemeint. Einst habe ich dich geliebt, sehr sogar, doch jetzt ist von dieser Liebe nichts geblieben als unendliche Trauer. Du bist nicht mehr hier. Mein Leben ist ein Scherbenhaufen. Ich bin verzweifelt und am Ende meiner Kräfte. Dir diesen Brief zu schreiben, ist das Einzige, was mir noch zu tun bleibt. Es ist so wenig.

Ich habe versucht sie zu finden. Und ich habe sie gefunden. Ich habe versucht mit ihr zu reden, ihr alles zu erklären. Unserer Tochter. Marie. Doch sie lebt ein anderes Leben, in dem es keinen Platz für mich gibt. Das jedenfalls ist mein Gefühl. Und ich kann es ihr nicht einmal verübeln.

Sie ist einfach davongeritten auf ihrem wunderschönen goldenen Pferd. Ich glaube, sie hatte Angst. Sie hatte Angst vor mir, ihrem eigenen Vater, ist das nicht entsetzlich?

Aber sie hat ein gutes Leben. Soweit ich das beurteilen kann. Ihre neuen Eltern sind gute Leute. Und trotzdem schmerzt es mich. Denn niemals werden sie in mir mehr sehen als einen verurteilten Verbrecher. Und es gibt nichts mehr, was ich dagegen tun kann. Nichts, was ich noch sagen kann. Alle Wege waren Sackgassen, und der Alte wird am Ende ungestraft davonkommen. Er hat seine Sache gut gemacht, schrecklich gut.

Julia, dass ich damals nicht für dich da war, ist das Schlimmste daran. Dass du das Kind weggeben musstest, bricht mir das Herz. Hätte ich deine Briefe doch nur empfangen! Wir hätten einen Weg gefunden. Einen gemeinsamen Weg. Mit unserem Kind. Trotz aller Widrigkeiten. Wir hätten es zusammen großgezogen. Wir hätten das geschafft. Bitte, das musst du mir glauben. Ich wäre für euch da gewesen. Immer.

Mathias.

Marie ließ den Brief langsam sinken. Mathias' Worte berührten sie so sehr, dass es ihr im Herzen wehtat. *Ich habe versucht sie zu finden. Und ich habe sie gefunden. Ich habe versucht mit ihr zu reden, ihr alles zu erklären.*
Plötzlich hatte sie Kopfschmerzen. Hinter ihrer Stirn pochte es. Das goldene Pferd. Das goldene Pferd ...
Sie rieb sich die Schläfen. Tränen schossen ihr in die Augen, während sie weiter den Brief anstarrte. Und plötzlich schoss ihr ein anderes Bild durch den Kopf. Ein anderer Brief, gehalten von einer großen, schwieligen Männerhand. Marie keuchte, als die Erinnerung sie traf wie ein Gewitterblitz. Sie sprang auf die Füße.

„Der Tag … der Unfall. Ich habe einen von Julias Briefen gelesen!“
Entsetzen packte sie, und Mathias’ Brief flatterte in den Sand.
„Pia?“, erklang hinter ihr eine Stimme. Zögerlich, unsicher.
Marie wirbelte herum – und da stand Robbie.
„Pia?“ Er trat langsam einen Schritt näher, die Hand ausgestreckt. „Geht’s dir gut? Ich bin Dark Shadow gefolgt, als er mir entwischt ist, und da habe ich dich auf der Klippe gesehen. Ich dachte …“
Marie sah rot. Wut explodierte hinter ihren pochenden Schläfen und sie stürmte auf Robbie zu. „Pia?“, schrie sie. „Hältst du mich eigentlich für total bescheuert!? Du mieser, idiotischer …“ Kurz vor ihm blieb sie stehen, ihre Schultern bebten. Der Brief von Julia, der Brief von Mathias … Sie wusste es wieder alles.
„Ich heiße Marie. Marie von Elstenbühl. Und du hast es gewusst! Von Anfang an!“ Jetzt kamen ihr wirklich die Tränen. Heiß liefen sie ihre Wangen hinab. Es interessierte sie nicht, ob er es sah. Sie war mit ihm fertig. „Du bist ein verlogener Mistkerl!“, schrie sie ihn an und boxte ihm gegen die Brust. Sie musste weg. Weg von ihm. Doch dann fiel ihr etwas ein. „Steckst du mit ihm unter einer Decke?“

„Marie, bitte lass es mich erklären. Ja, ich habe Mist gebaut, und du hast jedes Recht der Welt, mich zu hassen, aber ... aber ..." Er brach ab, sichtlich nach Worten ringend.

„Steckst du mit ihm unter einer Decke?", fragte Marie noch einmal.

„Mit wem?" Robbie kam wieder auf sie zu, die Hände ausgestreckt.

„Mit deinem Vater", sagte Marie kalt.

Robbie runzelte verwirrt die Stirn. „Das verstehe ich jetzt nicht. Was hat mein Vater damit zu tun? Er weiß doch nicht mal, dass du bei uns auf dem Hof warst. Ich habe die ganze Zeit dafür gesorgt, dass er dich nicht von Nahem sieht. Er hätte dich sofort erkannt und mir die Hölle heißgemacht. Er hasst alle von Elstenbühls."

Marie schnaubte. „Ja, das kann ich mir vorstellen."

Sie war so unfassbar wütend. Sie fühlte sich verraten. Von ihm. Dem Jungen mit den schwarzen, lodernden Augen. Sie hatte gedacht, sie hätte hinter seine Fassade geblickt. Sein Herz berührt. Aber dieses Herz war offenbar aus Stein.

Sie war ein einziger Schmerz. Ihre Brust zog sich immer weiter zusammen, je länger sie Robbie ansah. Sie musste etwas tun. Sie musste weg. Vielleicht sollte sie als Nächs-

tes den alten Heinemann zur Rede stellen. Sie hatte keine Angst mehr vor ihm. Dafür war ihre Wut viel zu groß.
Robbie trat noch einen Schritt näher an sie heran. „Marie, wir müssen darüber reden. Lass mich dir …"
„Wo ist er, dein Vater?", schniefte sie.
Robbie trat vor und griff nach ihrem Arm. „Bitte, Marie, es tut mir leid. Ich … ich …"
„Fass mich nicht an!", schrie sie und riss sich los.
Doch Robbie stürzte ihr hinterher. „Ich hab mich in dich verliebt, Marie! Bitte … es war keine Lüge!"
Ein schrilles Wiehern ertönte. Ängstlich und schmerzvoll. Marie und Robbie erstarrten.
„Dark Shadow!", flüsterte Marie. „Wo ist er?"
„Marie, ich …" Verwirrt brach Robbie ab. „Er … er stand oben an der Klippe und hat gefressen … Ich dachte …"
„Verdammt!" Marie stürmte los. „Er ist uns gefolgt!" Die Panik, die sie mit einem Mal verspürte, verdrängte all ihren Schmerz. Während sie hier unten rumstanden und stritten, war Dark Shadow womöglich etwas zugestoßen!
In wenigen Sekunden erreichte sie den steilen Aufstieg zur Klippe und arbeitete sich dann mit Händen und Füßen die Felswand hinauf. Dann sah sie ihn.
„Oh nein!"

Hinter ihr kam Robbie keuchend zum Stehen. „Verdammt!" Er fuhr sich mit den Händen durchs Haar.

Marie stürzte nach vorn auf den Hengst zu. Dark Shadow stand auf dem Weg zwischen den Felsen, doch sein rechtes Vorderbein hatte sich zwischen zwei großen Steinblöcken verkeilt. Er hüpfte und wand sich aufgebracht. Seine Flanken waren schweißnass von der Anstrengung.

Marie lief auf ihn zu, jetzt langsamer, und sprach beruhigend auf ihn ein. „Ist doch gut, mein kleiner Wildfang, ich bin jetzt da. Wir kriegen das wieder hin. Ich helfe dir."

Augenblicklich wurde das Pferd ruhiger, spitzte die Ohren und sah Marie erwartungsvoll entgegen. Die Nüstern noch immer gebläht.

„Er muss uns gehört haben, er ist den Weg hinuntergeklettert!", rief Robbie verzweifelt.

Marie ließ sich vor dem Hengst auf die Knie fallen. Behutsam tastete sie sein Bein ab. Es fiel ihr unendlich schwer, überhaupt noch ein einziges Wort mit Robbie zu reden – doch für ihr Pferd würde sie es tun. Für Dark Shadow würde sie alles geben! „Es scheint alles okay zu sein. Er hat keine Prellung und auch keine Wunde. Ich glaube, er steckt einfach nur fest", sagte sie erleichtert.

In dem Moment löste sich über ihnen Geröll, das polternd

in die Tiefe stürzte. Sofort begann Dark Shadow wieder zu toben. Robbie packte Marie am Arm und zerrte sie zurück. Gerade noch rechtzeitig, denn mit seinem freien Bein trat Dark Shadow panisch nach vorn aus.

Marie schüttelte Robbie ab. „Fass mich nicht an!“, zischte sie. Dann ging sie zurück zum Pferd, um es zu beruhigen. Gleichzeitig spähte sie an seinem eingeklemmten Bein entlang. Der Huf steckte eindeutig in der Felsspalte fest. „Wie hast du das denn bloß geschafft?“, jammerte sie verzweifelt.

„Ich werde versuchen den Huf zurückzuziehen. Halt du ihn ruhig“, sagte Robbie und schob sie sanft zur Seite.

Sie wollte widersprechen, denn zwischen den Felsen vor Dark Shadows Hufen herumkriechen, war sicherlich nicht die beste Idee, doch sie hielt sich zurück. Am Ende war es schließlich auch Robbies Schuld, dass der Hengst überhaupt in diese Lage geraten war. Also sollte er ruhig dafür sorgen, dass er hier wieder herauskam. Am besten unverletzt.

Vorsichtig streichelte sie dem Hengst die Mähne und den Hals. „Es wird alles gut! Mach dir keine Sorgen, wir helfen dir!“, flüsterte sie ihm zu.

Robbie kletterte derweil über die Felsen hinweg, um sich

dem Pferd anschließend von der anderen Seite zu nähern. Viel Platz blieb ihm nicht, denn hinter ihm stieg die Felswand steil an.

„Hooo, mein Guter!“, murmelte er leise, während er vorsichtig Dark Shadows Bein entlangtastete. „Das Eisen hat sich verkeilt. Verdammt!“ Mit dem Knie versuchte er den Felsen wegzudrücken – ohne Erfolg. Nichts rührte sich. Da fiel sein Blick auf einen dicken Ast, der in einer Spalte zwischen dem Gestein lag. Er hob ihn auf. „Damit könnte es gehen!“ Er schob den Stock unter den Fels neben Dark Shadows Huf. „Warum musste er auch ausgerechnet mit dem Vorderbein stecken bleiben? Hinten hätte er keine Eisen gehabt!“, stöhnte er, während er sich mit vollem Gewicht auf den Ast lehnte.

Marie machte sich bereit, Dark Shadow festzuhalten, sobald er frei war.

Der Ast knackte leise. „Verdammt!“, fluchte Robbie schon wieder. Dark Shadow jedoch – von dem Geräusch aufgescheucht – zog ruckartig das Bein zurück und hatte sich befreit.

Marie verlor den Halt und rutschte.

„Marie!“, schrie Robbie entsetzt auf. Doch der Hengst blockierte ihm den Weg. Er konnte nichts tun.

Blitzschnell griff Marie nach Dark Shadows Mähne, umklammerte seinen Hals und zog sich auf seinen Rücken.
Robbie taumelte keuchend rückwärts. „Marie? Alles klar?“
Er griff nach ihrem Bein und packte das Halfter des Hengstes.
Einen kurzen Moment trafen sich ihre Augen. Dann drückte Marie dem Pferd ihre Absätze in die Flanken. „Los, Dark Shadow, nichts wie weg hier! Wir haben noch was zu tun!“
Robbie wich erschrocken zur Seite, als der Hengst unvermittelt auf ihn zusprang. „Marie, nicht! Bitte! Jetzt warte doch mal! Ich muss dir noch was sagen! Du musst mit ihr reden, Pia, sie ... sie kann nichts dafür! Es war alles meine Idee ... Marie, halt!“
Doch Marie hatte genug von seinen Halbwahrheiten und Entschuldigungen. Sie hatte genug davon, belogen und betrogen zu werden. Jetzt würde sie sich diesen Heinemann vorknöpfen. Und über diese Pia, in deren Rolle sie unfreiwillig geschlüpft war, würde sie sich danach den Kopf zerbrechen.
„Los, komm schon, mein Junge, lauf!“, spornte sie Dark Shadow an, kaum dass sie wieder oben auf den Klippen waren. Das ließ sich der Hengst nicht zweimal sagen. Froh, endlich wieder frei zu sein, brauste er los.

35

ALS MARIE BEI DER REITSCHULE ANKAM, war die Anlage menschenverlassen. Umso mehr Leute tummelten sich dafür auf der großen Parkplatzwiese. Dort würde sie wahrscheinlich auch den alten Heinemann irgendwo finden. Schließlich war heute der große Tag, das Hauptevent. Das große Geländespringen.

Marie ritt mit Dark Shadow in den Stall, wo sie ihren Freund mit einer großen Hand Müsli in seiner Box zurückließ. Dann machte sie sich auf den Weg zum Veranstaltungsgelände am Strand.

Es herrschte schon reges Treiben, und Marie hatte Mühe, sich zwischen all den Pferden, Reitern, Zuschauern und Pflegern zurechtzufinden.

„Wo könnte er sein?“, überlegte sie laut, während sie sich umsah. Da gab es zum einen das Festzelt, wo Frühstück und Kaffee serviert wurden. Dann den VIP-Bereich – sie blieb stehen. Ja, hier hatte sich ein Großteil ihres alten Lebens abgespielt. Marie schluckte. Auf einmal war sie von diesen Erinnerungen angewidert. Hatte sie ernsthaft geglaubt, das Feiern auf sämtlichen High-Society-Partys der Insel würde sich für sie lohnen? Sie dachte an Celine, mit der sie in Wahrheit nichts Echtes verband. Sie kannten einander wahrscheinlich überhaupt nicht wirklich. Niemand auf dieser Insel schien sie richtig zu kennen. Oder wie ließ es sich sonst erklären, dass niemandem aufgefallen war, dass sich seit Tagen das falsche Mädchen als Marie von Elstenbühl ausgab?

Hätte nicht zumindest Helge, ihr Bruder, das Sensibelchen, diese Pia durchschauen müssen? Klar, er war nur noch selten zu Hause, aber trotzdem ... Marie wurde plötzlich traurig. Nicht mal ihr eigener Bruder schien irgendeine Ahnung zu haben, wer sie wirklich war.

Es gab nur einen, der auf den Grund ihrer Seele geblickt hatte. Dark Shadow.

Marie schnaubte. Diese ganzen VIPs konnten ihr gestohlen bleiben. Und den alten Heinemann konnte sie auch nirgends entdecken.

Als sie kehrtmachen wollte, sah sie aus dem Augenwinkel eine vertraute Gestalt. Helge! Er stieg gerade mit einem

Champagnerglas in der Hand über das rote Seil, mit dem der VIP-Bereich abgesperrt war.
In der nächsten Sekunde packte sie eine eiskalte Hand am Arm. „Marie! Verdammt, was hast du vor?" Robbie.
Für einen kurzen Moment war sie sprachlos. War überwältigt von seinem Geruch, der Vertrautheit seiner Berührung. Sie schloss die Augen. „Verschwinde!"
„Nein, nicht bevor du mich nicht angehört hast!"
Marie rang um Beherrschung. „Schön, aber mach's kurz. Ich hab nämlich noch eine Rechnung mit deinem geschätzten Herrn Vater offen!"
„Äh, okay ..." Robbie wirkte ehrlich überrascht. Doch er fing sich schnell. „Also erstens: Ich schätze meinen Vater nicht. Im Gegenteil. Meine Meinung von ihm ist mittlerweile womöglich noch schlechter als deine."
Maries Brauen wanderten nach oben. „Ach ja?"
„Ich weiß, dass er etwas mit dem Brand zu tun hat. Und dass Dark Shadow von eurem Hengst Dark Diamond abstammt, kann selbst ein Laie sehen."
Marie machte eine abschätzige Handbewegung. „Er hat meine Mutter auf dem Gewissen. Das ist viel schlimmer!"
Jetzt war Robbie komplett verwirrt. „Was soll das heißen? Frau von Elstenbühl ist doch ..."

„Sie ist nicht meine Mutter", presste Marie mühevoll hervor. „Zumindest nicht meine leibliche. Ich wurde als Baby adoptiert. Das habe ich am Montag herausgefunden, kurz bevor der Unfall passiert ist."

Robbies Augen weiteten sich. „Ist das dein Ernst?"

Marie nickte stumm. Sie konnte es selbst noch kaum fassen. Konnte nicht fassen, dass Kristine von Elstenbühl ihr die Wahrheit verschwiegen hatte. Sie hintergangen hatte ...

Marie schüttelte den Kopf. „Sieht so aus, als wärst du nicht der einzige miese Verräter in meinem Leben." Sie sah zu Helge hinüber und fragte sich augenblicklich, was er von ihrer Adoption wusste. Dass sie keine echte von Elstenbühl war, war ihr immer klar gewesen. Alle auf der Insel wussten das. Aber dass Kristine nicht ihre leibliche Mutter war ... Marie schloss die Augen.

„Marie, aber dann ... aber dann ist Pia doch wahrscheinlich deine Schwester! Ich meine, ihr seht euch so verflucht ähnlich ..." Robbie griff schon wieder nach ihrem Arm. „Komm, wir müssen zu ihr. Wir müssen mit ihr reden. Sie will diese Geländestrecke reiten, und ich finde nicht, dass das eine gute Idee ist. Mein Vater führt irgendetwas im Schilde!"

Marie riss die Augen auf. „Was hat er vor? Und was meinst du damit – sie ist meine Schwester? Ich habe keine Schwester! Davon stand nichts in den Briefen! Weder in dem von Mathias, noch in dem von Julia, den mir Mathias am Montag gezeigt hat." Es fiel ihr schwer, die Namen der beiden auszusprechen, so fremd waren sie ihr doch. Im Grunde wusste sie noch immer nichts. Weder über Julia, noch über diesen Mathias, der ein verurteilter Brandstifter war, seine Unschuld jedoch bis heute beteuerte.

„Gestern Abend wirkte mein Vater vollkommen außer sich", erzählte Robbie, „und dann schlich jemand in den Stallzelten herum. Wer auch immer das war, er verfolgt Pia schon die ganze Woche und ..."

„Moment, wie sah der Mann denn aus?"

„Er trug einen Regenmantel. Sein Gesicht war nicht zu er..."

„Das muss Mathias gewesen sein!", rief Marie alarmiert. „Er muss Pia ebenfalls mit mir verwechselt haben. Er würde ihr niemals etwas tun. Er ist ..."

„Bist du dir sicher? Er ist ein verurteilter Verbrecher. Er könnte mit meinem Vater unter einer Decke stecken", gab Robbie zu bedenken.

Marie sah sich um. Ihr blieb keine Zeit zum Nachdenken. „Okay, das heißt, wir müssen Pia finden! Weißt du, wo sie sein könnte?"

„Nächste Starterin auf der Strecke: Marie von Elstenbühl,

mit ihrem Hengst Goldglanz!“, ertönte es da prompt aus dem Lautsprecher direkt über ihnen.
„Das war bereits Pias Startansage!“, keuchte Robbie panisch.
Marie rannte los.
Robbie folgte ihr. „Wenn ihr etwas passiert! Das ist alles meine Schuld!“
Marie schnaubte. „Ja, du hast es echt drauf.“
„Aber Pia kann wirklich nichts dafür!“, rief Robbie atemlos. „Sie ist … sie ist echt cool …“
„Ach ja? Also keine verwöhnte Zicke so wie ich?“, pampte Marie ihn wütend über die Schulter an, während sie sich weiter durchs Gedränge kämpfte. Die ganze Insel schien auf den Beinen zu sein, um sich den heutigen Wettkampf anzusehen. Immer mehr Menschen schoben sich zum Start. Doch dann erspähte Marie eine Reiterin über den Köpfen der Menge.
Sie saß auf Goldglanz.
„Da ist sie!“
Robbie reckte den Hals. „Pia! Warte!“, brüllte er.
Das Mädchen auf dem goldenen Pferd drehte sich ihnen für einen kurzen Moment zu. Dann sah es wieder weg. Doch der kurze Blickwechsel genügte, um Marie in Schockstarre

zu versetzen. Diese Pia sah ihr wirklich verflucht ähnlich! Sogar sie selbst hätte Pia auf die Entfernung für Marie von Elstenbühl gehalten! Verrückt.
„Sie hat uns gesehen", sagte Marie mit belegter Stimme und wurde langsamer. „Es scheint aber nicht so, als würde sich Pia über unser Auftauchen sonderlich freuen." Tatsächlich sah Pia aus, als würde sie jeden Augenblick in Tränen ausbrechen. Was war mit ihr los?
„Marie von Elstenbühl bitte zum Start!", dröhnte die Stimme des Ansagers noch einmal durch den Lautsprecher. „Ansonsten droht dem Paar mit der Nummer 278 die Disqualifikation!"
Robbie brummte etwas Unverständliches, während er unbeirrt weiter durch die Menge drängte. Marie fiel hinter ihm zurück und beobachtete, wie sich ihre Doppelgängerin mit schmerzverzerrtem Gesicht zu jemandem in der Menge hinunterbeugte. Zu wem, konnte sie nicht sehen. Dann richtete sie sich wieder auf, blickte noch einmal in Maries Richtung und drehte Goldglanz ab.
Maries Augen huschten ihr hinterher. „Robbie, sie reitet zum Start!"
Robbie wirbelte herum und änderte den Kurs. Doch je näher sie der Startbox kamen, umso dichter standen die Zu-

schauer. „Verflucht, wir werden es nicht mehr rechtzeitig zu ihr schaffen!"
Marie hüpfte ein wenig hoch. „Wir könnten weiter vorlaufen zum Strand!"
Robbie blieb stehen. „Wenn ihr etwas passiert ..."
„Wir könnten ihr mit den Pferden folgen", schlug Marie nun halbherzig vor. Bis sie zurück beim Stall wären, hätte Pia wahrscheinlich schon die Hälfte der Strecke hinter sich.
„Da vorn, da ist Helge!", rief Robbie plötzlich und stürmte wieder los.
„Helge?!", brüllte Robbie.
Helge hob den Kopf. Als Marie ihn ansah, wusste sie bereits, dass etwas nicht stimmte. Ihr Bruder blickte ihr vollkommen aufgelöst entgegen. Verwirrt, verloren, entsetzt. Marie brauchte nur noch Sekunden, dann war sie bei ihm.
„Helge, was ist los? Was hast du?", rief sie besorgt und packte ihn an der Schulter. Noch nie hatte sie ihn so gesehen, so hilflos und traurig.
Auch Robbie war alarmiert. „Hey, was geht denn hier ab?" Sein Blick fiel auf Helene, die neben Helge stand.
Nachdem ihr Bruder sie nur schweigend aus riesigen Augen ansah, wandte sich Marie an ihre Freundin. „Helene? Was ist los? Was ist mit Helge? Ist etwas passiert?"

Helene presste die Lippen zusammen. „Diese Pia, das ist passiert!“, explodierte sie. „Diese fiese Schlange hat sich einfach dein Leben geklaut und sich als Marie von Elstenbühl ausgegeben!“ Helene schrie nun so laut, dass sich einige der Zuschauer zu ihnen umdrehten. „Und der da hat mit ihr gemeinsame Sache gemacht!“ Sie deutete auf Robbie.

Helenes Wut war so groß, dass sich Marie zu ihrer eigenen Überraschung schützend vor Robbie stellte. Warum sie das tat, darüber wollte sie jetzt lieber nicht nachdenken. „Ähm, ja, das weiß ich mittlerweile auch“, sagte Marie. „Und glaub mir, ich hab ihn schon einige Stunden dafür angeschrien. Aber dazu später. Helge, was ist mit dir?“, versuchte sie es noch einmal. Aber ihr Bruder reagierte nicht. Er starrte einfach nur wie benommen zum Strand, über den Pia vor wenigen Augenblicken galoppiert war.

„Das ist alles ihre Schuld!“, kreischte Helene. „Diese Pia, ich konnte sie noch nie leiden! Aber was sie da abgezogen hat …“

„Sei einfach ruhig“, sagte Helge tonlos. „Es ist nicht so, wie du es darstellst.“

Er wandte sich an Marie. „Sie will Goldglanz retten.“ Nun schnaubte er wütend. „Vor dem Schlamassel, den *du* angerichtet hast! Wenn du dir mit ihm auch nur annähernd so viel Mühe gegeben hättest wie sie, würden unsere Eltern ihn jetzt nicht verkaufen wollen!"

Marie zuckte zusammen. Damit hatte sie jetzt nicht gerechnet. Sie machte sich Sorgen um Helge und er pampte sie an? Gerade wollte sie ihrem Bruder ein paar saftige Worte entgegenschleudern, als sich eine Hand sanft auf ihren Arm legte.

Robbie. Sie blickte zu ihm auf.

Und da traf sie die Erkenntnis wie ein Schlag in die Magengrube. Helge hatte recht! Sie hatte Goldglanz schlecht behandelt und dabei war er so ein wundervolles Pferd – ganz anders als Dark Shadow, aber ebenso wundervoll. Marie schluckte und zog den Kopf ein.

Ihr Bruder schimpfte weiter: „Du hast Goldglanz unbedingt loswerden wollen. Und nur, weil *du* nicht mit ihm zurechtkamst. Und Pia versucht jetzt der ganzen Welt zu beweisen, was für ein unglaubliches Talent Goldglanz hat, damit unsere Eltern ihn nicht verkaufen."

Marie sah ihren Bruder an. Sie hatte es verdient, dass er ihr all diese Dinge an den Kopf warf, denn sie entsprachen der Wahrheit. Und hatte sie sich nicht die ganze Zeit genau danach gesehnt? Dass ihr endlich mal jemand die Wahrheit ins Gesicht sagte? Und wahrscheinlich hatte sie es ebenso verdient, für eine Woche in die Schuhe eines armen Mädchens zu schlüpfen, was nichts hatte, als seine Träume.

Sie holte Luft. „Es tut mir leid", sagte sie zu Helge und nahm seine Hand. „Es tut mir so, so leid, und ich werde es wiedergutmachen. Versprochen. Alles." Flehend blickte sie ihn an. „Kannst du mir vielleicht verzeihen? Mir eine zweite Chance geben?"

Doch zu ihrer Überraschung ließ sich Helge nicht erweichen. „Ist das wieder eine deiner Maschen? Die neue Reue-Marie, oder so?"

Marie schloss die Augen. „Autsch. Okay. Das habe ich dann wohl auch verdient. Aber um deine Frage zu beantworten: Nein, es ist keine neue Masche. Und ich kann Pia sogar verstehen. Ich habe auch ein Pferd gefunden, das mir sehr am Herzen liegt und für das ich alles tun würde. Es heißt Dark Shadow. Aber ... aber er soll auch verkauft werden, und ich werde ihn nie wiedersehen. Und deshalb werde ich euch helfen. Ich werde nicht zulassen, dass Goldglanz und Pia dasselbe Schicksal widerfährt!"

36

MARIE WARTETE MIT ROBBIE, Helene und Helge an der Zielgeraden. Genau wie die restlichen Zuschauer um sie herum blickten sie gebannt den langen Sandstrand hinunter. Pias Zwischenzeiten waren mehr als gut, und Marie fragte sich, wie dieses Mädchen es geschafft hatte, Goldglanz so schnell in Form zu bringen. Aber vielleicht hatte Helge recht gehabt: Sosehr sie den goldenen Hengst auch bewunderte und liebte – sie hatte nie den richtigen Zugang zu ihm gefunden. Hatte ihn schnell als zu langweilig und berechenbar abgestempelt. Ihm nie eine echte Chance gegeben, sich zu beweisen. Nicht so wie Dark Shadow. Bei ihm hatte sie von Anfang an gewusst, dass er etwas Besonderes war. Er war widerspenstig und wild, aber er hatte unfassbares Talent. Er gehörte zu ihr. Und sie zu ihm. Sie waren zwei Hälften, die zusammengehörten. Zwei Herzen, die schlugen wie eins.

„Da! Da sind sie!“, rief Helge plötzlich aufgeregt. Er konnte jetzt kaum mehr still stehen. Seine Augen leuchteten auf eine Weise, wie Marie es noch nie zuvor bei ihm gesehen hatte. Was hatte sich noch alles während ihrer Abwesenheit geändert?

Angespannt beobachtete sie, wie Pia auf Goldglanz näher kam. In unglaublichem Tempo bretterte das goldene Pferd der Zielgeraden entgegen. Wie von selbst griff Marie nach Robbies Hand und drückte sie.

„Das wird sie schon schaffen, keine Sorge! Auch wenn es nicht so scheint – Pia ist auch eine Kämpferin!“, sagte Robbie leise und erwiderte Maries Händedruck.

Marie schluckte. Ja, er hatte sie angelogen, ihr etwas vorgespielt, sie benutzt. Und trotzdem konnte sie sich nicht daran erinnern, wann sie das letzte Mal so glücklich gewesen war. Wann sie sich das letzte Mal so … vollständig gefühlt hatte.

Sie lächelte. „Mit Goldglanz kann ihr auf jeden Fall nichts passieren. Er wird auf sie aufpassen. So wie er auch immer auf mich aufgepasst hat.“

Robbie nickte, doch dann richtete er seine Aufmerksamkeit auf das heranstürmende Paar.

„Du schaffst das, Pia!“, kreischte Nele, das rothaarige Mädchen vom Strand, plötzlich neben ihnen. Marie drehte sich

verwundert zu ihr um. „Wow, Nele! Du hast ja ein Organ!", rief sie ihrer Pferdepflegerin grinsend zu.
Einen Moment zog Nele erschrocken den Kopf ein, doch dann erwiderte sie frech: „Und du kannst dir endlich meinen Namen merken."
Marie lachte. „Erwischt!"
In dem Moment zog Goldglanz in gestrecktem Galopp an ihnen vorbei und die Menge brach in Jubelstürme aus.
„Wahnsinn!"
„Was für ein Ritt!"
„Traumzeit! Die schlägt keiner mehr!"
Doch am lautesten schrie Helge. „Pia!!!"
In diesem Augenblick rannte Nele los. Sie lachte und sie stolperte, aber sie lief immer weiter den Strand entlang. Endlich wurde Goldglanz langsamer und blieb schließlich stehen.
„Pia! Du hast es geschafft!", hörten sie Nele jubeln. Helge beobachtete das Geschehen wie in Trance, dann lief er langsam in Pias und Neles Richtung.
„Was ist denn mit dem los?", fragte Marie irritiert. „Warum benimmt sich Helge wie ... wie ..." Marie suchte nach den passenden Worten, um den eigenartigen Zustand ihres Bruders zu beschreiben.

„Wie ein verliebter Welpe?", bot Helene schnippisch an.
Marie riss entsetzt die Augen auf. „Aber ... aber sie ist ... Wie kann er ... Nein, das ist doch vollkommener ..." Marie sah Robbie entgeistert an, doch der grinste bloß.
„Er ist in sie *verliebt?!*" Jetzt war Marie auf einmal richtig empört. „Wie kann sie so was ..." Sie wollte schon losstürmen, aber Robbie hielt sie fest.
„Willst du dich da wirklich einmischen?", fragte er. „Das geht dich doch überhaupt nichts an. Das ist eine Sache zwischen Pia und ... deinem Bruder."
Marie dachte nach. Ja, er hatte recht. Viel zu häufig hatte sie Helge die Tour vermasselt. Aus Eifersucht, wie sie sich beschämt eingestehen musste. Weil sie ihren Bruder, den sie über alles liebte, nicht hatte teilen wollen. Obwohl er immer zu ihr gestanden hatte, hatte sie sich ihm gegenüber verhalten wie das letzte Miststück.
Betreten blickte sie auf ihre mit Robbies verschränkte Hand. „Es tut mir leid, wie ich dich und Helge behandelt habe", sagte sie leise.
„Lass uns einfach noch mal von vorne anfangen", erwiderte Robbie. „Unter einer Bedingung."
„Und die wäre?" Helene stellte sich mit verschränkten Armen zwischen Robbie und Marie.

Robbie zuckte bloß die Achseln. „Marie muss Pia eine Chance geben. Sie wollte Marie nicht ihr Leben klauen. Und sie wollte Marie die Wahrheit sagen. Aber wegen Goldglanz hat sie es nicht getan."

Marie nickte. „Das verstehe ich. Für Dark Shadow hätte ich ..." Sie stockte. „Dark Shadow ...", flüsterte sie leise. Plötzlich war ihr kalt. Sie zog ihre Hand zurück. „Robbie, wie spät ist es?"

Robbie sah auf die Uhr und wurde blass. „Es ist schon nach zwölf. Die Auktion!"

Marie rannte los. Sie wusste, dass Robbie ihr folgte, doch sie achtete nicht weiter auf ihn. Sie musste zu Dark Shadow, sie musste zu ihrem Pferd. Sie hatte Geld, sie würde ihn kaufen. Die von Elstenbühls würden ihn kaufen. Sie musste nur rechtzeitig kommen ...

Verbissen kämpfte sie sich durch die Zuschauer, hinüber zur Arena mit der Tribüne, wo sie noch am Tag zuvor auf Dark Shadow geritten war. Aber je näher sie dem abgesperrten Bereich kamen, desto zäher wurde das Vorankommen. Schließlich hatte sie es bis vor an eines der Gitter geschafft. Sie kletterte daran hoch.

Sofort erkannte sie den alten Heinemann, der mit Dark Shadow in der Arena stand.

Marie keuchte auf. „Robbie, wir kommen zu spät! Dein Vater hat ihn bereits geholt!“ Sie war den Tränen nahe. Noch nie hatte sie solches Entsetzen erfüllt. Auf einmal drehte sich alles. Verzweifelt klammerte sie sich an das Absperrgitter.

„Marie, bitte komm da runter, bevor du fällst!“, rief Robbie. Behutsam zog er sie zu sich hinab. Sie wehrte sich nicht, ein trockenes Schluchzen schüttelte sie. „Wir werden das schon irgendwie hinbekommen“, sagte er sanft. „Ich werde mit meinem Vater reden, ich ...“

„50 000 Euro für diesen stattlichen Rappen! Wer bietet mehr?“, dröhnte es nun durch den Arenalautsprecher.

„Ah, der Herr da hinten mit dem roten Pullover! 51 000 Euro ...“

„Siehst du, noch ist er nicht versteigert!“ Robbie klang tatsächlich ein wenig hoffnungsvoll.

Das gab auch Marie etwas Mut. Sie schniefte und lief weiter. „Okay, wir gehen da jetzt rein!“, entschied sie. „Egal was dein Vater zu mir sagen wird! Er muss ihn mir verkaufen!“

„Ich weiß nicht, ob das so eine gute Idee ist, Marie“, versuchte Robbie sie zu bremsen. „Er hasst alle von Elstenbühls, und mit Sicherheit wirst du die Letzte sein, an die er das Pferd verkauft!“

Auf einmal wurde Marie wütend. „Er hat meine Mutter auf dem Gewissen, Robbie! Ich werde nicht zulassen, dass er mir auch noch mein Pferd raubt!"

Sie drängelte sich weiter durch die Menschenmenge, bis sie es zum Eingang der Arena geschafft hatten. Jetzt trennte sie lediglich noch das Sicherheitspersonal von ihrem Dark Shadow.

Beim Anblick des schmierigen Heinemanns brannten bei Marie sämtliche Sicherungen durch und sie stürmte los.

„He, Sie, Fräulein! Sie dürfen da jetzt nicht lang! Die Auktion ist ..."

Aber Robbie kam an Maries Seite geprescht und schob den protestierenden Sicherheitsmann einfach beiseite. Dann griff er nach Maries Arm. „Warte! Ich habe einen Plan!"

Doch Marie beachtete ihn nicht. Sie hatte nur Augen für Dark Shadow, der neben Herrn Heinemann hertänzelte. Immer wilder, immer unruhiger.

„Er wird sich noch verletzen!", jammerte Marie, während sie versuchte sich von Robbie loszureißen. „Lass mich gehen!"

„Marie, jetzt hör mir doch mal zu!"

Endlich blieb sie stehen.

„Du kannst da jetzt reingehen und meinem Vater die Höl-

le heißmachen. Nur noch eins: Siehst du die Kamera dort drüben im Eck?“
Marie nickte und fixierte die Kamera, die zwischen mehreren Blumenkübeln versteckt neben der Zuschauertribüne stand.
„Gut! Was auch immer du tust, um meinem Vater zu zeigen, was du von ihm hältst: Tue es so, dass man dich sieht. Das ist eine Online-Liveübertragung.“
Jetzt war sie verwirrt. „Aber wieso? Was soll das bringen?“
„Marie?“, sagte Robbie beharrlich. „Vertraust du mir?“
Marie seufzte. „Okay, ich werde es versuchen“, sagte sie. Dann war sie auch schon über die letzte Absperrung gesprungen.
„Dark Shadow, ein Hengst aus der berühmten Zucht der Familie Heinemann, aktuelles Gebot: 55 000!“, schmetterte es durch den Lautsprecher.
Mit geballten Fäusten raste Marie auf den alten Heinemann zu. „Siiiiieeeee!!! Lassen Sie sofort das Pferd los!“, kreischte sie außer sich. „Es hat Angst vor Ihnen, können Sie das denn nicht sehen?“
Bevor Herr Heinemann reagieren konnte, sprang Marie nach vorn und packte Dark Shadow an der Trense.
Kalte Hände schlossen sich um Maries Oberarm. „Du klei-

nes Miststück! Glaubst wohl, nur weil du ein Töchterchen aus reichem Haus bist, kannst du dir nehmen, was du willst!?" Herr Heinemann spuckte vor Zorn. Entschlossen riss er an Dark Shadows Zügel. „Security!", brüllte er dann. „Führen Sie diese unverschämte Göre vom Platz!"

Aus dem Augenwinkel sah Marie, wie mehrere dunkel gekleidete Männer ins Viereck sprangen.

Sie wirbelte herum, ließ den Hengst aber keine Sekunde los. Da wurde es ihm zu viel. Zwei Hände, die an ihm zerrten, konnte er nicht aushalten. Er bäumte sich auf und schlug mit den Hufen um sich. Sofort ließ Herr Heinemann das Pferd los, doch Marie wusste es besser. Sie nutzte die allgemeine Verwirrung, um sich auf seinen Rücken zu ziehen. Als sie oben war, trieb sie ihn an, direkt auf die Männer in Schwarz und die Kamera zu.

„55 000 zum Ersten, zum Zweiten ..." Der Moderator war nun panisch.

Marie nahm ihn ins Visier und galoppierte los.

„Moment, halt!", piepste der Sprecher. „Da kommt noch ein Anrufer in die Leitung!"

Die Sicherheitsleute versuchten Dark Shadow einzukreisen. Aber Marie war darauf vorbereitet. Sie ritt eine Schleife, um dann scharf an Herrn Heinemann vorbeizuziehen.

„Sie haben den Glänzehof angezündet und meine Mutter ins Unglück gestürzt!", schrie sie ihn an, während sie an ihn heranpreschte. „Der Hengst gehört ihnen doch überhaupt nicht!"

„100 000 Euro! Meine Damen und Herren, der Anrufer auf Leitung 1 bietet 100 000 Euro für den Hengst!" Der Moderator war nun ganz atemlos.

Marie keuchte auf. Diese Summe würde sich der Alte niemals durch die Lappen gehen lassen. Wo war bloß Robbie? Was hatte er vor? „Was auch immer du tust, beeil dich bitte!", flüsterte sie und ritt noch einmal einen Bogen. Lange würde sie das nicht durchhalten können.

„Der Hengst gehört mir!", brüllte Herr Heinemann. „Und du kommst jetzt sofort von ihm runter!"

„Sie haben damals das Feuer auf dem Glänzehof gelegt, nachdem sie Dark Diamond entführt und ihre Stute mit ihm gedeckt hatten!", rief Marie. Sie hoffte, dass noch mehr Leute sie hörten, nicht nur die Wachleute und der Alte.

„Meine Damen und Herren, Sie werden es nicht glauben, aber wir haben einen weiteren Anrufer in der Leitung. Er bietet nun 200 000 Euro für Dark Shadow."

Marie wurde schwindelig. Wer konnte so viel Geld für ein Pferd auf den Tisch legen?

Herr Heinemann lachte überdreht. „Wie's aussieht, tust du mir mit deinem Stunt hier noch einen Gefallen!"
Und tatsächlich – immer mehr Leute standen auf und sahen Marie und Dark Shadow bewundernd bei ihrem wilden Tanz durch die Arena zu. Doch plötzlich schienen alle die Luft anzuhalten.
„Eine halbe Million! Eine halbe Million zum Ersten, zum Zweiten, … Verkauft!!!" Der Moderator schrie nun in sein Mikrofon. „Was für eine Sensation! Dieser Hengst, meine Damen und Herren, wurde gerade für eine Rekordsumme an den Herrn in Leitung 1 verkauft!!!"
Marie spürte, wie alle Kraft aus ihren Gliedern wich. Es war vorbei. Sie hatten verloren. Robbie hatte es nicht geschafft. Sein Plan war fehlgeschlagen. Sie hatte mal wieder dem Falschen vertraut.

37

DIE SICHERHEITSLEUTE nutzten den Moment und packten Marie am Bein. Obwohl sie trat und strampelte, zerrten sie zwei Männer mühelos vom Pferd. Der dritte griff nach Dark Shadows Trense.

„Lassen Sie mich los!“, brüllte Marie. „Gehen Sie weg von meinem Pferd!“ Sie versuchte dem Mann, der ihre Beine festhielt, einen Tritt in den Magen zu verpassen. Die Männer waren aber offenbar nicht umsonst als Sicherheitsleute engagiert, denn sie lachten nur, während sie Marie davontrugen.

Doch plötzlich wurde sie jäh losgelassen. Ein dumpfer Schlag ertönte. Ein lauter Fluch, und Marie stürzte mit dem Gesicht voran in den Sand der Arena.

Ein weiterer Schlag folgte, während Marie panisch versuchte davonzukrabbeln. Dann rappelte sie sich auf und wirbelte herum.

Sie sah gerade noch, wie der letzte Sicherheitsmann zu Boden ging. Vor ihr stand ein hochgewachsener Mann im dunklen Regenmantel. Er hielt Dark Shadows Zügel nun in der Hand und der Hengst stand wie selbstverständlich neben ihm. Vollkommen ruhig. Lediglich seine bebenden Flanken zeugten noch von dem wilden Kampf, den er eben geführt hatte.

„Marie, geht es dir gut?“, rief der Mann im Regenmantel angstvoll und eilte ihr entgegen – das gehorsame Pferd im Schlepptau.

Marie wich einen Schritt zurück.

Sofort blieb der Mann stehen und zog seine Kapuze vom Kopf. „Marie, bitte, es tut mir leid. Ich wollte dir nur helfen. Ich dachte, diese Kerle hier ...“

„Danke!“, sagte sie schnell und streckte die Hand nach Dark Shadows Zügel aus.

Die dunklen blauen Augen des Mannes blickten kummervoll. Seine markanten Gesichtszüge waren verzerrt. Und dennoch erkannte Marie sich selbst in ihm wieder. Das hellblonde Haar, die katzenhaften Augen – selbst ihre schlanke, hochgewachsene Gestalt musste sie von ihm haben. Ja, es bestand kein Zweifel. Das war Mathias Schütter, ihr Vater. Behutsam reichte er ihr Dark Shadows Zügel.

„Sieeee!", brüllte es da auf einmal hinter Marie. „Rufen Sie die Polizei! Das da ist ein Schwerverbrecher!", schimpfte Herr Heinemann und kam näher. „Geben Sie mir sofort meinen Hengst zurück!"

In dem Moment gesellte sich eine vertraute Gestalt an Maries Seite. „Robbie?"

Er drückte ihre Hand. „Helge und Pia sind auch gleich hier." Dann wandte er sich an seinen Vater. „Ich glaube nicht, dass diese Anschuldigungen angebracht sind, Vater!"

Marie schluckte. Robbie war zurückgekommen, stand neben ihr, offensichtlich bereit, seinem Vater die Stirn zu bieten. Es hätte ein Moment des Triumphs sein können, aber Marie empfand nichts als Traurigkeit. Sie hatte Dark Shadow verloren. Hielt seine Zügel vermutlich das letzte Mal umklammert.

Aber nein, da war noch mehr als Traurigkeit in ihr. Da war unbändige, rasende Wut! Und sie würde dieses Scheusal von Heinemann nicht ungestraft davonkommen lassen!

Marie sah den Alten an. „*Sie* sind doch der Verbrecher, nicht er!" Sie deutete auf ihren Vater. „Wir alle wissen, was sie ihm angetan haben. Ihm und meiner Mutter. Mir ... und ... und meiner Schwester!"

Der Mann im Regenmantel war ganz still geworden, doch

jetzt trat er nach vorn. „Schwester? Marie, was soll das heißen? Wer ist deine Schwester?"
„Das bin ich!", ertönte es hinter Marie.
Sie drehte sich um. Aber da stand nicht nur Pia, sondern auch Helge, und auch Pias halbe Klasse samt Frau Winkler hatte es zum Rand der Arena geschafft.
Marie überlief eine Gänsehaut. Es war das erste Mal, dass sie ihre Doppelgängerin aus der Nähe sah. Pia. Wie ein Spiegelbild ihrer selbst stand sie vor ihr und rührte sich nicht. Verschüchtert hatte das Mädchen den Kopf zwischen die Schultern gezogen.
Hinter ihr stand Helene mit einem breiten Grinsen im Gesicht. „Also doch eine abgefahrene Zwillingsgeschichte! Ich wusste es ja gleich!", behauptete sie. „Und deine Zwillingsschwester ist dir echt wie aus dem Gesicht geschnitten, Marie! Ansonsten habt ihr aber nicht viel gemeinsam."
Marie schluckte, ausnahmsweise auch mal um Worte verlegen. Was sollte sie sagen? Dass sie es insgeheim ihr ganzes Leben gewusst hatte? Dass sie die Leere immer gespürt, sich immer irgendwie unvollständig gefühlt hatte?
„Wo warst du die ganze Zeit?", platzte Marie schließlich heraus. Das war eine ziemlich dumme Frage, oder? Was sollte Pia darauf antworten?

Doch zu ihrer Überraschung lächelte Pia. „Ich war in Frankfurt und habe von einem goldenen Pferd geträumt", erzählte sie zaghaft.

Marie sah sie mit großen Augen an und nickte. „Goldglanz."

In dem Moment wurde Pia blass und griff ängstlich nach Helges Hand, denn der Mann im Regenmantel drängelte sich nach vorn durch. „Ihr seid Zwillingsschwestern? Ich habe zwei Töchter? Nicht eine, sondern zwei?"

Pia wich weiter zurück. „Was wollen Sie von uns?", piepste sie angstvoll.

Mathias blieb stehen. Verwirrt musterte er Pia von oben bis unten und strich sich dann über den Stoppelbart. „Dann bin ich wohl euer beider Vater!", sagte er heiser.

„Aber Sie sind der Brandstifter!", rief Pia entsetzt. Ihr Blick glitt flehend zu Marie. Offenbar hielt Pia das hier alles noch für ein großes, fürchterliches Missverständnis.

„Nein und ja", sagte Marie schlicht. „Mathias ist kein Brandstifter, aber er ist unser Vater ..."

Sie hatte es gewusst, tief in ihrem Inneren hatte sie es bereits gewusst, als sie ihm vor Monaten zum ersten Mal im Wald bei der Ruine begegnet war. Aber sie wusste auch, wie Pia sich jetzt fühlte. Wie es sich anfühlte, wenn alles, was man jemals von sich geglaubt hatte, all das, wofür man sich selbst gehalten hatte, plötzlich wie ausradiert war. Man fühlte sich fremd und einsam in der eigenen Haut.

Langsam trat sie auf Pia zu und nahm ihre Hand. „Pia, wir schaffen das schon. Ich werde dir helfen, alles zu verstehen." Marie stockte. „Auch das mit unserer Mutter ... Heinemann hat sie ... er hat sie auf dem Gewissen und ..."

Als sein Name fiel, hechtete der alte Heinemann nach vorn und entriss Marie Dark Shadows Zügel. „Der Hengst gehört mir!", brüllte er und zerrte an ihm.

Dark Shadow drehte sich im Kreis und stieg. Mit den Vorderhufen trat er erbost nach Heinemann. Aber der Alte ließ nicht locker, sondern zog nur noch fester am Zügel.

„Tun Sie das nicht!", warnte ihn Mathias.

Auch Marie kam nach vorn, um Heinemann zu stoppen.

Dark Shadow tobte immer wilder, lief rückwärts, trat aus, schnellte zur Seite.

Plötzlich zuckte etwas in Rainer Heinemanns Hand.

„Nicht!", brüllte Robbie wütend. „Leg die Peitsche weg!"

Sein Vater holte aus. Die Peitsche zischte durch die Luft und traf Dark Shadow unvermittelt an der Flanke.

Pia schrie entsetzt auf.

Marie wollte nach vorn stürzen, um ihrem Pferd zu helfen, doch Robbie hielt sie im letzten Moment zurück.

Da bäumte sich Dark Shadow auf, schoss nach vorn und traf den Alten mit voller Wucht an der Schulter. Heinemann sackte zu Boden.
Sofort war Mathias zur Stelle und griff nach dem Hengst. Beruhigend redete er auf ihn ein, während Robbie neben seinem Vater zu Boden sank. „Vater?“, rief er panisch. Doch der antwortete nicht.
Helge ließ sich neben ihm in den Sand fallen. Er tastete nach Heinemanns Puls. „Okay, wir brauchen einen Krankenwagen, aber schnell!“
Helene hatte bereits ihr Handy gezückt.
Die restlichen Schüler standen wie vom Donner gerührt am Rand. Kaum einer wagte sich näher, und alle Blicke waren auf Dark Shadow gerichtet, der noch immer schnaubend auf der Stelle tänzelte. Erst allmählich gelang es Mathias, das Pferd zu beruhigen.
„Was geht hier vor?“, brüllte ein Mann mit Polizeiuniform und stürzte in die Arena. Weitere Beamte folgten ihm sowie zwei Sanitäter.
„Das Pferd hat nach Heinemann senior getreten!“, rief jemand aus der Menge.
„Das Tier ist tollwütig!“, rief ein anderer. „Es gehört eingeschläfert!“

Marie eilte zu ihrem Pferd. „Er kann doch nichts dafür!“, schrie sie zurück. „Ihr habt doch alle gesehen, was passiert ist!“

Der Polizist sprach eilig in sein Funkgerät, während die Sanitäter Robbies Vater auf eine Trage hievten, dann ging er zu Dark Shadow und Mathias hinüber. „Hey, Sie da! Sie kenne ich doch!“

Mathias’ Miene verfinsterte sich. „Ja, das kann wohl sein.“

Der Beamte kam noch näher. Prompt wurde Dark Shadow wieder unruhig. Die Hand des Polizisten wanderte zu seiner Waffe.

„Lassen Sie die bloß stecken!“, rief Mathias.

Doch der Beamte fingerte weiter an seinem Halfter herum. „Sie sind doch … der *Feuerteufel* von damals!“

Dark Shadow versuchte nach dem Beamten zu treten, doch Robbie sprang dazwischen. „Lassen Sie die verdammte Waffe stecken! Der Mann versucht nur zu helfen. Er hat mit dem Brand von damals nichts zu tun. Mein Vater hat ihm die Tat angehängt. Er war es, der das Feuer gelegt hat!“

Der Beamte zögerte. „Das sind schwere Anschuldigungen, mein Junge. Und so was vom eigenen Sohn!“

„Ich habe Beweise“, zischte Robbie erbost. „Hier, das sind die original Zuchtpapiere des Hengstes …“ Er zog einen

Packen Dokumente aus seiner Jacke und deutete dann auf Dark Shadow. „Mein Vater war einfach zu geldgierig, da hat er einen Fehler gemacht und für die heutige Versteigerung die Unterlagen angefordert. Sie belegen eindeutig, dass Dark Shadow von dem getöteten Hengst Dark Diamond abstammt. Er hat Dark Diamond in einer Nacht-und-Nebel-Aktion entführt, weil Herr von Elstenbühl ihm das Pferd nicht freiwillig zur Verfügung stellen wollte. Mein Vater hat den Brand gelegt, um die Tat zu vertuschen."

Ein Raunen ging durch die Menge. Pias Klassenkameraden begannen aufgeregt zu tuscheln. Am lautesten Helene.

Maries Blick wanderte zu ihrem Vater hinüber. Der wischte sich gerade eine Träne aus den Augen. Dann sah er zu seinen Töchtern. „Ich bin unschuldig", sagte er mit zitternder Stimme. „Ich bin unschuldig."

„Es ... es tut mir leid, dass ich dich verdächtigt habe", sagte Pia leise. In ihren Augen glitzerten Tränen. „Ich wusste ja nicht ..."

Da drückte Mathias Robbie die Zügel in die Hand und lief auf seine Mädchen zu. „Es gibt nichts zu verzeihen, gar nichts!", sagte er und griff nach ihren Händen. „Ihr müsst mir verzeihen, dass ich all die Jahre nicht für euch da sein konnte."

Marie und Pia sahen sich unsicher an.
Dann wandte sich Mathias an Robbie. „Ich danke dir, Junge! Die verlorenen Jahre bringt uns zwar niemand mehr wieder, aber nun müssen sich meine Mädchen wenigstens nicht mehr für mich schämen ..." Er verstummte und setzte mit tränenerstickter Stimme hinzu: „Das werde ich dir niemals vergessen, Robbie." Er lachte und weinte gleichzeitig.
Marie, die die ganze Zeit wie erstarrt gewesen war, schlang den Arm um ihren Vater. „Lasst uns einfach noch mal alle von vorn anfangen, okay?" Dann wanderte ihr Blick zu Pia. „Einverstanden, Schwesterherz?"
Pia lächelte zaghaft. „Einverstanden, Schwesterherz."

Die beiden Mädchen saßen an der langen Tafel im Park des vornehmen Anwesens. Obwohl es noch früh im Jahr war, strahlte die Sonne bereits kräftig vom Himmel. Das erste zarte Grün an den Büschen und Sträuchern ließ den Frühling bereits erahnen.

Bunte Girlanden schmückten das Stallgebäude im Hintergrund und im Garten wimmelte es nur so von lachenden, gut gelaunten Gästen.

„Happy Birthday, meine Mädchen!", rief eine dunkelhaarige, zierliche Frau und kam mit einer riesengroßen Torte aus der Villa.

Pia zog den Kopf ein. „Kristine, ich weiß nicht, was ich sagen soll! Ich wäre auch mit einer kleinen Party zufrieden gewesen ... Ich ..."

Kristine von Elstenbühl winkte ab. „Das ist doch keine große Sache, nur eine minikleine Gartenparty! Es ist schließlich das erste Mal, dass wir alle zusammen euren Geburtstag feiern können. Ich bin es euch schuldig." Sie stellte die Torte ab und schlang den Arm um ihren Mann, der hinter den beiden Mädchen stand und lächelte.

Marie griff hinter sich und drückte ihre Hand. Sie wusste, dass sich Kristine immer noch Vorwürfe machte, weil sie Marie nichts von der Adoption erzählt hatte. Doch von Pia hatte sie tatsächlich nie etwas gewusst. „Du bist die beste Mum der Welt!", sagte Marie zu ihrer Mutter.

„Wartet erst einmal ab, bis ihr euer Geschenk seht!", rief Herr von Elstenbühl und zwinkerte seiner Frau zu. Dann hauchte er ihr einen Kuss ins Haar und wandte sich an Mathias Schütter. „Haben Sie sich denn zwischenzeitlich entschließen können, wo sie in Zukunft arbeiten wollen? Bei dem jungen Herrn Heinemann oder bei uns?"

Mathias zögerte. „Jetzt, da der Alte im Knast sitzt und die Zucht durch seinen Sohn so vielversprechend weitergeführt wird ... Keine leichte Entscheidung!"

Marie verdrehte die Augen, nahm sich ein großes Stück Torte und beugte sich verschwörerisch zu ihrer Schwester hinüber. „Was hältst du davon, wenn wir uns mal für eine Weile abseilen?", flüsterte sie schmatzend. „Mir ist sterbenslangweilig!"

Pia lachte. „Kristine hat sich so viel Mühe gegeben ... Und überhaupt, wolltest du nicht warten, bis Helene ankommt? Sie müsste doch jeden Moment gebracht werden."

Marie winkte ab. „Nele kümmert sich um sie, bis wir wieder zurück sind. Komm schon, sei kein Frosch!" Ohne Pias Antwort abzuwarten, stand sie auf, zog ihre Schwester vom Stuhl und hinter sich her.

„Hey!", lachte Pia. „Wo geht's denn hin?"

„Überraschung!", grinste Marie schelmisch. Sie flitzten über die Wiese, bogen auf den Weg zu den Koppeln ein und mussten eine Vollbremsung machen, denn vier Pferde versperrten ihnen den Weg.

Pia riss den Kopf hoch und kreischte auf. „Helge!"

Marie lachte und zwinkerte Robbie zu, der neben Helge ritt.

„Du bist gekommen!", juchzte Pia.

Helge saß auf seiner Rappstute Poetin, und neben ihm am Zügel wartete Goldglanz brav auf sie. Pia konnte ihr Glück einfach nicht fassen. „Ich dachte, du bist in England und musst heute Klausur schreiben!"

Helge schüttelte grinsend den Kopf. „Das hat sich Marie ausgedacht. Sie wollte dich unbedingt überraschen ... also mit mir!"

Pia stolperte auf ihn zu, und bevor er überhaupt richtig abgestiegen war, warf sie sich in seine Arme.

„Hey! Und wer küsst mich, zum Dank für diese geniale Überraschung?", rief Marie empört und verschränkte die Arme.
Robbie funkelte sie herausfordernd an. „Immer willst du was! Kannst du nicht einfach mal zufrieden sein mit dem, was du hast?", neckte er sie und deutete erst auf sich und dann auf das schwarze Pferd, das er am Zügel neben sich herführte.
Marie warf die blonden Haare nach hinten, stolzierte zu Robbie hinüber und strich ihm lächelnd übers Bein. „Mit Dark Shadow bin ich tatsächlich sehr zufrieden. Genau wie mein Vater. Er sagt, der Hengst sei die beste Investition aller Zeiten gewesen."
Robbie lachte trocken. „Ja, aber wenn ich ihn nicht angerufen und ihm einen heißen Tipp gegeben hätte, hätte er diesen Prachtkerl niemals ersteigert."
„Na schön …", lenkte Marie ein und schwang sich auf Dark Shadows Rücken. „Ich gebe es zu …" Sie beugte sich zu Robbie hinüber und küsste ihn sanft. „Du bist der eigentliche Held dieser Geschichte."
Dann trieb sie Dark Shadow neben Goldglanz, auf dem inzwischen Pia saß. „Wie sieht's aus, Schwesterherz? Wer zuerst beim Leuchtturm ist!?"

EIN INNIGES BAND

Bettina Belitz
EIN SCHIMMER VON GLÜCK
Taschenbuch
288 Seiten
ISBN 978-3-551-31891-6

MIRA FINDET AUF EINEM VERLASSENEN HOF die schwerkranke Stute Bonnie. Niemand glaubt an Heilung – außer Mira. Gemeinsam mit dem Jungen Slawa setzt sie alles daran, Bonnie zu retten. Durch die Liebe zu diesem besonderen Pferd wächst Mira über sich hinaus. Und ist endlich bereit, auch ihr eigenes Glück zu finden.